ESTA
PATENTE
OSCURIDAD

por
Frank E. Peretti

D1295392

ISBN 0-8297-0854-5

Categoría: Novelas cristianas

Este libro fue publicado en inglés con el título *This Present Darkness* por Crossway Books

© 1986 por Frank E. Peretti

Traducido por Miguel A. Mesías E.

Edición en idioma español
© 1985 EDITORIAL VIDA
Deerfield, Florida 33442-8134

Segunda impresión, 7/90   7.5M   BA

Dedicado a Bárbara Jean,
esposa y amiga,
que me quiso, y supo esperar

*Porque no tenemos lucha
contra sangre y carne,
sino contra principados,
contra potestades, contra los
gobernadores de las tinieblas
de este siglo, contra huestes
espirituales de maldad en
las regiones celestes.*
Efesios 6:12

1 Muy avanzada la noche, un domingo de luna llena, dos personajes en ropas de trabajo aparecieron en la carretera 27, en las afueras de la ciudad universitaria de Ashton. Eran muy altos, como de un par de metros de estatura, sólida musculatura y excelente apariencia. El uno tenía el pelo oscuro, con rasgos pronunciados; el otro era rubio y poderoso. Todavía como a un kilómetro de distancia miraron hacia el pueblo, pensando en los sonidos cacofónicos de la algazara de los almacenes, las calles y callejones. Comenzaron a caminar.

Era el tiempo del Festival de Verano de Ashton, la ocasión anual para que el pueblo diera rienda suelta a la frivolidad y al caos; su manera peculiar de decir gracias, vuelvan otra vez, buena suerte y encantado de conocerle, a los ochocientos estudiantes de la Universidad de Whitmore, quienes se despedían para las vacaciones de verano. La mayoría de ellos empacaría sus pertenencias y se marcharía a casa, pero casi todos definitivamente harían lo posible por quedarse por lo menos para tomar parte de las festividades, el baile en las calles, los parques de diversiones, cines a precio reducido, y cualquier cosa de la que se pudiera participar procurando divertirse. Era la oportunidad para dar rienda suelta a los deseos y las pasiones, ocasión para emborracharse, quedar encinta, enredarse a puñetazos o caer enfermo por los excesos, todo en la misma noche.

Cerca del centro del pueblo alguien tenía un lote vacío. Con el pretexto de servir a la comunidad, había puesto su terreno a disposición de un grupo ambulante de extranjeros con espíritu empresarial para que instalara allí su parque de diversiones, con aparatos mecánicos, quioscos y hasta con servicios sanitarios portátiles. Los juegos mecánicos, conjunto herrumbroso alegremente iluminado, daban mejor espectáculo en la oscuridad. Impulsados por ruidosos motores de tractor, competían con el estruendo de la música de los altoparlantes, que rugía desde alguna parte en medio de toda la confusión. Sin embargo, en aquella noche cálida de verano, las masas se apretujaban mientras deambulaban de un lugar a otro, procurando divertirse. Una montaña rusa daba vueltas lentamente, se detenía para que algunos se bajaran, y otros subieran; luego daba otras vueltas como para desquitar lo que los pasajeros habían pagado para subirse en ella. Un carrusel de caballos, con pintura descascarándose y hasta faltándole una pata aquí y otra allá, daba vueltas en un círculo brillantemente iluminado al son de la música cansona de un organillo. La gente tiraba pelotas a un aro, monedas a un cenicero, dardos a los globos, y el dinero al viento, en cobertizos armados al apuro en media calle, donde algunos trataban de seducir con su labia melosa a los que pasaban para que probaran su suerte.

Los dos visitantes se detuvieron silenciosos en medio de todo esto, preguntándose cómo un pueblo de doce mil habitantes —incluyendo a los estudiantes universitarios— podía producir tan enorme multitud. La población, normalmente tranquila, se había volcado por miles a las calles, aumentada por los visitantes de todas partes que venían en busca de diversión. Todas las cantinas, los salones de baile, los almacenes, las calles y los callejones estaban completamente abarrotados. Se permitía todo, y se hacían de la vista gorda a lo ilegal. La policía estaba muy atareada, pero cada ratero, borracho, o prostituta que arrestaba significaba sólo que había una docena más todavía sueltos y rondando por el pueblo. El festival, alcanzando casi el clímax en esta última noche era como una terrible tormenta que no era posible contener. Lo único que se podía hacer era esperar que siguiera su curso, y que habría bastante trabajo de limpieza una vez que todo pasara.

Los dos visitantes se abrieron paso lentamente por entre la apretada muchedumbre, escuchando la charla y observando las actividades. Querían saber todo lo que pudieran sobre el pueblo, de modo que se tomaban tiempo para observar aquí y allá, a la derecha, a la izquierda, hacia adelante, y hacia atrás. El gentío se movía en oleadas a su alrededor, como si fueran vestidos agitados dentro de una máquina lavadora, agrupándose a un lado de la calle por un momento, y al otro lado al siguiente, en un ciclo imprevisible e incesante. Los dos gigantes buscaban afanosamente entre la multitud. Buscaban a alguien.

—¡Allí está! —dijo el personaje de pelo negro.

Ambos la vieron al mismo tiempo. Era joven y muy hermosa, pero también muy inquieta, mirando hacia aquí y hacia allá, con una cámara fotográfica en la mano y una expresión firme y severa en el rostro.

Los dos hombres se abrieron paso apresuradamente por entre la multitud, y se acercaron a ella. Ella no los notó.

—¿Sabes una cosa? —le dijo el de pelo negro—, podrías tratar de mirar a este otro lado.

Con aquel simple comentario, y poniendo ligeramente la mano sobre su hombro, la guió hacia cierto quiosco en particular al otro lado de la calle. Ella avanzó por entre la hierba y envolturas de caramelos, dirigiéndose al quiosco donde varios jovencitos trataban de ganarse mutuamente en el lanzamiento de dardos a los globitos. Nada de eso le interesaba a ella, pero de pronto. . . una sombra que se movía furtivamente detrás de la caseta le llamó la atención. Alistó su cámara, avanzó cautelosamente algunos pasos más, luego llevó rápidamente su cámara al ojo.

El fogonazo del bombillo iluminó los árboles detrás de la caseta mientras que los dos hombres se apresuraban a encaminarse a su próxima cita.

Avanzaban raudamente, sin detenerse, atravesando a grandes pasos la parte principal del pueblo. Su destino final estaba como a kilómetro y medio distante del centro, doblando a la derecha sobre la calle Popular, y avanzando luego como otro kilómetro más, hasta la parte más alta de la colina Morgan. Pocos minutos más tarde, se hallaban frente a una pequeña iglesita blanca, con su césped bien recortado, y un enorme letrero que anunciaba los cultos dominicales. En la parte superior del letrero se leía el nombre: **Iglesia de la Comunidad de Ashton**; y, en letras negras pintadas al apuro sobre el nombre que había constado allí anteriormente, se leía: Pastor: Enrique L. Busche.

Miraron hacia atrás. Desde esta elevada colina se podía observar casi toda la ciudad de extremo a extremo. Hacia el oeste se extendía la brillante feria multicolor. Hacia el oriente se destacaba la señorial ciudad universitaria de Whitmore. A lo largo de la carretera 27, llamada Calle Principal dentro de los límites urbanos, había muchos almacenes, una tienda por departamentos no muy grande, algunas gasolineras, una ferretería, el edificio del periódico local, y algunos negocios de familias locales. Desde la colina la ciudad parecía ser un pueblito típico de los Estados Unidos: pequeño, inocente e inofensivo; como cualquier trasfondo de las pinturas del famoso Norman Rockwell.

Pero los dos visitantes no percibían sólo con sus ojos. Incluso desde este precioso puesto de observación, la verdadera trama del pueblo pesaba grandemente en sus espíritus y en sus mentes. Podían sentirla: intranquila, formidable, creciente, diseñada precisamente para cierto propósito. . . una clase muy especial de maldad.

Para ellos no era raro hacer preguntas, estudiar, hacer pruebas. Más a menudo de lo normal era parte de su trabajo. De modo que, en forma natural se detenían en su tarea, haciendo una pausa para preguntarse: ¿Por qué aquí?

Pero sólo por un instante. Bien podía tratarse de alguna sensibilidad aguda, algún instinto, una impresión muy débil pero para ellos muy discernible, suficiente como para hacer que los dos desaparecieran instantáneamente por una esquina de la iglesia, replegándose contra la pared, casi invisible en la oscuridad. Ni hablaban, ni se movían, sino que observaban con mirada penetrante algo que se acercaba.

La escena nocturna de la quieta calle era una combinación de la tenue luz de la luna y de sombras indefinibles. Había, sin embargo, una sombra que no se movía con el viento, como lo hacían las sombras de los árboles, ni estaba tampoco inmóvil como las sombras de los edificios. Se deslizaba, agazapada, por la calle y hacia la iglesia, y cualquier luz que cruzaba parecía sumergirse en su oscuridad, como si fuera una brecha abierta en el espacio. Pero esa sombra tenía forma, una forma animada como la de una criatura, y a medida que se acercaba a la iglesia se podía oír un sonido: el ruido peculiar de garras que rasguñan la tierra, el monótono aleteo de las alas membranosas que se agitaban por encima de los hombros de la criatura.

Tenía brazos y piernas, pero parecía que se movía sin hacer uso de ellos, cruzando la calle y subiendo por los peldaños de la iglesia. Sus ojos desconfiados y abultados reflejaban la luz azul de la luna llena, con un brillo pálido peculiar. La deforme cabeza sobresalía sobre sus hombros, y bocanadas de rancio aliento brotaban en desiguales silbidos a través de las hileras de aserrados colmillos.

Se rió o tosió. El resoplido que brotaba desde lo más hondo de su garganta bien podía haber sido lo uno o lo otro. Después de sentarse en cuclillas sobre sus piernas, se quedó mirando la tranquila vecindad. Sus quijadas negras y como cuero se apretaron en una malévola mueca macabra. Avanzó hacia la puerta de enfrente. La mano negra atravesó la puerta como si fuera una lanza atravesando un líquido; movió el cuerpo hacia adelante, y penetró también por la puerta, pero sólo hasta la mitad.

De súbito, como si se hubiera estrellado contra una pared en movimiento, la criatura salió lanzada hacia atrás, y cayó dando furiosos tumbos por las gradas. El rojizo brillo de su aliento dejó una huella en forma de tirabuzón en el aire.

Con un grito de furia e indignación, se levantó de la acera donde había caído, y se quedó mirando a la puerta extraña que no le permitía pasar. Entonces comenzó a agitar vertiginosamente las membranas de su espalda, agitando furiosamente el aire, y se lanzó disparada, de cabeza, con un tremendo rugido, hacia la puerta, a través de la puerta, al vestíbulo, y hasta una nube de luz blanca resplandeciente.

La criatura lanzó un tremendo grito y se cubrió los ojos, luego se sintió que una mano enorme y poderosa la agarraba por el pescuezo y se lo apretaba. Un instante más tarde salía despedida hacia el espacio, como si fuera un muñeco de trapo expulsado por la fuerza.

Dio media vuelta vertiginosamente y, con las alas zumbando por la velocidad del aleteo, se lanzó de nuevo como si fuera un proyectil contra la misma puerta, despidiendo vapor rojizo por sus narices, con sus espolones al aire y en posición de ataque; un fantasmagórico silbido salía de su garganta como si fuera una sirena. Como una flecha que atraviesa el blanco, como una bala que atraviesa un tablero, atravesó la puerta y al instante sintió que todas sus entrañas se hacían pedazos.

Hubo una explosión de vapor sofocante, un grito final, y luego los estertores finales de brazos y piernas que languidecían. Después no hubo nada más, excepto el sofocante olor a azufre, y los dos extraños, súbitamente dentro de la iglesia.

El gigante rubio envainó una reluciente espada, mientras que la luz brillante que le rodeaba se desvanecía.

— ¿Un espíritu de persecución? — preguntó.

— O de duda... o de temor. ¿Quién sabe?

— Y eso que fue uno de los más pequeños.

— No he visto ninguno más pequeño.

— En realidad, no. ¿Cuántos dirías que hay?

— Muchos, muchos más que nosotros; y por todas partes. Jamás descansan.

— Eso veo — dijo el otro.

— ¿Qué andan haciendo aquí? Nunca los hemos visto en semejante concentración; al menos, no por aquí.

— La razón no estará oculta por mucho más tiempo.

Miró por el vestíbulo y hacia el santuario.

— Vamos a ver a este hombre de Dios.

Se alejaron de la puerta, y cruzaron el pequeño vestíbulo. En el tablero de anuncios que se veía en la pared se podía leer una solicitud de víveres para una familia necesitada, de una persona para ayudar a cuidar unos niños, y de oración por un misionero enfermo. Un gran rótulo anunciaba una reunión de negocios de toda la congregación para el viernes siguiente. En la pared opuesta, el tablero de registro de las ofrendas indicaba que la colecta había disminuido la última semana, igual que la asistencia: de sesenta y uno a cuarenta y dos.

Avanzaron por el angosto pasillo, por entre las ordenadas filas de bancas de madera oscura barnizada, encaminándose hacia el frente del santuario, donde un pequeño reflector iluminaba una rústica cruz que colgaba sobre el bautisterio. En el centro de la plataforma recubierta de una vetusta alfombra, se levantaba un pequeño púlpito, con una Biblia abierta encima. El mobiliario era pobre, a todas luces; funcional, eso sí, pero nada elaborado; y revelando bien humildad de parte de la gente, o bien sencillamente descuido.

Entonces surgió el primer sonido en el cuadro: un gemido suave, apagado, que procedía del extremo de la banca a la derecha. Allí, arrodillado en ferviente oración, con la cabeza apoyada en la dura madera de la banca, y sus manos juntas con evidente fervor, se hallaba un joven, muy joven; tanto que el rubio pensó en un principio: *joven y vulnerable*. En su semblante se notaba todo, el mismo cuadro de dolor, sufrimiento y amor. Sus labios se movían sin emitir ningún sonido, mientras que nombres, peticiones y alabanzas brotaban a raudales con pasión y lágrimas.

Los dos no pudieron evitar quedarse contemplándolo por un instante, observándolo, estudiándolo, asombrados.

—El pequeño guerrero — dijo el de pelo negro.

El rubio pronunció sus palabras en silencio, mirando al contrito hombre que oraba.

—Sí — observó —, éste es. Incluso ahora mismo está intercediendo de pie delante del Señor por la gente, por el pueblo...

—Casi todas las noches está aquí.

Ante tal comentario, el hombre grande sonrió.

—No es tan insignificante.

—Pero es el único. El está solo.

—No.

El hombre alto sacudió la cabeza.

—Hay otros. Siempre hay otros. Sólo hay que encontrarlos. Por ahora, su solitaria y vigilante oración es el principio.

—Va a sufrir; eso lo sabes.

—También sufrirá el periodista. Y también nosotros.

—¿Pero ganaremos?

Los ojos del hombre alto parecieron arder con renovado fuego.

—Lucharemos.

—¡Lucharemos! — repitió su amigo.

Avanzaron hasta quedar junto al guerrero arrodillado, uno a cada lado; y en ese momento, poquito a poco, como una flor que se abre, una luz blanca empezó a llenar la sala. Iluminó la cruz de la pared posterior, lentamente haciendo relucir los colores y el grano de cada tablón de las bancas, y aumentando en intensidad hasta que el santuario, con toda su sencillez y humildad, revivió con una hermosura no terrenal. Las paredes relucían, la vetusta alfombra brillaba, el pequeño púlpito se erguía como si fuera un centinela iluminado desde atrás por el sol.

Y ahora los dos hombres eran brillantemente blancos, sus vestiduras transfiguradas en vestimentas que parecían arder con intensidad. Sus rostros semejaban bronce bruñido, sus ojos brillaban como fuego, y cada uno llevaba un reluciente cinturón del cual colgaba una centelleante espada. Colocaron sus manos sobre los hombros del joven y luego, como un toldo de seda brillante que se extiende con gracia, membranas casi transparentes empezaron a desplegarse de sus espaldas y hombros, abriéndose hasta llegar a encontrarse por sobre sus cabezas, ondulando suavemente en un viento espiritual.

Juntos ministraron paz a su joven protegido, y las muchas lágrimas de éste empezaron a ceder.

El *Clarín* de Ashton era un periódico típico de un pueblo chico; pequeño y original, a veces con un toque de desorganización, y sin pretensiones. En otras palabras, era la expresión impresa del pueblo de Ashton. Sus oficinas ocupaban un local en la Calle Principal, en el centro del pueblo. Se trataba de un local de apenas un piso, con un enorme ventanal, y una pesada puerta vencida hacia un lado, que tenía en medio una ranura para buzón. El periódico aparecía dos veces por semana, los martes y los viernes, y casi no dejaba ganancia alguna. Por la apariencia de las oficinas y los enseres, era fácil decir que se trataba de un negocio de limitados recursos económicos.

En la parte delantera del edificio se hallaba el área de la oficina y la sala de noticias. Consistía de tres escritorios, dos máquinas de escribir, dos cestos de basura, dos teléfonos, una cafetera eléctrica sin cordón, y lo que parecían ser notas esparcidas por todas partes, papeles, y otros artículos de oficina. Un viejo y gastado mostrador, obtenido de una antigua estación de ferrocarril, formaba una división entre las oficinas y la recepción; y, por supuesto, había una campanilla en la puerta, que sonaba cada vez que alguien entraba o salía.

Detrás de este laberinto de actividad en pequeña escala, había algo que parecía demasiado lujo para un pueblo tan pequeño: una oficina de paredes de cristal para el editor. Era, en realidad, una añadidura reciente. El nuevo editor y propietario había sido anteriormente reportero de una ciudad grande, y tener una oficina con paredes de cristal había sido uno de sus sueños más acariciados.

Este nuevo señor se llamaba Marshall Hogan, un grandulón inquieto y dominante, a quien sus colegas — es decir, el linotipista, la secretaria (que era a la vez la reportera y la encargada de anuncios), el diagramador, y el reportero (que también era columnista) — habían apodado con cariño "Atila Hogan". Había comprado el periódico pocos meses antes, y el contraste entre el pulimento de la gran ciudad y la manera tranquila del pueblo pequeño todavía producía confrontaciones de tiempo en tiempo. Marshall quería un periódico de calidad, que funcionara con eficacia y rapidez, y en el que se respetaran lo plazos señalados, con un lugar para cada cosa y cada cosa en su lugar. Pero la transición del periódico *The New York Times* a *El Clarín* de Ashton era como saltar de un tren que corre a toda velocidad y dar contra una pared de gelatina medio cuajada. Las cosas sencillamente no se movían con igual rapidez en la oficinita, y la eficiencia impulsiva de Marshall solía rendirse a las rarezas de *El Clarín* de Ashton, tales como la de guardar la borra del café para ponerla en la pila de abono del jardín de la secretaria, o que alguien al fin presentara una largamente esperada crónica de intenso interés humano.

Los lunes por la mañana la actividad era febril, y no había tiempo para malestar de fin de semana. La edición del martes estaba en preparación, a toda prisa, y todo el personal sentía los dolores de parto, corriendo de escritorio en escritorio, escurriéndose entre apretujones por el estrecho corredor, llevando los borradores de los textos para artículos y anuncios al linotipista, leyendo las galeradas ya terminadas, y revisando y escogiendo toda clase de fotografías de todos los tamaños, las cuales constarían como puntos destacados de las nuevas páginas.

En la parte posterior, entre luces brillantes, mesas atiborradas y cuerpos que se movían de prisa, Marshall y Tomás, el encargado del emplanaje, trabajaban sobre una mesa inclinada, medio parecida a un enorme atril, armando El Clarín del martes, con los recortes que se veían esparcidos por todas partes. "Esto va aquí, esto no cabe acá, de modo que tenemos que ponerlo en alguna otra parte, esto es demasiado grande. ¿Qué podemos usar para rellenar este espacio vacío?" Marshall empezaba a enfadarse. Todos los lunes y jueves se enfadaba.

— ¡Edith! — llamó a gritos.

La secretaria respondió:

— ¡Ahí voy!

El se lo dijo por enésima vez:

— Las galeradas van en las papeleras que están sobre la mesa, no sobre la mesa, ni tampoco en el piso, ni tampoco en el. . .

— ¡No puse las galeradas en el piso! — protestó Edith mientras entraba apresuraba en la oficina con más galeradas en la mano.

Era una mujer pequeña y fornida, de unos cuarenta años, con la personalidad precisa para soportar la brusquedad de Marshall. Ella era quien sabía mejor que nadie en la oficina dónde encontrar las cosas, sobre todo mejor que su nuevo jefe.

— Las puse exactamente en sus preciosas papeleras, precisamente en el lugar donde usted las quiere tener.

— Entonces, ¿cómo es que están en el piso?

— El viento, don Marshall, y no me haga decir de dónde vino ese viento.

— Está bien, Marshall — dijo Tomás —. Eso completa las páginas tres, cuatro, seis, siete. . . ¿Cómo va la página uno y la dos? ¿Qué vamos a hacer con estos espacios vacíos?

— Pondremos allí la crónica escrita por Berenice sobre el festival, con un buen relato, fotografías de interés humano, lo más completa posible, tan pronto como ella ponga sus pies en este local y nos las entregue. ¡Edith!

— ¡Sí, señor!

12

— Berenice está atrasada ya más de una hora; por decir lo menos. ¡Llámela otra vez!

— Ya lo hice. Nadie contesta.

— ¡Rayos!

Jorge, el linotipista jubilado que trabajaba sencillamente por el gusto del trabajo, se dio vuelta en su silla giratoria, y sugirió:

— ¿Qué tal si empleamos una historia sobre la Parrillada de la Auxiliar de Damas? Estoy a punto de terminarla, y la fotografía de la señora Marmaselle es suficientemente picante como para que nos entablen un buen juicio.

— ¡Claro! — gruñó Marshall —. Precisamente en la primera página. Eso es lo que necesito, una tremenda impresión.

— Entonces ¿qué? — preguntó Edith.

— ¿Alguien asistió al festival?

— Yo me fui a pescar — dijo Jorge —. Ese festival es demasiado frenético para mí.

— Mi esposa no me deja ir — dijo Tomás.

— Yo pude ver algo — dijo Edith.

— Empiece a escribir — le dijo Marshall —. El espectáculo más grande del pueblo en todo el año, y tenemos que poner algo de eso.

El teléfono sonó.

— ¡Salvado por la campana! — dijo Edith al levantar el auricular de la extensión de la sala.

— El Clarín. ¡Buenos días!

De súbito esbozó una enorme sonrisa.

— ¡Berenice! ¿Dónde estás?

— ¿Dónde está ella? — preguntó Marshall al mismo tiempo.

Edith escuchó, y su semblante se llenó de horror.

— Sí... bueno... cálmate, por favor... Sí... bien... no te preocupes... ¡Vamos para allá!

Marshall volvió a preguntar:

— Y bien, ¿dónde rayos está?

Edith le lanzó una furibunda mirada, y le respondió:

— ¡En la cárcel!

2 Marshall bajó de prisa al primer piso de la Estación de Policía de Ashton, e inmediatamente pensó que debía haberse tapado la nariz y los oídos. Detrás de la pesada reja que separaba el ala de celdas, las atiborradas celdas no sonaban ni olían nada diferente de la fiesta de la noche anterior. En su trayecto hasta aquí había notado cuán quietas estaban las calles esta mañana. No era de sorprenderse. Todo el bullicio estaba concentrado en esta media docena de celdas, de paredes de concreto frío, duro y con la pintura descascarándose. Aquí se hallaban todos los vendedores de drogas, los maleantes, escandalosos, borrachos y antisociales que la policía pudo arrebatar del pueblo; reunido en lo que parecía ser un atiborrado zoológico. Para algunos la fiesta parecía continuar, jugando póquer y apostando cigarrillos, y tratando de ganarse el cuestionable honor de contar el cuento más descabellado de aventuras ilícitas. En una de las celdas del fondo, una pandilla de mozalbetes vociferaba a voz en cuello, lanzando toda clase de obscenidades a un grupo de prostitutas, encerradas en la celda contigua, a falta de otro lugar mejor para ponerlas. Otros sencillamente dormitaban en los rincones, amodorrados por la borrachera, por la depresión, o por ambas cosas. Los restantes miraban desde detrás de los barrotes, haciendo comentarios injuriosos y pidiendo caramelos. Se alegró de haber dejado a Caty en el piso de arriba.

Jaime Dunlop, el guardia de turno, estaba en el escritorio de vigilancia, llenando formularios y bebiendo a grandes sorbos un café espeso.

— ¡Hola, señor Hogan! — dijo —. Tenga la bondad de pasar.

— No podía esperar... ¡ni voy a esperar! — replicó al instante.

Se sentía mal. Habiendo llegado al pueblo pocos meses antes, éste había sido su primer festival, y eso ya era suficiente; pero jamás se había imaginado, ni siquiera soñado en esta prolongación de su agonía. Se acercó al escritorio, con su voluminoso cuerpo acentuando su impaciencia.

— ¿Y bien? — exigió.

— ¡Uhmmmm!

— Vengo a sacar a mi periodista del encierro.

— ¡Claro, ya lo sé! ¿Tiene ya la boleta de libertad?

— Escuche. Acabo de pagar la multa a los de arriba. Me dijeron que iban a llamarlo para decírselo.

— Bueno, pues... No he oído nada, y tengo que tener la autorización respectiva.

— Jaime...

— ¡Dígame!

— Su teléfono está descolgado.

— ¡Oh..!

Marshall le colocó el teléfono frente a donde Jaime estaba sentado, asentándolo con tanta fuerza que el timbre del teléfono sonó por el impacto.

— ¡Llámelos!

Marshall se enderezó, y observó a Jaime marcar un número equivocado, volver a marcar, y hacerlo otra vez, tratando de comunicarse. *Igualito al resto del pueblo,* pensó Marshall pasándose nerviosamente los dedos por la cabeza, que empezaba ya a blanquear. Es un lindo pueblo, por supuesto. Atractivo, tal vez un poco tonto, parecido a un muchacho atolondrado que siempre anda metiéndose en problemas. Las cosas no eran mucho mejor en la ciudad, trató de recordarse a sí mismo.

— Este... señor Hogan — volvió a preguntar Dunlop, con su mano sobre el receptor —, ¿con quién dice usted que habló?

— Kinney.

— El sargento Kinney, por favor.

Marshall estaba impaciente.

— Déme las llaves de la reja. Voy a decirle a mi reportera que estoy aquí.

Jaime le alargó las llaves de la reja. Ya se las había visto antes con Marshall Hogan.

Una andanada de burlona bienvenida brotó de las celdas, junto con un aluvión de colillas de cigarrillos y silbidos de música marcial acompañando su caminar. No perdió tiempo para hallar la celda que buscaba.

— Está bien, Berenice. ¿Dónde está usted!

— Sáqueme de aquí, Hogan — vino la réplica de una voz femenina desesperada y enfurecida, casi desde el fondo.

— Bien, pues, alargue el brazo, mueva la mano, o haga algo.

Una mano sobresalió por entre los cuerpos y los barrotes, agitándose desesperadamente. Marshall se acercó, le dio una palmada a la mano extendida, y se encontró frente a frente a Berenice Krueger, su preciada reportera y columnista, que estaba detenida. Era una joven hermosa y atractiva, de unos veinticinco años. Su cabellera castaña y larga estaba toda alborotada y en desorden, igual que sus anteojos de marco metálico. Obviamente había tenido una noche terrible, y se hallaba en compañía de una docena de mujeres, algunas de más edad, otras sorprendentemente más jóvenes, casi todas ellas prostitutas arrestadas la noche anterior. Marshall no supo si reírse o escupir.

— No voy a dar rodeos. Usted luce terrible — dijo.

— Fiel a mi profesión. Ahora soy una buscona.

— Exacto, eso mismo; como una de nosotras — replicó una muchacha regordeta.

Marshall hizo una mueca, y sacudió la cabeza.

— ¿Qué clase de preguntas andaba haciendo por allí?

— Ninguna anécdota de anoche es chistosa. No es para reírse. La tarea asignada fue un insulto, en primer lugar.

— Alguien tenía que cubrir el festival.

— Pero todos teníamos toda la razón en nuestros pronósticos; nada nuevo hubo debajo del sol, ni debajo de la luna.

— Pero la arrestaron.

— Todo por lograr captar la atención del lector con alguna noticia escandalosa. ¿Qué otra cosa había allí que valga la pena usar para noticia?

— Léamelo, por favor.

Una muchacha con acento latino replicó desde atrás de la celda:

— Ella trató de pescar con el señuelo equivocado.

— Todo el mundo que escuchó el comentario estalló en carcajadas.

— ¡Exijo que me saquen de aquí! — dijo Berenice echando chispas —. ¿Acaso se le han pegado los pies al piso? ¡Vamos! ¡Haga algo!

— Jaime está hablando por teléfono con Kinney. Ya pagué la fianza. Ya vamos a sacarla de allí.

Berenice se tomó unos instantes para serenarse, y luego le informó:

— En respuesta a su pregunta, yo estaba haciendo entrevistas cortas, tratando de obtener buenas fotografías, buenas anécdotas, alguna cosa buena. Pensé que Nancy y Rosita, estas dos jóvenes — señaló a las dos mujeres, que bien podrían pasar por gemelas, las cuales le sonrieron a Marshall — se estaban preguntando qué andaba yo haciendo, dando vueltas por los predios de la feria como si estuviera asustada. Entablamos una conversación que en realidad no nos conducía a nada que valiera la pena para noticias, pero sí nos metió en problemas cuando Nancy se ofreció a un policía en traje de civil, y nos arrestaron a todas.

— Pienso que ella será buena para eso — replicó Nancy mientras Rosa le propinaba un codazo jugando.

Marshall preguntó:

— Pero, ¿no les mostró su carnet de identificación de prensa?

— Ni siquiera me dieron la oportunidad. Claro que les dije quién era.

— Pero, ¿pudieron oírla?

Marshall entonces les preguntó a las otras mujeres.

— ¿Pudieron oírla?

Todo lo que hicieron fue encogerse de hombros. Berenice alzó la voz y gritó:

— ¿Es esta voz suficientemente fuerte como para que se me oiga? La usé anoche cuando me ponían las esposas.

— Bienvenida a Ashton.

— ¡Voy a hacer que lo despidan!

— Todo lo que conseguirá es ponerse verde de rabia.

Hogan alzó su mano para calmarla e impedir otro estallido.

— ¡Vamos! Escuche. No vale la pena. . .

— ¡Hay diferentes escuelas de pensamiento!

— Berenice. . .

— Tengo unas cuantas cosas que me encantaría imprimir, a cuatro columnas, sobre un superpolicía, y ese cretino inútil que tienen por jefe. ¿Dónde está él, después de todo?

— ¿Quién? ¿Se refiere a Brummel?

— El tiene una linda manera de desaparecer cuando le conviene. El sabe quién soy yo. ¿Dónde está él?

— No lo sé. No pude localizarlo esta mañana.

— ¡Y me dio las espaldas anoche!

— ¿A qué se refiere?

De súbito ella apretó los labios, pero Marshall leyó en su semblante claro como el día: "No se olvide de preguntármelo más tarde."

En ese momento se abrió la enorme puerta, y entró Jaime Dunlop.

— Hablaremos de eso más tarde — dijo Marshall —. ¿Todo listo, Jaime?

Jaime estaba demasiado intimidado por los gritos, demandas, insultos y mofas que procedían de las celdas, como para contestar. Pero tenía la llave de la celda en su mano, y eso era suficiente.

— Aléjense de la puerta, por favor — ordenó.

— ¿Cuándo vas a cambiar la voz? — fue la respuesta que recibió.

Las mujeres se alejaron un poco de la puerta. Jaime la abrió, y Berenice salió rápidamente, cerrándola de nuevo con un tirón.

— Esta bien — dijo Jaime —. Usted está libre bajo fianza. Ya recibirá la notificación para su proceso judicial.

— ¡Simplemente devuélvame mi cartera, mi identificación de periodista, mi cuaderno de apuntes y mi cámara! — dijo Berenice entre dientes, encaminándose hacia la puerta.

Caty Hogan, una pelirroja esbelta y distinguida, había tratado de emplear lo mejor posible el tiempo de espera en la sala del tribunal. Había mucho qué observar después del festival, aun cuando en realidad no era nada placentero: algunas almas que daban lástima eran escoltadas y arrastradas al encierro, retorciendo sus muñecas esposadas, y lanzando toda clase de obscenidades; muchos otros acababan de quedar en libertad, después de pasar la noche tras las rejas. Parecía casi como un cambio de turnos en alguna fábrica extravagante; el primer turno saliendo, avergonzados, llevando sus escasas pertenencias en bolsas de papel, y el segundo turno entrando, esposado y furioso. La mayoría de los agentes policiacos eran extraños, traídos de otras partes, contratados para reforzar la escasa fuerza policial de Ashton; y no se les estaba pagando para que fueran amables y corteses.

La mujer de cara abultada que se hallaba en el escritorio principal tenía dos cigarrillos que humeaban en su cenicero, pero no tenía tiempo qué perder recibiendo los papeles de cada caso que entraba o que salía. Desde el punto de vista de Caty toda la operación parecía hecha al apuro y al descuido. Había unos cuantos abogadillos repartiendo sus tarjetas personales, pero una noche en la cárcel parecía ser lo máximo que la mayoría de esta gente podía soportar, y ahora todos querían poder marcharse del pueblo en paz.

Caty inconscientemente sacudió la cabeza. Pensar que la pobre Berenice había sido arrastrada hasta este lugar al igual que tanta basura. De seguro que estaría furiosa.

Sintió un brazo gentil que la abrazaba fuertemente, y se dejó apretar por el abrazo.

—¡Ummmmm! —dijo—. Eso es un cambio agradable.

—Después de lo que me ha tocado ver allá abajo, necesito alguien que me cure —le dijo Marshall.

Ella le puso los brazos encima y le dio un fuerte apretón.

—¿Es así todos los años? —preguntó ella.

—No. He oído decir que cada vez se pone peor.

Caty sacudió la cabeza de nuevo, y Marshall añadió:

—Pero *El Clarín* tiene que decir algo sobre esto. Ashton necesita un cambio de dirección; deberían poder verlo ahora.

—¿Cómo está Berenice?

—Ella va a ser una excelente escritora de editoriales por un buen rato. Ella está bien. Sobrevivirá.

—¿Vas a hablar con alguien en cuanto a esto?

—Alfredo Brummel no está por aquí. Es muy listo. Pero ya lo pescaré más tarde, y veré qué puedo hacer. En realidad, no me haría mal poder recuperar mis veinticinco dólares.

—Bueno, tal vez está ocupado. No me gustaría nada ser el jefe de policía en un día como estos.

—Le va a gustar menos con nuestra contribución.

La salida de Berenice de su noche de cárcel venía marcada por un semblante furibundo, y pasos cortos y ligeros sobre el linóleo. Ella también venía trayendo su bolsa de papel, rebuscando furiosamente para asegurarse de que todo estaba allí.

Caty le extendió los brazos para darle un reconfortante abrazo.

—Berenice, ¿cómo estás?

—El nombre de Brummel pronto andará por los suelos, y el nombre del alcalde quedará lleno de fango, y ni siquiera voy a poder escribir el nombre que le voy a poner a ese policía. Estoy furiosa. Pude haber pescado un resfriado, y necesito desesperadamente un buen baño.

—Bueno, pues —dijo Marshall—, desquítese en la máquina de escribir; mate unos cuantos pájaros de un tiro. Necesito la crónica del festival para la edición del martes.

Berenice rebuscó de inmediato en sus bolsillos, y sacó un puñado de papel higiénico arrugado, y se lo extendió a Marshall con gesto firme.

— Su leal reportera, siempre trabajando — dijo —. ¿Qué más había para hacer allí adentro, aparte de contemplar las peladuras de la pintura de la pared y esperar en línea para usar el excusado? Creo que usted encontrará que la narración es muy descriptiva, y para añadirle un poco más de sabor he intercalado algunas de las entrevistas cortas que logré hacerles a algunas de las prostitutas que estaban presas también. ¿Quién sabe? Tal vez hará que este pueblo empiece a preguntarse hacia dónde se dirige.

— ¿Hay alguna fotografía? — preguntó Marshall.

Berenice le extendió un rollo de película.

— Aquí encontrará algo que puede usar. Todavía tengo película en la cámara, pero eso es algo que me interesa personalmente.

Marshall sonrió. Estaba impresionado.

— Tómese el día libre. Las cosas parecerán mejor mañana.

— Tal vez para entonces habré recobrado mi objetividad profesional.

— También olerá mejor.

— ¡Marshall! — dijo Caty.

— Está bien — dijo Berenice—. El siempre anda diciéndome cosas como esas.

Para entonces ya había recobrado su cámara, su cédula de identificación y su cartera, y arrojó la bolsa de papel desdeñosamente a un cesto de basura.

— Bien, ¿cuál es la situación en cuanto a automóviles?

— Caty trajo su auto — explicó Marshall —. Si usted puede llevar a Caty a casa, eso me ayudaría enormemente. Tengo que regresar al periódico para tratar de salvar unas cuantas cosas, y luego tengo que tratar de encontrar a Brummel.

Los pensamientos de Berenice engranaron de inmediato.

— Brummel.. ¡Exacto! Tengo que hablarle sobre eso.

Antes de darle tiempo a que replicara con un sí o un no, ella empezó a halar a Marshall, y él apenas pudo dar a Caty una mirada como pidiendo disculpas antes de que él y Berenice dieran vuelta a la esquina del corredor, y quedaran fuera de la vista, cerca de las puertas de los servicios sanitarios.

Berenice hablaba en voz baja.

— Si usted va a acosar al jefe Brummel hoy, quiero que sepa lo que yo sé.

— ¿Además de lo que es obvio?

— ¿Qué es un don nadie, un cobarde y un cretino? Sí, además de eso. Son observaciones a retazos, sin mayor conexión, pero tal vez algún día tengan sentido. Usted siempre dice que hay que tener los ojos abiertos para los detalles. Creo que vi a su pastor y al jefe juntos anoche en el festival.

— ¿El pastor Young?

— ¿De la Iglesia Cristiana Unida de Ashton, verdad? Presidente de la agrupación ministerial, que aprueba la tolerancia religiosa y condena la crueldad para con los animales.

— Sí, es verdad.

— Pero Brummel ni siquiera asiste a su iglesia, ¿verdad?

— No, él asiste a la otra, la chiquita de la colina.

— Ellos estaban detrás de la caseta de lanzar dardos, en la semioscuridad con otras personas, una mujer rubia, un viejo rechoncho y pequeño, y una que parecía un fantasma con gafas oscuras. ¡Gafas oscuras de noche?

Marshall no parecía impresionado.

Ella continuó como si tratara de vender algo.

— Creo que cometí un pecado capital contra ellos: les tomé una fotografía, y por todas las apariencias ellos no querían que lo hiciera. Brummel se puso muy nervioso y tartamudeaba al hablar. Young me dijo con tono firme que me alejara: "Esta es una reunión privada." El vejete se alejó como para que no lo viera, y la mujer que parecía fantasma se quedó boquiabierta mirándome.

— ¿Ha pensado usted en cómo le va a parecer todo eso después de un buen baño y una noche de sueño decente?

— Solamente déjeme terminar, ¿le parece? Ahora, pocos momentos después de aquel pequeño incidente fue cuando Nancy y Rosa me engatusaron. Quiero decir, no fui yo quien se acercó a ellas; ellas me buscaron, y pocos momentos más tarde vinieron los policías, me arrestaron y me confiscaron mi cámara.

Ella podía notar que no estaba llegando a ninguna parte. Marshall miraba a todos lados impacientemente, tratando de regresar al vestíbulo.

— Está bien, está bien. Una cosa más — continuó ella, tratando de detenerlo —. Brummel estaba allí, Marshall. El lo vio todo.

— ¿Qué todo?

— Mi arresto. Yo estaba tratando de explicarle al policía quién era yo, y trataba de mostrarle mi cédula de identificación; pero todo lo que hizo fue quitarme mi cámara, y me puso las esposas. Yo volví a mirar hacia la caseta de los dardos, y vi a Brummel observando. Se agazapó en seguida, pero le juro que yo lo vi contemplando todo el asunto. Marshall, lo repasé todo otra vez anoche, y lo volví a repasar vez tras vez, y pienso,. . . bueno, no sé qué pensar, pero tiene que significar algo.

— Para continuar la escena — se aventuró a decir Marshall —, la película ha desaparecido de la cámara.

20

Berenice verificó.

— Todavía está allí; pero eso no significa nada.

Hogan lanzó un suspiro, y se quedó pensando por unos momentos.

— Bien, pues, use el resto del rollo, y trate de conseguir algo que podamos usar. ¿De acuerdo? Luego lo revelaremos y veremos qué tenemos. ¿Podemos irnos ya?

— ¿Alguna vez he cometido antes una equivocación impulsiva, imprudente o atolondrada como ésta?

— Por supuesto que sí.

— ¡Vamos! ¡Por lo menos concédaseme un poco de gracia esta vez!

— Trataré de cerrar los ojos.

— Su esposa lo espera.

— Ya lo sé.

Marshall no supo qué decirle a Caty cuando regresó al lado de ella.

— Lo lamento... — murmuró.

— Bien, veamos — dijo Caty, tratando de reiniciar la conversación en el punto que la habían dejado —, estábamos hablando en cuanto a vehículos. Berenice, yo tuve que traer tu auto, para que tú tengas en qué irte a casa. Si de paso me dejas en mi casa...

— Por supuesto — dijo Berenice.

— Marshall, tengo un montón de cosas que hacer esta tarde. ¿Puedes recoger a Sandra después de su clase de psicología?

Marshall no respondió palabra, pero su expresión mostró un rotundo no.

Caty sacó el llavero de su cartera, y se lo dio a Berenice.

— Tu auto está a la vuelta de la esquina, junto al nuestro, en el espacio reservado para la prensa. ¿Qué tal si te vas a buscarlo?

Berenice comprendió la indirecta, y salió. Caty se acercó a Marshall con un gesto cariñoso, y se quedó mirándolo por unos instantes.

— ¡Vaya! ¡Vamos! Haz el intento. Por lo menos esta vez.

— Pero las peleas de gallos son ilegales en este estado.

— Si me lo preguntas, ella no es muy diferente de su viejo progenitor.

— No sé por donde empezar — respondió él.

— Simplemente ir a recogerla significará mucho. Trata de sacarle provecho a eso.

Mientras se dirigían a la puerta, Marshall miró alrededor, y dejó que sus sentimientos encontraran expresión.

— ¿Puedes figurarte qué es lo que ocurre en este pueblo, Caty? Parece ser cierto tipo de enfermedad. Por aquí todo el mundo ha pescado la misma extraña enfermedad.

Una mañana de sol siempre hace que los problemas de la noche anterior parezcan menos severos. Esto fue lo que el pastor Enrique Busche pensó mientras abría la puerta de tela metálica del frente, y salía al pequeño descanso de cemento. Vivían en una casita de un solo dormitorio, de vivienda barata, no lejos de la iglesia. La casa parecía una cajita de fósforos colocada en una esquina, con sus paredes de tablas, un diminuto patio y techo musgoso. No era mucho, y a menudo parecía todavía menos, pero era todo lo que podía pagar con su sueldo como pastor. Bueno; no estaba quejándose. Por lo menos María y él se habían acomodado, tenían un techo sobre su cabeza; y la mañana era hermosa.

Este era su día de dormir hasta tarde, y dos litros de leche lo esperaban junto a los escalones. Los recogió, vislumbrando ya su tazón de cereal con leche, un ápice de distracción de sus problemas y tribulaciones.

Había atravesado problemas antes. Su padre había sido pastor mientras Enrique crecía, y ambos habían atravesado muchas glorias y contratiempos, del tipo que vienen cuando se empieza iglesias, o cuando se es pastor itinerante. Enrique supo, desde joven, que esta era la clase de vida que quería para sí mismo, que esta era la manera en que quería servir al Señor. Para él, la iglesia siempre había sido un lugar emocionante para trabajar, emocionante al ayudar a su padre años atrás, emocionante al asistir a la escuela bíblica y al seminario, y luego al tener dos años como aprendiz interno de pastor. Era emocionante también ahora, pero se asemejaba a la emoción que deben haber sentido los tejanos en el Alamo. Enrique tenía apenas veintiséis años, y por lo general estaba lleno de energía. Pero este sitio, su primer pastorado, parecía ser un lugar difícil para encender o esparcir ningún fuego. Alguien había empapado toda la leña, y todavía no sabía qué hacer con la situación. Por alguna razón lo habían elegido como pastor, lo cual significaba que alguien en la iglesia quería su estilo de ministerio, pero, también estaban los demás, aquellos que. . . hacían el asunto emocionante. Lo hacían emocionante cada vez que predicaba sobre el arrepentimiento; lo hacían emocionante cada vez que los confrontaba con el pecado en la congregación; lo hacían emocionante cada vez que él traía a colación la cruz de Cristo y el mensaje de salvación. En este punto, era la fe de Enrique, y su seguridad de hallarse donde Dios lo quería tener, más que cualquier otro factor, lo que lo mantenía en su puesto, firme incluso mientras lo acribillaban por todos lados. *Bueno*, pensó Enrique, *disfrutemos por lo menos de la mañana. El Señor la puso allí precisamente para disfrutarla.*

Si hubiera entrado a la casa retrocediendo, sin darse vuelta, se habría ahorrado el ultraje, y conservado su espíritu alegre. Pero se le ocurrió darse vuelta, e inmediatamente se topó con las enormes letras negras, desiguales y pintadas en el frente de la casa: "DENSE POR MUERTOS, _____." La última palabra era obscena. Sus ojos la vieron, luego recorrieron lentamente la casa de lado a lado. Era una de esas cosas que la mente no registra de inmediato. Todo lo que pudo hacer fue quedarse contemplando la pared por unos instantes, primero preguntándose quién podía haberlo hecho, luego preguntándose por qué, después si acaso se podría limpiar la pintura. Se acercó a mirar, y tocó la pintura con un dedo. Tenía que haber sido pintado durante la noche. La pintura estaba completamente seca.

— Cariño — vino la voz de María desde adentro —, dejaste la puerta abierta.

— ¡Ummmmmmm.. !

Fue todo lo que respondió él, no teniendo mejores palabras. En realidad, no quería que ella se diera cuenta.

Entró en la casa, cerrando firmemente la puerta, y se sentó junto a la joven y hermosa María, frente al tazón de cereal y las tostadas con mantequilla.

Para Busche este era su rinconcito soleado, su juguetona esposa con su risita melódica. Era como una preciosa muñeca, pero también tenía agallas reales. Enrique a menudo lamentaba que ella tuviera que atravesar los problemas que los acosaban ahora. Después de todo, ella bien pudo haberse casado con algún comerciante estable y aburrido, o algún vendedor de seguros. Pero ella le daba un excelente respaldo, siempre a su lado, siempre confiando en que Dios hará lo mejor y siempre creyendo en Enrique también.

— ¿Qué ocurre? — preguntó ella inmediatamente.

¡Rayos!, pensó Enrique; uno hace lo posible por ocultarlo, uno trata de actuar con normalidad, pero ella todavía se da cuenta.

— Ummmmm. . . — empezó él.

— Todavía molesto por la reunión de la junta.

— Ahí está tu salida, Busche.

— Sí, un poco.

— Ni siquiera te oí llegar anoche. ¿Duró realmente la reunión hasta tan tarde?

— No. Alfredo Brummel tuvo que salir para asistir a alguna otra reunión importante, acerca de la cual ni siquiera quería hablar; y los otros, bueno, ya sabes, dijeron lo que querían decir y luego se fueron a casa, dejándome como para que yo mismo me lamiera las llagas. Me quedé por un rato para orar. Creo que dio resultado. Me siento mejor ahora.

Su semblante se iluminó un poquito.

— A decir verdad, realmente sentí que el Señor vino anoche para consolarme.

— Todavía pienso que fue un tiempo muy raro para citar a una reunión de la junta, en medio del festival —dijo ella.

—¡Y domingo por la noche! —dijo él, mientras masticaba su cereal—. Ni siquiera había terminado la invitación, cuando ellos ya estaban llamando a la reunión.

—¿Acerca de lo mismo?

—Pienso que simplemente están usando a Luis como una excusa para crear problemas.

—Bien, ¿qué les dijiste?

—Lo mismo de siempre, vez tras vez. Que hemos hecho exactamente lo que la Biblia dice: Fui a hablar con Luis, luego Juan y yo fuimos a hablar de nuevo con él, y después lo presentamos ante la iglesia; luego lo separamos de la comunión de la iglesia.

—Parece que eso fue lo que la congregación decidió. Pero, ¿por qué la junta no puede aceptarlo? ¿No saben leer? ¿Acaso los Diez Mandamientos no dicen algo en contra del adulterio?

—Lo sé, lo sé.

Enrique dejó a un lado la cuchara, para poder hacer libremente su ademán.

—¡Anoche estaban realmente enfadados contra mí! Empezaron a mencionar todo eso de que no debemos juzgar para no ser juzgados. . .

—¿Quién lo dijo?

—Los mismos del grupo de Alfredo Brummel: Alfredo, Sam Turner, Gerardo Mayer. . . Tú sabes; la vieja guardia.

—No dejes que te zarandeen de lado a lado.

—En todo caso, ellos no van a cambiar mi manera de pensar. No sé con qué clase de seguridad de trabajo me deja eso a mí.

Ahora era María la que estaba indignada.

—Pero, ¿qué le pasa a Alfredo Brummel? ¿Tiene algo en contra de la Biblia, o en contra de la verdad? ¿O qué? Si no es así, ¡tiene que ser alguna otra cosa!

—Jesucristo también lo ama a él, María —dijo Enrique—. Es sencillamente que él se siente culpable. Es un pecador, y lo sabe, y gente como nosotros siempre le cae mal a la gente como él. El pastor anterior predicaba la palabra de Dios, y a Brummel no le gustaba eso. Ahora yo estoy predicando la Palabra, y tampoco le gusta. El tiene mucha influencia en la iglesia, de modo que me figuro que piensa que puede dictar lo que se dice desde el púlpito.

—Pues bien, ¡no puede!

—No en mi caso, por lo menos.

—Entonces, ¿por qué simplemente no se va a otra iglesia?

Enrique levantó su dedo, apuntando dramáticamente.

—Esa, mujer querida, ¡es una muy buena pregunta! Parece haber cierto método en su necedad, como si la misión de su vida fuera destruir pastores.

— Es como el cuadro que andan pintando de ti. Simplemente tú no eres así.

— Ummmmm... ¡Ah, sí, pintura! ¿Estás preparada?

— ¿Preparada para qué?

Enrique aspiró hondamente, lanzó un suspiro y la miró con ternura.

— Tuvimos visitas anoche. Pintaron palabrotas en el frente de la casa.

— ¿Qué? ¿De nuestra casa?

— Bueno... del dueño de la casa.

Ella se levantó.

— ¿Dónde?

Salió por la puerta del frente, con sus zapatillas de peluche rozando el cemento.

— ¡Oh, no!

Enrique se le unió, y se quedaron contemplando el espectáculo. Allí estaba todavía, real y crudo.

— ¡Eso sí que me enfurece! — declaró llorando —. ¿Qué les hemos hecho nosotros?

— Pienso que acabamos de mencionarlo — sugirió Enrique.

María no captó lo que él quería decir, pero tenía su propia teoría, la más obvia.

— Tal vez el festival... siempre incita lo peor de la gente.

Enrique tenía su propia teoría también, pero no dijo nada. Pensó que tenía que ser alguien de la iglesia. Le habían puesto toda clase de apodos y nombres: fanático, indeciso, buscapleitos con moralidad excesiva. Lo habían acusado de homosexual y de golpear a su esposa. Algún miembro de la iglesia enfurecido podía haber pintado la leyenda, tal vez algún amigo de Luis Stanley, el adúltero, tal vez el mismo Stanley. Probablemente nunca lo sabría, pero eso no importaba. Dios lo sabía.

3 Apenas unos pocos kilómetros al este del pueblo, sobre la carretera 27, un lujoso automóvil negro corría a gran velocidad. En el asiento posterior, un hombre rechoncho de mediana edad hablaba de negocios con su secretaria, una joven esbelta de cabellera larga y negra, y de piel clara. El hablaba en forma cortante y escueta, mientras ella tomaba notas taquigráficas. El describía un negocio en gran escala. De súbito el hombre recordó algo.

— Eso me recuerda... — dijo, y la secretaria levantó la vista del cuaderno de apuntes —. La profesora dice que me envió un paquete hace unos días, pero no recuerdo haberlo recibido.

— ¿Qué clase de paquete?

—Un libro pequeño. Un asunto personal. ¿Por qué no tomas nota para que te acuerdes de verificarlo cuando regresemos al rancho? La secretaria abrió el cuaderno, e hizo como que anotaba algo. En realidad, no escribió nada.

Era la segunda vez que Marshall iba a la Plaza de la Corte el mismo día. La primera vez fue para prestar fianza para Berenice, y ahora era para ver al mismo hombre que Berenice quería colgar: Alfredo Brummel, el jefe de policía. Cuando finalmente *El Clarín* fue enviado a las prensas, Marshall estaba a punto de llamar a Brummel; pero Sara, la secretaria de Brummel, llamó primero, e hizo la cita para las dos de la tarde. *Esa fue una buena movida*, pensó Marshall. Brummel pedía una tregua antes que la artillería empezara a rodar.

Estacionó su auto en el espacio reservado para la prensa, frente al edificio de la corte. Se detuvo por un instante para contemplar la calle, observando los estertores finales de la noche del último domingo del festival. La calle Principal se esforzaba por volver a ser la misma, pero el ojo observador de Marshall veía que el pueblo parecía caminar cojeando, como si estuviera cansado, molido, pesado. Los usuales grupitos de peatones medio apurados ahora se detenían, miraban, sacudían su cabeza, se lamentaban. Por generaciones Ashton se había enorgullecido de sus raíces bien plantadas y su dignidad, y se había esforzado por ser un buen lugar donde criar a los hijos. Pero ahora había tensiones internas, ansiedades, temores, como si algún tipo de cáncer estuviera devorando al pueblo, y destruyéndolo de manera invisible. En lo exterior se veía el desagradable espectáculo de vitrinas recubiertas de madera contrachapada, medidores de estacionamiento destrozados, y la basura y las botellas rotas regadas por toda la calle. Pero aun cuando los comerciantes barrían y recogían la basura frente a sus tiendas y almacenes, parecía haber una convicción tácita de que los problemas interiores persistirían, y que las dificultades continuarían. El crimen iba en aumento, especialmente entre la juventud. La simple confianza en el vecino disminuía vertiginosamente. Nunca antes se habían escuchado tantos rumores, escándalos y chistes obscenos en el pueblo. A la sombra del temor y de la sospecha, la vida iba gradualmente perdiendo su alegría y simplicidad; aun cuando parecía que nadie sabía el cómo ni el porqué.

Marshall se encaminó hacia la Plaza de la Corte. La plaza consistía en dos edificios cuidadosamente adornados con arbustos y plantas, que compartían un estacionamiento común. De un lado estaba la corte, edificio de ladrillo, de dos pisos. Allí también estaba el departamento de policía, y en el sótano se hallaban las celdas. Un auto patrullero estaba en el estacionamiento. De otro lado se hallaba el palacio municipal, también de dos pisos, con frente de cristal. Allí se albergaba la oficina del alcalde, el concejo municipal y otras autoridades. Marshall se dirigió a las oficinas de la corte.

Entró por la puerta cuya leyenda decía "Policía", y encontró que la pequeña área de recepción estaba vacía. Podía oír voces desde el fondo del pasillo y detrás de algunas puertas cerradas; pero Sara, la secretaria, parecía estar por el momento fuera de su oficina.

Detrás del mostrador de recepción se veía un enorme archivador que se balanceaba lentamente, y se oían gruñidos y gemidos que procedían de la parte baja del mismo. Marshall se asomó por sobre el mostrador, para contemplar un espectáculo cómico. Sara, de rodillas, con su vestido desarreglado, se hallaba en plena batalla con una gaveta atascada que se había atorado contra el escritorio de ella. Aparentemente el marcador decía: Archivador 3, Pantorrillas de Sara 0; y Sara había llevado la peor parte, igual que sus medias.

Ella dejó escapar una última maldición en el mismo instante que alcanzaba a verlo asomado por sobre el mostrador. Para entonces ya era tarde para recobrar su acostumbrada compostura.

— Hola, señor Hogan. . .

— Póngase botas de soldado la próxima ocasión. Sirven mejor para dar puntapiés a los muebles.

Por lo menos se conocían mutuamente, y Sara se sintió aliviada por eso. Marshall había estado en su oficina tantas veces que era conocido por la mayoría del personal.

— Estos — dijo ella con tono de guía de turismo — son los preciosos y célebres archivadores del señor Alfredo Brummel, el jefe de policía. El acaba de conseguir nuevos archivadores, flamantes, de modo que a mí me tocó heredar estos. La razón por la cual tenían que ponerlos en mi oficina es algo que jamás podré entender, pero debido a sus órdenes expresas es donde deben quedarse.

— Son demasiado feos para la oficina de él.

— Pero es que él. . . usted sabe. Bueno, pues, tal vez un tapizado de papel les dará mejor presentación. Si tenían que trasladarlos a este sitio por lo menos deberían haber hecho que sonrieran.

En ese instante sonó el intercomunicador. Ella oprimió el botón, y contestó.

— Sí, señor.

Se escuchó la voz de Brummel.

— ¿Qué pasa? Mi alarma de seguridad está sonando.

— Lo lamento. Fui yo. Estaba tratando de cerrar una de las gavetas de sus archivadores.

— Ya veo. Está bien. A ver si logra arreglar eso. ¿Eh?

— Marshall Hogan está aquí, y quiere verlo.

— Está bien. Hágalo pasar.

Ella levantó la vista a Hogan, y sacudió su cabeza en forma patética.

— ¿Tiene usted una vacante para secretaria? — musitó.

Marshall sonrió. Ella explicó:

— El ha colocado estos archivadores junto al botón de alarma silenciosa. Cada vez que abro una de las gavetas, el edificio queda sitiado.

Con un ademán de despedida, Marshall se encaminó a la puerta más cercana, y entró en la oficina de Brummel. Alfredo Brummel se puso de pie y le extendió la mano, exhibiendo una enorme sonrisa.

—¡Vaya! ¡Allí está el hombre!

— ¿Qué tal, Alfredo?

Se estrecharon las manos mientras Brummel hacía pasar a Marshall y cerraba la puerta detrás de ellos. Brummel había sido policía de una ciudad grande, se hallaba en los treinta, estaba soltero y tenía un gusto especial por lujos que eran demasiado para su salario de policía. Siempre se presentaba como un tipo agradable, pero Marshall nunca se confió de él. Pensándolo bien, ni siquiera parecía caerle bien. Demasiados dientes mostrándose sin ninguna razón.

— Bien — Brummel continuó —. Tome asiento, tome asiento.

Empezó a hablar de nuevo incluso antes de que alguno de los dos lograra acomodarse.

— Parece que cometimos una equivocación cómica este fin de semana.

Marshall recordó la vista de su reportera encarcelada junto con prostitutas.

— Berenice no pasó la noche riéndose, y yo he perdido veinticinco dólares.

— Bueno — dijo Brummel, abriendo el cajón superior de su escritorio —, por eso es que nos hemos reunido, para aclarar las cosas. Tenga.

Sacó un cheque y se lo extendió a Marshall.

— Este es el reembolso del dinero de la fianza, y quiero que sepa que Berenice recibirá una disculpa oficial firmada por mí mismo y por esta oficina. Pero, Marshall, por favor, dígame qué fue lo que pasó. Si yo hubiera estado allí presente, habría podido evitar la equivocación.

— Berenice dice que usted estuvo allí.

— ¿De veras? ¿Dónde? En realidad, toda la noche estuve yendo y viniendo de la estación, pero. . .

— No, ella lo vio a usted en la feria.

Brummel forzó una sonrisa más grande todavía.

— Bueno, en realidad no sé a quién ella vio en realidad, pero yo no estuve en la feria anoche. Estuve muy ocupado aquí.

Marshall tenía demasiada inercia como para detenerse en ese momento.

— Ella lo vio a usted precisamente en el sitio y en el momento en que la arrestaron.

Brummel se hizo el desentendido.

— Siga, siga. Dígame qué pasó. Quiero llegar hasta el fondo de este asunto.

Marshall detuvo súbitamente su ataque. No supo por qué. Tal vez por cortesía. Tal vez por intimidación. Cualquiera que fuere la razón, empezó a restar importancia a la historia, en forma llana, como si fuera noticia, más o menos en la forma en que la había escuchado de Berenice, pero dejando fuera los detalles que comprometían a Brummel.

Mientras hablaba, sus ojos estudiaban a Brummel, así como la oficina, particularmente los detalles de la decoración y la distribución de muebles. Era algo casi inconsciente. A través de los años había desarrollado un instinto para observar y recoger información sin dejar ver lo que estaba haciendo. Tal vez era debido a que no confiaba en este hombre, pero incluso aun cuando confiara en él, un periodista siempre es un periodista. Podía deducir que la oficina de Brummel pertenecía a un hombre quisquilloso. Desde el escritorio cuidadosamente brillante y ordenado hasta los lápices en la ranura, cada detalle contribuía a un perfecta agudeza.

En la pared, donde estaban los archivadores, se veían nuevos estantes y archivadores de roble pulido, con puertas de cristal y cerrajería de bronce.

— Subiendo la escala, ¿verdad, Alfredo? — acotó Marshall, mirando a los archivadores.

— ¿Le gustan?

— Me encantan. ¿Qué son?

— Un reemplazo muy atractivo para los viejos archivadores. Esto muestra lo que se puede hacer si se ahorran los centavos. Me disgustaba tener esos viejos archivadores aquí. Pienso que una oficina debe tener un poco de categoría, ¿verdad?

— Por supuesto. Hasta tiene su propia copiadora. . .

— Así es, y estantes para libros, y espacio para almacenar otras cosas.

— ¿Y otro teléfono?

— ¿Teléfono?

— ¿Qué es ese cordón que sale de la pared?

— Esa es la cafetera eléctrica. ¿Pero dónde estábamos?

— A ver, sí. . . estábamos hablando de lo que le ocurrió a Berenice. . .

Marshall continuó su historia. Era experto en leer páginas al revés, y mientras continuaba hablando examinó el calendario del escritorio de Brummel. Los martes por la tarde se notaban claramente, debido a que estaban siempre vacíos, incluso porque ese no era el día libre de Brummel. Un martes sí tenía una cita: Reverendo Oliver Young, 2:00 pm.

— Veo que va a visitar a mi pastor mañana — dijo como descuidadamente.

De inmediato pudo decir que se había sobrepasado. Brummel se quedó sorprendido e irritado al mismo tiempo.

Brummel forzó otra sonrisa, y dijo:

— Sí. Oliver Young es su pastor, ¿verdad?

— ¿Lo conoce?

— Bueno, no realmente. Nos hemos visto ocasionalmente, en asuntos profesionales, me parece...

— Pero, ¿no asiste usted a la otra iglesia, la pequeña?

— Sí, la de la Comunidad de Ashton. Pero cuénteme el resto de la historia.

Marshall quedó impresionado por la facilidad con que este hombre se dejaba confundir, pero no quiso presionar más la cuestión. No todavía, por lo menos. En lugar de eso, volvió al relato en el punto donde lo había dejado, y continuó hasta terminarlo, incluyendo el enfado de Berenice. Notó que Brummel había encontrado importantes papeles en los cuales fijar la vista; papeles que cubrieron todo el calendario del escritorio.

Marshall preguntó:

— ¿Quién es este ingenuo de policía que ni siquiera le permitió a Berenice que se identificara?

— Uno que ni siquiera pertenece al cuerpo de aquí. Si Berenice puede darnos el nombre o el número de la insignia del agente, veré que se le castigue por su conducta. Es que tuvimos que traer varios auxiliares desde Windsor, para reforzar la vigilancia durante el festival. En cuanto a nuestros propios hombres, todos conocen bien quién es Berenice Krueger.

Brummel dijo la última frase con un tono que sonaba a solapado.

— Entonces ¿por qué no es ella la que está sentada aquí escuchando una disculpa, en lugar de ser yo?

Brummel se inclinó hacia adelante en su silla, con la mirada más bien seria.

— Pensé que era mejor hablar con usted, Marshall, en lugar de obligarla a ella a desfilar por esta oficina después de pasar por tal vergüenza. Supongo que usted comprende lo que esa muchacha ha tenido que atravesar.

Está bien, pensó Marshall, *preguntaré.*

— Soy nuevo en la ciudad.

—¿No se lo ha dicho ella?

—A usted le encantaría decirlo, ¿no es así?

Se le salió, y puso el dedo en la llaga. Brummel se reclinó en su silla, y se quedó estudiando la cara de Marshall.

Marshall estaba pensando que no lamentaba haberlo dicho.

—Estoy enfadado, por si acaso usted no lo ha notado.

Brummel empezó otra frase.

—Marshall... quise verlo personalmente hoy, por cuanto quiero... arreglar todo este asunto.

—Oigamos entonces lo que usted tiene que decir en cuanto a Berenice.

Brummel, escoja cuidadosamente sus palabras, pensó Marshall.

—Bueno, pues —carraspeó Brummel de súbito viéndose sin salida—. Pensé que usted quería saberlo en caso de que la información pudiera serle útil para tratarla. Usted sabe, algunos meses antes de que usted comprara el periódico, Berenice llegó a Ashton. Algunas semanas antes, la hermana de ella, que había estado asistiendo a la universidad aquí, se suicidó. Berenice llegó a Ashton buscando venganza, tratando de resolver el misterio que rodeaba la muerte de su hermana, pero... es sabido que fue una de esas cosas para las cuales nunca hallaremos respuesta.

Marshall se quedó en silencio por un largo rato.

—No lo sabía.

La voz de Brummel sonaba apagada y doliente al decir:

—Ella está segura de que tiene que haber sido algún crimen. La investigación que anda realizando es verdaderamente agresiva.

—Bueno... ella tiene olfato de reportera.

—¡Vaya que lo tiene! Pero usted ve, Marshall... su arresto, fue una equivocación, un error humillante, francamente. En realidad, no pienso que ella querrá volver a ver las paredes del interior de este edificio por un buen rato. ¿Me entiende?

Marshall no estaba seguro de entenderlo. Ni siquiera estaba seguro de haberlo escuchado todo. De súbito se sintió débil, y no podía entender por qué su furia se había desvanecido tan rápidamente. Y ¿qué pasó con sus sospechas? Sabía que no podía creer todo lo que este individuo estaba diciendo, ¿o acaso lo creía? Sabía que Brummel había mentido en cuanto a no haber ido a la feria, ¿o de verdad no había ido?

¿Le habría acaso oído mal? O... ¿dónde estábamos, al fin y al cabo? *Vamos, Hogan, ¿no dormiste lo suficiente anoche?*

—¿Marshall?

Marshall miró a los grisáceos ojos de Brummel, y se sintió como si estuviera soñando.

31

—Marshall —dijo Brummel—, espero que usted me entienda. ¿Lo entiende, verdad?

Marshall tuvo que hacer un esfuerzo para ordenar sus pensamientos, y halló que era mejor no mirar a los ojos de Brummel por unos momentos.

—Este...

Era una manera tonta para empezar, pero fue lo mejor que pudo hacer.

—¡Ah, sí, Alfredo, creo que veo su punto de vista! Supongo que lo que usted hizo era lo correcto.

—Pero quiero resolver todo este asunto, particularmente entre usted y yo.

—No se preocupe por eso. No es gran cosa.

Aun cuando Marshall lo dijo, se preguntó si realmente lo había dicho.

Los dientes de Brummel volvieron a dejarse ver.

—Me alegra mucho oír eso, Marshall.

—Pero, escuche, tal vez debería llamarla por teléfono por lo menos. Ella está muy sentida personalmente.

—Así lo haré, Marshall.

Entonces Brummel se inclinó hacia adelante con una extraña sonrisa en su rostro, y con sus manos apretadas sobre su escritorio, y sus ojos grises mirando a Marshall con aquella mirada penetrante, extrañamente pacificadora.

—Marshall, hablemos de usted y del resto del pueblo. Usted sabe, estamos realmente contentos de que se haya hecho cargo de *El Clarín*. Sabemos que su estilo periodístico será bueno para la comunidad. Puedo decirle que el último editor fue... más bien injurioso para la forma de ser de esta ciudad, especialmente en sus últimos tiempos.

Marshall se sintió como que quería seguirle la corriente, pero podía sentir que algo más se avecinaba.

Brummel continuó:

—Necesitamos personas como usted, Marshall. Ustedes ejercen enorme poder por medio de la prensa, y todo sabemos eso; pero se requiere de un hombre adecuado para guiar ese poder en la dirección apropiada, para el bien común. Todos en las oficinas de servicio público estamos para servir a los mejores intereses de la comunidad, de la raza humana, si vamos a lo básico. Pero usted es lo mismo, Marshall. Usted está aquí para servir a la gente, así como el resto de nosotros.

Brummel se pasó la mano por el cabello, con un gesto nervioso, y luego preguntó:

—Bien, ¿Entiende lo que estoy diciendo?

—No

Este. .

Brummel rebuscó otra manera de empezar.

— Creo que es como usted lo dijo; usted es nuevo en la ciudad. ¿Por qué no usar sencillamente una manera directa?

Marshall se encogió de hombros, como diciendo "¿Por qué no?", y dejó que Brummel continuara.

— Este es un pueblo pequeño, en primer lugar, y eso significa que cada problema, por minúsculo que sea, incluso entre un puñado de gente, va a ser sentido y va a preocupar a casi todo el mundo. Y nadie puede esconderse detrás del anonimato, porque aquí no hay tal cosa. Ahora bien, el anterior editor no se dio cuenta de eso, y realmente causó algunos problemas que afectaron a toda la población. Era un buscapleitos patológico. Destruyó la buena fe de la gente en su gobierno local, en sus servidores públicos, entre sí mismos, y finalmente hacia él mismo. Eso duele. Fue una herida que se nos asestó, y tiene que tomar su tiempo para curar. Para culminar el asunto, y para su información, déjeme decirle que el hombre tuvo que abandonar en desgracia el pueblo. Violó a una niña de doce años. Hice lo que pude para tratar de resolver el caso lo más calladamente posible; pero este pueblo es realmente extraño, difícil. Hice lo que pensé que causaría la menor cantidad de problemas y sufrimiento para la familia de la muchacha y para el resto de la gente. No presenté acusación formal contra aquel hombre, siempre y cuando él saliera de Ashton y jamás regresara. El aceptó hacerlo así. Pero nunca olvidaré el impacto que eso hizo, y dudo que el pueblo lo haya olvidado. Lo cual nos trae de regreso a usted y a mí, y nosotros, los servidores públicos, y también los ciudadanos de esta comunidad. Una de las razones más grandes por las cuales lamento esta equivocación con Berenice es que realmente quiero tener una buena relación entre esta oficina y *El Clarín*, y entre usted y yo personalmente. Me disgustaría mucho que algo arruinara esa relación. Lo que necesitamos aquí es compañerismo, un buen espíritu de comunidad.

Se detuvo como para dejar que sus palabras surtieran efecto.

— Marshall, nos gustaría saber que usted está de nuestro lado, trabajando hacia esa meta.

Entonces vino una pausa, y la mirada larga, penetrante, en expectativa. Era el turno de Marshall. Hizo girar un poco su silla, ordenando sus pensamientos, examinando sus sentimientos, casi huyéndole a aquella mirada torva. Tal vez este individuo quería seguir subiendo, y tal vez este pequeño discurso era nada más que un truco diplomático para despistarlo de cualquier cosa que Berenice hubiera descubierto.

Pero Marshall no podía pensar con imparcialidad, y ni siquiera sentir imparcialmente. Su reportera había sido arrestada injustamente, y echada en una denigrante cárcel por una noche, y le parecía que eso ya no le importaba en realidad. Este jefe de policía que mostraba los dientes con su sonrisa estaba diciendo que ella era una mentirosa, y Marshall estaba empezando a creerlo. *Vamos, Hogan, ¿recuerdas por qué viniste acá?*

Pero se sentía muy cansado. Se puso a rememorar por qué se había mudado a Ashton, en primer lugar. Se suponía que iba a ser un cambio de vida para él y su familia, tiempo para dejar de luchar y arañar en las intrigas de la gran ciudad, y embeberse en historias simples, cosas como el programa de la escuela elemental para levantar fondos, y gatos encaramados en árboles. Tal vez era nada más que la fuerza del hábito, por los años pasados en el *Times*, que le hacía pensar que tenía que enfrentarse a Brummel como si fuera un inquisidor. ¿Para qué? ¿Para más dificultades? ¿Qué tal sería un poquito de paz y quietud como un cambio?

De súbito, y contrario a sus mejores instintos, sabía que no había nada de qué preocuparse; la película de Berenice debía estar bien, y las fotografías comprobarían que Brummel tenía razón y que Berenice estaba equivocada. Marshall realmente deseó que eso fuera así.

Pero Brummel estaba esperando por la respuesta, todavía clavándole aquella torva mirada.

—Yo... — empezó Marshall, y se sintió neciamente incómodo tratando de explicar —. Escuche. Estoy realmente cansado de pelear, Alfredo. Tal vez fue porque me crié de esa manera, tal vez eso fue lo que me hizo tener éxito en mi trabajo en el *Times*; pero decidí venir a esta ciudad, y eso dice bastante. Estoy cansado, Alfredo, y ya no soy ningún jovencito. Necesito reposo. Necesito aprender cómo se siente siendo un ser humano viviendo en un pueblito junto con otros seres humanos.

—Así es — dijo Brummel —, eso es. Exactamente así es.

—De modo que... no se preocupe. Todo lo que quiero es paz y quietud, como cualquiera otro. No quiero peleas. No quiero problemas. No tiene que temer nada de mi parte.

Brummel se quedó extasiado, y extendió la mano para sellar el asunto. Cuando Marshall le estrechó la mano, sintió como si le hubiera vendido una parte de su alma. *¿Dijo Marshall Hogan realmente todo lo que dijo? Debo de estar cansado,* pensó.

Antes de que pudiera darse cuenta, estaba de pie fuera de la puerta de la oficina de Brummel. Evidentemente, la reunión había terminado.

Después que Marshall se hubo marchado, y la puerta estuvo bien cerrada, Alfredo Brummel se hundió en su silla, con un suspiro de alivio. Se quedó inmóvil por un buen rato, mirando al vacío, recuperándose, reuniendo valor para su próxima tarea difícil. Marshall Hogan había sido apenas un ejercicio de calentamiento. La verdadera prueba se avecinaba. Alcanzó el teléfono, lo acercó un poco, se quedó pensativo un instante, y marcó el número.

Enrique apenas acababa de concluir la labor de repintar el frente de la casa cuando el teléfono sonó, y María le llamó:

— Enrique, es Alfredo Brummel.

¡Vaya!, pensó Busche. *Y aquí estoy yo con una brocha llena de pintura en mis manos. Quisiera que él estuviera aquí.*

Confesó su irritación mientras se dirigía a contestar el teléfono.

— ¡Hola! — dijo.

En su oficina Brummel hizo girar su silla, dando espaldas a la puerta, para asegurarse de que la conversación fuera realmente privada, aun cuando no había nadie con él, y hablaba en voz baja.

— ¡Hola, pastor Busche! Soy Alfredo Brummel. Pensé que debería llamarlo esta mañana, y ver cómo le va. . . desde anoche.

— ¡Oh! — exclamó Busche, sintiéndose como un ratón en la boca del gato —. Estoy bien, yo creo. Mejor, tal vez.

— ¿Lo ha pensado ya?

— Claro que sí. Lo he pensado mucho. He orado sobre el asunto, y he vuelto a buscar en las Escrituras con respecto a ciertas preguntas. . .

— ¡Uummm! Suena como que usted no ha cambiado de parecer.

— Así es; si la Palabra de Dios cambiara, entonces yo también cambiaría; pero creo que el Señor no quiere que me eche para atrás de lo que El dice, y usted comprende dónde me pone eso a mí.

— Pastor Busche, usted sabe que habrá una reunión congregacional el viernes que viene.

— Sí, lo sé.

— Pastor, en realidad yo quiero ayudarlo. No quiero ver que usted se destruya a sí mismo. Usted se ha portado bien con la iglesia. Pienso que. . . pero, ¿qué puedo decir? La división, los pleitos. . . todo eso está destruyendo la iglesia.

— ¿Quién está pleiteando?

— ¡Oh, vamos!

— A propósito, ¿quién fue el que llamó a la reunión congregacional, en primer lugar? Usted. Turner, Mayer. No me cabe la menor duda de que Luis Stanley anda todavía por allí haciendo de las suyas, tanto como aquel que pintó el letrero soez en el frente de mi casa.

— Simplemente nos preocupa, eso es todo. Usted está. . . este. . . luchando contra lo que es mejor para la iglesia.

— Eso es curioso. Pensé que estaba luchando contra usted. ¿Me oyó lo que dije? Dije que alguien pintó una leyenda soez en el frente de mi casa.

—¿Qué? ¿Qué pintaron?

Enrique se lo dijo todo.

Brummel dejó escapar un gruñido.

—¡Pastor, eso es terrible!

—¡Claro que lo es! ¡Póngase usted en mi lugar!

—Pastor, si yo estuviera en su lugar, reconsideraría el asunto. ¿No puede ver lo que está sucediendo? Los rumores corren, y usted está ganándose la enemistad de todo el pueblo. Eso también quiere decir que el pueblo entero va a estar contra la iglesia antes de lo que nos imaginamos, y nosotros tenemos que sobrevivir en esta ciudad. Pastor Busche, nosotros estamos para servir a la gente, para procurar ayudarles; no para meter una cuña entre nosotros mismos y la comunidad.

—Yo predico el evangelio de Jesucristo, y hay muchos que lo aprecian. ¿De qué cuña me está hablando?

Brummel estaba poniéndose impaciente.

—Busche, aprenda la lección de lo que le pasó al pastor anterior. El cometió el mismo error. Fíjese lo que le pasó.

—Ya aprendí de él. Aprendí que todo lo que hay que hacer es darse por vencido, empacar las maletas, sepultar la verdad en una gaveta en alguna parte, de modo que no se ofenda a nadie. Luego me irá bien, todo el mundo me verá con buenos ojos, y todos seremos nuevamente una familia feliz. Al parecer Jesús estaba equivocado. El podía haber tenido un montón de amigos simplemente andando con cuidado y usando la diplomacia y la política.

—¡Pero usted está buscando que lo crucifiquen!

—Lo que yo estoy buscando es salvar almas. Quiero despertar convicción en los pecadores, quiero ayudar a los nuevos creyentes a que crezcan en la fe. Si no lo hago, tendré más qué temer que lo que temen usted y el resto de la junta.

—Yo no llamaría a eso amor, pastor.

—Yo los quiero mucho, y también lo aprecio mucho a usted, Alfredo. Por eso es que les doy su medicina, y eso va especialmente para Luis.

Brummel sacó a relucir su arma especial:

—Pastor, ¿ha considerado usted que él puede demandarlo?

Hubo un silencio en el otro extremo de la línea.

Finalmente, Busche contestó:

—No.

—El puede demandarlo por daños y perjuicios, por calumnia, difamación de carácter, angustia mental, y quién sabe por cuántas cosas más.

Enrique respiró hondo y pidió a Dios paciencia y sabiduría.

— ¿Ve usted el problema? — dijo finalmente —. Mucha gente no sabe, o no quiere saber, la verdad. Al no tomar partido por nada, caemos por cualquier cosa, y ahora las personas como Luis se meten en una zona llena de sombras, donde pueden causar daño a sus propias familias, empiezan sus propios chismes, arruinan su reputación, sufren en su propio pecado... ¡y luego buscan a quién echarle la culpa! ¿Quién está haciendo qué a quién?

Brummel se limitó a lanzar un suspiro.

— Hablaremos sobre eso el viernes por la noche. Usted sí estará allí, ¿verdad?

— Sí, allí estaré. Estaré en una sesión consejería con alguien, y luego iré a la reunión. ¿Alguna vez ha participado en una reunión de consejería y orientación?

— No.

— Cuando uno se ve obligado a tener que ayudar a limpiar vidas que han vivido basadas en una mentira, uno adquiere un respeto real por la verdad. ¡Piense en eso!

— Pastor Busche, tengo que tener en cuenta también los deseos de otras personas.

Brummel colgó violentamente el teléfono, y se limpió el sudor de las manos.

4 Si alguien hubiera podido verlo, la impresión inicial no hubiera sido tanto su grotesca apariencia de reptil sino más bien la manera en que su figura parecía absorber la luz sin reflejarla. Era como si fuera más una sombra que un objeto, era como un agujero en el espacio, extraño y viviente. Pero este pequeño espíritu, invisible e inmaterial a los ojos de los hombres, rondaba por el pueblo, yendo en una dirección, luego en otra; guiado por la voluntad, no por el viento. Sus alas dejaban una estela borrosa al agitarse para impulsarlo.

Tenía el lomo negro y viscoso, su cuerpo esquelético y parecido a una araña: medio humanoide, medio animal, totalmente demonio. Dos enormes ojos felinos sobresalían de su cara, moviéndose inquietamente de lado a lado, escrutando, buscando. Su aliento brotaba en bocanadas cortas, sulfurosas, visibles como si fuera un vapor amarillo.

Vigilaba con mucha atención, y obedecía su encargo: la persona que conducía un cierto automóvil que corría por las calles de Ashton.

Aquel día Marshall salió de la oficina de *El Clarín* poco antes de la hora acostumbrada. Después de toda la confusión de la mañana, fue una sorpresa que *El Clarín* del martes estuviera ya en las prensas,

37

y el personal empezaba a preparar la edición del viernes. El periódico de un pueblito pequeño marchaba casi al ritmo preciso... Tal vez podría lograr conocer a su hija de nuevo.

Sandra. Era una hermosa pelirroja, su única hija. No tenía nada sino enormes posibilidades, pero había pasado la mayor parte de su infancia casi sólo con una madre mientras que el padre casi nunca estaba en casa. Marshall había alcanzado éxito en Nueva York, desde luego, en casi cualquier cosa que había emprendido, excepto en cuanto a ser la clase de padre que Sandra necesitaba. Ella se lo había informado también; pero, como Caty había dicho, los dos eran muy parecidos; sus clamores pidiendo amor y atención siempre venían como cuchilladas, y Marshall le daba atención, de la misma manera en que los perros se la dan a los gatos.

No más peleas, se repetía a sí mismo, no más regaños ni rasguños. Hay que dejar que ella se exprese, que deje salir lo que siente, y no hay que ser duro con ella. Hay que quererla exactamente así como ella es, dejarla que sea ella misma, sin tratar de acorralarla.

Era ilógico que su amor hacia ella continuara aflorando como un aguijón, con ira y con palabras hirientes. Sabía que todo lo que trataba de hacer él era llegar a ella, tratar de recuperarla. Nunca pudo lograrlo. *Hogan, inténtalo otra vez, trátalo otra vez, y no desperdicies esta oportunidad.*

Dio vuelta a la izquierda, y pudo ver la universidad en frente. El plantel de la universidad Whitmore se parecía a la mayoría de los planteles universitarios de Norteamérica: hermoso, con viejos edificios sobrios, que daban la impresión de que uno aprendía sólo por mirarlos; con jardines amplios y césped cuidadosamente podado, con aceras meticulosamente construidas de cemento, de ladrillo o de piedras, y decorado con rocas, espacios verdes y estatuas. Era todo lo que una buena universidad debía ser, incluso hasta en los parquímetros de sólo quince minutos. Marshall estacionó su automóvil, y salió en busca del Edificio Stewart, donde se ubicaba el Departamento de Psicología, y donde Sandra recibía la última clase del día.

Whitmore era una universidad privada, fundada por algún terrateniente como un memorial para sí mismo, allá en la década de los veinte. Por las antiguas fotografías que había en el lugar, uno podía notar que algunos de los edificios de ladrillo rojo y columnas blancas eran tan antiguos como la universidad: monumentos del pasado y supuestamente guardianes del futuro.

El plantel durante el verano era relativamente tranquilo.

Marshall consiguió direcciones de parte de un estudiante que estaba jugando con un platillo de plástico, y se dirigió hacia el final de una calle bordeada de olmos. Allí encontró el Edificio Stewart, una imponente estructura diseñada según alguna catedral europea, con torres y arcos. Abrió una de las enormes puertas dobles, y se halló en un corredor espacioso y resonante. El ruido de la puerta al cerrarse produjo tal reverberante eco en la bóveda del cielo raso, que Marshall pensó que había perturbado cada salón de clase en el piso. Pero ahora estaba perdido. Este lugar tenía tres pisos, y algo así como treinta aulas, y no tenía ni la menor idea de dónde estaba Sandra. Empezó a caminar por el pasillo, tratando de impedir que sus pisadas produjeran mucho ruido. Ni siquiera un suspiro pasaría inadvertido en este lugar.

Sandra estaba en el primer año. La mudada a Ashton había ocurrido un poco tarde, de modo que tuvo que matricularse en las clases de verano para poder ponerse al día; pero, a fin de cuentas, había sido el punto apropiado para la transición de ella. Todavía no sabía en qué iba a especializarse, tanteando el camino y llenando prerrequisitos. Marshall no podía ni siquiera adivinar dónde encajaba un curso de "Psicología del yo" en esos planes, pero ni él ni Caty la iban a empujar más allá de lo necesario.

Desde alguna parte del cavernoso espacio de la bóveda, se oyó el eco de las palabras pronunciadas en una conferencia en progreso. Era la voz de una mujer. Decidió verificarlo. Pasó varios salones de clase, notando que los números que los identificaban iban decreciendo, luego encontró un bebedero, los servicios sanitarios y una escalera pomposa de piedra y hierro. Finalmente empezó a distinguir las palabras de la conferencia, a medida que se acercaba al salón 101.

"...de modo que si establecemos una simple fórmula ontológica: 'Pienso, luego existo', eso debería concluir la cuestión. Pero existir no presupone significado..."

Sí, allí estaba más de aquel lenguaje universitario, conglomerado de palabras de alto calibre, con las cuales se puede impresionar a la gente alardeando de capacidad académica, pero que no sirven para conseguir un empleo bien pagado. Marshall esbozó una leve sonrisa. Psicología. Si todos aquellos estirados eruditos pudieran ponerse de acuerdo con respecto a una sola cosa, por lo menos, sería una gran ayuda. Primero Sandra echaría la culpa de su violenta actitud a una traumática experiencia en el nacimiento, y después, ¿cómo era eso? ¿Lamentable adiestramiento para usar el excusado? Su nueva novelería era el conocimiento de sí misma, la estimación propia, la identidad; ella ya sabía cómo obsesionarse por sí misma; ahora se lo estaban enseñando en la universidad.

Se asomó por la puerta, y vio un auditorio como de teatro, con filas de asientos sucesivamente más altas, a medida que avanzaban hacia la parte posterior del salón. Al frente se hallaba una pequeña plataforma, donde la profesora dictaba su conferencia con el fondo del gigantesco pizarrón.

"...significado no necesariamente procede del pensamiento, por cuanto algunos han dicho que el *Yo* no está en la mente, y que la mente en realidad niega el yo, e inhibe el conocimiento de uno mismo..."

¡Vaya! Por alguna razón Marshall esperaba ver a una mujer madura, flaca, con su pelo recogido en un moño, usando anteojos de carey sostenidos con una cadenita de cuentas alrededor de su cuello. Pero la mujer era una atractiva sorpresa, como si brotara de las páginas de un anuncio de creyón labial o de modas: figura esbelta, pelo rubio y largo, profundos ojos negros un poco rasgados, pero que ciertamente no necesitaban anteojos, ni de carey ni de ninguna otra clase.

Entonces Marshall percibió el brillo de la cabellera roja, y vio a Sandra sentada en la banca delantera, escuchando con atención, y tomando notas furiosamente. Había sido fácil. Decidió entrar calladamente al salón, y escuchar el resto de la conferencia. Tal vez le pudiera dar alguna idea de lo que Sandra estaba aprendiendo, y así tendrían algo sobre lo cual hablar. Se sentó en uno de los asientos vacíos del fondo.

Entonces ocurrió lo que ocurrió. Alguna clase de radar en la cabeza de la profesora debió de haberle dado la señal. Ella clavó su mirada en Marshall, y no se la quitó de encima. El no quería llamar la atención — ya estaba distrayendo la clase demasiado, de todas maneras — de modo que no dijo nada. Pero la profesora parecía examinarlo, escudriñando su cara como si le fuera familiar, como si tratara de recordar a alguien que había conocido antes. La mirada que de súbito apareció en la cara de la mujer le produjo escalofríos a Marshall: ella se quedó mirándolo con la mirada que penetraba como si fuera un cuchillo, como si sus ojos fueran de un tigre en acecho. El empezó a sentir un instinto defensivo que le producía un nudo en el estómago.

— ¿Desea usted algo? — exigió la profesora, y su tono distaba mucho de la cortesía.

— Sólo estoy esperando por mi hija — contestó él, con toda cortesía.

— Entonces sírvase esperar afuera — dijo ella, y no era precisamente una pregunta.

Así que Marshall se encontró en el pasillo de nuevo, reclinado contra la pared, contemplando el piso, con su cerebro dando vueltas vertiginosamente, sus sentidos embotados, y su corazón palpitando velozmente. No tenía ni la menor idea de por qué se hallaba en ese lugar; pero lo cierto era que se encontraba fuera del salón, en el corredor. Así de sencillo. ¿Cómo? ¿Qué sucedió? *Vamos, Hogan, deja de temblar y piensa.*

Trató de repasar en su mente lo ocurrido, pero le costó recordarlo. Era como recordar una pesadilla. ¡Los ojos de la mujer! La manera en que lo miraron le indicaba que de alguna manera sabía quién era él, incluso aun cuando nunca se habían conocido; y él nunca antes había visto o sentido tal odio. Pero no eran solamente los ojos; era también el miedo que sentía; el miedo que aumentaba a cada momento, haciéndole flaquear, acelerando su corazón, que se le había metido sin razón aparente, al parecer sin causa visible. Estaba asustado como un conejo... ¡por nada! No tenía sentido. Nunca le había huido a nada en su vida. Pero ahora, por primera vez en su vida...

¿Por primera vez? La imagen de los ojos torvos de Alfredo Brummel brillaron fugazmente de nuevo en su mente, y su miedo volvió. Parpadeó, como para espantar la imagen, y aspiró profundamente. ¿Dónde estaba la valentía del viejo Hogan? ¿Acaso la había dejado en la oficina de Brummel?

Pero no tenía ninguna conclusión, ninguna teoría, ninguna explicación, solamente una burla para sí mismo. Musitó: "De modo que cedí otra vez; como si fuera un árbol podrido." Y como si fuera un árbol agotado, se reclinó contra la pared, y esperó.

A los pocos minutos la puerta se abrió de súbito, y los estudiantes salieron en tropel como si fueran abejas de una colmena. Pasaron a su lado, ignorándolo tan completamente que Marshall se sintió como si fuera invisible; pero eso era mejor por el momento.

Entonces llegó Sandra. El se enderezó, se dirigió a ella, y empezó a decirle "Hola"... ¡y ella pasó de largo! Ni se detuvo, ni sonrió, ni devolvió el saludo; ¡nada! Se quedó mudo por un momento, contemplándola mientras se alejaba por el corredor hacia la salida.

Entonces la siguió. No estaba cojo, pero por alguna razón se sintió como si cojeara al caminar. En realidad, no estaba arrastrando los pies, pero sintió como si fueran de plomo. Vio que su hija salía por la puerta sin siquiera mirar hacia atrás. El eco de la puerta al cerrarse retumbó por toda la colosal bóveda, con un toque concluyente, como el golpear de una gigantesca puerta que se cierra definitivamente separándolo de su ser querido. Se detuvo en el amplio corredor, mudo, desamparado, incluso tambaleándose un poco; se sentía como si fuera un enano.

Invisible para Marshall, pequeñas olas de aliento sulfuroso se deslizaban por el piso como si fuera agua corriendo lentamente, junto con un inaudible arañar sobre las baldosas.

Como sangijuela negra, el diablo pequeño se aferraba a él, con sus dedos como garfios clavados en la pierna de Marshall como si fuera un parásito, deteniéndolo, envenenando su espíritu. Los abultados

41

ojos amarillentos sobresalían de la cara arrugada, observándolo, metiéndose en él.

Marshall empezaba a sentir un profundo y creciente dolor, y el pequeño espíritu lo sabía. Le estaba siendo difícil detener a este hombre. Mientras Marshall permanecía allí parado, en medio del inmenso vestíbulo, el dolor, el amor y la desesperación empezaron a crecer en su corazón; podía sentir que ardía incluso el más pequeño rescoldo de una pelea. Se dirigió a la puerta.

¡Muévete, Hogan, muévete! ¡Es tu hija!

Con cada paso decidido que Marshall daba, el demonio era arrastrado por sobre el piso, con sus dedos todavía aferrados al hombre, la furia intensa y colérica brotando de sus ojos, y los vapores sulfurosos saliendo a resoplidos de sus narices. Había abierto las alas que procuraban encontrar un punto para usar como ancla, cualquier manera de impedir que Hogan saliera; pero no pudieron encontrar nada.

Sandra, pensó Marshall, dale una oportunidad a tu viejo.

Para cuando llegó al final del corredor, estaba casi corriendo. Sus enormes manos empujaron la barra para abrir la puerta, y ésta se abrió de par en par, hasta dar con el tope en los escalones. Bajó corriendo las gradas, y se precipitó por el sendero bajo la sombra de los olmos. Miró hacia la calle, por el prado al frente del edificio, hacia el otro lado, pero ella había desaparecido.

El demonio se aferró todavía más fuerte, y empezó a trepar. Marshall, de pie y solo, sintió los primeros espasmos de la desesperación.

— Aquí estoy, papá.

Inmediatamente el demonio perdió su agarre y se cayó, resoplando con indignación. Marshall se dio la vuelta, y vio a Sandra, de pie junto a la puerta que acababa de abrir violentamente, al parecer tratando de esconderse de sus compañeras de clase entre las plantas de camelias, y con la apariencia de estar lista para enfrentársele.

Bueno, cualquier cosa es mejor que perderla, pensó Marshall.

— Bueno — dijo antes de siquiera pensarlo —, discúlpame, pero me dio la impresión de que me desconociste allí adentro.

Sandra trató de erguirse, de enfrentarle en medio de su dolor y cólera, pero todavía no podía mirarle directamente a los ojos.

— Fue. . . fue demasiado.

— ¿Qué es lo que fue demasiado?

— Usted sabe. . . todo el episodio allí adentro.

— Bueno, es que, me gusta entrar haciendo una gran impresión. Algo que la gente realmente recuerde. . .

— ¡Papá!

— Bueno, pues, ¿quién se robó el letrero "No se permiten padres"? ¿Cómo podía yo saber que ella no quería que yo estuviera allí? Y

¿qué cosa es tan preciosa y secreta que no quiere que ningún extraño la oiga?

Ahora la cólera de Sandra fue más fuerte que su vergüenza, y ya le pudo mirar directamente.

— ¡Nada! ¡Nada de nada! Era sólo una conferencia.

— Entonces, ¿cuál es el problema de ella?

Sandra rebuscó alguna explicación.

— No lo sé. Creo que ella debe de saber quién es usted.

— De ninguna manera. Nunca la había visto antes.

Entonces una pregunta brotó automáticamente en la cabeza de Marshall.

— ¿Qué quieres decir con eso de que ella debe de saber quién soy yo?

Sandra se vio acorralada.

— Quiero decir... vamos. Tal vez sabe que usted es el editor del periódico. Tal vez no quiere reporteros husmeando por aquí.

— Pues, bien puedo decirte que no andaba husmeando. Simplemente te andaba buscando.

Sandra quería dar por terminada la discusión.

— Está bien, papá. Está bien. Sencillamente ella se equivocó con usted. ¿Está bien? No sé cuál problema tenga ella. Pero supongo que tiene el derecho de seleccionar a sus oyentes.

— ¿No tengo el derecho de saber qué está aprendiendo mi hija?

Sandra detuvo la siguiente palabra en su garganta, y concluyó algunas cosas primero.

— De modo que usted estaba husmeando.

Incluso mientras todo esto se sucedía, Marshall sabía a ciencia cierta que ya estaban enredados otra vez en lo mismo, la vieja rutina de perros y gatos, o de pelea de gallos. Era absurdo. Parte de él no quería que esto ocurriera, pero el resto de sí mismo se sentía demasiado frustrado e iracundo como para detenerse.

En cuanto al demonio, simplemente rondaba cerca, procurando no acercarse a Marshall como si éste estuviera encendido al rojo vivo. El demonio observaba, esperaba, se enfadaba.

— ¡Sólo para un ciego estaba yo husmeando! — gritó Marshall —. Estoy aquí porque soy tu padre que te quiere, y que quiere recogerte después de clases. El Edificio Stewart, eso es todo lo que sabía. Por casualidad pude encontrarte, y...

Procuró detenerse. Se desinfló un poco, se cubrió los ojos con una mano, y lanzó un suspiro.

— ¡Y usted pensó que debía vigilarme! — dijo Sandra desdeñosamente.

— ¿Hay alguna ley en contra de eso?

— Está bien. Déjeme ponérselo bien en claro. Yo soy un ser humano, papá; y todo ser humano, sin importar quien sea, está sujeto a un esquema universal y no a la voluntad de ningún individuo específico. En cuanto a la profesora Langstrat, si ella no quiere que usted esté presente en su conferencia, es prerrogativa de ella exigir que usted salga.

—¿Y quién es quien paga su salario, después de todo?

Ella no hizo caso a la pregunta.

—En cuanto a mí, y a lo que estoy aprendiendo, o lo que voy a llegar a ser, o a dónde voy, o lo que quiero, ¡usted no tiene ningún derecho de entremeterse en mi universo, a menos que yo personalmente le conceda tal derecho!

La vista de Marshall se nubló ante la visión de Sandra puesta sobre sus rodillas. Enfurecido, tenía que cobrárselas a alguien, pero ahora estaba tratando de desviar sus ataques, para no dirigírselos a Sandra. Señaló de nuevo hacia el edificio, y preguntó:

—¿Te enseñó ella eso?

—Usted no tiene por qué saberlo.

—¡Tengo el derecho de saberlo!

—Usted renunció a tal derecho, papá, hace muchos años.

Ese golpe lo envió contra las cuerdas, y no alcanzó a recuperarse completamente sino hasta después que ella empezó a caminar calle abajo, escapándose de él, escapándose de la pelea miserable y disparatada. A gritos él le preguntó cómo iba a llegar a casa, pero ella ni siquiera aminoró su marcha.

El demonio aprovechó esta oportunidad, y se aferró de nuevo a Marshall, y éste sintió que su cólera y su justificación propia daba paso a una profunda desesperación. Lo había echado todo a perder. Había hecho lo que nunca más quería volver a hacer. ¿Por qué era él así? ¿Por qué no podía simplemente llegar a ella, quererla, ganársela otra vez? Ella casi desaparecía en la distancia, haciéndose cada vez más pequeña a medida que cruzaba a toda prisa el plantel; y parecía hallarse lejos, tan lejos, más lejos de lo que cualquier brazo cariñoso jamás pudiera alcanzar. El siempre había tratado de ser fuerte, de pararse firme en la vida, y a través de los problemas; pero ahora su dolor era tan intenso que no pudo evitar que su fortaleza se alejara de él echa mil pedazos. Mientras la observaba, Sandra desapareció en una esquina distante, sin mirar hacia atrás; y algo se rompió dentro de él. Le parecía que su alma se derretía, y en ese instante no había persona en el mundo entero que detestara más que a sí mismo.

La fuerza de sus piernas pareció ceder bajo el peso de su sufrimiento, y desanimado se sentó pesadamente en los escalones del frente del viejo edificio.

Los espolones del demonio rodearon su corazón, y él musitó en voz vacilante:

— ¿De qué vale?

— ¡YAJAAAA! — tronó un formidable grito desde unos arbustos cercanos.

Una luz brillante relampagueó. El demonio aflojó sus garras, y saltó como una mosca aterrorizada, yendo a caer a cierta distancia, en una posición de defensa, temblando, con sus enormes ojos amarillos casi saliéndose de sus cuencas, y con una negra espada curva en su mano que temblaba. Pero entonces se produjo una conmoción inexplicable en los mismos arbustos, algún tipo de lucha, y la fuente de luz desapareció por la esquina del edificio Stewart.

El demonio no se movió, sino que se quedó esperando, escuchando y observando. No se escuchaba ningún sonido, excepto el de la brisa ligera. El demonio retrocedió cautelosamente al acecho hasta donde estaba Marshall sentado, pasó a su lado, y revisó los arbustos y detrás de las esquinas del edificio.

Nada.

Como si la hubiera estado reteniendo por todo ese tiempo, una prolongada bocanada de vapor amarillo brotó en círculos de las narices del demonio. Sí, él sabía lo que había visto; no había cómo equivocarse. Pero, ¿por qué habían salido huyendo?

5 A corta distancia del plantel, pero lo suficientemente lejos como para estar seguros, dos gigantes descendieron a tierra como cometas despidiendo una suave luz azulada, flotando en el aire mientras sus alas se agitaban suavemente y resplandecían como relámpago. Uno de ellos, un corpulento varón de barba negra y cabellos rizados, estaba iracundo e indignado, gruñendo y haciendo gestos feroces con una larga espada ardiente. El otro era un poco más pequeño, y vigilaba muy alerta, mientras trataba de calmar a su colega.

En una ágil y luminosa espiral descendieron detrás de uno de los dormitorios de la universidad, y se posaron a resguardo de unos sauces llorones. El momento en que sus pies tocaron tierra, la luz de sus vestidos y cuerpos empezó a desvanecerse, y el brillo de sus alas a disiparse. A no ser por su elevada estatura, parecían dos hombres ordinarios, uno delgado y rubio, el otro fornido como un tanque, ambos vestidos en lo que parecían uniformes militares de campaña. Sus cinturones dorados se habían convertido en cuero oscuro, sus vainas en cobre oscuro, y el atavío brillante y bronceado de sus pies se había convertido en sencillas sandalias de cuero.

El grandulón tenía más que ganas de discutir.

45

— ¡Triskal! — rugió.

Pero ante los gestos desesperados de su amigo, habló en voz un poco más baja.

— ¿Qué estás haciendo aquí?

Triskal conservaba sus manos levantadas, tratando de calmar a su amigo.

— ¡Silencio, Huilo! El Espíritu me trajo acá, lo mismo que a ti. Llegué ayer.

— ¿Sabes qué fue eso? Un demonio de indiferencia, si acaso vi alguno alguna vez. ¡Si no me hubieras detenido podría haberle asestado un buen golpe, de una sola vez!

— ¡Ese es el asunto, Huilo; una sola vez! — concedió su amigo —, pero qué bueno que te vi y pude detenerte a tiempo. Tú acabas de llegar, y no entiendes. . .

— ¿Qué es lo que no entiendo?

Triskal trató de decirlo en una manera convincente.

— No. . . no debemos pelear, Huilo. Todavía no. No debemos resistir.

Huilo estaba seguro de que su amigo andaba equivocado. Le tomó firmemente por los hombros, y le miró directamente a los ojos.

— ¿Para qué voy a ninguna parte sino para luchar? — declaró —. Me llamaron aquí. Aquí voy a pelear.

— Sí — dijo Triskal, asintiendo con su cabeza —. Sólo que todavía no. Esto es todo.

— Entonces tú debes tener órdenes. ¿Tienes órdenes?

Triskal hizo una pausa, esperando que hiciera efecto, luego dijo:

— Ordenes de Tael.

La expresión furibunda de Huilo de inmediato se desvaneció, y dio paso a una mezcla de asombro y perplejidad.

El ocaso caía sobre Ashton, y la pequeña iglesita blanca, allá en la colina Morgan, era bañada con el cálido resplandor dorado del sol del crepúsculo. Afuera, en el patio del templo, el joven pastor podaba apresuradamente el césped, esperando concluir antes de la hora de la cena. Algunos perros ladraban en el vecindario mientras la gente llegaba a casa de sus trabajos, y los muchachos eran llamados a gritos para la cena.

Invisibles para estos mortales, Huilo y Triskal subieron apresuradamente la cuesta caminando, en secreto y sin gloria alguna, pero moviéndose como el viento. Cuando llegaron al frente de la iglesia, Enrique Busche daba vuelta a una de las esquinas de la casa, empujando la podadora de césped. Huilo tuvo que hacer una pausa para mirarlo.

— ¿Es él? — le preguntó a Triskal —. ¿Empezó con él la llamada?

— Sí —contestó Triskal—, hace varios meses. El está orando incluso ahora mismo, y a menudo anda por la calles de Ashton intercediendo por la población.

—Pero... este lugar es tan pequeño. ¿Por qué me llamaron a mí? No, no, ¿por qué llamaron a Tael?

Triskal sólo alcanzó a tirarle del brazo.

—Entra rápido.

Pasaron rápidamente a través de la paredes del templo hasta el humilde santuario. Dentro hallaron un contingente de guerreros ya reunidos, algunos sentados en las bancas, otros de pie alrededor de la plataforma, otros sirviendo de centinelas, vigilando cautelosamente por las ventanas. Todos estaban vestidos en forma similar a Triskal y Huilo, con las mismas túnicas y pantalones caquis. Sin embargo, Huilo quedó impresionado por la imponente estatura de todos ellos; eran los guerreros poderosos, los fuertes, y más de los que jamás había visto reunidos en un solo lugar.

También se quedó sorprendido por el talante de la reunión. Este momento bien podía haber sido una alegre reunión de viejos amigos, excepto que todo el mundo estaba extrañamente sombrío. Al mirar alrededor del salón, reconoció muchos junto a los cuales había luchado en tiempos pasados:

Natán, el gigantesco árabe que luchaba con ferocidad y hablaba muy poco. Era él quien agarraba a los demonios por los tobillos y los usaba como palos de golf contra los demás demonios.

Armot, el formidable africano cuyo grito de guerra y feroz semblante a menudo habían sido suficiente para hacer huir a los enemigos, incluso antes de que los atacara. Huilo y Armot habían batallado juntos una vez contra los jefes de demonios en las aldeas del Brasil, y personalmente habían resguardado a una familia de misioneros en sus muchas largas caminatas por la selva.

Chimón, el manso europeo de cabellera dorada, que llevaba en sus antebrazos las marcas de los últimos tajos que un demonio agonizante le había asestado, momentos antes de que Chimón lo arrojara para siempre al abismo. Huilo nunca le había conocido, pero había oído de sus hazañas, y de su capacidad para soportar golpes como si fuera un escudo para otros, y luego lanzarse él mismo para derrotar a muchos contendientes.

Entonces vino el saludo del amigo más antiguo y más apreciado.

— ¡Bienvenido, Huilo, la Fuerza de Muchos!

Sí, era el mismo Tael, el Capitán de los Ejércitos. Era tan extraño ver a este poderoso guerrero en este humilde lugarcito. Huilo lo había visto cerca del trono del mismo Cielo, en conferencia con Miguel. Pero aquí estaba la misma figura imponente, con cabello dorado y constitución fornida, ojos dorados intensos como fuego, y con aire incuestionable de autoridad.

Huilo se acercó al capitán, y los dos se dieron la mano.

— Aquí estamos, juntos de nuevo — dijo Huilo mientras miles de recuerdos acudían a su cabeza.

Ningún guerrero que Huilo había visto podía luchar como lo hacía Tael; ningún demonio podía moverse con más velocidad, o con más agilidad, ni tampoco ninguna espada podía detener un golpe dado por la espada de Tael. Lado a lado, Huilo y su capitán habían destrozado los poderes demoniacos desde que esos poderes han existido, y había sido compañeros en el servicio del Señor antes de que hubiera la primera rebelión siquiera.

— ¡Saludos, mi querido capitán!

Tael dijo, a manera de explicación:

— Es asunto serio lo que nos junta de nuevo.

Huilo miró escrutadoramente la cara de Tael. Sí, había suficiente confianza allí, y nada de timidez. Pero había definitivamente un extraño dejo sombrío en sus ojos y en el rictus de su boca, y Huilo miró alrededor de la habitación otra vez. Ahora podía sentirlo, aquel preludio típicamente silente y ominoso que precede a las noticias desagradables. Sí, todos sabían algo que él todavía no sabía, pero estaban esperando que la persona señalada, más probablemente Tael, lo dijera.

Huilo no podía soportar el silencio, mucho menos el suspenso.

— Veintitrés — contó —, de los mejores, de los más gallardos, de los más invencibles. . . ¿reunidos como si estuviéramos sitiados, como si tuviéramos que proteger una endeble fortaleza de un enemigo terrible?

Con un gesto dramático sacó su enorme espada, y acarició la hoja con la otra mano.

— Capitán Tael, ¿quién es el enemigo?

Tael contestó lenta y claramente:

— Rafar, el príncipe de Babilonia.

Todos los ojos se hallaban clavados en la cara de Huilo, y su reacción fue muy parecida a la de todo otro guerrero al oír las noticias: asombro, incredulidad, una pausa incómoda para ver si alguno se echaba a reír, indicando con eso que se trataba de un error. No hubo tal refutación de la verdad. Todo el mundo en el salón continuaba mirando a Huilo con la misma expresión intensamente seria, haciendo que la gravedad de la situación se adentrara en su corazón sin ninguna misericordia.

Huilo miró su espada. ¿Estaba acaso temblando en sus manos? Se esforzó por mantenerla quieta, pero no pudo evitar quedarse mirando la hoja por unos instantes, todavía arañada y descolorida de la última

48

vez que Huilo y Tael habían confrontado a este príncipe Baal desde tiempos antiguos. Huilo y Tael habían luchado contra él por veintiún días antes de finalmente derrotarlo, en vísperas de la caída de Babilonia. Huilo podía todavía recordar las tinieblas, los desgarradores gritos y el horror, el mordisco fiero y terrible, atenazante, del dolor que perforaba hasta la última fibra de su ser. La perversidad de este dios pagano parecía envolverlo, así como todo alrededor, con un humo espeso, y la mitad del tiempo los dos guerreros tuvieron que maniobrar y lanzar golpes de espada a ciegas, cada uno sin saber si el otro todavía estaba en la lucha. Hasta este día ninguno supo nunca cuál de los dos asestó el golpe de gracia que había lanzado a Rafar al abismo. Todo lo que recordaban era su alarido que estremeció hasta el mismo cielo, mientras caía por el despeñadero abierto en el espacio, y luego viéndose uno al otro de nuevo cuando las espesas tinieblas que los rodeaban empezaron a aclararse como niebla que se desvanece.

— Sé que dices la verdad — dijo Huilo por fin —, pero. . . ¿vendrá Rafar a este lugar? El es príncipe de naciones, no de villorrios. ¿Qué es este lugar? ¿Qué interés pudiera él tener en esto?

Tael se limitó a menear su cabeza.

— No lo sabemos, Pero es Rafar, no hay duda de ello, y el movimiento en el campo enemigo indican que algo se está tramando. El Espíritu nos quiere aquí. Debemos hacer frente a cualquier cosa que sea.

— ¡Y debemos quedarnos sin luchar, ni debemos resistir! — exclamó Huilo —. Me va a encantar oír tu próxima orden, Tael. ¿Que no podemos luchar?

— No todavía. Somos muy pocos, y hay muy poca cobertura de oración. No debe haber ninguna escaramuza, ninguna confrontación. No debemos aparecer de ninguna manera como agresores. Mientras permanezcamos fuera de su camino, sin parecer amenaza para ellos, nuestra presencia aquí parecerá el cuidado normal sobre unos pocos santos atribulados.

Luego añadió con un tono muy directo:

— Y será mejor que no se sepa que yo estoy aquí.

Huilo se sintió como fuera de lugar sosteniendo todavía su espada desnuda, y la envainó de nuevo, con un aire de disgusto.

— ¿Tienes ya un plan? ¿No se nos ha llamado para ver al pueblo caer?

La podadora de césped rugió cerca de las ventanas, y Tael les hizo que fijaran su atención en el que la manejaba.

— Chimón recibió como tarea traer aquí a este hombre — dijo —, cegar los ojos de sus enemigos, y hacer que fuera llamado como pastor de este rebaño en lugar de aquel que el enemigo había escogido.

49

Chimón tuvo éxito, y Busche fue elegido, para sorpresa de muchos, y ahora está aquí en Ashton, orando cada hora del día. Se nos llamó aquí por causa suya, por los santos de Dios y por el Cordero.

—¡Por los santos de Dios y por el Cordero! —dijeron todos en eco.

Tael miró a un guerrero alto y de pelo oscuro, aquel que le había guiado a través del pueblo la noche del festival, y sonrió:

—¿E hiciste que ganara apenas por un solo voto?

El guerrero se encogió de hombros.

—El Señor lo quería aquí. Chimón y yo teníamos que asegurarnos de que ganara en vez de que ganara el otro, quien no tiene ningún temor de Dios.

Tael presentó a los guerreros.

—Huilo, te presento a Krioni, vigilante de nuestro guerrero de oración aquí y del pueblo de Ashton. Nuestro llamado empezó con Busche, pero la presencia de él aquí empezó con Krioni.

Guillo y Krioni inclinaron sus cabezas, en saludo silencioso.

Tael observó a Enrique, mientras concluía de podar el césped orando en voz alta a la vez.

—Así ahora, mientras los enemigos de la congregación se reagrupan y tratan de hallar otra manera de botarlo, él continúa orando por Ashton. Es uno de los pocos que quedan.

—¡Si acaso no el último! —se lamentó Krioni.

—No —previno Tael—, él no está solo. Todavía hay un remanente de santos en alguna parte del pueblo. Siempre hay un remanente.

—Siempre hay un remanente —dijeron todos en coro.

—Nuestro conflicto empieza en este lugar. Nos instalaremos por ahora aquí, lo cercaremos y trabajaremos desde aquí.

Se dirigió a un guerrero oriental alto, que se hallaba hacia atrás.

—Signa, tu responsabilidad será este edificio, y escoge otros dos que te ayuden. Este es nuestro sitio de descanso. Asegúralo. Ningún demonio debe acercársele.

Signa encontró inmediatamente dos voluntarios que le ayudaran. En seguida se dirigieron a sus puestos.

—Ahora, Triskal, quiero escuchar las noticias sobre Marshall Hogan.

—Lo seguí hasta que me encontré con Huilo. Aun cuando Krioni había informado una situación de menor importancia hasta que empezó el festival, desde entonces Hogan ha sido perseguido por un demonio de indiferencia y despecho.

Tael recibió las noticias con gran interés.

—Puede ser que está empezando a agitarse. Ellos lo están acosando, tratando de mantenerlo a raya.

Krioni añadió:

—Nunca pensé que ocurriría. El Señor lo quería a cargo de *El Clarín*, y nos ocupamos de eso también, pero jamás he visto un individuo más cansado.

—Cansado, sí; pero eso hará solamente que sea más útil en las manos del Señor. Me parece percibir que está empezando a despertarse, tal como el Señor lo sabía de antemano.

—A pesar de que puede despertarse sólo para ser destruido — dijo Triskal—. Deben de estar vigilándolo. Temen lo que él puede hacer en esa posición tan influyente.

—Es verdad — replicó Tael —. De modo que mientras ellos buscan el señuelo para nuestro oso, debemos asegurarnos de que lo agiten, pero no más de eso. Va a ser un asunto muy crítico.

Ahora Tael estaba listo. Se dirigió a todo el grupo.

—Pienso que Rafar va a sentar plaza aquí al anochecer; no cabe duda de que todos sentiremos cuándo lo haga. Ténganlo por seguro: inmediatamente va a buscar a quien representa la más grande amenaza para él, y tratará de eliminarlo.

—¡Ah, Enrique Busche! — dijo Huilo.

—Krioni y Triskal, pueden contar con que una tropa de alguna clase será enviada a someter el espíritu de Enrique a prueba. Seleccionen cuatro guerreros, y vigílenlo.

Tael tocó el hombro de Krioni, y añadió:

—Krioni, hasta ahora has hecho un buen trabajo protegiendo a Enrique de cualquier arremetida directa. Te felicito.

—Gracias, capitán.

—Lo que te pido ahora es algo difícil. Esta noche tienen que estar cerca y vigilar. No permitan que toquen la vida de Enrique, pero aparte de eso, no impidan nada. Será una prueba que él tiene que pasar.

Hubo un momento de sorpresa y asombro, pero cada uno estaba listo para confiar en el juicio de Tael.

Tael continuó:

—En cuanto a Marshall Hogan. . . él es el único acerca del cual todavía no estoy seguro. Rafar les dará a sus lacayos increíble licencia para atacarlo, y bien puede ser que él se rinda y emprenda la retirada, o, como esperamos, se levantará y peleará. El será de especial interés para Rafar, y para mí, esta noche. Huilo, selecciona a dos guerreros para ti y a dos para mí. Nosotros vigilaremos a Marshall esta noche, y veremos cómo responde. El resto de ustedes cuidará del remanente.

Tael desenvainó su espada y la sostuvo en alto. Los otros hicieron lo mismo, y una multitud de espadas luminosas apareció, sostenidas en alto por fuertes brazos.

—Rafar — dijo Tael en voz baja, musitando —, nos encontramos

51

otra vez. Luego, con la voz de un capitán de los ejércitos, exclamó:

— ¡Por los santos de Dios y por el Cordero!

— ¡Por los santos de Dios y por el Cordero! —respondieron todos en eco.

Apatía desplegó sus alas y se dirigió al edificio Stewart, deslizándose por el piso principal y hasta las catacumbas del piso bajo, al área reservada para la administración y las oficinas privadas del Departamento de Psicología. En este oscuro sótano el cielo raso era muy bajo y opresivo, y las cañerías y los conductos de calefacción se veían por todos lados, como si fueran enormes serpientes listas para atacar. Todo —las paredes, las cañerías y el recubrimiento de madera— estaba pintado del mismo color castaño sucio, y la luz era escasa; todo lo cual venía muy apropiadamente para Apatía y sus compañeros. Preferían la oscuridad, y Apatía notó que parecía haber un toque más de lo acostumbrado. Los otros debían haber llegado.

Pasó flotando por un largo pasillo hasta una puerta grande, rotulada como "Sala de Conferencias", y atravesando la puerta, entró a un crisol de perversidad viviente. El cuarto estaba oscuro, pero las tinieblas parecían más una presencia que una condición física: era una fuerza, una atmósfera que se expandía y llenaba la habitación. En medio de las tinieblas, brillaban muchos pares de ojos felinos y amarillentos, que pertenecían a una horrible galería de caras horribles y grotescas. Las variadas formas de los compañeros de Apatía se dibujaban con un resplandor rojizo. Un vapor amarillo se esparcía en espirales por el salón, y llenaba el aire con su hedor pungente, mientras las fantasmagóricas figuras conversaban en voz medio ahogada y gutural en la oscuridad.

Apatía pudo sentir la aversión común que le tenían, pero el sentimiento era igual en ambos sentidos. Estos beligerantes podían pisar a cualquiera con tal de exaltarse a sí mismos, y sucedía que Apatía tenía la suerte de ser el más pequeño, y por consiguiente, el más fácil de perseguir.

Se acercó a dos voluminosas formas ensarzadas en algún debate, y por sus enormes brazos huesudos, y palabras venenosas, pudo concluir que eran demonios que se especializaban en el odio, sembrándolo, agravándolo, esparciéndolo, usando sus poderosos brazos y plumas venenosas para triturar y envenenar el amor en cualquiera. Apatía les preguntó:

— ¿Dónde está el príncipe Lucio?

— ¡Búscalo por ti mismo, lagartija! —rugió uno de ellos.

Un demonio de lujuria, una criatura como culebra, con ojos malévolos e inquietos, y de lomo resbaloso, oyó la respuesta y se unió en la burla, agarrando a Apatía con sus afilados espolones.

—¿Y dónde has estado durmiendo hoy? —preguntó con sorna.

—¡Yo no duermo! —replicó Apatía—. Yo pongo a la gente a dormir.

—Sentir lujuria y robar la inocencia es mucho mejor.

—Pero alguien debe hacer que los otros se hagan que no ven.

Lujuria pensó un instante, e hizo una mueca de aprobación. Dejó caer rudamente a Apatía mientras los que contemplaban la escena estallaban en risotadas.

Apatía pasó al lado de Engaño, pero ni siquiera se molestó en preguntarle nada. Engaño era el más orgulloso, el más altanero de todos los demonios, muy arrogante en su supuesto conocimiento superior sobre cómo controlar la mente de los hombres. Su apariencia ni siquiera era tan grotesca como las de los otros demonios; casi parecía humano. Su arma, se jactaba, era siempre un argumento persuasivo, contundente, con unas cuantas mentiras introducidas en él muy subrepticiamente.

Muchos otros estaban también allí: Homicidio, cuyos espolones todavía chorreaban sangre; Impiedad, con sus nudillos como estacas afiladas y su lomo grueso como si fuera cuero; Celos, un demonio tan suspicaz y difícil de tratar como cualquier otro.

Pero Apatía finalmente encontró a Lucio, el príncipe de Ashton, el demonio que ocupaba la más elevada posición de todos. Lucio se hallaba conversando con un abigarrado grupo de otros potentados, revisando el siguiente paso en la estrategia para controlar el pueblo.

Incuestionablemente era el demonio a cargo de todo. Enorme, para empezar, siempre mantenía una postura imponente, con sus alas recogidas sin apretarlas, lo cual hacía más amplia su figura, sus brazos algo doblados, sus puños apretados y listos para descargar golpes. Muchos demonios codiciaban su rango, y él lo sabía; había luchado en contra de muchos que querían llegar a donde él se encontraba, y los había derrotado; y no tenía la menor intención de dejarse desplazar de allí. No confiaba en nadie, y sospechaba de todos, y su semblante negro y arrugado y sus ojos de halcón siempre daban el mensaje de que incluso sus asociados eran sus enemigos.

Apatía estaba suficientemente desesperado y furioso como para violar las ideas de Lucio en cuanto a la cortesía y al decoro. Se abrió paso entre el grupo, directamente hasta llegar frente a Lucio. Este le lanzó una furibunda mirada, sorprendido por la ruda interrupción.

—Mi príncipe —Apatía empezó—, tengo algo para decirte.

Los ojos de Lucio se cerraron un poco. ¿Qué se creía esta largartija como para interrumpirle en medio de una conferencia, violando el decoro en frente de todos los demás?

—¿Por qué no estás con Hogan? —rugió.

—¡Tengo que hablar contigo!

—¿Te atreves a hablarme sin que yo te conceda el permiso?

—Es de vital importancia. Tú estás... estás cometiendo una equivocación. Estás fastidiando a la hija de Hogan, y...

Lucio estalló como si fuera un volcán, lanzando toda clase de horripilantes blasfemias y maldiciones.

—¿Estás acusando a tu príncipe de cometer errores? ¿Te atreves a cuestionar mis acciones?

Apatía se agachó, esperando recibir un agudo golpe en cualquier momento; sin embargo, de todas maneras habló.

—Hogan no nos causará ningún daño si lo dejas tranquilo. Pero todo lo que hay que hacer es encender un pequeño fuego dentro de él, y ¡me arroja afuera!

El golpe fue descargado, un furibundo manotazo dado con el revés de la mano de Lucio, y Apatía rodó dando tumbos hasta la parte posterior del salón, mientras debatía si debía seguir hablando. Cuando se detuvo finalmente, y recobró su compostura, vio que todo ojo estaba clavado en él, y pudo sentir el desdén y la mofa.

Lucio se acercó lentamente a él, y se le puso delante como un gigantesco árbol.

—¿Hogan te arrojó fuera? ¿No fuiste tú el que lo dejó libre?

—¡No me pegues de nuevo! ¡Solamente escucha mi explicación!

Lucio apretó poderosamente sus dedos al agarrar a Apatía por los brazos y elevarlo hasta quedar ojo a ojo.

—¡El es capaz de estorbar nuestra empresa, y no voy a tolerar eso! Sabes bien cuál es tu tarea. ¡Cúmplela!

—¡Eso hacía! ¡Eso hacía! —gimió Apatía—. El no representaba nada que temer; era apenas un gusano, un terrón de lodo. Yo hubiera podido tenerlo en mis garras para siempre.

—¡Entonces, hazlo!

—Príncipe Lucio, por favor escúchame. No le pongas ningún enemigo enfrente. Déjalo que no halle ninguna causa por la cual luchar.

Lucio lo dejó caer al suelo, en un gesto humillante. El príncipe se dirigió a los demás en el cuarto.

—¿Le hemos dado a Hogan algún enemigo?

Todos sabían cómo tenían que contestar.

—En verdad, no.

—Engaño— llamó Lucio, y Engaño dio un paso al frente, haciendo una reverencia a Lucio —. Apatía acusa a su príncipe de fastidiar a la hija de Hogan. ¿Qué puedes decir a eso?

—Tú ordenaste que no se atacara a Sandy Hogan, príncipe — contestó Engaño.

Apatía le apuntó con su dedo afilado, y gritó:

—¡Tú la has seguido! ¡Tú y tus lacayos! Has puesto ideas en su cerebro, y la has confundido.

Engaño se limitó a arquear sus cejas, medio indignado, y contestó calmadamente:

— Solamente por invitación de ella misma. Todo lo que le hemos dicho es lo que ella misma prefiere saber. Eso a duras penas podría ser llamado un ataque.

Lucio pareció adoptar un poco de la altanería de Engaño, mientras contestaba:

— Sandra Hogan es un caso, pero ciertamente su padre es otro muy distinto. Ella no es ninguna amenaza para nosotros. El sí. ¿Deberíamos enviar a otro para mantenerlo a raya?

Apatía no sabía cómo responder, pero añadió otra nota de preocupación:

— Yo... ¡yo vi hoy a los mensajeros del Dios viviente!

Eso sólo produjo más risotadas en el grupo.

Lucio dijo con sorna:

— ¿Te estás volviendo tímido, Apatía? Todos los días vemos mensajeros del Dios viviente.

— ¡Pero estos andaban muy cerca! ¡Listos para atacar! Estoy seguro de que sabían lo que yo estaba haciendo.

— Por lo que veo pareces estar bien. Sin embargo, si yo fuera uno de ellos, te escogería como fácil presa.

Más risotadas de parte del grupo estimularon más a Lucio.

— Un blanco cojo y fácil, por puro deporte... un demonio cojo con el cual cualquier ángel debilucho puede probar su fuerza.

Apatía se agazapó avergonzado. Lucio empezó a dar pasos, mientras se dirigía al grupo.

— ¿Temen ustedes a los ejércitos de los cielos? — preguntó.

— ¡Así como tú no les tienes temor, tampoco nosotros! — contestaron todos con gran soberbia.

Mientras lo demonios permanecían en su cubil en el sótano, dándose palmaditas en la espalda y burlándose de Apatía, no notaron el frente frío extraño y desusado que se cernía sobre el pueblo. Cayó lentamente sobre el pueblo, trayendo consigo un fuerte viento y lluvia helada. Aun cuando la noche prometía ser clara y brillante, se había oscurecido con un manto oscuro, bajo y opresivo, parte natural, parte espíritu.

Encima de la pequeña iglesia blanca, Signa y sus dos compañeros continuaban de guardia, mientras las tinieblas descendían sobre Ashton, más profundas y más frías con cada instante que pasaba. Por todo el vecindario los perros empezaron a ladrar y a aullar. Aquí y allá estallaba una reyerta entre los seres humanos.

— Ya está aquí — dijo Signa.

Mientras tanto, la preocupación de Lucio por su propia gloria hizo que no lograra notar la poca atención que estaba recibiendo de sus tropas. Todos los demás demonios que se hallaban en el salón, grandes y pequeños, se sentían presa de una creciente agitación y temor. Podían sentir que algo horrible se avecinaba. Empezaron a temblar, sus ojos a moverse con inquietud, y sus semblantes a adquirir una expresión de preocupación.

Lucio le dio un puntapié en un costado a Apatía, cuando pasó a su lado, y continuó jactándose.

—Apatía, puedes estar seguro de que tenemos todo bajo control aquí. Nadie de los nuestros jamás ha tenido que escurrirse por algún sitio con temor de atacar. Nos movemos libremente por este pueblo, estamos haciendo nuestro trabajo sin ningún impedimento, y triunfaremos en todas partes hasta que el pueblo sea por entero nuestro. ¡Eres un inútil, un flojo y un chapucero! ¡Temer es fracasar!

Entonces sucedió, y tan súbitamente que ninguno de ellos pudo reaccionar sino con espeluznantes alaridos de terror. Lucio casi ni acababa de pronunciar la palabra "fracasar", cuando una nube hirviente y violenta entró como una tromba rugiente en la habitación, como si fuera una ola, o una avalancha de fuerza que destrozaba como hierro. Los demonios fueron barridos por el piso de la habitación, como si fueran desechos llevados por la furia de las olas, dando tumbos, chillando, recubriéndose con sus propias alas, aterrorizados. . . todos, excepto Lucio.

Mientras los demonios se recuperaban de la sorpresa inicial causada por la nueva presencia, levantaron la vista y contemplaron el cuerpo de Lucio, retorcido como un juguete roto, aprisionado por una enorme mano negra. Luchaba, se ahogaba, jadeaba, pedía misericordia, pero la mano continuaba apretándolo cada vez más, castigándolo sin misericordia, descendiendo de las tinieblas como si fuera un ciclón que cae de una nube de tormenta. Luego apareció la figura completa del espíritu, llevando a Lucio por la garganta, y sacudiéndolo como si fuera un muñeco de trapo. La cosa era más grande de lo que jamás ninguno de ellos había visto, un demonio gigantesco con cara parecida a la de un león, ojos feroces, cuerpo increíblemente muscular, y alas como de cuero que llenaban todo el salón.

La voz gutural rugió desde lo más profundo del torso del demonio, y se esparció en nubes de vapor rojo hirviendo.

— Tú que no tienes temor, ¿sientes temor ahora?

El espíritu lanzó a Lucio en volteretas violentas, enviándole a que se juntara con los demás. Luego se puso de pie, enorme como si fuera una montaña, en el centro de la habitación, esgrimiendo una espada en forma de "S", del tamaño de la puerta. Sus colmillos desnudos relucían como la cadena de brillantes que llevaba alrededor del pescuezo y que le cruzaba el pecho. Obviamente este príncipe de príncipes había recibido muchos honores por victorias pasadas. Su pelo negro retinto colgaba como crin sobre sus hombros, y en cada muñeca llevaba un brazalete de oro adornado con piedras preciosas; sus dedos lucían varios anillos, y un cinturón rojo rubí, del cual colgaba una vaina, adornaba su cintura. Las enormes alas negras plegadas a su espalda parecían el manto de un monarca.

Se quedó allí parado en lo que parecía una eternidad, mirándoles en forma siniestra, con mirada de fuego, estudiándolos, y todo lo que ellos podían hacer era permanecer inmóviles aterrorizados como un macabro grupo de duendes asustados.

Finalmente la voz retumbó en las paredes:

— Lucio, me parece que no me esperaban. ¡Anuncia mi llegada! ¡De pie!

La espada atravesó el cuarto, y la punta se hundió en la piel de la parte posterior del pescuezo de Lucio, haciéndole levantarse instantáneamente.

Lucio sabía que estaba siendo denigrado a la vista de sus subalternos, pero hizo todo esfuerzo por ocultar su resentimiento y cólera. Su temor se mostraba lo suficiente como para ocultar sus otros sentimientos.

— Compañeros. . . — dijo, con su voz temblando a pesar de su esfuerzo —. ¡Les presento a Ba-al Rafar, el príncipe de Babilonia!

Automáticamente todos se pusieron de pie, parcialmente por res peto temeroso, pero mayormente por temor a la espada de Rafar, todavía moviéndose lentamente, lista para caer sobre cualquier rezagado.

Rafar les dio una rápida ojeada; y luego descargó otro puñetazo personal sobre Lucio.

— Lucio, tu lugar está con los otros. Ya he llegado, y sólo un príncipe es necesario.

Fricción. Todo el mundo pudo sentirlo de inmediato. Lucio se negó a moverse. Su cuerpo estaba tieso, con sus puños más apretados que nunca, y aun cuando se veía visiblemente que estaba temblando, a propósito devolvió la torva mirada de Rafar, y se quedó en su puesto.

— ¡No. . . no me has pedido que ceda mi lugar! — dijo desafiante.

Los otros no tenían la menor gana de intervenir, ni siquiera de acercarse. Retrocedieron, recordando que la espada de Rafar podía barrer un amplio círculo.

La espada en efecto se movió, y tan vertiginosamente que lo primero que cualquiera alcanzó a percibir fue el alarido de dolor lanzado por Lucio al retorcerse como un nudo sobre el piso. La espada de

Lucio, y su vaina, cayeron al piso, cortadas con maestría por el certero tajo de Rafar. La espada volvió a caer, pero esta vez fue a caer de plano sobre la cabellera de Lucio, sosteniéndolo contra el piso.

Rafar se inclinó sobre él, despidiendo un aliento sanguinolento por su boca y narices, mientras decía:

— Pienso que deseas desafiarme por mi posición.

Lucio no contestó.

— ¡RESPONDE!

— ¡No! — contestó Lucio —. Me rindo.

— ¡Arriba! ¡Levántate!

Lucio se puso de pie trabajosamente, y el brazo poderoso de Rafar lo colocó junto a los demás. Para entonces Lucio daba lástima, totalmente humillado. Rafar alargó su espada para tomar con la punta aserrada la espada y vaina de Lucio. La espada se movió como una enorme grúa, y depositó las armas en las manos del demonio depuesto.

— Escuchen bien, todos — les dijo Rafar —. Lucio, aquel que no teme a los ejércitos de los cielos, ha demostrado que tiene miedo. Es un mentiroso y un gusano, y no hay que hacerle caso. Escuchen lo que les digo. Tengan miedo del ejército de los cielos. Ellos son sus enemigos, y tienen el propósito de derrotarlos a ustedes. Si se les ignora, y se les da lugar, van a vencerlos a todos ustedes.

Rafar dio unos pasos, lentos y pesados, como pasando revista a la fila de demonios, mirándolos más de cerca. Cuando llegó a Apatía, se le acercó más, y Apatía cayó de espaldas. Rafar lo agarró por la parte de atrás del pescuezo, y lo enderezó.

— Dime, lagartijita, ¿qué fue lo que viste hoy?

Apatía sufría de una momentánea pérdida de la memoria.

Rafar le aguijoneó un poco:

— ¿Dijiste mensajeros del Dios viviente?

Apatía asintió.

— ¿Dónde?

— Fuera de este edificio

— ¿Qué estaban haciendo?

— Yo. . . yo. . .

— ¿Te atacaron?

— No.

— ¿Hubo un destello de luz?

Apatía estuvo de acuerdo. Asintió.

— Cuando un mensajero de Dios ataca, siempre hay luz.

Rafar les habló furibundo.

— ¡Y ustedes lo dejaron escapar! ¡Se rieron! ¡Se mofaron! ¡Un enemigo por poco les ataca, y ustedes optaron por ignorarlo!

Ahora Rafar volvió a tomárselas con Lucio.

— Dime, príncipe depuesto, ¿cómo se halla el pueblo de Ashton? ¿Está listo ya?

Lucio respondió prontamente:

— Sí, Ba-al Rafar.

— ¡Ajá! Entonces ya has arreglado al Busche que hace oraciones y al buscapleitos dormilón de Hogan.

Lucio se quedó en silencio.

— ¡No lo has conseguido! Primero, les permites que vengan a los lugares que hemos reservado para nuestras citas especiales...

— Fue un error, Ba-al Rafar! — balbuceó Lucio —. El editor de *El Clarín* fue eliminado de acuerdo a nuestras órdenes, pero... nadie sabe de dónde salió Hogan. El compró el periódico antes de que pudiéramos hacer nada.

— ¿Y Busche? Tengo entendido que él huyó de tus ataques.

— Ese... ese fue el otro hombre de Dios. El primero. En verdad huyó.

— ¿Y?

— Este joven surgió en su lugar. Venido de ninguna parte.

Un prolongado silbido maloliente salió por entre los colmillos de Rafar.

— El ejército de los cielos — dijo —. Mientras tú pensabas que ya habías ganado, ¡ellos han colocado a los escogidos de Dios bajo tus mismas narices! No es ningún secreto que Enrique Busche es un hombre de oración. ¿No temes eso?

Lucio asintió.

— Sí, por supuesto, más que ninguna otra cosa. Hemos estado atacándole, procurando que actúe con indiferencia.

— ¿Y cómo ha respondido?

— El... él..

— ¡Habla!

— El ora más.

Rafar sacudió su cabeza.

— Sí, sí. El es un varón de Dios. ¿Y qué en cuando a Hogan? ¿Qué has hecho en cuanto a Hogan?

— Hemos... hemos atacado a su hija.

Apatía levantó sus orejas al oír eso.

— ¿Su hija?

Pero Apatía no pudo contenerse.

— ¡Yo les dije que eso no serviría! ¡Sólo conseguiría hacer a Hogan más agresivo, y despertarlo de su letargo!

Lucio llamó la atención de Rafar.

— Si mi señor me permitiera explicar...

— Explica — instruyó Rafar mientras miraba de reojo a Apatía.

Lucio formuló rápidamente un plan en su mente.

59

— Algunas veces no es sabio un ataque directo, así que. . . encontramos una debilidad en su hija, y pensamos que podíamos desviar las energías de él hacia ella, quizás destruyéndolo en su hogar, y desintegrando su familia. Esto pareció funcionar bien con **el** editor anterior. Por lo menos, es un comienzo.

— Fracasará — exclamó Apatía —. El era inofensivo hasta que ellos empezaron a atacar su sentido de comodidad y bienestar. Ahora me temo que no podremos detenerlo. El está. . .

Un gesto repentino y amenazador de la mano extendida de Rafar sofocó los quejidos de Apatía.

— Yo no quiero que detengan a Hogan — dijo Rafar —. Lo que quiero es que lo destruyan. Sí, gánense a la hija. Echen mano de todo cuanto se pueda lograr corromper. Es mejor eliminar un riesgo, no tolerarlo.

— Pero. . . — empezó Apatía, pero Rafar rápidamente lo agarró, y le dijo vomitando humo nauseabundo directamente en su cara.

— Desanímalo. De seguro que puedes hacer eso.

— ¡Es que. .!

Pero Rafar no estaba de genio para escuchar respuestas. Con un poderoso giro de sus muñecas lanzó a Apatía dando volteretas fuera de la habitación, y de regreso a su trabajo.

— Vamos a destruirlo. Lo atacaremos por todos lados, hasta que no le quede ningún terreno sólido desde donde luchar. En lo que respecta a este nuevo varón de Dios que ha surgido, estoy seguro de que se puede armar una trampa adecuada. Pero en cuanto a nuestros enemigos, ¿cuán fuertes son?

— No muy fuertes — contestó Lucio, tratando de recobrar su situación de competencia.

— Pero suficientemente astutos como para hacerte pensar que son débiles. Un error fatal, Lucio.

Se dirigió a los demás.

— No pueden menospreciar al enemigo. Vigílenlo. Cuenten sus hombres. Averigüen por dónde andan, sus habilidades, sus nombres. Ninguna misión ha sido emprendida jamás que no haya sido atacada por los ejércitos de los cielos; y esta misión no es pequeña. Nuestro señor tiene planes importantes para este pueblo, y me ha enviado para cumplirlos, y eso es suficiente para atraer las hordas del enemigo sobre nuestras cabezas. Teman eso, y no cedan en ningún momento. En cuanto a estas dos espinas en nuestros costado, estas dos barreras que han sido plantadas. . . esta noche veremos de qué están hechos.

 Era una noche oscura y lluviosa, y las gotas de agua repiqueteaban contra los cristales de las vetustas ventanas, perturbando el sueño de Enrique y María. Ella finalmente se quedó dormida, pero para Enrique, ya atribulado de espíritu, era mucho más difícil reposar. Había sido un día pésimo; había repintado la pared para cubrir la leyenda soez que habían pintado allí, y procuraba figurarse quién podía haber escrito tal cosa en su contra. En sus oídos todavía resonaba la conversación que había tenido con Alfredo Brummel, y su cerebro todavía batallaba con los agrios comentarios vertidos en la reunión de la junta. Ahora podía añadir a sus preocupaciones la reunión congregacional del viernes, y oraba al Señor en susurros desesperados, apagados, mientras yacía acostado en su cama, allí en la oscuridad.

Es curioso cómo cada desigualdad del colchón puede agigantarse cuando uno está molesto. Enrique empezó a preocuparse de que podía despertar a María si continuaba dando vueltas y más vueltas sobre el colchón. Se puso de espaldas, luego de lado, luego del otro lado, puso su brazo debajo de la almohada, sobre la almohada; tomó un pañuelito desechable y se sonó la nariz. Miró el reloj: eran las doce y veinte. Se había acostado a las diez.

Pero finalmente el sueño llega, por lo regular de una forma tan inesperada que nunca lo sabe sino cuando se despierta. En algún momento aquella noche Enrique se quedó dormido.

Pero a las pocas horas su sueño empezó a tornarse difícil. Al principio fueron las acostumbradas tonterías, como manejando su automóvil por la sala, y luego volando en su auto como si fuera un aeroplano. Pero luego las imágenes empezaron a agitarse vertiginosamente en su cabeza, tornándose frenéticas y caóticas. Empezó a huir de peligros. Podía oír alaridos; había una sensación de caer y caer, y la vista y sabor de sangre. Las imágenes cambiaron de brillantes y multicolores a blanco y negro y tétricas. Se hallaba constantemente luchando, batallando por su vida; había innumerables peligros que le rodeaban, cada vez más cerca. Ninguno tenía sentido, pero una cosa era bien clara y definitiva: espeluznante terror. Quería desesperadamente gritar, pero no tenía tiempo entre las peleas y luchas que sostenía contra los enemigos, monstruos y fuerzas invisibles.

Su pulso empezó a golpetear en sus oídos. El mundo entero daba vueltas palpitando. El horrible conflicto que corría por su cabeza empezó a abrirse paso para llegar hasta el Busche conciente, de todos los días. Se dio la vuelta en su cama, volvió a acostarse de espaldas, aspiró profundamente, casi como para despertarse. Sus ojos medio abiertos miraron sin fijarse en nada. Se hallaba en ese extraño estado de sopor entre el sueño y la vigilia.

¿Realmente alcanzó a verlo? Era una espectral aparición en el aire, una figura que brillaba contra un fondo púrpura. Precisamente encima de la cama, tan cerca que podía oler aliento sulfuroso, flotaba una torva máscara, contorsionándose en grotescos movimientos, mientras vomitaba palabras soeces que no podía entender. Los ojos de Enrique se abrieron como movidos por un resorte. Pensó que todavía podía ver la cara, apenas desvaneciéndose, pero instantáneamente sintió como si le hubieran propinado un fortísimo golpe en su pecho; su corazón empezó a latir aceleradamente y palpitar como si quisiera salirse por las costillas. Podía sentir sus pijamas y sábanas pegadas a su cuerpo, empapadas por el sudor. Se quedó boqueando por aire, esperando que su corazón se calmara, que el ominoso terror se alejara, pero nada cambió ni podía lograr que cambiara.

Estás teniendo una pesadilla, continuaba diciéndose para sus adentros, pero parecía no poder despertar. Abrió a propósito ampliamente sus ojos, y miró a su alrededor por el cuarto a oscuras, aun cuando una parte dentro de sí quería regresar a la niñez, y sencillamente meterse debajo de las frazadas hasta que los fantasmas y monstruos y ladrones se hubieran ido.

No vio en el cuarto nada fuera de lo ordinario. El duende de la esquina no era sino su propia camisa colgada en el espaldar de una silla, y el extraño halo de luz en la pared era apenas la luz de la calle reflejada en el cristal del reloj.

Pero se había asustado seriamente, y todavía seguía asustado. Podía sentir que estaba temblando mientras trataba desesperadamente de separar la alucinación de la realidad. Observó y escuchó. Incluso el silencio parecía siniestro. No encontró ningún alivio en eso, y solamente el miedo pavoroso de que algún mal se ocultaba agazapadamente, un intruso o un demonio, esperando, aguardando el momento propicio.

¿Qué fue eso? ¿Un crujido de la casa? ¿Pisadas? No, pensó, *es apenas el viento que se cuela por las rendijas.* La lluvia había cesado.

Otro ruido, esta vez un susurro en la sala. Nunca había oído ese ruido antes por la noche. *Tengo que despertarme. Tengo que despertarme. Vamos, corazón, cállate para poder oír.*

Se obligó a sentarse en la cama, aun cuando eso hizo que se sintiera más vulnerable, y se quedó allí quieto por varios minutos, tratando de aplacar con su mano el golpeteo de su corazón contra su pecho. Finalmente el golpeteo se redujo un poco, pero el pulso continuó acelerado. Enrique pudo sentir el sudor que se enfriaba en su piel. ¿Se levantaría o volvería a dormirse? El sueño definitivamente se le había ido. Decidió levantarse, dar una vuelta, caminar un poco.

Entonces oyó un estruendo en la cocina. Enrique empezó a orar.

Marshall había tenido la misma clase de pesadillas, y había sentido el mismo terror horrendo. Voces. De seguro que eran voces, en alguna parte. ¿Sandra? Tal vez un receptor de radio.

Pero, ¿quién sabe? pensó. *Este pueblo se está volviendo loco de todas maneras, y ahora los orates están en mi casa.* Sigilosamente salió de su cama, se puso sus pantuflas, y se acercó al ropero para tomar un bate de béisbol. *Exactamente como en el pueblo donde nací. Alguien va a quedar con los sesos aplastados.* Miró hacia afuera por la puerta de su dormitorio, a ambos lados del corredor. No había luces en ninguna parte, ni tampoco el rayo de luz de alguna linterna. Pero sus tripas danzaban una polca debajo de sus costillas, y no había razón alguna para ello. Alcanzó el interruptor de la luz del pasillo, y lo levantó. ¡Rayos! El bombillo se había quemado. Desde cuándo, no lo sabía, pero al quedarse todavía a oscuras, sintió que su valor se desinflaba todavía más. Empuñó más fuertemente el bate, y avanzó por el pasillo, apegándose a la pared, mirando hacia adelante, mirando hacia atrás, escuchando. Pensó que había alcanzado a oír un apagado murmullo en alguna parte. Algo se movía.

En el arco que conducía hacia la sala, sus ojos vislumbraron algo, y se replegó más contra la pared tratando de pasar inadvertido. La puerta del frente estaba abierta. Ahora su corazón empezó a latir aceleradamente, retumbando en sus oídos rudamente. En forma extraña, como instinto selvático, se sintió mejor; por lo menos había una indicación de un verdadero enemigo. Era aquel temor ridículo, sin ninguna razón, lo que lo aterrorizaba. Ya había pasado por esto otra vez el mismo día.

Con ese pensamiento se le ocurrió una idea extraña: La profesora debía de estar en la casa.

Avanzó por el pasillo para ver el cuarto de Sandra, y asegurarse de que ella se encontraba bien. Quería interponerse entre ella y cualquier cosa que fuera lo que estuviera en la casa. La puerta del dormitorio de Sandra estaba abierta, y eso no era normal; hizo que avanzara con más cautela. Se acercó centímetro a centímetro, pegado a la pared y luego, con el bate listo, se asomó a la habitación.

Alguien estaba levantada. Sandra, por lo menos. Su cama estaba vacía. Encendió la luz. La cama estaba desarreglada; alguien había estado durmiendo allí, pero ahora las frazadas estaban a un lado desordenadamente, y la habitación estaba hecha un caos.

Mientras avanzaba cautelosamente por el corredor a oscuras, se le ocurrió que a lo mejor Sandra se había levantado para tomar un poco de agua, ir al excusado, o leer. Pero esa lógica tan simple quedó debilitada por la horrible sensación de que algo andaba terriblemente mal. Respiró profundamente varias veces, tratando lo más posible de contenerse, mientras que continuaba sintiendo un terror insidioso, extraterrestre, como si se hallara separado apenas unos centímetros de los gigantescos colmillos de algún monstruo que no podía ver.

El cuarto de baño estaba frío y oscuro. Encendió la luz, temeroso de lo que pudiera encontrar. No vio nada fuera de lo ordinario. Dejó la luz encendida, y se encaminó a la sala.

Se asomó como si fuera un fugitivo al acecho. Allí estaba otra vez ese sonido apagado y susurrante. Encendió las luces. El aire frío de la noche entraba por la puerta del frente abierta, agitando las cortinas. No, Sandra no estaba en ninguna parte, ni en la sala, ni en la cocina ni en ninguna parte cerca. Tal vez había salido.

Pero él sintió dudas fuertes en cuanto a cruzar la sala hasta la puerta del frente, teniendo que pasar junto a los muebles, detrás de los cuales bien podía haberse agazapado un asaltante. Empuñó más fuertemente al bate, teniéndolo listo y levantado. Puso su espalda contra la pared, mientras avanzaba lentamente cruzando el cuarto, saltando sobre el sofá, después de haber revisado detrás del mueble, deslizándose de prisa alrededor del equipo de sonido, y al fin llegando a la puerta.

Salió al portal, al frío aire de la noche, y por alguna razón extraña se sintió más seguro. El pueblo todavía estaba callado a esta hora de la noche. Todo el mundo estaba durmiendo a estas horas, y no andaba husmeando por la casa con un bate de béisbol en sus manos. Se detuvo un momento para recobrar su compostura, y volvió a entrar.

Cerrar la puerta detrás de él era como encerrarse él mismo en un ropero oscuro con unas doscientas serpientes. El temor regresó, y él apretó más el bate. De espaldas a la puerta, miró de nuevo alrededor del cuarto. ¿Por qué estaba todo tan oscuro? Las luces estaban encendidas, pero todo bombillo parecía tan tenue, como si fuera algún tipo de luz macilenta. *Hogan,* pensó, *o en realidad has perdido un tornillo, o estás metido en un problema bien grande.* Permaneció inmóvil pegado a la puerta, mirando y escuchando. Tenía que haber alguien, o algo, en la casa. No podía ni oírlo ni verlo, pero ciertamente podía sentirlo.

Fuera de la casa, agazapados detrás de los pinos y arbustos, Tael y su compañía observaban cómo los demonios, por lo menos cuarenta según la cuenta de Tael, hacían estragos en la mente y en el espíritu de Marshall. Los demonios se abalanzaban como mortíferas golondrinas negras entrando y saliendo de la casa, atravesando las habitaciones, rondando alrededor de Marshall, lanzando gritos y blasfemias, y jugueteando con sus temores, haciendo que aumentaran. Tael vigilaba con mucha atención, buscando al temido Rafar, pero el príncipe no estaba entre este grupo desordenado. No había duda, sin embargo, de que Rafar era quien los había enviado.

Tael y los otros agonizaban, sintiendo el sufrimiento de Marshall.

Un demonio, un diablillo horrible y chiquito, recubierto de plumas afiladas como agujas, saltó sobre los hombros de Marshall, y empezó a golpearle en la cabeza, gritando: ¡*Vas a morir, Hogan!* ¡*Vas a morir!* ¡*Tu hija ya está muerta, y tú también vas a morir!* Huilo casi no podía contenerse. Su enorme espada hizo un chasquido metálico al salir de su vaina, pero el fuerte brazo de Tael lo detuvo.

— ¡Por favor, capitán! — suplicó Huilo —. Nunca antes he presenciado algo como esto.

— ¡Contrólate, querido guerrero! — previno Tael.

— ¡Daré un solo tajo!

Huilo alcanzó a notar que el mismo Tael sufría profundamente por su propia orden:

— ¡Aguanta! ¡Aguanta! El tiene que atravesar por eso.

Enrique tenía las luces de su casa encendidas, pero pensó que sus ojos debían estarle jugando una pasada, debido a que los cuartos parecían estar a oscuras, con profundas tinieblas. Algunas veces no podía decir si quien se movía era él mismo o las sombras de la habitación; un movimiento extraño, como olas, en la luz y las sombras, hacía que desde el fondo de la casa ésta se moviera oscilando como el movimiento lento, continuo, de la respiración.

Se detuvo en la puerta entre la sala y la cocina, observando y escuchando. Pensó que alcanzó a sentir un viento que se movía por dentro de la casa, pero no era el frío de afuera. Era como un aliento de fuego, pegajoso, de un hedor repulsivo, tétrico y opresivo.

Descubrió que el traqueteo de la cocina provenía de una espátula que se había deslizado fuera del escurridor y había caído al suelo. Eso debería haber hecho que sus nervios se calmaran, pero todavía se sentía aterrorizado.

Sabía que tarde o temprano tendría que avanzar a la sala para mirar allí. Dio el primer paso fuera del dintel, y avanzó a la sala.

Fue como caer en un pozo sin fondo, de tinieblas y terror. Los vellos de su cuello se erizaron como cargados de electricidad estática. Sus labios empezaron a verter una frenética oración.

Se cayó. Antes de que pudiera darse cuenta de lo que sucedía, se fue de bruces, estrellándose estrepitosamente contra el suelo. Quedó como un animal atrapado, luchando en forma instintiva, tratando de zafarse de un peso invisible que amenazaba triturarlo. Sus brazos y piernas se estrellaban contra los muebles, volcando mesas y sillas, pero en su terror y sorpresa no sentía ningún dolor. Se retorcía, jadeaba buscando aire, y se sacudía de lo que fuera, sintiendo resistencia al movimiento de sus brazos como si estuviera nadando. El cuarto parecía estar lleno de humo.

Tinieblas como ceguera, pérdida del oído, una pérdida del contacto con el mundo real, el tiempo se detenía. Podía sentir como si estuviera muriéndose. Una imagen, una alucinación, una visión o vista real irrumpió por un instante; dos ojos torvos amarillos llenos de odio. Su garganta empezó a contraerse, cerrándose, comprimiéndose.

— ¡Señor! — se oyó que su cerebro exclamaba —. ¡Ayúdame!

Su próximo pensamiento, un destello minúsculo, apenas un instante, debe de haber venido del Señor.

— ¡Repréndelo! ¡Tú tienes la autoridad!

Enrique pronunció las palabras, aun cuando no pudo oír el sonido de ellas:

— ¡Te reprendo en el nombre de Jesucristo!

El peso que lo oprimía se levantó tan rápidamente que Enrique sintió como si fuera a salir despedido del piso. Llenó sus pulmones con aire, y notó que ya no estaba batallando contra nada. Pero el terror todavía estaba allí, la presencia tenebrosa y siniestra.

Se sentó a medias, respiró otra vez profundamente, y dijo clara y fuertemente:

— ¡En el nombre de Jesucristo te ordeno que salgas de esta casa!

María se despertó de súbito, y se quedó pasmada al principio, y luego aterrorizada por el sonido de una multitud de alaridos de angustia y dolor. Los gritos eran ensordecedores al principio, pero luego se desvanecieron como si se alejaran a la distancia.

— ¡Enrique! — exclamó.

Marshall rugió como un salvaje y levantó el bate para descargarlo sobre su atacante. El atacante también lanzó un fenomenal grito, lleno de pavor.

Era Caty. Sin darse cuenta habían retrocedido hasta chocar el uno contra el otro, de espaldas, en el corredor a oscuras.

— ¡Marshall! — exclamó ella, y su voz temblaba.

Estaba a punto de estallar en lágrimas, y de rabia a la vez.

— ¿Qué andas haciendo aquí!

— Caty... — suspiró Marshall, sintiendo que se encogía como si fuera una llanta desinflándose —. ¿Qué estás tratando de hacer? ¿Que te maten?

— ¿Qué sucede?

Ella estaba mirando al bate de béisbol, y sabía que algo andaba mal. Se abrazó a él llena de miedo.

— ¿Hay alguien en la casa?

— No... — murmuró él en una mezcla de alivio y disgusto —. No hay nadie. Ya revisé todo.

— ¿Qué sucedió? ¿Quién fue?

— Nadie, ya te dije.

— Pero como que te oí hablando con alguien.

El se quedó mirándola con enorme impaciencia, y dijo en voz cada vez más subida de tono.

— ¿Parezco como si hubiera estado teniendo una amistosa conversación con alguien?

Caty sacudió su cabeza.

— Debo de haber estado soñado. Pero fueron las voces las que me despertaron.

— ¿Qué voces?

— Marshall, parecía como si estuvieran celebrando aquí la despedida del año viejo. ¡Vamos! ¿Quién era?

— Nadie. No había nadie. Ya busqué.

Caty quedó muy confundida.

— Yo sé que estaba despierta.

— Has oído fantasmas.

El pudo sentir que la mano de ella le oprimía el brazo hasta cortarle la circulación.

— No hables así.

— Sandra se ha ido.

— ¿Qué quieres decir, que se ha ido? ¿Se ha ido, adónde?

— Se ha ido. Su cuarto está vacío, y ella no está en casa. ¡Puf! Ha desaparecido.

Caty corrió por el pasillo, para ver el cuarto de Sandra. Marshall la siguió, y observó desde el umbral cómo Caty revisaba la habitación, buscando incluso en el ropero y en algunas gavetas.

Ella le informó con alarma:

— Faltan algunos de sus vestidos, así como sus libros.

Ella lo miró toda desvalida.

— Marshall, ¡se ha ido de casa!

El se quedó mirándola por un largo rato, luego paseó la mirada otra vez por todo el cuarto, y después apoyó su cabeza contra la puerta, con un leve golpe.

— ¡Nueces! — exclamó.

— Yo sabía que ella no era la misma esta noche. Debí haber averiguado qué es lo que anda mal.

— Nuestro encuentro no fue de lo más cordial hoy. . .

— Bueno, eso fue obvio. Tú viniste a casa sin ella.

— ¿Cómo llegó a casa, al fin y al cabo?

— Su amiga Terry la trajo.

— Tal vez se fue a pasar la noche con ella.

— ¿Deberíamos llamarla para saberlo?

— No lo sé. . .

— ¡No lo sabes!

Marshall cerró sus ojos, tratando de pensar.

—No. Es tarde. Ella puede estar allí, o puede no estar. Si no está allí, los despertaremos para nada; y si sí lo está, estará bien, a fin de cuentas.

Caty pareció dejarse ganar un poco por el pánico.

—Voy a llamar.

Marshall levantó su mano, y apoyó su cabeza de nuevo contra la puerta, mientras decía:

—No te pongas histérica ahora. ¡Dame un minuto!

—Todo lo que quiero es saber si ella está allí.

—Está bien, está bien...

Pero Caty pudo notar que algo andaba muy mal con Marshall. Estaba pálido, débil, temblando.

—¿Qué sucede, Marshall?

—Dame un minuto...

Ella le puso los brazos encima, preocupada.

—¿Qué ocurre?

El batalló un poco antes de decirlo:

—Estoy asustado.

Temblando un poco, con sus ojos cerrados, con su cabeza apoyada contra la puerta, repitió:

—Estoy verdaderamente asustado, y no sé por qué.

Eso asustó a Caty.

—¡Marshall!

—No te enfades, ¿por favor? Mantén la calma.

—¿Puedo hacer algo?

—Sencillamente ser valiente; eso es todo.

Caty pensó por un momento.

—Bueno, ¿por qué no vas y te pones encima tu bata de cama? Voy a calentar un poco de leche. ¿Te parece bien?

—¡Eh! ¡Está bien! ¡Excelente!

Era la primera vez que los demonios habían sido confrontados y reprendidos por Enrique Busche. Ciertamente habían venido con ímpetu arrogante al principio, descendiendo sobre la casa a media noche, para asaltar y atacar, gritando y haciendo estrépito por las habitaciones, saltando sobre Enrique, tratando de aterrorizarlo. Pero mientras Krioni, Triskal, y los demás observaban desde sus puestos de vigilancia, una multitud de demonios confundidos y despavoridos salieron atropelladamente de la casa de Enrique, gritando como si fueran murciélagos, indignados, tapándose las orejas. Debe haber habido como un centenar, todos los demonios revoltosos y buscapleitos que Krioni había visto atareados por todo el pueblo. No cabía duda de que el gran Ba-al los había enviado, y ahora que había sido expulsados, no había manera de decir cuál sería la reacción de Rafar, o cuál sería su próximo plan. Pero Busche había dado buena prueba de sí mismo.

En un momento la costa quedó clara, el problema resuelto, y los guerreros salieron de su escondite, respirando aliviados. Krioni y Triskal estaba impresionados.

Krioni comentó:

— Tael tenía razón. El no es tan insignificante.

Triskal reforzó:

— Buena madera, este Enrique Busche.

Pero mientras Enrique y María se sentaban temblando en la cocina, ella preparando una bolsa de hielo y él luciendo un gran moretón en la frente, y muchos rasguños y arañazos en sus brazos y piernas, ninguno de los dos se sentía firme, fuerte o victorioso. Enrique estaba agradecido de haber escapado con vida, y María se hallaba todavía en un estado de medio asombro e incredulidad.

Era delicado, y ninguno de los dos quería relatar su experiencia primero, por temor de que todo el asunto no fuera nada más que un exceso de encurtidos o chorizo poco antes de irse a la cama. Pero el moretón de Enrique continuaba creciendo, y podía decir sólo lo que sabía. María le creyó cada palabra, aterrorizada como lo estaba por los gritos que la habían despertado. Mientras ellos se contaban mutuamente sus nada placenteras experiencias, pudieron aceptar el hecho de que la noche entera de locura había sido pavorosamente real y no simplemente una pesadilla.

— Eran demonios — concluyó Enrique.

María sólo alcanzó a asentir con la cabeza.

— Pero, ¿por qué? — preguntó Enrique —. ¿Cuál es la razón?

María no estaba preparada para dar respuestas. Esperaba que Enrique mismo lo hiciera.

El musitó:

— Como la Lección Número Uno del Frente de Batalla. Yo no estaba preparado en lo más mínimo para eso. Pienso que fracasé.

María le pasó la bolsa de hielo ya lista, y él la colocó encima del moretón, tiritando por la sensación que le produjo.

— ¿Qué te hace pensar que fracasaste? — preguntó ella.

— No lo sé. Simplemente me metí de lleno, me parece. Los dejé que me apabullaran.

Entonces elevó una oración:

— Señor Dios, ayúdame a estar preparado la próxima vez. Dame sabiduría, y la sensibilidad suficiente para saber qué se proponen.

María le oprimió la mano, dijo un amén, y luego comentó:

— ¿Sabes? A lo mejor estoy equivocada, pero ¿no ha hecho el Señor eso ya? Quiero decir, ¿cómo vas a saber cómo luchar contra los

69

ataques directos de Satanás, a menos que... simplemente los resistas?

Eso era lo que Enrique necesitaba escuchar.

—¡Vaya! —musitó—. ¡Soy un veterano!

—Y no pienses que has fracasado, tampoco. Ya se han ido, ¿verdad? Y tú todavía estás aquí, y deberías haber oído esos gritos desgarradores.

—¿Estás segura de que no era yo?

—Muy segura.

Entonces tuvo lugar un prolongado silencio, muy pesado.

—Y ahora, ¿qué? —finalmente preguntó María.

—Eh... este, oremos —dijo Enrique.

Para él esta opción era siempre fácil de aceptar.

Y en verdad oraron, tomados de la mano allí junto a la mesita de la cocina, teniendo una conferencia con el Señor. Le agradecieron por la experiencia de esa noche, por protegerlos del peligro, por mostrarles un vislumbre muy de cerca del enemigo. Más de una hora pasó, y durante ese tiempo el campo de preocupación continuaba expandiéndose más y más; sus propios problemas empezaron a ocupar un lugar cada vez más pequeño, dentro de una perspectiva más amplia, a medida que Enrique y María oraban por su iglesia, por la congregación, por el pueblo, por las autoridades del mismo, por el estado, por la nación, por el mundo. A través de todo esto les vino la hermosa seguridad de que en verdad se habían conectado con el trono de Dios, y que habían conversado seriamente con el Señor. Enrique creció en su determinación de continuar la batalla, y darle a Satanás verdaderos problemas. Estaba seguro de que eso era lo que Dios quería.

La leche caliente y la compañía de Caty ejercieron un efecto calmante sobre los nervios de Marshall. Con cada sorbo, y con cada minuto que transcurría en normalidad, recobraba más y más la seguridad de que el mundo todavía seguía marchando, que él seguiría viviendo, que el sol volvería a salir a la mañana. Se sorprendió por lo lúgubre que las cosas parecían pocos momentos antes.

—¿Te sientes mejor? —preguntó Caty embadurnando mantequilla en una tostada.

—Así es —contestó él, notando que su corazón había vuelto a su lugar dentro de su pecho, y retornado a su pulso normal—. ¡Vaya! No sé qué fue lo que me sucedió.

Caty colocó las tostadas en un plato, y luego lo puso sobre la mesa. Marshall dio un mordisco a la tostada, y preguntó:

—¿De modo que no está con Terry?

Caty sacudió su cabeza.

—¿Quieres hablar sobre Sandra?

Marshall estaba listo.

—Probablemente tenemos que hablar sobre un montón de cosas.

—No sé por dónde empezar.

—Piensas que es culpa mía.

—¡Oh Marshall!

—Vamos, sé franca conmigo. Ya me han azotado la espalda todo el día. Te escucho.

Sus ojos se encontraron con los de él, y se quedaron fijos mirándolo, denotando sinceridad y amor firme.

—Categóricamente no — dijo ella.

—Lo arruiné todo hoy.

—Pienso que todos lo arruinamos, y eso incluye a Sandra. Ella también tomó sus decisiones, recuerda.

—Así es; pero tal vez eso fue debido a que no hemos tenido nada mejor qué ofrecerle.

—¿Qué te parece ir a hablar con el pastor Young?

—¿Ummmm?

Hogan sacudió su cabeza dubitativamente.

—Tal vez... tal vez Young es demasiado blandengue, ¿me entiendes? Lo que le interesa es esa cuestión de la familia humana, el descubrimiento de uno mismo, y salvar las ballenas...

Caty quedó un poco sorprendida.

—Pensé que te gustaba el pastor Young.

—Bueno... sí, me gusta un poco. Pero algunas veces, la mayoría de las veces, no me siento con ganas de ir a la iglesia. Me daría lo mismo estar sentado en una reunión de la logia, o en una de las ridículas clases de Sandra.

El examinó los ojos de ella. Todavía estaban fijos. Estaba escuchándole.

—Caty, ¿alguna vez te viene el sentimiento de que Dios tiene que ser, como puedo decir, un poco... más grande? ¿Más severo? El Dios que nos dan en la iglesia me parece que no es una persona real, y que si lo es, es más tonto que nosotros. Creo que es ilógico esperar que Sandra se trague toda esa historia. Ni siquiera puedo tragármela yo mismo.

—Nunca supe que te sentías de esa manera, Marshall.

—Bueno, es que, tal vez nunca me sentí así tampoco. Es sólo que todo lo que ha ocurrido esta noche... En realidad, tengo que pensar sobre esto; hay mucho que está ocurriendo últimamente.

—¿Qué quieres decir? ¿Qué es lo que está ocurriendo?

No puedo decírselo, pensó Marshall. ¿Cómo podría explicarle la persuasión extraña e hipnótica que estaba seguro de que recibía de Brummel, y los sentimientos de miedo que le infundió la profesora

71

de Sandra, y el terror pavoroso que había sentido esa noche? Nada de eso tenía sentido o lógica, y ahora, encima de todo, Sandra se había ido. En todas estas situaciones se había sentido horrorizado por su propia incapacidad para luchar y defenderse. Se había sentido como que lo controlaran. Pero no podía decírselo a Caty, así porque sí.

— Es un cuento de nunca acabar — dijo finalmente —. Todo lo que sé es que todo esto, nuestro estilo de vida, nuestros horarios, nuestra familia, nuestra religión, todo lo que sea, no está funcionando como es debido. Algo tiene que cambiar.

— Pero piensas que no quieres hablar con el pastor Young.

— Es un gallina.

En ese momento, la una de la mañana, sonó el teléfono.

— ¡Sandra! — exclamó Caty.

Marshall le arrebató el teléfono.

— ¿Hola?

— ¿Hola? — dijo una voz femenina —. ¿Están levantados?

Marshall reconoció la voz, desencantado. Era Berenice.

— ¡Oh! ¿Qué tal, Berenice? — dijo mirando a Caty, cuyo semblante se apagó por la frustración.

— ¡No cuelgue, por favor! Lamento llamarlo a horas tan avanzadas, pero tenía un compromiso y acabo de regresar a casa; en todo caso, quería revelar aquel rollo. . . ¿Está furioso conmigo?

— Lo estaré el día de mañana. Ahora mismo estoy muy cansado. ¿Qué ocurre?

— Para que lo sepa. Sé que la película que tenía en la cámara tenía doce fotografías del festival, incluyendo los de Brummel y Young con aquellos tres desconocidos. Hoy tomé el resto de fotografías en el rollo, doce más: mi gato, la vecina, las noticias de la tarde. Las fotografías que tomé hoy salieron muy bien.

Hubo una pausa, y Marshall sabía que tendría que preguntar:

— ¿Qué ocurrió con las otras?

— La película estaba velada completamente, y tiene arañazos y huellas digitales en algunos lugares. La cámara funciona perfectamente.

Marshall no dijo nada por un largo rato.

— Señor Hogan. . . ¿hola?

— Eso suena interesante — dijo él.

— ¡Ellos andan tras algo! Me pregunto si podríamos rastrear esas huellas digitales.

Hubo otra larga pausa.

— ¿Hola?

— ¿Cómo era la otra mujer, la rubia?

— No muy vieja, largo pelo rubio. . . con mirada algo torva.

72

— ¿Gorda? ¿Flaca? ¿Mediana?

— Bien parecida.

La frente de Marshall se frunció un poco, y sus ojos se movieron de lado a lado mientras ordenaba sus ideas.

— La veo por la mañana.

— Hasta luego, y gracias por contestar el teléfono.

Marshall colgó el auricular. Se quedó mirando el tablero de la mesa, tamborileando con sus dedos.

— ¿De qué se trata? — preguntó Caty.

— ¡Ummmmmm! — dijo él, todavía pensando.

Luego contestó:

— Este. . . asuntos del periódico. Nada importante. ¿De qué estábamos hablando antes de esto?

— Bueno, si todavía importa, estábamos hablando de si debías o no hablar con el pastor Young acerca de nuestro problema. . .

— ¡Young! — dijo él, y sonaba como si estuviera furioso.

— Pero si no quieres hablar con él. . .

Marshall se quedó con la mirada fija en la mesa, y su leche se enfrió. Caty esperó, luego le despertó al decirle:

— ¿Quisieras más bien hablar de eso en la mañana?

— ¡Hablaré con él! — dijo Marshall a secas—. Yo quiero. . . quiero hablar con él. Puedes apostar que iré a hablar con él.

— No sería malo.

— No, de seguro que no.

— No sé cuándo podría él recibirte, pero. . .

— A la una de la tarde será conveniente.

Frunció el ceño casi imperceptiblemente.

— A la una de la tarde será perfecto.

— Marshall. . . — empezó Caty, pero se detuvo.

Algo le ocurría a su esposo, y ella lo notó en su voz, y en su expresión.

En realidad, ella nunca había echado de menos el fuego de los ojos de él; tal vez nunca supo que había desaparecido hasta este momento cuando, por primera vez desde que dejaron Nueva York, volvió a verlo. Algunas emociones antiguas, desagradables, se agitaron en su interior, emociones con las cuales no tenía ningún deseo de batallar tan tarde en la noche, y con su hija desaparecida misteriosamente.

— Marshall — dijo ella, empujando su silla para levantarse, y recogiendo el plato con el resto de la tostada —, vámonos a dormir.

— Tal vez yo no pueda dormir.

— Lo sé — dijo ella quedamente.

Todo este tiempo Tael, Huilo, Natán y Armot habían estado en la habitación, observando con cuidado, y ahora Huilo soltó una risita con su peculiar ronquera.

Tael lo dijo con una sonrisa:

— No, Marshall Hogan. Nunca has sido realmente un dormilón. . .
¡y ahora Rafar ha contribuido para despertarte de nuevo!

7 El martes por la mañana el sol brillaba a través de las ventanas, y María se hallaba atareada tratando de acabar de amasar un poco de pan. Enrique encontró el nombre y el número en los registros de la iglesia: El reverendo Santiago Farrel. Nunca había visto a Farrel, y todo lo que sabía era el chisme malévolo y de mal gusto que corría por todo el pueblo acerca del hombre que había sido su predecesor, y que poco tiempo atrás se había mudado lejos de Ashton.

Era un capricho, un golpe a ciegas, y Enrique lo sabía. Pero se sentó en el sofá, levantó el teléfono, y marcó el número.

— Hola — respondió la voz cansada de un hombre anciano.

— ¡Hola! — dijo Enrique, tratando de sonar agradable, a pesar de sus tensos nervios —. ¿Es el hermano Santiago Farrel?

— A sus órdenes. ¿Quién habla?

— Soy Enrique Busche, pastor de la iglesia — oyó a Farrel lanzar un suspiro inconfundible —, de la Comunidad de Ashton. Creo que usted debe de saber quién soy.

— Así es, pastor Busche. ¿Cómo está usted?

¿Cómo contestar a eso? se preguntó Enrique.

— Eh. . . este, bien, en varios respectos.

— Y no muy bien en otros aspectos — replicó Farrel, completando el pensamiento de Enrique.

— ¡Vaya! Usted realmente se ha mantenido al tanto de las cosas.

— Bueno, no activamente. De tiempo en tiempo oigo algo de algunos de los miembros.

Luego añadió rápidamente:

— Me alegró que me haya llamado. ¿En qué puedo servirle?

— Este. . . hablarme algo, creo.

Farrel contestó:

— Estoy seguro de que hay mucho que podría decirle. Sé que va a haber una reunión congregacional el viernes. ¿Es cierto eso?

— Sí, lo es.

— Un voto de confianza, según entiendo.

— Así es.

— Sí. A mí me tocó pasar por lo mismo, usted sabe. Brummel, Turner, Mayer, y Stanley fueron los responsables de aquella otra también.

— Usted debe de estar bromeando.

— ¡Oh, no! Es pura historia que se repite al dedillo, hermano Enrique. Mire mi ejemplo.

— ¿Ellos lo mandaron a sacar?

— Decidieron que no les gustaba lo que yo estaba predicando, y la dirección de mi ministerio, de modo que agitaron a la congregación en contra mía, y luego se las arreglaron para someterlo a votación. No perdí por mucho, pero perdí.

— ¡Los mismos cuatro individuos!

— Los mismos cuatro. . . pero ahora, ¿es cierto lo que oí? ¿Realmente disciplinó usted a Luis Stanley?

— Pues, sí.

— Ahora sí, eso es serio. No puedo imaginarme a Luis permitiendo que alguien le haga eso.

— Bueno, los otros tres han hecho de eso un asunto de importancia; no me dejan tranquilo acerca de eso.

— ¿Y cómo se inclina la congregación?

— No lo sé. Creo que se hallan divididos en forma pareja.

— Entonces, ¿en qué posición cree usted que se encuentra ante todo esto?

Enrique no pudo pensar una mejor manera de expresarlo. Dijo:

— Creo que estoy bajo un ataque, un ataque directo y espiritual.

Silencio en el otro extremo de la línea.

— ¿Hola?

— Aquí estoy.

Farrel habló lentamente, titubeando, como si estuviera tratando de pensar arduamente mientras procuraba seguir con la conversación.

— ¿Qué clase de ataque espiritual?

Enrique tartamudeó un poco. Podía imaginarse cómo sonaría a oídos de un extraño la experiencia de la noche anterior.

— Bueno, es que, sencillamente pienso que Satanás está realmente metido en todo esto. . .

Farrel casi que exigió:

— Hermano Busche, ¿qué clase de ataque espiritual?

Enrique empezó a contarle todo, con cuidado, tratando arduamente de sonar como un individuo cuerdo, responsable, mientras relataba los puntos principales: la manía que Brummel parecía tener para deshacerse de él, la división en la iglesia, los chismes, la iracunda junta de la iglesia, la leyenda pintada en la pared de su casa y luego la batalla espiritual que acababa de librar la última noche. Farrel le interrumpía solamente para hacer preguntas de aclaración.

— Sé que debe parecer una locura. . . concluyó Enrique.

Todo lo que Farrel pudo hacer fue lanzar un hondo suspiro, y murmurar:

— ¡Bueno, pues! ¡A la basura con todo eso!

— Como usted dice, es nada más que la historia repitiéndose. Sin duda usted encontró las cosas así mismo, ¿verdad? O ¿soy yo el que ha creado los problemas aquí?

Farrel batalló buscando palabras.

— Me alegro de que me haya llamado. Siempre luché con la idea de que si lo debía llamar a usted o no. No sé si le gustará oír lo que le voy a decir, pero...

Farrel se detuvo, como para reunir fuerzas, y luego dijo:

— Hermano Enrique, ¿está usted seguro de que debe estar allí?

— Eh, este...

Enrique sintió que un sentimiento defensivo empezaba a surgir en él.

— En serio creo firmemente en mi corazón que Dios me llamó acá, eso sí.

— ¿Sabe usted que lo eligieron pastor por accidente?

— Bueno, eso es lo que dicen algunos, pero...

— Es verdad, Enrique. Usted debe tomar eso en consideración. Usted ve; la iglesia mandó a sacarme; tenían otro ministro ya seleccionado y listo para empezar a trabajar allí, un tipo con filosofía amplia y liberal lo suficiente como para acoplarse con ellos. Hermano Enrique, en realidad no sé cómo es que usted fue a dar en ese trabajo, pero definitivamente fue algún error de la organización. Lo único que no querían era otro ministro con fundamentos bíblicos; no después de todo lo que tuvieron que hacer para librarse del que tenían.

— Pero votaron por mí.

— Fue un accidente. Brummel y los otros no lo tenían planeado así.

— Bueno, eso es obvio ahora.

— Está bien, ya puede usted ver. De modo que permítame darle un consejo directo. Ahora, después del viernes bien puede que todo sea discutible de todas maneras, pero si yo fuera usted, empezaría ahora mismo a empacar y a buscar trabajo en alguna otra parte, sin importar el resultado de la votación.

Enrique se desinfló un poco. La conversación se estaba poniendo pesada; no podía entenderla. Todo lo que pudo hacer fue lanzar un suspiro en el teléfono.

Farrel hablaba con convicción.

— Hermano Busche, ya estuve en esa situación. Ya he pasado por eso, sé lo que usted está pasando ahora, y sé lo que todavía le espera. Créame; no vale la pena. Déjeles que se queden con la iglesia, que se queden con todo el pueblo; no se sacrifique por gusto.

— Pero no puedo dejarlo...

— Sí, por supuesto, usted tiene un llamamiento de Dios. Hermano Busche, yo también lo tenía. Estaba listo para ir a la batalla, para asumir una verdadera posición por Dios en esa ciudad. Usted sabe, me costó mi hogar, mi reputación, mi salud, y casi me cuesta mi matrimonio. Dejé Ashton literalmente planeando hasta cambiarme de nombre. No tiene idea de con quién realmente usted está luchando. Hay fuerzas que trabajan en ese pueblo...

— ¿Qué clase de fuerzas?

— Bueno, políticas, sociales... y espirituales también, por supuesto.

— Ya veo. Usted no me contestó la pregunta, ¿Qué en cuanto a lo que me ocurrió anoche? ¿Qué piensa sobre eso?

Farrel vaciló, y luego dijo:

— Hermano Enrique... no sé por qué, pero es muy difícil para mí hablar de tales cosas. Todo lo que puedo decirle es que salga de ese lugar mientras puede. Sencillamente déjelo. La iglesia no lo quiere allí, ni tampoco el pueblo.

— No puedo irme. Ya se lo dije.

Farrel hizo una pausa prolongada. Enrique temía que hubiera colgado. Pero luego Farrel dijo:

— Está bien, Enrique. Déjeme decírselo, y usted ponga atención. Lo que usted atravesó anoche, este..., tal vez yo haya tenido experiencias similares, pero lo que sí puedo asegurarle es que todo eso, lo que quiera que haya sido, es sólo el comienzo.

— Pastor Farrel...

— No soy pastor. Llámeme Santiago.

— Eso es precisamente de lo que se trata el evangelio, de luchar contra Satanás, de hacer brillar la luz del evangelio en medio de las tinieblas...

— Hermano Enrique, todos los hermosos sermones que usted pueda escarbar no le van a ayudar allí. No sé cuán bien equipado esté usted, o cuán preparado esté; pero, para serle franco, si sale siquiera vivo de todo eso, usted mismo va a quedarse sorprendido. Lo digo en serio.

Enrique no tenía otra respuesta que pudiera dar.

— Hermano Santiago, le haré saber en qué resulta todo esto. Tal vez gane, tal vez no salga con vida. Pero Dios no me ha dicho que voy a salir vivo; simplemente me ha dicho que me quede y que pelee. Usted me ha aclarado algo: Satanás quiere este pueblo. No puedo dejar que se lo lleve.

Enrique depositó el receptor del teléfono, y se sintió con ganas de llorar.

— Señor — oró —, Señor, ¿qué debo hacer?

El Señor no le dio respuesta inmediata, y Enrique se quedó sentado en el sofá por varios minutos, tratando de recobrar su fuerza y su confianza. María estaba todavía atareada en la cocina. Eso era mejor.

No podía hablarle por ahora; había demasiados pensamientos y emociones que debían ser aclarados.

Entonces recordó un versículo: "Levántate, recorre la tierra a lo ancho y a lo largo; porque a ti te la daré."

Bueno, era mejor que quedarse en casa simplemente agitándose y echando chispas, sin hacer realmente nada. De modo que fue a ponerse sus zapatos de lona, y salió.

Krioni y Triskal estaban afuera esperando por su protegido. Invisiblemente se unieron a Enrique, uno a cada lado, y descendieron junto a él por la colina Morgan, hacia el centro del pueblo. Enrique no era de gran estatura, de todas maneras, pero en medio de estos dos gigantes parecía más pequeño todavía. Parecía, eso sí, muy, muy seguro.

Triskal conservaba sus ojos bien abiertos, diciendo:

— ¿Qué va a hacer ahora?

Krioni conocía ya bastante bien a Enrique.

— Creo que ni siquiera él mismo lo sabe. El Espíritu lo está impulsando. El ha puesto en acción un peso que Busche siente en el corazón.

— Tendremos acción. ¡Qué bien!

— Solamente que no seas una amenaza. Hasta aquí, es la mejor manera de sobrevivir en esta población.

— Díselo al pastorcito que camina entre nosotros.

Al acercarse al distrito comercial, Enrique se detuvo en una esquina para observar a lo largo de la calle, mirando los autos viejos, los autos nuevos, las camionetas y los vehículos de tracción en las cuatro ruedas, los compradores, caminantes, corredores, y ciclistas que corrían y se movían en todas direcciones, considerando las señales de la luz de tráfico como si fuera solamente de adorno.

¿Dónde estaba, entonces, el mal? ¿Cómo pudo ser tan vívido la noche anterior, y un recuerdo tan distante y dudoso hoy? Ningún demonio y diablo colgaba de las ventanas de las oficinas, ni alargaba su mano escondido en los desagües del alcantarillado; la gente de la calle eran las mismas personas sencillas que siempre había visto, todavía ignorándolo y pasando de largo.

Sí, este era el pueblo por el cual había orado día y noche con gemidos profundos de su corazón, debido a un peso que no podía explicar, y que ahora estaba acabando con su paciencia, inquietándolo.

— Bueno, pues, ¿están ustedes en problemas, o no lo están, o es que ni siquiera les importa? — dijo en voz alta.

Nadie le prestó atención. Ninguna voz siniestra ni hosca respondió con una amenaza.

Pero el Espíritu del Señor en su interior no lo dejaba tranquilo.

Ora, Enrique. Ora por estas personas. No dejes que se te escapen del corazón. El sufrimiento está aquí, el temor está aquí, el peligro está aquí.

—Entonces, ¿cuando ganamos? —contestó Enrique al Señor—. ¿Sabes cuánto tiempo he estado orando y sudando por este lugar? Siquiera una sola vez quisiera oír que mi pequeña piedrita hace por lo menos un sonido; me gustaría ver que este perro muerto se retuerce cuando se le hinca.

Era asombroso cuán bien podían ocultarse los demonios, incluso detrás de las dudas que a veces sentía acerca de la misma existencia de ellos.

—Sé que ustedes están allí —dijo quedamente, observando con cuidado las fachadas insensibles de los edificios, el concreto, el cristal, los ladrillos, la basura.

Los espíritus se burlaban de él. Podían haberse cernido sobre él en cualquier momento, aterrorizarlo y ahogarlo, desapareciendo luego, retrocediendo a sus escondites detrás de las fachadas de los edificios, riéndose con sorna, jugando a las escondidas, viéndolo que daba golpes al aire como si fuera un ciego necio.

Se sentó en una banca que había en la acera, sintiéndose enojado.

—Aquí estoy, Satanás —dijo—. No puedo verte, y tal vez tú puedes moverte más aprisa de lo que yo puedo, pero todavía estoy aquí, y por la gracia de Dios y el poder del Espíritu Santo ¡tengo la intención de convertirme en una espina en tu costado hasta que uno de los dos haya tenido lo suficiente!

Enrique miró al otro lado de la calle, a la impresionante estructura de la Iglesia Cristiana Unida de Ashton. Enrique había conocido algunos excelentes creyentes que pertenecían a esa denominación, pero esta congregación en particular en Ashton era diferente, liberal, inclusive rara. Había visto algunas veces al pastor Oliverio Young, y nunca había podido acercársele. Young parecía más bien frío y calculador, y Enrique nunca pudo figurarse por qué.

Mientras Enrique permanecía allí sentado, observando el automóvil que entraba en el estacionamiento de la iglesia, Triskal y Krioni se sentaron detrás de la banca, también observando el auto que se detenía. Solo los dos pudieron ver los pasajeros especiales del auto: sentado en el techo estaban dos enormes guerreros, el árabe y al africano, Natán y Armot. No se veían las espadas. Estaban allí simplemente en una actitud pasiva, no combativa, de acuerdo a las órdenes de Tael, como los demás.

Marshall había visto la película de Berenice. Había visto los arañazos, resultado del maltrato, y también había visto las huellas digitales que a intervalos regulares bien podían haber sido dejadas allí

79

por la mano que sacó la película de la cámara, desenrollándola a plena luz.

Marshall había llegado para su cita con Young a la una de la tarde. Llegó al enorme estacionamiento pavimentado a las doce y cuarenta y cinco, todavía devorando una hamburguesa y un café.

La Iglesia Cristiana Unida de Ashton era uno de los edificios más grandes y señoriales del pueblo, construida en estilo tradicional, con piedras especiales, cristales, paredes altas y una aguja majestuosa. La puerta frontal encuadraba con el estilo: enorme, sólida, incluso un poco intimidante, especialmente cuando se trataba de abrirla una sola persona. La iglesia estaba ubicada cerca del centro del pueblo, y el carillón de la torre tocaba cada hora y daba un pequeño concierto de himnos al mediodía. Era un establecimiento respetado, Young era un ministro respetado, la gente que acudía a esta iglesia también eran respetados miembros de la comunidad. Marshall a menudo había pensado que respeto y posición bien podían ser requisitos para solicitar membresía allí.

Se enredó en una pequeña batalla con la puerta, y finalmente logró entrar. No, esta congregación jamás había escatimado gasto; esto se notaba a la legua. Los pisos del vestíbulo, las escaleras, y el santuario, se hallaban recubiertos de espesa alfombra roja, la madera estaba acabada con fino barniz en tono roble y nogal. Encima de todo se veía el bronce: manijas de bronce, ganchos para los abrigos, pasamanos, cerraduras, todo de bronce bruñido. Las ventanas, por supuesto, eran de vidrios de colores; y tenía enormes candelabros de luces y delicados adornos.

Marshall entró en el santuario a través de otra imponente puerta, y avanzó por el pasillo central hasta el frente. La nave era una mezcla de un teatro de ópera y una caverna: la plataforma era enorme; el púlpito, gigantesco; la sección del coro, colosal. Por supuesto, el coro también era enorme.

La enorme oficina del pastor Young, a un lado del santuario, permitía un muy visible acceso a la plataforma y al púlpito, y la entrada del pastor Young por la puerta de roble, cada domingo por la mañana, era parte tradicional del ceremonial.

Marshall empujó la enorme puerta, y penetró en la oficina de recepción. Una hermosa secretaria le saludó, pero no sabía quién era. Marshall se lo dijo, ella buscó en su libro de anotaciones para verificarlo. Marshall verificó en el libro también, leyendo al revés. El espacio de las dos de la tarde estaba marcado también: A. Brummel.

— Bien, Marshall — dijo Young con un sonrisa y un apretón de manos cordial y como de negocios—, adelante, adelante.

Marshall siguió a Young a su lujosa oficina. Young, un corpulento hombre en sus sesenta, de cara redonda, anteojos de marco metálico, y cabello fino y bien engomado, parecía disfrutar de su posición tanto en la iglesia como en la comunidad. Las paredes, recubiertas con paneles de madera oscura, ostentaban numerosas placas de organizaciones de la comunidad y de caridad. Junto con ellas, se veían algunas fotografías de él con el gobernador, unos pocos evangelistas populares, algunos escritores y un senador.

Detrás de su impresionante escritorio Young presentaba el cuadro perfecto del profesional que ha triunfado. La silla giratoria, forrada de cuero, y de alto espaldar, se convertía en su trono, y su propio reflejo en el cristal del escritorio le hacían parecer más imponente e impresionante, como una montaña que se refleja en un lago cristalino.

Señaló una silla a Marshall, y éste tomó asiento, notando que se hundía a un nivel mucho más bajo que el de Young. Empezó a sentir el hormigueo familiar de la intimidación; la oficina entera parecía haber sido diseñada para eso.

— Hermosa oficina — comentó.

— Muchas gracias — dijo Young con una sonrisa que abultó sus mejillas contra las orejas. Se reclinó hacia atrás en su silla, entrecruzó los dedos, y los colocó en el borde del escritorio —. Me gusta, y estoy agradecido por ella. En realidad me encanta la atmósfera y el calor de este lugar. Uno se siente a gusto.

Le hace a usted sentirse usted, pensó Marshall.

— Ya veo. . . ya veo.

— Y ¿cómo le va a *El Clarín* en estos días?

— Saliendo adelante. ¿Lo recibió hoy?

— ¡Sí, como no! Estaba muy bueno. Muy claro, con estilo. Usted ha traído acá algo de la clase de la gran ciudad.

— ¡Uummmm!

Marshall de súbito no se sintió muy locuaz.

— Me alegro de que esté con nosotros, Marshall. Esperamos que tendremos muy buenas relaciones.

— Así será, gracias.

— ¿Qué trae entre manos?

Marshall se movió un poco, y luego se puso de pie; aquella silla le hacía sentirse como un microbio debajo del lente de un microscopio. *La próxima vez traeré mi propio enorme escritorio*, pensó. Dio unos pasos por la oficina, tratando de parecer casual.

— Tenemos mucho que cubrir en una hora — empezó.

— Siempre podemos tener más reuniones.

— Claro, por supuesto. Bueno, primero que nada, Sandra. Sandra, mi hija, se fue de casa anoche. No hemos oído nada, y no sabemos dónde se encuentra. . .

81

Dio a Young un resumen del problema y su historia, y Young escuchó atentamente y sin interrumpirle.

—Así que —finalmente preguntó Young—, ¿usted piensa que ella está dándole la espalda a los valores tradicionales que usted sostiene, y eso lo perturba?

—No soy una persona muy religiosa que digamos, ¿me entiende? Pero algunas cosas deben ser correctas, y otras cosas deben ser incorrectas, y me preocupa que Sandra salte de una a la otra en la forma en que lo hace.

Young se levantó majestuosamente de su escritorio y se acercó a Marshall con aire de un padre comprensivo. Puso una mano sobre el hombro de Marshall, y le preguntó:

—¿Piensa usted que ella es feliz, Marshall?

—Nunca la vi feliz, pero eso es probablemente porque siempre andamos peleando cuando la veo.

—Y eso podría ser debido a que usted encuentra difícil entender la dirección que ella está escogiendo para su vida. Obviamente usted proyecta un desagrado definitivo sobre la filosofía que ella sostiene...

—Así es, y hacia aquella profesora que le mete todas esas filosofías. ¿Conoce usted a la profesora Langstrat, de la universidad?

Young pensó un instante, luego negó con su cabeza.

—Pienso que Sandra ha tomado ya un par de cursos con ella, y cada semestre que pasa encuentro a mi hija más alejada de la realidad.

Young lanzó una risita.

—Marshall, parece como si ella estuviera nada más que explorando, tratando de hallar más acerca del mundo, acerca del universo en el cual vive. ¿No se acuerda cuando usted crecía? Tantas cosas no fueron verdad sino hasta cuando usted lo comprobó por usted mismo. Ese es probablemente el camino correcto para Sandra por ahora. Ella es una muchacha muy inteligente. Estoy seguro de que todo lo que necesita es explorar un poco, encontrarse a sí misma.

—Bueno, cuandoquiera que ella descubra dónde está, espero que llame.

—Marshall, estoy seguro de que ella se sentirá más libre de llamar si pudiera encontrar corazones comprensivos en casa. No nos toca determinar lo que otra persona debe hacer por sí misma, o pensar sobre el lugar que va a ocupar en el cosmos. Cada persona debe hallar su propio camino, su propia verdad. Si alguna vez vamos a llevarnos como una familia civilizada en esta tierra, vamos a tener que aprender a respetar el derecho de la otra persona a sostener sus propios puntos de vista.

Marshall sintió un destello como si una grabación del cerebro de Sandra hubiera sido encajado en el de Young.

— ¿Está seguro de que nunca ha conocido a la profesora Langstrat?

— Completamente seguro — contestó Young con una sonrisa.

— ¿Y qué de Alfredo Brummel?

— ¿Quién?

— Alfredo Brummel, el jefe de policía.

Marshall observó la cara de Young. ¿Estaba luchando por hallar una respuesta?

Young finalmente dijo:

— Tal vez lo haya encontrado en alguna ocasión... solamente estaba tratando de coordinar el nombre con un rostro.

— Bueno, él piensa más o menos como usted. Habla mucho acerca de llevarse bien con todos, de mantener la paz. Cómo llegó a ser policía, jamás lo sabré.

— Pero, ¿no estábamos hablando acerca de Sandra?

— En efecto, así es. Continúe.

Young siguió:

— Todas las preguntas con las cuales usted está luchando, las cuestiones de bien y mal, de lo que es la verdad, de nuestros diferentes puntos de vista sobre estas cuestiones... muchas de estas cosas no pueden ser conocidas sino sólo en el corazón. Todos sentimos la verdad, como un palpitar común en cada uno de nosotros. Cada ser humano tiene una capacidad natural para el bien, para amar, para esperar, y para luchar por los mejores intereses de sí mismos y de su prójimo.

— Creo que usted no estuvo aquí durante el festival.

Young se sonrió otra vez.

— Admito que todos los seres humanos ciertamente podemos dirigir mal nuestras mejores inclinaciones.

— Ya veo. Usted sí estuvo presente en el festival.

— Así es, en parte. La mayoría no es de mayor interés para mí, me temo.

— De modo que usted sí acudió a la feria, ¿eh?

— Ciertamente que no. Es un desperdicio de dinero. Ahora, volviendo a Sandra...

— ¡Oh, sí! Estábamos hablando de lo que es verdad, y del punto de vista de cada uno... como todo el asunto sobre Dios, por ejemplo. Ella parece que no puede hallarle, yo simplemente estoy tratando de encontrarle de una manera concreta, no podemos ponernos de acuerdo en cuanto a nuestra religión, y usted hasta aquí no ha sido de mucha ayuda, que digamos.

Young sonrió pensativamente. Marshall podía sentir el sermón que se avecinaba.

— Su Dios — dijo Young — está donde usted lo encuentra; y para encontrarlo lo único que necesitamos es abrir nuestros ojos, y darnos cuenta de que El verdaderamente está dentro de cada uno de nosotros. Nunca hemos estado sin El, después de todo, Marshall; es sencillamente que hemos sido cegados por nuestra ignorancia, y eso nos ha impedido obtener el amor, la seguridad y el significado que todos deseamos. Jesús reveló nuestro problema en la cruz, ¿lo recuerda? El dijo: "Padre, perdónalos, porque no saben..." De modo que su ejemplo para nosotros es buscar el conocimiento, dondequiera que podamos encontrarlo. Eso es lo que usted está haciendo, y estoy convencido que eso mismo es lo que Sandra está haciendo. La fuente de su problema es su perspectiva estrecha, Marshall. Usted debe abrir su mente. Usted debe investigar, y Sandra debe investigar.

—De modo que —dijo Marshall—, usted me está diciendo que todo es cuestión de cómo uno ve las cosas.

—Eso es una parte, así es.

—Y si yo llego a percibir algo en cierta manera, eso no significa que todo el mundo la va a ver en la misma manera, ¿no es así?

—Así es. ¡Correcto! —Young pareció complacido con su alumno.

—De modo que... veamos si lo comprendí. Si mi reportera Berenice Krueger, percibe que usted, Brummel y otras tres personas estaban teniendo cierta clase de reunión clandestina detrás de la caseta de tirar dardos, en la feria... bueno, pues, ¿eso fue solamente la percepción de ella de la realidad?

Young sonrió con un gesto que preguntaba *¿qué está usted queriendo insinuar?*, y respondió:

—Supongo que sí, Marshall. Creo que eso sería un buen ejemplo. Yo no estuve en la feria, y ya le dije eso. Aborrezco esa clase de eventos.

—¿No estuvo usted allí con Alfredo Brummel?

—De ninguna manera. Como puede usted ver, la señorita Krueger tiene una percepción incorrecta de alguna otra persona.

—O de los dos de ustedes, supongo.

Young sonrió de nuevo, y se encogió de hombros.

Marshall se aventuró un poco más.

—¿Cuáles piensa usted que son las posibilidades de que eso ocurra?

Young continuaba sonriendo, pero su cara se sonrojó un poco.

—Marshall, ¿qué quiere que haga? ¿Que discuta con usted? Ciertamente usted no vino aquí para estas cosas.

Marshall lanzó un golpe, por si acaso lograr darle a algo.

—Ella hasta tomó algunas fotografías de ustedes.

Young lanzó un suspiro, y por un momento miró al suelo. Luego dijo fríamente:

—Entonces, ¿por qué no trae usted la próxima ocasión las fotografías, y entonces podremos hablar sobre ellas?

La sonrisita de Young le llegó a Marshall como un escupitajo.

— Está bien — musitó Marshall, sin bajar los ojos.

— Margarita le hará otra cita.

— Muchas gracias.

Marshall miró su reloj, se dirigió a la puerta, y la abrió.

— Pase, Alfredo.

Alfredo Brummel había estado esperando en la oficina de recepción. Al ver a Marshall se levantó sobresaltado. Por un instante pareció como si lo hubiera atropellado un tren.

Marshall agarró la mano de Brummel, y la estrechó efusivamente.

— ¡Vamos, compañero! Siendo que parece que ustedes dos no se conocen muy bien; así que, permítanme presentarlos. Alfredo Brummel, le presento al Reverendo Oliverio Young. Reverendo Young, le presento a Alfredo Brummel, el jefe de policía.

Brummel pareció no apreciar la cordialidad de Marshall de ninguna manera, pero Young sí. Se adelantó, tomó la mano de Brummel, y se la estrechó. Luego hizo entrar a Brummel rápidamente a su oficina, mientras decía por sobre el hombro:

— Margarita, haga otra cita para el señor Hogan.

Pero el señor Hogan ya se había ido.

8 Claramente abatida, Sandra Hogan se sentó a una de las mesas que había en uno de los parquecitos de la universidad, a la sombra de un gran árbol, tratando de almorzar. Se quedó contemplando la hamburguesa que se enfriaba lentamente, y el cartón de leche que se calentaba con igual lentitud. Había asistido a todas las clases esa mañana, pero las clases habían transcurrido sin que ella absorbiera mucho de ellas. Su mente se hallaba absorta en sí misma, en su familia, en su beligerante padre. Además, deambular por todo el pueblo, caminar calle arriba y calle abajo, y luego sentarse en la estación de autobuses hasta que amaneciera, tratando de leer su texto de psicología, había sido una manera horrible de pasar la noche. Después de la última clase del día trató de tomar una siesta en la hierba del jardín de esculturas, y había logrado dormitar por un corto rato. Cuando se despertó, su mundo no era mejor, y tenía sólo dos impresiones: hambre y soledad.

Ahora, sentada en ese parque, cerca de la máquina de venta de golosinas, su soledad le robaba el hambre, y se hallaba al borde de las lágrimas.

— ¿Por qué, papá? — susurró en tono muy suave, revolviendo la leche del cartón con su pitillo —. ¿Por qué no puede usted quererme así como soy?

¿Cómo podía él tener tanto en contra de ella, cuando casi ni la conocía? ¿Cómo podía él ser tan contundente en contra de sus pensamientos y filosofías, cuando ni siquiera las podía entender? Estaban viviendo en dos mundos diferentes, cada uno despreciando el del otro.

La noche anterior ni siquiera se habían dirigido la palabra en toda la velada, y Sandra se había ido a la cama furiosa y deprimida. Ya acostada, mientras oía que sus padres apagaban las luces, se cepillaban los dientes y se retiraban para acostarse, parecían estar medio .nunoo separados. Ella quería llamarlos a su cuarto, y tratar de hablar con ellos, pero sabía que eso no daría resultado; papá haría sus demandas y pondría sus condiciones para cualquier relación; en lugar de quererla, sencillamente quererla.

Todavía no sabía qué es lo que la había aterrorizado en la mitad de la noche. Todo lo que podía recordar es que se había despertado acosada de todo temor que jamás había conocido: temor de morir, temor de fracasar, temor de la soledad. Se había sentido como obligada a salir de casa. Sabía, incluso mientras se vestía apresuradamente y salía corriendo por la puerta, que era necio y ridículo, pero sus emociones eran mayores que cualquier cantidad de sentido común que ella pudiera reunir.

Ahora se sentía como si fuera un pobre animal lanzado al espacio, sin esperanza ni medios de retornar, flotando incesantemente, esperando por ninguna cosa en particular, y con nada hacia lo cual mirar.

— ¡Oh papá! — exclamó y rompió a llorar.

Dejó que su cabellera cayera como si fueran cortinas a cada lado de su cara, y las lágrimas cayeron una tras otra a la mesa. Podía oír la gente que pasaba, pero ellos optaban por vivir en su mundo, y dejarla a ella a solas. Trató de llorar calladamente, lo cual es difícil hacer cuando las emociones tratan de salir desbocadas como un aluvión que sale por un dique que se rompe.

— ¡Ejem. . ! — dijo una voz vacilante —. Discúlpeme. . .

Sandra levantó la vista, y vio a un joven, rubio, delgado, con grandes ojos castaños llenos de compasión.

El joven dijo:

— Discúlpeme por entrometerme. . . pero. . . ¿se siente usted bien?. . . ¿podría servirle en algo?

La sala del apartamento de la profesora Julia Langstrat estaba a oscuras, y muy callada. Una vela encima de la mesita del centro arrojaba una luz mortecina sobre los libreros que llegaban hasta el techo, las extrañas máscaras orientales, el mobiliario nítidamente arreglado, y sobre las caras de dos personas sentadas una frente a la otra, con la vela en medio. Una de ellas era la profesora, y se hallaba con su cabeza apoyada contra el espaldar de su silla, con los ojos cerrados, y los brazos extendidos hacia adelante; sus manos describían círculos lentos, como si estuviera vadeando un lago. El hombre en la silla opuesta era Brummel, también con los ojos cerrados, pero no imitaba muy bien ni la expresión ni los movimientos de la mujer. Se le veía tieso e incómodo. A intervalos cortos, y por una fracción de segundo, abría sus ojos lo suficiente como para ver lo que la profesora estaba haciendo.

La mujer entonces empezó a gemir y su cara se demudó por el dolor y el desagrado. Ella abrió los ojos y se enderezó. Brummel también levantó la vista y se quedo mirándola.

— No te sientes muy bien hoy, ¿verdad? — preguntó ella.

El se encogió de hombros, y miró al piso.

— Eh. . . este. . . estoy bien. Sólo que estoy cansado.

Ella sacudió la cabeza, nada satisfecha por la respuesta.

— No, no. Se trata de la energía que siento que emana de ti. Estás muy perturbado.

Brummel no supo qué contestar.

— ¿Hablaste con Oliverio hoy? — volvió ella a preguntar.

El vaciló, y finalmente dijo:

— Eh. . . pues. . . sí.

— Y le hablaste acerca de nuestra relación.

Eso causó una reacción en él.

— ¡No! ¡Eso es. . . !

— ¡No me mientas!

El se amoscó un poco, y dejó escapar un suspiro de frustración.

— Pues, sí, seguro, hablamos acerca de eso. Sin embargo, también hablamos acerca de otras cosas.

La señora Langstrat le examinó con los ojos, como si fuera una máquina de rayos X. Sus manos se abrieron y empezaron a agitar levemente el aire. Brummel trató de hundirse en su silla, como para esconderse de la vista de ella.

— Vamos, escucha — dijo él, y su voz temblaba —, no es mayor cosa. . .

Ella empezó a hablar, como estuviera leyendo una nota prendida en el pecho de él.

— Estás. . . asustado; te sientes acorralado, fuiste a ver a Oliverio. . . para decirle que también te sientes como si alguien te estuviera controlando. . .

Le miró directo a los ojos.

— ¿Controlado? ¿Por quién?

— ¡Yo no me siento como si me estuvieran controlando!

Ella dejó escapar una risita, como para tranquilizarlo.

— ¡Vaya! Pues claro que lo estás. Yo sólo lo leo

Brummel miró por un instante al teléfono que se hallaba al extremo de la mesa.

—¿Te llamó Young?

Ella sonrió divertida.

—No había necesidad de que me llamara. Oliverio se halla muy cerca de la Mente Universal. Ahora estoy empezando a sintonizarme con sus pensamientos. Su expresión se endureció:

—Alfredo, realmente quisiera que tú también pudieras hacerlo así.

Brummel lanzó otro suspiro, escondió su cara entre sus manos, luego finalmente dijo atropelladamente:

—¡Vamos! ¡Escucha! ¡No puedo resolverlo todo a la vez! ¡Hay demasiado para aprender!

Ella le puso la mano encima, tranquilizándolo.

—Bueno, bueno. Hablemos de todas esas cosas, una por una. ¿Te parece bien?

El la miró.

—Estás asustado, ¿no es verdad? ¿Qué es lo que te asusta?

—Tú lo sabrás — dijo él casi como un desafío.

—Te estoy dando la oportunidad de que hables tú primero.

—Bien, entonces, no estoy asustado.

Por lo menos no hasta ese mismo instante, cuando los ojos de la profesora Langstrat se cerraron un poco, y empezaron a taladrarlo.

—En verdad estás asustado — dijo ella severamente —. Estás asustado porque la fotógrafa de El Clarín nos fotografió la otra noche juntos. ¿No es verdad?

Brummel levantó el dedo, y la señaló con cólera:

—Ves, ¡esa es precisamente una de las cosas que hablaron tú y Young hoy? ¡El te llamó! ¡Tiene que haberte llamado!

Ella asintió, sin inmutarse siquiera.

—Sí, por supuesto que me llamó. El no me oculta nada. Ninguno de nosotros esconde la verdad; no la esconde de ninguno de los otros; tú sabes eso.

Brummel supo entonces que lo mejor que podría hacer es contarlo todo.

—Estoy preocupado por el Plan. Estamos creciendo demasiado; ya somos demasiado grandes como para escondernos; corremos el riesgo de que se nos descubra en muchos lugares. Pienso que fuimos descuidados al vernos en lugares públicos como aquel.

—Pero ya todo está arreglado. No hay nada de qué preocuparse.

—¿Oh, no? ¡Hogan anda siguiendo nuestro rastro! Supongo que sabes que hoy estuvo haciéndole a Oliverio algunas preguntas muy delicadas.

—Oliverio puede valerse por sí solo

—Entonces, ¿qué hacemos con Hogan?

—Lo mismo que hemos hecho con cualquier otro. ¿Sabes que él le refirió a Oliverio los problemas que está teniendo con su hija? Esto debería interesarte.

—¿Qué problemas?

—Ella se fue de casa anoche... y, sin embargo, todavía asistió puntualmente a mi clase hoy. Me gusta eso.

—¿Y cómo podemos aprovechar eso?

Ella esbozó una sonrisa diabólica.

—Todo a su debido tiempo, Alfredo. No podemos apurar las cosas.

Brummel se levantó y empezó a dar pasos.

—Con Hogan, no estoy muy seguro. Puede que él no sea tan impetuoso como lo era Harmel. Tal vez haber hecho arrestar a Berenice Krueger no fue lo mejor.

—Pero así pudiste sacar la película; ya la destruiste.

El volvió a mirarla.

—¿Y qué sacamos con eso? Antes, no andaban haciendo preguntas. Ahora ya lo están haciendo. Vamos, yo sé lo que yo pensaría si me devuelven mi cámara y la película está velada. Hogan y Berenice Krueger no son tan ingenuos.

Julia Langstrat habló calmadamente, poniendo sus brazos alrededor de él como si fueran tentáculos.

—Pero son vulnerables, primero ante ti, y finalmente ante mí.

—Igual que cualquier otro —musitó él.

El debía haber sospechado su reacción. Ella se puso muy seria, fría e intimidante, y le miró directamente en los ojos.

—Y eso —dijo— es otro de los asuntos de que hablaste con Oliverio hoy.

—¡El te lo cuenta todo!

—Los maestros me lo dirían, si él no lo hiciera.

Brummel trató de desviar sus ojos de los de ella. No podía soportar ese no sé qué que hacía la belleza de ella fuera tan inmensamente maléfica.

—¡Mírame! —insistió ella, y Brummel obedeció—. Si tú no eres feliz con nuestra relación, siempre puedo terminarla.

El miró al suelo, tartamudeó un poco:

—Est... está bien...

—¡Qué!

—Quiero decir, que sí estoy feliz con nuestra relación.

—¿Verdaderamente feliz?

El quería desesperadamente apaciguarla, conseguir que lo dejara libre.

—Yo... yo sólo quiero que las cosas no se salgan de nuestro control.

Ella le estampó un beso, lentamente, melosamente, seductoramente.

— Tú eres quien necesita más control. ¿No te he enseñado siempre eso?

Ella estaba haciéndolo pedazos, y él lo sabía; pero ella lo tenía en su poder. El le pertenecía.

Sin embargo, él todavía tenía una preocupación de la cual no podía desembarazarse.

— Pero, ¿cuántos adversarios podemos continuar quitando? Parece que cada vez que quitamos uno, como por arte de magia surge otro en su lugar. Harmel se fue, y llegó Hogan...

Ella concluyó el pensamiento:

— Te deshiciste de Farrel, y llegó Enrique Busche.

— Esto no puede seguir así. Las cosas van de mal en peor.

— Busche también puede darse ya por liquidado. ¿No va a haber una reunión el viernes para darle un voto de confianza?

— La congregación está preocupada e inquieta. Pero...

— ¿Pero, qué?

— ¿Sabes que él disciplinó a Luis Stanley por adulterio?

— ¡Ah, sí! Eso debe ayudar a que la congregación se decida.

— ¡Muchos de ellos estuvieron de acuerdo con esa decisión!

Ella retrocedió un poco, para poder mirarlo mejor, congelándole la sangre en las venas con su mirada.

— ¿Tienes miedo de Enrique Busche?

— Escucha, él todavía tiene mucho partido en la iglesia, mucho más de lo que yo me imaginé.

— ¡Tú tienes miedo de él!

— Alguien está de su lado, y no sé quién es. ¿Qué tal si él se entera del Plan?

— ¡Jamás se enterará de nada!

Si ella hubiera tenido colmillos, los hubiera mostrado por completo.

— El quedará destruido como ministro antes de que siquiera lo piense. Tú te encargarás de eso, ¿no es así?

— En esas ando.

— ¡No te doblegues ante Enrique Busche! ¡El tiene que someterse a ti, y tú te inclinas ante mí!

— En esas ando, ya te lo dije.

Ella aflojó el ceño y sonrió:

— ¿El próximo martes, entonces?

— ¿Eh...?

— Celebraremos la destitución de Busche. Puedes llamarme para decírmelo.

— ¿Qué de Hogan?

—Hogan es un tonto débil y cojeando. No te preocupes por él. El no es tu responsabilidad.

Antes de que Brummel se diera cuenta, se hallaba fuera de la puerta de atrás de la casa.

Ella se quedó mirándolo por la ventana hasta que él se embarcó en su automóvil y se alejó, tomando los callejones usuales para evitar ser visto. Julia Langstrat abrió las cortinas para que entrara un poco de luz, apagó la vela, luego sacó una carpeta de un cajón de su escritorio.

Pronto había arreglado en dos montones la historia de la vida, los análisis de personalidad, y fotografías actuales de Marshall, Caty y Sandra Hogan. Cuando sus ojos se fijaron en la fotografía de Sandra, brillaron maléficamente.

Flotando en forma invisible encima del hombro de la señora Langstrat, se hallaba una enorme mano negra adornada con anillos con piedras preciosas y brazaletes de oro. Una voz profunda y seductora le hablaba en la mente.

El martes por la tarde las oficinas de El Clarín parecían más un campo de batalla después de que todo el mundo había muerto o emprendido la retirada. El lugar se hallaba quieto como un cementerio. Jorge, el linotipista, usualmente tomaba libre el día después de la publicación, para recuperarse de la frenética carrera para cumplir los horarios límites. Tomás, el que hacía el emplanaje de las páginas, se hallaba fuera cubriendo un evento local.

En cuanto a Edith, la secretaria que era a la vez reportera y encargada de los anuncios, había renunciado a su empleo la noche anterior. Marshall no había sabido que ella era casada y anteriormente muy feliz, pero gradualmente su matrimonio se vio en dificultades, y ella finalmente empezó a enredarse con un camionero. Eso resultó en un fenomenal escándalo reciente en su hogar, con el matrimonio deshaciéndose, y cada esposo saliendo en huida en direcciones diferentes. Ahora ella se había ido, y Marshall podía sentir súbitamente el vacío.

Berenice y él se hallaban sentados en la oficina de paredes de cristal, ubicada hacia el fondo, detrás de la minúscula sala de noticias, que era a la vez cuarto de anuncios y oficina de recepción. Desde su escritorio, comprado en un almacén de segunda mano, Marshall podía mirar a través de los cristales y supervisar los tres escritorios, las dos máquinas de escribir, las dos latas de basura, los dos teléfonos y la cafetera. Todo se veía amontonado, con papeles y escritos regados por todas partes, pero absolutamente nada se movía.

—¿Supongo que usted no sabe dónde se halla cada cosa? —le preguntó a Berenice.

Berenice se hallaba sentada frente a una mesa de trabajo, junto al escritorio de Marshall, de espaldas a la pared, revolviendo una taza de chocolate caliente.

—Podremos arreglárnosla — respondió —. Yo sé dónde ella guardaba los libros, y estoy segura de que su tarjetero tiene todas las direcciones y números de teléfonos.

—¿Qué tal si buscamos el cordón de la cafetera?

—¿Por qué cree usted que estoy tomando chocolate?

—¡Truenos! ¡Me hubiera gustado que alguien me lo dijera!

—No creo que en realidad alguien lo haya sabido.

—Será mejor poner un anuncio esta semana, buscando una nueva secretaria. Edith llevaba una buena porción de trabajo sobre sus hombros.

—Pienso que fue un golpe duro. Ella quiere desaparecer de la ciudad, incluso antes de que se le sane el ojo amoratado que le dejó su esposo, y antes de que él trate de volver a encontrarla.

—Enredos. Nunca sale nada bueno de ellos.

—¿De modo que usted ya ha oído la última en cuanto a Alfredo Brummel?

Marshall se quedó mirándola. Ella se revolvió en su silla, tratando de parecer que le interesaba más su chocolate que las noticias picantes.

—Dadas las circunstancias — dijo él —, me muero de ganas por saberlo.

—Hoy almorcé con Sara, su secretaria. Parece que él siempre desaparece por varias horas los martes por la tarde, y nunca dice a dónde va; pero Sara sí lo sabe. Parece que nuestro amigo Alfredo tiene una amiguita especial.

—Así es, Julia Langstrat, profesora de psicología en la universidad.

Eso arruinó la noticia de Berenice.

—¿Cómo lo supo usted?

—La rubia que usted vio la otra noche, ¿recuerda? Al día siguiente de aquel en que una de mis reporteras fue puesta en la cárcel por tomar algunas fotografías comprometedoras en la feria, Julia Langstrat mandó a sacarme airadamente de su clase. Añádase a eso las orejas de Oliverio Young enrojeciendo cuando me dijo que no la conocía.

—Usted es brillante, Hogan.

—Sólo saco conclusiones.

—Ella y Brummel están metidos en algo. El lo llama terapia, pero yo pienso que él disfruta de eso; si comprende lo que quiero decir.

—Entonces, ¿qué conexión tiene Young a cualquiera de los dos?

Berenice no oyó la pregunta.

—¡Qué lástima que Brummel no sea casado. Podría agrandar el asunto si así fuera.

—¡Vamos! eso es salirse por la tangente. Lo que tenemos aquí es un pequeño club, y los tres son miembros.

—Lo lamento.

—Lo que realmente estamos buscando es cualquier asunto que ellos quieren que nosotros no sepamos, especialmente si vale la pena como para arriesgarse a tramar un falso arresto para esconderlo.

—Y destruir mi película.

—Me pregunto si alguna de esas huellas en la película nos dirían algo.

—No mucho. No constan en el archivo.

Marshall hizo girar su silla, para mirarla más directamente.

—Está bien. ¿A quién conoce usted?

Berenice se sintió satisfecha.

—Tengo un tío que tiene conexiones con la oficina de Justo Parker.

—El fiscal del condado.

—Por supuesto. Siempre está listo para hacer cualquier cosa por mí.

—Está bien, pero no los metamos en esto,... no todavía...

Berenice levantó las manos, con un gesto como si estuviera apuntándolo con una pistola, y le respondió:

—Todavía no, todavía no.

—Pero no quiero decir que debemos descartarlos. Pueden sernos muy útiles.

—No cree usted que yo ya he pensado en eso.

—Entonces, dígame: ¿Se disculpó Brummel en algún momento?

—Después de la manera en que usted se doblegó ante él, ¿está usted bromeando?

—¿Ninguna carta de disculpa oficial y firmada de parte de él o de su oficina?

—¿Es eso lo que él le dijo?

Marshall dijo con sarcasmo:

—Brummel y Young me dijeron un montón de cosas: que ninguno conoce al otro sino muy ligeramente, que nunca se acercaron siquiera a la feria... ¡Vaya! Quisiera que tuviéramos esas fotografías.

Berenice se sintió ofendida.

—¡Vamos? Usted puede creerme, señor Hogan. ¡En realidad puede creerme!

Marshall se quedó mirando al vacío por un par de segundos, cavilando:

—Brummel y Julia Langstrat. Terapia. Creo que todo empieza a tener sentido ahora...

—Vamos, pongamos las cartas sobre la mesa.

¿Qué cartas? pensó Marshall. *¿Cómo pone uno sobre la mesa las conjeturas, no muy bien definidas, que uno tiene, las experiencias extrañas, las sospechas?*

Finalmente dijo:

— Este... lo cierto es que Brummel y Julia Langstrat... ambos están metidos en lo mismo. Eso puedo asegurarlo.

— ¿Qué cosa?

Marshall se sintió acorralado.

— ¿Qué tal... brujerías?

Berenice se quedó perpleja. *Vamos, Berenice, no me haga tener que explicárselo.*

Ella dijo:

— Tiene que explicarme eso.

Vaya, vaya, aquí vamos; pensó Marshall.

— Bueno... esto va a sonar como a locura, pero cuando he hablado con cada uno de ellos, y alguna vez usted debe tratar de hacerlo, cada uno tiene cierta expresión extraña y torva en la mirada... cada uno estaba tratando de hipnotizarme o algo...

Berenice casi no podía aguantar la risa.

— ¡Vamos, ríase!

— ¿Qué es lo que estaba usted diciendo? ¿Que los dos se hallan en algún tipo de aventura de fantasmas?

— No sé cómo llamarlo todavía; pero sí, así es. Brummel no es ni la mitad de bueno como Julia Langstrat. Se sonríe mucho. Young debe andar metido en eso también, pero él usa palabras, montones de palabras.

Berenice estudió la cara de su jefe, por un breve instante, y luego dijo:

— Pienso que usted necesita algo caliente. ¿Qué tal un poco de chocolate?

— Sí, gracias. Prepáreme una taza, por favor.

Berenice regresó al poco rato con otra taza llena de chocolate caliente.

— Espero que esté suficientemente espeso — dijo, y volvió a sentarse a la mesa.

— Entonces, ¿por qué ese trío intenta dar la impresión de que no tienen ningún vínculo..? — medio masculló Marshall —. ¿Y qué tal acerca de los otros dos desconocidos, el Gordo y la Fantasma? ¿Los había visto usted antes?

— Nunca. Deben haber sido de otra ciudad.

Marshall lanzó un suspiro.

— Es un callejón sin salida.

— Tal vez no todavía. Brummel todavía va a aquella pequeña iglesia blanca, la de la Comunidad de Ashton, y he oído que alguien fue expulsado por enredarse en algo indebido...

— Berenice, ¡eso son chismes!

— ¿Cómo le parecería, entonces, si voy a hablar con una amiga que tengo entre los profesores de la universidad de Whitmore, quien tal vez me pueda decir algo acerca de esta misteriosa profesora?

Marshall la miró, dudoso.

— Por favor, no me busque más problemas de los que ya tengo. Ya tengo suficiente.

— ¿Sandra?

De retorno a los temas realmente arduos.

— Todavía no hemos oído nada, pero seguimos llamando a cuantos podemos; averiguando entre parientes y conocidos. Estamos seguros que tarde o temprano volverá a casa.

— ¿Está ella en la clase de Julia Langstrat?

Marshall no pudo ocultar su amargura, al responder:

— Ella ha estado asistiendo a varias de las clases con la profesora Langstrat...

Entonces se detuvo.

— ¿No cree usted que a lo mejor estoy borrando la línea entre el periodismo imparcial y... la venganza personal?

Berenice se encogió de hombros.

— Yo sólo quiero hallar lo que está allá afuera, y será noticia o no lo será. Mientras tanto, creo que me servirá saber algo del trasfondo de ella.

Marshall no podía apartar de su memoria los encuentros con la feroz Julia Langstrat, y se sentía más abatido todavía cada vez que recordaba las ideas de la profesora brotando de los labios de su propia hija.

— Si es una piedra, déle la vuelta y destápela — dijo al fin.

— ¿En mi tiempo, o en el de *El Clarín*?

— Sencillamente, destápelo — le dijo, y empezó a golpear furiosamente las teclas de su máquina de escribir.

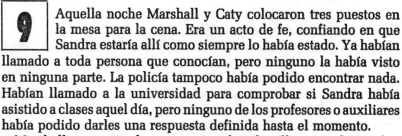 Aquella noche Marshall y Caty colocaron tres puestos en la mesa para la cena. Era un acto de fe, confiando en que Sandra estaría allí como siempre lo había estado. Ya habían llamado a toda persona que conocían, pero ninguno la había visto en ninguna parte. La policía tampoco había podido encontrar nada. Habían llamado a la universidad para comprobar si Sandra había asistido a clases aquel día, pero ninguno de los profesores o auxiliares había podido darles una respuesta definida hasta el momento.

Marshall se sentó a la mesa, mirando a la silla vacía de Sandra.

Caty se sentó frente a él, en silencio, esperando que el arroz acabara de cocinarse.

— Marshall — le dijo —, no te tortures.

— ¡Lo arruiné todo! ¡Soy un fracasado!

— ¡Oh, vamos, no sigas con eso!

— Y el problema es, ahora que ya lo arruiné todo, que no hay ni siquiera posibilidad de que haya otra oportunidad.

Caty extendió sus manos por encima de la mesa, para tomar la de él.

— Por supuesto que la hay. Ella regresará. Ella ya es suficientemente grande como para ser razonable, y cuidarse ella misma. Quiero decir, sencillamente observa las cosas que se llevó. Ella no está planeando irse de manera definitiva.

En ese momento sonó el timbre de la puerta. Ambos se sobresaltaron un poco.

— ¡Hey! — exclamó Marshall —. ¡Vamos, que sea el cartero, una muchachita vendiendo galletas, o un testigo de Jehová..!

— Bueno, Sandra no tocaría el timbre, en cualquier caso.

Caty se levantó para ir a contestar, pero Marshall se le adelantó. Ambos llegaron a la puerta casi al mismo tiempo, y Marshall la abrió.

Ninguno de los dos esperaban encontrarse con un joven, rubio y muy pulcro, buen material de universidad. No llevaba ningún tratado ni propaganda religiosa, y parecía muy tímido.

— ¿El señor Hogan? — preguntó.

— El mismo — dijo Marshall —. ¿Quién es usted?

El joven era más bien callado, pero con suficiente aplomo como para cumplir lo que se proponía.

— Me llamo Hipócrates Ormsby. Estoy en el segundo año de la universidad Whitmore, y soy amigo de su hija Sandra.

Caty empezó a decir:

— Bueno, haga el favor de pasar — pero Marshall la interrumpió.

— ¿Sabe usted dónde está ella?

Hipócrates se quedó callado por unos instantes, y luego contestó cuidadosamente:

— Sí, así es. Yo lo sé.

— ¿Y bien? — dijo Marshall.

— ¿Puedo pasar? — dijo él, cortésmente.

Caty asintió con una sonrisa, haciéndose a un lado y casi empujando a Marshall para que se hiciera a un lado.

— Pase, pase por favor.

Le condujeron a la sala, y le hicieron tomar asiento. Caty tomó una de las manos de Marshall apenas lo suficiente como para hacer que también tomara asiento, y recordarle silenciosamente que se controlara.

— Muchas gracias por haber venido — dijo Caty —. Hemos estado muy preocupados.

La voz de Marshall denotaba que procuraba controlarse, al decir:

— ¿Qué es lo que usted sabe?

Hipócrates visiblemente se sentía incómodo.

— Yo... yo... la conocí ayer en el plantel.

— ¿Ella asistió a clases ayer? — replicó Marshall súbitamente, sorprendido.

— ¡Déjalo hablar, Marshall! — le recordó Caty.

— Este — dijo Hipócrates —, sí. Sí, así es. Pero yo la conocí en la placita Jones, un área donde acostumbramos a comer. Ella estaba sola, y tan visiblemente perturbada que, bueno, sencillamente pensé que tenía que tratar de hacer algo.

Marshall casi ni podía contenerse.

— ¿Qué quiere decir, que estaba visiblemente perturbada? ¿Está ella bien?

— ¡Oh, sí! Ella está perfectamente bien. Es decir, no le ha pasado nada malo. Pero... he venido por ella.

Para entonces los dos padres lo escuchaban sin interrumpirlo, de modo que Hipócrates continuó:

— Hablamos por un buen rato, y me contó su lado de la historia. Ella realmente quiere volver a casa; debería haber empezado por eso.

— ¿Pero? — interrumpió Marshall.

— Bueno, señor Hogan, eso es lo primero que traté de convencerla que hiciera, pero... si es que usted puede aceptar lo que digo, ella tiene miedo de regresar, y también pienso que se siente algo avergonzada.

— ¿Por mí?

Hipócrates caminaba sobre hielo muy delgado.

— ¿Puede usted... sería usted capaz de aceptar eso?

Marshall estaba listo para ser severo consigo mismo.

— En efecto. Puedo aceptar eso. Está bien. Lo había andado buscando por años. Sabía que llegaría el momento.

Hipócrates pareció sentir alivio.

— Bueno, pues, eso es lo que estoy tratando de lograr, en mi débil y modesta manera. Yo no soy profesional; mi especialización es la geología, pero simplemente quería ver a esta familia unida de nuevo.

Caty dijo con humildad:

— Nosotros también.

— ¡Así es! — dijo Marshall —, realmente queremos esforzarnos por lograrlo. Escuche, Hipócrates, cuando usted llegue a conocerme se dará cuenta de que procedo de un molde bastante torcido, y que realmente cuesta mucho enderezarme...

— ¡No, no es cierto! — protestó Caty

— No, sí es cierto. Pero estoy aprendiendo todo el tiempo, y quiero seguir aprendiendo.

Se inclinó hacia adelante en su sillón.

— Dígame. . . ¿Fue Sandra la que lo mandó a que hablara con nosotros?

Hipócrates miró por la ventana.

— Ella está en mi auto, allá afuera.

Caty se puso de pie al instante. Marshall le tomó de la mano e hizo que volviera a sentarse.

— ¡Hey! — exclamó él —. ¿Quién está superansioso ahora?

Se volvió a Hipócrates, y dijo:

— ¿Cómo está ella? ¿Está todavía con miedo? ¿Piensa ella que voy a saltar sobre ella y aplastarla?

Hipócrates asintió, con timidez.

— Bueno — dijo Marshall, sintiendo emociones que realmente no quería que nadie las viera —, escuche, dígale que no voy a apabullarla. No voy a gritar, no voy a acusarla de nada, no voy a decir cosas feas o desagradables. Simplemente. . . este. . . yo. . .

— El la quiere mucho — dijo Caty —. En verdad la quiere.

— ¿Es verdad eso, señor? — preguntó Hipócrates.

Marshall asintió.

— Pues, ¡dígamelo! — dijo Hipócrates —. ¡Dígalo!

Marshall lo miró directamente a los ojos.

— Yo la quiero con todo el corazón, Hipócrates. Ella es mi muchachita, es mi hija. La quiero mucho, y quiero que regrese.

Hipócrates sonrió, y se levantó del asiento.

— Voy a llamarla.

Esa noche hubo cuatro puestos en la mesa.

La edición del viernes de El Clarín estaba ya a la venta, y el sosiego que surgía después de la publicación le dio a Berenice la oportunidad que necesitaba para andar por aquí y por allá un poco. Había estado esperando una oportunidad para irse al plantel universitario y hablar con algunas personas. Unas pocas llamadas por teléfono le consiguieron una importante cita para almorzar.

Había una nueva cafetería, ubicada al norte de la ciudad universitaria, moderna, de ladrillos rojos, con ventanales de vidrio azul, y rodeado de jardines de flores muy bien cuidadas. Uno podía comer adentro, en mesitas pequeñas, como para dos o cuatro personas, o podía salir al patio, para disfrutar del sol. El estilo era servirse uno mismo, y la comida no era tan mala, que digamos.

Berenice salió al patio llevando su bandeja con una ensalada y una taza de café. A su lado estaba Rut Williams, una jovial profesora de

98

economía, de mediana edad, y que llevaba una ensalada mexicana en su bandeja.

Escogieron un mesa retirada, parcialmente en la sombra. Por la primera parte de la comida hablaron de trivialidades, poniéndose al día respectivamente.

Pero Rut conocía a Berenice lo suficiente.

— Berenice — dijo finalmente —, estoy segura de que traes algo en mente.

Berenice fue franca con su amiga.

— Rut, se trata de algo nada profesional y de mal gusto.

— ¿Quieres decir que te has topado con algo nuevo?

— No, no acerca de Patricia. No; eso es un asunto que está en rescoldo ya por un buen tiempo. No obstante, puedes estar segura de que volverá a revivir, si algo nuevo asoma.

Berenice miró a Rut por un largo rato.

— No piensas que nunca podré encontrar nada? ¿verdad?

— Berenice, tú sabes que respaldo ciento por ciento tus esfuerzos, pero junto con ese respaldo debo añadir mis sinceras dudas de que esos esfuerzos conseguirán alguna vez descubrir algo. Es simplemente tan. . inútil. Tan trágico.

Berenice se encogió de hombros.

— Bueno, por eso es que estoy tratando de concentrar mis esfuerzos solamente donde se puede conseguir algo. Eso me trae al tema incómodo del día. ¿Sabías que me arrestaron y me metieron a la cárcel el domingo por la noche?

Rut la miró incrédula, por supuesto.

— ¿Que te arrestaron? ¿Y por qué?

— Por proponerle un acto de prostitución a un agente secreto.

Eso motivó la apropiada respuesta de parte de Rut Williams. Berenice continuó relatándole todas las aventuras e indignidades que podía recordar.

— ¡No puedo creerlo! — repetía la señorita Williams —. Eso es terrible. ¡No puedo creerlo!

— Bueno, de todas maneras — dijo Berenice, preparándose para la línea principal —, pienso que tengo buena razón para cuestionar los motivos del señor Brummel. Todo lo que tengo es una conjetura y una especulación, pero realmente quiero seguir indagando estas cosas hasta el final, para ver si hay realmente algo detrás de todo eso.

— Bueno, puedo entender eso. ¿Y qué es lo que yo podría saber que podría serte de ayuda?

— ¿Conoces a la profesora Julia Langstrat, del Departamento de Psicología?

— La he visto una o dos veces. Una vez nos sentamos en la misma mesa en un almuerzo de la facultad. Berenice captó un destello de disgusto en la expresión de la señorita Williams.

— ¿Algo malo con ella?

— Bueno, a cada uno lo suyo — dijo Rut mientras revolvía su ensalada con el tenedor en forma distraída —. Pero hallé que es muy difícil tratarla. Fue casi imposible entablar con ella una conversación coherente.

— ¿Cómo se comporta ella? ¿Es imponente, retraída, dominante, fastidiosa. . ?

— Huraña, por una parte, y pienso que algo misteriosa, aun cuando uso la palabra por falta de otra mejor. Me da la impresión de que la gente son nada más que un fastidio para ella. Sus intereses académicos son muy extravagantes y metafísicos, y ella parece preferir eso a la dulce realidad.

— ¿Qué clase de compañías frecuenta ella?

— No podría saberlo. Casi me sorprendería encontrarla trabando amistad con alguien.

— ¿De modo que nunca la has visto en compañía de Alfredo Brummel?

— Eso debe ser el objetivo final de tus preguntas. No, nunca que yo recuerde.

— Pero me imagino que tampoco la ves mucho, de todas maneras.

— Ella no es muy sociable, de modo que así es. Pero escucha, lo que yo trato en realidad es de no meterme en lo que no me importa, si me entiendes lo que quiero decir. Me encantaría ayudarte en cualquier cosa que pudiera, para que lograras resolver tu preocupación por la muerte de Patricia, pero, lo que andas persiguiendo en esta ocasión es. . .

— Nada profesional y desagradable.

— Así es, acertaste en eso. Pero, junto con mi propio consejo de que no te metas en esto, permíteme referirte, como amiga, a alguien que tal vez sepa algo más. ¿Tienes un lápiz? Se llama Alberto Darr, y también está en el Departamento de Psicología. Por lo que he oído, mayormente de boca de él mismo, él se cruza con Julia Langstrat todos los días, no le agrada en lo más mínimo, y le encanta el chisme. Hasta puedo llamarlo hablándole de ti.

Alberto Darr, un joven profesor con cara de niño, de vestidos elegantes y cierta afición por la mujeres, se hallaba en su oficina calificando tareas. Tenía tiempo para hablar, especialmente con la hermosa reportera de *El Clarín*.

— Hola, hola — dijo cuando Berenice se asomó en la puerta.

— Hola, hola a usted —respondió ella —. Yo soy Berenice Krueger, la amiga de Rut Williams.

— Este. . .

El buscó una silla vacía. Finalmente levantó una pila de libros de referencia.

— Tome asiento. Disculpe el desorden.

El se sentó en otra pila de libros y papeles que a lo mejor tenían otra silla debajo.

— ¿En qué puedo servirle?

— Bueno, esta no es en realidad una visita oficial, profesor Darr. . .

— Llámeme Alberto, por favor.

— Gracias, Alberto. En realidad estoy aquí por un asunto personal; pero, si mi teoría es correcta, podría ser importante como noticia.

Hizo una pausa para indicar un nuevo párrafo y una pregunta difícil.

— Ahora bien, Rut me dice que usted conoce a Julia Langstrat. . .

Darr de súbito sonrió ampliamente, se arrellanó en la silla, y puso sus manos detrás de su cuello. Parecía que iba a ser un tema del cual él iba a disfrutar.

— ¡Ahhhh! —exclamó con alegría—. ¡De modo que usted se atreve a pisar terreno sagrado! Darr miró alrededor del cuarto, en burlona sospecha, buscando imaginarios espías, luego se inclinó hacia adelante, y dijo en voz más baja:

— Escuche, hay ciertas cosas que se supone que nadie debe conocer, ni siquiera yo mismo.

Luego se le iluminó la cara de nuevo, y dijo:

— Pero nuestra querida profesora ha tenido más de una ocasión de lastimarme y despreciarme, que pienso que estoy en deuda con ella, para decir lo menos. Casi no me caben las ansias de responder a sus preguntas.

Evidentemente parecía que Berenice podía andar sin rodeos; este individuo parecía que no necesitaba de formalidades.

— Esta bien, para empezar —dijo ella, alistando papel y lápiz—. En realidad, estoy tratando de saber algo en cuanto a Alfredo Brummel, el jefe de policía. Se me ha informado que él y Julia Langstrat se ven muy a menudo. ¿Puede usted confirmarlo?

— Por supuesto.

— De modo que. . . ¿andan ellos metidos en algo?

— ¿Qué quiere decir eso de "algo"?

— Lo que usted quiera pensar.

— Si usted quiere decir algo romántico. . .

El sonrió y sacudió su cabeza.

— Vaya, vaya; no sé si le va a gustar la respuesta, pero no; no creo que anden en algo así.

— Pero él va a verla regularmente.

— Sí, pero mucha gente lo hace. Ella atiende su consultorio en sus horas libres. Dígame, ¿Brummel va a verla cada semana?

Con un dejo de decaimiento, Berenice contestó:

— Sí, cada martes. Sin falta.

— Bien, pues. ¿Lo ve usted? El acude a sus sesiones regulares semanales.

— Pero, ¿por qué no se lo dice a nadie? El lo guarda con mucho secreto.

El se inclinó hacia adelante, y bajó la voz aún más.

— Todo lo que la señora Langstrat hace es un secreto, ¡un secreto muy profundo y muy oscuro! Se trata del Círculo Interno, Berenice. Se supone que nadie debe saber nada acerca de estas consultas, nadie, excepto los privilegiados, la élite, los poderosos, los muchos clientes especiales que acuden a ella. Así es ella.

— Pero ¿qué es lo que persigue?

— Para que usted lo sepa — dijo él con un destello de picardía en sus ojos —, esa es información privilegiada, y debo prevenirle diciéndole que no es enteramente confiable. Sé muy poco por observación directa; lo que sé es lo que he recogido aquí y allá en el departamento. Afortunadamente, la profesora Langstrat se las ha arreglado para ganarse suficientes enemigos aquí, que pocos del personal sienten alguna lealtad hacia ella.

Volvió a mirarla frente a frente.

— Berenice, la profesora Langstrat es, ¿cómo podría decirlo? No es. . . una persona corriente. Sus áreas de estudio van más allá de lo que los demás de nosotros tiene ni siquiera el menor deseo de tocar: la Fuente, la Mente Universal, Los Planos Ascendentes. . .

— Me temo que ni siquiera sé de qué me está hablando.

— Ninguno de nosotros sabe siquiera de qué es lo que ella está hablando. Algunos estamos muy preocupados; no sabemos si ella es muy brillante y está haciendo progresos insospechados, o si sencillamente ha perdido un tornillo.

— Bueno, pues, ¿qué es todo esto de La Fuente, La Mente?

— Este. . . lo mejor que podemos decir, es que ella saca todo eso de las religiones orientales, las sectas místicas y sus escritos, cosas de las cuales no sé nada, ni quiero saberlas. En lo que a mí respecta, sus estudios en esas áreas le han hecho perder todo contacto con la realidad. A decir verdad, mis colegas a lo mejor hasta se burlarán de mí, y me desacreditarán por decirlo, pero yo no veo los progresos de Julia Langstrat en estas áreas como ninguna otra cosa que brujería necia y pagana. Creo que ella está desesperadamente confundida.

Berenice recordó las extrañas descripciones que Marshall le dio de Julia Langstrat.

— He oído que ella hace cosas extrañas con la gente..

— Tonterías, puras tonterías. Yo pienso que ella cree que puede leer mi mente, controlarla, ponerme un hechizo, o lo que sea. Yo simplemente me río de todo eso, y hago todo lo que puedo por hallarme lo más lejos de ella que es posible.

— Pero, ¿hay algo de creíble en todo eso?

— Absolutamente no. Las únicas personas a las cuales ella puede controlar o afectar son los pobres bobos que pertenecen al Círculo Interior, que son tan necios e ingenuos como para...

— El Círculo Interior... Usted usó ese término antes..

El levantó las manos, en señal de advertencia.

— Nada de hechos, nada de hechos. Ese es un término que lo inventé yo mismo. Todo lo que tengo es un dos aquí, y otro dos acá, y eso hace un persuasivo cuatro. Le he oído admitir que ella aconseja a las personas que van a verla, y he notado que algunos de ellos son muy importantes. Pero, ¿cómo puede un consejero con ideas tan descabelladas arreglar las de algún otro? Además...

— ¿Sí..?

— Sería de esperarse que ella... reclamara alguna ventaja especial de tal situación. Quién sabe, a lo mejor ella tiene sus sesiones de adivinación y lectura de la mente. Tal vez ella hierve rabos de lagartija y ojos de murciélago, y los sirve en medio de patas de araña para evocar alguna respuesta de lo sobrenatural... pero ya me estoy poniendo sarcástico.

— Pero, ¿no cree usted que eso es una posibilidad?

— Bueno, quizá no tan estrambótica como yo la he descrito, pero sí, algo así por el estilo, en concordancia con sus intereses en lo oculto.

— Y esta gente del Círculo Interior, ¿va a verla regularmente?

— Hasta donde yo sé, sí. En realidad no tengo ni idea de cómo lo hacen, ni de por qué la gente va a verla. ¿Qué rayos pueden querer lograr de eso?

— ¿Podría darme algunos ejemplos?

— Este...

Se quedó pensativo por un momento.

— Por supuesto, ya hemos mencionado y verificado a su señor Brummel. Usted tal vez ya sepa de Teodoro Harmel.

Berenice casi que deja caer la pluma.

— ¿Harmel?

— Sí, el editor anterior de El Clarín.

— Yo trabajé para él antes de que se fuera y de que el señor Hogan comprara el periódico.

— Por lo que entiendo, el señor Harmel sencillamente no "se fue".

— No, salió huyendo. Pero, ¿quién más?

— La señora Pinckston, miembro de la junta de administradores.

— ¡Ah, de modo que no son sólo hombres!

— ¡Oh, no! De seguro que no.

Berenice continuaba escribiendo.

— Siga, siga.

— Veamos, ¿quién más? A ver, creo que René Brandon. .

— ¿Quién es René Brandon?

Darr la miró en forma condescendiente.

— El sólo es propietario de los terrenos donde se levanta la universidad.

— ¡Oh. .!

Ella anotó el nombre, junto con una explicación subrayada.

— Ah, y también está Eugenio Baylor. El es el tesorero general, un hombre con mucha influencia en la junta de administradores, por lo que entiendo. Parece que a él le han criticado algo por lo que quiera que él y la profesora hacen en las sesiones, pero él continúa siendo muy pagado de su virtud, y firme en sus convicciones.

— Ah, y también hay un Reverendo, es. . . este. . .

— Oliverio Young.

— ¿Cómo lo supo usted?

Berenice se limitó a sonreír.

— Una adivinanza. Continúe.

10 El viernes por la tarde Enrique no podía quitarse de la mente la reunión de negocios que se avecinaba, lo cual era probablemente una ventaja, considerando la joven sentada frente a su escritorio en la pequeña oficina situada en una esquina de su casa. El le había pedido a María que anduviera cerca, y que se mostrara como toda una esposa cariñosa. Esta joven, Carmen, según dijo que se llamaba, era todo un caso. Por la manera en que vestía, y se comportaba, Enrique se aseguró que fuera María quien contestara a la puerta y la hiciera entrar. Pero, hasta donde Enrique podía decir, Carmen no estaba tratando de ponerse ninguna máscara; parecía toda ella real, solamente que se había sobrepasado. Y en cuanto a las razones para buscar consejo. . .

— Pienso que simplemente me siento muy sola — dijo ella —, y por eso siempre ando oyendo voces.

Inmediatamente ella examinó la expresión de ellos, para ver su reacción. Pero después de las experiencias que ellos habían atravesado recientemente, nada sonaba demasiado extraño.

Enrique le preguntó:

— ¿Qué clase de voces? ¿Qué es lo que le dicen?

Ella pensó por unos momentos, mirando al cielo raso con sus

grandes ojos azules, exageradamente inocentes.

— Lo que me ha pasado es legítimo — dijo —. Yo no estoy loca.

— Estoy de acuerdo con eso — dijo Enrique —. Pero cuéntenos más acerca de esas voces. ¿Cuándo es que le hablan?

— Cuando estoy sola, especialmente. Como, por ejemplo, anoche. Yo estaba acostada en mi cama, y...

Refirió las palabras que la voz le había dicho. Hubiera podido ser un libreto perfecto para una llamada obscena.

María no supo qué decir; esto estaba llegando a ser demasiado. Para Enrique eso sonaba algo familiar, y aun cuando sentía que debía tener cautela en cuanto a Carmen y sus motivos, todavía siguió abierto a la posibilidad de que ella estuviera enfrentándose a algunas de las mismas fuerzas demoniacas con las cuales él había estado batallando.

— Carmen — preguntó él —, ¿le dicen esas voces quienes son?

Ella pensó por un momento.

— Creo que uno de ellos era español o italiano. Tenía cierto acento en su habla, y su nombre era Amano, o Amanzo, o algo así. Siempre me habla muy suavemente, y siempre dice que quiere hacerme el amor...

En ese instante sonó el teléfono. María se levantó para ir a contestar.

— Vuelve en seguida — dijo Enrique.

Ella se apresuró a regresar, de seguro. Enrique estaba mirando que ella se alejaba cuando sintió que Carmen le tocaba la mano.

— Usted no piensa que estoy loca, ¿verdad? — le preguntó ella con ojos suplicantes.

— Este...

Enrique retiró la mano, simulando rascarse.

— No, Carmen, no lo creo... es decir, no creo que usted esté loca. Pero sí quiero saber de dónde vienen esas voces. ¿Cuándo fue la primera vez que empezó a oírlas?

— Cuando vine a Ashton. Mi esposo me abandonó, y yo vine acá para empezar de nuevo, pero... me siento tan sola.

— ¿Usted empezó a oírlas cuanto vino a Ashton?

— Creo que es debido a que estaba tan sola. Y todavía estoy sola.

— ¿Qué fue lo que le dijeron al principio? ¿Cómo se le presentaron?

— Yo estaba sola, y sentía la soledad, acababa de mudarme para acá, y pensé que oí la voz de Jaime. Usted sabe, mi esposo...

— Siga.

— En realidad pensé que era él. Ni siquiera pensé en cómo es que podía hablarme si no estaba allí, pero yo le respondía, y él me decía cuánto me extrañaba, y cómo él pensaba que era mejor así, y que pasaría el resto de la noche conmigo.

Ella empezó a llorar.

— Fue hermoso.

Enrique no sabía qué pensar de todo eso.

— Increíble — fue todo lo que pudo decir.

Ella volvió a mirarlo con aquellos ojos suplicantes, y le dijo en medio de sus lágrimas.

— Sabía que usted me creería. He oído hablar de usted. Dicen que usted es un hombre muy compasivo, y muy comprensivo...

Dependiendo de a quién se escucha, pensó Enrique, pero entonces la mano de ella estaba tocándole de nuevo. *Tiempo de pedir un receso,* pensó Enrique.

— Eh... — dijo, tratando de sonar imparcial, sincero, y dándole consuelo —. Veamos, creo que ha sido una hora muy provechosa...

— ¡Oh, sí!

— ¿Le gustaría volver otra vez? ¿Quizás la próxima semana?

— ¡Me encantaría! — exclamó ella, como si Enrique le hubiera pedido que saliera con él —. ¡Tengo tanto para contarle!

— Está bien, entonces. Creo que el próximo viernes es un buen día para mí, si está bien con usted.

Claro que lo era, y Enrique se puso de pie para indicarle que la sesión había terminado. No habían cubierto mucho terreno, pero en lo que competía a Enrique, vaya, era suficiente.

— Ahora, usted y yo debemos darnos tiempo para pensar sobre estas cosas. Después de transcurrir una semana, tal vez todo sea un poco más claro. Tal vez tenga un poco más de sentido.

¿Dónde estaba María?

Ella acababa de entrar de nuevo a la oficinita.

— ¿Se va tan pronto?

— ¡Fue maravilloso! — suspiró Carmen, pero por lo menos ya había soltado la mano de Enrique.

Conducir a Carmen hasta la puerta fue más fácil de lo que Enrique había pensado. Qué buena María. Siempre a tiempo.

Enrique cerró la puerta, y se reclinó contra ella.

— ¡Fiú! — fue todo lo que pudo decir.

— Enrique — le dijo María en voz baja —. ¡Esto no me gusta nada!

— Ella es... ella es realmente apasionada. Lo es.

— ¿Qué piensas de lo que ella dijo?

— Eh... este... mejor esperar y ver. ¿Quién era en el teléfono?

— ¡Espera a que lo sepas! Era una mujer de *El Clarín* queriendo saber si fue Alfredo Brummel a quien disciplinamos en la iglesia.

Enrique de súbito pareció como un juguete inflable al que le habían dado un pinchazo.

Algo desilusionada Berenice entró a la oficina de Marshall.

Marshall estaba en su escritorio, revisando unos nuevos anuncios para la edición del martes.

— ¿Qué fue lo que dijeron? — le preguntó sin siquiera levantar la vista.

— No fue Brummel, y creo que no fue una pregunta acertada. Hablé con la esposa del pastor, y por el tono de su voz puedo deducir que todo el asunto es muy delicado.

— Así es. He oído las habladurías en la barbería. Alguien estaba diciendo que van a sacar esta noche al pastor.

— ¡Ah, de modo que ellos también tienen problemas!

— Pero totalmente ajenos a nosotros, y eso me alegra. Esto ya ha llegado demasiado lejos.

Marshall leyó de nuevo la lista de nombres que Berenice había conseguido de Alberto Darr.

— ¿Cómo se supone que puedo trabajar aquí, con todo esto andando por aquí y sin resolverse? Berenice, usted está metiéndose en graves problemas, ¿lo sabía?

Ello lo tomó como un cumplido.

— Y ¿ha echado usted una ojeada a aquel panfleto sobre los cursos electivos que la profesora Langstrat está enseñando?

Marshall lo tomó en sus manos, y sólo pudo sacudir su cabeza sin poder creerlo.

— ¿Qué rayos es todo esto? "Introducción a la conciencia de Dios y de la diosa, y los artificios: la divinidad del hombre, brujas, demonios, la rueda de la medicina sagrada, ¿cómo funcionan los hechizos?" ¡Debe ser una broma!

— Siga leyendo, jefe.

— "Senderos a su luz interior: descubra a sus directores espirituales, descubra la luz interior. . . armonice su nivel mental, físico, emocional y espiritual, por medio de la hipnosis y la meditación."

Marshall leyó un poco más y luego exclamó:

— ¿Qué? "¿Cómo disfrutar del presente por medio de las experiencias del pasado y de la vida futura."

— Me gusta este que está casi al final: "En el principio era la diosa". Julia Langstrat, ¿quizás?

— ¿Por qué nadie lo ha sabido antes?

— Por la sencilla razón de que nunca se ha publicado en los noticieros de la universidad ni en la lista pública de clases. Alberto Darr me dio el panfleto, y dijo que es algo de circulación limitada, para ser repartido solamente entre los estudiantes interesados.

— Y mi pequeña Sandra asiste a las clases de esta mujer. . .

— Y de cierta manera también todas las personas de la lista.

Marshall dejó el panfleto, y levantó la lista. Sacudió la cabeza otra vez; no se le ocurrió hacer nada más.

Berenice añadió:

—Creo que no me importaría mucho si una partida de tontos quieren dejarse embaucar por Julia Langstrat, pero ¡esos son gente demasiado importante! Fíjese: ¡dos de los síndicos de la universidad, el propietario del terreno de la universidad, el contralor del condado y el juez del distrito!

—¡Y Young! El respetado, reverenciado, influyente, y preocupado por la comunidad Oliverio Young.

Marshall dejó que su cerebro volviera a repasar ciertos eventos.

—Claro. Encaja. Ahora todo tiene sentido... todo el cuento vago, nada comprometedor que me estaba relatando en su oficina. Young tiene su propia religión. El no es ningún bautista de concha dura. Eso sí lo aseguro.

—La religión no me preocupa. ¡Las mentiras y los engaños, eso sí!

—Bueno, negó conocer a Julia Langstrat. Se lo pregunté directamente, derecho en su cara, y me dijo que no la conocía.

—Alguien está mintiendo —dijo Berenice medio cantando.

—Pero, quisiera que pudiéramos encontrar alguna otra confirmación.

—Así es. Hemos encontrado sólo a Darr.

—¿Qué tal Teodoro Harmel? ¿Qué tan bien lo conocía usted?

—Suficientemente bien, yo creo. ¿Sabe usted por qué se fue?

Marshall dijo con algo de sorna:

—Brummel dijo que hubo cierto escándalo, pero, ¿a quién se puede creer en estos días?

—Harmel lo niega.

—¡Vaya! Todo el mundo dice todo, y todo el mundo niega todo.

—Bueno, pues. Llámelo, de todas maneras. Yo tengo su número de teléfono. Está viviendo cerca de Windsor. Se me ocurre que está tratando de convertirse en un ermitaño.

Marshall miró el texto de los anuncios que estaba sobre su escritorio, esperando su tiempo y atención.

—¿Cómo voy a lograr hacer mi trabajo aquí?

—No es nada del otro mundo. Si yo pude espiar algo independientemente, lo menos que usted puede hacer es llamar por teléfono a Harmel. Hágalo mañana sábado, su día libre. De reportero a reportero, de periodista a periodista. A lo mejor consigue que hable.

Marshall suspiró.

—Déme el número.

María terminó de lavar los platos de la cena, colgó la toalla, y se dirigió al dormitorio de atrás. Allí, en la oscuridad, Enrique estaba de rodillas al pie de la cama. Ella se arrodilló junto a él, le tomó la mano, y juntos se colocaron en las manos del Señor. La voluntad de Dios sería hecha aquella noche, y ellos la aceptarían, cualquiera que fuera.

Alfredo Brummel tenía la llave de la iglesia, y ya estaba allí, encendiendo las luces, y fijando la temperatura en el termostato. No se sentía bien. *Es mejor que la votación salga bien en esta ocasión*, pensaba.

Afuera, aun cuando faltaba todavía media hora para la reunión, los autos empezaban a llegar, más de los que usualmente había allí los domingos. Samuel Turner, el principal secuaz de Brummel, estacionó su enorme *Cadillac*, y ayudó a su mujer a que descendiera del auto. El era un granjero, no un hacendado, pero se daba ínfulas como si lo fuera. Esa noche se le veía hosco y decidido, igual que su esposa. En otro auto llegó Juan Cóleman y su esposa Patricia, una pareja de temperamento reservado que se unió a la iglesia de la Comunidad de Ashton después de salirse de una iglesia muy grande al otro lado de la ciudad. Realmente les gustaba Busche, y no hacía ningún esfuerzo por ocultarlo. Sabían bien que Alfredo Brummel no estaría contento de verlos allí.

Otros llegaron, y rápidamente se aglomeraron en pequeños grupitos de sentimiento similar, hablando rápidamente y en voz baja, y conservando la mirada para sí mismos, excepto por algunos que estirando el cuello trataban de predecir el conteo final de votos.

Varias sombras macabras vigilaban todo desde su sitio de observación en el techo del templo, desde sus estaciones en todo el edificio, y en los lugares señalados en el santuario.

Lucio, más nervioso que nunca, caminaba de un lado a otro. Ba-al Rafar, todavía queriendo pasar inadvertido, le había confiado a él la tarea, y por lo menos por esta noche Lucio disfrutaba de su anterior gloria.

Lo que le preocupaba a Lucio era la multitud de los otros espíritus que estaban cerca; los enemigos de su causa, los ejércitos de los cielos. Las huestes de Lucio los mantenían a raya, por supuesto, pero había algunos nuevos que él nunca había visto antes.

Cerca, pero no demasiado, Signa y sus dos guerreros vigilaban. Por órdenes de Tael habían permitido que los demonios tuvieran acceso al edificio, pero vigilaban las actividades de los demonios, y buscaban para ver si Rafar asomaba. Hasta aquí su sola presencia, tanto como la presencia de tantos otros guerreros, había tenido un efecto tranquilizador sobre las huestes demoniacas. No había habido incidentes, y por ahora era todo lo que Tael deseaba.

Cuando Lucio vio a los Cóleman que entraban por la puerta principal, se perturbó. En el pasado, nunca se habían mostrado muy fuertes en contra de las derrotas y el desaliento que Lucio había ordenado, y su matrimonio casi se había disuelto. Luego se alinearon con el Busche que oraba, oyendo sus palabras y fortaleciéndose cada vez más. Antes de que pasara mucho rato, ellos y otros como ellos podrían llegar a ser una verdadera amenaza.

Pero su llegada no causó tanta agitación en Lucio como la de los dos enormes mensajeros de Dios que los acompañaban. Lucio sabía con certeza que nunca los había visto antes. Mientras los Cóleman buscaban asiento, Lucio se acercó y acosó al nuevo intruso.

— ¡No te he visto antes! — le dijo ásperamente, y todos los otros espíritus dirigieron su atención a él y al extraño—. ¿De dónde vienes?

El extraño, Chimón de Europa, no dijo nada. Solamente fijó sus ojos en los de Lucio y permaneció firme.

— ¡Quiero saber tu nombre! — exigió Lucio.

El extraño no dijo palabra.

Lucio sonrió malévolamente, y movió su cabeza.

— ¿Eres sordo? ¿Y mudo? ¿Y tan sin seso como silencioso?

Los demás demonios se rieron. Les encantaba este tipo de juego.

— Dime, ¿eres un buen peleador?

Silencio.

Lucio sacó su cimitarra, que relampagueó con un brillo rojo sangre, y con un chasquido metálico. A una señal, todos los demás demonios hicieron lo mismo. El estrépito de las relucientes hojas llenó la habitación, que eran blandidas como si fueran radiantes fulgores de luz reflejada sobre las paredes. Un círculo de demonios armados impidió que los demás mensajeros de Dios intervinieran, mientras Lucio continuaba acosando a este recién llegado.

Lucio dio un largo vistazo a su inmóvil y fornido oponente, reflejando en sus ojos un odio tan intenso que los hacía abultarse, y que hacía que su aliento sulfuroso saliera a bocanadas por sus narices grandemente dilatadas. Jugueteaba con su espada, moviéndola en círculos pequeños en la cara del extraño, esperando que éste hiciera el más leve movimiento.

El extraño se limitó a observarlo, sin moverse ni un ápice.

Con un diabólico grito Lucio blandió su espada cruzando a su oponente y rasgándole la vestimenta. Vivas y risotadas brotaron de la multitud de demonios. Lucio se aprestó para la pelea, sosteniendo su espada con ambas manos, en guardia, y con sus alas desplegadas.

Ante él se levantaba una estatua con una túnica rasgada.

— ¡Pelea, espíritu insensible! — desafió Lucio.

El extraño no respondió nada, y Lucio le dio un tajo en la cara. Otro aplauso de parte de los demonios.

— ¿Debo cortarte una oreja? ¿Las dos? ¿Debo cortarte la lengua, si acaso la tienes? — amenazó Lucio.

110

—Es hora de que empecemos — dijo Alfredo Brummel desde el púlpito.

La gente que se hallaba en el salón cesó su conversación, y el lugar empezó a aquietarse.

Lucio miró de reojo al extraño, y haciendo una señal con su espada le dijo:

—Anda, ve a colocarte junto a los cobardes.

El recién llegado retrocedió, y retornó a su lugar junto a los demás mensajeros de Dios detrás de la barricada de demonios.

Once ángeles se las habían arreglado para introducirse en la iglesia sin levantar demasiada furia en los demonios: Triskal y Krioni habían entrado ya con Enrique y María. Ellos habían sido vistos a menudo con el pastor y su esposa, de modo que no les pusieron más atención que las usuales expresiones y posturas amenazantes. Huilo también estaba allí, tan grande y amenazador como de costumbre, pero evidentemente ningún demonio tenía el menor interés en hacerle ninguna pregunta.

Otro recién llegado, un polinesio de pelo encrespado, se acercó a Chimón y le limpió la herida de la cara mientras que Chimón arreglaba su túnica.

—Yo soy Mohita, y vengo desde Polinesia — dijo presentándose.

—Y yo soy Chimón, de Europa. Bienvenido a nuestro grupo.

—¿Puedes continuar? — preguntó Mohita.

—Continuaré — contestó Chimón, tejiendo de nuevo la túnica con sus dedos.

—¿Dónde está Tael?

—Todavía no está aquí.

—Un demonio de fiebre trató de detener a los Cóleman. Sin duda Tael se ha enfrentado con un ataque a la señora Duster.

—No veo como podría resguardarla sin ponerse al descubierto.

—Lo hará.

Chimón echó una ojeada alrededor.

—No veo al príncipe Ba-al en ninguna parte.

—Tal vez nunca lo veamos.

—Y que él nunca vea a Tael.

Brummel declaró iniciada la reunión, de pie detrás del púlpito y mirando a como cincuenta personas que se habían reunido. Desde ese lugar tan ventajoso, incluso él mismo no podía sino tratar de adivinar los resultados de la votación. Algunas de las personas definitivamente querían cortarle la cabeza a Busche, en tanto que otras definitivamente no querían hacerlo, y además había siempre aquel grupo imprevisible del cual uno nunca puede estar seguro.

—Quiero agradecerles a todos por haber venido esta noche — dijo —. Este es un asunto doloroso, pero tenemos que decidirlo.

Siempre deseé que esta noche nunca llegara, pero todos queremos que se haga la voluntad de Dios, y queremos lo que es mejor para su pueblo. De modo que, empecemos con una palabra de oración, y entreguemos el resto de la noche a su cuidado y dirección.

Con esas Brummel dijo una oración en extremo piadosa, invocando la gracia de Dios y su misericordia, con palabras que hicieron humedecer todos los ojos.

En una esquina hacia el frente del santuario, Huilo frunció el ceño, deseando que un ángel pudiera escupirle a un ser humano.

Triskal le preguntó a Chimón:

— ¿Recibes alguna fuerza?

Chimón contestó:

— ¿Por qué? ¿Alguien más va a orar?

Brummel terminó su oración, los asistentes repitieron unos cuantos amenes, y luego él procedió a presentar la agenda.

— El propósito de esta reunión es discutir abiertamente nuestra manera de sentir con respecto al pastor Enrique Busche, para poner punto final de una vez por todas a las murmuraciones y comentarios que se han estado sucediendo, y concluir esta reunión con un voto final de confianza. Espero que en todo esto tendremos en cuenta la mente del Señor. Si alguno quiere decir algo al grupo, debe limitarlo a tres minutos. Le dejaré saber cuándo se le ha acabado el tiempo; así que, tengan presente eso.

Brummel miró a Enrique y a María.

— Me parece que será bueno dejar que el pastor sea el primero que hable. Después, él saldrá del salón, y nos dejará para que podamos hablar con libertad.

María le oprimió la mano a Enrique, mientras éste se ponía de pie. Pasó al púlpito, y se paró detrás del mismo, con sus manos apoyadas en los bordes. Por un largo rato no pudo articular palabra alguna, limitándose a mirar cada ojo y cada cara. De pronto se dio cuenta de cuánto amaba genuinamente a estas personas, a todas ellas. Podía ver la dureza en algunas caras, pero no podía evitar ver más allá del dolor y de la esclavitud que aprisionaban a estas personas, engañadas, descarriadas por el pecado, por la codicia, por la amargura y la rebeldía. En muchos otros rostros pudo mirar el dolor que sentían por él; podía decir que ellos estaban orando en silencio pidiendo a Dios misericordia e intervención.

Enrique elevó mentalmente una corta oración, y empezó:

— Siempre he considerado un privilegio ocupar este púlpito sagrado, para predicar la Palabra y hablar la verdad.

Miró los rostros otra vez por un instante, y luego continuó:

— E incluso esta noche siento que no puedo desviarme de la comisión que me ha dado Dios, ni del propósito por el cual siempre he estado delante de ustedes. No estoy aquí para defenderme, ni defender mi ministerio. Jesucristo es mi abogado, y pongo mi vida en su gracia, dirección y misericordia. De modo que esta noche, puesto que me encuentro otra vez detrás de este púlpito, permítanme decirles lo que yo he recibido de Dios.

Enrique abrió su Biblia y leyó de Segunda a Timoteo, capítulo 4: "Te encarezco delante de Dios y del Señor Jesucristo, que juzgará a los vivos y a los muertos en su manifestación y en su reino, que prediques la palabra; que instes a tiempo y fuera de tiempo; redarguye, reprende, exhorta con toda ciencia y doctrina. Porque vendrá tiempo cuando no sufrirán la sana doctrina, sino que teniendo comenzó de oír, se amontonarán maestros conforme a sus propias concupiscencias, y apartarán de la verdad el oído y se volverán a las fábulas. Pero tú sé sobrio en todo, soporta las aflicciones, haz obra de evangelista, cumple tu ministerio." Enrique cerró su Biblia, paseó su mirada por los concurrentes, y habló con firme resolución.

— Que cada uno de nosotros aplique la Palabra de Dios donde deba ser aplicada. Esta noche yo hablo sólo por mí mismo. He recibido un llamamiento de Dios; tengo que obedecerlo. Algunos de ustedes, según entiendo, tienen realmente la impresión de que Enrique Busche tiene una obsesión por el evangelio, y no piensa sino sólo en eso. Bien, eso es cierto. Algunas veces incluso yo mismo me pregunto por qué continúo en semejante situación difícil, en semejante esfuerzo cuesta arriba... pero, en lo que a mí respecta, el llamamiento de Dios es una comisión inescapable, y, como Pablo dijo: "¡Ay de mí si no predicare el evangelio!" Entiendo que algunas veces la verdad de la Palabra de Dios puede llegar a ser una causa de división, una irritación, una piedra de tropiezo. Pero eso es únicamente debido a que ella es inalterable, sin compromisos, y firme. ¿Qué otra razón mejor podría haber que edificar nuestra vida sobre cimiento tan inconmovible? Violar la Palabra de Dios es nada más que destruirnos nosotros mismos, destruir nuestro gozo, nuestra paz y nuestra felicidad. Quiero ser equitativo con todos ustedes, y por esto les dejaré saber exactamente lo que ustedes pueden esperar de mí. Me esforzaré por amarlos con el amor de Cristo, a todos ustedes, como quiera que sea. Intento pastorearles y alimentarles espiritualmente todo el tiempo que esté entre ustedes. No voy a desacreditar, ni a comprometer, ni a dar mis espaldas a lo que creo que la Palabra de Dios enseña, y eso quiere decir que en ocasiones ustedes van a sentir mi cayado de pastor alrededor de su cuello, no para juzgarlos o hacerles daño, sino para ayudarles a regresar a la dirección debida, para protegerlos, para curarlos. Es mi intención predicar el evangelio de Jesucristo, por cuanto ese es mi llamamiento. Siento un peso en mi corazón por esta ciudad; algunas veces lo siento tan fuertemente que tengo que preguntarme por qué; pero allí está, y no puedo darle las espaldas o tratar de negarlo. Hasta que el Señor me indique lo contrario, tengo la intención de permanecer en Ashton para dar respuesta a ese peso. Si esa es la clase de pastor que ustedes quieren, entonces pueden dejármelo saber esta noche. Si ustedes no quieren esa clase de pastor. Bueno, en realidad necesito saber eso también. Los quiero a todos. Quiero lo mejor de Dios para todos ustedes, y creo que eso es todo lo que tengo para decirles.

Enrique descendió de la plataforma, tomó a María de la mano, y juntos se encaminaron por el pasillo hacia la puerta, tratando de leer los ojos de cuantas personas pudiera. Algunos lo miraban con cariño y lo animaban; otros volvían el rostro.

Krioni y Triskal salieron junto con Enrique y María. Lucio observaba con desdén y mofa.

Huilo musitó a sus compañeros:

— Mientras el gato duerme, los ratones se pasean.

— ¿Dónde está Tael? — preguntó de nuevo Chimón.

Brummel se puso de pie de nuevo frente al grupo.

— Bien, pues, ahora oigamos a la congregación. Levante la mano para pedir la palabra. Veamos, Samuel, por qué no habla usted primero.

Samuel Turner se puso de pie, y se dirigió hacia el frente.

— Gracias, Alfredo — dijo —. Bien, pues, no me cabe duda alguna de que todos ustedes nos conocen a mí y a mi esposa Elena. Hemos sido ciudadanos en esta comunidad por más de treinta años, y hemos respaldado y apoyado esta iglesia en las buenas y en las malas. No tengo mucho que decir esta noche. Todos ustedes saben qué clase de hombre soy, y cómo creo en que debemos amarnos unos a otros y vivir una vida de bien. He tratado de hacer lo que es bueno, y de ser un buen ejemplo de lo que debe ser un cristiano. Y estoy furioso esta noche. Furioso, por mi amigo, Luis Stanley. Tal vez ustedes habrán notado que Luis no está aquí esta noche, y estoy seguro de que saben por qué. Antes él podía asomar su cara en esta iglesia y ser parte de ella, y nosotros lo queríamos así como él nos quería; y pienso que todavía lo queremos. Pero este tipo Busche, que se cree el don de Dios para esta tierra, pensó que le asistía el derecho de juzgar a Luis y expulsarlo de la iglesia. Ahora, amigos, déjenme decirles una cosa: Nadie expulsa a Luis de ninguna parte, a menos que Luis quiera hacerlo, y el mismo hecho de que Luis haya recibido todo el lodo que le han arrojado encima sólo demuestra su gran corazón. El podía haber entablado juicio por difamación contra Busche, o podía haber arreglado las cosas como le he visto que ha arreglado otros asuntos. El no le tiene miedo a nadie ni a nada. Pero pienso que Luis está tan avergonzado por las horribles cosas que se han dicho de él, y tan dolido por lo que se imagina que nosotros estamos pensando de él, que prefirió mejor mantenerse a la distancia. La culpa es de este "comecuentos" santurrón y "comebiblias". Discúlpenme si sueno un poco duro, pero escuchen; me acuerdo cuando esta iglesia era como una familia. ¿Cuánto tiempo ha pasado desde eso? Miren lo que ha pasado: Aquí estamos, teniendo una reunión muy desagradable, y ¿por qué? Porque hemos dejado que Enrique Busche venga y lo trastorne todo. Ashton solía ser una ciudad pacífica, esta iglesia solía ser una iglesia pacífica, y pienso que tenemos que hacer lo que sea necesario para que vuelva a serlo.

Turner volvió a su asiento mientras unos pocos a su alrededor asentían en señal silenciosa de aprobación.

Juan Cóleman pidió la palabra. Era una persona retraída, y se ponía nervioso cuando le tocaba hablar frente a alguien; pero estaba lo suficientemente preocupado como para hacerlo de todas maneras.

— Este... — dijo, estrujando nerviosamente su Biblia y mirando al suelo repetidamente —, usualmente no hablo mucho, y estoy muy nervioso por estar aquí al frente, pero... creo que Enrique Busche es realmente un hombre de Dios, un pastor bueno, y en realidad me desagradaría verle marcharse. La iglesia de la cual mi esposa Patricia y yo venimos no estaba satisfaciendo ninguna de nuestras necesidades espirituales, y teníamos hambre espiritual: hambre de la Palabra de Dios, de la presencia de Dios. Pensamos que hemos encontrado eso aquí, y en realidad estábamos esperando involucrarnos en la vida de esta iglesia y crecer en el Señor bajo el ministerio del pastor Busche, y sé que hay muchas otras personas que piensan en forma similar. En lo que respecta al asunto de Luis, esa decisión no fue únicamente del pastor Busche. Todos nosotros participamos en esa decisión, incluso yo mismo, y sé que el pastor no estaba tratando de lastimar a nadie.

Cuando Juan se sentó, Patricia le dio una palmadita en el brazo, y le dijo:

— Lo hiciste muy bien.

Juan no estaba muy seguro de eso.

Brummel se dirigió de nuevo al grupo.

— Pienso que sería bueno escuchar lo que el secretario de la iglesia tiene que decir. ¡Gerardo Mayer!

Mayer se dirigió al frente, llevando en la mano algunas minutas y otros informes de la iglesia. Era un tipo serio, con una expresión hosca y una voz áspera.

— Tengo dos cosas que quiero decir al grupo — dijo —. Ante todo, desde el punto de vista financiero, todos ustedes deben tener en cuenta que las ofrendas han bajado en los últimos meses mientras que las cuentas por pagar siguen igual. En otras palabras, nos estamos quedando sin dinero disponible, y personalmente no me queda duda alguna del porqué. Hay entre nosotros algunas diferencias que tienen que ser resueltas, y retener las ofrendas no es la manera de hacerlo. Si usted está resentido contra el pastor, entonces haga esta noche lo que tiene que hacerse, pero no destruyamos la iglesia sólo por este hombre. En segundo lugar, por lo que valga, déjenme recordarles que el comité de púlpito original estaba considerando a otro hombre como pastor. Yo estaba en ese comité, y puedo asegurarles que no teníamos ni la menor intención de recomendar a Busche para el cargo. Estoy convencido de que todo el asunto fue un craso error, una grave equivocación. Dimos el voto por el hombre equivocado, y ahora estamos pagando las consecuencias. Ahora, déjenme concluir con lo siguiente: Está bien, nos equivocamos; pero tengo fe en el grupo que está aquí reunido, y pienso que podemos enmendar el asunto, y empezar de nuevo todo, haciendo lo que es correcto. ¡Hagámoslo así!

Así, como por dos horas, las dos partes se turnaron para crucificar y alabar a Enrique Busche. Los nervios se ponían tensos, las asentaderas se entumían, las espaldas empezaban a doler, y los puntos opuestos de vista se tornaban más y más vehementes en sus convicciones. Después de dos horas, un sentimiento común empezó a abrirse paso en el salón:

— Vamos, sometámoslo a votación.

Brummel se había quitado la chaqueta, se había aflojado la corbata, y arremangado las mangas. Estaba reuniendo un montón de pedacitos cuadrados de papel: las boletas de votación.

— Está bien. Esta será una votación secreta — dijo, dando las boletas a dos ayudantes designados al apuro, los cuales las distribuyeron —. Hagámoslo de la manera más sencilla. Si usted vota porque el pastor se quede, escriba "sí", y si usted quiere que busquemos a algún otro, escriba "no".

Mohita dio un leve codazo a Chimón:

— ¿Tendrá Enrique suficientes votos?

Chimón se limitó a sacudir la cabeza:

— No estamos seguros.

— ¿Quieres decir que puede perder?

— Confiemos en que alguien esté orando.

— ¿Dónde, dónde está Tael?

Escribir un simple sí o no, no llevó mucho tiempo, de modo que casi de inmediato los ayudantes empezaron a pasar los platos de la ofrenda entre la gente, para recoger los votos.

Huilo se quedó quieto en una esquina, vigilando a tantos demonios como podía ver. Algunos de los espíritus perseguidores más pequeños volaron de lado a lado en el salón, procurando ver qué es lo que la gente escribía en su votos, y sonriendo o gruñendo, aplaudiendo o maldiciendo según el voto. Huilo podía casi ver en sus manos tres o cuatro de esos pequeños pescuezos estirados. *Algún día, muy pronto, diablejos, algún día muy pronto.*

Brummel volvió a hablar.

— Está bien. Para que todo sea legal, nombremos representantes de los dos... este... puntos de vista, para que cuenten los votos.

Después de unas cuantas risitas apagadas, Juan Cóleman fue elegido de parte de los votos a favor, y Gerardo Mayer de parte de los votos en contra. Los dos hombres tomaron los platos de las ofrendas y los llevaron a una banca en la parte de atrás. Un hato de demonios que agitaban las alas y silbaban siniestramente se acercaron a la escena, queriendo ver el resultado.

Huilo también se acercó un poco. *Era equitativo*, pensó. Lucio descendió violentamente y le espetó:

— ¡Vuelve a tu esquina!

— Quiero ver el resultado.

— ¿No lo sabes? — dijo Lucio con sorna —. ¿Y qué tal si decido darte un tajo así como lo hice con tu amigo?

Algo había en la manera en que Huilo contestó: "Inténtalo", que hizo que Lucio lo pensara dos veces.

La proximidad de Huilo hizo que los diablos huyeran despavoridos como una manada de gallinas asustadas. Huilo se inclinó sobre los dos hombres, para mirar. Gerardo Mayer estaba contando primero, en silencio, luego pasaba las boletas a Juan Cóleman. Sin embargo, mañosamente logró esconder en su mano varias de las boletas a favor. Huilo miró a su alrededor para ver qué tan cerca estaban los demonios, luego, con un movimiento ágil y certero, tocó el reverso de la mano de Mayer.

Un demonio lo vio y golpeó la mano de Huilo con sus espolones. Huilo retiró la mano, y estuvo infinitamente a punto de reducir a trizas al demonio, pero se contuvo, y honró las órdenes de Tael.

— ¿Cuál es tu nombre? — preguntó Huilo.

— Trampas — contestó el demonio.

— Trampas — repitió Huilo mientras regresaba a su esquina —. Trampas.

Pero el movimiento de Huilo había logrado hacer fracasar el esfuerzo de Mayer. Las boletas cayeron de su mano y Juan Cóleman las vio.

— Algo se le cayó allí — dijo muy suavemente.

Mayer no pudo responder nada. Simplemente le entregó las boletas.

La cuenta estaba terminada, pero Mayer quería que se volviera a contar. Contaron de nuevo los votos. La cuenta fue la misma: un empate.

Los dos dieron el informe a Brummel, el cual a su vez la comunicó a la congregación; la cual se lamentó calladamente.

Alfredo Brummel podía sentir que sus manos empezaban a sudarle; trataba de secárselas con el pañuelo.

— Ahora, escuchen — dijo —, no hay mucha posibilidad de que alguno de ustedes reconsidere su voto, pero estoy seguro de que ninguno de nosotros quiere que este asunto se prolongue más allá de esta noche. Hagamos una cosa. ¿Qué tal si tomamos un corto receso, y así tenemos la oportunidad de levantarnos, estirar las piernas, y de ir al cuarto de baño? Luego volvemos a reunirnos y votamos de nuevo.

Mientras Brummel hablaba, los dos demonios apostados junto a la iglesia vieron algo que los perturbó. Algo así como a una calle de la iglesia venían dos ancianas, avanzando con dificultad hacia la iglesia. La una caminaba con un bastón, y apoyándose en la mano de una amiga. Se veía que no estaba muy bien, pero su quijada denotaba firmeza y en sus ojos brillaba la determinación. Su bastón marcaba un compás desigual con sus pasos. La amiga, en mejor salud y mucho más fuerte, la ayudaba, sosteniéndola por los brazos y hablándole con dulzura.

— La que viene con el bastón es Edith Duster — dijo un demonio.

— ¿Qué fue lo que salió mal? — se preguntó el otro —. Pensé que ya se la había arreglado.

— Ella está enferma, eso es seguro, pero allí viene, de todas maneras.

— ¿Y quién es la vieja que viene con ella?

— Edith Duster tiene muchas amigas. Debíamos haberlo sabido.

Las dos mujeres subieron los escalones de las gradas de la iglesia. Subir cada escalón era todo un arduo esfuerzo. Primero un pie, luego el otro, luego el bastón apoyándose para ayudar a subir al siguiente, hasta que finalmente se hallaron frente a la puerta principal.

— Ahí está, ¡véalo por usted misma! — dijo el extraño —. Sabía que usted podría hacerlo. El Señor la ha traído hasta aquí. El la cuidará lo que resta por caminar.

— Lo que Edith Duster necesita es una embolia — murmuró un demonio de enfermedad, sacando su espada.

Tal vez fue simple suerte, o coincidencia increíble, pero en el momento en el que el demonio se precipitaba con gran velocidad para asestar el tajo a las arterias del cerebro de Edith Duster, la otra figura se adelantó a abrir la puerta y se interpuso en el sitio preciso. La punta de la espada del demonio llegó a la figura en el hombro, el cual pareció ser como de concreto; la espada se detuvo en seco.

Enfermedad no pudo hacerlo, y salió despedido por encima de las cabezas de las dos mujeres, como si fuera una cometa rota, y fue a caer al patio de la iglesia mientras Edith Duster entraba.

Enfermedad se levantó, recobró un poco su compostura, y lanzó un grito:

— ¡Las huestes de los cielos!

El otro demonio de guardia se quedó viéndole con la mirada en blanco.

Brummel vio entrar a Edith Duster, sola. Lanzó una maldición en silencio. Esta votación debía ser el desempate, pero de seguro que ella votaría a favor de Busche. La gente empezaba a reunirse de nuevo.

Los mensajeros de Dios estaban jubilosos.

— Parece ser que Tael triunfó — dijo Mohita.

Chimón estaba preocupado, sin embargo.

— Con tanta vigilancia de parte del enemigo, de seguro que él habría tenido que dejarse ver.

Huilo sonrió.

— Estoy seguro de que nuestro capitán fue muy discreto.

Unos pocos demonios estaban en verdad preguntándose qué le pasó a quien acompañaba a Edith Duster, entre la puerta de entrada y el santuario. Enfermedad continuaba insistiendo en que había sido un guerrero celestial, pero ¿dónde estaba ahora?

Tael, el capitán de los ejércitos, se reunió con Signa y los otros centinelas en su posición oculta.

— Usted logró engañarme a mí mismo, capitán — dijo Signa.

— Tal vez alguna vez querrás intentarlo tú mismo — replicó Tael.

En la plataforma, Brummel se devanaba los sesos buscando una carta que le dé el triunfo. Podía vislumbrar ya los ojos furibundos de Julia Langstrat si la votación se inclinaba hacia el lado que ellos no querían.

— Bueno, pues — dijo —, ¿qué tal si nos instalamos de nuevo en sesión, y nos preparamos para votar otra vez?

La gente tomó asiento y se aquietó. El lado a favor del pastor estaba más que listo.

— Ahora que ya hemos orado y hemos hablado en cuanto a la cuestión, tal vez algunos sintamos en forma diferente en cuanto al futuro de nuestra iglesia. Yo. . . este. . .

— Vamos, Alfredo, di algo, no te quedes como un tonto.

— Creo que puedo decir unas cuantas palabras; en realidad yo no he expresado todavía mi opinión. Ustedes ven, Enrique Busche es en verdad muy joven. . .

Un plomero de edad mediana, en el lado a favor, se levantó al instante.

—¡Vaya! Si usted va a decir cosas negativas, nosotros debemos tener la misma oportunidad para decir cosas positivas.

Los a favor murmuraron su asentimiento, mientras que los en contra se quedaron en silencio.

—No, escuchen —tartamudéo Brummel, poniéndose rojo —. No tenía ninguna intención de tratar de inclinar la votación. Simplemente quería. . .

—¡Sigamos con la votación! —alguien gritó.

—¡Eso! ¡Votemos, y rápido! —susurró Mohita.

En ese mismo instante se abrió la puerta. *¡Oh, no!*, pensó Brummel. *¿Quién viene ahora?*

El silencio cayó como un manto mortal sobre el grupo. Luis Stanley acababa de entrar. Saludó a todos con una huraña inclinación de cabeza, y se sentó en una de las últimas bancas. Se le veía envejecido.

Gerardo Mayer volvió a exclamar:

—¡Votemos!

Los ayudantes distribuyeron las boletas mientras Brummel trataba de encontrar por donde escaparse en caso de que tuviera que vomitar. Sus nervios estaban a punto de reventar. Captó la atención de Luis Stanley. Luis lo miró, y pareció reírse nerviosamente.

—Asegúrense de que Luis recibe su boleta —les dijo Brummel a los ayudantes. Estos lo hicieron así.

Chimón susurró a Huilo:

—Creo que estamos listos para cualquier truco que Lucio pueda tener.

—Alguno para el desempate, querrás decir —contestó Huilo.

—A lo mejor vamos a quedarnos aquí toda la noche— dijo Mohita.

Se recogieron los votos, y Lucio colocó a sus demonios en torno a cada plato de la ofrenda, sin quitar la vista del guerrero celestial.

Mayer y Cóleman contaron los votos, mientras la tensión en el aire aumentaba. Los demonios miraban. Los ángeles miraban. La gente miraba.

Mayer y Cóleman no se quitaban la vista de encima, pronunciando en silencio el número de votos que contaban. Mayer terminó su cuenta, y esperó a que Cóleman terminara. Este concluyó, miró a Mayer y le preguntó si debían contar otra vez. Los contaron otra vez.

Luego Mayer tomó su pluma, escribió el resultado en una hoja, y se la llevó a Brummel. Mayer y Cóleman regresaron a sus asientos mientras que Brummel desdoblaba la hoja.

Visiblemente perturbado, Brummel se tomó unos momentos para recobrar su imagen pública, tranquila como si fuera hombre de negocios.

—Bien. . . —empezó, tratando de controlar el tono de su voz—. Está bien, entonces. El pastor. . el pastor sigue siendo el pastor.

Un lado de la concurrencia estalló en aplausos, y sonrió. El otro lado tomó sus abrigos y carteras, y se dirigió a la puerta.

— Alfredo, ¿cuál es el resultado? — preguntó alguien.

— Eh... no lo dice.

— ¡Veintiocho a veintiséis! — dijo Gerardo Mayer acusadoramente, mirando hacia Luis Stanley.

Pero Luis Stanley se había marchado.

11 Tael, Signa y los otros centinelas pudieron ver la explosión desde el lugar donde estaban apostados. Con alaridos de furia y gritos de rabia, los demonios se esparcieron por todas partes, saliendo por el techo y por las paredes de la iglesia como si fueran esquirlas de metralla y desapareciendo en todas direcciones. Sus gritos se convirtieron en un espeluznante eco furioso que se cirnió sobre todo el pueblo como millares de melancólicos silbatos de fábrica, sirenas y pitos.

— Van a hacer grandes estragos esta noche — dijo Tael.

Mohita, Chimón y Huilo estaban listos para informar.

— Por dos votos — dijo Mohita.

Tael sonrió y dijo:

— Muy bien.

— ¡Pero, Luis Stanley! — exclamó Chimón —. ¿Era realmente Luis Stanley?

Tael captó lo que eso implicaba.

— Sí, ese fue el señor Stanley. Yo he estado en este mismo sitio desde que acompañé a Edith Duster.

— ¡Veo que el Espíritu ha estado obrando! — sonrió Huilo.

— Llevemos a Edith de regreso a su casa, y montemos guardia allí. Todo el mundo a sus puestos. Habrá espíritus furiosos por todo el pueblo esta noche.

Esa noche la policía estuvo muy atareada. Estallaron reyertas en las tabernas, alguien pintó leyendas en el edificio de la corte, algunos autos fueron robados, y alguien los condujo alegremente por sobre las flores y la hierba del parque.

Muy tarde en la noche, Julia Langstrat yacía en un trance inescapable, a medio camino entre una vida atormentada en la tierra, y las ardientes llamas del infierno. Se acostaba en su cama, luego se arrastraba por el piso, gateaba hasta la pared tratando de ponerse de pie, andaba tambaleándose por la habitación, y luego se caía de nuevo al suelo. Voces amenazantes, monstruos, llamas, y sangre explotaba y golpeaba con fuerza inimaginable en su cerebro; pensaba que su cabeza iba a estallar. Podía sentir las garras que se clavaban en su garganta, las criaturas entrando en ella y mordiéndole desde adentro, cadenas alrededor de sus brazos y piernas. Podía oír las voces de los espíritus, ver sus ojos y colmillos, y hasta oler su fétido aliento.

¡Los Maestros estaban furiosos!

Fracaso, fracaso, fracaso, golpeteaba en su cerebro y desfilaba ante sus ojos. *Brummel ha fracasado, tú has fracasado, vas a morir, vas a morir*...

¿Tenía realmente un cuchillo en su mano, o eso también era una visión sobrenatural? Podía sentir un impulso profundo, intenso, terriblemente fuerte de librarse del tormento, de salir y quedar libre de la prisión de su cuerpo, de la prisión de su cuerpo mortal que la encarcelaba.

— ¡Unete a nosotros, únete a nosotros! ¡Ven con nosotros! — decían las voces.

Ella pasó un dedo por el filo de la hoja, y la sangre empezó a correr.

El teléfono sonó. El tiempo se detuvo. Sus ojos contemplaron el dormitorio. El teléfono seguía sonando. Ella estaba en su cuarto. Había sangre en el piso. El teléfono sonaba. El cuchillo cayó de sus manos. Podía oír voces, voces iracundas. El teléfono sonaba.

Ella estaba de rodillas en el suelo de su dormitorio. Se había cortado un dedo. El teléfono seguía sonando. Ella contestó un "Hola", pero seguía sonando.

— No les fallaré — decía a sus visitantes —. Déjenme en paz. No voy a fallarles.

El teléfono sonaba.

Alfredo Brummel, sentado en su casa, escuchaba el teléfono sonar en el otro extremo de la línea. Julia de seguro no estaba en casa. Colgó, aliviado; aun cuando sea por el momento. A ella no le iba a gustar el resultado de la votación. Otro retraso, todavía otro retraso en el Plan. El sabía que no podría evadirla, que ella lo sabría, que los demás le iban a increpar y le iban a reclamar.

Se dejó caer sobre su cama, y contempló renunciar, escaparse o suicidarse.

Era sábado por la mañana. El sol brillaba, y las podadoras de césped se saludaban estruendosamente por encima de las cercas y arbustos; los chiquillos jugaban en todas partes, mientras algunas mangueras regaban algunos autos sucios.

Marshall, sentado en la cocina, tenía su mesa cubierta de pruebas de anuncios y propaganda, y una lista de las cuentas nuevas y viejas; *El Clarín* todavía estaba sin secretaria.

La puerta de entrada se abrió, y apareció Caty.

— ¡Necesito ayuda!

Por supuesto, la inevitable descarga de víveres y compras.

— ¡Sandra! — gritó Marshall por la puerta de atrás —. ¡Ya llegó tu mamá!

A través de los años la familia había desarrollado un buen sistema de separar los víveres, clasificarlos y almacenarlos en cada sitio.

— Marshall — dijo Caty pasándole un paquete de verduras para que las pusiera en el refrigerador —, ¿todavía estás trabajando en esos anuncios? Hoy es sábado.

— Ya casi termino. No me gusta que esto se me acumule. ¿Cómo le va a José y a su gente?

Caty detuvo un paquete de apio en medio de la cadena, y dijo:

— ¿Sabes una cosa? José se ha marchado. Ha vendido la tienda y se ha mudado; y yo ni siquiera había oído nada en cuanto a eso.

— Vaya. Las cosas ocurren rápido por aquí. ¿Y a dónde se ha ido?

— No lo sé. Nadie quiere decírmelo. A decir verdad, el nuevo dueño no me gusta nada.

— ¿Dónde pongo este detergente?

— Ponlo debajo del fregadero.

Lo colocó debajo del fregadero.

— Le pregunté a aquel individuo acerca de José y Angelina, y por qué vendieron la tienda, y por qué se mudaron a otra parte, y a dónde se había mudado, pero no me dijo nada. Sólo dijo que no lo sabía.

— ¿Ese fue el dueño de la tienda? ¿Cómo se llama?

— No lo sé. Tampoco quiso decirme eso.

— Bueno, ¿puede hablar? ¿No sabe inglés?

— Lo suficiente como para hacer las cuentas de lo que uno ha comprado, y cobrar. Eso es todo. Ahora, ¿podemos retirar todos esos papeles de la mesa?

Marshall empezó a recoger los papeles, ante la invasión de latas y verduras que se avecinaba.

Caty continuó:

— Creo que me he de acostumbrar, pero por un momento pensé que había entrado en la tienda equivocada. No reconocí a nadie. A lo mejor hasta tienen gente nueva trabajando allí

Sandra habló por primera vez:

— Algo raro está pasando en esta ciudad.

Marshall preguntó:

— ¿De veras?

Sandra no dijo nada más.

Marshall trató de conseguir que hablara algo más.

— Bueno, pues. ¿Qué piensas tú que es?

— ¡Oh, nada, en realidad! Es sólo un presentimiento mío. La gente de por aquí se está portando en una manera extraña. Pienso que estamos siendo invadidos por extranjeros.

Marshall no insistió.

Con las compras ya arregladas en su sitio, Sandra regresó a sus libros, y Caty fue a prepararse para trabajar en el jardín. Marshall tenía que hacer una llamada por teléfono. Hablar de extranjeros raros invadiendo su comunidad agitaba su memoria y también su olfato de reportero. Tal vez Julia Langstrat no era una extraña, pero ciertamente era rara.

Se sentó en el sofá en la sala, y sacó de su cartera la tarjeta donde tenía escrito el número de teléfono de Teodoro Harmel. Una tarde soleada de un sábado sería el tiempo menos aconsejado como para encontrar a alguien en casa, pero Marshall pensó que valía la pena intentarlo.

El teléfono al otro extremo de la línea sonó varias veces, y luego una voz masculina contestó:

— ¿Hola?

— Hola, ¿Es Teodoro Harmel?

— Para servirle, ¿Quién habla?

— Soy Marshall Hogan, el nuevo editor de *El Clarín*.

— Ah, ya veo. . .

Harmel esperó que Marshall continuara.

— Bueno, pues. Este. . . usted conoce a Berenice Krueger, ¿verdad? Ella trabaja en el periódico.

— ¿Todavía está allí? ¿Ha hallado algo en cuanto a su hermana?

— ¡Ummm! No sé mucho acerca de eso. Nunca me ha dicho nada.

— ¿Y cómo le va al periódico?

Hablaron por unos minutos en cuanto a *El Clarín*, la oficina, la circulación, y que había pasado con el cordón de la cafetera. Harmel pareció particularmente preocupado al oír que Edith había renunciado.

— Su matrimonio se deshizo — le informó Marshall —. Me tomó completamente por sorpresa. Era demasiado tarde cuando me enteré de lo que estaba pasando.

— Ummmm. . . ya veo. . .

Al otro extremo, Harmel estaba pensando *Mantén la conversación, Hogan.*

— Así es. Bueno, tengo una hija que está en el primer año de la universidad.

— ¿De verdad?

— Así es, llenando los requisitos preliminares, brincando de aquí para allá. Le gusta eso.

— Bien, pues, más poder para ella.

Harmel ciertamente estaba armado de paciencia.

— Sandra tiene una profesora de psicología; una señora muy interesante.

— Julia Langstrat.

— Ella misma. Tiene un montón de ideas extrañas.

— En efecto.

— ¿Qué sabe usted acerca de ella?

Harmel hizo una pausa, lanzó un suspiro, y luego preguntó:

— ¿Qué es lo que quiere saber?

— ¿De dónde viene, al fin y al cabo? Sandra anda trayendo a casa un sinfín de ideas descabelladas...

Harmel tenía dificultad en hallar una respuesta.

— Es... es misticismo oriental, artificios religiosos antiguos. Ella se halla metida en, usted sabe, meditación, alta conciencia... este... la unidad del universo. No sé si todo eso tenga sentido para usted.

— No mucho. Pero parece que ella está esparciéndolo por todos lados, ¿verdad?

— ¿Qué quiere decir?

— Usted sabe, se reúne con alguna gente en forma regular: Alfredo Brummel, y, este... ¿quién más?... Pinckston...

— ¿Dolores Pinckston?

— La misma, de la junta de síndicos. René Brandon, Eugenio Baylor.

Harmel le interrumpió abruptamente.

— ¿Qué es lo que quiere saber?

— Bueno, entiendo que usted sabía bastante de la situación.

— No, eso es falso.

— ¿No tuvo usted mismo alguna sesiones con ella?

Hubo una larga pausa.

— ¿Quién se lo dijo?

— Nosotros... simplemente lo descubrimos.

Otra larga pausa. Harmel suspiraba agitado.

— Escuche — dijo —, ¿qué más sabe?

— No mucho. Sólo que me huele como que hay una buena historia en todo eso. Usted sabe cómo es eso.

Harmel se hallaba en dificultades, buscando frenéticamente las palabras.

— Sí, sé cómo es eso. Pero usted está equivocado esta vez; totalmente equivocado.

— Otra pausa, y otra batalla.

— ¡Vaya, vaya! Desearía que nunca me hubiera llamado.

— ¡Vamos, vamos! Usted y yo somos periodistas.

— ¡No! ¡Usted es el periodista! Yo estoy acabado. Estoy seguro de que usted sabe todo acerca de mí.

— Sé su nombre, su número de teléfono, y que usted era el propietario de *El Clarín*.

— Está bien. Dejémoslo así. Todavía yo tengo respeto por la profesión. No quiero verlo a usted arruinarse

Marshall trataba de no perder un gran pez.

— ¡Vaya! ¡No me deje a oscuras!

— No estoy tratando de dejarlo a oscuras. Se trata simplemente de que hay cosas acerca de las cuales no se puede hablar.

— Por supuesto, lo entiendo. No hay problema.

— No, usted no entiende. Ahora, ¡escúcheme! No sé lo que hayan encontrado, pero, cualquier cosa que sea, sepúltenlo. Dedíquese a otra cosa. Vaya a informar sobre los árboles que planta el *Club Rotario*, cualquier cosa inocente, pero no se meta en lo que no le importa.

— ¿De qué está hablando usted?

— ¡Y deje de tratar de sacarme información! Lo que le he dicho es todo lo que usted va a conseguir, y mejor que lo aproveche bien. Déjeme decirle, olvídese de la profesora Langstrat, olvídese de cualquier cosa que usted haya oído acerca de ella. Ahora, sé que usted es un reportero, y por eso sé que usted va a hacer exactamente lo contrario de lo que le digo. Pero, déjeme darle un consejo de amigo: No lo haga.

Hogan no respondió nada.

— Hogan, ¿me escucha?

— ¿Cómo puedo dejar eso tranquilo?

— ¿No tiene usted una esposa y una hija? Piense en ellas. Piense en usted mismo. De otra manera, a usted también le va a ir mal, como a todos los demás.

— ¿Qué quiere decir eso de "todos los demás"?

— Yo no sé nada. No conozco a Julia Langstrat. No lo conozco a usted. Yo ya no vivo allí. Punto final.

— Harmel, ¿está usted en problemas?

— ¡Déjelo tranquilo!

Colgó. Marshall soltó abruptamente el receptor, y dejó que su mente echara a correr. "Déjelo tranquilo", había dicho Harmel. "Déjelo tranquilo."

Ni por sueños.

Edith Duster, sabia anciana de la iglesia, anteriormente misionera en China, y viuda por más de treinta años, vivía en los Apartamentos Terraza, un pequeño complejo de viviendas para jubilados, no muy lejos del templo. Frisaba en los ochenta, y se mantenía frugalmente con la pensión del Seguro Social y otra pequeña pensión de su denominación. Le encantaba recibir visitas, especialmente desde que empezó a serle muy difícil salir y andar por todos lados.

Enrique y María se sentaron a una mesita cerca de un gran ventanal que daba al patio del edificio. La abuela Duster trajo una vieja y hermosa tetera, y llenó de té unas tazas igualmente encantadoras.

Ella estaba vestida elegantemente, casi formalmente, como lo hacía siempre que recibía visitas.

— No — dijo ella, sentándose al fin, con la mesa de té lista, y los dulces y pastelitos en su lugar —. No creo que los propósitos de Dios sean obstaculizados por largo tiempo. El tiene sus propias maneras de sacar a su pueblo de las dificultades.

Enrique estuvo de acuerdo, pero denotaba cierta debilidad:

— Así me lo imagino...

María le apretó la mano.

La abuela lo dijo más firmemente:

— Yo lo sé, Enrique Busche. Su llegada acá no es una equivocación; estoy completamente en desacuerdo con tal idea. Si usted no estuviera donde se supone que debería estar, el Señor no hubiera hecho lo que El ha hecho a través de su ministerio.

María ofreció más información.

— El se siente alicaído por el resultado de la votación.

La abuela sonrió con cariño, y le miró en los ojos:

— Pienso que el Señor está obligando a que la iglesia tenga un despertamiento, pero es como cuando cambia la marea: antes de que la marea empiece a crecer, primero tiene que detenerse todo lo que está bajando. Déle a la iglesia tiempo para que retorne a su vida normal. Espere oposición, espere incluso perder alguna gente, pero la dirección cambiará después que todo se calme. Déle tiempo. Pero sé una cosa: no había nada que me hubiera impedido asistir a la reunión de anoche. Estaba en realidad muy enferma, pienso que fueron los ataques de Satanás, pero el Señor me hizo salir. Cuando la reunión debía llevarse a cabo, sentí que sus brazos me levantaban y me puse el abrigo, y llegué allá a tiempo también. No sé si alguna vez haya caminado tanto ni siquiera para comprar alimentos. Pero fue el Señor, lo sé. Lamento únicamente que yo era nada más que un voto.

— ¿Y de quién piensa usted que fue el otro voto? — preguntó Enrique.

María añadió prontamente:

— No puede haber sido de Luis Stanley.

La abuela sonrió.

— ¡Oh, no! No diga eso. Uno nunca sabe lo que el Señor puede hacer. Pero ustedes tienen curiosidad, ¿verdad?

— En realidad tengo mucha — dijo Enrique, sonriendo también.

— Bueno, puede ser que algún día lo sepa usted, o puede que ser que nunca lo sepa. Pero todo está en las manos del Señor, y ustedes también lo están. Déjenme servirles un poco más de té caliente.

— Esa iglesia no puede sobrevivir si la mitad de la congregación retira su apoyo, y no puedo imaginarme a ellos apoyando a un pastor que no quieren.

— Pero he soñado con ángeles últimamente.

La abuela siempre hablaba de tales cosas con toda certeza.

— Por lo general, no sueño con esas cosas, pero ya he visto a ángeles anteriormente, y siempre ha sido cuando ha habido la necesidad de hacer cosas grandes para el reino de Dios. Siento en mi espíritu que algo se anda moviendo por aquí. ¿No lo han sentido ustedes así?

Enrique y María se miraron el uno al otro, para ver cual de los dos debía hablar primero. Entonces Enrique le contó a la abuela acerca de la batalla de una noche pasada, y el peso que sentía últimamente en su corazón por la ciudad. María intervino con algunos recuerdos cuando le venían a la mente. La abuela escuchaba con gran fascinación, respondiendo en momentos apropiados:

— Ya veo. Bueno, alabado sea el Señor.

— ¡Sí! — dijo ella finalmente — Sí, todo eso tiene mucho sentido. Saben, la otra noche me pasó algo, mientras estaba parada cerca de esa ventana.

Ella señaló hacia la ventana del frente, que daba al patio.

— Yo me hallaba limpiando y arreglando la casa, alistándome para la cama; me fui hasta la ventana y miré a los tejados y a las luces de la calle. De pronto me sentí mareada. Tuve que sentarme para evitar caerme. Yo nunca me he mareado. La única vez que eso me pasó antes fue cuando estaba en China. Mi esposo y yo estábamos visitando una mujer, que era una médium, una espiritista. Yo sabía que ella nos odiaba, y que estaba tratando de poner un hechizo sobre, nosotros. Pero antes de entrar por su puerta tuve la misma sensación de mareo. Nunca voy a olvidarlo. Lo que sentí la otra noche fue exactamente lo mismo que me pasó en China.

— ¿Qué hizo usted entonces? — preguntó María.

— Hice una oración. Simplemente dije: "Demonio, ¡en el nombre de Jesús sal de aquí!" y él se fue. Así de sencillo.

Enrique preguntó:

— ¿De modo que usted piensa que fue un demonio?

— ¡Oh, claro que sí! Dios está moviéndose y eso no le gusta a Satanás. En verdad creo que hay otros espíritus malos por aquí.

— Pero, ¿no cree usted que hay más que lo acostumbrado? Quiero decir, toda mi vida he sido un creyente, y nunca he sentido algo así como esto.

El semblante de la abuela adquirió un tono pensativo.

— "Esta clase no sale sino con oración y ayuno." Tenemos que orar, y tenemos que lograr que otras personas también oren. Eso es lo que los ángeles persisten en decirme.

María estaba intrigada.

— ¿Los ángeles de sus sueños?

La abuela asintió.

— ¿Cómo son ellos?

— Personas, pero diferentes de cualquier otra persona. Son grandes, muy apuestos, con ropas brillantes, grandes espadas a su lado, con alas muy grandes y brillantes. Uno de ellos, anoche, me hizo acordarme de mi hijo; era alto, rubio, parecía venir de Escandinavia.

Miró a Enrique.

— Me estaba diciendo que está orando por usted, y usted también estaba en mi sueño. Podía verlo a usted detrás del púlpito, predicando, y él se hallaba detrás de usted, con sus alas extendidas encima como si fuera una enorme sombrilla, y me miró a mí y me dijo: "Ora por este hombre."

— Nunca supe que usted estaba orando por mí — dijo Enrique.

— Bueno, ya era tiempo de que alguien más también estuviera orando. Creo que la marea empieza a cambiar, pastor Busche, y usted necesita verdaderos creyentes, creyentes visionarios que puedan estar a su lado y orar por toda la ciudad. Necesitamos orar que el Señor los reúna.

Fue algo natural tomarse de la mano y alabar al Señor con acción de gracias, por la primera palabra de real estímulo que se había dicho en largo rato. Enrique elevó una oración de gratitud, y a duras penas pudo sobreponerse a las emociones que lo embargaban. María estaba también agradecida, no sólo por el estímulo sino porque el espíritu de Enrique había revivido.

Entonces Edith Duster, que había librado anteriormente batallas espirituales, que había logrado victorias en suelo extranjero, apretó firmemente las manos de esta pareja joven, y oró:

— Señor Dios — dijo, y el calor del Espíritu Santo fluyó en ellos —, en este momento levanto una barrera alrededor de esta pareja, y ato los espíritus en el nombre de Jesucristo. Satanás, cualesquiera que sean tus planes para esta ciudad, ¡te reprendo en el nombre de Jesucristo, te ato, y te echo fuera!

¡CLUNK!

Los ojos de Rafar se volvieron como un rayo hacia el ruido que le había interrumpido, y vio dos espadas que caían de las manos de sus dueños. Los dos demonios, formidables guerreros, quedaron hechos una pieza. Ambos se agacharon apresuradamente para recoger sus armas, inclinándose y disculpándose, suplicando perdón.

¡Pum! El pie de Rafar se asentó sobre una de las espadas, y su propia espada enorme se asentó sobre la otra. Los dos guerreros, aterrorizados, retrocedieron.

—¡Perdón, perdón, mi príncipe! —dijo uno.

—Sí, ¡Por favor, perdón! —dijo el otro—. Esto nunca había ocurrido...

—¡Silencio, ustedes dos! —rugió Rafar.

Los dos guerreros se prepararon para recibir terrible castigo; sus ojos amarillentos llenos de pánico se asomaban por entre sus negras alas desplegadas para protegerse, como si pudieran brindar alguna protección contra la ira de Rafar.

Pero Rafar no los fustigó; no todavía. Parecía más interesado en las espadas que se habían caído; se quedó mirándolas, su ceño se fruncía más, y sus ojos amarillos se cerraban y acercaban. Caminó lentamente en torno a las espadas, perturbado extrañamente de una manera que nunca antes habían visto los guerreros.

—¡Ummm..!

Un gruñido lento y muy hondo brotó de lo profundo de su garganta, mientras que sus narices despedían un vapor sulfuroso.

Se arrodilló lentamente, y levantó con su mano una de las espadas. En su enorme mano parecía como si fuera un juguete. Miró la espada, miró luego al demonio que la había dejado caer, luego al espacio, su cara contrahecha denotaba un odio intenso y ardiente que brotaba lentamente desde lo más profundo de su ser.

—Tael —susurró.

Entonces, como un volcán que erupciona lentamente, se puso de pie, su cólera acumulándose hasta que, de súbito, con un rugido que estremeció el salón y aterrorizó a todos los presentes, explotó y lanzó la espada a través de la pared del sótano, a través del terreno que rodeaba el Edificio Stewart, por el aire, y por otros edificios en el plantel universitario, y al espacio, donde dando volteretas la espada se detuvo después de dibujar un largo arco de varios kilómetros.

Después de esa explosión inicial, agarró al demonio propietario de la espada, y la tiró mientras le daba la orden:

—¡Vete a buscarla!

Luego agarró la otra espada, y se la lanzó de punta hacia el otro demonio, el cual se hizo a un lado a tiempo como para ponerse a buen recaudo. Luego ese demonio también fue lanzado detrás de su espada.

Para algunos en el salón la palabra "Tael" no significaba nada, pero por el semblante y las posturas alicaídas de otros podía notar que se trataba de algo realmente pavoroso.

Rafar empezó a dar vueltas furibundo por el cuarto, gruñendo frases confusas y esgrimiendo su espada en contra de enemigos invisibles. Los otros le dejaron que ventilara su cólera, antes de atreverse a hacer ninguna pregunta. Lucio finalmente se adelantó, se inclinó hasta el suelo, aun cuando detestaba hacerlo.

—Nosotros estamos a tu servicio, Ba-al Rafar. Puedes decirnos, ¿quién es este Tael?

Rafar se dio vuelta furioso, con sus alas desplegándose como un trueno, y sus ojos brillando como brasas encendidas.

—¿Quién es este Tael? —gritó, y cada demonio presente cayó sobre su rostro—. ¿Quién es este Tael, este guerrero, este capitán de los ejércitos de los cielos, este sutil y sagaz rival de rivales? ¿Quién es este Tael?

Resultó que Apatía estaba a su alcance. Agarrándolo por el cuello, Rafar lo levantó en vilo como si fuera un paja, y lo sostuvo en alto.

—Tú —rugió Rafar lanzando una nube de azufre y vapor—, tú has fracasado debido a este Tael.

Apatía no pudo hacer otra cosa que temblar, sin poder hablar por el terror.

—¡Hogan se ha convertido en un sabueso, siguiendo nuestras pisadas, y yo ya estoy harto de tus ridículas excusas!

La enorme espada relució en un amplio círculo, haciendo en el espacio una abertura que se convirtió en un abismo sin fondo donde toda la luz parecía vaciarse como si fuera agua.

Los ojos de Apatía se agrandaron en terror inaudito, mientras lanzaba su último grito sobre la tierra:

—¡No, Ba-al! ¡Noooooooo!

Con un poderoso movimiento de su brazo, Rafar lanzó a Apatía de cabeza al abismo. El pequeño demonio cayó dando tumbos, y continuó cayendo, mientras que sus gritos se iban desvaneciendo poco a poco hasta que finalmente ya no se pudieron oír. Rafar volvió a cerrar la abertura en el espacio con el revés de su espada, y la habitación volvió a quedar como estaba antes.

Entonces regresaron los dos guerreros ya con sus espadas. Rafar los agarró a los dos por las alas, y los hizo levantarse delante de él.

—¡De pie, todos ustedes! —gritó a los demás.

Todos obedecieron al instante. Ahora, sostenía a los dos demonios como si exhibiera un trofeo.

—¿Quién es este Tael? ¡El es el estratega que puede hacer que los guerreros dejen caer sus espadas?

Con eso, lanzó a los dos sobre el grupo, haciendo que varios de ellos cayeran dando tumbos. Todos se levantaron tan pronto como pudieron.

—¿Quién es este Tael? Es un guerrero astuto que sabe cuáles son sus limitaciones, que jamás entra en una batalla que no puede ganar, que conoce demasiado bien el poder de los santos de Dios, ¡una lección que todos ustedes tienen que aprender!

Rafar tenía su espada en su mano, que temblaba por la furia, y la esgrimía para añadir fuerza adicional a sus palabras.

—Yo sabía muy bien que era de esperarlo. Miguel nunca habría mandado a ningún otro contra mí. Ahora Hogan ha revivido, y es claro por qué fue traído a Ashton, desde un principio; ahora Enrique Busche ha sido confirmado como pastor, y la Iglesia de la Comunidad de Ashton no ha caído, sino que se yergue como un bastión en contra de nosotros; ahora los guerreros dejan caer las espadas como si fueran mentecatos! Y todo esto por causa de este. . . ¡Tael! Esta es la manera de actuar de Tael. Su fuerza no reside sólo en su propia espada, sino en los santos de Dios. ¡En alguna parte, alguien debe de estar orando!

Esas palabras produjeron un escalofrío en el grupo.

Rafar continuaba dando grandes zancadas, pensando y gruñendo.

—Sí, sí, Busche y Hogan fueron seleccionados específicamente; el plan de Tael debe girar alrededor de ellos. Si ellos fracasan, el plan de Tael fracasa también. No queda mucho tiempo.

Rafar seleccionó un demonio de apariencia flaca, y le dijo:

—¿Has colocado ya la trampa para Busche?

—Así es, Ba-al Rafar —dijo el demonio, sin poder evitar reírse por su propia astucia.

—Asegúrate de que sea sutil. Recuerda, ningún ataque de frente dará resultado.

—Déjelo de mi cuenta.

—Y ¿qué se ha hecho para destruir a Marshall Hogan?

Peleas dio un paso al frente.

—Estamos procurando destruir a su familia. El recibe mucha fortaleza de parte de su esposa. Si se le quita ese apoyo. . .

—¡Hazlo como sea necesario!

—Sí, mi príncipe.

—Y no descuidemos otros caminos. Hogan puede ser letal, y Berenice Krueger lo mismo, pero ambos pueden ser manipulados para que el uno comprometa al otro. . .

Rafar designó algunos demonios para que investigaran tal posibilidad.

—¿Y qué de la hija de Hogan?

Engaño se adelantó.

—Ella ya se halla en nuestras manos.

12 Las hojas relucían con el verdor fresco y reluciente que suelen tener al principio del verano. Desde su mesita en la placita de ladrillo rojo, Sandra y Hipócrates podía contemplar las brillantes hojas, iluminadas por el sol, y observar a los pájaros saltar de rama en rama, entre sus viajes al suelo buscando migajas de pan o sobras de papitas fritas. Este sitio del plantel era el favorito de Sandra. Todo se veía aquí tan pacífico, casi alejado del mundo de peleas, preguntas y disputas que había en casa.

Hipócrates disfrutaba observando a las golondrinas peleándose los pedacitos de pan que les tiraba sobre los ladrillos.

—Me encanta la manera en que el universo entero encaja —dijo él—. Ese árbol crece allí y nos da sombra, nosotros nos sentamos aquí y les damos de comer a los pájaros que viven en ese árbol. Todo encaja.

Sandra quedó fascinada por el concepto. Por encima parecía ser algo muy simple, casi demasiado infantil, pero una parte de ella estaba tan sedienta de esta clase de paz.

—¿Qué ocurre cuando el universo no encaja? —preguntó ella.

Hipócrates sonrió.

—El universo siempre encaja. El problema está en que la gente no se da cuenta de eso.

—Entonces, ¿cómo explicas el problema que tengo con mis padres?

—Ninguno de ustedes tiene la mente sintonizada correctamente. Es como una estación de frecuencia modulada en tu receptor de radio. Si la señal es confusa, hay ruido de estática y casi ni se puede entender lo que dicen, no le echas la culpa a la estación de radio, sino que sintonizas bien la estación. Sandra, el universo es perfecto. Es unificado, es armonioso. La paz, la unidad, el sentido de algo completo está allí realmente, y todos nosotros somos parte de este universo; somos hechos del mismo material, de modo que no hay razón por la cual no debamos encajar en el esquema total de las cosas. Si no encajamos, en algún punto dimos una vuelta equivocada. Nos hallamos lejos de la verdadera realidad.

—¡Vaya, creo que así es! —musitó Sandra—. ¡Pero eso es lo que me enoja! Mis padres y yo supuestamente somos cristianos, y se supone que debemos amarnos unos a otros, y vivir cerca de Dios en todo; pero todo lo que hacemos es pelear en cuanto a quién tiene la razón y quién está equivocado.

Hipócrates se rió y asintió con su cabeza:

—¡Lo sé! ¡Lo sé! ¡Yo también he pasado por eso!

—Está bien. Entonces, ¿cómo lo resolviste?

—Pude resolverlo sólo para mí mismo. No puedo cambiar la manera de pensar de otras personas, solamente la mía propia. Es algo un poco difícil de explicar, pero si estás bien sintonizada con el universo, unas cuantas pequeñeces en él que no estén sintonizadas no te van a molestar mucho. Eso es nada más que una ilusión en tu mente, de todas maneras. Una vez que dejas de dar oídos a las mentiras que tu mente te está diciendo, verás claramente que Dios es suficientemente grande para todos y en todos. Nadie puede ponerlo en un frasco, y guardarlo por entero para sí mismo, de acuerdo a sus propios caprichos o ideas.

—Quisiera, en realidad, poder encontrarme con El.

Hipócrates la miró con una mirada comprensiva y le tocó la mano.

—No es difícil hallarlo. Todos somos parte de El.

—¿Qué quieres decir?

—Bueno, es como ya lo dije, todo el universo encaja; todo ha sido hecho de la misma esencia, del mismo espíritu, de la misma... energía. ¿No es cierto?

Sandra se encogió de hombros, y asintió.

—Bueno, pues, cualquiera que sea el concepto individual de Dios, todos sabemos que hay algo: una fuerza, un principio, una energía, que aglutina todo y lo sostiene en su lugar. Si esa fuerza es parte del universo, entonces debe ser una parte de nosotros.

Sandra no lograba entenderlo.

—Esto es algo nuevo para mí. Yo procedo de la vieja escuela de pensamiento judeo-cristiana, como sabes.

—De modo que todo lo que has aprendido es religión, ¿verdad?

Ella se quedó pensando por un momento, luego concedió:

—Así es.

—Bueno, pues, ¿ves? el problema con la religión, con cualquier religión, es que es básicamente una perspectiva limitada, solamente una porción parcial de la verdad total.

—Ahora suenas como Julia Langstrat.

—Ella tiene razón, según pienso. Cuando lo piensas lo suficiente, todo parece ser lógico. Es como la vieja anécdota de los ciegos que se toparon con un elefante.

—Ya he oído esa historia también.

—Bueno, ¿lo ves? La opinión del elefante que tuvo cada hombre estaba limitada a la parte que tocó; y, puesto que eran partes diferentes, no podían ponerse de acuerdo en cuanto a cómo era el elefante. Se pusieron a pelear entre ellos, de la misma manera en que los religiosos lo han hecho a través de todas las edades; en tanto que todo lo que tenían que hacer era darse cuenta de que el elefante era el mismo, había sólo un elefante. No era culpa del elefante que ellos no pudieran ponerse de acuerdo entre ellos. Ninguno estaba sintonizado con el otro, ni con el elefante.

—De modo que todos nosotros somos como los ciegos...

Hipócrates hizo una señal de fuerte asentimiento.

—Todos somos como un montón de insectos arrastrándonos sobre el suelo, sin jamás mirar hacia arriba. Si las hormigas hablaran, les podrías preguntar si saben lo que es un árbol, pero si una hormiga jamás ha salido de la hierba, ni ha subido jamás en verdad a un árbol, probablemente discutirá contigo y te dirá que el árbol no existe. Pero, ¿quién está equivocado? ¿Quién es realmente el ciego? Nosotros somos así como esa hormiga. Nos hemos dejado engañar por nuestras propias percepciones. ¿Has leído algo de Platón?

Sandra se rió y sacudió su cabeza.

—Estudié eso el semestre pasado, y no creo haberlo entendido tampoco.

—El también estaba en la misma iluminación. El se dio cuenta de que debía haber una realidad más alta, un ideal, una existencia perfecta de la cual todo lo que vemos es una copia. Es como si lo que vemos con nuestros sentidos físicos limitados es tan limitado, tan imperfecto, tan a retazos, que no podemos percibir el universo como realmente es, todo perfecto, funcionando perfectamente, todo encajando en su sitio, todo de la misma esencia. Hasta se puede decir que la realidad que nosotros conocemos es solamente una ilusión, un truco de nuestro ego, de nuestra mente, de nuestros deseos egoístas.

—Todo eso me suena demasiado ajeno a mí.

—Pero es grandioso una vez que te metes de lleno en ello. Da respuestas a un sin fin de preguntas, y resuelve un montón de problemas.

—Ya veo; si es que alguna vez logras meterte en eso.

Hipócrates se inclinó un poco hacia adelante.

—Uno no se mete en ello, Sandra. Ya está en ti. Piénsalo por un minuto.

—Yo no siento nada en mí. . .

—¿Y por qué no? ¡Adivina!

Ella dio la vuelta con sus dedos a una perilla imaginaria de radio.

—¿Porque no estoy sintonizada?

Hipócrates se rió alegremente.

—¡Correcto! ¡Correcto! ¡Correcto! Escucha. El universo nunca cambia, pero nosotros sí podemos cambiar; si es que no estamos alineados, si no estamos sintonizados, somos nosotros los ciegos, los que estamos viviendo una ilusión. Vamos, si tu vida es una confusión, es realmente un asunto de cómo ves las cosas.

Sandra dijo en son de burla:

—Vamos. No me vas a decir que todo está en mi cabeza.

Hipócrates levantó las manos como una precaución.

—¡Vaya! No lo rechaces si no lo has probado.

Miró de nuevo al sol, a los árboles, los pájaros atareados.

—Simplemente escucha por un momento.

—¿Que escuche, a qué?

—A la brisa. Los pájaros. Escucha a esas hojas meciéndose en el viento allá arriba.

Por un momento se quedaron en silencio.

Hipócrates continuó calladamente, casi en un susurro:

—Ahora, sé sincera. ¿No has sentido cierta clase de. . . afinidad con los árboles, con los pájaros, y con todo? ¿Los echarías de menos si no estuvieran allí? ¿Alguna vez has hablado con una planta en una maceta?

Sandra asintió. Hipócrates tenía razón en ese punto.

—Ahora, no lo resistas, porque lo que estás experimentando es apenas un destello del universo real; estás sintiendo la unidad con todo. Todo está encajado en su lugar, entretejido, entrecruzado. Lo has sentido antes, ¿verdad?

Ella asintió.

—Eso es lo que estoy tratando de mostrarte; la verdad ya está dentro de ti. Tú eres parte de ella. Tú eres parte de Dios. Simplemente nunca lo supiste. No te permitías saberlo o conocerlo.

Sandra podía oír claramente a los pájaros, y el viento parecía casi entonar una melodía mientras pasaba por entre las ramas de los árboles variando en intensidad. El sol brillaba hermoso. De súbito ella sintió fuertemente como si ya hubiera estado en este lugar en otro tiempo antes, como si hubiera conocido estos árboles, y a estos pájaros. Cada uno estaba tratando de llegarse a ella, de hablarle.

Entonces ella notó que, por las primera vez en muchos meses, sentía paz interior. Su corazón estaba en paz. No era una paz que lo llenaba todo, y no sabía si iba a durar, pero podía sentirla, y sabía que quería más de eso.

—Creo que estoy empezando a sintonizarme un poquito.

Hipócrates sonrió, y le oprimió la mano para darle ánimo.

Entretanto, desde detrás de la muchacha, Engaño movía muy suavemente sus espolones, cepillándole su roja cabellera y diciéndole al oído suaves palabras para consolar su mente.

Tael y sus tropas se reunieron de nuevo en la pequeña iglesia, y el talante era mejor en esta ocasión. Habían saboreado ya las primeras promesas de una batalla; una victoria, aun cuando fuere pequeña, había sido ganada la noche anterior. Más que nada, había más de ellos. Los veintitrés originales se habían convertido en cuarenta y siete, mientras otros poderosos guerreros llegaban, llamados por las oraciones de...

— ¡El Remanente! — dijo Tael con una nota de expectación mientras revisaba una lista preliminar que le había sido presentada.

Esión, un pelirrojo guerrero lleno de pecas, que había llegado desde las Islas Británicas, explicó el proceso de la búsqueda.

— Allí están, capitán, y hay bastantes, pero estos son los que podremos traer de seguro.

Tael leyó los nombres:

— Juan y Patricia Cóleman.

Esión explicó:

— Ellos estuvieron aquí anoche, y hablaron a favor del predicador. Ahora ellos están más a su lado, y caen de rodillas tan fácilmente como ponerse el sombrero. Los tenemos trabajando.

— Andrés y Jovita Forsythe.

— Ovejas descarriadas, podría decirse. Dejaron la Iglesia Cristiana Unida aquí en Ashton, por pura hambre. Les traeremos a la iglesia mañana. Ellos tienen un hijo, Ronaldo, que está buscando al Señor. Está un poco descarriado ahora, pero casi al punto de quedar hastiado de sus caminos.

— Y muchos más, ya veo — dijo Tael con una sonrisa. Entregó la lista a Huilo —. Designa a algunos de los recién llegados de esta lista. Reúne a la gente. Quiero que todos ellos se pongan a orar.

Huilo tomó la lista, y conferenció con varios de los nuevos guerreros.

— Y ¿qué tal en cuanto a amigos y parientes y otras partes? — le preguntó Tael a Esión.

— Muchos de ellos son redimidos y se hallan listos para la oración. ¿Debo enviar mensajeros para que le estimulen a sentir la preocupación?

Tael sacudió su cabeza.

— No puedo permitir que los guerreros se alejen por mucho tiempo. En lugar de eso, envía mensajeros que lleven la palabra a los que vigilan sobre esas personas y esas ciudades, y luego que los vigilantes se preocupen por conseguir que esas personas se pongan a orar por sus seres queridos aquí.

— Dalo por hecho.

Esión se dirigió a cumplir su cometido, asignando mensajeros que de inmediato desaparecieron para cumplir su misión.

Huilo había enviado a varios guerreros también, y estaba emocionado de ver la campaña en marcha.

— Me gusta esto, capitán.

— Es un buen comienzo — dijo Tael.

— Y ¿qué de Rafar? ¿Piensa usted que él ya sabe de su presencia aquí?

— Cada uno de nosotros conoce muy bien al otro.

— Entonces, él debe de estar esperando pelear, y pronto.

— Y esa es la razón por la cual no peleamos, no todavía. No hasta que la cubierta de oración sea suficiente, y sepamos la razón por la cual Rafar está aquí. El no es príncipe de pequeños pueblos, sino de imperios, y él nunca estaría aquí a menos que haya una tarea digna de su orgullo. Lo que hemos visto es mucho menos de lo que el enemigo tiene planeado. ¿Cómo está el señor Hogan?

— Oí que Apatía fue lanzado al abismo por haber fracasado, y que Ba-al está furioso.

Tael se sonrió.

— Hogan ha vuelto a la vida como una semilla que dormía. ¡Natán! ¡Armot! — Ellos se acercaron de inmediato —. Ustedes tienen más guerreros ahora. Lleven cuántos necesiten, y rodeen a Marshall Hogan. Un número más crecido puede intimidar donde la espada no puede.

Huilo estaba visiblemente indignado, y miró con un suspiro a su espada envainada.

Tael le previno:

— No todavía, valiente Huilo. No todavía.

Después de la llamada de Marshall a Harmel, el teléfono de Berenice casi saltó de la pared. Marshall ni siquiera le preguntó si podía hacerlo; sólo le ordenó:

— La espero esta noche en la oficina a las siete. Tenemos trabajo para hacer.

Ahora, a las siete y diez, la oficina de El Clarín se hallaba desierta y a oscuras. Marshall y Berenice se hallaban en el cuarto de atrás, sacando viejos números del periódico de entre los archivos. Teodoro Harmel había sido muy exigente; la mayoría de los números pasados se hallaban pulcramente archivados en enormes carpetas.

— Veamos, ¿cuándo fue que sacaron a Harmel del pueblo? — preguntó Marshall mientras volvía las páginas de un viejo periódico.

— Hace como un año — contestó Berenice, trayendo más carpetas a la enorme mesa de trabajo —. El periódico operaba con personal al mínimo, hasta que usted lo compró. Edith, Tomás, yo misma, y algunos de los estudiantes de periodismo, eran los que lo manteníamos en pie. Algunos de los números salían bien, algunos otros parecían más bien periódicos de escuela.

—¿Como éste?

Berenice miró el número, que pertenecía al mes de agosto anterior.

—Apreciaría si no lo revisa tan prolijamente.

Marshall retrocedió algunas páginas.

—Quiero ver los números hasta el tiempo en que Harmel salió.

—Está bien. El señor Harmel salió en julio. Aquí están junio...
mayo... abril. ¿Qué es lo que está buscando precisamente?

—La razón por la cual lo sacaron.

—Usted sabe la historia, por supuesto.

—Brummel dice que violó a una muchacha.

—Brummel dice muchas cosas.

—Bueno, pues, ¿lo hizo o no lo hizo?

—La muchacha dijo que sí lo hizo. Ella tenía como doce años,
creo, y es hija de uno de los síndicos de la universidad.

—¿De cuál?

Berenice rebuscó de nuevo en su cerebro, finalmente recordando
con esfuerzo.

—Jarred, Adán Jarred. Me parece que todavía está allí.

—¿Está él en la lista que usted consiguió de Darr?

—No, pero tal vez debería estarlo. El señor Harmel conocía bien
a Jarred. Los dos solían ir a pescar juntos. El conocía a la muchacha,
la veía con frecuencia, y eso contribuyó al caso de la acusación.

—Entonces, ¿por qué no le siguieron juicio?

—No pienso que hubo necesidad de hacerlo. Harmel fue deman-
dado ante el juez del distrito.

—¿Baker?

—Ese mismo, aquel que está en la lista. El caso se presentó ante
el juez, y evidentemente llegaron a algún arreglo. Harmel se marchó
pocos días después de eso.

Marshall dio un golpe en la mesa, furioso.

—No debía haber dejado que aquel individuo se me escapara.
Usted no me dijo que yo estaba metiendo mi mano en un avispero.

—Yo no sabía tanto.

Marshall continuó revisando las páginas que tenía delante; Berenice estaba revisando las del mes anterior.

—¿Dice usted que todo estalló en julio?

—En la segunda mitad del mes.

—El periódico más bien guarda silencio en cuanto al asunto.

—¡Pues, claro! El señor Harmel no iba a publicar nada en contra
de sí mismo, obviamente. Además, no tenía por qué hacerlo; su
reputación quedó hecha trizas, de todas maneras. El tiraje del perió-

dico se redujo en forma alarmante. Por varias semanas tuvimos que pasárnoslas sin paga.

— ¿Qué es esto?

Los dos se concentraron en una carta al editor, en un número de un viernes a principios de julio.

Marshall revisó la carta, leyendo en voz baja y de corrido:

Debo expresar mi indignación por el tratamiento injusto que esta junta de síndicos ha recibido de parte de la prensa local... Los artículos publicados recientemente en *El Clarín* de Ashton no son otra cosa sino una corrupción del periodismo, y quisiéramos que nuestro editor local sea lo suficientemente profesional como para verificar sus hechos, de aquí en adelante, antes de publicar cualquier otra acusación infundada...

— ¡Sí! — Berenice se iluminó al recordar —. Esta fue una carta de Eugenio Baylor.

— Entonces se dio una palmada en la frente, y exclamó:

— ¡Ah..! ¡Esos artículos! — Berenice empezó a revisar rápidamente los números del mes de junio —. Sí, aquí hay uno.

El encabezado decía: "STRACHAN PIDE AUDITORIA." Marshall siguió leyendo las líneas del comienzo de la crónica:

A pesar de la continua oposición de la junta de síndicos de la universidad de Whitmore, el decano Eleodoro Strachan pidió hoy que se haga la auditoría de las cuentas e inversiones de la universidad de Whitmore, todavía expresando su preocupación en cuanto a los rumores recientes de malversación de fondos.

Los ojos de Berenice se elevaron al cielo, y dijo:

— ¡Vaya, vaya! ¡Esto parece ser mucho más que un avispero!

Marshall leyó un poco más.

Strachan asegura que hay "más que evidencia adecuada" para justificar tal auditoría, incluso aun cuando sea costosa y prematura, según alega la junta de síndicos.

Berenice explicó:

— Usted ve, yo nunca le puse mucha atención a lo que estaba ocurriendo. Harmel era en cierta manera agresivo, y se había inmiscuido en el lado negro de la gente otras veces antes, y esto sonaba como si fuera nada más que otro asunto político y mundano. Yo era solamente una reportera de los intereses inofensivos de la naturaleza humana... ¿Qué me podía importar esto?

— De modo que — dijo Marshall —, el decano de la universidad se metió en problemas con los síndicos. Parece como una pelea real.

— Teodoro Harmel era buen amigo de Eleodoro Strachan. Se hizo a su lado, y eso no les gustó a los síndicos. Aquí hay otro, apenas una semana después.

Marshall leyó:

SINDICO ATACA A STRACHAN. El síndico de la universidad Whitmore Eugenio Baylor, tesorero general de la institución, acusó hoy al decano Eleodoro Strachan de "maquinaciones políticas malévolas", afirmando que Strachan está usando "métodos deplorables y contrarios a la ética" para instalar su propia dinastía en la administración de la universidad.

— ¡Vaya! — exclamó Marshall —. Eso no es exactamente una pequeña escaramuza entre amigos.

— Entiendo que se tornó amarga, realmente seria. Y probablemente Harmel metió sus narices demasiado. Empezó a recibir ataques de ambos lados.

— Pero no se dan detalles...

Berenice levantó las manos y sacudió la cabeza.

— Tenemos estos artículos, el teléfono de Harmel, y la lista.

— Así es — masculló Marshall —, la lista. Un buen número de los síndicos de la universidad están en ella.

— Además del jefe de policía, y el juez del distrito, los que malograron los planes de Harmel.

— ¿Qué le ocurrió finalmente a Strachan?

— Lo despidieron.

Berenice volvió a voltear otras hojas de viejos Clarines. Una página suelta salió despedida y fue a caer al piso. Marshall la levantó. Algo que había en la página le llamó la atención, y se quedó leyéndolo hasta que Berenice encontró lo que estaba buscando, un artículo de fines de junio.

— Sí, aquí está — dijo ella.

STRACHAN DESPEDIDO. Citando como razones conflicto de intereses e incompetencia profesional, la junta de síndicos de la universidad de Whitmore pidió hoy unánimemente la renuncia del decano Strachan.

— No es un artículo muy largo — comentó Marshall.

— Harmel lo puso ahí porque tenía que hacerlo, pero obviamente retuvo los detalles comprometedores. El creía firmemente que la causa de Strachan era justa.

Marshall continuó revisando los periódicos.

—¿Qué tenemos aquí? "WHITMORE PUEDE HALLARSE CON MILLONES EN ROJO, DICE STRACHAN."

Marshall leyó el artículo con detenimiento.

—Un momento. Está diciendo que la universidad está en un serio problema, pero no dice cómo es que lo sabe.

—Fue sabiéndose poco a poco. Nunca logramos saberlo todo antes de que Strachan y Harmel fueran silenciados.

—Pero, millones... estaban hablando de mucho dinero aquí.

—Pero, ¿ve usted todas las conexiones?

—Así es. Los síndicos, el juez, el jefe de policía, Young, el contralor, y quién sabe quién más, todos conectados con Julia Langstrat, y muy callados en cuanto a ello.

—Y no se olvide de Teodoro Harmel.

—Sí, él también se quedó callado. Quiero decir, realmente callado. Ese individuo está asustado hasta el tuétano. Pero no fue un miembro muy leal del grupo si se puso de parte de Strachan y en contra de los síndicos.

—De modo que ellos lo mandaron a sacar, por decirlo así, junto con Strachan.

—Quizás. Pero todo lo que tenemos hasta aquí es nada más que una teoría, y no es muy clara que digamos.

—Pero por lo menos tenemos una teoría, y mi encarcelamiento encaja en el modelo.

—Demasiado fácil, sin embargo —pensó Marshall en voz alta—. Necesitamos comprender lo que estamos diciendo. Estamos hablando de corrupción política, abusos, dolo, apropiación de fondos, y ¿quién sabe qué más? Mejor asegurarnos por completo.

—¿Qué fue esa página que se cayó?

—¡Eh!

—La que usted recogió.

—Estaba fuera de lugar. Está fechada en enero.

Berenice buscó la carpeta apropiada, en el estante.

—No quiero que los archivos se mezclen después. ¡Hey! ¿Por qué la dobla?

—Marshall se encogió un poco de hombros, la miró con mirada gentil, y desdobló la página.

Ella la tomó, y la miró. El encabezado decía: "CONCLUSION: MUERTE DE LA KRUEGER FUE SUICIDIO." Dejó la hoja rápidamente.

—Me figuré que usted no quería que se lo recordaran —dijo él.

—Ya he visto esto antes —dijo ella en forma cortante—. Tengo una copia en mi casa.

—Yo acabo de leer el artículo.

—Lo sé.

Ella sacó otra carpeta, y la abrió sobre la mesa de trabajo.

—Marshall —dijo ella—, usted debe mejor saberlo todo. Puede que vuelva a asomar. El caso todavía no ha quedado resuelto en mi cabeza, y es una batalla muy difícil para mí.

Marshall lanzó un suspiro, y dijo:

—Usted fue la que empezó esto, recuérdelo.

Berenice continuaba con sus labios apretados y su cuerpo rígido. Se esforzaba por parecer una máquina a la que no le importaba el asunto.

Señaló la primera historia, fechada a mediados de enero: "BRUTAL MUERTE EN UNIVERSIDAD."

Marshall leyó en silencio. No estaba preparado para los horribles detalles.

—La historia no está relatada en forma exacta— comentó Berenice con un tono de voz muy cuidadoso.

—Ellos no encontraron a Patricia en su propio dormitorio; la encontraron en un cuarto desocupado al otro lado del edificio. Creo que algunas de las muchachas solían usar ese cuarto para estudiar a solas, cuando los dormitorios se ponían demasiado ruidosos. Nadie supo dónde estaba ella hasta que alguien vio que la sangre empezaba a correr por debajo de la puerta. . .

Su voz se quebró, y ella volvió a apretar la boca fuertemente.

Patricia Elizabeth Krueger, de diecinueve años, había sido hallada en uno de los dormitorios, desnuda y muerta, con la garganta cortada. No había señales de violencia, la universidad entera estaba en un estado de estupor, y no había testigos.

Berenice volvió a otra página, y leyó otro titular: "NINGUNA PISTA EN LA MUERTE DE PATRICIA KRUEGER." Marshall leyó la crónica rápidamente, sintiendo más y más como si estuviera invadiendo un área sensible, en la cual no le correspondía estar. El artículo indicaba que no había aparecido ningún testigo, y que nadie había visto ni oído nada, y que no había ni la menor idea de quién pudiera haber sido el asaltante.

—Y usted ya leyó el último artículo —dijo Berenice—. Finalmente ellos concluyeron que fue un suicidio. Dijeron que mi hermana se había desnudado, y que ella misma era quien se había cortado la garganta.

Marshall quedó incrédulo.

—¿Y eso fue todo?

—Eso fue todo.

Marshall cerró despacio la carpeta. Nunca había visto a Berenice tan vulnerable. La enérgica pequeña reportera, que pudo sobrevivir en una celda llena de prostitutas, también tenía un una herida abierta más allá de toda curación posible. El le puso suavemente las manos sobre los hombros.

—Lo lamento —le dijo.

—Por eso es que vine para acá, usted sabe.

Ella se limpió los ojos con los dedos, buscando un pañuelito desechable para sonarse la nariz.

—Yo... yo no podía dejar el asunto tranquilo así porque sí. Yo conocía a mi hermana. La conocía mejor que ninguna otra persona. Ella no era la clase de persona como para hacer algo así. Ella era feliz, bien ajustada, le gustaba la universidad. En sus cartas ella demostraba que estaba bien.

—¿Por qué... por qué no lo dejamos de lado por esta noche?

Berenice no dio muestras de haberle oído.

—Revisé su dormitorio, el cuarto donde murió, la lista de nombres de todas las muchachas que vivían en ese edificio; hablé con cada una de ellas. Revisé los informes de la policía, el informe del médico forense, y revisé todos los efectos personales de Patricia. Traté de hablar con la compañera de cuarto de Patricia, pero ya se había marchado. Todavía no puedo recordar su nombre. La vi brevemente cuando estuve una ocasión por aquí de visita. Finalmente decidí quedarme por aquí, conseguirme un trabajo, esperar y ver. Tenía alguna experiencia en periodismo, de modo que el trabajo fue fácil de encontrar.

Marshall le puso el brazo sobre los hombros.

—Bueno, pues, escuche. Yo voy a ayudarla en todo lo que pueda. No tiene por qué llevar este peso sobre sus hombros sola.

Ella sintió un poco de alivio, y se inclinó hacia él apenas lo suficiente como para dejarle saber que apreciaba eso.

—No quiero molestarlo.

—Usted no me está molestando. Escuche, tan pronto como usted lo quiera, podemos volver sobre el asunto, y revisarlo todo de nuevo. Todavía debe haber algunos indicios en alguna parte.

Berenice apretó sus dos puños, y gimió:

—¡Si solamente pudiera ser más objetiva en todo esto!

Marshall dejó escapar una risita, y le dio un amistoso apretón.

—Bueno, quizás yo puedo manejar ese extremo. Usted está haciendo un buen trabajo, Berenice. No se desanime.

Esta es una buena muchacha, pensó Marshall, y hasta donde podía recordarlo, era la primera vez que la había tocado.

13 Por obvias razones la congregación de la Iglesia de la Comunidad de Ashton fue mucho más reducida y fragmentada aquel domingo en la mañana, pero Enrique tenía que admitir que la atmósfera total era mucho más pacífica. De pie detrás del viejo púlpito, listo para empezar el culto, podía ver las caras sonrientes de los que lo respaldaban, sobresaliendo entre la multitud: sí, allí estaban los Cóleman, sentados en su sitio acostumbrado. La abuela Duster también se hallaba allí, mucho mejor de salud, alabando al Señor, y allí estaban los Cooper, los Harris, y Benjamín Esquire el cartero. Alfredo Brummel no había llegado, pero Gerardo Mayer y su esposa sí estaban presentes, lo mismo que Samuel y Elena Turner. Algunos de los no muy activos también se hallaban presentes para su acostumbrada reunión una vez al mes, y Enrique les dirigía especialmente la mirada, y les sonreía para hacerles saber que se les daba la bienvenida.

Mientras María tocaba fuertemente "El Nombre de Jesús Load" en el piano, y Enrique dirigía el canto, otra pareja entró por la puerta posterior, y tomó asiento hacia atrás, como suelen hacerlo los recién llegados. Enrique no alcanzó a reconocerlos.

Esión se quedó cerca de la puerta posterior, vigilando a Andrés y Jovita Forsythe mientras ocupaban sus asientos. Luego miró hacia la plataforma, y les dio a Krioni y a Triskal un amistoso saludo. Ellos devolvieron la sonrisa y el saludo. Unos pocos demonios habían entrado junto con los humanos, y no estaban nada alegres de ver a este nuevo extraño celestial rondando por allí, mucho menos trayendo a nuevas personas a la iglesia. Pero Esión se retiró, y salió sin decir ni hacer nada más.

Enrique no podía explicar por qué se sentía tan gozoso esta mañana. Tal vez era porque la abuela Duster se hallaba presente, y los Cóleman, y la nueva pareja. Y también había otro individuo nuevo, el grandulón sentado hacia atrás. De seguro que era un jugador de fútbol, o algún deportista.

Enrique continuó recordando lo que la abuela le había dicho: "Tenemos que orar que el Señor los congregue. . ."

Llegó el momento del sermón, y abrió su Biblia en Isaías 55.

"Buscad a Jehová mientras puede ser hallado, llamadle en tanto que está cercano. Deje el impío su camino, y el hombre inicuo sus pensamientos, y vuélvase a Jehová, el cual tendrá de él misericordia, y al Dios nuestro, el cual será amplio en perdonar. Porque mis pensamientos no son vuestros pensamientos, ni vuestros caminos mis caminos, dijo Jehová. Como son más altos los cielos que la tierra, así son mis caminos más altos que vuestros caminos, y mis pensamientos más que vuestros pensamientos. Porque como desciende de los cielos la lluvia y la nieve, y no vuelve allá, sino que riega la tierra, y la hace germinar y producir, y da semilla al que siembra, y pan al que come, así será mi palabra que sale de mi boca: no volverá a mí vacía, sino que hará lo que yo quiero, y será prosperada en aquello para que la envié. Porque con alegría saldréis, y con paz seréis vueltos; los montes y los collados levantarán canción delante de vosotros, y todos los árboles del campo darán palmadas de aplauso."

Enrique amaba aquel pasaje, y no pudo menos que sonreír al empezar a explicarlo. Algunas personas simplemente se quedaron mirándolo, escuchándolo por obligación. Pero otros se inclinaron hacia adelante en sus asientos, bebiendo cada palabra. La nueva pareja, sentada en la parte de atrás, asentía continuamente con la cabeza, con mucho interés. El grandulón rubio sonreía, asentía, y hasta lanzó un sonoro "Amén."

Las palabras continuaban brotando de la mente y del corazón de Enrique. Tenía que ser la unción del Señor. De tiempo en tiempo volvía al púlpito momentáneamente para mirar sus notas, pero la mayoría del tiempo se movía de lado a lado en la plataforma, sintiéndose como que estuviera entre el cielo y la tierra, hablando con vigor la Palabra de Dios.

Los pocos demonios agazapados cerca sólo podían mofarse y burlarse. Algunos se las arreglaron para tapar los oídos de las personas que poseían, pero la masacre de la mañana había sido particularmente severa y dolorosa. Para ellos, la predicación de Busche tenía todo el efecto calmante de una sierra de cadena.

Encima del templo, Signa y los otros guerreros se negaban a retirarse o retroceder. Lucio descendió con un considerable hato de demonios, a tiempo cuando el culto estaba por empezar, pero Signa no se movió.

— ¡Sabes mejor que no debes meterte conmigo! — amenazó Lucio.

Signa fue repugnantemente diplomático:

— Lo siento, no podemos permitir más demonios dentro de la iglesia esta mañana.

Lucio debe haber tenido otras tareas más importantes para sus demonios esa mañana, que tratar de penetrar una barrera de ángeles obstinados. Lanzó unos cuantos insultos, y luego la cuadrilla completa se desvaneció en el aire, encaminándose a hacer alguna diablura.

Cuando el culto terminó, algunas personas se dirigieron presurosamente hacia la puerta. Otros hicieron una fila para hablar con el pastor.

—Pastor, yo soy Andrés Forsythe, y esta es mi esposa Jovita.

—Encantado de conocerles —dijo Enrique, y pudo sentir una enorme sonrisa apareciendo en su cara.

—Fue grandioso —dijo Andrés, todavía moviendo su cabeza con asombro, y todavía apretando la mano de Enrique—. ¡Fue... realmente grandioso!

La conversación trivial siguió por algunos minutos, preguntándose quiénes eran. Andrés tenía un depósito de madera en las afueras de la ciudad, y Jovita era secretaria de leyes. Tenía un hijo, Ronaldo, que andaba metido en drogas y necesitaba al Señor Jesús.

—Es que —dijo Andrés— nosotros mismos no hemos sido creyentes por mucho rato. Solíamos ir a la Iglesia Cristiana Unida...

—Su voz se quebró allí.

Jovita tenía menos recelo.

—Allí nos estábamos muriendo de hambre. No podíamos esperar hasta salir de allí.

Andrés la interrumpió.

—Así es. Exacto. Oímos acerca de esta iglesia; bueno, en realidad, oímos acerca de usted; oímos que usted se hallaba en cierta clase de problemas por haberse apegado a la Palabra de Dios, y pensamos: "Debemos ir a ver a este individuo." Me alegro de que lo hicimos.

—Pastor —continuó él—. Quiero que sepa que hay mucha gente con hambre espiritual allá afuera. Tenemos algunos amigos que aman al Señor y que no tienen a dónde ir. En estos últimos años todo ha sido muy raro. Una por una las iglesias de esta población han ido, como quien dice, muriéndose. Oh, todavía están allí, y tienen congregación y dinero, pero... usted me entiende.

Enrique no estaba seguro.

—¿Qué es lo que quiere decir?

Andrés sacudió su cabeza.

—Satanás está jugando sucio en esta población, según pienso. Ashton nunca fue así, con tanta cosa extraña que está sucediendo. A lo mejor a usted le cuesta creer esto, pero lo cierto es que nosotros tenemos algunos amigos que ya se han salido de tres, no, de cuatro iglesia locales.

Jovita intercambió miradas con Andrés, mientras mentalmente examinaba la lista de nombres:

— Gregorio y Eva Smith, los Barton, los Jennings, Claudio Neal...

— Así es, exacto — dijo Andrés—. Como ya lo dije, hay mucha gente con hambre espiritual por estos lares, ovejas sin pastor. Las iglesias de por aquí sencillamente no hacen nada. No predican el evangelio.

En ese instante María se acercó, toda sonrisas. Enrique alegremente la presentó.

Luego María dijo:

— Enrique, quisiera presentarte a...

Ella se dio la vuelta, hacia el salón vacío. Quienquiera que se suponía que debía estar allí, ya no estaba.

— Bueno... ¡Ya se fue!

— ¿Quién era?

— ¿Recuerdas al señor grande que estaba sentado en las bancas de atrás?

— ¿El grandulón rubio?

— El mismo. Tuve la oportunidad de hablar con él. Me dijo que te dijera esto.

María bajó el tono de la voz, imitándolo:

— "El Señor está contigo. Continúa orando y escuchando."

— Bueno, pues. Fue muy gentil de su parte. ¿Le preguntaste cómo se llamaba?

— Eh... no, no creo que me lo dijo.

Andrés preguntó:

— ¿Quién era?

— Usted sabe — dijo Enrique—, aquel señor muy grande en la parte de atrás. Estaba sentado al lado de ustedes.

Andrés miró a Jovita, y los ojos de ella se abrieron grandemente. Andrés empezó a sonreír, y luego estalló en risa. Después se puso a aplaudir y casi a saltar.

— ¡Alabado sea el Señor! — exclamó, y Enrique no había visto tal entusiasmo en mucho tiempo—. Alabado sea el Señor, porque no había nadie allí. Pastor, ¡no vimos allí a nadie!

María se quedó con la boca bien abierta, la cual trató de cubrir con sus dedos.

Oliverio Young era un verdadero actor; podía arrastrar a sus oyentes a las lágrimas o a la risa, y hacerlo tan magistralmente que parecían ser marionetas manejados por cuerdas. Podía pararse en el púlpito con increíble dignidad y aplomo, y sus palabras eran tan bien escogidas que cualquier cosa que decía tenía que ser correcta. La vasta congregación parecía pensarlo así; puesto que atiborraban el lugar. Muchos de ellos eran profesionales, médicos, profesores, abogados, filósofos y poetas; un gran segmento estaba conectado o relacionado de alguna manera con la universidad. Todos tomaban escrupulosamente notas del mensaje de Young, como si fuera una conferencia.

Marshall había oído mucho de esta cantaleta antes, de modo que aquel domingo en particular repasaba las preguntas que no podía esperar hacerle a Young después que el culto terminara.

Young continuó: "¿No dijo Dios: 'Hagamos al hombre a nuestra imagen, conforme a nuestra semejanza'? Lo que había permanecido en las tinieblas de la tradición e ignorancia, ahora lo encontramos revelado dentro de nosotros mismos. Hemos descubierto, o, más bien, hemos redescubierto el conocimiento que siempre hemos tenido como raza humana: que inherentemente somos divinos en nuestra esencia misma, y que tenemos dentro de nosotros mismos la capacidad para el bien, el potencial de llegar a ser, como lo fuimos, dioses, hechos exactamente a imagen del Padre Dios, la última fuente de todo lo que existe. . ."

Marshall dio un ligero y furtivo vistazo a su alrededor. Allí estaba Caty, y allá estaba Sandra, tomando notas furiosamente, y junto a ella estaba Hipócrates Ormsby. Sandra e Hipócrates habían convertido en buenos amigos, y él ejercía definitivamente una positiva influencia en la vida de ella. Ese día, por ejemplo, había hecho un trato con Sandra: él iría a la iglesia con ella, si ella iba con sus padres. Bueno, pues, así resultó.

Marshall tenía que admitirlo, incluso renuentemente, que Hipócrates podía comunicarse con Sandra de un modo que Marshall nunca había podido. Había habido varias ocasiones en que el joven había servido muy bien de intérprete entre Sandra y Marshall, y había abierto de nuevo las vías de comunicación que ninguno de ellos jamás pensó que podían materializarse. Las cosas estaban más calmadas últimamente en casa, por fin. Hipócrates parecía ser gentil, con un real don para arbitrar.

"¿Y ahora, qué hacer? — se preguntó Marshall —. Por primera vez en quién sabe cuánto tiempo, toda mi familia se halla sentada en la iglesia, y eso no es menos que un milagro, un verdadero milagro. Pero de seguro, vaya iglesia que escogimos para asistir juntos, y en lo que respecta a aquel predicador en esa plataforma. . ."

Hubiera sido cómodo y agradable dejar que las cosas siguieran como estaban, pero él era un reportero, y este Young tenía algo que esconder. ¡Hablando de conflicto de intereses!

De modo que mientras el pastor Oliverio Young trataba de explicar sus ideas sobre "el infinito potencial divino dentro del hombre al parecer finito", Marshall tenía sus propios asuntos para pensar y preocuparse.

El culto terminó puntualmente al mediodía, y el carillón de la torre automáticamente se puso en marcha y empezó a tocar un canto cristiano muy, muy tradicional, acompañando a los apretones de mano, la conversaciones, y los saludos.

Marshall y su familia entraron en el flujo de tráfico que se dirigía hacia el vestíbulo. Young se hallaba de pie cerca de la puerta de entrada, en su sitio acostumbrado, saludando a los feligreses, devolviendo apretones de mano, jugando brevemente con los niños, haciendo su función de pastor. Pronto les llegó el turno a Marshall, Caty, Sandra e Hipócrates.

— ¡Qué bien, Marshall! ¡Qué bueno verlo! — dijo Young apresuradamente, dándole un apretón de manos.

— ¿Ya conoce a Sandra? — preguntó Marshall, y formalmente presentó a su hija a Young.

Young se mostró muy amigable.

— Sandra, me alegro de verla.

Sandra por lo menos actuó como si estuviera contenta de estar allí.

— ¡E Hipócrates! — exclamó Young —. ¡Hipócrates Ormsby!

Los dos se dieron la mano.

— ¿De modo que ustedes dos se conocen? — preguntó Marshall.

— Claro que sí. He conocido a Hipócrates desde pequeño. Hipócrates, no te pierdas, ¿eh?

— Está bien — contestó Hipócrates con una media sonrisa.

Los otros siguieron, pero Marshall se hizo el rezagado, y se acercó a Young, que se hallaba al otro lado, para hablar un poco más con él.

Esperó hasta que Young terminara de saludar a un grupito de gente, y luego se introdujo en la pausa:

— Creí que le gustaría saber que las cosas marchan mucho mejor entre Sandra y yo.

Young sonrió, estrechó otras manos, luego, mientras sonreía a otras personas y les estrechaba las manos, le dijo a Marshall:

— ¡Maravilloso! ¡Eso es realmente maravilloso, Marshall!

Extendiendo la mano a otra persona, siguió:

— Encantado de verle aquí.

En el espacio entre otro grupo de los que salían, Marshall dijo:

— Así es, a ella le gustó mucho su sermón de esta mañana. Dice que es un buen desafío.

— Muchas gracias por decírmelo. ¿Cómo le va, señor Beaumont?

— ¿Sabe una cosa, hasta parece seguir las mismas líneas de lo que Sandra está aprendiendo en la escuela, en las clases de Julia Langstrat.

Young no respondió a eso, sino que dirigió toda su atención a un matrimonio joven que tenía una niña.

— ¡Vaya, vaya! ¡Cómo está creciendo la pequeña!

Marshall continuó:

— Usted debe conocer a la profesora Langstrat alguna ocasión. Hay un paralelo interesante entre lo que ella enseña y lo que usted predica.

No hubo respuesta de parte de Young.

— Entiendo que la señora Langstrat está muy metida en el ocultismo y el misticismo oriental. . .

— Bueno —finalmente contestó Young—, no creo haber sabido nada de eso, Marshall.

— ¿Y definitivamente usted no conoce a esta profesora Langstrat?

— No, ya se lo dije.

— ¿No ha asistido usted a varias sesiones privadas con ella, regularmente, y no sólo usted sino también Alfredo Brummel, Teodoro Harmel, Dolores Pickston, Eugenio Baylor, y hasta el juez Baker?

Young se sonrojó ligeramente, hizo una pausa, luego frunció el ceño como si acabara de recordar algo.

— ¡Oh! ¡Qué memoria la mía! —dijo riéndose—. No sé en qué estaba pensando. ¿Sabe una cosa? Todo este tiempo he estado pensado en otra persona.

— De modo que usted la conoce.

— Pues claro que sí. Muchos la conocemos.

Young se dio la vuelta para saludar a otras personas. Cuando éstas se hubieron marchado, Marshall todavía se encontraba allí.

Marshall presionó:

— Y ¿qué en cuanto a las sesiones privadas? ¿Tiene ella realmente una clientela que incluye a varios líderes de la comunidad, oficiales del gobierno, autoridades de la universidad. . ?

Young miró directamente a Marshall, y en sus ojos había una mirada fría.

— Marshall, ¿exactamente qué es lo que le interesa en todo esto?

— Simplemente haciendo mi trabajo. Lo que quiera que esto sea, parece ser algo que la gente de Ashton debe saberlo, especialmente debido a que involucra a mucha de la gente de influencia que están determinado la situación de esta ciudad.

151

—Bueno, pues, si usted está interesado en eso, yo no soy la persona con la que tiene que hablar. Usted debería ir a hablar directamente con la profesora Langstrat.

—Eso haré; no se preocupe. Pero sencillamente quería darle a usted una oportunidad de darme algunas respuestas sinceras; algo que tengo la impresión de que usted no lo está haciendo.

La voz de Young se puso algo tirante.

—Marshall, si le parezco elusivo es porque usted está tratando de meterse en algo que cae bajo la protección de la ética profesional. Es información privilegiada. Simplemente estaba confiando en que usted sería capaz de figurárselo sin necesidad de que yo se lo dijera.

Caty lo estaba llamando desde afuera.

—Marshall, te estamos esperando.

Marshall dejó la conversación en ese punto, y eso fue lo mejor. En tal situación sólo hubiera podido tornarse más áspera y tirante, y no estaba avanzando de ninguna manera. Young era un tipo frío, muy duro, y muy resbaloso.

En otra parte de la nación, no muy lejos, en un valle muy hondo, recluido, rodeado de altas montañas escarpadas y recubierto de una espesa alfombra verde y rocas cubiertas de musgo, un pequeño conjunto de edificios se levantaba como una aldea solitaria en el centro del valle, accesible únicamente por una áspera y sinuosa carretera de grava.

Ese pequeño conjunto de edificios, que una vez fue la casa de hacienda de un viejo rancho abandonado, había sido ampliado hasta convertirse en una serie de edificios de piedra y ladrillo, que albergaban una serie de dormitorios, un local de oficinas, un comedor, un edificio de mantenimiento, una clínica, y varias residencias particulares. No había ningún rótulo, sin embargo, ni ningún letrero, ni nada que indicara dónde estaba cada cosa.

Dibujando un rastro como de hollín en el firmamento, un objeto negro y siniestro venía volando sobre las crestas de las montañas, hasta que empezó a descender al valle, atravesando las delgadas capas de neblina que flotaban en el aire. Recubierto con las tinieblas espirituales opresivas, y tan silencioso como una nube negra, Ba-al Rafar, el príncipe de Babilonia, llegaba a su lado. Se mantenía cerca al contorno de la montaña, maniobrando por entre los riscos y rocas salientes. La cubierta de tinieblas le seguía como su sombra, como un pequeño trozo de noche destacándose en el paisaje; un rastro no muy grande de vapor amarillento y rojo salía de sus narices y flotaba en el aire detrás de él, como si fuera una cinta larga, que se desvanecía lentamente.

Abajo, el rancho parecía un gigantesco enjambre de horribles insectos negros. Varias cuadrillas de guerreros flotaban casi en forma estacionaria, en posición de defensa sobre el conjunto de edificios, con las espadas desnudas, sus ojos amarillentos vigilando atentamente por el valle. En el centro de todo, demonios de todas las formas y tamaños se movían vertiginosamente en frenética actividad. A medida que Rafar se acercaba, notó una concentración de espíritus negros alrededor de un edificio de varios pisos, ubicado casi en los límites. *El Hombre Fuerte está allí*, pensó, de modo que se dirigió hacia ese lado, cambiando la dirección de su vuelo hacia ese edificio.

Los centinelas exteriores los vieron acercarse, y lanzaron un espeluznante grito como si fuera una sirena. De inmediato, los defensores externos se hicieron a un lado, dejando vía libre para Rafar por entre las cuadrillas de vigilantes. Rafar descendió hábilmente por el canal abierto, mientras que demonios lo saludaban por todos lados con sus espadas levantadas, y sus ojos brillando como si fueran un millar de estrellas sobre terciopelo negro. Rafar los ignoró, y rápidamente pasó entre ellos. El canal se cerró después de que hubo pasado, como si fuera una puerta viviente.

Flotó lentamente a través del techo de la casa, a través del desván, vigas, paredes, un dormitorio del segundo piso, el grueso piso de la planta, hasta una espaciosa sala abajo.

La maldad que había en ese salón era espesa y opresiva, las tinieblas parecían líquido negro que se mecía con cualquier movimiento de las extremidades. El salón estaba repleto.

—¡Ba-al, príncipe de Babilonia! —anunció un demonio desde alguna parte.

Monstruosos demonios en todo el perímetro del cuarto se inclinaron en señal de respeto.

Rafar plegó sus alas en forma de manto real, y se detuvo de pie, con un imponente aire de realeza y poder. Sus joyas brillaban en forma impresionante. Sus grandes ojos amarillentos estudiaban con cuidado las filas ordenadas de demonios que se alineaban frente a él. Una horripilante reunión. Estos eran espíritus de niveles de príncipes, príncipes ellos mismos, cada uno sobre su propia nación, su propia gente, o su propia tribu. Algunos venían del Africa, otros del Oriente, algunos de Europa. Todos eran invencibles. Rafar notó su formidable tamaño e impresionante apariencia; todos eran similares a él mismo en tamaño y ferocidad, y él dudó que alguna vez podría aventurarse a desafiar a alguno de ellos. Recibir una venia de parte de ellos era un gran honor, en verdad un gran honor.

—¡Salud, Rafar! —dijo una voz gutural desde el fondo de la habitación·

153

El Hombre Fuerte. Era prohibido pronunciar su nombre. Era uno de los pocos de la realeza íntima con Lucifer mismo; era un tirano global depravado, por muchos siglos el responsable de resistir los planes del Dios viviente, y por el establecimiento del reino de Lucifer en la tierra. Rafar y los de su calaña controlaban las naciones; aquellos como el Fuerte controlaba a Rafar y a los de su clase.

El Hombre Fuerte se puso de pie, y su enorme figura llenó aquella parte del salón. La maldad que emanaba de él podía sentirse en todas partes, casi como una extensión de su cuerpo. Era una figura grotesca, voluminosa, con su negra piel colgándole como si fueran cortinas en sus brazos y torso, su cara era un paisaje macabro de prominencias huesudas y surcos profundos y arrugados. Sus joyas relucían brillantemente de su pescuezo, en su pecho y en sus brazos; sus alas negras envolvían su cuerpo como un manto real y llegaban hasta el mismo suelo.

Rafar hizo una venia de respeto, sintiendo la presencia del Fuerte claramente a través de la habitación.

— ¡Salud, mi señor!

El Fuerte nunca desperdiciaba palabras:

— ¿Tendremos que retrasarnos otra vez?

— Los errores del príncipe Lucio están siendo corregidos. La nueva resistencia está resquebrajándose, mi señor. Pronto el pueblo estará listo.

— ¿Y qué hay de las huestes de los cielos?

— Limitadas.

Al Fuerte no le agradó la respuesta de Rafar; Rafar pudo sentirlo muy claramente. El Hombre Fuerte habló lentamente:

— Hemos recibido informes de que un poderoso capitán de las huestes ha sido enviado a Ashton. Creo que tú lo conoces.

— Tengo razones para creer que Tael ha sido enviado, pero me he adelantado a él.

Los enormes ojos se inflamaron con furia.

— ¿No es este Tael el que te venció en la caída de Babilonia?

Rafar sabía que debía responder, y rápido.

— Es ese mismo Tael.

— Entonces estos retrasos nos han costado las ventajas que teníamos. Ahora tus fuerzas han sido igualadas.

— Mi señor, tú verás lo que su siervo puede hacer.

— Palabras audaces, Rafar, pero tus fuerzas pueden triunfar sólo cuando son superiores; las fuerzas de nuestros enemigos crecen con el tiempo.

— Todo estará listo.

— Y ¿qué pasa con el hombre de Dios y el periodista?

—¿Les dedica mi señor su atención?

—¡Tu señor desea que tú les dediques a ellos la tuya!

—Ya han sido inutilizados, mi señor, y pronto serán eliminados.

—Pero únicamente si Tael es eliminado —dijo el Fuerte satíricamente—. Quiero verlo cumplido antes de que me fastidies con tu jactancia sobre el asunto. Hasta tanto, quedamos confinados aquí. Rafar, ¡no voy a esperar mucho!

—No será necesario.

El Fuerte sonrió con sorna.

—Ya tienes tus órdenes. ¡Vete!

Rafar hizo una profunda reverencia, y desplegando sus alas calladamente se elevó hasta que se halló fuera de la casa.

Entonces, con una furiosa explosión de rabia, se elevó vertiginosamente, lanzando por todos lados dando tumbos a muchos demonios desprevenidos. Cobró velocidad, sus alas se agitaban hasta convertirse en una estela difusa, y los defensores a duras penas pudieron abrirle paso antes que él atravesara dejando a su paso un rastro de vapor hirviente y aliento sulfuroso. Cerraron el paso de nuevo, intercambiando miradas curiosas mientras miraban que Rafar se alejaba.

Rafar rugía como un cohete por el costado de la montaña, y luego sobre los escarpados picos, de regreso al pueblito de Ashton. En su cólera no le importaba quién lo viera, ni se preocupó por disfrazarse o por el decoro. ¡Que todo el mundo lo vea, y que todo el mundo tiemble! ¡El era Rafar, el príncipe de Babilonia! ¡Que todo el mundo se incline ante él, o sea diezmado bajo el filo de su espada!

¡Tael! El puro nombre era amargo en su lengua. Los señores de Lucifer jamás le dejarían olvidar aquella derrota tanto tiempo atrás. Jamás; hasta el día en que Rafar redimiera su honor.

Y vaya que lo haría. Rafar podía ver ya su espada haciendo pedazos a Tael, y esparciendo los pedazos por todo el firmamento; podía sentir el impacto en sus brazos, podía oír el ruido que produciría el choque. Era sólo cuestión de tiempo.

De entre las afiladas rocas de una de las cumbres de las montañas, un hombre de pelo blanco salió de su escondite para ver a Rafar mientras éste desaparecía rápidamente en la distancia, dejando a su paso en el cielo una estela negra en el cielo que se desvanecía lentamente. El hombre echó otro vistazo a los edificios repletos de demonios allá abajo en el valle, miró de nuevo hacia el horizonte, luego desapareció por el otro lado de la montaña, con un destello de luz brillante y vertiginoso agitar de alas.

14 Bien, pues, pensó Marshall, *tarde o temprano tengo que hacerlo.* El jueves por la tarde, cuando las cosas estaban calladas, se encerró en su oficina e hizo varias llamadas por teléfono, tratando de encontrar a la profesora Julia Langstrat. Llamó a la universidad, y consiguió el número del teléfono del Departamento de Psicología. Allí tuvo que pasar por dos recepcionistas, en dos diferentes oficinas, hasta que finalmente le dijeron que la profesora Langstrat no enseñaba esa tarde, y que tenía un número de teléfono privado. Luego Marshall pensó en el muy cooperador Alberto Darr, y lo llamó. El profesor Darr estaba dictando clases, pero retornaría su llamada si así lo quería. Marshall le dejó el mensaje. Dos horas más tarde, Alberto Darr devolvió la llamada, y en verdad tenía el número privado del teléfono de Julia Langstrat.

Marshall marcó el número.

Estaba ocupado.

La sala del apartamento de Julia Langstrat estaba débilmente iluminada por una pequeña lámpara sobre la chimenea. El cuarto estaba quieto, agradable y cómodo. Los visillos de las ventanas estaban bajados para evitar las distracciones, la luz brillante y otras cosas que pudieran perturbar. El teléfono estaba descolgado.

Julia Langstrat estaba sentada en una silla, hablando quedamente con la persona a quien estaba aconsejando, sentada al frente.

— Tú oyes solamente mi voz — dijo, y repitió la frase varias veces, calmada y claramente —. Escuchas sólo mi voz. . .

Esto se sucedió por varios minutos, hasta que el sujeto cayó en un profundo trance hipnótico.

— Estás descendiendo. . . bajando. . . bajando muy dentro de ti misma. . .

Julia Langstrat observaba cuidadosamente la cara de la persona. Luego extendió sus manos, con los dedos abiertos, y empezó a moverlas hacia arriba y hacia abajo a pocos centímetros del cuerpo de la persona, como si estuviera tanteando algo.

— Libera tu verdadero ser. . . déjalo libre. . . es infinito. . . es una unidad con toda existencia. . . ¡Sí! ¿Puedes sentir mi energía que regresa a tu cuerpo?

La persona murmuró:

— Sí. . .

— Ahora estás libre de tu cuerpo. . . tu cuerpo es una ilusión. . . ahora sientes que los lazos que te atan al cuerpo empiezan a disolverse. . .

Julia Langstrat se inclinó un poco más, todavía usando sus manos.

156

—Ahora eres libre. . .

—Sí. . . sí, soy libre. . .

—Eso es suficiente. Puedes detenerte allí.

La profesora Langstrat estaba concentrada, observando todo lo que ocurría.

—Regresa. . . regresa. . . Sí, puedo sentir que está regresando. En un momento sentirás que me estoy separando de ti; no te alarmes, todavía estoy aquí.

A los pocos minutos, lentamente sacó a la persona del trance, paso a paso, sugestión tras sugestión.

Finalmente dijo:

—Está bien; cuando cuente hasta tres, te despertarás. Uno, dos, tres.

Sandra Hogan abrió sus ojos, los movió en forma circular como si estuviera mareada, luego aspiró profundamente, acabando de despertarse.

—¡Vaya! —respondió.

Los tres se rieron.

—¿Verdad que fue interesante? —preguntó Hipócrates, sentado junto a Julia.

—¡Vaya! —fue todo lo que Sandra pudo decir.

Esto era realmente algo nuevo para Sandra. Había sido idea de Hipócrates y, aun cuando al principio había sentido vacilación, ahora estaba contenta de haberle echo caso.

Abrieron las cortinas del apartamento, y Sandra e Hipócrates se prepararon para regresar a sus clases de por la tarde.

—Bueno, gracias por venir —dijo la profesora en la puerta.

—Gracias a usted —replicó Sandra.

—Y gracias por traerla —le dijo Julia a Hipócrates.

Luego, dirigiéndose a ambos, les dijo:

—Ahora, recuerden, no es aconsejable que le cuenten de esto a nadie. Es una experiencia íntima y personal, que todos debemos respetar.

—Está bien —dijo Sandra.

Hipócrates la llevó de regreso a la universidad.

Era viernes de nuevo, y Enrique, sentado en su pequeña oficina en una esquina de su casa miraba ansiosamente el reloj. María usualmente era muy puntual. Había dicho que regresaría antes de que Carmen llegara para su cita de orientación y consejo. Enrique no tenía idea si habría espías vigilando su casa, pero nunca había manera de estar seguro. Todo lo que necesitaba era que alguien encontrara que Carmen estaba llegando a verlo mientras su esposa andaba de compras. El lado temeroso de Enrique podía vislumbrar ya toda clase de complots que sus enemigos pudieran estar tramando en su contra, tal como enviar una mujer extraña y seductora para comprometerlo y arruinarlo.

Pero sabía una cosa: Si Carmen no demostraba que estaba dando una respuesta genuina a la orientación, y empezando a aplicar soluciones reales a los problemas reales, eso sería el fin del asunto, en cuanto a él concernía.

Allí está el timbre de la puerta. Se deslizó para ver por la ventana. El auto rojo de Carmen estaba estacionado al frente. Sí. Ella estaba de pie frente a la puerta, a plena luz del día, a plena vista de diez o quince casas. La manera en que ella estaba vestida le hizo pensar a Enrique que era mejor dejarla entrar de inmediato, aunque fuera sólo para quitarla de la vista pública.

¿Dónde, dónde estaba María?

María no estaba segura de mirar con agrado a los nuevos propietarios de lo que había sido el supermercado de José. No, no se trataba del servicio ni de la manera en que manejaban el negocio, ni tampoco que no fueran amistosos; en todo eso ellos se portaban bien, y María pensó que tal vez sería cuestión de dar tiempo para que ellos llegaran a conocer a toda la gente, y viceversa. Lo que molestaba a María era el secreto que demostraban obviamente cada vez que preguntaba qué había ocurrido a José Carlucci y a su familia. Por lo que María pudo descubrir, José, Angelina y sus hijos dejaron Ashton súbitamente, sin decírselo a nadie, y hasta entonces no se había podido hallar alguien que supiera a dónde se habían mudado.

Salió de prisa de la tienda, y se dirigió a su automóvil. Un jovencito empujaba el carrito de compras detrás de ella. Ella abrió la cajuela, y observó mientras el muchacho ponía las compras allí.

Entonces lo sintió, súbitamente, sin ninguna razón aparente: un inexplicable aguijonazo de emoción, una extraña mezcla de temor y depresión. Sintió un escalofrío, se sintió nerviosa, temblorosa, y no podía pensar en ninguna otra cosa sino en salir de aquel lugar y correr a casa.

Triskal había estado acompañándola, y guardándola, y él también lo sintió. Con un sonido metálico y un destello de luz, su espada estuvo al instante en su mano.

¡Demasiado tarde! De alguna parte desde atrás llegó un tremendo golpe en la parte posterior de su cuello. El golpe le hizo inclinarse hacia adelante. Desplegó sus alas tratando de recobrar el equilibrio, pero un increíble peso le cayó encima como si fuera un martillo neumático, y la hizo caer.

Ahora podía verles los pies, como garras de feroces reptiles, y el rojo brillar de los espolones; podía oír el silbido sulfuroso. Levantó la vista. Por lo menos una docena de guerreros demoniacos la ro deaban. Eran enormes, fieros, con chispeantes ojos amarillentos, y colmillos que destilaban sangre, y estaban que se desternillaban de risa y burla.

Triskal miró para ver si María se hallaba bien. El sabía que la seguridad de ella pronto se vería amenazada si no actuaba. Pero, ¿qué podría hacer él?

¿Qué fue eso? Súbitamente sintió una intensa oleada de mal que le caía encima.

— ¡Levántelo! — dijo una voz de trueno.

Una mano como prensa se cerró alrededor de su cuello, y le puso de pie como si fuera un juguete. Ahora estaba mirando a todos estos espíritus cara a cara. Eran los recién llegados a Ashton. Nunca había visto su talla, su fortaleza ni su desfachatez. Sus cuerpos estaban recubiertos de escamas gruesas, como si fueran de hierro, sus brazos demostraban enorme poder, sus caras demostraban burla y mofa, su aliento sulfúrico le ahogaba.

Le hicieron dar la vuelta, y lo sostuvieron apretadamente, y se encontró cara a cara con una visión de puro horror.

Rodeado de no menos de diez gigantescos guerreros diabólicos, un espíritu enorme estaba de pie con una espada en forma de S en su monstruosa mano negra.

¡Rafar! El pensamiento cruzó la mente de Triskal como si fuera una sentencia de muerte; cada centímetro de su cuerpo se preparó a recibir los tajos de la espada, la derrota e insoportable dolor.

La enorme boca con colmillos se abrió en un gesto de burla y malicia; saliva ámbar chorreaba por los colmillos, y el azufre brotaba mientras el guerrero se reía burlonamente.

— ¿Estás sorprendido? — preguntó Rafar —. Deberías sentirte privilegiado, angelito. Tú eres el primero que tiene el privilegio de verme.

— ¿Y cómo está usted ahora? — preguntó Enrique mientras dirigía a Carmen a una silla en el área de su oficina.

Ella se hundió en la silla, con un gemido y un suspiro, y Enrique empezó a preguntarse dónde había dejado su grabadora de cinta. Sabía que él era inocente de cualquier cosa indecente allí, pero una prueba sería algo muy bueno.

— Estoy mucho mejor — contestó ella, y su voz sonaba placentera y calmada —. Usted sabe, tal vez usted puede decirme por qué, pero en toda la semana no he oído voces hablándome.

— Ya veo — dijo al fin Enrique, logrando engranar sus pensamientos para la orientación y consejo —. Eso era de lo que estábamos hablando, ¿no es verdad?

Triskal miró otra vez a María. Ella estaba agradeciéndole al muchacho, y cerrando la compuerta de la cajuela del auto.

Rafar observó a Triskal, divertido:

— Ya veo. Estás aquí para protegerla a ella. ¿De qué? ¿Esperas acaso espantar simplemente moscas?

Triskal no tenía nada que responder. El tono de Rafar se tornó cruel y tajante.

— No. Estás completamente equivocado, angelucho. Tienes que vértelas con un poder mucho más grande.

Rafar dio unos golpecitos en el suelo con su espada, y Triskal de inmediato sintió las manos férreas de dos demonios que le atenazaron los brazos desde atrás. Miró otra vez a María. Ella estaba buscando la llave de la puerta del auto. Ahora estaba sentándose en el asiento. Otro demonio alargó su espada y atravesó la cubierta del motor del auto. María trató de encender el motor. Nada ocurrió.

Rafar miró hacia un local de lavadoras automáticas, al otro lado del estacionamiento. Un individuo joven y sucio se hallaba enfrente, apoyado contra un poste. Triskal pudo notar que el hombre estaba poseído por uno de los secuaces de Rafar, de hecho, por varios de ellos. A una señal de Rafar, los demonios entraron en acción, y el hombre empezó a acercarse al auto de María.

María verificó si había dejado las luces encendidas. No, no las había dejado. Dio la vuelta a la llave, y encendió el radio. Funcionó. La bocina sonó. ¿Qué le ocurría al vehículo? María vio al hombre que se acercaba. Vaya.

Mientras Triskal observaba sin poder hacer nada, los demonios guiaron al hombre hasta junto al automóvil.

— ¡Hola, preciosa! — dijo él —. ¿Tienes algún problema?

María lo miró. Era alto, flaco, sucio y llevaba un traje de cuero negro y algunas cadenas cromadas.

A través de la ventana ella le respondió:

— Eh. . . no gracias. Estoy bien.

El se limitó a sonreír burlonamente, mirándola de arriba abajo.

— ¿Por qué no abres la puerta y me dejas ver qué puedo hacer?

Enrique no se sentía bien en nada de esto. ¿Dónde estaba María? Por lo menos Carmen hablaba con más sentido esta ocasión. Parecía estar tratando con sus problemas en forma inteligente, y con un genuino deseo de cambiar las cosas. Tal vez iba a ser diferente esta ocasión, pero Enrique no contaba en realidad con eso.

— ¿Qué piensa que ocurrió con todas esas voces apasionadas de la noche?

— Ya no les presto atención más — contestó ella — Hay una cosa que usted me ayudó a darme cuenta, simplemente por hablar acerca de ellas: Esas voces no son reales. Solamente me estaba engañando yo misma.

Enrique fue gentil al concordar:

— Sí, creo que eso es correcto.

Ella dejó escapar un suspiro medio ahogado, y lo miró con aquellos grandes ojazos azules.

— Estaba tratando de adaptarme a mi soledad, eso es todo. Pienso que eso era. Pastor, usted es tan fuerte. Me gustaría ser como usted.

— Bueno, pues, la Biblia dice: "Todo lo puedo en Cristo que me fortalece."

— Este. . . ¿dónde está su esposa?

— De compras. Estará de regreso en cualquier momento.

— Bien. . .

Carmen se inclinó hacia adelante, y sonrió muy dulcemente.

— Realmente recibo tanta fortaleza en su compañía. Quiero que usted lo sepa.

María podía sentir que su corazón latía fuertemente. ¿Qué iba a hacer este individuo ahora?

El hombre se agachó hasta la ventana, y su aliento empañó el cristal mientras él decía:

— Vamos, cariño, ¿por qué no me dices cómo te llamas?

Rafar agarró a Triskal por la cabellos, y le sacudió la cabeza. Triskal pensó que se la iba a arrancar.

Rafar lanzó una bocanada de azufre directamente en la cara de Triskal, al decirle:

— Y ahora, angelito, tengo algo que conversar contigo.

La punta de su larga espada llegó a la garganta de Triskal.

— ¿Dónde está tu capitán?

Triskal no contestó.

Rafar volvió su cabeza, y miró a María.

El hombre trataba de abrir la puerta del auto. María estaba aterrorizada. Se abalanzó a oprimir los botones de seguridad de las cerraduras, instantes antes de que el hombre alcanzara a levantar las manijas desde afuera. El trató de abrir cada una de las puertas, mientras sonreía con una expresión diabólica. María probó la bocina otra vez. Un demonio ya se había encargado de eso también: no sonó. Rafar torció de nuevo la cabeza de Triskal, y la fría hoja se asentó nuevamente en la cara de Triskal.

— Te lo voy a preguntar otra vez: ¿Dónde está tu capitán?

Carmen se hallaba todavía diciéndole a Enrique cuánto bien le estaba haciendo esta orientación, cómo él le hacía recordar a su ex esposo, y cómo ahora ella estaba buscando un hombre con sus cualidades. Enrique tenía que poner término a estas cosas.

— Bien — dijo al fin —, ¿tiene usted en su vida algunas otras personas que son significativas en lo que respecta a fortaleza, apoyo, amistad y esa clase de cosas?

Ella lo miró con un poco de lástima.

— Más o menos. Tengo amigos que suelen pasarse en las cantinas. Pero nada de eso dura.

Ella dejó que sus pensamientos corrieran por unos momentos, luego preguntó:

— ¿Cree usted que yo soy atractiva?

El hombre del traje de cuero se volvió a agachar frente a la ventana del auto de María, amenazándola con horribles obscenidades, y luego empezó a golpear el cristal con una enorme hebilla de metal.

Rafar hizo una señal a un guerrero, el cual pasó la mano a través del cristal de la ventana, y empuñó el botón del seguro, listo para levantarlo cuando Rafar diera la orden. Los demonios que se hallaban en el joven estaban babeando y listos. La mano de éste se hallaba en la manija.

Rafar se aseguró de que Triskal pudiera verlo todo.

— ¿Tu respuesta?

Triskal finalmente habló, gimiendo:

— El freno...

Rafar lo sostuvo más apretadamente, acercándolo aún más:

— No te oí.

Triskal repitió:

— El freno.

A María se le ocurrió una idea. El auto estaba estacionado en una pendiente. No era mucho, pero tal vez pudiera ser suficiente para que el auto rodara por sí solo. Quitó el freno de emergencia y el auto empezó a rodar. El truhán no esperaba eso; golpeó más fuerte la ventana, trató se ponerse delante del auto para detenerlo, pero el auto empezó a rodar más rápido, y pronto el tipo se dio cuenta de que sus esfuerzos para detenerlo estaban siendo demasiado notorios para otros compradores.

Un fornido constructor que se hallaba esperando sentado en su camioneta, vio lo que estaba sucediendo, y gritó:

— ¡Hey! ¿Qué pasa allí!

Rafar observó lo que pasaba, y su cólera iba en aumento expresándose por medio de su mano de hierro, apretándose más y más sobre el cuello de Triskal. Triskal pensó que su cuello se quebraría en cualquier momento.

Pero entonces Rafar pareció ceder.

— ¡Ya basta! — ordenó a sus demonios.

Todos retrocedieron; el truhán dejó de perseguir el auto, y trató de hacerse el desentendido. El fornido constructor empezó a perseguirlo, y el tipo se dio a la fuga.

El auto continuaba rodando. Había una salida del estacionamiento que daba a una calle secundaria con buena pendiente. María lo dirigió hacia allá, rogando que ningún otro vehículo ni gente se cruzara en su camino.

Triskal notó que ella lo lograría.

También Rafar. El frío del acero de su espada se posó otra vez sobre la garganta de Triskal.

— Bien hecho, angelito. Has librado a tu encargo hasta un tiempo más oportuno. Por hoy, te voy a dejar sólo con un mensaje. Presta mucha atención.

Con eso, Rafar dejó a Triskal en manos de sus secuaces. Un fornido demonio arrugado asestó un tremendo puñetazo en el pecho de Triskal, y lo envió dando volteretas en el aire, mientras que otro demonio lo interceptaba con un movimiento de su espada, abriéndole tamaña herida en la espalda. Triskal tropezó aturdido, cayendo en manos de otros dos demonios que le golpearon con puños de hierro y le clavaban por todo el cuerpo sus espolones. Por varios horribles minutos los demonios se divirtieron violentamente con él, mientras que Rafar miraba todo sin inmutarse. Finalmente, el gran Ba-al lanzó una orden con un rugido, y los guerreros dejaron libre a Triskal. El cayó a tierra, y Rafar le puso sobre el cuello su pie de enorme espolón. La gigantesca espada descendió de nuevo, y describió pequeños círculos ante los ojos de Triskal mientras el demonio maestro hablaba.

— Le dirás a tu capitán que Rafar, el príncipe de Babilonia, lo está buscando.

El enorme pie aplastó más fuertemente.

— Se lo dirás.

De súbito Triskal estaba solo, un guiñapo lastimado y herido. Luchó por levantarse. Todo lo que podía pensar era en María.

Enrique tomó con gentileza la mano de Carmen, la retiró de sí mismo, y la colocó cortésmente en la falda de ella. La sostuvo allí apenas por un breve instante, mientras la miraba con compasión pero a la vez con firmeza. Dejó libre la mano, y luego se inclinó hacia atrás en su silla, a distancia prudente.

— Carmen — dijo con una voz suave y comprensiva —, me siento halagado por su impresión en cuanto a mis cualidades masculinas. . . y realmente, no me cabe duda que una mujer con sus cualidades particulares no tendrá dificultad en encontrar un hombre bueno con quien establecer una relación permanente y duradera· Pero, escuche;

yo no quiero parecer rudo, pero quiero recalcar una cosa aquí y ahora: yo no soy ese hombre. Yo soy un ministro y consejero, y vamos a limitar esta relación estrictamente a aquella que debe existir entre el consejero y su cliente.

Carmen parecía muy alterada, y muy ofendida:

— ¿Qué está diciendo?

— Estoy diciéndole que realmente no podemos continuar con estas reuniones. Todo lo que están produciendo es conflictos emocionales para usted. Creo que será mejor que vaya a ver a otro consejero.

Enrique no podía explicar el por qué, pero incluso mientras decía lo anterior sentía como si acabara de ganar una cierta batalla. Por el hielo en la mirada de Carmen, se figuró que ella había perdido.

María estaba llorando, limpiándose las lágrimas de sus mejillas con la manga de su vestido, y orando un kilómetro por minuto. "¡Padre Dios, Señor, sálvame, sálvame, sálvame!" La cuesta empezaba a aminorar; el auto redujo su velocidad: veinte, quince, diez kilómetros por hora. Ella miró atrás y vio que nadie la seguía, pero estaba demasiado asustada como para que eso la consolara. Quería llegar a casa.

Entonces, en la calle y como a tres metros del suelo, Triskal volaba, con sus ropas brillando con un resplandor blanco ardiente y sus alas agitándose velozmente. Su vuelo era algo desigual, y el ritmo de sus alas estaba fuera de sincronización, pero de todas maneras él mostraba determinación. Su cara estaba contraída por la profunda concentración en el bienestar de ella. Abrió sus estropeadas alas como si fueran una sombrilla muy grande, y las usó a manera de freno para detenerse y posarse en el techo del vehículo. Ahora éste apenas se movía y María continuaba llorando y gimiendo, sacudiendo su cuerpo hacia adelante, intentando inútilmente hacer que el auto siguiera avanzando.

Triskal extendió su mano a través del techo, y la posó gentilmente sobre el hombro de María.

— ¡Shh. . ! Calma; todo está bien. Ya estás segura.

Ella miró hacia atrás otra vez, y empezó a calmarse un poco.

Triskal le habló al corazón.

— El Señor te ha salvado. El no te va a abandonar. Ya estás bien.

El auto estaba casi totalmente detenido ahora. María lo arrimó al borde de la calle, y lo estacionó con las últimas del impulso que llevaba. Dio un tirón a la palanca del freno de emergencia, y se quedó allí sentada por varios minutos, tratando de recobrar su compostura.

— Eso es — dijo Triskal, consolándola en su espíritu —. Descansa en el Señor. El está aquí.

Triskal se deslizó del techo del auto, y estiró su brazo a través de la cubierta del motor, tanteando aquí y allá, hasta hallar lo que andaba buscando.

—María — dijo —, ¿por qué no intentas otra vez encenderlo?

María se quedó sentada en el auto, pensando que no arrancaría, y que escogió el tiempo peor para dañarse y dejarla en semejante problema.

—Vamos — Triskal la exhortó —. Da un paso de fe. Confía en Dios. Nunca sabes lo que El puede hacer.

María decidió intentar otra vez el arranque del motor, incluso aun cuando tenía muy poca fe de que algo pudiera ocurrir. Dio la vuelta a la llave. La máquina roncó pesadamente, escupió un par de veces, y arrancó. Ella aplastó un par de veces el acelerador, para asegurarse de que quedara funcionando. Luego, todavía deseando llegar lo más rápido posible a casa, a los brazos protectores de Enrique, se dirigió a toda velocidad a casa; Triskal todavía iba viajando en el techo.

Enrique sintió un gran alivio cuando oyó el ruido de la puerta del auto que se cerraba, afuera.

—Esa debe de ser María.

Carmen se levantó.

—Creo que será mejor que me vaya.

Ahora que María había llegado, Enrique añadió:

—Escuche, no tiene que irse tan de prisa. Espere un momento.

—No, no. Mejor me voy. Tal vez debo salir por la puerta de atrás, inclusive.

—No, eso es ridículo. Venga, la acompañaré hasta la puerta. De todas maneras tengo que ayudar a María a traer las compras adentro.

Pero María se había olvidado de las compras, y todo lo que quería era entrar a la casa. Triskal corría a su lado. El estaba estropeado y cojeando, su ropa estaba destrozada, y todavía podía sentir la terrible herida en su espalda.

Enrique abrió la puerta.

—Hola, querida. Ya me estaba preocupando por ti.

Entonces vio los ojos de ella llenos de lágrimas.

—Vamos, qué. . .

Carmen lanzó un grito. Fue un alarido sorpresivo y espeluznante, que detuvo todo pensamiento y apagó toda palabra. Enrique se dio la vuelta, sin saber qué esperar.

— ¡NOOOOOO! — gritaba Carmen, con sus brazos protegiendo su cara —. ¿Se han vuelto locos? ¡Aléjense de mí! ¿Me oyen? ¡Váyanse!

Mientras Enrique y María la miraban horrorizados, Carmen retrocedió en la habitación, sacudiendo sus brazos como si tratara de protegerse de algún atacante invisible; se tropezaba con los muebles, maldecía y decía horribles obscenidades. Estaba aterrorizada y llena de furia al mismo tiempo, sus ojos grandemente abiertos y vidriosos, su cara distorsionada.

Krioni trató de detener a Triskal. Este estaba transfigurado y brillaba con intensidad; sus estropeadas alas llenaron el cuarto y brillaron como un millar de arco iris. Empuñaba en su mano una reluciente espada, que describía cantando arcos fulgurantes al ensarzarse en una frenética batalla con Lujuria, un solapado demonio de cuerpo recubierto de escamas negras y resbalosas, parecido a una lagartija, y de lengua roja que se movía por todos lados como la cola de una serpiente. Lujuria estaba primeramente defendiéndose a sí mismo, y luego atacando con su brillante espada roja, cuya hoja dibujaba arcos en el aire. Las espadas se estrellaban una contra otra, con explosiones de fuego y luz.

— ¡Déjame tranquilo, te digo! — gritaba Lujuria, mientras que sus alas lo impulsaban como si fuera un pájaro atrapado en el cuarto.

— ¡Déjalo tranquilo! — gritó Krioni, tratando de atajar a Triskal mientras que procuraba ponerse a buen recaudo de la hoja agudamente afilada —. ¿Has oído mi orden? ¡Déjalo tranquilo!

Finalmente Triskal se detuvo, pero mantenía su espada firme y levantada frente a sí, la luz de su hoja iluminaba su cara furibunda, y sus ojos ardiendo.

Carmen se calmó, se frotó los ojos, y miró alrededor del cuato con una expresión de pánico. Enrique y María se le acercaron de inmediato y trataron de consolarla.

— ¿Qué le pasa, Carmen? — preguntó María, con los ojos grandemente abiertos por la preocupación —. Soy yo, María. ¿Hice algo malo? Yo no quería asustarla.

— No. . . no. . . — gimió Carmen —. No fue usted. Era otra cosa. . .

— ¿Quién? ¿Qué?

Lujuria retrocedió, con su espada todavía en alto.

Krioni le dijo:

— No te vamos a dar más lugar hoy. ¡Vete, y no regreses más por aquí!

Lujuria replegó las alas y dio una vuelta con cuidado alrededor de los dos guerreros y por la puerta.

— De todas maneras, ya me iba — dijo entre dientes el demonio.

— De todas maneras, ya me iba — dijo Carmen, recobrando su compostura —. Hay. . . hay una mala energía en este lugar. Hasta luego.

Ella salió disparada por la puerta. María trató de llamarla de nuevo, pero Enrique le tocó el brazo, dejándole saber que el silencio era lo mejor por ahora.

Krioni sostuvo a Triskal hasta que la luz que le rodeaba se desvaneció y él volvió a envainar su espada. Triskal estaba temblando.

— Triskal — le reprochó Krioni —, ¡tú sabes las órdenes de Tael! Yo he estado con Enrique todo el tiempo; él salió adelante. No había necesidad...

Entonces Krioni vio las muchas heridas de Triskal, y la profunda herida de su espalda.

— Triskal, ¿qué pasó?

— Yo... yo no podía dejar que otro más me atacara — dijo Triskal entrecortadamente —. Krioni, hay muchos más que nosotros.

María finalmente recordó que ella estaba a punto de llorar. Volvió al punto en que se había quedado, y prorrumpió en llanto.

— María, ¿que es lo que pasa? — le preguntó Enrique, abrazándola con ternura.

— Nada, sólo cierra la puerta — dijo ella —. Solamente cierra la puerta y abrázame fuerte, por favor.

Caty buscó una toalla de platos y se secó apresuradamente las manos, para poder contestar el teléfono.

— ¿Hola?

— Hola, querida.

Era Marshall.

Caty adivinó lo que iba a decirle; había estado sucediéndose repetidamente las últimas dos semanas.

— Marshall, estoy preparando la cena, y estoy haciendo lo suficiente para nosotros cuatro...

— Sí, comprendo...

Marshall tenía aquel tono de voz que solía emplear cuando trataba de escaparse de algún compromiso.

— ¡Marshall!

Luego Caty se dio la vuelta, dando la espalda a la sala donde Sandra y Hipócrates estaban estudiando y conversando, mayormente conversando; no quería que ellos vieran el disgusto en su cara. Bajó la voz, y dijo:

— Quiero que estés en casa para la cena. Has estado llegando tarde toda esta semana; estás tan ocupado y preocupado que ya casi no tengo marido para mí.

— ¡Caty! — interrumpió Marshall —. No es tan grave como te imaginas. Te estaba llamando sólo para decirte que llegaré un poco tarde; no que voy a estar ausente.

— ¿Qué tan tarde?

— ¡Oh, vaya..!

Marshall ni siquiera estaba seguro.

— ¿Qué tal como una hora?

Caty no pudo pensar en algo más para decirle. Simplemente lanzó un suspiro de disgusto y rabia.

Marshall trató de apaciguarla.

—Escucha, llegaré tan pronto como pueda.

Caty decidió decirlo por el teléfono; tal vez no habría pronto otra oportunidad como esta.

—Marshall, estoy preocupada por Sandra.

—¿Que le ocurre ahora?

Ella bien podría darle un bofetón por el tono de la voz que él usaba ahora.

—Marshall, si hubieras estado por aquí últimamente, lo sabrías. Ella... no lo sé. Ella no es la misma. Temo por lo que Hipócrates le está haciendo.

—¿Y qué es lo que Hipócrates le está haciendo?

—No puedo decírtelo por el teléfono.

Ahora fue Marshall quien lanzó un suspiro de resignación.

—Está bien, está bien. Ya hablaremos de eso.

—¿Cuándo, Marshall?

—Esta noche, cuando llegue a casa.

—No podemos hablar delante de ellos.

—Quiero decir... Tú sabes lo que quiero decir.

Marshall estaba fastidiado por la conversación.

—Bien, pues; simplemente ven a casa, Marshall, por favor.

—Está bien, está bien.

Marshall colgó el teléfono con aire de disgusto. Por un breve instante lamentó la acción, pensando en cómo Caty debía haberse sentido; pero se obligó a pensar en su próximo proyecto apremiante: entrevistar a la profesora Julia Langstrat.

Viernes por la noche. Ella debía de estar en casa ahora. Marcó el número, y esta vez sonó el timbre varias veces.

—¿Hola?

—Hola, soy Marshall Hogan, el editor de *El Clarín* de Ashton. ¿Estoy hablando con la profesora Julia Langstrat?

—Con la misma. ¿En qué puedo servirle, señor Hogan?

—Mi hija Sandra ha estado asistiendo a algunas de sus clases.

Ella pareció alegrarse de oír eso.

—¡Qué bien!

—En cualquier caso, quisiera saber si podríamos convenir una fecha para una entrevista.

—Bueno, usted tendrá que hablar con alguno de mis asistentes. Ellos son los responsables por vigilar el progreso y atender los problemas de los estudiantes. Las clases son muy grandes, usted comprende.

— Sí, pero no es eso exactamente lo que tengo en mente. Estoy interesado en entrevistarla a usted.

— ¿En cuanto a su hija? Me temo que no la conozco. No podría decirle gran cosa...

— Bueno, podríamos hablar sobre la clase, el curso, pero también tengo curiosidad acerca de los otros intereses que usted persigue en la universidad, las clases electivas que usted está enseñando por las noches...

— Bueno — dijo ella, con un tono que no sonaba muy prometedor —, eso fue parte de una idea experimental de la universidad, que intentamos llevarla a cabo. Si usted desea verificarlo, en la oficina de admisiones deben tener algunos volantes viejos. Pero debo informarle que me siento muy incómoda por la idea de conceder una entrevista a la prensa, y que en realidad no puedo hacerlo.

— ¿De modo que usted no desea hablar acerca de la gente de influencia que usted tiene en su círculo de amigos?

— No entiendo la pregunta — y parecía que no le gustó tampoco.

— Alfredo Brummel, el jefe de policía, el reverendo Oliverio Young, Dolores Pinckston, René Brandon, Eugenio Baylor, el juez Juan Baker...

— No tengo nada que comentar — dijo ella ásperamente —, y en realidad tengo otras cosas muy apremiantes que atender. ¿Puedo servirle en alguna otra cosa?

— Bueno...

Marshall pensó que debía seguir adelante y hacer el intento.

— Creo que la único que podría preguntarle ahora es por qué me mandó a sacar de su clase.

Ahora ella estaba indignada.

— No sé de qué está usted hablando.

— De su clase del lunes por la tarde, hace dos semanas. "La psicología del yo", creo que era. Yo soy el individuo que usted ordenó salir del salón.

Ella empezó a reírse con incredulidad.

— No tengo la menor idea de qué es lo que usted quiere decir. Usted se ha equivocado de persona.

— ¿Usted no recuerda haberme dicho que esperara fuera del aula?

— Estoy convencida de que usted me ha confundido con alguna otra persona.

— Bueno, ¿no tiene usted pelo rubio?

Ella se limitó a decir:

— Buenas noches, señor Hogan — y colgó.

Marshall se quedó quieto por un instante, luego se preguntó a sí mismo:

— Vamos, Hogan, ¿qué más esperabas?

169

Dejó el receptor en su sitio, y se dirigió a la oficina del frente, donde una pregunta de Berenice le llamó la atención.

— Me gustaría saber cómo va usted a acorralar a Julia Langstrat, a fin de cuentas — dijo ella, buscando algo entre algunos papeles de su escritorio.

Marshall sintió que su cara debía estar completamente roja.

— Su cara está muy roja — confirmó Berenice.

— He hablado con demasiadas mujeres temperamentales por una noche — explicó él —. La profesora Langstrat fue una de ella. ¡Pensé que Harmel era ya bastante!

Berenice volvió, emocionada.

— ¿Consiguió hablar por teléfono con Julia Langstrat?

— Por treinta y dos segundos. Ella no tiene absolutamente nada que decirme, y no recuerda haberme sacado de su clase.

Berenice hizo una mueca.

— ¿No es curioso que nadie parece recordar haberse encontrado con nosotros? Marshall, ¡creo que somos seres invisibles!

— ¿Qué tal muy indeseables y muy inconvenientes?

— Bueno — dijo Berenice regresando a sus papeles —. La profesora Langstrat probablemente ha estado demasiado ocupada, demasiado atareada como para hablar con reporteros entrometidos. . .

Una bolita de papel le dio en la cabeza. Ella se dio la vuelta y vio a Marshall revisando una lista. Le pareció que no podía ser él quién habían lanzado el proyectil.

El dijo:

— Me pregunto si podría hablar otra vez con Harmel. Pero él tampoco quiere hablar.

La misma bolita de papel rebotó de su oreja. Miró a Berenice, la cual estaba totalmente seria, muy concentrada.

— Bien, es obvio que él sabe demasiado. Me parece que tanto él como el ex decano Strachan andan huyendo como conejos asustados.

— Así es.

A Marshall le vino algo a la memoria.

— Harmel hablaba de esa manera, advirtiéndome. Me dijo que me harían salir corriendo como todos los demás.

— ¿Y quiénes son todos los demás?

— Eso. ¿quién más sabemos que pudo haber sido eliminado?

Berenice miró algunas de sus notas.

— Bueno pues, usted sabe, ahora que miro esta lista, ninguna de estas personas ha estado realmente en su posición por mucho rato.

La bolita de papel rebotó otra vez en la cabeza de ella y fue a caer sobre su escritorio.

— ¿Y a quién reemplazaron ellos? — preguntó Marshall.

Berenice levantó solemnemente la bolita de papel mientras decía:

— Podemos verificar eso. Mientras tanto, lo mejor sería llamar a Strachan y ver qué — lanzó la bolita contra Marshall — tiene él para decir.

Marshall agarró la bolita a medio vuelo, y rápidamente arrugó otro papel para añadir otra bolita a su arsenal, lanzándolas ambas en dirección de Berenice. Berenice empezó a preparar el contraataque apropiado.

— Está bien — dijo Marshall, empezando a reírse —. Le llamaré.

Súbitamente se encontró en medio de una lluvia de bolitas de papel.

—Pero creo que es mejor que nos vayamos; mi esposa me espera.

Berenice no había terminado la guerra de papel todavía, de modo que la concluyeron y luego tuvieron que limpiar y recoger las bolitas de papel antes de salir.

Rafar medía a grandes zancadas el sótano oscuro, resoplando con aliento hirviente que se convertía en una nube de humo que lo oscurecía de los hombros para arriba. Golpeaba un puño contra el otro, y destrozaba invisibles enemigos con sus espuelas extendidas, maldecía y blasfemaba.

Lucio estaba entre los otros guerreros, esperando que Rafar se calmara y explicara las razones para haber citado esta reunión. Lucio más bien disfrutaba de la escena que tenía delante. Obviamente Rafar, el gran fanfarrón, había sido hecho pedazos en su reunión con el Hombre Fuerte. Lucio casi no podía ocultar su maléfica sonrisa socarrona en su cara.

— ¿No pudo el angelito aquel decirte dónde encontrar a este... cómo se llama? — preguntó Lucio, conociendo perfectamente el nombre de Tael.

— ¡TAEL! — rugió Rafar, y Lucio pudo detectar la humillación que había sufrido Rafar por la manera en que pronunció el nombre.

— ¿El angelito, un inútil angelito, no pudo decirle nada?

La respuesta inmediata de Rafar fue una monstruosa garra que se cerró instantáneamente sobre la garganta de Lucio.

— ¿Te estás burlando de mí, rapaz?

Lucio había aprendido bien el tono apropiado para humillarse y complacer al tirano.

— No te ofendas, poderoso. Sólo quiero agradarte.

— ¡Entonces busca a este Tael! — rugió Rafar.

Dejó libre a Lucio y se volvió a los otros demonios presentes.

— Todos ustedes, ¡a buscar a este Tael! Lo quiero en mis manos, para triturarlo a placer. Esta batalla puede ser fácilmente resuelta entre nosotros dos. ¡Encuéntrenlo! ¡Tráiganme la información!

Lucio trató de ocultar sus palabras con un tono lastimero, pero seleccionadas específicamente con otro propósito.

—Así lo haremos, poderoso. Pero seguro que este Tael debe de ser un enemigo formidable para haberte derrotado en la caída de Babilonia. Sea lo que sea que hagas, ¿debemos siempre encontrarlo? ¿Te atreverás a enfrentarte con él de nuevo?

Rafar hizo una mueca, mostrando sus colmillos.

—Ya verás de lo que Ba-al es capaz.

—¡Y tal vez nosotros no podamos ver lo que este Tael es capaz de hacer!

Rafar se acercó más a Lucio y le miró con ojos torvos y furibundos.

—Cuando yo haya derrotado a este Tael, y arrojado sus pedazos por los aires como mi bandera de victoria, ciertamente te daré la oportunidad de vencerme. Voy a disfrutar de ese momento.

Rafar se alejó, y por un instante el cuarto entero se llenó con sus enormes alas instantes antes de que saliera disparado por el techo y hacia el cielo.

Por horas, después de eso, mientras los ángeles vigilaban sobre Ashton desde sus escondites, el Ba-al voló lentamente sobre el pueblo como un buitre siniestro, con su espada visible y desafiante. Arriba y abajo, de lado a lado, volaba serpenteando entre los edificios, y luego elevándose muy alto describiendo ágiles arcos.

Abajo, por las ventanas de un oscuro sótano de una tienda, Esión observaba a Rafar pasar otra vez por encima. Se volvió a su capitán, quien se hallaba sentado cerca sobre algunos cajones, junto con Huilo, Triskal y Mohita. Triskal, con la ayuda de los demás, estaba procurando curarse.

—No entiendo —dijo Esión—. ¿Qué cree que está haciendo?

Tael dirigió su mirada a las heridas de Triskal, y dijo, sentenciosamente:

—Está tratando de hacer que yo me muestre a su vista.

Mohita añadió:

—El quiere al capitán. Evidentemente ha ofrecido grandes honores al demonio que pueda hallar al capitán Tael, e informarle dónde se encuentra.

Huilo dijo con aspereza:

—Los demonios están gateando por toda la iglesia, sin ningún otro propósito. Fue el primer lugar donde buscaron.

Tael adivinó la siguiente pregunta de Esión, y la respondió:

—Signa y los otros todavía están en la iglesia. Hemos tratado de hacer que nuestra guardia allí parezca normal y usual.

Esión observó a Rafar dar otro círculo sobre el extremo del pueblo, y regresar para dar otro pase.

—Yo tendría problemas si estuviera siendo perseguido por alguien como él.

172

Tael habló la verdad, sin avergonzarse:

— Si tuviera que hacerle frente ahora mismo, ciertamente que yo sería el que pierde, y él lo sabe. Nuestra cobertura de oración es insuficiente; en tanto que él tiene todo el respaldo que necesita.

Todos pudieron oír el aleteo de las enormes alas de Rafar, y ver su sombra caer sobre el edificio por un instante mientras pasaba por encima.

— Todos nosotros tenemos que ser muy, muy cuidadosos.

Enrique caminaba por el pueblo de nuevo, calle arriba y calle abajo, guiado por el Señor y orando a cada paso. Sentía que Dios tenía algún propósito en particular para esta caminata, pero no podía adivinar qué era.

Krioni y Triskal caminaban a su lado; habían conseguido reserva extra que se quedara en la casa y cuidara a María. Los dos andaban con cautela y alerta, y Triskal, todavía recuperándose de su reciente encuentro con Rafar, se sentía especialmente tenso al considerar a dónde estaban llevando a Enrique.

Enrique dio una vuelta que nunca antes había tomado, bajando por una calle que nunca antes había visto, y finalmente se detuvo frente a un establecimiento acerca del cual sólo había oído sórdidas historias, pero que nunca había encontrado. Se detuvo frente a la puerta, mirando, asombrado por la cantidad de muchachos que entraban y salían como si fueran abejas. Finalmente, entró.

Krioni y Triskal hicieron lo posible para aparecer humildes e inofensivos mientras lo seguían.

La Cueva era un nombre apropiado para el lugar: la electricidad que se necesitaba para hacer funcionar las filas tras filas de juegos electrónicos de video, con sus luces titilantes y sonidos peculiares, reemplazaba la total ausencia de luces, excepto por una pequeña bombilla azul aquí, y otra allá, que pendían del cielo raso color azul. Había más sonido que luz; música estruendosa de rock pesado retumbaba desde los altoparlantes por todo el salón, y se estrellaba dolorosamente con las miríadas de sonidos electrónicos que brotaban de las máquinas. Un solitario propietario se hallaba sentado en una esquina, detrás de la caja registradora, y leyendo una revista de desnudos femeninos cuando no estaba cambiando dinero para los jugadores. Enrique nunca había visto tantas monedas de veinticinco centavos en un solo sitio.

Había allí muchachos de toda edad, no teniendo muchos otros lugares a donde ir, reuniéndose después de la escuela, y todo el fin de semana, para pasar el rato, jugar con las máquinas, encontrarse con amigos, vagabundear, usar drogas heroicas, tener relaciones sexuales, o hacer lo que se les antojaba. Enrique sabía que este lugar era un pequeño infierno; no era por las máquinas, ni por la decoración, ni por la semipenumbra; era el fétido hedor espiritual de los demonios que disfrutaban de un festín. Le dio náuseas.

Krioni y Triskal podían ver centenares de ojillos amarillentos asomándose en las esquinas, y ocultándose detrás de cuanto lugar pudiera haber en el cuarto. Ya habían oído el chasquido de varias espadas que eran desenvainadas y alistadas.

— ¿Tengo suficiente apariencia de inofensivo? — preguntó Triskal quedamente.

— Ellos ya no piensan que seas inofensivo — le respondió secamente Krioni.

Los dos miraron a su alrededor mientras todos los ojos les contemplaban. Sonrieron como si ofrecieran una tregua, levantando sus manos vacías para mostrar que no tenían ninguna intención de hostilidad. Los demonios no contestaron nada, pero se pudo ver varias espadas reluciendo sus hojas en la oscuridad.

— ¿Donde está Set? — preguntó Triskal.

— En camino, estoy seguro.

Triskal se puso más tenso. Krioni siguió su mirada, para ver a un malhumorado demonio que se les acercaba. La mano del demonio estaba sobre la empuñadura de su espada; todavía no la había desenvainado, pero había suficientes espadas al aire detrás de él.

El espíritu negro miró a los ángeles de arriba abajo, y resopló:

— ¡Ustedes no son bienvenidos a este lugar! ¿Qué asunto les trae?

Krioni respondió rápida y cortésmente:

— Estamos cuidando del hombre de Dios.

El demonio dio un vistazo a Enrique, y perdió una parte de su aplomo:

— ¡Busche! — exclamó nerviosamente mientras los que se hallaban detrás de él retrocedían —. ¿Qué está haciendo él aquí?

— Eso es algo que no tenemos por qué discutir — dijo Triskal.

El demonio simplemente dijo con sorna:

— ¿Eres tú Triskal?

— El mismo.

El demonio lanzó una risotada, echando bocanadas de aliento amarillento y anaranjado.

— Te encanta luchar, ¿verdad?

Varios demonios se unieron en las risotadas.

Triskal no tenía intención de contestar. El demonio no tuvo tiempo para exigir una respuesta. De pronto todos los espíritus burlones se pusieron en guardia y agitados. Sus ojos se abrieron desmesuradamente, y luego como una bandada de tímidos pájaros se replegaron hacia las esquinas oscuras, apiñándose uno sobre otro. Al mismo tiempo Krioni y Triskal pudieron sentir una nueva fortaleza que les venía encima. Dirigieron su mirada a Enrique.

El estaba orando.

"Señor amado — decía en silencio —, ayúdanos a alcanzar a estos jóvenes; ayúdanos a influir en sus vidas."

Enrique estaba orando en el momento preciso, considerando la conmoción que procedía de la puerta posterior. A medida que los demonios se escurrían por la puerta de entrada, tres de sus compinches entraron en el edificio gritando, silbando, y agitando sus manos sobre sus cabezas. Eran perseguidos por un guerrero angélico muy alto e imperturbable.

— Bien, pues — dijo Triskal —, Set nos ha traído a Ronaldo Forsythe, y algo más.

— Ya me temía eso — dijo Krioni.

Triskal se refería al joven que apenas se podía ver debajo de los tres demonios, una muy confundida y desorientada víctima de su influencia destructiva. Estaban pegados a él como si fueran sanguijuelas, haciéndole tropezar y tambalearse mientras trataban de evadir la punta de la espada del guerrero. Set los tenía bajo estrecho control, sin embargo, y los arreó directamente hacia Enrique Busche.

— ¡Hola, Ronaldo! — le dijeron algunos jóvenes que jugaban.

— Hola...

Fue toda la respuesta de Ronaldo, haciendo un leve y cansado ademán con su mano. No se le veía feliz.

Enrique había oído el nombre, y había visto llegar a Ronaldo Forsythe, y por un momento no supo si debía quedarse allí, o hacerse a un lado. Ronaldo era un joven alto, delgado, con pelo largo y desaliñado, camiseta y pantalones sucios, y ojos que parecía estar mirando otro universo. Trastabilló hasta llegar a donde estaba Enrique, mirando sobre el hombro de éste como si una bandada de pájaros lo estuvieran persiguiendo, y luego avanzando como si se hallara al borde de un precipicio. Enrique, observando cómo se acercaba, decidió permanecer en el sitio en que se hallaba. Si el Señor quería que los dos se encontraran, bien pues, estaba a punto de suceder.

Entonces Ronaldo se detuvo, y se reclinó apoyándose en una máquina de juego de carreras de automóviles. Este hombre que tenía delante le parecía familiar.

Los demonios aferrados a Ronaldo estaban temblando y gimiendo, lanzando miradas furtivas a Set, que se hallaba detrás de ellos, y a Krioni y a Triskal, que se hallaban delante. Al igual que los demás demonios en la habitación, las manos les ardían por empezar una pelea. Sus ojos amarillentos se movían de lado a lado, y sus hojas rojas resonaban, pero algo los retenía y detenía: aquel hombre orando.

— Hola — dijo Enrique al joven —. Yo soy Enrique Busche.

175

Los ojos vidriosos de Ronaldo se abrieron grandemente. Se quedó mirando a Enrique, y dijo con voz distorsionada.

— Lo he visto en alguna parte. Usted es el predicador sobre el cual hablan mis padres.

Enrique no estaba muy seguro como para adivinar:

— ¿Ronaldo? ¿Ronaldo Forsythe?

Ronaldo miró a su alrededor, y se cohibió como si lo hubieran pescado haciendo algo ilegal.

— Así es...

Enrique le extendió la mano.

— ¡Qué bien! Dios te bendiga, Ronaldo. Me alegro de conocerte.

Los tres demonios hicieron mofa de eso, pero los tres guerreros se inclinaron un poco hacia adelante, y los mantuvieron bajo control.

— Adivinación — dijo Triskal, identificando a uno de los demonios.

Adivinación clavó más hondo sus espuelas en Ronaldo, y dijo en un siseo:

— ¿Y qué tienes que ver con nosotros?

— El joven — dijo Krioni.

— ¡No puedes decirnos lo que debemos hacer! — chilló otro demonio con su puño apretado obstinadamente.

— ¿Rebeldía? — preguntó Krioni.

El demonio no lo negó.

— El nos pertenece.

Los espíritus en la habitación se estaban envanlentonando más, y acercándose.

— Saquémoslo de aquí — dijo Krioni.

Enrique le puso la mano en el hombro a Ronaldo, y le dijo:

— ¿Podemos salir fuera, y conversar por unos minutos?

Adivinación y Rebeldía hablaron al mismo tiempo:

— ¿Para qué?

Ronaldo protestó:

— ¿Para qué?

Enrique lo condujo gentilmente.

— ¡Vamos!.

Los dos salieron por la puerta posterior.

Triskal permaneció en el umbral, con su mano sobre su espada. Sólo permitió salir a los demonios aferrados a Ronaldo, constantemente acosados por Set y Krioni.

Ronaldo se dejó caer lentamente en una banca cercana, como si fuera un muñeco de trapo. Enrique le puso la mano de nuevo en el hombro, y continuó mirándole a los ojos extraviados, preguntándose por dónde empezar.

— ¿Cómo te sientes? — finalmente preguntó Enrique.

El tercer demonio abrazó a Ronaldo con sus voluminosos brazos viscosos.

La cabeza del joven cayó con un dejo contra su pecho, y poco faltaba para que se quedara dormido, completamente ajeno a las palabras de Enrique.

La punta de la espada de Set hizo que el demonio prestara atención.

— ¿Qué? — chilló.

— ¿Brujería?

El espíritu lanzó una risotada como de borracho.

— Siempre, y más y más. ¡El jamás la dejará!

Ronaldo empezó a reírse, sintiéndose drogado y ridículo.

Pero Enrique podía sentir algo en su espíritu, la misma horrible presencia que había sentido la otra noche aterradora. ¿Espíritus malos? ¿En un muchacho tan joven? Señor, ¿qué puedo hacer? ¿Qué puedo decirle?

El Señor contestó, y Enrique supo lo que tenía que hacer.

— Ronaldo — le dijo, sin preocuparse si él le oía o no —, ¿puedo orar por ti?

Solamente los ojos de Ronaldo se volvieron hacia Enrique, y el muchacho en realidad suplicó:

— Sí, ore por mí, pastor.

Pero los demonios no querían tener nada que ver con eso. Todos gritaron en el cerebro de Ronaldo a una sola voz:

— ¡No, no, no! ¡No necesitas eso!

Súbitamente Ronaldo se agitó, sacudió su cabeza hacia adelante y hacia atrás, y masculló:

— No, no. . . no ore. . . no me gusta eso.

Ahora Enrique estaba preguntándose qué es lo que Ronaldo realmente quería; o incluso si era el mismo Ronaldo quien estaba hablando.

— A mí me gustaría orar por ti, ¿está bien? — preguntó Enrique, sencillamente para comprobarlo.

— No, no lo haga — dijo Ronaldo.

Luego suplicó:

— Por favor, ore, vamos. . .

— ¡Hazlo! — le animó Krioni —. ¡Ora!

— ¡No! — gritaron los demonios —. ¡No nos puedes obligar a que lo dejemos!

— Ora — dijo Krioni.

Enrique supo que lo mejor que podía hacer era hacerse cargo de la situación y orar por el muchacho. Ya tenía su mano sobre el hombro de Ronaldo, de modo que empezó a orar suavemente: "Señor Jesús, quiero orar por Ronaldo; por favor toca su vida, Señor, y penetra en su mente, y libéralo de estos espíritus que están aprisionándolo."

Los espíritus se aferraban a Ronaldo como si fueran muchachos resabiados, y gimotearon ante la oración de Enrique. Ronaldo gimió y sacudió su cabeza otra vez. Trató de levantarse, luego se sentó de nuevo, y tomó a Enrique por el brazo.

El Señor le habló de nuevo a Enrique, y Enrique supo un nombre:

— Brujería, déjalo libre en el nombre de Jesús.

Ronaldo se retorció en la banca, y lanzó un grito como si un cuchillo lo hubiera atravesado. Enrique pensó que Ronaldo le iba a arrancar el brazo.

Pero Brujería obedeció. Gimió y gritó y escupió, pero obedeció, volando a traspiés hasta los árboles cercanos.

Ronaldo lanzó un suspiro angustioso, y miró a Enrique con ojos llenos de desesperación y dolor.

— Vamos, vamos, ¿qué es lo que usted está haciendo?

Enrique estaba asombrado. Le estrechó la mano a Ronaldo, para calmarlo, y continuaba mirándole a los ojos. Ahora se veían claros. Enrique pudo ver en ellos un alma ferviente, suplicante, que lo miraba. "¿Cuál es el siguiente?" le preguntó al Señor.

El Señor le contestó, y Enrique supo otro nombre:

— Adivinación.

Ronaldo miró a Enrique, con sus ojos bien abiertos y con voz áspera y hosca:

— ¡No, yo no, nunca!

Pero Enrique no se detuvo por eso; miró directamente a los ojos de Ronaldo, y dijo:

— Adivinación, en el nombre de Jesús, sal de él.

— ¡No! — protestó Ronaldo.

Pero en seguida dijo con igual rapidez:

— Vamos, Adivinación, ¡fuera! No quiero tenerte conmigo ya más.

Adivinación obedeció a regañadientes. Gracias a este hombre que oraba, oprimir a Ronaldo Forsythe ya no era nada divertido.

Ronaldo se calmó otro poco, conteniendo algunas lágrimas.

Set picó al último demonio.

— ¿Y qué contigo, Rebeldía?

Rebeldía tenía problemas para tomar una decisión.

Ronaldo podía sentirlo.

— Espíritu, por favor, vete. ¡Ya estoy harto de ustedes!

Enrique oró de la misma manera.

— Espíritu, sal de él. En el nombre de Jesucristo deja tranquilo a Ronaldo.

Rebeldía ponderó las palabras de Ronaldo, luego miró la espada de Set, echó un vistazo al hombre que estaba orando, y finalmente se decidió dejar libre al muchacho.

Ronaldo se encogió como si estuviera atacado por un fenomenal calambre, pero luego dijo:

— Ya, ya ha salido.

Set espantó a los tres demonios, los cuales regresaron aleteando hacia La Cueva, donde eran bien recibidos.

Enrique sostuvo unos momentos más la mano de Ronaldo, y esperó, observando y orando hasta que supo lo que restaba por hacer. Todo esto era tan increíble, tan fascinante, tan pavoroso, pero tan necesario. Esta debía ser la Lección Número Dos en el Combate Espiritual; Enrique sabía que estaba aprendiendo algo que tendría que saber para ganar esta batalla.

Ronaldo iba cambiando ante los mismos ojos de Enrique, calmándose, respirando más fácilmente, sus ojos retornando a la normalidad.

Enrique finalmente dijo un "amén" muy suave, y le preguntó:

— ¿Estás bien, Ronaldo?

Ronaldo contestó de inmediato.

— Sí, y me siento mucho mejor. Gracias.

Miró a Enrique, y esbozó una sonrisa tenue, casi disculpándose.

— Es curioso. No, es fantástico. Fue precisamente hoy mismo que yo estaba deseando que alguien orara por mí. Ya no podía seguir en todo eso en que me había metido.

Enrique supo lo que había pasado.

— Fue el Señor, me parece, quien lo arregló todo.

— Nadie había orado antes por mí.

— Yo sé que tus padres siempre lo hacen.

— Sí, es cierto, ellos lo hacen.

— Y el resto de la iglesia también. Todos estamos de tu lado.

Ronaldo miró por primera vez a Enrique con ojos claros.

— ¿De modo que usted es el pastor de mis padres? Pensé que usted era más viejo de lo que es.

— No muy viejo — bromeó Enrique.

— ¿Y el resto de la gente de la iglesia son así como usted?

Enrique se sonrió.

— Nosotros somos sólo personas; tenemos buenas cualidades y tenemos nuestros defectos; pero todos tenemos a Jesucristo, y El nos da un amor muy especial de los unos para los otros.

Conversaron acerca de la escuela, del pueblo, de los padres de Ronaldo, de las drogas en general y en particular, de la iglesia de Enrique, de otros creyentes por allí, y de Jesús. Ronaldo empezó a notar que cualquiera que fuera el asunto que trataran, Enrique tenía su manera de introducir a Jesús en ese tema. A Ronaldo no le importó eso. No era como ficticia cantilena de ventas; Enrique Busche realmente creía que Jesús era la respuesta para todo.

Así, después de conversar de muchos temas, y Jesús siendo introducido en todos ellos, Ronaldo dejó que Enrique le hablara acerca de Jesús, sólo de Jesús. No era aburrido. Enrique podía realmente emocionarse al hablar de El.

16 Natán y Armot volaban muy alto sobre la hermosa campiña, siguiendo el automóvil que corría a toda velocidad. Las cosas estaban definitivamente mucho más quietas por aquí, lejos de la ciudad de Ashton plagada por problemas. Sin embargo, ninguno de los dos se sentía completamente tranquilo por los dos pasajeros que iban en el vehículo; aun cuando los acompañantes celestiales no podían saberlo todavía con certeza, tenían un presentimiento de que un complot de parte de Rafar y sus guerrillas pudiera estarse fraguando. Marshall y su atractiva joven reportera eran una combinación demasiado crítica como para que aquellos demonios la dejaran pasar por alto.

El ex decano de la universidad, Eleodoro Strachan, vivía en una pequeña y modesta finca, como a una hora de Ashton. El no cultivaba la granja, sólo vivía en ella; y mientras Marshall y Berenice entraban por la carretera, podían notar que los intereses del inquilino no se extendían más allá del patio que rodeaba la casa blanca. El césped estaba bien cortado, los frutales bien podados y cargados de fruta, las matas de flores recién arregladas, y recubiertas de tierra recién removida. Algunas gallinas deambulaban cerca, picando y escarbando. Un perro anunció su llegada ladrando furiosamente.

— ¡Vaya, un ser humano normal para entrevistar, siquiera alguna vez! — dijo Marshall.

— Por eso fue que salió de Ashton — dijo Berenice.

Strachan salió al portal mientras el perro corría y ladraba detrás de él.

— ¡Hola! — saludó a Marshall y a Berenice, mientras ellos descendían del auto —. Cálmate, Lady — le dijo a la perra, la cual nunca obedecía sus órdenes.

Strachan era un individuo saludable, con pelo cano, que tenía mucha oportunidad para hacer ejercicio en este lugar, y lo demostraba. Llevaba ropas de trabajo, y todavía tenía en sus manos un par de guantes de jardín.

Marshall le extendió la mano y le dio un firme apretón. Berenice hizo lo mismo. Intercambiaron saludos de cortesía, y luego Strachan los invitó a que entraran en la casa.

— Doris — llamó Strachan —, el señor Hogan y la señorita Krueger ya están aquí.

A los pocos minutos Doris, una dulce y robusta señora, había preparado la mesita de la sala con té, café, panecitos dulces, y galletas, y todos se hallaban conversando agradablemente sobre la finca, el campo, el clima, la vaca extraviada del vecino. Todos sabían que esto era obligatorio y, además, los Strachan eran personas con quienes era muy agradable conversar y visitar.

Finalmente Eleodoro Strachan introdujo una frase de transición:

— Sí, supongo que las cosas en Ashton no son así de hermosas.

Berenice sacó su libreta de apuntes, y Marshall dijo:

— Así es, y medio que lamento tener que arrastrarlo hasta aquí con nosotros.

Strachan sonrió y dijo filosóficamente:

— Uno puede huir pero no puede esconderse.

Miró por la ventana, a los árboles que se recortaban contra el firmamento infinito, y dijo:

— Siempre me he preguntado si abandonarlo todo era correcto. Pero, ¿qué más podría haber hecho?

Marshall verificó otra vez sus notas:

— Veamos. Usted me dijo por teléfono que usted salió de Ashton hace. . .

— El pasado mes de junio, hace un año.

— Y que Rafael Kuklinsky tomó su lugar.

— Y él todavía está allí, según entiendo.

— Sí, todavía está allí. ¿Estaba él también en esto del "Círculo Interior"? No sé cómo mejor llamarlo.

Strachan pensó por un momento.

— No lo sé, por cierto, pero no me sorprendería si lo está. Realmente tenía que ser alguien del grupo para ser nombrado decano.

— De modo que en realidad sí hay un cierto tipo de "rosca", por decirlo así.

— Por supuesto. Eso llegó a ser muy obvio después de un tiempo. Todos los síndicos estaban convirtiéndose en guisantes en su vaina, como réplicas el uno del otro. Todos actuaban de la misma manera, hablaban de la misma manera. . .

— ¿Excepto por usted?

Strachan se rió un poco.

— Creo que yo no encajaba muy bien en el club. En realidad, me convertí en un extraño, incluso en un enemigo, y creo que por eso fue que me despidieron.

— Supongo que ahora usted está refiriéndose al pleito sobre los fondos de la universidad.

— Exactamente.

Strachan tuvo que refrescar su memoria.

— Nunca sospeché nada hasta que empezamos a tener ciertos retrasos inexplicables en los pagos. Nuestras cuentas eran pagadas con retraso, nuestra nómina de pagos estaba atrasada. Ni siquiera era mi trabajo andar averiguando estas cosas, pero cuando empecé a recibir quejas indirectas, usted sabe, oyendo que otros comentaban sobre el asunto, le pregunté a Baylor cuál era el problema. El nunca me dio una respuesta directa a mis preguntas, o al menos no me gustaron las respuestas que me daba. Por eso fue que pedí que un contador independiente, un amigo de un amigo, revisara los libros y que hiciera tal vez una rápida evaluación de lo que estaba haciendo la oficina de contabilidad. No sé cómo logró tener acceso a la información, pero era un tipo listo y halló la manera.

Berenice tenía lista la pregunta:

— ¿Podemos saber su nombre?

Strachan contestó encogiéndose de hombros.

— Johnson, Ernesto Johnson.

— ¿Dónde podemos encontrarlo?

— Me temo que está muerto.

Eso era un contratiempo. Marshall todavía se aferró a una esperanza.

— ¿No dejó él ningún registro, anotación, nada por escrito?

Strachan sacudió su cabeza.

— Si lo hizo, esas anotaciones se perdieron. ¿Por qué cree usted que me he quedado en este silencio? Escuchen, yo conozco incluso bastante bien a Norman Mattily, el fiscal general del estado, y pensé acudir a él y decirle lo que estaba pasando. Pero, seamos francos, todos aquellos tipos en lugares altos no le dan a uno ni la hora del día a menos que uno tenga prueba substancial. Es duro conseguir que las autoridades expongan su cuello. Simplemente no quieren hacerlo.

— Está bien. . . ¿y qué fue lo que Ernesto Johnson encontró?

— Regresó horrorizado. De acuerdo a sus hallazgos, mucho dinero de becas, préstamos y matrículas estaba siendo reinvertido a ritmo alarmante, pero al parecer no había dividendos, ni intereses de ninguna clase de ninguna de las inversiones que se había hecho; era como si el dinero hubiera sido echado en algún pozo sin fondo. Las cifras habían sido arregladas para cubrir el asunto, las cuentas por pagar estaban repartidas de modo que se pudiera echar mano de otras cuentas para pagarlas. . . todo era un lío colosal.

— ¿Un lío de varios millones?

— Por lo menos. El dinero de la universidad se había estado escapando en grandes cantidades por años, sin que hubiera ni indicios de a dónde se estaba yendo. En alguna parte por allí hay un monstruo ávido de dinero que ha estado tragándose todos los haberes de la universidad.

— Y allí fue cuando usted pidió la auditoría.

— Y Eugenio Baylor saltó hasta el techo. El asunto entero pasó de profesional a lo personal en un instante, y nos convertimos en enemigos instantáneos. Eso me convenció mucho más de que la universidad estaba en un grave problema, y que Baylor tiene mucho que ver con eso. Pero, por supuesto, no hay nada que Baylor y los otros no lo sepan. Estoy seguro de que todos saben del problema, y es mi opinión de que su unanimidad en pedir mi renuncia fue una conspiración común.

— Pero, ¿para qué propósito? — preguntó Berenice —. ¿Por qué querrían ellos minar la estructura económica de la universidad?

Strachan pudo solamente sacudir su cabeza.

— No sé qué es lo que están tratando de hacer, pero a menos que haya algo escondido en alguna parte que pudiera explicar a dónde están yendo esos fondos, y cómo se van a cubrir esas pérdidas, la universidad en realidad se encamina a la bancarrota. Kuklinsky debe saberlo bien. Hasta donde yo sé, él estuvo totalmente de acuerdo con la política económica y con mi renuncia.

Marshall leyó otras notas.

— ¿Y en que punto entra nuestra distinguida profesora Langstrat en todo esto?

Strachan empezó a reírse.

— Ah, la estimada profesora. . .

Se detuvo a considerar la pregunta por un momento.

— Ella ha sido siempre una influencia poderosa, con toda seguridad; pero. . . no pienso que ella sea el centro último de las cosas. Me parece que ella tiene mucho que ver con el control sobre el grupo, en tanto que alguien más alto tiene mucho que ver con controlarla a ella. Me parece. . . me parece que ella tiene que responder ante alguien, alguna autoridad invisible.

— Pero, ¿no tiene usted idea de quién puede ser?

Strachan sacudió su cabeza.

— ¿Y qué más sabe usted sobre ella?

Strachan rebuscó en su memoria.

— Graduada de la universidad de California. . . había enseñado en otras universidades antes de llegar a Whitmore. Ha estado en la facultad como por seis años. Recuerdo que siempre ha tenido fuerte interés en la filosofía oriental y el ocultismo. Una vez estuvo metida en cierta clase de grupo religioso neopagano en California. Pero, ustedes comprenden, nunca me di cuenta sino hasta hace como tres años que ella estaba proclamando abiertamente sus creencias en sus clases, y me sorprendió hallar que sus enseñanzas habían despertado mucho interés. Sus creencias y prácticas se han extendido no solamente entre los estudiantes, sino también entre la facultad.

— ¿Quienes de la facultad? — preguntó Marshall.

Strachan sacudió su cabeza con disgusto.

— Empezó años antes de que me diera cuenta de ello, en el Departamento de Psicología, entre los ayudantes de Julia Langstrat. Margarita Islander, tal vez usted la conoce.

— Creo que mi amiga Rut Willias la conoce — dijo Berenice.

— Creo que ella fue la primera en iniciarse en el grupo de la profesora Langstrat, pero ella siempre tenía interés en los clarividentes como Edgar Cayce, de modo que fue natural en ella.

— ¿Algún otro? — presionó Marshall.

Strachan sacó una lista escrita de prisa, y dejó que Marshall le diera un vistazo.

— He repasado esto vez tras vez en todos estos meses desde que salí. Aquí está. Esta es una lista de la mayoría del Departamento de Psicología. . .

Señaló algunos nombres.

— Trevor Corcorán es nuevo en el personal este año. El estudió incluso en la India antes de venir a enseñar acá. Juanita Janke reemplazó a Kevin Ford. . . bueno, a decir verdad, mucha gente ha sido reemplazada en los últimos años. Tuvimos muchos cambios.

Marshall notó otra porción de la lista.

— ¿Y quiénes son estos?

— Del Departamento de Humanidades, y también del Departamento de Filosofía, y los de acá son del programa de biología y de medicina. Muchos de ellos son igualmente nuevos. Tuvimos muchos cambios.

— Esa es la segunda vez que usted repite eso — observó Berenice.

Strachan se quedó mirándola.

— ¿Qué está pensando?

Berenice tomó la lista de la mano de Marshall, y la colocó frente a Strachan.

— Díganoslo usted. ¿Cuántas de estas personas han sido empleadas por la universidad en los últimos seis años, durante el tiempo en que Julia Langstrat ha estado aquí?

Strachan dio otro vistazo, más crítico a la lista:

— Jones. . . Conrad. . . Whiterspoon. . . Epps. . .

Un abrumador porcentaje de nombres era de aquellos nuevos miembros de la facultad, que había reemplazado a quienes había renunciado, o personas cuyos contratos simplemente no fueron renovados.

— ¡Vaya! ¿No es eso extraño?

— Diría que es muy extraño — añadió Berenice.

184

Strachan estaba visiblemente alterado.

—Todos esos cambios... Estaba muy preocupado por eso, pero nunca pensé... Esto podría explicar muchas cosas. Sabía que había cierta clase de interés común entre todas estas personas. Todas ellas parecían tener una cierta afinidad única e indefinible del uno para el otro, su propio argot, sus propios secretos, sus propias ideas de la realidad, y parecía que nadie podía hacer nada sin que todo el mundo entre ellos lo supiera. Pensé que era una moda, una novelería sociológica...

Levantó la vista con una nueva conclusión en sus ojos.

—De modo que era mucho más que eso. Nuestra universidad fue invadida, y nuestra facultad desplazada por... ¡una locura!

Por un momento en la memoria de Marshall brilló un recuerdo, un breve destello de su hija diciendo: "La gente por aquí está actuando muy extraño." Ese recuerdo fue seguido inmediatamente por la voz de Caty en el teléfono: "Estoy preocupada por Sandra... Ella no es la misma..."

Marshall sacudió sus recuerdos, y empezó a hojear sus anotaciones. Finalmente encontró la vieja lista que Berenice había conseguido de Alberto Darr.

—Está bien, ¿qué hay en cuanto a estas clases que la profesora Langstrat estaba enseñando: "Introducción a la conciencia de Dios y la Diosa y el Arte... La rueda sagrada de la medicina... Hechizos y conjuros... Senderos a su luz interior, Conozca sus propias guías espirituales"?

Strachan asintió afirmativamente.

—Todo empezó como parte de un programa de educación alterna, algo puramente voluntario para cualquier estudiante interesado, pagado por una matrícula especial. Pensé que era un estudio de folklore, mitos y tradiciones...

—Pero creo que lo estaban tomando muy en serio.

—Eh, así parece, y ahora tenemos un gran porcentaje de la facultad y del cuerpo estudiantil... embrujado.

—¿Incluyendo los síndicos?

Strachan refrescó su memoria.

—Prepárense para esto. Pienso que el mismo trastorno ocurrió en la junta de síndicos por igual. Hay doce posiciones de síndicos en total, y cinco, creo, han sido súbita y abruptamente reemplazados en los últimos dieciocho meses. ¿Quién más podía votar para que la votación pidiendo mi renuncia sea unánime? Solía tener varios amigos leales en esa junta.

—¿Cuáles son sus nombres, y dónde se han ido?

Berenice empezó a anotar los nombres a medida que Strachan los mencionaba, junto con cualquier otra información que podía proporcionar acerca de cada persona. Jacobo Abernathy había muerto, Mortimer James había ido a la bancarrota en su negocio, y se había cambiado de trabajo. Federico Ainsworth, Jorge Olson, y Rita Jacobson había dejado Ashton sin decir nada, y no se sabía a dónde se habían ido.

— Y eso — dijo Strachan —, abarca casi a todo el mundo. No queda nadie sino los iniciados de este extraño grupo místico.

— Incluyendo a Kuklinsky, el nuevo decano — añadió Berenice.

— Y René Brandon, el propietario del terreno.

— ¿Y qué en cuanto a Teodoro Harmel? — preguntó Marshall.

Strachan apretó los labios, miró al suelo, y dijo con un suspiro:

— Sí. El trató de retroceder, pero para entonces ya le habían confiado demasiada información. Cuando hallaron que no podían controlarlo más, pues el me tenía a mí y a nuestra amistad para echarnos la culpa, se las arreglaron para difamarlo y sacarlo del pueblo con ese ridículo escándalo.

— ¡Ummm! — dijo Berenice —. Un conflicto de intereses.

— Por supuesto. El persistía en hablarme de una nueva ciencia fascinante acerca de la mente humana, y aducía que solamente andaba en busca de una historia, pero poco a poco se fue envolviendo más y más en la maraña, y ellos lo sedujeron, estoy seguro. Le oí decir que le habían prometido que tendría gran éxito con su periódico debido a que se había alineado con ellos. . .

Marshall vio otro recuerdo que brilló en su mente: vio a Brummel mirándolo con aquellos ojos hipnóticos, y diciéndole muy seductoramente: "Marshall, nos gustaría saber que usted está de nuestro lado. . ."

Strachan seguía hablando.

Marshall se despertó, y dijo:

— Perdóneme, ¿cómo fue eso?

Strachan le respondió:

— Sencillamente estaba diciendo que Harmel quedó dividido entre dos lealtades: primero y sobre todo era leal a la verdad y a sus amigos, y eso me incluía a mí. Su otra lealtad era para el grupo de Julia Langstrat y sus filosofías y prácticas. Creo que él pensó que la verdad era inviolable, y que la prensa siempre debía ser libre; pero, por cualquiera que fuera la razón, empezó a publicar crónicas acerca de los problemas económicos. Y, según los síndicos, eso era definitivamente traspasar demasiado la línea.

— Sí — recordó Berenice —, ahora recuerdo que le oí decir que estaban tratando de controlarlo, y dictarle lo que debía publicar. Realmente estaba furioso por eso.

— Por supuesto — dijo Strachan —, cuando se trataba de principios, independientemente de cualquier interés que pudiera haber tenido en la tal llamada ciencia de las filosofías metafísicas, Harmel era sobre todo un periodista, y no iba a dejarse intimidar.

Strachan dejó escapar un suspiro, y miró al suelo.

— Entonces me temo que se vio entre dos fuegos en mi batalla con los síndicos de la universidad. Consecuentemente, ambos perdimos nuestras posiciones, nuestra buena reputación en la comunidad, todo. Creo que ustedes dirían que me sentí contento al dejarlo todo atrás. Era imposible luchar en contra de todo eso.

A Marshall no le agradó eso.

— ¿Son ellos, esta cosa, realmente tan fuerte?

Strachan no podía estar más serio.

— No creo que jamás me di cuenta de cuán vasta y fuerte realmente es, y creo que todavía estoy empezando a caer en cuenta. Señor Hogan, no tengo idea de cuál es el objetivo final de esta gente, pero estoy empezando a ver que nada que se interponga en su camino puede escapar de ser eliminado, acabado. Incluso mientras estamos aquí conversando puedo mirar en retrospectiva, e, incluso sin considerar el trastorno en la facultad, me horroriza pensar en cuantas personas en Ashton sencillamente han desaparecido de la vista sin dejar rastro.

José, el propietario del supermercado, pensó Marshall. *¿Y qué en cuanto a Edith?*

Strachan se puso más pálido, y había un tono de preocupación en su voz.

— ¿Y qué piensan hacer ustedes con toda esta información?

Marshall tenía que ser sincero.

— Todavía no lo sé. Hay muchas piezas que faltan, demasiadas conjeturas. Todavía no tengo nada que pudiera publicar.

— ¿Recuerda lo que le pasó a Teodoro Harmel? ¿Está teniendo eso en mente?

Marshall no quería pensar sobre eso. Quería hallar algo más.

— Harmel no quiere hablar conmigo.

— Tiene miedo.

— Miedo, ¿de qué?

— De ellos, del sistema que lo destruyó. Sabe más acerca de sus extrañas prácticas de lo que yo sé; él sabe suficiente como para tener mucho más miedo del que yo tengo, y creo que su miedo tiene justificación. Creo que en verdad hay mucho peligro allí.

— ¿Le habla a usted alguna vez?

— Por supuesto, sobre cualquier otra cosa, excepto eso que ustedes andan husmeando.

— Así que ¿ustedes dos se mantienen en contacto?

— Sí. Vamos a pescar, de cacería, nos juntamos para almorzar. No vive lejos de aquí.

— ¿Podría llamarlo usted?

— ¿Quiere decir llamarlo, y, como diríamos, interceder por usted?

— Eso es exactamente lo que quiero decir.

Strachan contestó con cautela:

— Puede ser que él no quiera hablar, y no puedo presionarlo.

— Pero ¿podría usted simplemente llamarlo, y ver si él quiere hablar conmigo otra vez?

— Eh... lo pensaré; y eso es todo lo que puedo prometerle.

— Apreciaría eso.

— Pero, señor Hogan...

— Strachan alargó su mano y tomó a Marshall por el brazo. Miró a Marshall y a Berenice, y dijo muy quedamente:

— Ustedes dos, cuídense mucho. Ustedes no son invencibles. Ninguno de nosotros lo es, y creo que es posible que puedan perderlo todo si sólo dan un movimiento en falso o dan un paso equivocado. Por favor, por favor, asegúrense a cada momento de saber qué es lo que están haciendo.

En *El Clarín*, Tomás, el encargado del emplanaje estaba recibiendo los anuncios acostumbrados, y completando las galeradas para la edición del martes, cuando sonó la campanilla de la puerta del frente. El tenía otras cosas más importantes que atender, que vérselas con visitantes, pero con Hogan y Berenice fuera en su misteriosa misión de intriga, él era el único que quedaba en el lugar. Vaya, y deseó que Edith se hubiera quedado. El periódico cada vez andaba más patas arriba; y cualquier cosa que fuera lo que Berenice y Hogan andaban persiguiendo lo cierto es que los distraía de las muchas tareas que se acumulaban en el lugar.

— ¿Hola? — dijo una dulce voz femenina.

Tomás agarró un paño para limpiarse las manos, y gritó desde adentro:

— Un momento, ya voy.

Se escurrió por el estrecho pasillo hasta la oficina del frente y vio a una mujer muy atractiva y vestida muy elegantemente frente al mostrador. Ella le sonrió cuando lo vio. *Ah, pensó Tomás, si yo fuera joven otra vez.*

— Hola — dijo él, todavía limpiándose las manos en el paño —. ¿En qué puedo servirle?

La joven dijo:

— Leí un anuncio buscando una secretaria y directora general de la oficina. Vengo a solicitar el trabajo.

Tenía que ser un ángel, pensó Tomás.

— Si usted puede hacerlo, por supuesto que hay trabajo por aquí clamando por que se haga.

—Bueno, pues. Estoy lista para empezar —dijo ella con una am plia sonrisa.

Tomás se aseguró de tener su mano limpia y se la extendió.

—Tomás Macbraid, encargado del emplanaje y encargado general de las preocupaciones.

Ella estrechó su mano firmemente, y le dijo:

—Carmen, para servirle.

—Encantado de conocerla, Carmen... ¿Eh? ¿Carmen, qué?

Ella se rió de su olvido, y dijo:

—Carmen Fraser. Me he acostumbrado a que me llamen por mi nombre de pila.

Tomás hizo girar la pequeña puerta de vaivén que se hallaba hacia el extremo del mostrador, y Carmen lo siguió hasta el área de las oficinas.

—Déjeme mostrarle qué diablos sucede por aquí —dijo él.

 En el distante valle medio escondido detrás de los afilados peñascos, en el pequeño conjunto de edificios sin rótulos, una apresurada transición se sucedía en gran escala.

En las oficinas, sentados detrás de sus escritorios y mesas de trabajo, andando de arriba para abajo por los pasillos, entrando y saliendo a toda prisa, bajando o subiendo escaleras, más de doscientas personas de todas las edades, descripciones y nacionalidades, se hallaban escribiendo cartas, buscando en archivadores, verificando informes, balanceando cuentas, conversando por teléfono en diferentes idiomas. El personal de mantenimiento, vestido en overoles azules, trajo en carretillas de mano una enorme cantidad de cajas y cajones, y los oficinistas meticulosamente empezaron a llenar las cajas con el contenido de los archivadores, y con cualquier otro artículo de oficina que no se necesitaba de inmediato, con otros libros y documentos.

Afuera las cajas y cajones eran cargadas en grandes camiones, mientras otro personal de mantenimiento conducía los montacargas por todo el conjunto, desconectando las conexiones de servicios públicos, y clavando tableros de madera para tapar las ventanas de los edificios que ya no estaban ocupados.

Cerca de allí, en el portal de una enorme casa de piedra, casi al borde de los predios, una mujer observaba de pie. Era alta y esbelta, con largo pelo negro; vestía un largo vestido negro suelto, y con manos pálidas y temblorosas apretaba fuertemente contra su cuerpo una gran cartera negra que colgaba de su hombro. Miró hacia uno y otro lado, evidentemente tratando de tranquilizarse ella misma. Aspiró profundamente varias veces. Abrió su cartera y extrajo de allí un par de anteojos de sol, con los cuales se cubrió los ojos. Luego descendió del portal y empezó a cruzar la plaza, dirigiéndose hacia las oficinas.

Sus pasos eran firmes y determinados, sus ojos permanecían fijos hacia adelante. Algunos de los oficinistas que se cruzaron con ella la saludaban, juntando sus manos frente a sus quijadas e inclinándose. Ella respondía con otra inclinación leve, y continuaba avanzando.

El personal de oficina la saludó de la misma manera mientras ella entraba y les sonreía, sin decir ni una sola palabra. Después de recibir la sonrisa de ella, todos regresaban febrilmente a su trabajo. La jefa de la oficina, una mujer bien vestida y con pelo recogido en un moño, se adelantó, se inclinó y dijo:

— Buenos días, ¿Qué se le ofrece a la Servidora?

La Servidora le sonrió y dijo:

— Quisiera hacer algunas copias.

— Puedo hacerlas al instante.

— Gracias. Quiero hacerlas yo misma.

— Con mucho gusto. Voy a encender la máquina.

La mujer se deslizó hasta una pequeña oficina a un lado, y la Servidora la siguió. Varios oficinistas y tenedores de libros, algunos de origen oriental, algunos de la India, y algunos de Europa, se inclinaban al pasar ella, y luego retornaban a su tarea.

La jefa de la oficina tuvo la copiadora lista en menos de un minuto.

— Gracias. Puede retirarse — dijo la Servidora.

— Con mucho gusto — contestó la mujer —. Estoy a sus órdenes si me necesita o si tiene alguna pregunta.

— Gracias.

La mujer salió y la Servidora cerró la puerta, dejando fuera al resto de la oficina. Entonces, rápidamente, abrió su cartera y sacó un librito. Lo hojeó, seleccionando entre las páginas escritas a mano hasta que halló lo que estaba buscando. Luego, colocando el librito abierto sobre la copiadora, empezó a oprimir botones y a copiar página tras página.

Cuarenta páginas después apagó la máquina, dobló cuidadosamente las copias, y las colocó en un compartimiento de su cartera, junto con el librito. Dejó la oficina inmediatamente y se dirigió otra vez a la casa de piedra.

La casa era imponente en su tamaño y decoración, con una enorme chimenea y altas vigas descubiertas. La Servidora subió apresuradamente la escalera recubierta de gruesa alfombra, hasta su dormitorio, y cerró la puerta detrás de sí.

Colocando el librito en su tocador de arte antiguo, abrió una gaveta, y sacó de allí un poco de papel de envolver. El papel ya tenía el nombre y dirección escrito allí: *Alejandro M. Kaseph.* La dirección del remitente incluía el nombre *J. Langstrat.* Rápidamente volvió a envolver el librito como si nunca hubiera sido abierto, y luego ató el paquete.

En otra parte de la casa, en una oficina muy grande, un hombre de mediana edad, de constitución robusta y vestido en pantalones sueltos y túnica, estaba sentado a la usanza hindú en un enorme cojín. Sus ojos estaban cerrados, y su respiración era profunda. Los muebles y enseres que había a su alrededor denotaban un hombre de gran prestigio y poder: recuerdos de todo el mundo, tales como espadas, trofeos de guerra, artefactos africanos, reliquias religiosas, y varios ídolos grotescos del Oriente; un escritorio del tamaño de un buque, con un computador integral, teléfono con multitud de líneas, y un intercomunicador; un sofá de roble tallado, largo y acojinado, con sillas y mesa que hacían juego; trofeos de cacería de un oso, un venado, un bisonte y un león.

Sin que hubiera habido siquiera el golpear en la puerta, el hombre habló en voz baja:

— Adelante, Susana.

La enorme puerta de roble se abrió en silencio, y la Servidora entró, llevando el paquete de papel de envolver.

Sin abrir sus ojos, el hombre le dijo:

— Ponlo sobre mi escritorio.

La Servidora así lo hizo, y el hombre empezó a moverse de su posición inmóvil, abriendo sus ojos y estirando sus brazos como si estuviera despertando del sueño.

— Así que finalmente lo encontraste — dijo él con una sonrisa.

— Siempre ha estado allí. Con todo esto de empacar y reorganizar las cosas lo habían puesto en un rincón.

El hombre se levantó de su almohadón, estiró sus piernas, y dio algunas vueltas por la oficina.

— En realidad, no sé que es esto — dijo como si estuviera respondiendo a alguna pregunta.

— No me preocupa — dijo la Servidora.

El sonrió y dijo:

— Tal vez, pero me parece que sí lo hiciste.

Se acercó por detrás de ella, y colocó sus manos sobre los hombros de la mujer, hablándole al oído.

— Algunas veces puedo leerte muy claramente, y algunas veces te alejas. Tú has estado muy perturbada últimamente, ¿por qué?

— Toda esta mudanza, creo; todo este trastorno.

El le puso los brazos alrededor de su cintura, y la atrajo hacia sí, mientras le decía:

— No dejes que esto te preocupe. Nos vamos a ir a un mejor lugar.

191

Tengo una casa que he seleccionado para ti. Te gustará.

— Yo crecí en ese lugar.

— No. No, no realmente. Ya no será el mismo pueblo, no como tú lo recuerdas. Será mucho mejor. Pero, tú no me crees, ¿verdad?

— Como ya dije, yo crecí en Ashton...

— ¡Y todo lo que querías era salir de allí!

— Así que puedes entender por qué mis emociones son tan confusas.

El le hizo dar una vuelta, y reía juguetonamente mientras le miraba directamente a los ojos:

— ¡Sí, lo sé! Por un lado, no tienes el menor deseo de estar en el pueblo; y, por otro lado, te escapas para asistir a la feria.

Ella se sonrojó un poco, y miró al piso.

— Estaba buscando algo de mi pasado, algo a partir de lo cual vislumbrar mi futuro.

El le sostuvo la mano, y le dijo:

— No hay pasado. Deberías haberte quedado conmigo. Yo tengo todas las respuestas para ti ahora.

— Sí, puedo ver eso. Antes no podía.

El se rió y se dirigió a su escritorio.

— Bien, bien, bien. No hay necesidad de más reuniones en lugares secretos y a escondidas, con el disfraz de una feria ruidosa. Deberías haber visto cuán avergonzados se sintieron nuestros amigos de tener que reunirnos allí.

— Pero, ¿por qué tenías que venir a buscarme? ¿Por qué tenías que arrastrarlos contigo?

El se sentó al escritorio y empezó a juguetear con un cuchillo ceremonial de aspecto macabro, que tenía una empuñadura de oro y hoja afilada como navaja.

Mirándola por encima del filo de la hoja, le dijo:

— Porque, querida Servidora, no confío en ti. Te quiero mucho, y soy una sola esencia contigo, pero...

El sostuvo el cuchillo al nivel de sus ojos, y la miró a ella encima de la hoja, con ojos tan cortantes como el cuchillo.

— No confío en ti. Tú eres una mujer entregada a muchas pasiones conflictivas.

— Yo no puedo hacer ningún daño al Plan. Yo soy sólo una persona entre millares.

El se levantó, y dio la vuelta hasta un lado de su escritorio, donde otros cuchillos estaban clavados en la cabeza labrada de algún ídolo pagano.

— Tú, querida Susana, compartes mi vida, mis secretos, mis propósitos. Tengo que proteger mis intereses.

Con eso, él dejó caer el cuchillo, de punta, que fue a incrustarse en la cabeza del ídolo.

Ella sonrió y se acercó a él, dándole un beso seductor.

— Yo soy tuya, y siempre lo seré — dijo.

El le dio una ligera sonrisa, mientras que la mirada cortante de sus ojos nunca desapareció mientras respondía:

— Sí, por supuesto que lo eres.

Muy arriba, por encima del valle, en medio de rocas y grietas de las montañas, dos figuras procuraban esconderse. Una, el hombre de pelo cano que había estado allí antes, vigilaba continuamente la actividad que tenía lugar abajo. Era imponente y poderoso, y sus ojos penetrantes se veían llenos de sabiduría.

El otro era Tael, el capitán de las huestes.

— Esto es lo que estamos buscando — dijo el de cabello de plata —. Rafar hizo de las suyas allí sólo hace pocos días.

Tael observó el valle. El enjambre de demonios negros era demasiado grande como para siquiera intentar calcular su número.

— ¿El Hombre Fuerte? — preguntó.

— Sin duda alguna, junto con una nube de guardias y guerreros rodeándolo. Todavía no hemos podido penetrar allí.

— ¡Y ella se encuentra en medio de todo eso!

— El Espíritu ha estado continuamente abriéndole los ojos y llamándola. Ella se halla muy cerca del Fuerte, peligrosamente cerca. Las oraciones del Remanente han puesto ceguera y estupor en las huestes demoniacas que la rodean. Por el momento esto te da un poco de tiempo, pero sólo muy poco más.

Tael frunció el ceño.

— Mi general, se necesitará mucho más que estupor para que penetremos hasta donde está ella. A duras penas podemos cubrir el pueblo de Ashton, mucho menos para atacar directamente al Fuerte.

— Y puedes esperar solamente que todo esto será más grave. Sus huestes crecen por millares día a día.

— Sí, están preparándose. Eso es seguro.

— Pero, al mismo tiempo, los conflictos de ella continúan creciendo. Pronto ella no será capaz de esconder de su señor sus verdaderos sentimientos e intenciones. Tael, ella ya sabe del suicidio.

Tael miró directamente a su general.

— Entiendo que ella y Patricia eran muy amigas.

El general asintió.

— Eso la hizo despertarse, y eso la hizo más receptiva. Pero el tiempo en que está segura es muy limitado. Este es tu siguiente paso. La *Sociedad de la Conciencia Universal* va celebrar en la ciudad de Nueva York una cena, para sus muchos simpatizantes y miembros en las Naciones Unidas, con el fin de hacer promoción y recaudar fondos. Kaseph no puede asistir debido a sus actividades presentes aquí. El enviará a Susana, no obstante, para representarlo. La estarán vigilando muy de cerca, pero esa será la única ocasión en que estará fuera de la cubierta demoniaca del Fuerte. El Espíritu sabe que ella planea escaparse y hacer contacto con uno de los amigos que le quedan fuera, el cual a su vez puede hacer contacto con tu periodista. Ella va a correr ese riesgo, Tael. Debes hacer los arreglos necesarios para que ella tenga éxito.

La respuesta de Tael fue:

— ¿Hay cobertura de oración en Nueva York?

— La tendrás.

Tael miró al enjambre en el valle.

— Y ellos no deben enterarse...

— No. No deben sospechar nada de lo que haya ocurrido hasta que hayas sacado a Susana para siempre. La destruirían si se enteran de algo.

— Y ¿qué en cuanto a su amigo?

— Se llama Kevin Pasto, un antiguo compañero de clase y enamorado.

— A trabajar, entonces. Tengo que reunir un poco más de oración.

— Con la bendición de Dios, querido capitán.

Tael subió hasta detrás de unas rocas, para poder abrir sus alas sin que las vieran. Luego, en silencio y con la gracia de una nube que se desliza en el firmamento, flotó por sobre la cumbre de la montaña. Una vez que había traspasado la cumbre, y ya no podía ser visto por los demonios en el valle, aleteó velozmente y salió disparado hacia adelante como una flecha, dejando un brillante arco de luz en el cielo y contra el horizonte.

Marshall y Berenice regresaban atravesando la campiña boscosa, en el auto, conversando acerca de sí mismos, de su pasado, de sus familias, de cualquier cosa que les venía a la mente. Estaban hastiándose de hablar solamente de negocios, de todas maneras, y encontraban agradable compartir la compañía del otro.

— Yo crecí como presbiteriano — dijo Marshall —. Ahora no sé ni qué soy.

— Mis padres eran episcopales — dijo Berenice —. No creo que yo fui algo alguna vez. Me arrastraban a la iglesia cada domingo, y yo no podía esperar hasta que todo se acabara.

— A mí no me aburría tanto. Yo tenía un buen maestro de Escuela Dominical.

— Ya veo. Tal vez ahí está la diferencia. Yo nunca asistí a la Escuela Dominical.

—Pienso que un muchacho siempre necesita saber algo de Dios.

—Y ¿qué tal si Dios no existe?

—¿Ve usted lo que quiero decir? ¡Usted nunca asistió a la Escuela Dominical!

El auto llegó a una encrucijada, y un rótulo indicaba que la dirección hacia Ashton era a la izquierda. Marshall dio la vuelta en esa dirección.

Berenice contestó una de las preguntas de Hogan:

—No, mis padres ya no viven. Papá murió en 1976, y Mamá murió... veamos... hace dos años.

—¡Qué lástima!

—Y luego perdí mi única hermana, Patricia.

—¡Ah, cierto! ¡Vaya, lo lamento!

—Algunas veces es un mundo de soledad el que me rodea...

—Así es, supongo... y me pregunto si hay alguien a quien valga la pena conocer en Ashton.

Ella se quedó mirándolo, y dijo:

—Yo no estoy buscando a nadie, Marshall.

Como un par de kilómetros más adelante había un pequeño punto en la carretera, designado como Baker, un pequeño pueblito indicado por el punto más pequeño posible en el mapa. Era uno de esos conjuntos de casitas junto a la carretera, donde los camioneros y otros viajeros se detenían para comprar café negro y huevos fríos. Un parpadeo y uno ni siquiera lo habría notado.

Por encima del auto, volando raudamente por encima de las copas de los árboles, Natán y Armot vigilaban celosamente el vehículo, con sus alas agitándose con un movimiento parejo, y sus cuerpos dejando detrás dos estelas de luz brillante diamantina.

—De modo que aquí es donde todo esto empieza —dijo Natán con tono juguetón.

—Y tú has sido escogido para asestar el golpe —respondió Armot.

Natán sonrió.

—Juego de niños.

Armot le dijo en tono de broma:

—Estoy seguro de que Tael podía haber escogido a otro que apreciaría el honor...

Natán sacó su espada, la cual relució con un relámpago.

—No, estimado Armot. Ya he esperado demasiado tiempo. Es mi turno.

Natán se alejó de Armot, descendió hasta la carretera que serpenteaba entre los árboles, y empezó a seguir a la misma velocidad del auto, volando pausadamente como diez metros por encima. Tenía sus ojos fijos en el pueblo de Baker, al cual se estaban aproximando, hizo un rápido cálculo para determinar la distancia que el auto podría avanzar por la inercia, y luego, en el momento preciso, lanzó su espada como una lanza de fuego directamente hacia abajo. La espada describió una trayectoria perfecta, y penetró exactamente por la cubierta del motor.

La máquina se apagó.

— ¡Nueces! — dijo Marshall, poniendo rápidamente el cambio en marcha neutra.

— ¿Qué sucede? — preguntó Berenice.

— Algo se dañó.

Marshall trató de encender de nuevo la máquina, mientras el auto continuaba rodando por la inercia. Nada.

— Probablemente algún problema eléctrico — masculló él.

— Será mejor si se estaciona en aquella gasolinera.

— Sí, sí. Ya sé.

El auto avanzó con dificultad hasta la pequeña gasolinera del pueblo, y se detuvo frente a la puerta de entrada. Marshall descendió y abrió la cubierta del motor.

— Voy al baño — dijo Berenice.

— Vaya por mí también, ¿sí? — dijo Marshall enfadado, mirando aquí y allá en el compartimiento del motor.

Berenice se dirigió al siguiente edificio: La Cantina Siempreverde. La edad y el tiempo lentamente estaban devorando el edificio empezando desde abajo, uno de los extremos estaba visiblemente muy hundido, y la pintura de la puerta de entrada estaba descascarándose y cayéndose. El rótulo de neón, que anunciaba una cerveza, funcionaba todavía en una ventana, y adentro se oía una canción popular de la región.

Berenice empujó la puerta, la cual se arrastró sobre un arco hecho en el linóleo. Berenice entró, frunciendo un poco la nariz ante el humo de cigarrillos que había reemplazado el aire. Apenas unos pocos hombres se hallaban en el establecimiento, probablemente la primera de las cuadrillas de trabajadores de los aserríos que regresaban de su trabajo. Hablaban ruidosamente, intercambiando historias, salpicándolas con palabrotas. Berenice miró directamente hacia la parte posterior del salón, tratando de hallar los rótulos de *Señoras* y *Señores*. Sí. Allí estaban los servicios sanitarios.

Una de los hombres en una mesa cercana le dijo:

— ¡Hola, muñeca! ¿Cómo te va?

Berenice ni siquiera iba a mirar en esa dirección, pero sucedió que le dio un ligero vistazo y una mirada apropiadamente feroz. *Demasiado color local en este lugar*, pensó ella.

Aminoró su marcha. Sus ojos se clavaron en él. El la miró con una sonrisa aguardentosa, y ojos medio cerrados en su cara cubierta por la barba.

Otro hombre dijo:

— Parece que te ganaste su atención, compañero.

Berenice se quedó mirándolo. Se acercó a la mesa, y lo miró todavía más de cerca. El pelo del hombre estaba desarreglado y hecho greñas, recogido en una pequeña cola con una liguita de goma. Los ojos estaban vidriosos y profundamente marcados. Pero ella conocía al hombre.

El amigo del hombre le dijo:

— Buenas noches, señorita. No deje que éste la moleste. Simplemente quería divertirse un poco, ¿verdad, Pasto?

— ¿Pasto? — preguntó Berenice —. ¿Kevin Pasto?

Kevin Pasto se limitó a levantar la vista para mirarla, disfrutando de lo que veía, y sin decir nada. Finalmente dijo:

— ¿Puedo invitarla a una cerveza?

Berenice se acercó a él, asegurándose de que él podía ver claramente su cara.

— ¿Se acuerda de mí? Soy Berenice Krueger.

Pasto la miró todo perplejo.

— ¿Se acuerda usted de Patrica Krueger?

La cara de Kevin empezó a iluminarse.

— ¿Patricia Krueger.. ? ¿Quién es usted?

— Yo soy Berenice, la hermana de Patricia. ¿Se acuerda de mí? Nos vimos un par de veces. Usted y la compañera de dormitorio de Patricia salían juntos.

Pasto se espabiló y sonrió, luego lanzó unas palabrotas y se disculpó.

— ¡Berenice Krueger! ¡La hermana de Patricia!

Lanzó otras palabrotas, y se disculpó de nuevo.

— ¿Qué anda haciendo por estos lados?

— De paso; y tomaré un soda pequeña, gracias.

Pasto sonrió y miró a sus amigos. Sus ojos y sus bocas se abrían más a cada momento, y algunos empezaron a reírse.

Pasto dijo con tono hosco:

— Creo que es tiempo que ustedes, muchachos, se vayan a otra mesa. . .

Ellos recogieron sus cosas, y se rieron más.

— Está bien. Lo conseguiste, Pasto.

— ¡Daniel — gritó Pasto —, una soda pequeña para la señorita en esta mesa!

Daniel tuvo que quedarse mirando por un instante a la linda mujer que había entrado en semejante lugar. Preparó la soda, y se la trajo.

— ¿Y cómo le va? — le preguntó Pasto.

Berenice tenía en sus manos su cuaderno y lápiz. Le dijo algo de lo que había estado haciendo, y lo que estaba haciendo ahora. Luego dijo:

— No lo he visto desde la muerte de Patricia.

— Lo lamento de veras.

— Kevin, ¿puede usted decirme algo sobre eso? ¿Qué es lo que usted sabe?

— No mucho. . . Apenas lo que leí en los periódicos.

— ¿Qué sabe acerca de la compañera de dormitorio de Patricia? ¿Ha sabido de ella?

Berenice notó que los ojos de Pasto se abrían más, y que su boca se quedó abierta el momento en que ella mencionó a la muchacha.

— ¡Este mundo se hace cada vez más pequeño! — dijo él.

— ¿Usted la vio? — Berenice casi ni podía creer su buena suerte.

— Sí, más o menos.

— ¿Cuándo? — insistió Berenice.

— Apenas por breves momentos.

— ¿Dónde? ¿Cuándo?

Berenice tenía dificultad en contenerse.

— La vi en la feria.

— ¿En Ashton?

— Sí, sí. En Ashton. Me tropecé con ella. Ella me llamó por mi nombre, y yo me di la vuelta, y allí estaba ella.

— ¿Qué le dijo ella? ¿Le dijo dónde estaba viviendo ahora?

Pasto se movió, incómodo.

— Vaya, no lo sé. En realidad no me importa. Ella me abandonó, ¿sabe? Se fue con ese otro cretino. Incluso estaba con él aquella noche.

— ¿Cómo se llamaba?

— Susana. Susana Jacobson. Ella es una rompecorazones. Eso es lo que es.

— ¿Tiene alguna idea. . . le dio ella alguna idea de dónde podría encontrarla? Tengo que hablarle acerca de Patricia. Tal vez ella sepa algo.

— No, no lo sé. No me habló por mucho rato. Estaba muy apurada, de prisa; tenía que encontrarse con su nuevo amigo o algo así. Quería mi número de teléfono, y eso fue todo.

Berenice no podía dejar escapar su esperanza. No todavía.

— ¿Está seguro de que no le dio algún indicio de dónde vive ahora, o de cómo se le puede hablar?

Pasto se encogió de hombros como si estuviera borracho.

— Kevin, yo he estado tratando de encontrarla por siglos. ¡Tengo que hablar con ella!

Pasto se enfadó agriamente.

— ¡Hable con el amiguito de ella, aquel enano gordo podrido en dinero!

No, no era un presentimiento legítimo el que corrió por el cerebro de Berenice. ¿O lo era?

— Kevin — dijo ella —, ¿cómo vestía Susana aquella noche?

El se quedó mirando al espacio, como un enamorado borracho.

— Seductora — dijo —, con largo pelo negro, vestido negro, sombras seductoras.

Berenice sintió que su estómago se apretaba como con un nudo, mientras decía:

— ¿Y el amiguito de ella? ¿Alcanzó usted a verlo?

— Sí, más tarde. Cuando él entró en la escena, Susana actuó como si jamás me hubiera conocido.

— Bueno, pero ¿cómo era él?

— Como cualquier gordo vividor de la Gran Ciudad. Tiene que haber sido su dinero, por eso es que Susana se fue con él.

Berenice tomó su pluma, y su mano temblaba.

— ¿Cuál es el número del teléfono de usted?

El se lo dio.

— ¿Dirección?

Se la dio entrecortadamente.

— ¿Usted dice que ella le pidió su número telefónico?

— Sí, y no sé por qué. Tal vez las cosas no marchan bien con su amante.

— ¿Se lo dio usted?

— Sí. Tal vez yo sea un mentecato, pero sí; se lo di.

— A lo mejor ella lo llama.

El se encogió de hombros.

— Kevin. . .

Berenice le dio una de sus tarjetas personales.

— Escuche con mucho cuidado. ¿Me está escuchando?

El la miró y dijo que sí.

— Si ella lo llama, si usted oye algo de ella, cualquier cosa, por favor déle mi nombre y número de teléfono, y dígale que yo quiero hablar con ella. Consiga su número de teléfono, de modo que yo pueda llamarla a ella. ¿Lo hará?

El tomó la tarjeta, y asintió.

— Seguro, claro que sí.

Ella acabó de beber su soda, y se preparó para salir. El la miró con sus ojos apagados y vidriosos.

— ¿Tiene algo que hacer esta noche?

— Si sabe de Susana, llámeme. Tendremos mucho que conversar entonces.

El miró de nuevo a la tarjeta.

— Sí, claro

Unos pocos minutos más tarde Berenice estaba de regreso en la gasolinera, a tiempo cuanto Marshall lograba hacer que el motor arrancara. El viejo propietario de la gasolinera estaba inclinado mirando el motor, y sacudiendo su cabeza.

— ¡Eso! ¡Ya está! — le gritó Marshall desde detrás del volante.

— ¡Rayos! ¡Yo no hice nada! — dijo el viejo.

Muy arriba por encima de la gasolinera, Natán se elevó para unirse a Armot, una vez que recuperó su espada.

— ¡Hecho! — dijo.

— Y ahora veremos cómo les va al capitán y a Huilo en Nueva York.

El auto empezó a rodar de nuevo, y Natán y Armot le siguieron detrás, como si fueran dos cometas sostenidas por hilos.

18 Enrique empezó el culto del domingo por la mañana con un buen canto entusiasta, uno que María tocaba al piano particularmente bien. Ambos se hallaban en buen espíritu y animados; a pesar de los indicios de la proximidad de la batalla, sentían que Dios en su infinita sabiduría estaba en verdad llevando a cabo un plan poderoso y eficaz para restablecer su reino en el pueblo de Ashton. Victorias grandes y pequeñas se anunciaban, y Enrique sabía que tenía que ser la mano de Dios.

Por un lado, esta mañana estaría ministrando a una congregación casi completamente nueva; por lo menos él lo sentía de esa manera. Muchos de los antiguos descontentos habían dejado la iglesia, y se habían llevado consigo su presencia amargada; y el talante y espíritu del lugar se había mejorado varios puntos debido a su ausencia. Por supuesto, Alfredo Brummel, Gerardo Mayer y Samuel Turner todavía se hallaban rondando el lugar, aglutinados en un grupito que parecía un escuadrón de ataque, pero ninguno de ellos se hallaba presente en el culto de esta mañana, y había multitud de caras nuevas y frescas. El ejemplo de los Forsythe había sido seguido por numerosos amigos y conocidos, algunos matrimonios, algunos solteros, y algunos estudiantes. La abuela Duster también se hallaba presente, fuerte y saludable como nunca, y lista para la lucha espiritual; Juan y Patricia Cóleman habían regresado, y Juan no podía evitar sonreír de gozo y emoción.

Del resto, Enrique había conocido solamente a uno. Cerca de Andrés y Jovita, medio avergonzado, estaba Ronaldo Forsythe, junto con su novia, una diminuta estudiante de segundo año, bien puesta. Enrique tuvo que dominar una fuerte emoción cuando vio a los Forsythe entrar acompañados de su hijo: era un milagro, un genuino acto de la gracia del Dios viviente. Podía haber estallado en aleluyas allí mismo, pero no quería asustar al joven; este podría ser uno de esos casos delicados.

Después del primer canto, Enrique pensó que debía atender la situación que tenía delante.

—Bueno —dijo informalmente —, no sé si llamarlos a todos ustedes visitantes o refugiados, o qué.

Todos se rieron e intercambiaron miradas.

Enrique continuó:

—¿Qué tal si tomamos unos minutos para presentarnos unos a otros? Creo que probablemente todos me conocen; yo soy Enrique Busche, el pastor, y esta flor sentada al piano es mi esposa, María.

María se levantó rápidamente, sonrió con humildad, y luego volvió a sentarse.

—¿Qué tal si cada uno en la sala se pone de pie y nos dicen quién es...?

Y así tuvo lugar el primer pase de lista del Remanente, mientras los ángeles y los demonios observaban: Krioni y Triskal de pie en sus puestos junto a Enrique y a María, mientras que Signa y su pelotón, ahora sumando diez, mantenía a los demonios a raya fuera del edificio.

De nuevo Lucio se había enredado en una agria confrontación con Signa, tratando de conseguir entrada al santuario. Pero se cuidaba de llevar las cosas demasiado lejos: Enrique Busche ya era suficientemente temible por sí solo, pero ahora ya tenía a la iglesia entera llena de santos en oración. Los guerreros celestiales disfrutaban su primera ventaja real. Lucio finalmente ordenó a sus demonios que permanecieran afuera, y oyeran cuanto pudieran.

Los únicos demonios que se las habían arreglado para entrar, habían logrado hacerlo en sus propios poseídos humanos, y ahora se hallaban sentados entre la congregación, preocupados por este horrible acontecimiento. Esión, de pie en la parte de atrás, vigilaba como una gallina su nido, y Set estaba cerca de los Forsythe y el grupo que se hallaba con ellos.

Había poder en el lugar este día, y todo el mundo podía sentir que crecía a medida que cada persona se ponía de pie y se presentaba. A Enrique le parecía que se trataba de una reunión de un ejército especial.

—Rafael Metzer, de segundo año en la universidad. . .

—Judith Kemp, de segundo año de la universidad. . .

—Gregorio y Eva Smith, amigos de los Forsythe.

—Guillermo y Elizabeth Jones. Administramos el almacén Queno, en la calle Octava. . .

—Miguel Stuart. Vivo en casa de los Jones, y trabajo en el aserrío.

— Calvino y Gladys Barton. Somos nuevos en el pueblo.

— Cecilio y Miriam Cooper, y de seguro que estamos contentos de estar aquí...

— Benjamín Esquire. Yo soy quien les trae el correo a los que viven en el lado oeste de la ciudad...

— Tomás Harris, y mi esposa Mabel. ¡Bienvenidos todos ustedes, y alabado sea el Señor!

— Clinton Neal. Yo trabajo en la gasolinera.

— Gregorio y Nancy Jenning. Yo soy maestro y ella es escritora.

— Andrés Forsythe, y ¡alabado sea el Señor!

— Jovita Forsythe, y amén.

Ronaldo se puso de pie, puso sus manos en los bolsillos, y miró al suelo por un largo rato mientras decía:

— Yo... yo soy Ronaldo Forsythe, esta es Cinthia, y... encontré al pastor en La Cueva, y...

Su voz se quebró por la emoción.

— Quiero agradecer a todas las personas que han estado orando y preocupadas por mí.

Se quedó de pie por unos instantes, mirando el piso, mientras las lágrimas corrían de sus ojos.

Jovita se puso de pie junto a él, y se dirigió al grupo por él.

— Ronaldo quiere que todos ustedes sepan que él y Cinthia le entregaron a Jesucristo su corazón anoche.

Todo el mundo sonrió con regocijo y expresaron frases de aliento. Eso tranquilizó a Ronaldo, lo suficiente como para decir:

— Así es, y echamos todas las drogas por el inodoro.

Esto hizo que todos estallaran en risa.

Con creciente gozo y fervor, el pase de lista continuó.

Afuera, los demonios escuchaban con creciente alarma y mascullaban exclamaciones amenazantes.

— ¡Rafar debe saberlo! — dijo uno.

Lucio, con sus alas medio recogidas, apenas lo suficiente como para impedir que sus lacayos lo acosaran, se quedó quieto y preocupado.

Un diablito se subió sobre su cabeza, y chilló:

— ¿Qué vamos a hacer, maestro Lucio? ¿Debemos buscar a Rafar?

— ¡Regresa a tu puesto! — masculló Lucio.

— ¡Yo mismo informaré a Rafar!

Todos se reunieron alrededor de él, esperando escuchar la siguiente orden. Ultimamente parecía que Lucio no hablaba mucho.

— ¿Qué están mirando? — chilló él.

— ¡Vayan a sus travesuras! ¡Déjenme a mí que me preocupe por estos santurrones?

Ellos huyeron en todas direcciones, y Lucio se quedó de pie en su lugar fuera de la ventana de la iglesia.

¡Decirle a Rafar, en verdad! ¡Que el mismo Rafar se humille lo suficiente como para preguntar. Lucio no iba a ser su lacayo.

En esta parte de la ciudad de Nueva York, las cosas estaban diseñadas para la élite y los acomodados; los almacenes, las tiendas, y los restaurantes eran de clase exclusiva, los hoteles de puro lujo. Arboles cuidadosamente podados florecían en las gigantescas maceteras redondas que se hallaban en los bordillos y veredas, y los trabajadores de mantenimiento mantenían las calles y las aceras en forma impecable.

Entre los apresurados compradores que llenaban el distrito, se hallaban dos hombres corpulentos en túnicas color bronce, caminando por la vereda, y mirando aquí y allá.

— Hotel Gibson — leyó Tael en el frente de un antiguo y elegante edificio de piedra, que se elevaba como treinta pisos para arriba.

— No veo ninguna actividad — dijo Huilo.

— Todavía es temprano. Ya llegarán. Movámonos rápido.

Los dos se deslizaron a través de las enormes puertas de entrada, hasta el vestíbulo del hotel. La gente pasaba a su lado, y algunas veces a través de ellos, pero eso, por supuesto, no tenía ninguna consecuencia. En pocos momentos habían verificado, en el mostrador de recepción del hotel, el horario de los banquetes, y comprobado que el Gran Salón de Baile estaba reservado esa noche para la *Sociedad de la Conciencia Universal.*

— La información del general era correcta — comentó Tael con placer.

— Se apresuraron a cruzar por el pasillo recubierto de gruesa alfombra, pasando una barbería, un salón de belleza, un puesto de limpiar zapatos, una tienda de regalos, y finalmente llegaron hasta dos gigantescas puertas de roble, con lujosas manijas de bronce forjado. Pasaron a través de ellas, y se encontraron en el Gran Salón de Baile, lleno ya con mesas listas para el banquete, con cubiertos y adornos de cristal y manteles de lino blanco. En cada mesa había un botón de rosa, con largo tallo, en un florerito de cuello angosto. Los meseros hacían apresuradamente los preparativos finales, colocando ágilmente las servilletas dobladas artísticamente, y los vasos para el vino. Tael revisó las tarjetas colocadas en la mesa principal. Una, hacia el extremo de la misma, decía: "Kaseph, Corporación Omni."

Salieron por una puerta cercana, y miraron hacia la derecha e izquierda. Abajo en el pasillo, hacia la izquierda y hacia atrás en el hotel, estaba el tocador de damas. Entraron, pasaron junto a unas cuantas mujeres que se retocaban el maquillaje frente a los espejos, y siguieron hasta encontrar lo que buscaban: el último inodoro, designado especialmente para el uso de los inválidos. Se hallaba contra la pared posterior del hotel, debajo de una ventana lo suficientemente amplia como para que un ser humano delgado pudiera escurrirse por ella. Tael llegó hasta esa ventana, abrió la cerradura, y comprobó que la ventana podía abrirse y cerrarse fácilmente. Huilo atravesó rápidamente por la pared, hasta el callejón de atrás del edificio, y allí encontró un botadero de basura grande, y con increíble facilidad lo movió varios metros de modo de dejarlo situado debajo de la ventana. Luego arregló varios cajones y latas de basura en una forma muy conveniente, como si fuera escalera, contra el basurero. Tael se le unió y los dos descendieron por el callejón hasta la calle. Una manzana más abajo había una casilla de teléfonos. Tael levantó el receptor y se aseguró de que estuviera funcionando.

—¡Aquí vienen! —advirtió Huilo.

Los dos atravesaron de un salto la pared de una tienda por departamentos, y miraron por la ventana en el momento en que un enorme automóvil negro de lujo, y luego otro, y luego otro, empezaron su ominoso desfile por la calle hacia el hotel. Dentro de los automóviles había dignatarios y otras personas de importancia, de muchas naciones y razas diferentes, y dentro o encima de los vehículos iban demonios de toda clase, negros, arrugados, fieros, y con sus ojos amarillentos vigilando con cautela en todas direcciones.

Tael y Huilo observaban todo con fascinación. En el cielo, por encima, otros demonios empezaron a reunirse sobre el hotel, como golondrinas, con sus alas negras dibujándose contra el cielo rojizo.

—Una reunión muy significativa, capitán —dijo Huilo.

Tael asintió, y continuó vigilando. En medio de los automóviles de lujo había muchos taxis, también llevando una muestra muy representativa de la humanidad: orientales, africanos, europeos, árabes; gente de mucha dignidad, estima, y poder de todo el mundo.

—Como dicen las Escrituras, los reyes de la tierra —observó Tael—, emborrachándose con el vino de la inmoralidad de la gran ramera.

—Babilonia, la grande —dijo Huilo—. La gran ramera levantándose al fin.

—Sí. Conciencia Universal. La religión mundial, la doctrina de los demonios esparcida entre las naciones. Babilonia revivida antes del fin de las edades.

—Por eso es el regreso del príncipe de Babilonia, Rafar.

—Por supuesto. Y eso explica por qué nosotros fuimos llamados. Estamos aquí para hacerle frente.

Huilo dio un respingo ante eso.

—Mi capitán, nuestra última batalla con Rafar no es un recuerdo placentero.

—Tampoco es una expectación placentera.

—¿Lo espera usted aquí?

—No. Esta reunión es solamente una fiesta antes de la batalla real, y la batalla real está fijada para el pueblo de Ashton.

Tael y Huilo permanecieron donde se encontraban, observando cómo las fuerzas de la humanidad y de la maldad satánica convergían al Hotel Gibson. Vigilaban buscando una persona clave: Susana Jacobson, la Servidora de Alejandro Kaseph.

Finalmente la vieron en un enorme automóvil de lujo, probablemente el vehículo privado de Kaseph, conducido por un chofer. Ella venía acompañada de dos escoltas, uno a cada lado.

—La vigilan de cerca —dijo Tael—. Vamos; necesitamos ver mejor.

Furtiva y rápidamente atravesaron el almacén, las paredes, las exhibiciones, y la gente, y por debajo de la calle llegaron hasta un restaurante frente a la puerta principal del hotel. Alrededor de ellos, gente bien vestida se hallaba sentada a la mesa, a la luz de las velas, comiendo cara cocina francesa. Los dos se apresuraron a llegar a la ventana, junto a una pareja de gente mayor que disfrutaba de mariscos y vino. Vieron llegar el auto que conducía a Susana, hasta el frente del hotel.

La puerta del auto fue abierta por un botones de traje rojo. Uno de los acompañantes salió primero, y extendió su mano para ayudar a Susana a bajarse; ella salió, y de inmediato se le unió el otro escolta. Los dos acompañantes, vestidos de frac eran muy bien parecidos, pero también intimidantes. Se mantenían muy cerca de ella. Susana llevaba un vestido de noche suelto, que le caía hermosamente sobre su cuerpo y llegaba como cascada hasta sus pies.

Huilo tuvo que preguntar:

—¿Son sus planes los mismos que los nuestros?

Tael respondió con toda seguridad:

—El general hasta aquí no ha fallado jamás.

Huilo se limitó a sacudir su cabeza en aprehensión.

—Vamos al callejón —dijo Tael.

Avanzaron por debajo de los adoquines del callejón, y salieron a la superficie en un lugar oculto detrás de una escalera de incendios. La noche ya había caído, y el callejón estaba muy oscuro. Desde su punto de observación pudieron contar veinte pares de ojos amarillentos, espaciados en forma pareja por todo el callejón y contra el hotel.

—Hay como un centenar de centinelas rodeando el lugar —dijo Tael.

—Bajo mejores circunstancias, apenas un puñado —Huilo murmuró.

—Tú necesitas preocuparte solamente por estos veinte.

Huilo tomó su espada en su mano. Podía sentir las oraciones de los santos locales.

—Va a ser difícil —dijo—. La cobertura de oración es limitada.

—No tienes que derrotarlos —contestó Tael—. Solamente haz que te persigan. Necesitamos el callejón libre por unos minutos.

Esperaron. El aire del callejón se hallaba en quietud y húmedo. Los demonios casi ni se movían, permaneciendo en sus puestos, gruñendo en diferentes idiomas, mientras que su aliento sulfuroso formaba una extraña cinta serpenteante de vapor amarillento que llenaba el callejón como un río putrefacto flotando en el aire. Tael y Huilo podían sentir que se estaban poniendo más y más tensos, como resortes que se apretaban cada vez más, con cada segundo que pasaba. El banquete debía estar en progreso ya. En cualquier momento Susana debía disculparse de la mesa.

Transcurrió más tiempo. De súbito Tael y Huilo sintieron el impulso del Espíritu. Tael miró a Huilo, y Huilo asintió. Ella estaba en camino. Vigilaron la ventana. La luz del tocador de damas brilló a través de ella; a duras penas podían oír el ruido de la puerta abriéndose y cerrándose mientras que las personas entraban y salían.

La puerta se abrió. Resonaron los tacones sobre las baldosas del piso, aproximándose a la ventana. Los demonios comenzaron a agitarse un poco, mascullando algo entre ellos. La puerta del último inodoro se abrió. Huilo empuñó su espada. Empezó a aspirar fuertemente, su enorme pecho levantándose y volviendo a bajar, y el poder de Dios llenándolo por entero. Sus ojos estaban clavados en la ventana. Los demonios se pusieron más alerta, sus ojillos amarillentos se abrieron más, y se movían hacia todos lados. Empezaron a hablar más alto.

La sombra de la cabeza de una mujer de pronto apareció en la ventana. Una mano de mujer buscaba la manija.

Tael tocó a Huilo en el hombro, y Huilo instantáneamente se dejó caer al suelo. Pasó solamente una fracción de segundo.

"¡Yaaaaaaaah!" brotó el súbito y ensordecedor grito de guerra de los poderosos pulmones de Huilo, y el callejón entero instantáneamente explotó en un relámpago enceguecedor de luz brillante mientras Huilo brotaba de la tierra, con su espada flameante y reluciente, trazando brillante arcos en el aire. Los demonios saltaron, gritando y chillando de terror, pero se recuperaron de inmediato y sacaron sus espadas. El callejón hizo eco del chasquido metálico, y el rojo resplandor de sus espadas danzaba como cometas en las altas paredes de ladrillo.

Huilo estaba de pie, alto y fornido, y echó una carcajada que estremeció la tierra.

— ¡Ahora, lagartijas negras, voy a probar su temple!

Un espíritu más grande en el extremo chilló una orden, y todos los veinte demonios convergieron sobre Huilo como si fueran hambrientas aves de rapiña, esgrimiendo sus espadas y con sus colmillos al aire. Huilo salió disparado de en medio de ellos, como si fuera una resbalosa barra de jabón, añadiendo ágiles volteretas mientras ascendía, arrojando por todos lados luz en multicolores espirales. Los demonios desplegaron sus alas, y salieron disparados detrás de él. Mientras Tael observaba, Huilo hizo un giro como tirabuzón lanzándose hacia el cielo como si fuera un globo libre, riéndose, burlándose y haciendo mofa, manteniéndose fuera del alcance de ellos. Los demonios estaban ciego de furia ahora.

El callejón estaba vacío. La ventana se abría. Al instante Tael estaba debajo de la ventana, sin ninguna gloria y oculto en la oscuridad. Agarró a Susana el momento en que su mano asomó por la ventana, y la haló tan rápidamente que prácticamente la hizo salir disparada por la ventana debido a la fuerza del tirón. Ella vestía una blusa sencilla y pantalones, y calzaba zapatillas. Del cuello para arriba todavía se la veía hermosa y despampanante; del cuello para abajo estaba lista para correr por los callejones oscuros.

Tael la ayudó a encontrar el camino para bajar del botadero de basura, y luego la guió por el callejón hasta la calle, donde ella vaciló un instante, mirando hacia un lado, y luego hacia el otro, hasta que divisó la caseta de teléfono. Corrió como el viento, en una prisa terrible y desesperada. Tael la siguió, tratando de permanecer tan oculto como le era posible. Miró por sobre su hombro; la distracción producida por Huilo había dado resultado. Por ahora, Huilo era el principal problema para los demonios, y su atención estaba muy lejos de esta mujer que corría frenéticamente.

Susana entró precipitadamente en la caseta, y cerró violentamente la puerta detrás de sí. Sacó una pila de monedas de sus pantalones, y marcó para llamar a la operadora, y llamar a larga distancia.

En algún lugar entre Ashton y el pequeño caserío de Baker, en una vetusta bodega convertida en apartamento, Kevin Pasto fue despertado de su sueño intranquilo por el timbre del teléfono. Se dio la vuelta sobre su cama, y alzó el auricular.

— Sí, ¿quién habla? — preguntó.

— ¿Kevin? ¿Eres Kevin? — vino una voz desesperada desde el otro extremo.

Kevin se despertó a medias. Era una voz de mujer.

— Sí, soy yo. ¿Quién habla?

En la caseta de teléfono Susana miraba hacia todos lados de la calle, temerosa mientras decía:

— Kevin, soy Susana, Susana Jacobson.

Kevin empezaba a preguntarse sobre todo esto.

— ¿Qué quieres conmigo, al fin y al cabo?

— Necesito tu ayuda, Kevin. No tengo mucho tiempo. No hay mucho tiempo.

— ¿Tiempo para qué? — preguntó él hoscamente.

— Por favor, escucha. Escríbelo si es necesario.

— No tengo lápiz.

— Entonces, simplemente escucha. ¿Sabes algo en cuanto a *El Clarín* de Ashton? ¿El periódico de Ashton?

— Sí, sí, lo conozco.

— Berenice Krueger trabaja allí. Ella es la hermana de la que fue mi compañera de dormitorio, Patricia, la que se suicidó.

— ¡Vaya! ¿Qué ocurre ahora?

— Kevin, ¿harás algo por mí? ¿Podrías llamar a Berenice Krueger, en *El Clarín* y... Kevin?

— Sí, sí. Escucho.

— Kevin. Estoy en graves problemas. Necesito tu ayuda.

— ¿Y dónde está tu amiguito?

— Es de él de quién tengo miedo. Tú sabes sobre él. Dile a Berenice todo lo que sabes acerca de Alejandro Kaseph, todo lo que sepas.

Kevin estaba confundido.

— ¿Y qué es lo que sé yo?

— Dile lo que ocurrió, lo que pasó entre nosotros, con Kaseph; díselo todo. Dile qué es lo que se propone Kaseph.

— No comprendo.

— No tengo tiempo para explicarlo. Simplemente dile que Kaseph está queriendo apoderarse de todo el pueblo... y hazle saber que tengo información muy importante en cuanto a su hermana Patricia. Trataré de llamarla a ella, pero temo que el teléfono de *El Clarín* pueda estar interceptado. Kevin, necesito que estés allí para contestar el teléfono, para...

Susana se sentía frustrada, llena de emoción, incapaz de seleccionar las palabras apropiadas. Tenía tanto para decir y tan poco tiempo.

— Lo que dices no tiene mucho sentido para mí — murmuró Kevin —. ¿Has tomado algo?

— Simplemente hazlo, Kevin, por favor. Te llamaré otra vez tan pronto como pueda, o te escribiré, o haré algo; pero, por favor, llama a Berenice Krueger y dile todo lo que sabes sobre Kaseph y sobre mí. Dile que yo fui a quien vio en la feria.

—¿Cómo se supone que debo recordar todo este lío?

—Por favor, hazlo. ¡Dime que lo harás!

—Está bien. Lo haré. Lo haré.

—Tengo que irme. ¡Adiós!

Susana colgó el teléfono y voló de regreso. Tael la siguió, agazapándose entre los edificios tanto como podía.

Llegó al callejón unos instantes antes que ella, para comprobar todo. ¡Problemas! Otros cuatro centinelas habían venido a ocupar los puestos de los veinte originales, y estaban en plena alerta. No había manera de saber dónde andaba Huilo y los veinte. Tael miró atrás. Susana corría a toda velocidad hacia el callejón.

Tael se hundió atravesando el pavimento, penetrando muy profundo debajo de la ciudad, ganando velocidad, sacando su enorme espada plateada. El poder de Dios estaba incrementándose ahora; los santos debían estar orando en alguna parte. Podía sentirlo. Tenía apenas unos pocos segundos, y lo sabía. Verificó su rumbo, hizo un viraje subterráneo alejándose del hotel, y luego, como a un kilómetro de distancia, viró de regreso, ganando velocidad, ganando velocidad, aumentando velocidad, despidiendo luz, aumentado poder, más rápido, más rápido, más rápido, más rápido, su espada era un relámpago brillante enceguecedor, sus ojos brillaban como brasas de fuego, la tierra era apenas una sombra a su alrededor, el rugido del barro que atravesaba, rocas, tuberías, y piedra como si fuera un tren expreso. Sostuvo su espada en forma cruzada, con la punta lista por un momento infinitesimal.

Más rápido que el pensamiento, como una explosión de un proyectil, un relámpago brillante estalló desde la tierra por la calle y pareció cortar en dos el espacio al atravesar el callejón frente a los ojos de los cuatro demonios. Los demonios, perplejos y enceguecidos, cayeron hacia atrás, tropezando, tratando de encontrarse mutuamente. La estela de luz desapareció en la tierra tan pronto como apareció.

Susana dio vuelta a la esquina y entró en el callejón, dirigiéndose a la ventana.

Tael plegó sus alas, y redujo su velocidad. Tenía que regresar para ayudarla a pasar por la ventana antes de que algún demonio pudiera recuperarse y hacer sonar la alarma. Agitó sus alas en un violento empujón hacia adelante, y regresó.

Susana trepó por los cajones y latas, hasta el botadero de basura. Los demonios empezaban a recuperar la visión, y estaban frotándose los ojos. Tael emergió detrás de la escalera de incendios, tratando de juzgar el tiempo que restaba.

¡Qué bien! Huilo había regresado, y se dejó caer como si fuera un halcón en el callejón, agarrando a Susana y empujándola para que pasara por la ventana en un instante, y sosteniéndola de modo que no cayera al piso de adentro. Huilo mismo cerró la ventana. Tael voló para juntarse con Huilo.

— ¡Una vez más! — gritó.

Nada más necesitaba decirse. Los cuatro centinelas se habían recuperado y ya saltaban sobre ellos, mientras que los otros veinte habían regresado, pisándole los talones a Huilo. Tael y Huilo salieron disparados hacia el aire, y se alejaron vertiginosamente, perseguidos por todo la cuadrilla de demonios que echaban espuma. Los ángeles describieron su curso muy por encima de la ciudad, manteniendo la velocidad suficiente como para hacer que los demonios los persiguieran. Se dirigieron hacia el occidente, en la oscuridad de la noche, dejando una estela brillante detrás. Los demonios los persiguieron tenazmente por cientos de kilómetros, pero finalmente, cuando Tael regresó a ver, encontró que habían desistido de su persecución, y habían regresado a la ciudad. Tael y Huilo aumentaron su velocidad y se dirigieron a Ashton.

En el tocador de señoras, Susana apresuradamente se arremangó las mangas de los pantalones, tomó el vestido de noche que colgaba de un gancho en la puerta del inodoro, y rápidamente volvió a asumir la apariencia apropiada para el banquete. Se quitó las zapatillas, y las puso en su cartera, poniéndose de nuevo sus zapatos, luego abrió la puerta del inodoro y salió.

Una voz de hombre, fuera del tocador, la llamó:

— Susana, te están esperando.

Ella comprobó su apariencia en el espejo, peinó un poco su cabellera, y trató de calmar su respiración.

Rápido, rápido, se dijo a sí misma bromeando.

Con dignidad femenil por fin salió al pasillo, y tomó del brazo a su escolta. El la condujo de regreso al Gran Salón de Baile, ya lleno de gente, y la llevó hasta su asiento en la mesa principal, dando una señal de asentimiento tranquilizador al otro acompañante.

 Las oficinas de *El Clarín* finalmente recuperaron la eficiencia grata y saludable que a Marshall le gustaba ver, y la nueva empleada, Carmen, tenía mucho que ver con todo eso. En menos de una semana ella había tomado el toro por los cuernos y había hecho más que llenar los zapatos de Edith, restableciendo una ajustada rutina en la oficina.

Era apenas miércoles, y el periódico ya estaba en plena actividad, encaminándose para la edición del viernes. Marshall se detuvo en el escritorio de Carmen, de camino a la cafetera.

Ella le entregó una copia fresca, y le dijo:

— Esto es parte del artículo de Tomás.

Marshall asintió con la cabeza:

— Sí, ese asunto del departamento de bomberos...

— Lo he dividido en tres secciones: personal, historia y metas; y me figuro que podemos publicarlo en tres partes. Tomás ya lo tiene segregado para las dos próximas ediciones, y piensa que puede hacer lugar para la tercera.

Marshall estaba complacido.

— Está bien. Adelante con eso. Me gusta. Me alegro de que usted pueda leer la escritura manuscrita de Tomás.

Carmen ya había leído las pruebas de la mayor parte del material para el viernes, y estaba a medio camino en la preparación de la copia para Jorge, el linotipista. Ya había revisado los libros, y balanceado las cuentas. Estaba planeando ayudar a Tomás el día de mañana, en la composición de las páginas. Los negativos para la publicidad del *Club Deportivo* ya estaban listas.

Marshall sacudió su cabeza muy sorprendido.

— Qué bueno tenerla con nosotros.

Carmen sonrió.

— Gracias, señor.

Marshall se dirigió a la cafetera, y vertió dos tazas de café. Luego cayó en cuenta. Carmen había encontrado el cordón de la cafetera.

Tomó las dos tazas y regresó a su oficina, dándole a ella una sonrisa de aprobación al pasar por su escritorio. La ubicación de su escritorio había sido su única petición en cuanto a su trabajo. Había preguntado si podía moverlo a un sitio fuera de la oficina de Marshall, y Marshall se había sentido contento de complacerla. Ahora todo lo que tenía que hacer era llamarla en voz alta, y ella saltaría de inmediato a atenderlo.

Marshall entró en su oficina, colocó una taza sobre su escritorio, y le ofreció la otra taza al individuo de pelo largo y medio amodorrado que estaba sentado en una esquina. Berenice estaba sentada en una silla que había traído, y tenía su propia taza de café en sus manos.

— Ahora, ¿dónde estábamos? — preguntó Marshall, sentándose a su escritorio.

Kevin Pasto se frotó el rostro, tomó un sorbo de café, y trató de recobrar el hilo de sus pensamientos otra vez, mirando al suelo como si los hubiera dejado caer por alguna parte.

Marshall lo estimuló:

— Bien, déjeme asegurarme de que lo comprendo correctamente: Usted era el... amigo de esta Susana, y ella era la compañera de dormitorio de Patricia Krueger, la hermana de Berenice. ¿Es eso correcto?

Pasto asintió.

— Sí, sí, así es.

— ¿Y qué andaba haciendo Susana en el festival?

— ¿Quién sabe! Como ya les dije, simplemente se acercó a mí por detrás, y me dijo hola, y yo ni siquiera la estaba mirando. No podía creer que era ella, ¿comprende?

— Pero ella consiguió su número de teléfono, y luego lo llamó anoche...

— Sí, así es, toda exaltada, alterada. Es raro. No decía cosas con mucho sentido.

Marshall miró tanto a Pasto como a Berenice, y le preguntó a ella:

— ¿Y esta es la mujer con apariencia de fantasma que usted fotografió esa noche?

Berenice estaba convencida.

— Las descripciones que nos da Kevin encajan perfectamente con la mujer que yo vi, y también con el viejo que vi con ella.

— Así es, Kaseph.

Kevin dijo el nombre como si le diera asco.

— Está bien — y Marshall hizo una lista en su mente —. Hablemos entonces de Kaseph primero, luego hablaremos en cuanto a Susana, y luego hablaremos en cuanto a Patricia.

Berenice alistó su libreta de anotaciones.

— ¿Cuál es el nombre completo de Kaseph? ¿Alguna idea?

Pasto hizo un esfuerzo con su cerebro.

— Ale... Alejandro... algo así.

— Pero empieza con A.

— Así es.

Marshall preguntó:

— ¿Qué es él?

Pasto contestó:

— El nuevo amiguito de Susana, el tipo por el cual ella me botó a mí.

— ¿Y qué hace? ¿Dónde trabaja?

Pasto sacudió su cabeza.

— No lo sé. Tiene mucho dinero, sin embargo. Es realmente un ricacho. La primera vez que oí acerca de él fue cuando él andaba rondando por la universidad de Ashton y hablando de comprar una propiedad y cosas por el estilo. Vaya, el tipo estaba realmente podrido en plata y le gustaba que todo el mundo lo supiera también.

Entonces se acordó.

— Susana dijo que él está tratando de apoderarse de todo el pueblo...

— ¿Cuál pueblo? ¿Este?

— Supongo.

Berenice le preguntó:

— Entonces, ¿de dónde viene?

— Del este, quizás de Nueva York. Creo que es del tipo de las grandes ciudades.

Marshall le dijo a Berenice:

— Hágame una nota para llamar a Alcides Lemley, en el *Times*. Es posible que él pueda rastrear a este individuo si está en Nueva York. Berenice hizo la nota. Marshall le preguntó a Pasto:

— ¿Qué más sabe sobre él?

— Es un tipo extraño Está metido en cosas raras y misteriosas. Marshall estaba poniéndose impaciente:

— Vamos, trate más duro.

Pasto se movió y se revolvió en su silla, tratando de sentirse cómodo para hablar de esas cosas:

— Bueno, es que. . . usted sabe. . . él es algo así como un curandero, un brujo, o algo por el estilo, y enredó a Susana en todo ese lío. Berenice replicó:

— ¿Quiere decir, el misticismo oriental?

— ¡Eso!

— ¿Religiones paganas, meditación?

— ¡Eso mismo! ¡Eso mismo! El está metido en todo eso, él y la profesora de la universidad, cómo se llama. . .

Marshall ya estaba harto del nombre:

— Langstrat.

La cara de Pasto se iluminó al recordar:

— ¡Sí, sí! Eso es.

— ¿Estaban Kaseph y Langstrat asociados? ¿Eran amigos?

— Desde luego. Ambos enseñaban juntos las clases de por las noches, creo, las clases a las cuales Susana asistía. Kaseph era el invitado especial, o algo así. El realmente tenía a todo el mundo cautivado. Yo pensaba que el tipo daba miedo.

— Está bien, de modo que Susana asistía a esas clases. . .

— Y perdió la cabeza, y quiero decir realmente que perdió la cabeza. No podía haber volado más alto. Ya no pude hablar con ella más. Ella siempre andaba volando por algún lugar del espacio.

Pasto continuó hablando, empezando a moverse por sí mismo, poco a poco.

— Eso fue lo que realmente me enfureció, cómo ella y el resto de esa pandilla empezaron a guardar secretos y hablar en códigos, y a no dejarme saber de qué es lo que estaban hablando. Susana me decía que yo no estaba suficientemente iluminado, y que no entendería. ¡Rayos! Ella se entregó totalmente a aquel tipo Kaseph, y Kaseph se apropió de ella, quiero decir, realmente la poseyó. Ahora él la posee. Ella no aguanta más.

— ¿Y Julia Langstrat ha estado metida en todo esto todo el tiempo?

— Sí, pero Kaseph es realmente el que pesa más. El era el gurú, usted comprende. Julia era nada más que su perrito faldero.

Berenice dijo:

— Y Susana ahora consigue su número de teléfono, y lo llama después de todo este tiempo.

— Y ella estaba muerta de miedo —dijo Pasto—. Ella está en peligro. Dijo que esperaba que yo me pusiera en contacto con ustedes dos, y les dijera lo que sé, y que ella tiene alguna información sobre Patricia.

Berenice estaba ansiosa ahora.

— ¿Le dijo qué clase de información?

— No, nada. Pero ella quiere hablar directamente con usted.

— Bueno, pues. ¿Por qué sencillamente no me llama?

La pregunta contribuyó para que Pasto recordara algo:

— Sí, ella piensa que el teléfono de ustedes puede estar interceptado.

Marshall y Berenice se quedaron en silencio por un momento. Eso era un comentario que no sabían si tomarlo realmente en serio.

Pasto añadió:

— Creo que ella me llamó para que yo sea una especie de intermediario, para darles a ustedes la información y ponerlos al tanto.

Marshall replicó:

— ¿Como si usted fuera el único en quien ella puede confiar?

Kevin se limitó a encogerse de hombros.

Berenice preguntó:

— Bien, ¿Qué sabe usted en cuanto a Patricia? ¿Le dijo Susana algo mientras ustedes dos todavía andaban juntos?

Una de las cosas más dolorosas para Pasto era tratar de recordar las cosas.

— Este. . . ella y Patricia eran buenas amigas, al menos por un tiempo. Pero, usted sabe, Susana nos excluyó a todos, y nos sacó de su vida, cuando empezó a seguir a la pandilla de Kaseph. Ella me mandó a sacar por decirlo así, me echó fuera de su vida, y a Patricia también. Después de eso ellas no se llevaban muy bien, y Susana decía que Patricia era. . . este. . . así como yo, tratando de entrometerse en su vida, que no estaba iluminada lo suficiente, que estaba faltando a su deber.

Marshall pensó en la pregunta, y no esperó a que Berenice la hiciera:

— De modo que, ¿diría usted que la pandilla de Kaseph pudiera haber considerado a Patricia como un enemigo?

— ¡Vaya. . !

Pasto recordó algo más.

— Ella realmente expuso su cuello, quiero decir, se interpuso en el camino de ella. Ella y Susana una vez tuvieron una gran pelea debido a las cosas en las cuales Susana estaba metiéndose. Patricia no confiaba en Kaseph, y decía a menudo que Susana se estaba dejando lavar el cerebro.

Los ojos de Pasto se abrieron más y brillaron.

— Sí, yo hablé con Patricia una vez. Estábamos viendo un juego, y hablábamos sobre aquello en lo cual Susana se estaba metiendo, y cómo Kaseph la controlaba, y Patricia estaba realmente enojada por eso, igual que yo lo estaba. Creo que Patricia y Susana tuvieron otras buenas peleas por eso, hasta que finalmente Susana salió del dormitorio, y se fue con Kaseph. ¡Vaya! Ella abandonó clases y todo.

— De modo que Patricia se ganó unos cuantos enemigos, quiero decir enemigos reales.

Pasto continuaba hurgando, sacando a la luz cosas que habían estado sepultadas por los años y el alcohol.

— Eh. . . sí. . . tal vez se los ganó. Fue después de que Susana se fue con este tipo Kaseph. Patricia me dijo que iba a averiguar las cosas hasta el fondo de una vez por todas, y tengo la impresión de que había ido a ver a la profesora Langstrat unas pocas veces. Algunos días después me encontré de nuevo con ella. Estaba sentada en la cafetería de la universidad, y parecía que no había dormido por varios días. Le pregunté cómo le iba, y casi ni quería hablar conmigo. Le pregunté cómo le iba en la investigación, comprende, su averiguación en cuanto a Kaseph y Langstrat y todo ese enredo, y me dijo que había desistido de todo, porque no era gran cosa. Pensé que todo esto era muy raro, debido a que ella había estado tan alterada por lo mismo poco antes. Le pregunté: "¿Te están persiguiendo ahora?" y ella no quería hablar sobre eso, y me dijo que yo no entendería. Luego dijo algo acerca de algún instructor, alguien que la estaba ayudando a librarse de todo, y que le estaba yendo bien. Me dio la impresión de que ella no quería que yo metiera mis narices en eso, de modo que decidí simplemente dejar quieto el asunto.

— ¿Le pareció algo extraña la conducta de ella? — preguntó Berenice —. ¿Parecía ser ella misma?

— De ninguna manera. Vamos, si ella no hubiera estado antes tan opuesta a la pandilla de Kaseph y Langstrat, no hubiera siquiera pensado en ellos; ella tenía la misma clase de mirada extraviada en el espacio como la tienen ellos.

— ¿Cuándo? ¿Cuándo exactamente la vio usted así?

Pasto lo sabía, pero detestaba decirlo:

— Muy poco antes de que la encontraran muerta.

— ¿Parecía ella con miedo? ¿Le dio alguna indicación de algún enemigo, algo así?

Pasto hizo una mueca, tratando de recordar.

—Ella no quería hablarme. Pero la vi una vez después de eso, y traté de preguntarle sobre Susana, y ella reaccionó como si yo fuera algún asaltante o algo así... Ella me gritó: "¡Déjeme sola! ¡Déjeme sola!" y trató de alejarse, entonces se dio cuenta de que era yo, y miró a todos lados como si alguien estuviera persiguiéndola...

—¿Quién? ¿Dijo ella quién?

Pasto miró al cielo raso.

—¡Oh..! ¿cómo se llamaba ese tipo?

Berenice se había inclinado hacia adelante, pendiente de sus palabras.

—¿Hubo alguien?

—Tomás, un tipo llamado Tomás.

—¡Tomás! ¿Dijo ella alguna vez su apellido?

—No recuerdo ningún apellido. Yo nunca conocí al tipo aquel, nunca lo vi, pero de seguro que debe de haberse considerado propietario de ella. Ella actuaba como si él la estuviera siguiendo a todas partes, hablándole, quizá amenazándola,... yo no sé. Ella parecía tenerle mucho miedo.

—Tomás — susurró Berenice, y luego le preguntó:

—¿Sabe alguna otra cosa con respecto a este Tomás? ¿Cualquier cosa?

—Nunca lo vi... ella no dijo quién era, ni dónde lo veía. Pero era algo muy raro. Un minuto ella estaba hablando como si fuera lo más grande que jamás le hubiera ocurrido, y el siguiente minuto estaba escondiéndose y diciendo que él la estaba persiguiendo.

Berenice se levantó y se dirigió a la puerta.

—Pienso que debemos tener una lista del personal de la universidad en alguna parte.

—Empezó a rebuscar en los escritorios y archivadores de la oficina del frente.

Pasto se quedó en silencio. Parecía cansado.

Marshall le dijo para tranquilizarlo:

—Lo está haciendo muy bien, Kevin. Vamos, ha pasado bastante tiempo.

—Eh... no sé si esto sea importante...

—Considere todo importante.

—Bien, pues, ese asunto de Patricia teniendo un nuevo instructor... Pienso que era alguien de la pandilla de Kaseph, tal vez fue Susana, ellos tenían instructores.

—Pero yo pensaba que Patricia no quería tener nada que ver con ese grupo.

—Sí, sí, es verdad.

Marshall cambió de dirección.

216

— Entonces, ¿dónde cae usted en todos estos ajetreos, además de su relación con Susana?

— ¡En ninguna parte! Yo no quería tener nada que ver con todo ese cuento.

— ¿Estaba usted asistiendo a la universidad?

— Así es, estudiando contabilidad. Cuando todo empezó a desmoronarse, y luego Patricia se mató, vaya, me fui huyendo tan pronto como pude. Yo no quería ser el próximo, ¿comprenden?

Miró al piso.

— Mi vida ha sido un verdadero infierno desde ese entonces.

— ¿Está usted trabajando?

— Sí, en el aserradero de los hermanos Gorst, cerca de Baker.

Sacudió la cabeza.

— Nunca pensé que volvería a ver a Susana otra vez.

Marshall se dio la vuelta hacia su escritorio y buscó una hoja de papel.

— Bueno, tendremos que mantenernos en contacto. Deme su número de teléfono y su dirección, tanto de su trabajo como de su domicilio.

Pasto le dio la información.

— Y si no estoy allí, probablemente me encontrará en la cantina Siempreverde, en Baker.

— Está bien. Escuche; si oye algo más de Susana, háganos saber, de día o de noche.

Le dio a Pasto su tarjeta añadiéndole el número telefónico de su casa.

Berenice regresó con la lista.

— Marshall, hay una llamada para usted. Creo que es urgente — dijo y luego se volvió a Pasto —. Kevin, vamos a otra oficina y revisemos esta lista. Tal vez podamos hallar el nombre de aquel individuo.

Pasto salió con Berenice, y Marshall levantó el teléfono.

— Hogan — dijo.

— Hogan, soy Teodoro Harmel.

Marshall alargó su mano buscando un lápiz.

— Hola, señor Harmel. Gracias por llamar.

— De modo que usted habló con Eleodoro. . .

— ¿Y él le dijo a usted?

Harmel lanzó un suspiro, y dijo:

— Usted está en un lío, Hogan. Le voy a conceder una entrevista. ¿Tiene un lápiz a mano?

— Estoy listo. Dígame.

Berenice acababa de despedirse de Pasto, habiéndole acompañado hasta la puerta, cuando Marshall salió de su oficina con un pedazo de papel en su mano.

— ¿Alguna pista? — preguntó él.

— No hay ningún Tomás de ninguna clase, ni por nombre de pila, ni por apellido.

— Por lo menos es una pista.

— ¿Quién llamó por teléfono?

Marshall sacó la hoja de papel.

— Gracias a Dios por los pequeños favores. Era Teodoro Harmel.

Berenice se alegró considerablemente mientras Marshall explicaba.

— El quiere que lo vea mañana; y estas son las direcciones. Debe de ser muy dentro del bosque. El tipo realmente está paranoico en todo sentido; me sorprendió que me pidió que usara un disfraz o algo parecido.

— ¿No quiso decir nada en cuanto a todo esto?

— No, no por teléfono; tiene que ser únicamente él y yo solos, en privado.

Marshall se inclinó un poco, y susurró:

— Es otro que piensa que nuestro teléfono está interceptado.

— ¿Y cómo nos aseguramos de que no lo está?

— Esa será una de sus tareas. Ahora estas son las demás.

Berenice tomó su cuaderno de apuntes, e hizo la lista mientras Marshall hablaba.

— Revisa el libro de teléfonos de Nueva York. . .

— Ya lo hice. No hay ningún A. Kaseph en la lista.

— Borre esa. La siguiente: Averiguar en las oficinas locales de bienes raíces. Si Pasto tiene razón en cuanto a que Kaseph andaba buscando propiedad por aquí, alguna de aquellas personas puede saber algo. Sería bueno buscar en las listas comerciales también.

— ¡Ummmmmm!

— Y mientras se encuentra en eso, averigüe todo lo que pueda en cuanto a quienquiera que sea el propietario del Supermercado de José.

— ¿No es José?

— No. El lugar era antes propiedad de José y Angelina Carlucci, c-a-r-l-uc-c-i. Quiero saber a dónde se fueron, y quién es el dueño de la tienda ahora. Vea si puede conseguir respuestas directas.

— Y usted va a hablar con su amigo del *Times*. . .

— Así es, Lemley.

Marshall añadió otra anotación a su papel.

— ¿Eso es todo?

— Eso es todo, por ahora. Mientras tanto, retornemos a nuestro trabajo en este periódico.

Todo el tiempo, durante toda la reunión con Pasto y su conversación, Carmen estaba sentada en su escritorio, trabajando muy atareada, y actuando como si no hubiera oído una sola palabra.

La mañana había sido muy agitada, con la hora de publicación del próximo número acercándose a toda prisa; pero para el mediodía la composición de las páginas estaba terminada y lista para ser enviada a la imprenta, y la oficina tenía la oportunidad de retornar al ritmo normal.

Marshall llamó a Lemley, su antiguo colega del *The New York Times*. Lemley apuntó toda la información que Marshall tenía sobre aquel extraño individuo Kaseph, y dijo que lo averiguaría de inmediato. Marshall colgó el teléfono con una mano, y tomó su chaqueta con la otra. Su próxima cita en la tarde era con el ermitaño Teodoro Harmel.

Berenice salió para cumplir las tareas asignadas. Estacionó su auto en el estacionamiento del supermercado que había sido de José, y que ahora se llamaba Mercantil Ashton, y entró en el almacén. Como media hora más tarde regresó a su automóvil, y se alejó. Había sido un viaje inútil; nadie sabía nada, todo el mundo sólo trabajaba allí, el supervisor no estaba presente, y nadie tenía idea de cuándo regresaría. Algunos jamás habían oído de José Carlucci; algunos sí habían oído de él, pero no sabían lo que le había ocurrido. El supervisor asistente finalmente le dijo que dejara de fastidiar a los empleados durante las horas de trabajo. Hasta allí en cuanto a procurar conseguir respuestas directas.

Entonces se dirigió a las oficinas de bienes raíces.

La oficina de Johnson y Smythe ocupaba una vieja casa remodelada, casi en el extremo de la sección comercial del pueblo; la casa todavía tenía un atractivo patio al frente, con un árbol de cedro en medio y un curioso buzón de madera al frente. Adentro el ambiente era cálido y acogedor, y también quieto. Dos escritorios ocupaban lo que antes había sido la sala, ambos sin nadie en ellos en ese momento. En las paredes colgaban grandes tableros, donde había fotografías de muchas casas de todo tipo, debajo de las cuales había tarjetas que describían el edificio, la propiedad, la vista, otros datos pertinentes, y, por supuesto, el precio. ¡Vaya! *¡Qué precios paga la gente hoy día por una casa!*

En lo que antes había sido el comedor había un tercer escritorio, y allí se hallaba una joven que se puso de pie y sonrió a Berenice.

—Hola, ¿qué se le ofrece? — preguntó.

Berenice devolvió la sonrisa, se presentó, y dijo:

—Necesito preguntar algo que puede parecer algo extraño, pero tengo que hacerlo. ¿Está lista?

—Lista.

—¿Han hecho ustedes algún negocio con una persona de nombre A. Kaseph como de un año acá, o algo así?

—¿Cómo se deletrea el nombre?

Berenice se lo dijo, y explicó:

—Usted verá; estoy tratando de ponerme en contacto con él. Es un asunto puramente personal. Me he preguntado si ustedes pudieran acaso tener un número de teléfono, o una dirección, o algo así.

La joven miró al nombre que acababa de escribir en una hoja, y dijo:

—Bueno, yo soy nueva aquí, de modo que no sé nada de esto por seguro, pero déjeme preguntarle a Rosa María.

—Mientras tanto, ¿puedo darle un vistazo a sus microfichas?

—Seguro. ¿Sabe usted como manejar el aparato?

—Desde luego.

La joven se dirigió a otra habitación, donde Rosa María, al parecer la jefa, tenía su oficina. Berenice podía oír a Rosa María hablando por teléfono. Recibir de ella una respuesta iba a exigir cierto tiempo.

Berenice se dirigió al aparato de microfichas. ¿Dónde empezar? Miró un mapa de Ashton y sus alrededores, que colgaba en la pared, y localizó la ubicación del supermercado de José. Los cientos de fichas de celuloide estaban arregladas por sección, manzana, y números de las casas. Berenice tuvo que ir y venir varias veces al mapa para poder copiar exactamente todos los números de identificación. Finalmente pensó haber encontrado la microficha precisa para colocar en el aparato.

—Disculpe —se oyó una voz.

Era Rosa María, viniendo por el pasillo hacia ella, y con una expresión hosca en su cara.

—Señorita Krueger, me temo que el aparato de microfichas puede ser usado solamente por nuestro personal. ¿Hay algo que pueda ayudarle a buscar. . ?

Berenice mantuvo su sangre fría, y trató de hacer que las cosas siguieran adelante.

—Claro. Lo lamento. Estaba tratando de hallar al nuevo propietario del Supermercado de José.

—No tengo la menor idea.

—Bueno, pensé que pudiera estar en este aparato, en alguna parte.

—No, creo que no. No se han actualizado los registros por mucho tiempo.

—Bien, pues, ¿podría mirar de todas maneras?

Rosa María no hizo caso en absoluto a la pregunta.

—¿Hay algo más en que pudiera servirle?

Berenice permaneció firme

— Bueno, todavía sigue en pie mi pregunta original. ¿Han hecho ustedes algún negocio con una persona llamada Kaseph de un año acá o algo así?

— No, nunca he oído su nombre.

— Bueno, tal vez alguna otra persona de esta oficina...

— Ellos tampoco lo han oído nunca.

Berenice estaba a punto de poner en duda la respuesta, pero Rosa María la interrumpió diciendo:

— Yo lo sabría. Yo conozco todas las cuentas.

Berenice pensó en otra cosa:

— Ustedes deben tener un... un archivo de referencias cruzadas. ¿Podría usted..?

— No, no podemos — replicó Rosa María muy rudamente —. ¿Hay algo más?

Berenice estaba cansándose de ser cortés.

— No, Rosa María. Incluso si lo hubiera, estoy segura de que usted no podría o no tendría el menor deseo de proporcionar la información. Ya me voy, de modo que ya puede respirar tranquila.

Salió apresuradamente, sintiendo como que le habían mentido descaradamente.

20 Marshall empezaba a preocuparse por los amortiguadores de su auto. Esta vetusta carretera del aserrío tenía más baches que superfice; evidentemente ya no era usada mucho por las compañías que extraían madera, pero había sido dejada para los cazadores y otras personas que conocían la zona lo suficiente como para no perderse. Marshall no se perdió. Miró de nuevo a las direcciones que había garabateado en el papel, y luego al cuentamillas. *¡Cómo pasan de lento los kilómetros en las carreteras como ésta!*

Marshall siguió avanzando, dio una vuelta en una esquina, y finalmente vio un vehículo estacionado delante, junto a la carretera. Era un auto viejo. Era Harmel. Marshall se estacionó junto al otro auto, y se bajó. Teodoro Harmel también se bajó de su auto, vestido en ropas de campo: camisa de lana, pantalones y botas de trabajo, y una gorra de lana. Se le veía en la misma manera que hablaba: exhausto y muy asustado.

— ¿Hogan? — preguntó.

— El mismo — dijo Marshall, extendiéndole la mano.

Harmel se la estrechó, y luego se volvió súbitamente:

— Venga conmigo.

Marshall siguió a Harmel por un sendero que se alejaba de la carretera, y treparon por entre los altos árboles, abriéndose paso por entre los troncos, peñas y arbustos. Marshall estaba vestido con traje y corbata, y sus zapatos definitivamente no eran nada apropiados para esta clase de terreno; pero no estaba para quejarse. Había recapturado la gran presa que antes se le había escapado. Al fin Harmel pareció estar satisfecho con lo oculto del lugar. Se sentó en un enorme tronco caído, carcomido por años de estaciones transcurridas. Marshall se sentó junto a él.

— Quiero darle las gracias por haberme llamado — dijo Marshall para empezar la conversación.

— ¡Esta reunión jamás ha tenido lugar! — dijo Harmel tajantemente —. ¿De acuerdo?

— ¡De acuerdo!

— Ahora, ¿qué es lo que sabe sobre mí?

— No mucho. Usted era anteriormente el editor de *El Clarín*, Eugenio Baylor y otros síndicos de la universidad estuvieron envueltos en su caso, usted y Eleodoro Strachan son amigos...

Marshall repasó rápidamente lo que sabía, que era mayormente lo que él y Berenice había encontrado en los artículos de números pasados de *El Clarín*.

Harmel asintió:

— Sí, todo eso es verdad. Eleodoro y yo todavía somos amigos. Los dos pasamos básicamente por lo mismo, de modo que eso nos da cierta clase de camaradería. En cuanto a la violación de Marla Jarred, la hija de Adán Jarred, eso es una patraña descarada. No sé quién la incitó para que dijera todo eso, ni cómo, pero alguien logró que esa muchacha le dijera a la policía las palabras precisas. Encuentro muy significativo que todo el asunto fue arreglado por entero tan rápidamente. Lo que aducen que yo he cometido es un crimen; una cosa así no se olvida tan fácilmente.

— ¿Qué fue lo que ocurrió, Harmel? ¿Qué fue lo que hizo usted para acarrearse todo eso encima?

— Me metí demasiado. Usted tiene razón en cuanto a Julia y los otros. Es una sociedad secreta, un club, una red completa. Nadie tiene ningún secreto entre ellos. Los ojos del grupo se hallan por todas partes; vigilan lo que uno hace, lo que uno dice, lo que uno piensa, lo que uno siente. Están empeñados en establecer lo que llaman una Mente Universal, el concepto de que tarde o temprano todos los habitantes del planeta darán un salto evolucionario gigantesco, y se fundirán en un solo cerebro global, que trasciende la conciencia.

Harmel se detuvo, miró a Marshall.

— Estoy diciendo todo según me viene a la mente. ¿Tiene algún sentido?

Marshall tuvo que comparar lo que Harmel decía con lo que ya sabía.

—¿Cada persona afiliada con esta red exclusiva suscribe estas ideas?

—Así es. Todo el asunto gira alrededor de ideas ocultas. misticismo oriental, conciencia cósmica. Por eso es que ellos meditan y practican las lecturas psíquicas, y tratan de fundir y juntar sus mentes...

—¿Es eso lo que hacen en las sesiones de terapia de Julia Langstrat?

—Efectivamente. Cada persona que se une al grupo tiene que pasar cierto proceso de iniciación. Se reúnen con Julia y aprenden a alcanzar estados alterados de conciencia, poderes psíquicos, experiencias de fuera del cuerpo. Las sesiones pueden ser con una sola persona, o con varias, pero Julia es la médula de todo, cierta especie de gurú, y todos los demás éramos sus discípulos. Todos llegamos a ser como un organismo único, creciente, interdependiente, tratando de llegar a ser uno con la Mente Universal.

—¿Usted dijo algo en cuanto a... fundir sus mentes y unirlas?

—Percepción extrasensorial, telepatía, o como quiera llamársele. Sus pensamientos no son los suyos propios ni tampoco lo es su vida. Usted es sólo un segmento del todo. Julia tiene mucha habilidad en esas cosas. Ella... ella sabía hasta el más pequeño de mis pensamientos. Ella me poseía...

Era difícil para Harmel hablar acerca de esta parte. Se puso tenso, y su voz temblaba mientras el volumen bajaba.

—Tal vez todavía me tiene en propiedad. Algunas veces todavía la oigo, llamándome... moviéndose por mi cerebro.

—¿Posee ella a todos los demás, en igual forma?

Harmel asintió.

—Así es. Todo el mundo posee a todo el mundo, y no se detendrán hasta que no posean todo el pueblo. Yo podía ver que eso se venía encima. Cualquier persona que se interponía en su camino de súbito desaparecía. Por eso es que todavía me pregunto qué le sucedió a Edith. Desde que todo esto empezó, he estado muy preocupado por cualquiera que de súbito desaparecía del cuadro...

—¿Qué peligro podía representar Edith para ellos?

—Tal vez fue sólo un paso más para eliminarlo a usted. No me sorprendería. Ellos sacaron a Eleodoro, me eliminaron a mí, sacaron a Jefferson...

—¿Quién es Jefferson?

—El juez del distrito. No sé cómo lo hicieron, pero de pronto él decidió que no iba a buscar la reelección. Vendió su casa, se fue del pueblo, y nadie ha vuelto a oír ni a saber nada de él.

Y ahora Baker es el juez.

—El es parte de la red. A él también lo poseen.

—¿Y sabía usted todo esto en el tiempo en que su pequeño crimen rue resuelto tan calladamente?

Harmel asintió.

—El me dijo que podría hacer que las cosas se pusieran realmente difíciles para mí, que podría entregarme en manos del fiscal del condado, y que entonces todo quedaría fuera de sus manos. ¡El sabía muy bien que todo era una patraña! El me había acorralado, de modo que tuve que creer en lo que decía, y huí del pueblo.

Marshall sacó pluma y papel.

—¿Quién más, que usted sepa, pertenece a esa pandilla?

Harmel miró hacia otro lado.

—Si le digo demasiado, ellos van a trazar el rastro y me encontrarán. Usted tiene que hallarlo por usted mismo. Todo lo que puedo hacer es señalarle la dirección correcta. Busque en la oficina del alcalde, y en el concejo municipal; vea quién es nuevo allí y a quién han reemplazado. Muchos de ellos han sido cambiados últimamente.

Marshall anotó eso.

—¿Ya tiene a Brummel?

—Así es, Brummel, Young, Baker.

—Investigue al comisionado de tierras del condado, y al presidente del Banco Independiente,. . .

Harmel seguía buscando en su memoria.

—El contralor del condado.

—Ya lo tengo en la lista.

—¿La junta de síndicos de la universidad?

—Sí. Pero, ¿no fue la disputa con ellos lo que hizo que lo sacaran del pueblo?

—Eso fue solamente una parte del asunto. Ya no podían controlarme. Me interpuse en su camino. La red se hizo cargo de mí antes de que yo pudiera causarles algún daño. Pero no hay ninguna manera de probarlo. Ya no importa, de todas maneras. El asunto entero es demasiado grande; es un organismo gigantesco, un cáncer que sigue extendiéndose. No se puede ir apenas contra una parte como, por ejemplo, la junta de síndicos, y esperar matar todo el monstruo. Está en todas partes, en todo nivel. ¿Es usted religioso?

—En un sentido limitado, supongo.

—Bueno pues, usted va a necesitar algo para luchar contra eso. Es espiritual, Hogan. No oye a la razón, ni a la ley, ni a ningún conjunto de normas, como no sea la de ellos mismos. No creen en Dios, ellos son Dios.

Harmel hizo una pausa para calmarse, y luego dio un giro en la conversación.

—Me enredé primero con Julia Langstrat cuando quise escribir una crónica sobre una supuesta investigación que ella estaba haciendo. Me intrigó todo el asunto: la parapsicología, los fenómenos extraños que ella estaba documentando. Empecé yo mismo a tener estas sesiones de consejo con ella. Le dejé que leyera y que fotografiara mi campo de energía. Le dejé que probara mi mente, y que se fundiera con mis pensamientos. Iba persiguiendo una crónica, en realidad, pero mordí el anzuelo y me pescaron. No podía separarme ni alejarme de eso. Después de un tiempo empecé a percibir algunas de las mismas cosas en las cuales ella estaba metida: dejaba mi cuerpo, salía al espacio, hablaba con mis instructores. . .

Harmel cruzó apretadamente los brazos.

— ¡Hombre, eso es! ¡Usted nunca va a creer esto!

Marshall seguía firme, y tal vez sí lo creía.

— Dígamelo, de todos modos.

Harmel hizo rechinar sus dientes, y miró hacia el cielo. Tropezó, tartamudeó, y se puso pálido.

— No sé. No creo que puedo decírselo. Ellos van a descubrirlo.

— ¿Quién va a saberlo?

— La red.

— ¡Estamos en medio de ninguna parte, Ted!

— Eso no importa. . .

— Usted usó la palabra instructores. ¿Quiénes son ellos?

Harmel se quedó quieto, sentado, temblando, reflejando un intenso terror en su cara.

— Hogan — dijo finalmente —, usted no puede oponerse a ellos. ¡No puedo decírselo! ¡Ellos lo sabrán!

— ¿Quiénes son? ¿Puede decirme por lo menos eso?

— Ni siquiera sé si son reales — murmuró Harmel —. Están. . . sencillamente, están allí; eso es todo. Maestros internos, espíritus guías, maestros ascendidos. . . se les llama muchas cosas. Pero cualquiera que sigue las enseñanzas de Julia Langstrat por suficiente tiempo invariablemente se enreda con ellos. Se asoman de cualquier parte, y le hablan a uno; algunas veces se aparecen mientras uno medita. Algunas veces uno puede visualizarlos, pero también toman una vida o personalidad propia. . . ya es solamente la imaginación de uno.

— Pero, ¿qué son?

— Seres. . . entidades. Algunas veces son como gente real, algunas veces uno oye solamente una voz, algunas veces uno solamente los siente; como espíritus, supongo. Julia trabaja para ellos, o tal vez ellos trabajan para ella. No sé en qué dirección funciona eso. Pero uno no puede esconderse de ellos, no hay cómo huir, no hay cómo escaparse con nada. Son parte de la red o cadena, y la red o cadena lo sabe todo, y controla todo. Julia me controlaba a mí. Ella incluso se interpuso entre Gilda y yo. Perdí a mi esposa por este asunto. Empecé a hacer todo lo que Julia me decía que hiciera... me llamaba a media noche, y me decía que fuera a verla, y yo iba a verla. Me decía que no publicara cierta historia, y yo no la publicaba. Me decía la clase de noticias que debía poner en el periódico, y yo lo hacía; exactamente como ella me decía. Ella me poseía, Hogan. Ella podía haberme dicho que tomara una pistola y que me disparara yo mismo, y tal vez lo hubiera hecho. Usted tiene que conocerla para poder comprender lo que estoy diciendo.

Marshall recordó haberse quedado de pie en el pasillo, fuera de la clase de la profesora Langstrat, preguntándose cómo llegó hasta allí.

—Creo que entiendo.

—Pero Eleodoro descubrió el asunto financiero de la universidad, y ambos lo verificamos; él tenía razón. La universidad se dirigía directamente al abismo, y estoy seguro de que todavía se dirige hacia allá. Eleodoro trató de detenerlo, de arreglar el lío. Traté de ayudarlo. Julia vino a verme una noche, y me dijo toda clase de amenazas. Yo acabé siguiendo en dos direcciones, siguiendo dos diferentes lealtades. Era como si me partieran muy adentro. Tal vez eso fue lo que me sacó de todo eso; decidí que no iba a dejarme controlar más, ni por la red, ni por nadie. Yo era un periodista; tenía que publicar lo que veía, de la manera que lo veía.

—Y ellos se hicieron cargo de arreglarlo.

—Y me cayó totalmente de sorpresa. Bueno, tal vez no totalmente. Cuando la policía vino al periódico para arrestarme, yo casi sabía de qué se trataba. Era algo que podía haberlo predicho por la manera en que Julia y los otros me amenazaban. Ellos habían hecho lo mismo en otras ocasiones.

—¿Por ejemplo?

—Sigo pensando que las oficinas de bienes raíces, las declaraciones de impuestos, cualquier información que usted pueda conseguir acerca de las propiedades en el pueblo pueden mostrar algo. Yo no pude seguir investigando eso cuando todavía estaba allí, pero todos los negocios recientes de bienes raíces no me parecen correctos en lo más mínimo.

El negocio de bienes raíces tampoco le parecía correcto a Berenice. Cuando estacionaba su auto frente a la oficina de *Tailor e Hijos*, vio que el propietario, Alberto Tailor, estaba cerrando el lugar y alistándose para salir.

Ella bajó el cristal de la ventana del auto, y le preguntó:

—Dígame, ¿no se supone que ustedes están abiertos hasta las cinco?

Tailor sonrió, se encogió de hombros, y dijo:

— No los jueves.

Berenice podía leer el letrero de la puerta del frente.

— Pero el letrero dice que las horas de oficinas son de lunes a viernes, de diez a cinco.

Tailor quedó un poco confuso.

— ¡Ya le dije que no los jueves!

Berenice notó que Calvino, el hijo de Tailor, echaba a andar su auto, y salía de la parte de atrás del edificio. Ella se bajó del auto, y le hizo señas para que se detuviera.

— ¿Sí? — dijo él.

— ¿No se supone que ustedes deben estar abiertos hasta las cinco los jueves?

Calvino se encogió de hombros e hizo una mueca.

— ¿Qué voy yo a saber? Cuando el viejo dice que nos vamos a casa, todos nos vamos a casa.

El siguió su camino. El "viejo" Tailor estaba subiendo a su automóvil. Berenice se acercó corriendo, y le hizo señas para llamarle la atención.

El estaba realmente molesto ahora. Bajó la ventana, y le dijo rudamente:

— ¡Señora, ya cerramos y tengo que irme a casa!

— Sólo quería mirar en su aparato de microfichas. Necesito cierta información sobre alguna propiedad.

El sacudió la cabeza.

— No, no puedo ayudarle con eso. Nuestro aparato de microfichas está dañado.

— ¿Qué. . ?

Pero Tailor subió el cristal, y arrancó el auto, haciendo rechinar las llantas.

Berenice le gritó furiosa:

— ¿Rosa María le avisó?

Se subió aprisa a su auto. Todavía quedaba la oficina de bienes raíces La Mejor del Pueblo. Ella sabía que el propietario regularmente servía como entrenador del equipo juvenil de béisbol los jueves por la tarde. Tal vez la otra mujer que trabajaba allí no sabría quién era ella.

Harmel se veía hosco y extenuado mientras decía:

— Ellos lo van a acabar, Hogan. Tienen todas las conexiones para hacerlo. Míreme a mí: perdí todo lo que tenía, perdí a mi esposa, perdí mi familia. . . me dejaron limpio. Le van a hacer lo mismo a usted.

Marshall quería respuestas, no pronósticos de mal agüero.

—¿Qué sabe usted sobre un tipo llamado Kaseph?

Harmel hizo una mueca de disgusto.

—Sígale la pista. Tal vez él sea el causante de todo el lío. Julia adoraba a ese tipo. Todo el mundo obedecía lo que Julia decía, pero ella hacía lo que él le decía.

—¿Sabe usted si él estaba buscando alguna propiedad en Ashton o los alrededores?

—Se le iban las babas por la universidad; eso sí sé.

A Marshall lo tomó por sorpresa.

—¿La universidad? Continúe.

—Nunca tuve ninguna oportunidad de seguir esa pista, pero pudiera ser que hay algo allí. Los comentarios en la red decían que algunos de los más altos personajes de la red se apoderarían de la universidad, y parecía que Eugenio Baylor pasaba un montón de tiempo hablando de dinero con Kaseph o sus representantes.

—¿Kaseph estaba tratando de comprar la universidad?

—Todavía no lo ha logrado. Pero él ha comprado casi todo lo demás en el pueblo.

—¿Como qué?

—Un sin fin de casas, según sé, pero no pude averiguar mucho. Como ya dije, revise las declaraciones de impuestos, o las oficinas de bienes raíces, para ver si él ha comprado alguna otra propiedad. Sé que tiene la plata para hacerlo.

Harmel sacó de debajo de su chaqueta un arrugado sobre de manila.

—Quíteme esto de mis manos, ¿quiere hacerlo?

Marshall tomó el sobre.

—¿Qué es?

—Una maldición; eso es. Algo le pasa al que lo tiene. El amigo de Eleodoro, el tenedor de libros, Ernesto Johnson, me lo dio, ¡y espero que Eleodoro le haya dicho lo que le ocurrió él!

—Me lo dijo.

—Eso es lo que Johnson halló en la oficina de contabilidad de la universidad.

Marshall no podía creer su suerte.

—¡Usted está bromeando! ¿Sabía Eleodoro acerca de esto?

—No, los encontré por mí mismo, pero no empiece a danzar todavía. Mejor búsquese algún amigo contador que tenga, que trate de descifrárselo. Para mí no tiene mucho sentido. . . Creo que todavía hay como otra mitad que falta.

—Es un comienzo. Gracias.

—Si usted quiere jugar con teorías, trate esta: Kaseph llega a Ashton y quiere comprar todo aquello sobre lo cual puede poner las manos. La universidad ni siquiera piensa en vender. La próxima cosa que usted llega a saber, gracias a Baylor, es que la universidad se mete en problemas económicos tan profundos que vender resulta ser la única manera de salir del lío. De pronto la oferta de Kaseph no es tan peregrina, y para ahora la junta de síndicos está bien arreglada con gente que le va a decir que sí.

Marshall abrió el sobre, y hojeó las páginas y páginas de columnas y números fotocopiados.

—¿Y usted no pudo encontrar ninguna pista en todo esto?

—Usted no necesita más pistas, sino más pruebas. Lo que usted necesita es encontrar quién está al otro extremo de todas esas transacciones.

—¿Los libros de Kaseph, tal vez?

—Con todos los amigos y confederados que él tiene en la universidad, no me sorprendería si Kaseph llega a comprar la universidad ¡con el propio dinero de la misma universidad!

—Esa es toda una teoría. Pero, ¿qué es lo que quiere un hombre como él con un pueblito pequeño, o con una universidad?

—Hogan, un individuo con el poder y el dinero que aquel tipo parece tener puede tomarse un pueblo como Ashton y hacer con él cualquier cosa que se le antoje. Ya he pensado en eso bastante.

—¿Cómo lo sabe?

—Simplemente verifíquelo.

21 Berenice estaba apuradísima. Se hallaba en una oficina de la parte de atrás de la *Oficina de Bienes Raíces La Mejor de Pueblo*, revisando los archivos de microfichas. Carla, la joven en el escritorio de recepción, era suficientemente nueva en su trabajo y en el pueblo, que le creyó en seguida a Berenice el cuento de que era una historiadora de la universidad buscando algo de los datos de la historia de Ashton. No pasó mucho tiempo antes de que Carla le diera a Berenice una gira por los archivos, y un curso relámpago de cómo operar el aparato de leer las microfichas. Cuando Carla la dejó sola, Berenice se dirigió directamente al archivo de referencias cruzadas. Esto era ciertamente un golpe maravilloso de suerte; las otras oficinas de bienes raíces tenían archivos que podían decir qué lotes eran propiedad de quién, si uno sabía donde estaba la propiedad; el archivo de referencias cruzadas podía decir lo que cada persona tenía en propiedad si se sabía el nombre de la persona.

Kaseph. Berenice buscó la microficha marcada **Ks**. Deslizó la tarjeta de celuloide en el proyector, y empezó a revisar hacia arriba, hacia abajo, hacia la derecha, hacia la izquierda, en zigzag, las miríadas de letras y cifras microscópicas, que se movían borrosamente en la pantalla, mientras buscaba la columna apropiada. Allí estaba. **Kw...**

Kh. . . Ke. . . Ka. . . pasa a la siguiente columna. *¡Vamos, Berenice, apúrate!*

No había ninguna entrada bajo Kaseph.

—¿Cómo le va? —preguntó Carla desde la otra oficina.

—Muy bien, gracias —contestó Berenice—. Todavía no hallo nada que me sirva, pero ya sé dónde buscar.

Bien, veamos, todavía quedaba el supermercado de José. Regresó al archivador general, y sacó la microficha de la sección, manzana y calles de aquella dirección. Metió la ficha en el proyector, y de nuevo recorrió los miles de nombres y cifras, arriba y abajo, buscando por la entrada correcta. ¡Allí está! La descripción legal de lo que había sido el Supermercado de José, ahora era Mercantil Ashton. El valor era $105.900, y propiedad de la Corporación Omni. Era todo lo que decía.

Berenice retornó al archivador de referencias cruzadas. Puso en el proyector la ficha **Ok-Om**. Arriba, abajo. Olson. . . Omer. . . Omni. Omni. Omni. Omni. Omni. Omni. La lista debajo de Corporación Omni cubría casi toda la columna; debían de haber más de cien propiedades. Berenice sacó papel y lápiz, y empezó a escribir furiosamente. Las muchas direcciones y descripciones legales significaban muy poco para ella; muchas eran incluso casi indescifrables, pero ella continuaba escribiendo tan rápidamente como le era posible, confiando en que sería capaz de leer sus propios garabatos cuando los revisara más tarde. Abreviaba, llenando página tras página en su cuaderno.

Al frente, sonó el teléfono, una vez más; pero en esta ocasión la conversación de Carla no sonaba tan alegre como antes. Hablaba en voz baja, y muy seria, y parecía pedir disculpas. El truco debía haberse descubierto. *¡Vamos, muchacha, sigue escribiendo!*

Un instante más tarde Carla apareció:

—¿Es usted Berenice Krueger, del periódico *El Clarín*? —le preguntó directamente.

—¿Quién lo pregunta? —dijo Berenice.

Era tonto, pero tampoco quería decir directamente la verdad. Carla parecía muy perturbada.

—Escuche, usted va a tener que irse en seguida —dijo.

—Ese era su jefe en el teléfono, ¿verdad?

—En efecto, era él, y apreciaría mucho si usted no le dice a nadie que la dejé entrar en esta oficina. No sé de qué se trata todo esto, ni tampoco sé por qué me mintió, pero, ¿me haría el favor de marcharse? El viene ya para acá para cerrar la oficina, y yo le dije que usted no había venido por aquí. . .

—¡Usted es un encanto!

— Bien, pues, ya mentí por usted; ahora, por favor, mienta usted por mí.

Berenice recogió apresuradamente sus notas, volvió las fichas a su puesto.

— Nunca estuve aquí.

— Aprecio eso — dijo Carla mientras Berenice salía corriendo —. ¡Vaya! ¡Por poco hace que me despidan!

Andrés y Jovita Forsythe tenían una casa muy hermosa, una casa de troncos moderna, en las afueras de la ciudad, no muy lejos de su negocio de Aserrío Forsythe. Esta noche Enrique y María habían venido para cenar, junto con otros del Remanente, mientras que Krioni, Triskal, Set, Chimón y Mohita se hallaban sentados en el tejado, vigilando. Los ángeles podían sentir el creciente poder de este pequeño grupito de personas que oraban. Los Jones estaban allí, igual que los Cóleman, los Cooper, los Harris, algunos universitarios, Ronaldo Forsythe junto con su novia Cinthia. Unos pocos flamantes creyentes estaban con él, siendo presentados justamente en este momento al grupo. Otros retrasados entraban continuamente.

Después de la comida, la gente se reunió y se acomodó alrededor de la gran chimenea de piedra que había en la sala, mientras que Enrique tomaba su lugar cerca de la chimenea, María a su lado. Cada persona empezó a referir algo en cuanto a su persona.

Guillermo y Betty Jones habían ido a la iglesia toda su vida, pero se habían comprometido seriamente con Jesucristo hacía apenas un año. El Señor había hablado a sus corazones, y ellos lo buscaron.

Juan y Patricia Cóleman habían asistido a otra iglesia en la ciudad, pero nunca aprendieron mucho de la Biblia o acerca de Cristo sino cuando empezaron a asistir a esta iglesia.

Cecilio y Miriam Cooper habían conocido al Señor desde tiempo atrás, y estaban felices de ver un nuevo rebaño congregándose, para reemplazar al anterior.

— A veces se siente como si estuviéramos reemplazando una llanta desinflada — bromeó Cecilio.

A medida que los demás contaban su historia, se hizo notorio su diferencia en trasfondo; había diferentes tradiciones, y diferentes trasfondos doctrinales, pero ninguna de esas diferencias era realmente importante ahora. Todos ellos tenían una preocupación principal: la ciudad de Ashton.

— ¡Es una guerra, sin lugar a dudas! — dijo Andrés Forsythe —. No hay manera de andar por las calles sin sentirla. Algunas veces me siento como si estuviera corriendo bajo una lluvia de lanzas.

Una nueva pareja, amigos de los Cooper, Daniel y Juanita Corsi, tomaron la palabra.

La señora Corsi dijo:

— Pienso realmente que Satanás está por aquí, como dice la Biblia, como un león rugiente buscando a quien devorar.

Daniel comentó:

— El problema es que todos nos hemos hecho a un lado y hemos dejado que esto ocurriera. Ya es tiempo de que empecemos a interesarnos, y que sintamos el debido temor, y que caigamos sobre nuestras rodillas para pedir que el Señor haga algo en cuanto a esto.

Juanita añadió:

— Algunos de ustedes conocen a nuestro hijo, y saben que él está metido en serios problemas. Nos encantaría si ustedes pueden orar por él.

— ¿Cómo se llama? — preguntó alguien.

— Roberto — contestó Juanita.

Tragó saliva con dificultad, y continuó:

— Se matriculó en la universidad este año, y algo extraño le ha ocurrido...

Tuvo que detenerse, ahogada por la emoción.

Daniel siguió, y su tono era amargado.

— Parece que algo le pasa a todo muchacho que comienza a asistir a esa universidad. Nunca supe la clase de cosas estrambóticas que están enseñando allí. Todos ustedes deberían averiguarlo, y asegurarse de que sus hijos no se enreden en eso.

Ronaldo Forsythe, en silencio hasta ese momento, replicó:

— Sé de lo que está usted hablando, amigo mío. También está en la escuela secundaria. Los estudiantes están enredándose con cuestiones satánicas que es difícil creer. Nosotros solíamos enredarnos con drogas; ahora son los demonios.

Juanita se aventuró a decir, a través de sus lágrimas.

— Sé que esto suena horrendo, pero en realidad me pregunto si Roberto no estará poseído.

— Yo lo estaba — dijo Ronaldo —. Yo sé que lo estaba. Vaya. Oía voces que me hablaban, que me ordenaban que consiguiera drogas, o que robara algo, toda clase de cosas horribles. Nunca les decía a mis padres a dónde me iba, nunca llegaba a casa, y terminé durmiendo en los lugares más terribles... y con la gente más horrorosa.

Daniel murmuró:

— Exacto, eso mismo le ocurre a Roberto. No lo hemos visto como en una semana.

Juanita quería saber:

— Pero, ¿cómo empezaste a enredarte en estas cosas?

Ronaldo se encogió de hombros:

— Yo ya estaba en mal camino. No estoy muy seguro de que me haya enderezado por completo incluso ahora. Pero sí puedo decirles cuándo me metí en este lío satánico: fue cuando me leyeron la fortuna. Allí es cuando me pescaron; no me cabe duda.

Alguien preguntó si la adivinadora no era cierta mujer.

— No, era otra persona. Ocurrió en la feria, hace tres años.

— Están en todas partes — se lamentó alguien.

— Bueno, pues. ¡Eso demuestra cuán disparatado se ha vuelto este pueblo! — protestó Cecilio Cooper —. Hay más brujas y adivinas por aquí que maestros de Escuela Dominical.

— ¡Hay que ver qué es lo que podemos hacer sobre eso! — dijo Juan Cóleman.

Ronaldo intervino de nuevo.

— Esto es asunto serio, amigos. Quiero decir, he visto algunas cosas en extremo grotescas en todo ese asunto: he visto objetos flotando, podía leer la mente de las personas, hasta una vez dejé mi cuerpo y floté por todo el pueblo. ¡Será mejor si todos ustedes en realidad se amarran bien los pantalones y oran mucho!

Juanita Corsi empezó a llorar.

— Roberto está poseído. . . yo lo sé.

Enrique podía ver que era tiempo de tomar las riendas.

— Está bien, amigos. Ahora yo siento un deseo muy hondo en mi corazón de orar por esta ciudad, y sé que ustedes también lo sienten, de modo que pienso que allí es donde está la respuesta. Eso es lo primero que tenemos que hacer.

Todos estaban listos. Muchos se sentían incómodos al orar en voz alta por primera vez; algunos sabían cómo orar en voz alta y con confianza; algunos oraban repitiendo ciertas frases que habían aprendido en alguna liturgia; todos lo decían con toda sinceridad, como quiera que lograban expresarla. El fervor iba subiendo poco a poco; las oraciones iban siendo cada vez más intensas. Alguien empezó a entonar un canto de adoración, y los que lo sabían le hicieron dúo, en tanto que los que no lo sabían intentaban aprenderlo.

En el tejado, los ángeles también cantaban, con sus voces fluyendo como dulces instrumentos en una sinfonía. Triskal miró a Krioni, sonrió ampliamente, e hizo una flexión con sus brazos. Krioni sonrió e hizo lo mismo. Chimón sacó su espada y la hizo danzar con un ágil movimiento de su muñeca, trazando estelas y volteretas de luz brillante en el aire, mientras la hoja cantaba con preciosa resonancia. Mohita se limitó a mirar hacia el cielo, con sus alas desplegadas, sus brazos levantados, cautivo en el embeleso del canto.

Caty puso la mesa en silencio, con un solo plato, una sola taza y un solo cubierto. Esa noche iba a comer sola, casi sin poder comer nada, debido a las emociones que la ahogaban y hacían un nudo en su estómago. De todas maneras eran sobras, sobras de aquellas otras comidas para las que Marshall nunca apareció. Había ocurrido otra vez. Tal vez el lugar no tenía nada que ver con la manera en que un periodista podía estar ocupado. Tal vez, incluso aun cuando Marshall se había mudado a un pueblito, pequeño, y supuestamente aburrido, todavía tenía aquel bendito olfato por las noticias que lo arrastraban a seguir pistas hasta altas horas de la noche, buscando una crónica donde antes ni siquiera existía una. Tal vez eso era, después de todo, su primer amor, más que su esposa, más que su hija.

Sandra. ¿Dónde estaba esta noche? ¿No se habían mudado acá por el bien de ella? Ahora ella estaba más lejos de ellos que nunca, incluso aun cuando vivían en la misma casa. Hipócrates se había metido en su vida como un cáncer, no como un amigo, y Caty y Marshall nunca hablaron con él como Marshall lo había prometido. La mente de él estaba totalmente ocupada. Estaba casado con su periódico, y tal vez hasta enamorado de aquella joven y atractiva reportera.

Caty alejó de sí el plato, y trató de contener el llanto. No podía darse el lujo de atormentarse y ponerse a llorar ahora, no cuando tenía que pensar claramente. Sin duda, había que tomar algunas decisiones, y tendría que tomarlas ella sola.

En las afueras de Ashton, cerca del ferrocarril, Tael conversaba con sus guerreros dentro de una vieja torre de agua que ya no se usaba.

Natán daba grandes pasos para acá y para allá, y su voz encontraba eco en las paredes del enorme tanque.

— ¡Puedo sentir que se aproxima, capitán! El enemigo está tendiéndole una trampa a Hogan. Ha habido un cambio peligroso en su afecto hacia Berenice Krueger. Su familia está en grave peligro.

Tael asintió con su cabeza, y permaneció en profunda meditación.

— Exactamente como era de esperarse. Rafar sabe que ningún ataque frontal le dará resultado; ahora está tratando de hacer daño por medio de un compromiso moral y sutil.

— ¡Y lo está logrando, diría yo!

— Así es. Estoy de acuerdo.

— Pero, ¿qué podemos hacer? Si Hogan pierde su familia, ¡quedará destruido!

— No, no destruido. Derribado, tal vez. Devastado, quizás. Pero todo es debido a la escoria que tiene en su propia alma, de la cual el Espíritu de Dios todavía tiene que convencerlo. No podemos hacer nada, sino esperar, y dejar que los acontecimientos sigan su curso.

Natán sacudió su cabeza en frustración. Huilo estaba cerca a él, meditando en las palabras de Tael. Por supuesto, lo que Tael decía era verdad. El ser humano va a pecar si así lo quiere.

— Capitán — dijo Huilo —, ¿qué ocurrirá si Hogan cae?

Tael se reclinó contra la pared de metal, y dijo:

— No podemos preocuparnos por la pregunta de "si". La cuestión con la que tenemos que tratar es "cuándo". Tanto Hogan como Busche están ahora colocando los cimientos que necesitamos para esta batalla. Una vez que eso sea hecho, Hogan y Busche deben caer. Solamente su clara derrota inducirá al Fuerte a salir de su escondite.

Huilo y Natán se quedaron mirando a Tael, consternados.

— ¿Hay que... hay que sacrificar a estos hombres? — preguntó Natán.

— Sólo por un tiempo — contestó Tael.

Marshall trajo el gran paquete de fotocopias que Ernesto Johnson había hecho de los registros y formularios de la oficina de contabilidad de la universidad Withmore, y se los entregó a Arturo Coll, por sobre el mostrador de recepción de *El Clarín*. Coll era un contador público certificado, que Marshall conocía bien, y sabía que podía confiar en él.

— No sé que es lo que usted puede sacar de todo eso — le dijo Marshall —, pero vea si puede hallar lo que quiera que haya sido que Johnson encontró, y veamos si hay algo que parece torcido.

— ¡Vaya! — dijo Coll —. ¡Esto le va a costar una buena cantidad!

— Un poco de publicidad gratis, ¿qué le parece?

Coll sonrió.

— Me parece bien. Está bien. Veré lo que puedo hacer, y luego le informaré.

— Tan pronto como sea posible.

Arturo salió, y Marshall regresó a su oficina, volviendo a reunirse con Berenice para los proyectos de la noche, después de las horas de trabajo.

Se hallaban trabajando en medio de una avalancha de notas, papeles, directorios de teléfonos, y un sinfín de otros documentos públicos que habían podido conseguir. En medio de todo, una lista consolidada de nombres, direcciones, empleos y declaraciones de impuestos iban tomando forma poquito a poco.

Marshall revisó sus notas de la entrevista con Harmel.

— Está bien. ¿Qué sabemos del juez? ¿Cómo se llamaba Jefferson?

— Antonio C. — replicó Berenice, hojeando en el directorio telefonico del año anterior.

— Sí, aquí está. Antonio C. Jefferson, Calle Alder, número 221.

De inmediato buscó entre sus notas garabateadas en las oficinas de bienes raíces.

— Calle Alder, 221...

Sus ojos rebuscaban en sus anotaciones, en otra página, hasta que finalmente·

—¡Eureka!

—¡Otro más!

—De modo que las cosas son así: ¿Jefferson fue eliminado por la red, y Omni vino y compró su casa?

Marshall garabateó alguna nota para acordarse en un bloque de papel amarillo.

—Me gustaría saber por qué Jefferson se fue, y por cuánto vendió su casa. También me gustaría saber dónde vive ahora.

Berenice se encogió de hombros.

—Lo único que tenemos que hacer es revisar la lista, y buscar en todas las direcciones de la gente que pertenece a la red. Apuesto a que es una de ellas.

—¿Qué en cuanto a Baker, el juez que reemplazó a Jefferson?

Berenice buscó en otra lista.

—No, Baker vive en la casa que era del director de la escuela secundaria, Waller, Jorge Waller.

—Sí, él es quien perdió la casa en el remate de la hipoteca.

—Hay muchos como él, y apuesto que pudiéramos hallar muchos más, si supiéramos dónde buscar.

—Tendremos que husmear en la oficina fiscal del condado. De alguna manera, en algún modo, los impuestos pagados por estas personas nunca llegaron al lugar que debían llegar. No puedo creer que tanta gente haya estado tan atrasada en el pago de sus impuestos.

—Alguien desviaba el dinero, de modo que los impuestos nunca fueron pagados. Es una suciedad, Hogan. Simple suciedad.

—No fue Leví Gregory, el contralor anterior. Mire esto. El tuvo que renunciar por una cuestión de conflicto de intereses. Ahora Irving Pierce está en ese puesto, y él también es poseído por Omni, ¿verdad?

—Así es.

—¿Qué ha averiguado acerca del alcalde Estín?

Berenice consultó sus notas, pero sacudió su cabeza.

—Acaba de comprar su casa; el negocio parece legítimo, excepto que el dueño anterior era el antiguo jefe de policía, el cual dejó la ciudad sin ninguna razón aparente. Puede significar algo, como también puede que no. Es lo que les ha pasado a todas esas personas lo que me tiene preocupada.

—Eso es. ¿Y por qué ninguno de ellos protestó por eso? Vaya, no voy a permitirles que simplemente vengan y rematen mi casa debajo de mis propias narices, sin siquiera hacer unas cuantas preguntas. Hay algo más en todo esto que nosotros no sabemos.

—Bueno, piense en los Carlucci. ¿Sabía usted que vendieron su casa a Omni por sólo $5.000? ¡Eso es ridículo!

—Y luego los Carlucci ¡puf! Desaparecieron, así como así.

—¿Quién está viviendo en esa casa ahora?

—Tal vez el nuevo director de la escuela secundaria, o el nuevo jefe de bomberos, o el nuevo concejal, o el nuevo esto, o el nuevo aquello.

—O uno de los nuevos síndicos de la universidad.

Marshall rebuscó entre otros papeles.

—¡Qué lío!

Finalmente encontró la lista que estaba buscando.

—Veamos a esos síndicos, y veamos qué es lo que encontramos.

Berenice hojeó en su cuaderno.

—Sé de seguro que la casa de Pinckston es propiedad de Omni. Algún tipo de arreglo legal.

—¿Qué de Eugenio Baylor?

—¿No lo tiene anotado en alguna parte?

—Uno de nosotros lo tiene, pero no recuerdo si yo o usted?

Ambos rebuscaron entre sus anotaciones, sus papeles, sus listas. Marshall finalmente lo encontró entre unas hojas sueltas.

—Aquí está. Eugenio Baylor. Calle 147, Número 1024, al suroeste.

—Creo que lo vi por aquí en alguna parte.

Berenice volvió a revisar sus notas.

—Claro que sí. También es propiedad de Omni.

—¡Vaya, vaya! Transferir la propiedad a la Corporación Omni parece ser un requisito para la membresía.

—Bueno, esto convierte a Young y a Brummel miembros calificados. Tiene lógica, sin embargo. Si todos ellos quieren fundirse en una Mente Universal, tienen que despojarse de su individualidad, y eso significa que no deben tener nada en privado.

Uno por uno, Marshall fue leyendo los nombres de los síndicos de la universidad, y Berenice revisaba las direcciones. De los doce síndicos, ocho vivían en casas de propiedad de la Corporación Omni. Los otros rentaban apartamentos; uno de los edificios de apartamentos era propiedad de Omni. Berenice no tenía ninguna información sobre los otros edificios.

—Creo que podemos descartar la coincidencia —dijo Marshall.

—Y ahora casi no puedo esperar a ver qué nos dice nuestro amigo Lemley.

—De seguro que Kaseph y la Corporación Omni están muy ligados. Eso es obvio.

Marshall se detuvo a meditar por un momento.

—Pero, ¿sabe lo que realmente me da miedo? Hasta aquí, todo lo que vemos es legal. Estoy seguro de que en algún punto han andado torcido para que hayan llegado a donde han llegado, pero como se puede ver, trabajan dentro del sistema, o por lo menos, están haciendo un excelente trabajo para que lo parezca.

—Pero, ¡vamos Marshall! Se está apoderando de todo el pueblo, sin que nadie se lo impida.

—Y lo está haciendo legalmente. No lo olvide.

—Pero tienen que dejar alguna huella en alguna parte. Hemos podido husmear por lo menos hasta este punto.

Marshall aspiró profundamente, y luego lanzó un suspiro.

—Bueno, podemos tratar de seguir el rastro de toda persona que ha vendido su propiedad y se ha marchado de la ciudad, tratando de descubrir qué fue lo que pasó. Podemos averiguar qué posición ocupaban antes, y quién ostenta la misma posición ahora. A quien quiera que ocupe esa posición ahora se le puede preguntar qué conexión tiene con la Corporación Omni o con este grupo de la Conciencia Universal. Podemos preguntarles a cada uno de ellos lo que pudieran saber en cuanto a este señor Kaseph. Podemos investigar más acerca de la misma Corporación Omni, hallar dónde tiene su sede, cuáles son sus negocios, y qué más tiene en propiedad. Nuestro trabajo es excelentemente apropiado para hacerlo. Y luego creo que será el tiempo para ir directamente a nuestros amigos con lo que sabemos y obtener de ellos alguna respuesta.

Berenice podía sentir algo que no encajaba con la manera de Marshall.

—¿Qué le preocupa, Marshall?

Marshall echó sus notas sobre el escritorio, y se reclinó hacia atrás en su silla, para meditar.

—Berenice, somos tontos al pensar que somos inmunes a todo esto.

Berenice asintió en resignación.

—Así es, me he estado preguntando acerca de eso, preguntándome qué es lo que pudieran intentar hacer.

—Pienso que ya atraparon a mi hija.

Fue una declaración drástica. Marshall mismo se sorprendió por la manera en que sonó.

—Usted no lo sabe con seguridad.

—Si no lo sé, entonces no sé nada.

—Pero, ¿qué clase de poder real pueden ellos perseguir excepto económico o político? Yo no puedo tragarme todo eso de asuntos cósmicos y espirituales; no es nada sino una alucinación mental.

—Eso es fácil para usted decirlo. Usted no es muy religiosa.

—Usted verá que es mucho más fácil.

—Entonces, ¿qué tal si acabamos como. . . como Harmel, sin familia, escondidos entre los árboles de algún bosque, y hablando acerca de. . . fantasmas?

—No me importaría acabar como Strachan. El parece suficientemente cómodo sólo con haber salido de todo esto.

—Bueno, Berenice, incluso así, mejor que estemos prevenidos antes de que ocurra.

Le tomó de la mano, y se la apretó, mientras le decía:

—Espero que ambos sepamos en lo que nos estamos metiendo. A lo mejor ya estamos demasiado metidos. Podríamos desistir, supongo...

—Usted sabe que no podemos hacer eso.

—Sé que yo no puedo. No estoy poniendo mis esperanzas en usted. Usted bien puede escaparse ahora, irse a algún otro sitio, trabajar para alguna revista femenina, o algo. No me importaría mucho.

Ella le sonrió, y le apretó fuertemente la mano:

—Si hay que morir, moriremos alegremente.

Marshall se limitó a mover la cabeza, y a sonreírle.

22 En otro estado, en un barrio pobre de otro pueblito, una furgoneta se abría paso por entre la calle repleta de niños. Todas las casas eran dobles y, excepto por la diferente distribución de los colores, todas eran iguales. Cuando el vehículo se detuvo al final de una calle cortada, se pudo ver que el letrero pintado en la camioneta decía: Limpieza La Princesa.

La mujer que lo conducía, una joven en traje de trabajo y bufanda roja, descendió del mismo. Abrió la puerta de un lado de la furgoneta, y sacó un bulto grande de ropa lavada, junto con algunos vestidos envueltos en fundas de plástico. Verificando nuevamente la dirección, se dirigió a cierta puerta en particular, y oprimió el botón del timbre.

Primero, la cortina de la ventana del frente se abrió un poco, y luego se oyó pasos que se acercaban a la puerta. La puerta se abrió.

—Buenos días. Aquí está su ropa lavada —dijo la joven.

—¡Oh, sí! —exclamó el hombre que respondió a la puerta.

—Sírvase pasar.

Abrió la puerta de par en par, para que la joven pudiera pasar, mientras que tres niños trataban de hacerse a un lado para no estorbarla, a pesar de su gran curiosidad.

El hombre llamó a su esposa:

—Cariño, la señora de la tintorería ya está aquí.

Ella salió de la diminuta cocina, y parecía tensa y nerviosa.

—Niños, vayan a jugar afuera —ordenó.

Los muchachos protestaron, mascullando unos pocos gruñidos, pero ella los empujó a la puerta, cerrándola detrás de ellos, y luego cerró también una cortina que había quedado medio abierta.

—¿Dónde encontró toda esta ropa? —preguntó el hombre.

—Estaba en la camioneta. No sé a quién pertenezca.

El hombre, un italiano robusto, de pelo entrecano rizado, le extendió la mano.

—José Carlucci, para servirle.

La joven dejó a un lado el saco de ropa, y le estrechó la mano.

—Berenice Krueger, de *El Clarín*.

El le indicó una silla, y luego dijo:

—Ellos me dijeron que yo nunca debía hablar ni con usted ni con el señor Hogan. . .

—Dijeron que era por el bien de los niños —añadió la señora Carlucci.

—Esta es Angelina. Fue por el bien de ella, por el bien de los niños que. . . que nos mudamos, que dejamos todo, que no dijimos nada.

—¿Podrían ustedes ayudarnos? —preguntó Angelina.

Berenice alistó su cuaderno de anotaciones:

—Bien, veamos, yo no tengo ningún apuro. Empezaremos desde el principio.

En lo que Alcides Lemley había llamado "medio camino" entre Ashton y Nueva York, Marshall estacionó su auto en el estacionamiento de una pequeña oficina de seguros en Taylor, un pueblito ubicado en el cruce de dos grandes arterias, sin ninguna otra razón para estar allí. Se bajó del auto, y entró en la oficina. La mujer que estaba en el escritorio de recepción lo reconoció de inmediato.

—¿El señor Hogan? —preguntó.

—El mismo. Buenos días.

—El señor Lemley ya está aquí. Lo está esperando.

Le condujo hasta otra puerta, que conducía a una oficina posterior que nadie estaba usando en ese tiempo.

—Hay café aquí en el mostrador, y los baños están a la derecha, en esa puerta que usted ve allí.

—Gracias.

—De nada.

Marshall cerró la puerta, y sólo entonces Alcides Lemley se puso de pie y le dio un caluroso apretón de manos.

—Marshall —le dijo—, ¡qué bueno poder verte de nuevo! ¡Qué bueno!

Era un hombre pequeño, calvo, de nariz ganchuda y vivaces ojos azules. Tenía ánimo y chispa, y Marshall siempre lo había considerado como un colega valioso, como un amigo con quien podía contar en casi cualquier favor que se necesitara.

Lemley se sentó detrás del escritorio, y Marshall acercó una silla, de modo de poder ambos mirar los materiales que Alcides había traído. Por un momento hablaron de los viejos tiempos. Lemley estaba más o menos llenando la vacante que Marshall había dejado en la sala de noticias locales del *Times*, y estaba empezando a apreciar realmente la habilidad de Marshall para manejar su trabajo.

— Pero no pienso que quiero cambiar mi lugar con el tuyo ahora, ¡compañero! — dijo —. Pensé que te habías mudado a Ashton para alejarte de todo.

— Creo que todo me siguió hasta allá — dijo Marshall.

— Eh... este... en pocas semanas tal vez Nueva York será mucho más seguro.

— ¿Qué es lo que encontraste?

De una carpeta de archivador, Alcides sacó una fotografía, de veinte por veinticinco centímetros, y la empujó por sobre el escritorio hasta ponerla debajo de los ojos de Marshall.

— ¿Es este tu muchacho?

Marshall miró el retrato. Nunca antes había visto a Alejandro M. Kaseph, pero por todas las descripciones que había oído este tenía que ser él.

— Es él, no hay dudas. Es muy conocido, y nadie lo conoce, si entiendes lo que quiero decir. El público en general nunca ha oído del tipo, pero empieza a preguntar a los inversionistas de Wall Street, a la gente del gobierno, a los diplomáticos de otros países, y a cualquiera que en alguna manera esté relacionado o conectado con los negocios y política internacional, y obtendrás la respuesta. El es el presidente de la Corporación Omni; sí, él está definitivamente conectado a ella.

— ¡Sorpresa, sorpresa! Y ¿qué sabes acerca de la Corporación Omni?

Alcides empujó una pila de materiales hacia Marshall, una pila de un buen número de centímetros de espesor.

— Gracias a Dios por las computadoras. Omni fue un poco fuera de lo usual para rastrear. No tiene ninguna sede central, no tiene ninguna dirección principal; están diseminados en oficinas locales por todo el mundo, y procuran mantener un nivel muy bajo de visibilidad. Por lo que entiendo, Kaseph conserva su personal más cercano junto a sí mismo, y le gusta ser tan invisible como le sea posible; manejando la operación total desde sólo él sabe dónde. Es extrañamente subterránea. No están en Nueva York, ni en la Bolsa de Valores de Norteamérica; no por su nombre, por lo menos. Las acciones están repartidas en, oh, tal vez un centenar de corporaciones diferentes. Omni es la propietaria y la que controla cadenas de almacenes, bancos, compañías hipotecarias, cadenas de restaurantes, embotelladores de bebidas, cualquier cosa que se ocurra nombrar.

Alcides continuó hablando mientras que recorría con su dedo la pila de papeles.

—Puse a algunos de mis hombres a buscar esto. Omni no aparece por sí misma ni publica nada en cuanto a ella misma. Primero, hay que descubrir cuál es la corporación fachada, luego hay que meterse sigilosamente por la puerta de atrás, y hallar cuáles son los intereses de la Gran Compañía Madre. Mira esto...

Alcides extrajo un informe anual para los accionistas, de una compañía minera en Idaho.

—Uno nunca sabe lo que realmente está leyendo, sino cuando se llega al final... ¿Ves? "Subsidiaria de Omni Internacional."

—¿Internacional..?

—Muy internacional. No creerías la influencia que tienen en el petróleo árabe, en el Mercado Común Europeo, en el Banco Mundial, en el terrorismo internacional...

—¿Qué?

—No esperes hallar ningún informe a los accionistas sobre la última bomba que hizo explotar un auto, o el último asesinato en masa; pero por cada asunto documentado aquí, hay un par de cientos de cuestiones bajo cuerda, que nadie puede probar pero que todo el mundo parece saber.

—Y así es la vida.

—Y así es tu hombre Kaseph. Déjame decirte, Marshall; él sabe como derramar sangre si tiene que hacerlo, y algunas veces cuándo no tiene que hacerlo. Este tipo es un perfecto cruce entre el último gurú y Adolfo Hitler, y hace que Al Capone parezca un *Boy Scout*. ¡Se dice que incluso la mafia le tiene miedo!

Angelina Carlucci hablaba más como resultado de las emociones que por recuerdos objetivos, lo que hacía que su recuento diera vueltas agonizantes. Berenice tenía que continuar preguntando para aclarar las cosas.

—Regresando a su hijo Carlos...

—¡Le rompieron las manos! —gimió ella.

—¿Quién le rompió las manos?

José intervino para auxiliar a su esposa.

—Fue después que dijimos que no venderíamos el almacén. Nos los habían dicho... bueno, no nos preguntaron si queríamos vender, nos dijeron que sería mejor que les vendiéramos... pero hablaron con nosotros unas pocas veces, y nosotros no queríamos venderles...

—¿Y allí fue cuando empezaron a amenazarlos?

—¡Nunca amenazan! —dijo Angélica con ira—. Ellos dicen que nunca nos amenazaron.

José trató de explicar.

—Ellos... ellos amenazan sin sonar como que están amenazando. Es difícil de explicar. Pero ellos vienen a hablar del negocio, y le dejan saber a uno que sería muy conveniente avenirse al negocio, y usted comprende, usted sencillamente sabe que debe atenerse al asunto si no quiere que algo malo le suceda.

—¿Y quiénes fueron los que vinieron a hablar con ustedes?

—Dos hombres que eran... dijeron que eran amigos de la gente nueva que ahora es propietaria del almacén. Al principio pensé que eran corredores de bienes raíces, o algo así. No tenía la menor idea...

Berenice revisó sus notas de nuevo.

—Está bien. ¿De modo que fue cuando ustedes se negaron por tercera vez a venderles, que le rompieron las manos a Carlos?

—Sí, en la escuela.

—¿Y quién lo hizo?

Angelina y José se miraron el uno al otro. Angelina contestó:

—Nadie lo vio. ¡Ocurrió durante el recreo en la escuela, y nadie lo vio!

—Carlos debe de haberlo visto.

José sacudió su cabeza, e hizo una señal a Berenice para que se detuviera.

—Usted no puede preguntarle a Carlos acerca de esto. El todavía está atormentado, tiene pesadillas.

Angelina se inclinó un poco hacia adelante, y susurró:

—Espíritus malos, señorita Krueger. ¡Carlos piensa que son espíritus malos!

Berenice se quedó esperando que estos dos adultos responsables explicaran las extrañas percepciones de su joven hijo. Tuvo dificultad para expresar la pregunta:

—Bien, pues, qué... por qué... qué... Este... de seguro que ustedes saben lo que pasó realmente, o al menos tienen una buena idea.

Los dos se limitaron a intercambiar miradas en blanco, sin poder articular palabra.

—¿No había profesores en el patio, que lo atendieron después de lo que ocurrió?

José trató de explicar.

—Estaban jugando béisbol con algunos otros muchachos. La pelota fue a caer entre unos arbustos, y él fue a buscarla. Cuando regresó, estaba... estaba loco, gritando, se había orinado en los pantalones... le habían roto las manos.

—¿Y nunca dijo quién lo hizo?

Los ojos de José se abrieron desmesuradamente aterrorizados. Susurró:

—Unas cosas negras enormes...

— ¿Hombres?

— Cosas. Carlos dicen que eran espíritus, monstruos.

No lo deseches todavía, Berenice se dijo a sí misma. Era claro que esta pobre gente realmente creía que algo de esta naturaleza los estaba atacando. Eran católicos devotos, pero también muy supersticiosos. Tal vez eso explicaba los muchos crucifijos en cada puerta, las imágenes de Jesús y de la virgen María por todos lados, en cada mesa, en cada pasillo, en cada ventana.

Marshall había revisado completamente los materiales acerca de la Corporación Omni. Todavía no había leído nada en cuanto a una cosa.

— ¿Qué se sabe en cuanto a alguna afiliación religiosa?

— En eso tenías razón — dijo Alcides, sacando otra carpeta —. Omni es nada más que uno de los auspiciadores de la *Sociedad de la Conciencia Universal,* y eso es otra pelota completa de enredos políticos y financieros, y tal vez la principal motivación detrás de la compañía, incluso más que el mismo dinero. Omni posee, o respalda, cientos de negocios de propiedad de la sociedad, desde empresas minúsculas hasta bancos, almacenes, escuelas, universidades. . .

— ¿Universidades?

— Eso mismo, y firmas de abogados también, de acuerdo a las crónicas de noticias. Tienen una fuerza muy grande trabajando en Washington, y han estado presionando con regularidad su propia legislación de intereses especiales. . . usualmente es antijudía y anticristiana, si eso es lo que te interesa.

— ¿Qué tal, pueblos? ¿Posee esta sociedad pueblos enteros?

— Sé que Kaseph lo ha hecho, y otras cosas similares también. Escucha. Llamé a Carlos Anderson, uno de nuestros corresponsales en el extranjero, y él ha oído toda clase de cosas interesantes además de ver mucho por sí mismo. Parece que esta *Sociedad de la Conciencia Universal* son un club mundial. Hemos localizado capítulos de la sociedad en noventa y tres países diferentes. Parecen asomar de la nada, en todas partes, en cualquier parte del mundo, y sí, se han apoderado de pueblos enteros, aldeas, hospitales, buques y corporaciones. Algunas veces compran su derecho, algunas veces lo consiguen por medio de elecciones, algunas veces sencillamente se introducen a la fuerza.

— Como una invasión sin armas.

— Así es, usualmente con todos los visos de legalidad, pero eso es probablemente por pura astucia, no por integridad, y recuerda que estás contemplando mucho poder e influencia aquí. Estás en camino del peje gordo mismo, y por lo que puedo concluir, él no reduce su velocidad, no se detiene, ni tampoco anda con rodeos.

— ¡Qué tontería!

— Si fuera yo... bueno... yo me olvidaría de todo, compañero. Llama a los agentes federales; deja que alguien grande atienda el asunto. Tu empleo anterior en el *Times* está esperándote, si lo quieres de vuelta. Por lo menos, cubre la historia a la distancia. Tu eres un reportero de primera clase, pero estás demasiado cerca; tienes mucho qué perder.

Todo lo que Marshall pudo pensar fue *¿Por qué yo?*

Berenice había tropezado con una situación muy delicada. Los Carlucci estaban poniéndose más y más alterados y aterrorizados a medida que ella les hacía preguntas.

— Tal vez esta no fue una buena idea — dijo José finalmente —. Si ellos alguna vez llegan a enterarse de que hemos hablado con usted...

Berenice estaba a punto de gritar si volvía a oír esa palabra.

— José, ¿qué quiere decir con "ellos"? Usted sigue diciendo ellos y a ellos, pero nunca dice quienes.

— No... no puedo decírselo — dijo con gran dificultad.

— Bien, pues, por lo menos acláreme esto: ¿Son gente, quiero decir, personas reales?

El y Angelina pensaron por un momento, luego él contestó:

— Sí, son gente real.

— ¿De modo que son personas de carne y hueso?

— Y tal vez espíritus, también.

— Ahora estoy refiriéndome a gente real — insistió Berenice —. ¿Fue gente real la que hizo la revisión de sus impuestos?

A regañadientes, él asintió.

— Y ¿fue un hombre real, de carne y hueso, el que colocó el letrero de remate en su puerta?

— Nosotros no lo vimos — dijo Angelina.

— ¿Pero era un pedazo de papel real, verdad?

— ¡Pero nadie nos dijo lo que iba a pasar! — protestó José —. Nosotros siempre pagamos nuestros impuestos; tengo los cheques cancelados para probarlo. La gente en la Oficina del Condado no quiso ni siquiera oírnos.

Angelina estaba furiosa ahora.

— No teníamos dinero para pagar los impuestos que ellos exigían. Ya los habíamos pagado; no podíamos pagarlos de nuevo.

— Ellos dijeron que se apropiarían de la tienda, que se apoderarían de todo nuestro inventario, y el negocio se puso muy malo, muy malo. La mitad de los clientes se alejó, y no querían regresar.

— ¡Y yo sé lo que los hizo alejarse! — dijo Angelina desafiante —. Podíamos sentirlo. Usted verá, las ventanas no se rompen por sí solas, ni la mercadería vuela de los estantes por sí sola. ¡Era el diablo mismo en nuestro mercado!

Berenice tenía que tratar de tranquilizarlos.

—Está bien. No voy a discutir sobre eso. Ustedes vieron lo que vieron, no tengo razón para dudarlo...

—Pero, ¿no ve usted, señorita Krueger? —preguntó José con lágrimas en sus ojos —. Sabíamos que no podíamos quedarnos. ¿Qué era lo siguiente que harían? Nuestro mercado se estaba cayendo, nuestra casa fue vendida en nuestras propias narices, nuestros hijos estaban siendo atormentados por gente o espíritus malos, lo que sea. Sabíamos que era mejor no luchar. Era la voluntad de Dios. Vendimos la tienda. Nos pagaron un buen precio...

Berenice sabía que eso no era cierto...

—Ustedes no recibieron ni siquiera la mitad de lo que valía la tienda.

José estalló en sollozos y dijo:

—Pero estamos libres... ¡Estamos libres!

Berenice no estaba segura.

Luego vino la avalancha, un impulso por conseguir toda la información posible, matizado por una mezcla de sentimientos entre determinación y presentimientos,, de conflictos entre los impulsos iniciales y consideraciones posteriores. Todos los martes y viernes, por dos semanas, *El Clarín* de Ashton apareció en los puestos de venta, y en todos los buzones de los suscriptores, pero su editor y reportera principal no podían ser encontrados, o ni siquiera vistos por un instante. Los mensajes telefónicos de Marshall se apilaban sin ser atendidos, Berenice simplemente no estaba nunca en casa; hubo varias noches en que Marshall no fue a casa en ningún momento, sino que dormía aquí y allá, en la oficina, esperando una llamada especial, haciendo una llamada especial, trabajando para mantener el periódico a flote con una mano mientras que con la otra revisaba una lista de contactos, informes de impuestos, informes de negocios, entrevistas, y pistas.

La gente que había dejado sus empleos, y muchas veces Ashton, y la gente que los habían reemplazado eran definitivamente dos grupos de persuasiones completamente diferentes; después de un tiempo, Marshall y Berenice podían casi predecir cuáles iban a ser las respuestas que obtendrían de ellos.

Berenice llamó a Adán Jarred, el síndico de la universidad cuya hija supuestamente fue violada por Harmel.

—No —dijo Jarred —, en realidad no sé nada en cuanto a una... ¿cómo dijo que se llamaba?

— Una sociedad, la *Sociedad de la Conciencia Universal.*

— No, me temo que no.

Marshall habló con Eugenio Baylor.

— No — repuso Baylor, más bien impaciente —. Nunca he oído el nombre Kaseph, y en realidad no entiendo qué es lo que usted se propone.

— Estoy tratando de averiguar algo sobre unos comentarios de que la universidad pudiera estar negociando la venta de su propiedad a Alejandro Kaseph de la Corporación Omni.

Baylor se rió, y dijo:

— Usted debe de haber oído eso con respecto a alguna otra universidad. Nada de eso está sucediendo por aquí.

— ¿Qué me dice de la información que hemos recibido, de que la universidad está en serios problemas financieros?

A Baylor no le gustó nada la pregunta.

— Escuche. El anterior editor de *El Clarín* trató esa idea también, y fue la peor decisión que él jamás pudo haber tomado. ¿Por qué no se dedica a su periódico y nos deja a nosotros que manejemos la universidad?

Los síndicos anteriores tenían una actitud diferente.

Mario James, ahora un consultor de negocios en Chicago, no tenía sino amargos recuerdos de su último año en la universidad.

— En verdad ellos me enseñaron lo que es ser algo así como un leproso — le dijo a Berenice —. Yo pensaba que podía ser una buena voz en la junta, usted sabe, un factor de estabilidad, pero ellos simplemente no toleraban que se estuviera en desacuerdo con ellos. Pensé que todo eso distaba mucho de ser algo profesional.

Berenice le preguntó:

— ¿Y qué me dice de la manera en que Eugenio Baylor maneja las finanzas de la universidad?

— Bien, pues, yo salí antes de que surgiera ningún problema serio, este problema que usted me está describiendo, pero ya podía vislumbrarlo. Traté de bloquear ciertas decisiones que tomó la junta, tocantes a conceder especiales prerrogativas y poder a Baylor. Pensé que se le estaba concediendo a un solo hombre demasiado control sin autorización, y sin la supervisión de los demás síndicos. Demás está decir, mi opinión fue la más impopular.

Berenice le hizo una pregunta muy directa:

— Señor James, ¿qué fue finalmente lo que precipitó su renuncia a la junta y su salida de Ashton?

— Bueno, pues. . . esa pregunta es muy difícil de contestar — empezó él renuentemente.

Su respuesta tomó casi quince minutos, pero la línea básica aparecía poco a poco:

—Mi negocio al por mayor fue difamado y saboteado por... maleantes invisibles, si acaso podría llamarlos así... hasta tal punto que me convertí en un riesgo demasiado aventurado como para conseguir seguros. No pude cumplir mis órdenes, la clientela se alejó, y ya no podía subsistir. Cerré el negocio, me di cuenta de lo que pasaba, y me escabullí. Me ha ido bien, desde entonces. Usted no puede seguir aplastando a un buen hombre, usted sabe.

Marshall se las arregló para seguir el rastro a Rita Jacobson, que vivía ahora en Nueva Orleans. No se sintió nada alegre de oír a alguien de Ashton.

—¡Deje que el diablo se apodere de todo el pueblo! —dijo ella agriamente—. ¡Si tanto lo quiere, déjenle que lo tenga!

Marshall le preguntó sobre Julia Langstrat.

—¡Ella es una bruja; quiero decir, una bruja real y viviente!

Le preguntó acerca de Alejandro Kaseph.

—Un tirano y un criminal en una sola persona. Apártese de su camino. El lo sepultará a usted antes de que usted siquiera se dé cuenta.

Trató de hacerle otras preguntas, pero ella finalmente dijo:

—Por favor, nunca más vuelva a llamarme —y colgó.

Marshall le siguió la pista a todos los concejales anteriores que pudo, y encontró que uno sencillamente se había jubilado, pero los demás renunciaron debido a alguna forma de extraña dificultad. Alan Bates cayó enfermo con cáncer, Shirley Davidson se divorció y se enredó con un nuevo amante, Carlos Frohm fue "pescado" en una evasión ficticia de impuestos, el negocio de Juliano Bennington fue forzado a salir de la ciudad por un grupo de maleantes a quienes él conocía demasiado bien como para identificarlos. Al verificar las referencias cruzadas, Marshall encontró que, en cada caso, el concejal depuesto fue reemplazado con una persona conectada de alguna manera bien sea con la *Sociedad de la Conciencia Universal*, con la *Corporación Omni*, o con ambas entidades; y en cada caso, la persona depuesta pensó que él o ella había sido el que tomó la decisión de irse. Ahora, sea por miedo, sea por interés propio, por la renuencia típica de verse involucrado, todos permanecían lo más lejos posible, lejos de todo contacto, lejos del cuadro, sin decir nada. Algunos se mostraron muy cooperadores para contestar las preguntas que hacía Marshall, y se sentían menos amenazados. En todo y por todo, sin embargo, Marshall consiguió lo que buscaba.

En cuanto a aquellos que anteriormente tenían en propiedad negocios que en la actualidad eran administrados por una corporación incógnita, muy pocos de ellos había planeado vender, mudarse, o abandonar su pacífica vida en Ashton, o dejar sus exitosos negocios. Pero las razones para salir seguían consistentemente los mismos delineamientos: problemas de impuestos atrasados, amenazas, persecución, boicot, problemas personales, disolución de matrimonio, tal vez una enfermedad o un colapso nervioso aquí y allí, y con algún ocasional cuento macabro de experiencias tal vez sobrenaturales. La historia del anterior juez del distrito, Antonio C. Jefferson, era ominosamente típica.

— Empezaron a circular rumores en la corte y entre las personas relacionadas con la ley, de que yo estaba recibiendo sobornos por arreglar sentencias y dejar a la gente en libertad. Algunos falsos testigos incluso me confrontaron haciendo acusaciones, pero yo jamás hice nada de eso. ¡Le juro por lo más sagrado que haya!

— Entonces, ¿puede decirme la verdad en cuanto a por qué se fue de Ashton? — preguntó Marshall, casi sabiendo la clase de respuesta que debía esperar.

— Razones personales tanto como profesionales. Algunas de estas razones todavía están conmigo, y todavía son suficientemente viables como para restringirme lo que puedo decirle. Lo que puedo decirle, sin embargo, es que mi esposa y yo necesitábamos un cambio. Ambos sentíamos la presión, ella más que yo. Mi salud se había resentido. Después de pensarlo largamente decidimos que era mejor abandonar Ashton, al fin y al cabo.

— ¿Puedo preguntarle si hubo alguna... influencia externa desfavorable... que le llevó a tomar la decisión de abandonar su posición de juez?

El pensó por un momento, y luego, con algo de amargura en su voz, dijo:

— No puedo decirle quiénes eran. Tengo mis razones; pero puedo decirle que sí, varias influencias altamente desfavorables.

La última pregunta de Marshall fue:

— ¿Y en realidad no puede decirme nada en cuanto a quiénes pudieran ser?

Jefferson lanzó una risita y dijo:

— Simplemente siga en el camino en que está yendo, y lo encontrará más pronto de lo que se imagina.

Las palabras de Jefferson empezaban a perseguir a Marshall y a Berenice; ambos habían recibido muchas advertencias similares a medida que avanzaban en su propósito, y ambos estaban llegando a estar más conscientes de que había algo que empezaba a rodearlos, creciendo, acercándose más, tornándose más y más maléfico. Berenice trató de desentenderse de los presentimientos; Marshall se halló recurriendo más y más a oraciones dichas al apuro; pero los presentimientos seguían allí, ese sentido perturbador de que uno no es sino un castillo de arena en la playa, y que una ola de cinco metros de altura está a punto de caerle encima.

Por sobre todo eso, Marshall tenía que preguntarse cómo estaba Caty recibiendo todo eso, y cómo iba él a remendar las cosas entre ellos cuando todo hubiera terminado. Ella estaba diciendo que se había convertido nuevamente en una viuda, una viuda de un periodista, y había hecho inclusive algunos comentarios vergonzosos en cuanto a Berenice. Vaya, hay que acabar con todo eso; mucho más de lo mismo, y pronto no tendría ni siquiera casa o matrimonio al cual regresar.

Y, por supuesto, también estaba Sandra, a quién Marshall no había visto en semanas. Pero cuanto todo esto hubiera terminado, cuando realmente hubiera concluido, las cosas serían diferentes.

Por ahora, la investigación que él y Berenice estaban realizando era increíblemente urgente, una prioridad suprema, algo que crecía y se hacía más ominoso con cada piedra que levantaban.

23 Cuando las cosas en la oficina volvieron a su ritmo calmado, usual, después del martes, Marshall ordenó a Carmen que buscara una caja de cartón bien grande, suficientes carpetas de archivador, y que empezara a organizar las pilas de papeles, registros, documentos, notas de toda clase, e información que él y Berenice habían compilado en su investigación, poniéndolo en orden. Mientras él revisaba todo eso, también compiló una lista de preguntas en un bloque de papel que tenía sobre su escritorio; preguntas que se proponía usar en su entrevista con el primero de los protagonistas reales de la trama: Alfredo Brummel.

Esa tarde, después de que Carmen había salido para una cita con el dentista, Marshall llamó a la oficina de Alfredo Brummel.

— Departamento de Policía — dijo la voz de Sara.

— ¡Hola, Sara! Soy Marshall Hogan. ¿Puedo hablar con Alfredo?

— El no está en su oficina en este momento. . .

Sara dejó escapar un prolongado suspiro, y luego añadió con un dejo muy extraño en una voz muy queda:

— Marshall, Alfredo Brummel no quiere hablar con usted.

Marshall tuvo que pensar por un instante antes de decir:

— Sara, ¿se halla usted en medio de todo?

Sara parecía enfadada.

— Tal vez sí, no lo sé, pero Alfredo me dijo en términos inequívocos que no le pasara ninguna llamada suya, y que debía hacerle saber cualquier cosa que yo supiera en cuanto a sus intenciones.

— ¡Vaya!

— Mire, yo no sé dónde se acaba la amistad y dónde comienza la ética profesional, pero estoy segura de que quisiera saber lo que está pasando por aquí.

¿Qué está pasando por allí?

— ¿Qué me va a dar a cambio?

Marshall sabía que debía aprovechar la oportunidad.

— Creo que podré encontrar algo de igual valor, si lo busco lo suficiente.

Sara vaciló por un momento.

— Por todas las apariencias, usted se ha convertido en su peor enemigo. Con frecuencia oigo, a través de la puerta de la oficina, que menciona su nombre, y nunca lo dice en forma amable.

— ¿Con quién está hablando cuando lo menciona?

— Ahora es su turno.

— Está bien. Nosotros también hablamos de él. Hablamos mucho sobre el, y si todo lo que hemos descubierto resulta ser cierto, sí, es posible que yo sea su peor enemigo. Ahora, ¿con quién estaba hablando?

— A algunos de ellos los he visto antes, a otros no los he visto nunca. El llamó varias veces a Julia Langstrat, su... lo que quiera que sea.

— ¿Alguien más?

— El juez Baker era otro, y varios miembros del concejo munici pal...

— ¿Malone?

— Sí.

— ¿Everett?

Sí·

— Este... ¿Preston?

No.

¿Goldtree?

— Sí, además de otras personas realmente importantes en el pue blo, y también Nelson Espencer, del Departamento de Policía de Windsor, el mismo departamento que proporcionó los refuerzos para el festival. Quiero decir, ha estado hablando con un montón de gente, mucho más que lo usual. Algo se está tramando. ¿De qué se trata?

Marshall tenía que andar con mucho cuidado.

— Tal vez involucre a El Clarín y a mí, o puede que no.

— No sé si voy a aceptar eso o no.

— No sé si puedo confiar en usted o no. ¿De qué lado está usted?

— Eso depende de quién es el chico malo. Alfredo es medio turbio. ¿Lo es usted?

Marshall tuvo que sonreír por la chispa de ella.

— Voy a dejar que usted misma juzgue eso. Lo que trato es de tener un periódico limpio y honrado, y hemos estado haciendo una investigación muy intensiva, no solamente de su jefe, sino sobre casi toda persona de alguna importancia en esta ciudad.

— El lo sabe. Todos ellos lo saben.

— Bien, pues, he hablado con casi todos ellos. Alfredo era el próximo en mi lista.

— Creo que él lo sabe también. Fue apenas esta misma mañana cuando me dijo que no quería hablar con usted. Pero él está tramando una tormenta con todo el resto, y acaba de salir de aquí con una pila de papeles bajo el brazo, dirigiéndose a otra de esas reuniones a media voz con alguna persona.

— ¿Alguna idea de qué es lo que van a hacer en cuanto a mí?

— Usted puede estar seguro de que van a hacer algo, y tengo el presentimiento de que están cargando bien el cañón. Considérese usted advertido.

— Le recomiendo que usted sea un ángel dulce que no sabe nada ni dice nada. Las cosas se pueden poner muy feas.

— Si se ponen así, Marshall, ¿puedo acudir a usted por algunas respuestas, o por lo menos por un boleto para salir del pueblo?

— Lo haremos.

— Le daré todo lo que pueda conseguir, siempre y cuando usted pueda mantenerme segura.

Marshall lo captó en su voz: esta muchacha estaba muerta de miedo.

— Vamos, recuerde, yo no le pedí que se involucrara.

— No pedí que se me involucrara. Simplemente ya lo estoy. Conozco a Alfredo Brummel. Tal vez mejor escogerlo a usted como mi amigo.

— La mantendré informada. Ahora, cuelgue y actúe con normalidad.

Ella lo hizo así.

Alfredo Brummel se hallaba en la oficina de Julia Langstrat, y los dos revisaban un grueso portafolio de información que Brummel había traído.

— ¡Hogan tiene ya para llenar la primera plana! — dijo Brummel muy descontento —. Tú me regañaste por haber andado muy lento para arreglar a Busche, pero, por lo que puedo ver, tú le has dado a Hogan vía libre desde el comienzo.

— Cálmate, Alfredo — le dijo Julia Langstrat suavemente —. Cálmate.

— El va a venir un día de estos para entrevistarme, así como ha perseguido a los demás. ¿Qué sugieres que le diga?

Julia Langstrat quedó un poco sorprendida por la necedad de él.

— ¡No le digas nada, por supuesto!

Brummel dio unos pasos, exasperado.

No tengo que hacerlo, Julia. En este punto, nada de lo que yo diga o no diga hará ninguna diferencia, de todas maneras. El ya tiene todo lo que necesita: sabe acerca de las ventas de las propiedades, tiene muy buenas pistas en todos los remates de las casas por impuestos atrasados, sabe todo acerca de la corporación y de la sociedad, tiene muy buena información de la defraudación de fondos de la universidad... ¡Hasta tiene evidencia más que suficiente como para acusarme de falso arresto!

Julia sonrió con placer.

— Tu espía ha hecho una labor estupenda.

— Ella me trajo un montón de material hoy. El está organizando todo en un archivo ahora. Diría que él está a punto de hacer su movida.

Lansgtrat reunió todo el material nítidamente, lo colocó de nuevo en su portafolio, y se reclinó en su silla.

— Me encanta eso.

Brummel se quedó mirándola asombrado, y sacudió su cabeza.

— Algún día tú vas a perder todo este juego, lo sabes. ¡Todos podemos perder!

— Me encanta un reto — dijo ella regocijada —. Me encanta enfrentarme a un oponente fuerte. ¡Cuanto más fuerte es el oponente, tanto más estimulante es la victoria! Sobre todo, me encanta ganar.

Le sonrió, realmente complacida.

— Alfredo, tenía mis dudas en cuanto a ti, pero pienso que has salido adelante a las mil maravillas. Pienso que deberías estar allí para ver al señor Hogan caer en la trampa.

— Lo creeré cuando lo vea.

— Lo verás. Lo verás.

Hubo una corta calma, y las cosas se pusieron extrañamente quietas en el pueblo de Ashton. La gente casi ni se hablaba. Casi nada se decía.

Durante el día Marshall y Berenice organizaban los materiales y pasaban encerrados en la oficina. Marshall llevó una noche a Caty a cenar afuera. Berenice se quedó en su casa y trató de leer una novela.

Alfredo Brummel seguía con su horario acostumbrado, pero no tenía mucho para decirle a Sara o a ninguna otra persona, sobre ninguna cosa. Julia Langstrat se enfermó, o por lo menos eso fue lo que dijeron en su oficina, y sus clases fueron canceladas por unos pocos días.

Enrique y María pensaban que a lo mejor su teléfono se había dañado; el aparato estaba tan silencioso. Los Cóleman andaban visitando a algunos parientes en otra ciudad. Los Forsythe aprovecharon la oportunidad para hacer inventario en el depósito de madera.

Los demás del Remanente andaban ocupados en sus asuntos normales.

Había una extraña calma en todas partes. Los cielos estaban medio nublados, el sol parecía un globo indefinido y luminoso, el aire estaba caliente y pegajoso. Todo estaba en calma.

Pero nadie se sentía tranquilo.

Muy alto en una colina que se destacaba sobre el pueblo, en la punta de un tronco grisáceo de un árbol viejo, como un enorme buitre negro, Rafar, el príncipe de Babilonia, estaba sentado. Otros demonios le asistían, esperando oír su próxima orden; pero Rafar estaba en silencio. Hora tras hora, con una expresión torva en su cara, se quedó contemplando el pueblo con sus ojillos amarillentos que se movían lentamente.

En otra colina, directamente opuesta, al otro lado de la ciudad, Tael y sus guerreros estaban ocultos entre los árboles. Ellos también estaban vigilando el pueblo, y podían sentir la calma, el silencio, la ominosa mortandad en el aire.

Huilo estaba al lado de su capitán, y conocía este sentimiento. Siempre había sido lo mismo, a través de los siglos.

— Puede suceder en cualquier momento, ¿Estamos listos? — preguntó a Tael.

— No — dijo Tael llanamente, mirando intensamente al pueblo —. No todo el Remanente se ha juntado. Aquellos que ya se han congregado no están orando; no lo suficiente. No tenemos ni el número ni la fuerza.

— Y la nube negra de los espíritus del Fuerte crece ciento por ciento día tras día.

Tael miró hacia el cielo de Ashton.

— Ellos llenan el firmamento de horizonte a horizonte.

Desde sus escondites podían mirar a través del valle, varios kilómetros a la redonda, y ver a su horrendo oponente sentado sobre el viejo árbol muerto.

— Su fuerza no ha menguado — dijo Huilo.

— El está más que listo para presentar batalla — dijo Tael —, y puede escoger su propio tiempo, el lugar que prefiera, y los mejores de sus guerreros. Puede atacar en cien diferentes lugares a la vez.

Huilo sacudió su cabeza.

— Usted sabe que no podemos defender tantos sitios.

En ese instante un mensajero llegó de prisa a su lado.

— Capitán — dijo él, posándose junto a Tael —, traigo informes sobre el cubil del Fuerte. Hay agitación allí. Los demonios están poniéndose impacientes.

— Ya empieza — dijo Tael, y esa palabra fue pasando hasta llegar hasta las filas más retiradas —. ¡Huilo!

Huilo se adelantó un paso

— ¡Capitán!

Tael llevó a Huilo a un lado.

— Tengo un plan. Quiero que lleves un pequeño contingente, y que establezcas vigilia sobre aquel valle...

Huilo no era alguien como para discutir con su capitán, pero...

— ¿Un pequeño contingente? ¿Para vigilar al Fuerte?

Los dos continuaron su conferencia. Tael describía sus instrucciones, Huilo movía su cabeza dubitativamente. Finalmente, Huilo regresó al grupo, seleccionó unos cuantos guerreros, y dijo:

— ¡Vamos!

Con el aleteo peculiar, un par de docenas se levantó y zigzagueó por el bosque hasta que estuvieron suficientemente lejos como para poder elevarse por el cielo abierto.

Tael llamó a un fornido guerrero.

— Reemplaza a Signa como guardia de la iglesia, y dile que venga acá.

Luego llamó a otro mensajero.

— Dile a Krioni y a Triskal que levanten a Enrique y que hagan que empiece a orar, así como al Remanente.

En pocos momentos Signa llegó.

— Ven conmigo — le dijo Tael —. Vamos a hablar.

Había sido una tarde tranquila para Enrique y María. María había pasado la mayor parte de la tarde trabajando en el jardincito detrás de la casa, mientras que Enrique procuraba reparar una esquina de la cerca del traspatio, donde los chiquillos habían abierto un agujero. Mientras María buscaba hierbas malas para arrancar, notó que los martillazos de Enrique se hacían más y más esporádicos, hasta que finalmente se detuvieron por completo. Miró hacia donde estaba él, y lo vio sentado, con el martillo todavía en su mano, orando.

El parecía muy perturbado, de modo que le preguntó:

— ¿Estás bien?

Enrique abrió los ojos, y sin siquiera levantar la vista sacudió su cabeza.

— No, no me siento nada bien.

Ella se acercó a él.

— ¿Qué sucede?

Enrique sabía de dónde procedía este sentimiento.

— El Señor, creo. Siento que algo anda realmente mal. Algo realmente terrible va a pasar. Voy a llamar a los Forsythe.

En este instante sonó el teléfono. Enrique entró para contestar. Era Andrés Forsythe.

— Lamento molestarlo, pastor, pero me estaba preguntando si

acaso usted no siente en este mismo instante un terrible peso de oración. Yo lo siento así·

— Venga para acá — le dijo Enrique.

La cerca tendría que esperar.

Así, hasta el anochecer, la hueste angélica esperó, mientras que Enrique, los Forsythe y otros oraban. Rafar continuaba sentado en el árbol muerto, sus ojos empezaban a brillar en la penumbra cada vez más espesa. Sus dedos afilados continuaban tamborileando en su rodilla; su ceño seguía fruncido con una mueca macabra. Detrás de él, una hueste de demonios empezaban a juntarse, emocionada por la expectación, y prestando toda atención, esperando oír la orden de Rafar.

El sol se ocultó detrás de las colinas hacia el oeste; el cielo quedó bañado de una luz rojiza.

Rafar seguía sentado, y esperando. La hueste demoniaca esperaba.

En su dormitorio, Julia Langstrat estaba sentada en su cama, con sus piernas cruzadas en posición de meditación como los orientales, sus ojos cerrados, su cabeza erguida, su cuerpo perfectamente inmóvil. Excepto por una solitaria vela, el cuarto estaba a oscuras. Allí, bajo el manto de las tinieblas, ella convocó su reunión con los Mae stros Ascendidos, los Espíritus Guías de los planos más elevados. Muy adentro en su conciencia, muy profundamente en su ser interior, ella hablaba con un mensajero.

A los ojos de la mente en trance de la profesora Langstrat el mensajero parecía ser una joven, vestida de blanco, con pelo rubio flotando al aire, cayendo casi hasta el suelo, y en constante movimiento, agitado por la brisa.

— ¿Dónde está mi maestro? — le preguntó Julia al mensajero.

— Está esperando sobre el pueblo, vigilándolo — vino la respuesta —. Sus ejércitos están listos esperando tu palabra.

— Todo está listo. El puede esperar mi señal.

— Sí, mi señora.

El mensajero partió como si fuera una gacela esbelta, brincando graciosamente.

El mensajero se marchó, una espeluznante criatura negra de alas membranosas, que parecía una mugrienta y horrible pesadilla; se marchó para llevar la palabra a Rafar, quien todavía estaba esperando.

Las tinieblas cubrieron a Ashton; la vela en la habitación de Julia Langstrat disminuyó hasta quedar apenas como una pequeña llamita moribunda, en un pocito de cera; la opresiva obscuridad podía más que su débil luz anaranjada. Julia se movió, abrió sus ojos vidriosos, y se levantó de la cama. Con un muy pequeño soplo apagó la llamita de la vela, y todavía medio adormilada se dirigió a la sala, donde otra vela ardía sobre la mesita de café, con su parafina fluyendo y endureciéndose en caprichosos dedos macabros sobre la fotografía de Teodoro Harmel sobre la cual la vela estaba colocada.

Julia se arrodilló junto a la mesita del café, sosteniendo su cabeza erguida, y sus ojos medio cerrados; sus movimientos eran pausados y lentos. Como si estuviera flotando en el espacio, sus brazos se elevaron por sobre la vela, como extendiendo una sombrilla invisible sobre la llama; y luego, muy quedamente, el nombre de un dios antiguo empezó a aflorar a sus labios, vez tras vez. El nombre, un sonido gutural y áspero, brotaba de su boca, como si sus labios estuvieran escupiendo miles de piedritas invisibles, y con cada mención del nombre, su trance era más profundo cada vez. Persistentemente pronunciaba el nombre, más fuerte y más rápido, y los ojos de Julia se abrían más y más, quedando sin siquiera parpadear o mirar. El cuerpo de ella empezó a temblar; su voz se convirtió en un chillido espeluznante y aterrador.

Rafar alcanzó a oírlo desde donde estaba sentado esperando. Su propio aliento empezó a hacerse más pesado, y salía a bocanadas de sus narices como vapor pútrido amarillo. Sus ojos se cerraron aún más, sus espuelas se aguzaron.

Julia Langstrat temblaba y se balanceaba, invocando el nombre, invocando el nombre, con sus ojos fijos en la vela encendida, invocando el nombre.

Luego ella se quedó inmóvil.

Rafar levantó la vista, muy quieto, muy atento, escuchando.

El tiempo se detuvo. Julia se quedó completamente inmóvil, con los brazos extendidos por sobre la vela.

Rafar escuchaba.

El aire empezó a fluir lentamente por la boca y la nariz de Julia, sus pulmones empezaron a llenarse de aire, y luego, con un repentino grito desde lo más profundo, ella bajó las manos como si fuera una compuerta, cerrándolas encima de la mecha de la esperma, apagando la llama.

— ¡Ahora! — gritó Rafar.

Cientos de demonios salieron disparados hacia el cielo, como un enjambre tronante de murciélagos, moviéndose vertiginosamente en una trayectoria recta y hacia el norte.

— Miren — dijo un guerrero angelical.

Tael y sus huestes vieron lo que parecía ser un enjambre negro que se dibujaba contra el cielo de la noche, una bocanada alargada de humo negro.

— Va hacia el norte — observó Tael —. Se aleja de Ashton.

Rafar observó que el escuadrón desaparecía a gran velocidad, y dejó que un gesto burlón dejara al descubierto sus colmillos.

— ¡Te voy a tener adivinando, capitán de las huestes!

Tael gritó sus órdenes.

— ¡Cubran a Hogan y a Busche! ¡Despierten al Remanente!

Cien ángeles descendieron rápidamente sobre el pueblo.

Tael podía todavía ver a Rafar sentado en el viejo árbol.

— ¿Exactamente, cuáles son tus planes, príncipe de Babilonia? — musitó.

El teléfono despertó abruptamente a Marshall de su sueño intranquilo. El reloj marcaba las tres y cuarenta y ocho de la madrugada. Caty lanzó un gemido por ser despertada. El levantó el auricular, y masculló un hola.

Por un momento no tenía la menor idea de quién estaba en el otro extremo de la línea, ni qué es lo que estaba diciendo. La voz era salvaje, histérica, a gritos.

— ¡Vamos, cálmese, y repítalo más lento, o voy a colgar! — Marshall replicó ásperamente. De súbito reconoció la voz —. ¿Teodoro? ¿Es Teodoro Harmel?

— Hogan — dijo la voz de Harmel —, ¡vienen por mí! ¡Están en todas partes!

Marshall ya estaba despierto. Oprimió más el receptor contra su oreja, tratando de entender lo que Harmel estaba diciendo entrecortadamente.

— ¡No puedo oírle? ¿Qué fue lo que dijo?

— ¡Ellos han encontrado que yo hablé con usted! ¡Están en todas partes!

— ¿Quiénes están en todas partes?

Harmel empezó a llorar y a gritar incoherentemente, y el sonido fue suficiente como para que Marshall sintiera un nudo en su estómago. A tientas buscó papel y lápiz.

— ¡Harmel! — gritó en el teléfono, y Caty dio un brinco y se quedó mirándolo —. ¿Dónde está usted? ¿Está en su casa?

Caty podía oír los alaridos y lamentos que brotaban del receptor, y eso la alteró.

— Marshall, ¿quién es? — preguntó.

Marshall no podía responderle; estaba demasiado ocupado tratando de recibir una respuesta clara de parte de Harmel.

— Harmel, escúcheme, dígame dónde está.

Pausa. Más alaridos y gritos.

— ¿Cómo puedo llegar hasta allá? Dije que cómo puedo llegar hasta allá.

Marshall empezó a garabatear frenéticamente.

– Trate de salir de allí, si es que puede.

Caty escuchaba, pero no podía entender nada de lo que ninguna de las dos partes estaba diciendo.

Marshall dijo:

—Escuche. Me va a tomar por lo menos media hora en llegar hasta allá, y eso si es que puedo hallar una gasolinera abierta a esta hora. No, llegaré hasta allá; no se preocupe por eso. Solamente aguántese todo lo que pueda. ¿Está bien? ¿Harmel? ¿Está bien?

—¿Quién es Harmel?

—Está bien —dijo Marshall en el teléfono—. Déme un poco de tiempo, y llegaré hasta allá. Cálmese. Hasta luego.

Colgó el teléfono, y saltó de la cama.

—¿Quién era?

Marshall buscó su ropa y empezó a vestirse apresuradamente.

—Teodoro Harmel, recuerdas, te conté algo acerca de él. . .

—Tú no va a ir allá esta noche, ¿verdad?

—El pobre tipo ha perdido un tornillo o algo así, no lo sé.

—¡Regresa a la cama!

—¡Caty, tengo que ir! No puedo darme el lujo de perder este contacto.

—¡No! ¡No puedo creerlo! ¡No lo dices en serio!

Marshall lo decía en serio. Dio un beso a Caty antes de que ella pudiera entender siquiera que él sí se iba en realidad, y entonces se fue. Ella se quedó sentada por unos momentos en la cama, sorprendida; luego se dejó caer de espaldas, furiosa, y se quedó mirando el cielo raso mientras oía que el auto retrocedía y desaparecía en la noche.

24 Marshall recorrió como cincuenta kilómetros, atravesando el pueblito de Windsor y más allá. Se sorprendió al comprobar cuán cerca de Ashton vivía todavía Teodoro Harmel, especialmente después que ambos se habían visto en las montañas, como a más de ciento cincuenta kilómetros más allá, sobre la carretera número 27. *Este tipo debe de estar loco,* pensó Marshall, *y tal vez yo estoy igualmente loco por seguir toda esta rutina. El tipo está paranoico, un caso real de locura.*

Pero parecía convincente en el teléfono. Además, era una oportunidad para reabrir la comunicación después de aquella única entrevista.

Marshall tuvo que retroceder y buscar a tientas por el laberinto de carreteras sin señales, en su esfuerzo por encontrar sentido en las direcciones que le dio Harmel. Cuando finalmente localizó la pequeña casita vetusta al final de un camino de grava, una franja de luz rosada empezaba a asomar por el horizonte. Le había tomado mas de una hora y media llegar hasta allá. Sí, allí estaba el viejo auto de Harmel, estacionado frente a la casa. Marshall se detuvo al lado, y se bajó de su auto.

La puerta del frente estaba abierta. La ventana del frente estaba rota. Marshall se agachó un poco detrás de su auto, tratando de evaluar la situación. No le gustó nada la impresión que estaba recibiendo; su estómago ya había pasado por esta clase de danza antes, aquella noche cuando Sandra había huido de casa, y otra vez parecía que no había razón lógica y visible para eso. Detestaba admitirlo, pero tenía miedo de dar otro paso.

— ¿Harmel? — llamó, no muy fuerte.

No hubo respuesta.

Esto no se veía bien, de ningún modo. Marshall se obligó a dar la vuelta al auto, recorrer el sendero, y llegar hasta el portal, muy lentamente, con mucho cuidado. Se mantenía alerta, escuchando, mirando, sintiendo. No se oía ningún sonido, excepto el de su propio corazón que latía a tropezones. Sus zapatos hicieron un leve crujido cuando pisó los cristales rotos de la ventana. El sonido le pareció ensordecedor.

Vamos, Hogan. Avanza.

— ¿Harmel? — llamó por la puerta abierta —. ¿Teodoro Harmel? Soy yo, Marshall Hogan.

No hubo respuesta, pero esta tenía que ser la casa de Harmel. Allí estaba su abrigo colgando en el perchero; en la pared, por encima de la mesa del comedor, estaba enmarcada una página frontal de *El Clarín.*

Se aventuró a entrar.

El lugar estaba en completo desorden. Los platos que habían estado en un anaquel en una esquina ahora estaban destrozados y regados por todo el piso. En la sala había una silla rota, debajo de un gran agujero en el revestimiento de la pared. Los bombillos de una lámpara que colgaba del techo estaban destrozados. Los libros, regados por todas partes. La ventana de un lado también estaba rota.

Marshall podía sentirlo tan fuertemente como antes: aquel terror fiero, que le producía un nudo en el estómago, que había sentido la otra noche. Trató de sacudirse de él, de ignorarlo, pero seguía allí. Sus palmas estaban pegajosas por el sudor; se sentía débil. Buscó a su alrededor por algo que pudiera usar como arma, y empuñó un atizador de la chimenea. *Mantén tu espalda contra la pared, Hogan, mantente en silencio, vigila las esquinas.* Estaba oscuro allí adentro, no se podía ver nada. Trató de darse tiempo, tratando de que sus ojos se acostumbraran a la oscuridad. Tanteó buscando algún interruptor de luz, en alguna parte, en cualquier parte.

Encima y detrás de él, un ala como de cuero negro cambió calla damente de posición. Ojos suspicaces amarillentos vigilaban cada movimiento que hacía. Aquí, allá, más allá, por todo el cuarto, en las esquinas del cielo raso, sobre los muebles, colgando como insectos de las paredes, estaban los demonios, algunos de ellos dejando escapar pequeñas risitas con sorna, algunos de ellos babeando sangre.

Marshall avanzó cautelosamente hasta el escritorio que se hallaba en una esquina, y usando un pañuelo para evitar dejar sus huellas digitales, abrió los cajones. Nada estaba fuera de orden. Manteniendo el atizador listo, continuó recorriendo la casa.

El cuarto de baño era una calamidad de desorden. El espejo estaba destrozado; los fragmentos regados por todo el lavamanos y el piso.

Avanzó por el pasillo, manteniéndose apegado a la pared.

Cientos de ojos amarillentos observaban cada movimiento que daba. Había un ocasional gruñido que brotaba de la garganta de algún demonio, y una pequeña bocanada de vapor que brotaba de su boca babeante.

En el dormitorio, los espíritus más repugnantes le esperaban. Vigilaban la puerta del dormitorio desde sus posiciones en el cielo raso, en las paredes, en cada esquina, y su respiración sonaba como cadenas que se arrastraran a través de lodo lleno de piedras.

Desde donde se hallaba, Marshall podía ver apenas la esquina de la cama por la puerta del dormitorio. Se acercó con cautela, verificando con frecuencia detrás de él y hasta encima de él.

Cuando llegó a la puerta del dormitorio una sola imagen, como una fotografía, se quedó grabada instantáneamente en su mente. Un segundo le pareció una eternidad mientras sus ojos pasaban de las sábanas cubiertas de sangre al cráneo de Teodoro Harmel abierto de par en par por una bala, y luego al enorme revólver que todavía colgaba de la mano de Harmel.

¡Chillidos! ¡Truenos! ¡Colmillos desnudos y listos para clavarse! Los demonios salieron como una explosión de las paredes, de las esquinas, de cada rincón del cuarto, y como flechas se dirigieron al corazón de Marshall.

¡Un relámpago enceguecedor! ¡Luego otro, y luego otro! La luz más blanca y más brillante trazaba deslumbrantes arcos de fuego, un aguzado filo que cortaba el enjambre de espíritus malos como una guadaña. Parte de los demonios salieron dando tumbos hacia la nada; otros demonios explotaron y se desvanecieron en instantáneas nubes de humo rojo. Oleadas de espíritus continuaban cayendo sobre este solitario hombre, de pie allí en terror irracional; pero de súbito este hombre estaba rodeado de cuatro guerreros celestiales vestidos de gloriosa luz, con sus alas cristalinas desplegadas como si fuera una sombrilla sobre el sujeto de su responsabilidad, esgrimiendo sus espadas como si fueran brillantes escudos luminosos

El aire estaba lleno de los alaridos ensordecedores de los espíritus malignos, a medida que las hojas atravesaban costillas, pescuezos y torsos; y demonio tras demonio salía convertido en mil pedazos que instantáneamente se desintegraban y se desvanecían como vapor.

Natán, Armot y otros dos ángeles, Senter y Creú, se movían vertiginosamente, se daban la vuelta, luchaban contra un espíritu mientras cortaban en pedazos a otro, moviendo las espadas en miríadas de direcciones. La luz de sus espadas se reflejaba en las paredes, suficientemente brillante como para blanquear los colores.

Natán cortó a un demonio y lo envió en espiral por el techo, dejando un rastro rojo de vapor hasta que desapareció. Con su espada cortaba; con su mano libre recogía demonios por sus talones.

Armoth y Senter se revolvían en un torbellino de alta potencia, moviéndose por entre los demonios como si éstos fueran paja. Creú se lanzó contra Marshall, y desplegó sus alas para proteger al azorado hombre.

— ¡Háganlos retroceder! — gritó Natán.

Comenzó a hacer girar su puñado de demonios sobre su cabeza, sintiendo el golpeteo de sus cuerpos al chocar con otros demonios con el ritmo de una vara en una cerca de malla de alambre.

Los demonios empezaron a ceder terreno; su número había quedado reducido ya a la mitad, igual que su fervor y ferocidad. Natán, Armot y Senter empezaron a girar en un espiral cada vez más apretado sobre Marshall, con sus espadas cortando como cuchillos las filas cada vez menos numerosa de los demonios.

Un demonio salió disparado verticalmente hacia arriba con un grito espeluznante de terror. Senter salió detrás, y rápidamente lo despachó como si fuera un pájaro herido. Por un tiempo se quedó encima de la casa, conteniendo nítida y súbitamente a cualquier espíritu que huía, despachándolos fuera de existencia como si fueran pelotas de tenis arrojadas por una máquina.

Y entonces, casi tan súbitamente como había empezado, todo terminó. Ningún demonio había quedado; ninguno había escapado.

Natán iluminó el pasillo mientras plegaba sus alas, y la luz a su alrededor se desvanecía.

— ¿Cómo está nuestro hombre?

Creú dijo con alivio:

— Muy asustado, pero está bien. Todavía tiene la voluntad para pelear.

Armot llegó de vuelta, e inmediatamente revisó la contrahecha figura de Harmel. Senter se dejó caer por el techo, y se le unió.

Armot sacudió su cabeza, y dijo con un suspiro:

— Como lo dijo el capitán Tael, Rafar puede escoger cualquier frente que quiera, en cualquier tiempo.

— Ellos habían poseído y atormentado a Teodoro Harmel por largo tiempo — concedió Senter.

— ¿Está protegido Kevin Pasto? — preguntó Natán.

Armot respondió con un poco de curiosidad:

— Tael envió a Signa para que vigilara a Pasto.

— ¿Signa? ¿No fue él asignado a vigilar la iglesia?

— Tael debe de haber cambiado sus planes.

Natán regresó a lo que les interesaba de inmediato.

— Mejor ocuparnos de Marshall Hogan.

Marshall hizo un esfuerzo y recobró su compostura. Por un momento pensó que en realidad le ganaría el pánico, y esa hubiera sido la primera vez en toda su vida. *Truenos, yo no necesito enredarme en todo este lío, menos ahora,* pensó. Se tomó unos pocos minutos para calmarse, y pensar lo que debía hacer. Harmel ya era historia, pero ¿qué estaría pasando con los otros?

Se dirigió al comedor y encontró el teléfono. Usando nuevamente su pañuelo y un lápiz para marcar, llamó a la operadora, la cual lo puso con el departamento de policía de Windsor, un pueblo más cercano que Ashton, afortunadamente. Algo le decía a Marshall que Brummel y sus policías no eran definitivamente a quienes se debía llamar en este caso.

— Esta es una llamada anónima — dijo—. Ha habido un disparo fatal, un suicidio. . .

Le dijo al sargento las direcciones de cómo llegar, y colgó.

Entonces salió de allí.

Algunos kilómetros más al norte, detuvo su vehículo en una gasolinera, y se fue a la caseta de teléfono. Primero llamó a Eleodoro Strachan. No hubo respuesta.

Pidió a la operadora que llamara a *El Clarín.* Berenice debía estar ya allí. *¡Vamos, muchacha, contesta el teléfono!*

— *El Clarín* de Ashton.

Era Carmen.

— Carmen, soy Marshall. Favor de poner a Berenice en el teléfono.

— Por supuesto.

Berenice levantó su extensión de inmediato.

— Hogan, ¿Está usted llamando para decir que está enfermo?

— Actúa normalmente, Berenice — dijo Marshall —. Han ocurrido algunas cosas muy serias.

— Bueno, tómese una aspirina o algo así.

— Bien dicho. Prepárese para esto. Acabo de salir de la casa de Harmel. Se voló la tapa de los sesos. Recibí una llamada de él temprano esta mañana, y pensé que se había vuelto loco, porque hablaba de que alguien le estaba persiguiendo; de modo que me fui hasta su casa y acabo de encontrarlo. Parece como sí hubiera librado una batalla campal contra algo. El lugar es un desastre.

— Y ¿cómo se siente realmente? — preguntó Berenice.

Marshall pudo decir que ella estaba actuando como una consumada actriz.

— Estoy temblando, pero estoy bien. Ya llamé a la policía de Windsor, pero preferí salir del lugar. Ahora mismo estoy en la carretera número 38. Me dirijo al norte, para pasar por la casa de Strachan y ver cómo está. Quiero que usted vea cómo anda Pasto, de inmediato. No quiero que se me muera ninguna otra fuente.

— ¿Cree usted... que es contagioso?

— No lo sé todavía. Harmel era un poco loco; tal vez fue un incidente aislado. Lo que sé es que debo ir a hablar con Strachan sobre eso, y no quiero esperar para verificar cómo está Pasto.

— Está bien, lo haré ahora mismo.

— Debo estar de regreso por la tarde. Tenga cuidado.

— Usted también, cuídese mucho.

Marshall regresó a su auto, y miró el mapa buscando la mejor ruta para llegar hasta la casa de Strachan. Le tomó otra hora recorrer el camino, pero pronto arribaba a la misma entrada antigua de la vieja casa de hacienda.

Pisó el freno violentamente, y el auto se detuvo bruscamente, resbalando sobre la arena del camino. Abrió la puerta, y tuvo que mirar de nuevo, desde afuera de su auto. No se había equivocado.

Las ventanas en esta casa también estaban rotas. Pensándolo bien, para este momento el perro ya debería estar ladrando, pero el lugar estaba mortalmente en silencio.

Marshall dejó el auto donde se encontraba, y calladamente se acercó a la casa. No había ningún ruido. Las ventanas laterales de la casa también estaban destrozadas. Notó que los cristales esta vez habían sido destrozados hacia adentro, al contrario de la casa de Harmel, donde los cristales habían sido rotos hacia afuera. Pasó junto a la casa, y verificó el estacionamiento en la parte de atrás. No estaban los autos. Empezó a orar que Eleodoro y Doris se hubieran ido, y que no hubieran estado cerca cuando todo eso hubiera ocurrido.

Fue al otro lado de la casa, dándole una vuelta completa, luego pasó al portal del frente y probó la puerta principal. Estaba cerrada con llave. Miró por una ventana del frente, en la que ya casi no quedaban cristales, y vio que el interior era un caos total: la casa había sido saqueada.

Con cuidado entró por la ventana, a lo que antes había sido una sala acogedora, ahora en triste destrozo. Los muebles estaban volcados en todas direcciones, los cojines del sofá abiertos, la mesita del café hecha pedazos, algunas lámparas rotas, todo estaba fuera de su lugar y destruido.

— ¡Strachan! — llamó Marshall —. ¡Doris! ¿Hay alguien en casa? *Como si realmente esperara una respuesta*, pensó. Pero, ¿qué era lo que había en el espejo sobre la chimenea? Se acercó para ver más de cerca. Alguien había usado pintura roja. . . ¿o era sangre? Marshall se acercó todavía más. Con gran alivio percibió el olor inconfundible de pintura. Pero alguien había pintado un mensaje obsceno de odio en el espejo; una amenaza muy clara.

Sabía que tendría que revisar cada cuarto de la casa, y en ese momento se preguntó por qué no sentía el mismo terror que había sentido en la casa de Harmel. Tal vez este día lo estaba tornando insensible. Tal vez ya no creía en eso, después de todo.

Revisó la casa entera, el segundo piso y la planta baja, incluso el sótano, pero no hubo más terribles descubrimientos, y eso lo alegró. Sin embargo, eso no lo dejaba menos preocupado, nervioso o perplejo. Esto era demasiada coincidencia a pesar de las diferencias básicas. Al mirar de nuevo en la sala, trató de pensar si podría haber alguna conexión. Obviamente, tanto Harmel como Strachan habían sido fuentes en la investigación de Marshall, y podían haber sido blancos para la intimidación. Pero Harmel, en su terrible terror, podía haber dañado la casa él mismo, luchando contra cualquier cosa que pudiera haber sido, entre tanto que los destrozos en la casa de Strachan era claramente obra de vándalos, de individuo malévolos que trataban de amedrentarlo. Esa era una conexión: temor. Ambos, Harmel y Strachan fueron víctimas de sus tácticas de infundir miedo, cualquiera que sea la forma que tomaran. Pero, por qué. . .

— Ni un paso más. ¡Somos de la policía!

Marshall se quedó hecho una pieza, pero miró a través de la ventana rota. Allí, en el portal, estaba un agente de la policía, apuntándole con una pistola.

— Con calma — dijo Marshall con gentileza, sin moverse.

— ¡Levante ambas manos bien en alto, que las pueda ver! — ordenó el oficial.

Marshall obedeció.

— Mi nombre es Marshall Hogan, editor del periódico *El Clarín* de Ashton. Soy amigo de los Strachan.

— Mantenga las manos en alto. Tengo que ver alguna identificación, señor Hogan.

Marshall explicaba todo lo que iba a hacer, mientras lo hacía.

— Voy a meter mi mano en el bolsillo de atrás, ¿lo ve? Allí está mi billetera. Ahora se la voy a echar por la ventana.

Para entonces el otro oficial de policía había subido al portal, y tenía también su arma apuntando a Marshall. Marshall arrojó su billetera por la ventana rota, y el primer policía la levantó.

El agente verificó la identificación de Marshall.

— ¿Qué está haciendo aquí, señor Hogan?

— Tratando de entender qué rayos le pasó a la casa de Eleodoro. También quisiera saber qué les pasó a él y a su esposa Doris.

El oficial pareció quedar satisfecho con la identificación de Marshall, y se calmó un poco, pero su compañero continuaba apuntando su arma a Marshall.

El oficial trató de entrar por la puerta del frente, y luego preguntó:

— ¿Cómo entró usted allí?

— Por aquella ventana — contestó Marshall.

— Está bien, señor Hogan. Voy a pedirle que retroceda con mucho cuidado y muy despacio hacia la ventana. Por favor, conserve sus manos siempre visibles.

Marshall obedeció. Tan pronto salió al portal, el agente le hizo dar la vuelta, le hizo poner las manos contra la pared y lo registró.

Marshall preguntó:

— ¿Son ustedes de Windsor?

— De la policía de Windsor — fue la respuesta escueta, y con eso, el oficial agarró las muñecas de Marshall, una a la vez, y le cerró las esposas en su lugar —. Usted queda arrestado. Usted tiene el derecho de permanecer en silencio. Cualquier cosa que diga puede ser usado en su contra. . .

Marshall pensó en toda clase de preguntas que hubiera querido hacer, y eso fue lo que se le ocurrió hacer para no intentar desarmar a los dos, pero sabía lo suficiente como para abstenerse de decir ni una sola palabra.

25 Berenice llamó a Kevin Pasto tan pronto como colgó el teléfono después de conversar con Marshall, pero no obtuvo respuesta. Probablemente estaba trabajando con la cuadrilla del aserrío. Rebuscó entre sus archivos, y encontró el número de teléfono de la Empresa Maderera Gorst y Hermanos.

Le dijeron que Kevin no se había asomado ese día, y que si ella lo veía, que le dijera que era mejor que se presentara al trabajo si no quería perderlo.

— Muchas gracias, señor Gorst.

Marcó el número de teléfono de la cantina Siempreverde, en Baker. Daniel, el propietario, contestó.

— Seguro — dijo él —. Pasto estuvo aquí esta mañana, como siempre lo hace. Estaba de un talante de a perros. Se enredó en una pelea con uno de sus compañeros, y tuve que mandar a sacarlos a ambos.

Berenice dejó el número del teléfono de *El Clarín*, con Daniel, por si acaso veía a Pasto otra vez. Entonces colgó y pensó por un momento. Irse hasta Baker no era factible, y además, órdenes son órdenes. Ella revisó nuevamente el horario del día, y trató de reordenar sus tareas para ver si podía realizar el viaje.

— Carmen — dijo, tomando su chaqueta y cartera —, ya me voy. Si Marshall llama, dígale que me fui a chequear una fuente. El sabe qué es lo quiero decir.

— Está bien — dijo Carmen.

Baker estaba como a treinta kilómetros hacia el norte, por la carretera 27; el apartamento donde vivía Pasto quedaba unos tres kilómetros más cerca. Berenice encontró los edificios sin mayor dificultad, un triste conjunto de cubículos apiñados en una vieja bodega descolorida por el sol. La nariz le dijo a Berenice que el sistema de desagüe no funcionaba muy bien.

Subió las escaleras, hasta la plataforma de carga, que ahora servía como patio y como pasillo de entrada. Adentro quedó azorada por la oscuridad en que se encontraba el edificio. Echó un vistazo hacia el corredor; no eran apartamentos, eran como armarios para gente.

Oyó algunos pasos en los viejos tablones del segundo piso, y ahora alguien venía bajando por las escaleras detrás de ella. Volvió la cabeza apenas lo suficiente como para ver a un individuo muy desagradable descendiendo, una especie de aparición, flaco, lleno de espinillas, y vestido en cuero negro. Inmediatamente decidió que tenía un compromiso apremiante en el otro extremo del pasillo, y se dirigió en esa dirección.

— Hola — le dijo el hombre —. ¿Buscando a alguien?

Responde rápido, Berenice.

— Simplemente visitando a un amigo.

— ¡Qué tenga una visita agradable! — dijo él, mientras seguía mirándola como si fuera un bistec.

Ella avanzó rápidamente por el corredor, esperando que no fuera un callejón sin salida, y, aun cuando ella no volvió a ver, podía decir que el hombre continuaba mirándola. *Hogan. Usted me las va a pagar.*

Se alegró de encontrar otras escaleras hacia el segundo piso. El apartamento de Pasto tenía doble número, de modo que se dirigió arriba. Las escaleras eran todas de tablones envejecidos, iluminadas con una bombilla desnuda que colgaba muy arriba en el techo. Unos treinta años atrás alguien había tratado de pintar las paredes. Subió, ignorando las detestables leyendas que recubrían las paredes. Sus pasos resonaban secamente en los tablones.

Llegó hasta el corredor de arriba, y empezó a retroceder, buscando los números de las puertas, que iban en orden descendente. De detrás de algunas de esas puertas salían los sonidos de una novela radial, estaciones de radio de rock, y reyertas matrimoniales.

Finalmente encontró la puerta de Pasto, y llamó; no hubo respuesta. Sin embargo, al golpear la puerta con sus nudillos, la puerta cedió, y se abrió un poco. Suavemente la acabó de abrir.

El lugar era un total revoltijo. Berenice había visto casas revueltas antes, pero ¿cómo podía Pasto vivir en un desastre como éste?

—¿Kevin? —llamó.

No hubo respuesta. Entró, y cerró la puerta.

Tenía que haber sido vandalismo; Pasto no poseía mucho, pero lo poco que tenía había sido arrojado al suelo, quebrado, roto, desparramado, regado, y estropeado. Papeles y fragmentos se hallaban por todas partes, un pequeño catre se hallaba volteado. La guitarra estaba rota en el suelo, con la parte de atrás destrozada, los bombillos rotos en la lámpara que colgaba del techo, los pocos platos de segunda mano hechos añicos por todo el piso, en el pequeño cubículo de la cocina. Luego ella vio las palabras pintadas en rojo en toda la pared; una increíble amenaza obscena.

Por un largo rato ella ni se movió. Estaba muerta de miedo. Las implicaciones eran suficientemente claras: ¿cuánto tiempo más pasaría antes de que le toque el turno a ella o a Marshall? Se preguntó qué es lo que Marshall habría encontrado en la casa de Strachan, y se preguntó también cómo estaría su propia casa, y se dio cuenta de que no había policía a la cual llamar; la policía estaba con ellos.

Finalmente salió calladamente, escribió una nota para Pasto, en caso de que él regresara alguna vez, y la puso en una rendija encima de la perilla. Miró a un lado y al otro, y luego recorrió el corredor y bajó las escaleras.

Apenas unos cuantos escalones más abajo, una pared formaba una esquina ciega entre las dos secciones de la escalera. Berenice estaba pensando que no le gustaban las esquinas ciegas en las escaleras de lugares como estos y que la luz era tan pobre. . .

Una figura negra saltó sobre ella desde la sección de más abajo. El cuerpo de ella fue a dar contra la pared, mientras sus dientes rechinaban por el impacto.

¡El hombre vestido de cuero! Un tipo rudo, con una mano mugrienta agarrándola por la blusa. Un movimiento violento. Vestidos rasgados, su cuerpo cedía. Un impacto como si fuera una explosión en su oreja izquierda, Una cara borrosa, llena de odio.

Ella iba cayendo. Sus brazos daban repetidamente contra los tablones. Los dos luchaban, se aferraban, ella se deslizó junto a la pared hasta el piso. Una bota negra se estrelló contra su cara, dejándola medio ciega, incrustándole sus lentes en su cara, mientras que su cráneo se estrellaba contra la pared. Iba perdiendo el sentido. Su cuerpo continuaba agitándose; el tipo todavía seguía golpeándola.

Pasos, pasos, pasos. . . El tipo se había ido.

Estaba soñando, su cabeza daba vueltas, había sangre en el piso, y cristales rotos. Se arrimó a la pared, todavía sintiendo la violencia de su puño contra su oreja y la bota en su cara, y oyendo la sangre que brotaba de su boca y de su nariz. El piso la atraía como si fuera un magneto, hasta que finalmente su cabeza resonó contra los tablones.

Gimió, un sonido de gorgoteo producido por la sangre y la saliva que salían a borbotones por sobre su lengua. La escupió toda, levantó la cabeza, y lanzó un grito, medio alarido y medio gemido.

De alguna parte arriba, los tablones empezaron a resonar, con el traqueteo de tráfico repentino. Oyó gente que gritaba, que maldecía, que bajaba a toda velocidad por las escaleras. No podía moverse; continuaba medio soñando mientras que la luz y los sonidos iban desvaneciéndose y volvían a aparecer, estaban allí, ya no estaban allí. Algunas manos empezaron a tocarla, a moverla, a arrullarla. Un paño limpió su boca. Sintió el calor de una frazada. Una toalla continuaba limpiando su cara. Hizo otro gorgoteo, y escupió otra vez. Oyó que alguien maldecía de nuevo.

Marshall todavía no respondía a ninguna pregunta, aun cuando los detectives de Windsor continuaban tratando.

— ¡Estamos hablando de asesinato, aquí, amiguito — dijo el detective —. Ahora, nosotros sabemos de buena fuente que usted estuvo en la casa de Harmel esta mañana, y eso al tiempo de su muerte. ¿Tiene algo para decir en cuanto a eso?

Este tonto debe de haber nacido ayer, pensó Marshall. *Seguro, ingenuo, ¡te voy a decir todo para que puedas colgarme! Sólo para un ciego eso fue asesinato.*

Pero lo que realmente molestaba a Marshall era quién podía ser esa "buena fuente", y cómo esa buena fuente no sólo sabía que había estado donde Harmel, sino que también sabía que estos policías podían encontrarlo donde vivía Strachan. Estaba todavía tratando de encontrar la respuesta a aquel enigma.

El detective preguntó:

— ¿De modo que no va a decir nada?

Marshall ni siquiera meneaba ni sacudía su cabeza.

— Está bien — dijo el detective medio encogiéndose de hombros —, por lo menos dígame el nombre de su abogado. Usted va a necesitar consejo legal.

Marshall no tenía ningún nombre para dar, ni tampoco podía pensar en alguno. El asunto se había reducido a un juego de espera.

— Nelson — dijo un subalterno —, usted tiene una llamada desde Ashton.

El detective levantó el teléfono de su escritorio.

— Nelson. ¡Hola, Alfredo! ¿Qué ocurre?

¿Alfredo Brummel?

Sí — dijo el detective —, lo tenemos aquí mismo. ¿Te gustaría hablar con él? De seguro que no quiere hablarnos a nosotros.

Le ofreció el receptor a Marshall, y le dijo:

— Alfredo Brummel.

Marshall recibió el teléfono.

— Sí, soy Hogan.

Alfredo Brummel sonaba sorprendido y desilusionado.

— Marshall, ¿qué es lo que está ocurriendo por allá?

— No puedo decirlo.

Me dicen que Teodoro Harmel fue asesinado y que lo tienen a usted como sospechoso. ¿Es eso cierto?

No puedo decirlo.

Alfredo empezaba a captar el asunto.

— Marshall, escuche. Estoy llamando para ver si puedo ayudarlo en algo. Ahora, estoy seguro de que ha habido alguna equivocación, y estoy seguro de que podemos arreglar algo. ¿Qué estaba usted haciendo en la casa de Harmel, al fin y al cabo?

— No puedo decirlo.

Eso le acabó la paciencia.

— Marshall, por vida suya, ¿puede olvidarse por un momento que soy un policía? También soy su amigo. ¡Quiero ayudarle!

— ¡Hágalo!

— Eso quiero. En realidad. Ahora escuche, déjeme hablar otra vez con el detective Nelson. Tal vez podamos arreglar algo.

Marshall le entregó el receptor a Nelson. Nelson y Brummel hablaron por un rato, y sonaba como si cada uno conociera al otro bastante bien.

— Está bien. Tal vez tú puedas hacer algo más con él que lo que yo jamás lograría — dijo Nelson complacido —. Claro. ¿Por qué no? ¿Eh? ¡Está bien! — Nelson miró a Marshall —. El está en la otra línea. Creo que él va a prestar fianza por usted, y pienso que él puede tomar la jurisdicción sobre su caso, si es que hay caso.

Marshall asintió, demasiado conocedor. Ahora Brummel lo tendría exactamente donde quería tenerlo. ¡Sí es que hay caso! Si no lo hay, Brummel ya encontraría alguno. ¿Qué sería ahora? ¿Harmel y Hogan teniendo un negocio ilícito para violar niños y asesinar como la mafia?

Nelson oyó que Brummel volvía a la línea.

— Sí. Sí, seguro.

Nelson le dio a Marshall el receptor otra vez.

Brummel estaba enfadado, o al menos parecía estarlo.

— Marshall, el que acaba de llamar fue el departamento de bomberos. Acaban de enviar una ambulancia a Baker. A Berenice la han atacado y le han dado una paliza.

Marshall ni siquiera pensó que hubiera esperado que Brummel estuviera mintiendo.

— ¿Qué más?

— No lo sabremos hasta que lleguemos allá. No tomará mucho tiempo. Escuche, le van a dejar libre bajo su propio reconocimiento, bajo mi supervisión. Mejor viene derecho a Ashton. ¿Puedo verlo en mi oficina, digamos, a las tres?

Marshall pensó que le iba a dar un ataque tratando de contener las maldiciones que quería soltar por todo el asunto.

— Allí estaré, Alfredo. Nada podría impedírmelo

— Bien, entonces lo veré a esa hora.

Marshall devolvió a Nelson el receptor.

Nelson sonrió, y dijo:

— Le llevaremos de vuelta a su auto.

El hombre vestido de cuero negro había regresado a Ashton, y corría desaforado por las calles, por los callejones, como si estuviera poseído, mirando para atrás, jadeando, llorando, vociferando, aterrorizado.

Cinco espíritus crueles estaban montados en su espalda, agazapados dentro y fuera de su cuerpo, aferrándose a él como enorme sanguijuelas, con sus espuelas profundamente incrustadas en la carne del hombre. Pero no estaban en control. Ellos también estaban aterrorizados.

Encima de los cinco demonios y su víctima que corría, seis guerreros angélicos flotaban con sus espadas desenvainadas, moviéndose hacia un lado, hacia el otro, hacia la izquierda, hacia la derecha, cualquier cosa que fuera necesario para mantener a los demonios apiñados en la dirección correcta.

Los demonios gruñían, escupían y gesticulaban tratando de espantarlos con sus manos fibrosas.

El joven corría, espantando avispas invisibles.

El joven y sus demonios llegaron a una esquina. Trataba de dar la vuelta a la izquierda. Los ángeles bloquearon el camino, y con sus espadas les obligaron a dar la vuelta a la derecha. Con un alarido y un terrible clamor, los demonios salieron huyendo hacia la derecha.

Los demonios empezaron a pedir misericordia.

— ¡No! ¡Déjennos solos! — clamaban —. ¡Ustedes no tienen derecho!

Más arriba de la calle, Enrique Busche y Andrés Forsythe estaban dando una caminata, aprovechando la oportunidad para hablar de sus cargas y orar.

Junto a ellos caminaban Triskal, Krioni, Set y Esión. Los cuatro guerreros vieron lo que sus compañeros estaban obligando a venir en esa dirección, y estaban más que listos para dar su ayuda.

— Es tiempo para una lección objetiva para el hombre de Dios — dijo Krioni.

Triskal hizo una seña con su dedo a los demonios, y les dijo:

— ¡Vengan! ¡Vengan!

Andrés miró hacia abajo por la calle, y vio al hombre primero. ¿Y esto. . .?

— ¿Qué? — preguntó Enrique, viendo la mirada perpleja en la cara de Andrés.

— ¡Alístese! ¡Aquí viene Roberto Corsi!

Enrique miró y frunció el ceño ante la vista del individuo de aspecto salvaje que corría hacia ellos, con sus ojos llenos de terror, sus brazos batiendo el aire como si estuviera luchando contra enemigos invisibles.

Andrés le previno:

— Tenga cuidado. Puede ponerse violento.

— ¡Sorprendente!

Se quedaron quietos, y esperaron para ver lo que Roberto iba a hacer.

Roberto los vio, y gritó todavía más aterrorizado:

— ¡No, no! ¡Déjennos tranquilos!

Los guerreros celestiales ya eran suficiente problema, y los cinco demonios no querían tener nada que ver con Busche y con Forsythe. Hicieron que Roberto se diera la vuelta, y trataron de huir, pero al instante los seis ángeles les cerraron el paso.

Roberto se detuvo en seco. Miró a nada delante, luego miró a Enrique y a Andrés, luego miró otra vez a sus enemigos invisibles. Lanzó un alarido, sin moverse de su sitio, con sus manos crispadas y temblorosas, sus ojos saliéndose de las órbitas y vidriosos.

Enrique y Andrés se le acercaron muy lentamente.

— Tranquilo, Roberto — dijo Andrés, apaciguándolo —. ¡Tranquilízate!

— ¡No! — gritó Roberto muy fuertemente —. ¡Déjennos tranquilos! ¡No queremos tener nada que ver con usted!

Un ángel le dio a uno de los demonios un pinchazo con la punta de su espada.

— ¡Ayyyy! — gritó Roberto presa del dolor, cayendo sobre sus rodillas —. ¡Déjennos solos, déjennos tranquilos!

Enrique se adelantó rápidamente y dijo con firmeza:

— En el nombre de Jesucristo, ¡tranquilízate!

Roberto lanzó otro grito.

— ¡Cálmate!

Roberto se tranquilizó y rompió a llorar, de rodillas allí en la vereda.

— Roberto — dijo Enrique, inclinándose hasta él y hablándole suavemente —, Roberto, ¿puedes oírme?

Un demonio puso sus manos sobre las orejas de Roberto. Roberto no oyó la pregunta.

Enrique, oyendo del Espíritu de Dios, supo lo que el demonio estaba haciendo.

— Demonio, en el nombre de Jesús, deja libre sus oídos.

El demonio retiró apresuradamente sus manos, con una expresión de sorpresa.

Enrique preguntó de nuevo:

— ¿Roberto?

Esta vez Roberto contestó:

— Sí, pastor, le oigo.

— ¿Quieres ser libre que estos espíritus?

Inmediatamente un demonio contestó:

— ¡No, no lo quiere! ¡El nos pertenece! — y Roberto escupió las palabras en la cara de Enrique —. ¡No, no lo quiere! ¡El nos pertenece!

— Espíritu, cállate. Estoy hablando con Roberto.

El demonio no dijo nada más, y se hizo para atrás de mala gana.

Roberto masculló:

— Acabo de hacer algo horrible. . .

Empezó a llorar.

— Tienen que ayudarme. . . No puedo evitar hacer todo esto. . .

Enrique le habló a Andrés en voz baja.

— Llevemos a Roberto a un lugar donde podamos tratar con él, un sitio donde pueda hacer una escena, si lo quiere.

— ¿La iglesia?

— Vamos, Roberto.

Le tomaron por los brazos, y le ayudaron a levantarse, y los tres, los cinco, y los seis, y los cuatro se encaminaron calle abajo.

Marshall atravesó Baker a toda velocidad, y luego hizo un rápido viraje hacia los apartamentos donde vivía Pasto. Parecía que no había ninguna actividad allí, de modo que se dirigió a Ashton. Cuando llegó al hospital, la ambulancia estaba estacionada afuera.

Uno de los enfermeros de la ambulancia estaba asegurando la camilla en la parte posterior del vehículo, e informó a Marshall:

— Ella está en la sala de emergencia, la segunda puerta.

Marshall irrumpió por las puertas principales, y en un instante estuvo frente a la puerta. Oyó a Berenice que lanzaba un grito de dolor cuando empujaba la puerta.

Ella estaba ya en la mesa de emergencia, atendida por un médico y dos enfermeras que le estaban lavando la cara y vendando sus heridas. Al verla, Marshall no pudo contenerse más; toda la rabia y la frustración del día hicieron explosión desde lo más profundo de sus pulmones en una vehemente palabrota.

Berenice respondió a través de sus labios hinchados y sangrantes:

— Creo que eso lo cubre todo.

El se apresuró a llegarse hasta la mesa, mientras el médico y las enfermeras apenas alcanzaban a hacerse a un lado. Le tomó una mano entre las dos suyas, y no podía creer lo que le había pasado. Su atacante no había tenido la menor misericordia.

— ¿Quién le hizo esto? — exigió, con su sangre hirviendo.

— Nos batimos las quince vueltas completas, jefe.

— No se haga la payasa, Berenice. ¿Vio usted quién lo hizo?

El médico le previno:

— Con calma. Déjenos primero atenderla. . .

Berenice susurró algo. Marshall no pudo entenderlo. Se acercó más, y ella susurró otra vez. Su boca hinchada no la dejaba pronunciar bien las palabras:

— El no me violó.

— Gracias a Dios — dijo Marshall, enderezándose.

Ella no quedó satisfecha con su respuesta. Le hizo señas que se acercara de nuevo, y que escuchara.

— Todo lo que hizo fue darme una golpiza. Eso fue todo.

— ¿Y no está satisfecha?

Marshall dijo algo casi gritando.

Le pasaron un vaso de agua para que se enjuagara la boca. Ella revolvió el agua dentro de su boca, y luego la escupió en un receptáculo.

— ¿Estaba bonita la casa de Strachan? — preguntó.

Marshall se contuvo antes de responder. Le preguntó al médico:

— ¿Dónde puedo hablar con ella en privado?

El médico se quedó pensativo por un momento.

— Veamos, la van a llevar a los rayos equis en pocos minutos. . .

— Deme treinta segundos — pidió Berenice —, solamente medio minuto.

— ¿No puede esperar?

— No, por favor.

El médico y las enfermeras salieron de la sala.

Marshall hablaba en voz baja.

— La casa de Strachan estaba toda destrozada; alguien realmente se divirtió en ella. El se ha ido; no tengo idea de dónde está él, y tampoco cómo está.

Berenice informó:

— La casa de Pasto estaba así mismo, y había una amenaza pintada en la pared. El no estaba hoy en su trabajo, y Daniel, en la cantina Siempreverde dijo que Pasto andaba enfadado por algo. El tampoco estaba. No lo encontré.

— Y ahora me han enredado con la muerte de Harmel. Descubrieron que yo estuve allí esta mañana. Piensan que yo lo hice.

— Marshall, Susana Jacobson tenía razón: nuestro teléfono debe estar interceptado, ¿recuerda? Usted me llamó a *El Clarín*, y me dijo que había estado en la casa de Teodoro, y a dónde se dirigía en seguida.

— Sí, sí, así es. Ya me figuré eso. Pero eso quiere decir que los policías de Windsor también están metidos en el lío. Ellos supieron exactamente dónde y cuándo encontrarme en la casa de Strachan.

— Brummel y el detective Nelson son así, Marshall — le dijo Berenice juntando dos dedos.

— Deben de tener oídos en todas partes.

— Ellos sabían que yo iba a estar en la casa de Pasto, y sola... y cuando... — dijo Berenice, y luego la mente se le iluminó con otra idea —, Carmen también lo sabía.

Aquella revelación golpeó a Marshall como si fuera una sentencia de muerte.

— Carmen sabe un montón de cosas.

— Nos han asestado un buen golpe, Marshall, creo que están tratando de darnos un mensaje.

El se enderezó.

— ¡Espere a que halle a Brummel!

Ella le tomó de la mano.

— Tenga cuidado. Quiero decir, ¡tenga realmente mucho cuidado!

El le dio un beso en la frente.

— ¡Felices rayos X!

Salió de la habitación como una tromba, como un toro enfurecido, y nadie se atrevió a interponerse en su camino.

26 Marshall veía todo rojo, y estaba tan furioso que estacionó su auto cruzado y ocupando dos espacios en el estacionamiento del edificio de la Corte. Pensó que caminando de prisa hasta la puerta del departamento de policía se calmaría un poco, pero no sucedió así. Abrió de un empujón la puerta, y entró en el área de recepción. Sara no estaba en su escritorio. Brummel no estaba en su oficina. Marshall miró su reloj. Eran las tres en punto.

Una mujer salió del otro lado. Nunca la había visto antes.

— ¡Hola! — exclamó.

Luego añadió bruscamente:

— ¿Quién es usted?

La pregunta la tomó por sorpresa, y tímidamente contestó:

— Bueno, pues, yo... yo soy Bárbara, la recepcionista.

— ¿La recepcionista? ¿Qué le pasó a Sara?

Ella estaba intimidada, y un poco indignada.

— Yo... yo no conozco a ninguna Sara, pero, ¿en qué puedo servirle?

— ¿Dónde está Alfredo Brummel?

— ¿Usted es el señor Hogan?

— Efectivamente.

— El jefe Brummel lo está esperando en el salón de conferencias, al final de corredor.

Ella no había terminado su frase cuando Marshall ya marchaba hacia allá. Si la cerradura de la puerta hubiera ofrecido la menor resistencia, no hubiera sobrevivido la entrada de Marshall. Irrumpió en el salón, listo para retorcer el primer cuello sobre el cual pudiera poner sus manos.

Allí había muchos cuellos para escoger. El cuarto estaba lleno de gente que Marshall no esperaba, pero al mirar a las caras presentes, no tuvo ningún problema en adivinar la agenda de la reunión. Brummel tenía amigos con él, Grandes tipajos. Mentirosos. Embaucadores.

Alfredo Brummel estaba sentado a la mesa de conferencias, rodeado de sus muchos camaradas, y sonriendo de oreja a oreja.

— Hola, Marshall. Cierre la puerta, por favor.

Marshall cerró la puerta con el zapato, sin dejar de mirar a la gente que se había reunido, sin ninguna duda para descargarse sobre él. Oliverio Young estaba allí, igual que el juez Baker, Irving Pierce el contralor del condado, el jefe de bomberos Francisco Brady, el detective Nelson Espencer de Windsor, otros pocos hombres que Marshall no reconoció, y finalmente, el alcalde de Ashton, David Estín.

— Bueno, bueno. ¿Qué tal alcalde Estín? — dijo Marshall fríamente —. ¡Qué interesante encontrarlo aquí!

El alcalde se limitó a sonreír condescendientemente en silencio, como un títere bobo, tal como Marshall siempre pensó que era.

— Tome asiento — dijo Brummel, señalándole con la mano una silla vacía.

Marshall no se movió.

— Alfredo, ¿es esta la reunión que usted y yo íbamos a tener?

— Esta es la reunión — dijo Brummel —. Pienso que usted no conoce a todos en el salón...

Con exagerada afectación, Brummel presentó las caras nuevas, o posiblemente nuevas.

— Me gustaría presentarle a Antonio Sulski, un abogado local, y creo que usted ha hecho negocios con Nestor Wesley, presidente del Banco Independiente. Entendemos que usted tuvo una conversación con Eugenio Baylor, el administrador de la universidad. Y por supuesto, usted recordará a Jaime Clairbone, de la Imprenta Comercial. Brummel exhibió ampliamente sus dientes, ofensivamente.

— Marshall, por favor, tome asiento.

Toda clase de palabrotas y juramentos corrían por la mente de Marshall, al decirle a Brummel de frente y directamente.

— No, mientras yo esté en desventaja.

Oliverio Young intervino para responder a eso:

— Marshall, puedo asegurarle que será una reunión cordial y civilizada.

— Entonces ¿cuál de ustedes aporreó a mi reportera hasta dejarla medio ciega?

Marshall no tenía la menor gana de ser civilizado.

Brummel respondió:

— Marshall, estas cosas les suceden a las personas que no andan con cuidado.

Marshall le dio mentalmente varias descripciones a Brummel, como extraídas de una alcantarilla, y luego le dijo, agitadamente:

— Brummel, esto no pasó porque sí. A ella la atacaron a propósito. ¡Fue golpeada y está herida, y sus policías no han hecho nada, y todos sabemos por qué!

Los miró fríamente a todos.

— Todos ustedes están en lo mismo, y sus hazañas son realmente baratas. ¡Violan domicilios, amenazan, expulsan a la gente, actúan como si fueran la mafia! Señaló con dedo acusador a Brummel.

— Y usted, compañero, es una desgracia para su profesión. ¡Usted ha usado el poder que se la ha confiado para silenciar e intimidar, y para tapar su propio trabajo sucio!

Young trató de interrumpir.

— Marshall. . .

— Y usted se llama un hombre de Dios, un pastor, un ejemplo piadoso de lo que debería ser un buen cristiano. Usted me ha mentido descaradamente, Young, escondiéndose detrás de una excusa coja que usted llama ética profesional, tragándose entero el buey místico de aquella bruja Langstrat, y luego actuando como si no supiera nada. ¿Cuántas personas que han confiado en usted, a su vez ha vendido usted a una mentira?

Todos en el salón estaban en silencio. Marshall continuaba descargando.

— Si ustedes son servidores públicos, ¡Hitler fue gran humanitario! Ustedes han embaucado, han manipulado y se han metido en este pueblo como si fueran hampones, y han silenciado a cualquiera que ha intentado oponerse, o que se cruzó en su camino. ¡Van a leerlo en el periódico, caballeros! ¡Si quieren hacer comentarios o negar el asunto, estaré contento de escucharles, e incluso publicaré sus comentarios, pero ya es tiempo de la prensa, sea que les guste o no!

Young levantó la mano, tratando de lograr un pequeño instante para hablar.

— Marshall, todo lo que puedo decir es, esté seguro de los hechos.

— No se preocupe por eso. Ya tengo los hechos, todos correctos. Tengo gente inocente como los Carlucci, los Wright, los Anderson, los Dombrowski, más de un centenar de ellos, que fueron sacados de sus hogares y negocios por intimidación y ficticios impuestos atrasados.

Young interrumpió:

— ¿Intimidación? Marshall, no está a nuestro alcance prevenir el temor, la superstición tonta, los matrimonios rotos. ¿Qué es lo que va a publicar? ¿Que los Carlucci, por ejemplo, se convencieron de que su negocio estaba embrujado, y que espíritus malos, de toda clase, quebraron las manos de su hijo pequeño? Vamos, Marshall.

Marshall señaló a Young, directamente en el hombro.

— Young, esa es su especialidad. Publicaré que usted y su pandilla se aprovechaban de los temores de ellos, y orquestaban sus supersticiones, y contaré sus prácticas y filosofías extrañas que usted acostumbra usar. Sé todo en cuanto a Julia Langstrat y su patraña de derretir la mente, y sé que todos ustedes están enredado en eso. Voy a imprimir que ustedes embaucan a la gente con patrañas para sacarlas de sus trabajos, de sus empleos, de modo que su propia gente se mude para acá; ustedes entramparon a Luis Gregory, el contralor anterior, con un falso conflicto de intereses; ustedes presionaron y empujaron aquel enorme cambio de la junta de síndicos de la Universidad de Whitmore, después que el decano Strachan pescó a Eugenio Baylor.

Marshall miró directamente a Baylor mientras continuaba:

— ¡Lo pescó alterando los libros! Ustedes expulsaron del pueblo a Teodoro Harmel con la patraña de que había violado a una muchacha, y encuentro interesante que la pobre hija de Adán Jarred, víctima de la violación, tiene ahora un fondo especial provisto para su educación universitaria. Si busco lo suficiente, ¡probablemente hallaré que el dinero vino de sus propios bolsillos! Voy a publicar que mi reportera fue arrestada falsamente por los secuaces de Brummel, porque tomó una fotografía que se suponía que no debía tomar, una fotografía de Brummel, Young y Julia Langstrat con nada menos que Alejandro M. Kaseph mismo, el tipo influyente que está detrás de toda esta conspiración para apoderarse del pueblo, ayudado y animado por todos ustedes, ¡un hato de hambrientos de poder, seudoespiritualizados neofacistas!

Young sonrió con calma.

— ¿Qué piensa publicar acerca de la Corporación Omni?

Marshall no podía dar crédito a lo que oía de la boca de Young.

— ¿De modo que es tiempo de hablar la verdad?

Young continuó, tranquilo, muy confiado.

— Bueno, usted ha estado rastreando todo lo que Omni ha comprado y tiene en propiedad, ¿no es verdad?

— Es verdad.

Young se rió un poco cuando le preguntó:

— ¿Y cuántas casas diría usted que han pasado a ser propiedad de Omni debido a impuestos atrasados?

Marshall se negó a prestarse al juego.

— Usted lo dirá.

Young simplemente se volvió a Pierce, el contralor.

Pierce hojeó unos papeles.

— Señor Hogan, creo que sus informes muestran que ciento veintitrés casas fueron rematadas por Omni debido a impuestos no pagados. . .

Lo sabía. Bueno, ¿y qué?

— Así es.

— Ustedes están equivocados.

Oigamos la mentira, Pierce.

— El número correcto es ciento sesenta y tres. Todas adquiridas legal y legítimamente, en los pasados cinco años.

Marshall detestaba reconocerlo, pero no pudo pensar cómo responder.

Young siguió hablando.

— Usted tiene razón en cuanto a que Omni posee todas estas propiedades, además de muchas otras empresas comerciales por igual. Pero usted también habrá notado cómo esas propiedades han mejorado substancialmente bajo los nuevos propietarios. Yo diría que Ashton es un mejor pueblo como resultado de esto.

Marshall podía sentir que la sangre le hervía en sus venas.

— ¡Esas personas pagaron sus impuestos! ¡He hablado con más de un centenar de ellos!

Pierce permaneció imperturbable.

— Tenemos evidencia substancial que muestra que no lo hicieron.

— ¡Para cualquier ciego!

— Y con respecto a la universidad. . .

Young miró a Eugenio Baylor, dándole la señal.

Baylor se levantó para hablar.

— Ya estoy harto con toda esta difamación y chismes en cuanto a que la universidad está en problemas financieros. La universidad está bien, gracias, y esta. . . esta campaña de difamación que Eleodoro Strachan empezó, debe terminarse; de lo contrario, ¡entablaremos juicio! El senor Sulski ha sido contratado para esa eventualidad. Tengo documentos, tengo pruebas, Baylor, de que usted ha defraudado varios millones a la universidad de Whitmore.

Brummel interrumpió.

— Usted no tiene pruebas, Marshall. Usted no tiene ningún documento.

Marshall tuvo que sonreír.

— Ustedes deberían ver lo que yo tengo.

Young contestó simplemente:

— Ya hemos visto todo lo que tiene.

Marshall se sintió muy adentro que acababa de saltar al abismo.

Young continuó en tono cada vez más cortante.

— Hemos seguido sus inútiles intentos desde el mismo comienzo. Sabemos que usted habló con Teodoro Harmel, sabemos que entrevistó a Eleodoro Strachan, José Carlucci, Luis Gregory, y otro centenar de desquiciados, descontentos y aves de mal agüero. Sabemos que usted ha estado fastidiando a nuestros empleados y molestando nuestros negocios. Sabemos que ha estado metiendo las narices en nuestros registros personales.

Young se detuvo, para que surtiera efecto, y luego dijo:

— Todo esto va a terminar ahora mismo, Marshall.

— ¿Y por eso esta reunión? — dijo Marshall en forma sarcástica —. ¿Y qué me espera a mí, Young? ¿Qué me dice, Brummel? ¿Ya consiguió un lindo cuento moral para contármelo? ¿Van a mandar a alguien que también viole mi domicilio?

Young se levantó, pidiendo una oportunidad para hablar.

— Marshall, usted nunca podrá entender nuestros verdaderos motivos, pero por lo menos déme la oportunidad de tratar de aclararle el asunto. No hay ansia de poder entre nosotros, como usted probablemente piensa. No buscamos el poder como un fin.

— No, tropiezan con él por puro accidente — dijo Marshall en forma cortante.

— El poder para nosotros, Marshall, es solamente necesario como un medio hacia nuestra meta real para la humanidad, y esta meta no es otra que la paz y la prosperidad universal.

— ¿Quién es "nosotros" y "nuestro"?

— Usted ya sabe eso demasiado bien. Marshall, la sociedad que usted ha estado acosando todo este tiempo, como si estuviera persiguiendo un misterioso ladrón. La *Sociedad de la Conciencia Universal*. Y tenemos nuestro capitulito en Ashston, ¡nuestra partecita del *Club de la Conquista Mundial*!

Young volvió a sonreír con un gesto de tolerancia.

— Más que un club, Marshall. En realidad, una fuerza largamente esperada, recientemente levantándose, por un cambio mundial, una voz mundial que finalmente una a la humanidad.

— Sí, y tan maravilloso y humanitario movimiento que ustedes tienen que introducirlo subrepticiamente, tienen que esconderlo. . .

— Solamente de las viejas ideas, Marshall, de los viejos obstáculos de la hipocresía e intolerancia religiosa. Vivimos en un mundo cambiante y que crece, y la humanidad está evolucionando, todavía madurando. Muchos todavía se quedan rezagados en el proceso de maduración, y no pueden tolerar eso mismo que será lo mejor para ellos. Marshall, muchos de nosotros sencillamente no sabemos qué es lo mejor. Algún día, y esperamos que sea pronto, todos entenderán, no habrá más religión, y entonces no habrá más secretos.

— Mientras tanto, ustedes hacen todo lo que pueden para amedrentar a la gente, y expulsarlos de sus casas y de sus negocios. . .

— Solamente si su perspectiva es limitada y resisten a la verdad; solamente si se interponen en el camino de lo que es realmente verdadero y bueno.

Marshall estaba llegando estar tan harto como lo estaba de furioso.

— ¿Realmente verdadero y bueno? ¿De pronto, ustedes son la nueva autoridad de lo que es verdadero y de lo que es bueno? Vamos, Young, ¿dónde queda su teología? ¿Dónde queda Dios en todo esto?

Young se encogió de hombros resignadamente, y dijo:

— Nosotros somos Dios.

Marshall finalmente se dejó caer en una silla, hundiéndose en ella.

— O ustedes están locos, o yo lo estoy.

— Sé que esto es mucho más elevado de lo que usted jamás consideró. A decir verdad, nuestros ideales son altos y muy elevados, pero lo que hemos logrado conseguir es inevitable para todos los hombres. No es otra cosa que el destino final de la evolución del hombre: la iluminación, la realización propia. Algún día todos los hombres, incluso usted mismo, deben darse cuenta de su propio potencial infinito, de su propia divinidad, y llegar a ser uno con la mente universal, una conciencia universal. La alternativa es perecer.

Marshall ya había oído lo suficiente.

— Young, eso es puro cuento sin adulteración, y usted ha perdido la cabeza.

Young miró a los demás, y parecía casi triste.

— Anhelábamos que usted entendería, pero en verdad, sospechamos que usted se sentiría de esta manera. Le resta mucho camino, Marshall, mucho camino. . .

Marshall les dio un buen vistazo a todos ellos.

— Ustedes planean apoderarse de la ciudad, ¿verdad? ¿Comprar la universidad? ¿Convertir todo esto en una especie de colmena para su sociedad cósmica que hace volar los sesos?

Young lo miró con una cara muy seria, y le dijo:

—Es lo mejor, Marshall. Tiene que ser así.

Marshall se levantó y se encaminó a la puerta.

—Los veré en el periódico.

—Usted no tiene periódico, Marshall— dijo Young abruptamente.

Marshall se dio la vuelta y sacudió la cabeza a Young.

—Cáigase muerto.

Nestor Wesley, el presidente del Banco Independiente, habló a la señal de Young.

—Marshall, tenemos orden judicial para incautar el periódico.

Marshall no podía creer lo que estaba oyendo.

Wesley abrió su archivo del registro del préstamo de negocios hecho a El Clarín.

—Usted está atrasado ocho meses en sus pagos de amortización, y no hemos recibido ninguna respuesta a nuestros muchos reclamos. En realidad no nos quedaba otro remedio que incautar el periódico.

Marshall estaba listo para hacer que Wesley se comiera allí mismo sus registros falsos, pero no tuvo tiempo, porque Irving Pierce, el contralor municipal también habló.

—En cuanto a sus impuestos, Marshall, me temo que están igualmente atrasados. Simplemente no sé cómo usted pensó que podía pasárselas viviendo en su casa sin cumplir con sus obligaciones.

Marshall sabía que podía convertirse en un asesino allí mismo. Hubiera sido lo más fácil del mundo, excepto que había dos policías en el salón, a quienes les hubiera encantado saltar sobre él, y un juez que hubiera disfrutado con ponerlo para siempre tras las rejas.

—Todos ustedes están locos — dijo lentamente —. Nunca se saldrán con la suya.

Entonces Jaime Clairbone, de la Imprenta Comercial, añadió su parte.

—Marshall, me temo que nosotros también hemos tenido problemas con usted. Mis registros me muestran que no se nos ha pagado por las últimas seis ediciones de El Clarín. No hay manera de que podamos continuar imprimiendo el periódico hasta que esas cuentas sean pagadas.

El detective Nelson añadió:

—Estos son asuntos muy serios, Marshall, y en lo que respecta a nuestra investigación del asesinato de Teodoro Harmel, esto no lo deja en muy buena luz.

—En lo que respecta a los tribunales, dijo el juez Baker, cualquier decisión que se tome dependerá, supongo, de su conducta de aquí en adelante.

—Especialmente a la luz de las quejas de mala conducta sexual que acabamos de recibir — añadió Brummel—. Su hija debe haber estado enormemente asustada para permanecer en silencio por tanto tiempo.

Sintió como si varias balas lo atravesaran. Se sintió morir, estaba seguro de eso.

Los cinco demonios se aferraban tenazmente a Roberto Corsi, gruñendo y despidiendo sus juramentos y blasfemias sulfurosas, allí en el frente del pequeño santuario de la Iglesia de la Comunidad de Ashton. Triskal, Krioni, Set y Esión estaban allí, junto a los otros seis guerreros, con sus espadas desnudas, rodeando al pequeño grupo que oraba. Enrique tenía su Biblia en la mano, y ya había leído varias porciones de los evangelios, para adquirir una idea de cómo proceder. El y Andrés sostenían a Roberto firmemente, pero con gentileza, mientras Roberto estaba sentado en el piso frente al púlpito. Juan Cóleman había llegado para ver si podía ayudar en algo, y Ronaldo Forsythe no se hubiera perdido esto por nada.

— Sí — observó Ronaldo —, está bien mal. Hola, Roberto. ¿Te acuerdas de mí, de Ronaldo Forsythe?

Roberto miró a Ronaldo con ojos vacíos y vidriosos.

— Sí, me acuerdo de ti. . .

Pero los demonios también recordaban a Ronaldo Forsythe, y la manera con que algunos de sus camaradas una vez aprisionaban su vida.

— ¡Traidor! ¡Traidor!

Roberto empezó a gritarle a Ronaldo:

— ¡Traidor! ¡Traidor!

Mientras tanto forcejeaba tratando de librarse de Enrique y Andrés. Juan se adelantó también para ayudar a sostener a Roberto.

Enrique ordenó a los demonios:

— ¡Basta! ¡Deténganse en seguida!

Los demonios hablaban por Roberto, mientras éste se daba vueltas y maldecía a Enrique.

— ¡No tenemos por qué escucharte, hombre de oración! ¡Jamás nos derrotarás! ¡Morirás antes de derrotarnos!

Roberto se quedó mirando a los cuatro hombres, y gritó:

— ¡Todos ustedes van a morir!

Enrique elevó una oración en voz alta, de modo que todos, incluso Roberto, pudieran oírla.

— Señor, nos enfrentamos a estos espíritus en el nombre de tu Hijo Jesucristo, y los reprendemos.

Los cinco espíritus, gimiendo y dando alaridos, escondieron la cabeza debajo de sus alas, como si estuvieran recibiendo una lluvia de piedras.

— ¡No. . . no! — dijo Roberto.

Enrique continuó:

—Y pedimos que envíes tus ángeles ahora mismo para que nos ayuden...

Los diez guerreros estaban listos y a la espera.

Enrique entonces se dirigió a los espíritus:

—Quiero saber cuántos de ustedes están en él. ¡Vamos! ¡Hablen!

Un demonio pequeño, se agazapó detrás de la espalda de Roberto, y chilló:

—¡Noooo!

El grito brotó de la garganta de Roberto.

—¿Cuál eres tú? —preguntó Enrique.

—¡No te lo voy a decir! ¡No te lo voy a decir!

—En el nombre de Jesucristo...

El demonio respondió inmediatamente:

—¡Adivinación!

Enrique preguntó:

—Adivinación, ¿cuántos de ustedes están allí?

—¡Millones! —Triskal le dio a Adivinación un ligero golpe en el costado —. ¡Ay! ¡Diez! ¡Diez! —Otro golpe —. ¡Ay! ¡No, somos cinco, solamente cinco!

Roberto empezó a retorcerse y temblar mientras los demonios se enredaban en una disputa. Adivinación se encontró recibiendo algunos golpes muy fuertes.

—¡No! ¡No! —gritó Roberto por el demonio —. ¡Ya ven lo que me hicieron hacer! ¡Los otros me están golpeando!

—En el nombre de Jesucristo, sal de él —dijo Enrique.

Adivinación salió de Roberto, y se quedó flotando encima del grupo. Krioni lo agarró por el cuello.

—¡Aléjate de la región! —le ordenó.

Adivinación obedeció al instante, y se elevó saliendo de la iglesia, sin mirar para atrás.

Un demonio grande y peludo le gritó al espíritu que se alejaba, y Roberto se quedó mirando al techo y gritando:

—¡Traidor! ¡Traidor! ¡Ya nos la pagarás!

—¿Y quién eres tú? —preguntó Enrique.

El demonio cerró fuertemente su boca, y Roberto lo hizo igual, mirando a los hombres con ojos llenos de cólera y odio.

—Espíritu, ¿quién eres tú? —exigió Andrés.

Roberto siguió en silencio, con su cuerpo entero rígido, sus labios fuertemente apretados, y sus ojos casi saliéndose de sus órbitas. Respiraba frenéticamente, en cortos intervalos, por su nariz. Su cara estaba roja.

—Espíritu —dijo Andrés —, ¡en el nombre de Jesucristo te ordeno que nos digas tu nombre!

— ¡No menciones otra vez ese nombre! —masculló el espíritu, y luego lanzó una maldición.

— Lo mencionaré vez tras vez —dijo Enrique—. Ustedes saben que ese nombre los ha derrotado.

— ¡No... No!

— ¿Quién eres?

— Confusión, locura, odio... ¡Ja, ja! ¡Yo hago todo eso!

— ¡En el nombre de Jesucristo te reprendo, y te ordeno que salgas!

Los demonios empezaron de pronto a batir sus alas, todos a la vez, tratando de halar a Roberto, con violencia, tratando de escaparse.

Roberto batallaba para librarse de los hombres que lo sostenían, y ellos tuvieron que hacer todo lo posible para mantenerlo quieto. Finalmente ellos pudieron más, por la superioridad numérica, aun cuando Roberto por poco los vence.

— ¡Sal de él! —ordenaron los cuatro.

El segundo espíritu perdió su agarre en Roberto, y salió despedido hacia arriba, en tanto que Roberto se tranquilizaba un poco. El espíritu se encontró de inmediato en las manos de dos de los guerreros.

— ¡Vete de la región! —le ordenaron.

El demonio miró de nuevo a Roberto y a sus tres compinches, luego salió disparado de la iglesia y se alejó vertiginosamente.

El tercer demonio habló, por medio de la voz de Roberto.

— ¡A mí jamás me sacarás! ¡Yo he estado aquí la mayor parte de su vida!

— ¿Quién eres tú?

— ¡Brujería! ¡Mucha brujería!

— Es tiempo de que salgas —dijo Enrique.

— ¡Jamás! ¡No estamos solos, y bien lo sabes! ¡Somos muchos!

— Sólo tres, según mis cuentas.

— En él, sí. Pero nunca nos vencerás a todos. Vamos, sigue adelante, y arroja fuera a este uno; todavía hay millones en el pueblo. ¡Millones!

El demonio se desternilló de risa.

Andrés aventuró una pregunta:

— ¿Y qué es lo que ustedes están haciendo aquí?

— ¡Este pueblo es nuestro! ¡Nosotros lo poseemos! ¡Aquí vamos a quedarnos, para siempre!

— ¡Te vamos a sacar! —dijo Enrique.

Brujería sólo pudo reírse, y dijo:

— ¡Vamos, trátenlo!

— ¡Sal fuera, en el nombre de Jesús!

El demonio se aferró fuertemente a Roberto, en desesperación. Roberto se retorció nuevamente.

Enrique le ordenó de nuevo·

— Brujería, en el nombre de Jesucristo, ¡fuera!

El demonio volvió a hablar por medio de Roberto, mientras que los ojos de éste, salvajes y vidriosos, miraban a Enrique y a Andrés con una mirada siniestra, y su cuello en tensión macabra como si fueran cuerdas de piano.

— ¡No voy a salir! ¡No voy a salir! ¡El me pertenece!

Enrique, Andrés, Juan y Ronald empezaron a orar juntos, golpeando a Brujería con sus oraciones. El demonio se agazapó dentro de Roberto, y trató de esconderse debajo de sus alas; babeando en dolor y agonía, estremeciéndose cada vez que se mencionaba el nombre del Señor Jesús. La oración continuó. Brujería empezó a boquear buscando aire. Al fin, gritó.

— Rafar — gritó Roberto—. ¡Ba-al Rafar!

— ¿Dilo otra vez?

El demonio continuaba gritando a través de la garganta de Roberto:

— Rafar. . . Rafar. . .

— ¿Quién es Rafar? — preguntó Enrique.

— Rafar. . . es Rafar. . . es Rafar. . . es Rafar. . .

El cuerpo de Roberto se estremeció, y hablaba como si fuera un disco rayado.

— ¿Y quién es Rafar? — preguntó Andrés.

— Rafar gobierna. Gobierna. Rafar es Rafar. Rafar es el señor.

— ¡Jesús es el Señor! — le recordó Juan al demonio.

— ¡Satanás es el señor! — arguyó el demonio.

— Dijiste que Rafar es el señor — le respondió Enrique.

— Satanás es el señor de Rafar.

— ¿De qué es señor Rafar?

— Rafar es el señor de Ashton, Rafar manda en Ashton.

A Andrés se le ocurrió una idea.

— ¿Es el príncipe sobre Ashton?

— Rafar es el príncipe. Príncipe de Ashton.

— Está bien. ¡Lo reprenderemos a él también! — dijo Ronaldo.

Cerca del viejo árbol muerto, Rafar se dio la vuelta súbitamente, como si alguien le hubiera pinchado con la punta de la espada, y miró con suspicacia a varios demonios.

El demonio continuaba vomitando su jactancia, hablando a través de la garganta de Roberto, cuya cara estaba contorsionada en una perfecta representación de las expresiones del demonio.

— ¡Somos muchos, muchos, muchos! — se jactó el demonio.

— ¿Y Ashton es pueblo de ustedes? — preguntó Enrique.

— ¡Excepto por ti, hombre de oración!

— Entonces, es tiempo de empezar a orar — dijo Andrés, y todos lo hicieron así.

El demonio hizo una mueca de terrible dolor, ocultando su cabeza desesperadamente debajo de sus alas, y aferrándose a Roberto con todas sus fuerzas que iban disminuyendo rápidamente.

— No... no... ¡no! — gimió.

— Sal de él, Brujería — dijo Enrique —. Sal de él.

— ¡Por favor, déjenme quedarme! ¡No le voy a hacer daño, lo prometo!

Una señal segura. Enrique y Andrés se miraron el uno al otro. Este sujeto estaba a punto de ceder.

Enrique miró directamente a los ojos de Roberto, y ordenó:

— Espíritu, ¡sal en el nombre de Jesucristo! ¡Ahora mismo!

El demonio lanzó un espeluznante chillido en tanto que sus espuelas empezaban a resbalarse y perder su agarre en el cuerpo de Roberto. Lentamente, pulgada tras pulgada, empezaron a salir del joven, a pesar de los frenéticos esfuerzos del demonio por mantenerlas incrustadas en Roberto. Gritos, vociferaciones y maldiciones brotaron de la garganta de Roberto mientras el último espolón se desprendía y el demonio salía dando tumbos. Los ángeles estaban a punto de ordenarle que se alejara de la región, pero el demonio estaba ya de camino.

— ¡Ya me voy! ¡Ya me voy! — dijo entre dientes, alejándose como un relámpago.

Roberto se tranquilizó un momento, y también lo hicieron los cuatro hombres que le estaban ministrando.

— ¿Estás bien, Roberto? — preguntó Andrés.

Roberto, el verdadero Roberto, contestó:

— Sí... todavía hay tres más; puedo sentirlos.

— Descansaremos un minuto, y luego los sacaremos a todos — dijo Enrique.

— Sí — dijo Roberto—. Hagámoslo así.

Ronaldo le dio una palmadita en la rodilla.

— Lo estás haciendo muy bien.

En ese instante María entró en el santuario para ver si podía ser útil en algo. Había oído que ellos estaban ministrando a alguien aquí, y no podía quedarse en casa.

Pero entonces vio a Roberto. ¡El hombre! ¡El hombre vestido de cuero negro! Ella se quedó clavada en el piso.

Roberto alzó la vista, y la vio.

También uno de los demonios dentro de él. De súbito la cara de Roberto cambió de una expresión de un joven exhausto y asustado, a la de un espíritu lujurioso, lascivo y violador.

— ¡Eh, tú! — dijo el espíritu por la voz de Roberto, hablándole a María en términos obscenos y lascivos.

Enrique y los otros se quedaron estupefactos, pero sabían quién era el que estaba hablando. Enrique miró a María, y ella estaba retrocediendo aterrorizada.

— ¡El... él es el que me amenazó en el estacionamiento! — gritó.

El demonio vomitó más obscenidades.

Enrique intervino de inmediato.

— ¡Espíritu, cállate!

El espíritu lo maldijo, y dijo:

— ¿Esa es tu esposa, eh?

— ¡Te reprendo en el nombre de Jesucristo!

Roberto se retorció y encogió otra vez, como si estuviera en terrible dolor; el demonio estaba empezando a sentir los aguijonazos de las oraciones de ellos.

— ¡Déjenme tranquilo! — gritó —. Quiero... quiero...

Procedió a describir en macabros detalles el acto de violar sexualmente a la mujer.

María retrocedió, pero entonces recobró su compostura, y replicó:

— ¿Cómo te atreves? Soy una hija de Dios, y no tengo por qué aguantar expresiones de esa clase. ¡Quédate en silencio, y sal de él!

Roberto volvió a encogerse, como si fuera un gusano que se enrosca.

— ¡Sal de él, Violación! — ordenó Andrés.

— ¡Sal de él! — dijo Enrique.

María se acercó, y dijo con firmeza:

— ¡Te reprendo, demonio! ¡En el nombre de Jesús te reprendo!

El demonio se desprendió de Roberto como si le hubiera caído encima un mazo de demolición, y cayó dando tumbos por el piso. Krioni lo recogió, y lo lanzó fuera de la iglesia.

El único espíritu que quedaba estaba ya bastante intimidado, pero fastidiando de todas maneras.

— ¡Yo di una feroz golpiza a una mujer hoy!

— No queremos oír eso — dijo Juan —. ¡Sencillamente sale de allí!

— Le di puñetazos y puntapiés, y una feroz golpiza...

— ¡Cállate, y sal de allí! — ordenó Enrique.

El demonio maldijo gritando, y salió, ayudado por Krioni.

Roberto se desmadejó en el piso, exhausto, pero una sonrisa gentil cruzó por su cara, y empezó a reírse alegremente.

— ¡Se han ido! ¡Gracias a Dios, se han ido!

Enrique, Andrés, Juan y Ronaldo se acercaron para animarle. María se quedó hacia atrás, todavía insegura de este individuo de aspecto sospechoso.

Andrés fue claro y directo:

— Roberto, necesitas tener al Espíritu Santo en tu vida. Necesitas a Jesucristo, si quieres seguir libre de esas cosas.

— ¡Estoy listo, hombre, estoy listo! — dijo Roberto.

Allí mismo Roberto se convirtió en una nueva criatura. Sus primeras palabras como creyente, fueron:

— ¡Amigos, este pueblo está en graves problemas! ¡Esperen hasta que oigan las cosas en las que he estado metido, y por las cuales he estado trabajando!

27 Siempre tenía lugar en el apartamento de la profesora Julia Langstrat, en la sala en penumbra, sentada en un sofá muy cómodo, bajo la iluminación de una solitaria vela sobre la mesita de café. Julia era siempre la maestra y guía, dando instrucciones en su voz clara y en calma. Hipócrates siempre estaba allí, como respaldo moral. Sandra nunca estaba sola.

Habían estado reuniéndose en forma regular, así como ahora; y cada vez era una aventura completamente nueva. Las excursiones tranquilas y reposadas a otros niveles de la conciencia eran como abrir una nueva puerta a una realidad más elevada, el mundo de los poderes y experiencias psíquicas. Sandra estaba totalmente entusiasmada.

El metrónomo que se hallaba sobre la mesita de café marcaba un ritmo lento, tranquilizador, persistente: aspirar, expirar, reposar.

Sandra estaba tornándose hábil en descender a los niveles más altos de conciencia, aquellos niveles en los cuales operan normalmente los seres humanos, pero que en su mayoría son apagados por las distracciones o ahogados por estímulos externos. En alguna parte por debajo de eso, se hallaban los niveles más profundos, donde se podían hallar las verdaderas capacidades y experiencias psíquicas. Alcanzar esos niveles exigía reposo metódico y cuidadoso, meditación y concentración. Julia Langstrat le había enseñado todos los pasos.

Mientras Sandra yacía acostada en el sofá, y Hipócrates observaba atentamente, Julia comenzó a contar lenta y continuamente, en cadencia con el metrónomo.

— Veinticinco, veinticuatro, veintitrés. . .

En la mente de Sandra, ella se hallaba en un ascensor, descendiendo a los niveles más profundos de su ser, poniendo en reposo los niveles más altos de actividad de su cerebro, mientras descendía a los campos más profundos.

— Tres, dos, uno, nivel Alfa — dijo Julia Langstrat —. Ahora, abre la puerta.

Sandra se vio a sí misma abriendo la puerta del elevador, y saliendo a una hermosa pradera rodeada de árboles cubiertos de brotes rosados y blancos. El aire estaba tibio, y una brisa juguetona soplaba acariciando suavemente la pradera. Sandra miró aquí y allá.

— ¿La ves? — preguntó Julia gentilmente.

— Todavía estoy buscando — contestó Sandra. Luego su cara se iluminó —. ¡Aquí viene! ¡Es hermosa!

Sandra podía ver la muchacha que se le acercaba, una hermosa joven con pelo rubio cayéndole por la espalda, vestida de un vestido de lino resplandeciente. Su cara irradiaba felicidad. Le extendía los brazos para darle la bienvenida.

— ¡Hola! — dijo Sandra alegremente.

— ¡Hola — dijo la muchacha en la voz más hermosa y melodiosa que Sandra jamás había oído.

— ¿Has venido para guiarme?

La muchacha rubia tomó a Sandra de la mano, y le miró en los ojos con profunda ternura y compasión.

— Sí, me llamo Madelina. Yo voy a enseñarte.

Sandra miró a Madelina con asombro.

— ¡Pareces ser tan joven! ¿Has vivido antes?

— Sí. Cientos de veces. Pero cada vida es simplemente un paso hacia arriba. Te mostraré el camino.

Sandra se quedó extasiada.

— Quiero aprender. Quiero irme contigo.

Madelina tomó a Sandra de la mano, y empezó a conducirla a través de la pradera verde, hacia un camino dorado e inmaculado.

Mientras Sandra yacía en el sofá del apartamento de Julia Langstrat con su cara llena de gozo y asombro, espolones brillantes penetraban por su cráneo mientras las manos negras y retorcidas de un horripilante demonio sostenía su cabeza como si fueran tenazas. El espíritu se inclinó sobre ella, y le susurró en la mente:

— Entonces ven. Ven conmigo. Te voy a presentar a los demás que han ascendido antes que yo.

— ¡Me encantaría! — respondió Sandra.

Julia Langstrat e Hipócrates se sonrieron mutuamente.

Tomás MacBraid, el encargado del emplanaje, oyó la campanilla de la puerta del frente, y lanzó un gruñido. Este había sido el día más traumático que jamás había pasado. Se abrió paso hasta la puerta del frente, a tiempo para ver que Marshall llegaba y se dirigía directamente a su oficina.

Tomás estaba aturdido y lleno de preguntas.

— Marshall, ¿dónde ha estado usted? ¿Y dónde está Berenice? ¡La imprenta todavía no ha mandado los periódicos! Todo el día no he hecho otra cosa que contestar el teléfono... Finalmente tuve que encender la máquina grabadora para que conteste. . . y la gente ha estado llegando a preguntar qué le pasa al periódico de hoy.

— ¿Dónde está Carmen? — preguntó Marshall.

Tomás notó que Marshall parecía estar enfermo, muy enfermo.

— Marshall — preguntó Tomás muy preocupado —, ¿algo anda mal? ¿Qué es lo que está sucediendo por aquí?

Marshall por poco le saca la cabeza a Tomás de un mordisco cuando gruñó:

— ¿Dónde está Carmen?

— No está aquí. Estaba aquí, pero luego Berenice salió, y luego Carmen salió también, y ¡yo he estado solo todo el día!

Marshall dio un empujón a la puerta de su oficina, y entró. Se dirigió directamente al archivador, y lo abrió de un tirón. Estaba vacío. Tomás se quedó a distancia prudencial, observando. Marshall se agachó debajo de su escritorio, y sacó una caja de cartón. La caja se deslizó fácilmente y sin dificultad. Vio que también estaba vacía, y la tiró al piso gritando una palabrota.

— ¿Hay. . . hay algo que yo pueda hacer? — preguntó Tomás.

Marshall se dejó caer en su silla, pálido como una sábana, y su pelo todo revuelto. Por un momento se quedó allí sentado, con su cabeza apoyada entre sus manos, respirando entrecortadamente, tratando de pensar, tratando de calmarse.

— Llama al hospital — dijo finalmente con una voz muy débil que no sonaba mucho como a Hogan.

— ¿Al. . . al hospital?

A Tomás no le gustó en lo más mínimo el asunto.

— Pregunta cómo sigue Berenice.

La boca de Tomás se abrió grandemente.

— ¡Berenice! ¿Está en el hospital? ¿Qué le ocurrió?

Marshall explotó:

— ¡Simplemente, llama, Tomás!

Tomás se escurrió hasta un teléfono. Marshall se levantó y se adelantó hasta la puerta de su oficina.

— Tomás. . .

Tomás lo miró, pero siguió tratando de marcar el número del hospital.

Marshall se quedó reclinado en el umbral. Se sentía tan débil, tan impotente.

— Tomás, lo siento. Realmente lo lamento. Gracias por hacer esa llamada. Déjame saber qué te dicen.

Y con eso Marshall se dio la vuelta y regresó a su oficina, dejándose caer en su silla y quedándose inmóvil.

Tomás regresó con el informe.

— Este. . . Berenice tiene una costilla rota, y se la han vendado. . .

pero ninguna otra herida seria. Alguien trajo su auto desde Baker, de modo que la dejaron salir y ella se fue a su casa. Allí es donde está ahora.

— Sí. . . Tengo que irme a casa. . .

— ¿Qué le pasó a Berenice?

— La golpearon. Un tipo saltó sobre ella, y le dio una fenomenal golpiza.

— Marshall. . .

Tomás quedó horrorizado por las palabras.

— Eso. . . eso. . . bueno. . . eso es terrible.

Marshall se levantó de su silla con enorme esfuerzo, y se reclinó contra su escritorio.

Tomás estaba todavía preocupado.

— Marshall, ¿va a haber edición del viernes del periódico? Ya mandamos las planchas a la imprenta. . . No entiendo.

— No lo imprimieron — respondió Marshall suavemente.

— ¿Qué? ¿Por qué no?

Marshall dejó caer su cabeza hacia adelante, y se estremeció un poco. Dejó escapar un suspiro, luego miró de nuevo a Tomás.

— Tomás, simplemente tómate el día libre, lo que quiera que queda de él. Déjame ordenar mis pensamientos, y luego te llamaré, ¿te parece bien?

— Bueno. . . está bien.

Tomás se dirigió al cuarto de atrás para buscar su abrigo.

El teléfono sonó, una línea diferente, el número que Marshall tenía reservado para llamadas especiales. Marshall lo levantó.

— *El Clarín* — contestó.

— ¿Marshall?

— El mismo.

— Marshall, soy Eleodoro Strachan.

¡Gracias a Dios, está vivo!

Marshall sintió un nudo en su garganta. Pensó que se iba a echar a llorar.

— ¿Strachan, está usted bien?

— Bueno, no exactamente. Acabamos de regresar de un viaje. Marshall, alguien ha destrozado mi casa. ¡El lugar es un desastre!

— ¿Está Doris bien?

— Bueno, pues, está muy enfadada. Yo estoy enfadado.

— Nos han atacado, Eleodoro. Están sobre nosotros.

— ¿Qué ocurrió?

Marshall se lo contó. La parte más dura fue decirle que su amigo y compañero Teodoro Harmel estaba muerto.

Strachan tenía a ratos dificultad para hablar. Varios minutos pasaron en silencio difícil y doloroso, interrumpido sólo por uno de ellos preguntando si el otro estaba todavía en la línea.

— Marshall — dijo finalmente Strachan —, mejor es salir corriendo. Lo mejor que podemos hacer es salir disparados de aquí, y no regresar nunca más.

— ¿Correr? ¿A dónde? — preguntó Marshall —. Usted ya salió corriendo una vez, ¿recuerda? Mientras usted esté vivo, Strachan, usted va a estar viviendo con esto y ellos van a saberlo.

— Pero, ¿qué podemos hacer nosotros, en cualquier caso?

— Usted tiene amigos, ¡para empezar! ¿Qué tal el fiscal general del estado?

— Ya le dije, no puedo ir a Norman Mattily con nada más que mi sola palabra; necesito muchos más que nuestra amistad. Necesito pruebas, alguna clase de documentación.

Marshall miró a la caja vacía.

— Yo le conseguiré algo, Eleodoro. De alguna manera, voy a conseguirle algo que pueda enseñar a cualquiera que quiera escuchar.

Strachan suspiró:

— No sé realmente hasta cuándo esto va a seguir. . .

— Todo lo que se lo permitamos, Eleodoro.

Strachan pensó por un momento y luego dijo:

— Comprendo, así es. Usted tiene razón. Usted consígame algo sólido, y veré qué puedo hacer.

— No tenemos otra alternativa. Nuestros cuellos están bajo la cuchilla ahora mismo; ¡tenemos que salvarnos nosotros mismos!

— Bien, pues, yo ciertamente tengo toda la intención de hacer eso mismo. Doris y yo vamos a desaparecer, y rápido, y le aconsejo que usted haga lo mismo. Sin ninguna duda, no podemos quedarnos por aquí.

— ¿Y a dónde lo encuentro?

— No se lo voy a decir por el teléfono. Simplemente espere hasta oír de la oficina de Norman Mattily. Eso querrá decir que he podido comunicarme con él, y esa será la única forma en que podré serle útil, de todas maneras.

— Si no estoy aquí, si me he ido del pueblo, o si me encuentran muerto, pídale que se ponga en contacto con Alcides Lemley, del *The New York Times*. Trataré de dejar algún recado con él.

— Le veré de nuevo alguna vez.

— Roguemos que así sea.

— He empezado a orar un montón en estos días.

Marshall colgó, cerró todas las puertas, y se dirigió a su casa.

Berenice yacía en su sofá, con una bolsa de hielo sobre su cara, y un vendaje muy incómodo sobre sus costillas, y realmente quería una llamada por teléfono. Ya había vomitado una vez, y su cabeza parecía reventársele. Se sentía miserable, pero quería que alguien la llamara por teléfono. ¿Qué es lo que estaba pasando? Trató de llamar a *El Clarín*, pero nadie contestó. Llamó a la casa de Marshall, pero nadie contestó allí tampoco.

Bueno, ¡vaya sorpresa! El teléfono sonó. Ella arrebató al receptor como un búho que atrapa a un ratón.

—¿Hola?

—¿Berenice Krueger?

—¿Kevin?

—Efectivamente. . . — parecía estar muy nervioso y alterado —. Estoy muerto, vaya, quiero decir, ¡estoy realmente muerto de miedo!

—¿Dónde está usted, Kevin?

—Estoy en mi casa. ¡Alguien vino y destrozó por completo el lugar!

—¿Tiene cerrada la puerta?

—Así es.

—Entonces, ¿por qué no le pone llave?

—Sí, ya le puse llave. Estoy asustado, hombre. Deben haber contratado a alguien que venga contra mí.

—Tenga mucho cuidado con lo que dice, Kevin. Lo que oímos en cuanto a que nuestros teléfonos están interceptados probablemente es verdad. Pueden haber interceptado también su teléfono.

Pasto no dijo palabra por unos momentos; luego lanzó varias maldiciones, fruto del puro terror.

—Acabo de recibir una llamada de usted sabe quien. ¿Piensa usted que nos oyeron hablando?

—No lo sé. Sólo sé que debemos tener mucho cuidado.

—¿Qué voy a hacer? Todo está derrumbándose, vaya. Susana dice que ella tiene las cosas, y todo está derrumbándose. Ella va a huir de aquel lugar. . .

Berenice le interrumpió.

—Kevin, no diga ni una palabra más. Mejor me lo dice en persona. Encontrémonos en alguna parte.

—Pero, ¿no van ellos a saber dónde nos vamos a reunir?

—Si lo saben lo saben, pero por lo menos tendremos algún control sobre lo que les vamos a dejar oír.

—Bueno, hagámoslo lo más rápido posible, y quiero decir rápido.

—¿Qué tal el puente que se encuentra unos pocos kilómetros al norte de Baker, sobre el río Judd?

—¿El puente grande verde?

—Exacto, el mismo. Al extremo del mismo hay un camino hacia la derecha. Puedo estar allí como a las. . .

Berenice miró a su reloj de pared.

—Digamos, a las siete.

— Allí estaré.

— Está bien. Hasta luego.

Berenice llamó inmediatamente a *El Clarín*. No hubo respuesta. Llamó a la casa de Marshall.

El teléfono en la cocina de la casa de Hogan sonaba y sonaba, pero Marshall y Caty continuaban en silencio en la mesa de la cocina, dejándolo sonar hasta que finalmente dejó de hacerlo.

Caty, con sus manos un poco temblorosas, y controlando conscientemente su respiración, miró con ojos llenos de lágrimas a su esposo.

— El teléfono tiene su manera de traer consistentemente malas noticias — dijo ella, bajando los ojos por un momento.

En ese momento Marshall tenía tanta fortaleza en su estómago como una bolsa de basura vacía, y por una de esas raras ocasiones de su vida, no encontraba palabras.

— ¿Cuándo recibiste esa llamada? — preguntó finalmente.

— Esta mañana.

— Pero, ¿sabes quién era?

Caty aspiró profundamente, tratando de mantener el control sobre sus emociones.

— Quienquiera que fue, sabía casi todo en cuanto a ti y a mí, e incluso en cuanto a Sandra; de modo que no era una invención en ese respecto. Sus. . . credenciales eran impresionantes.

— ¡Pero estaba mintiendo! — dijo Marshall furibundo.

— Lo sé — afirmó Caty.

— Es sólo otra táctica de difamación, Caty. Están tratando de quitarme mi periódico, están tratando de quitarme mi casa, y ahora están tratando de destruir mi matrimonio. No hay nada al presente, ni nunca ha habido ningún enredo entre Berenice y yo. A fin de cuentas, ¡soy lo suficientemente viejo como para ser su padre!

— Lo sé — contestó Caty de nuevo. Se detuvo un momento para reunir fuerzas para continuar —. Marshall, tú eres mi esposo, y si alguna vez te pierdo, sé que nunca voy a encontrar otro mejor. También sé que no eres hombre dado a andar revoloteando con pasiones. Me saqué un premio contigo, y nunca me he olvidado de eso.

El le tomó de la mano.

— Y tú eres la única mujer con la que jamás podría yo.

Ella le apretó la mano, y dijo:

— Tengo toda la confianza de que estas cosas nunca cambiarán. Supongo que esa es la clase de confianza que me ha mantenido esperando, esperando. . .

Su voz se quebró, y hubo un momento de silencio. Caty tuvo que ahogar sus emociones, y Marshall no podía pensar en nada que decir.

— Marshall — dijo ella finalmente —, hay algunas otras cosas que tampoco han cambiado, pero aquellas cosas se supone que debían haber cambiado; tú y yo estuvimos de acuerdo en que cambiarían. Concordamos en que las cosas serían diferentes cuando nos mudamos de Nueva York, que tomarías las cosas con más calma, que te darías más tiempo para estar con la familia, que tal vez podíamos llegar a conocernos el uno al otro de nuevo, y arreglar las cosas.

Las lágrimas empezaron a correr, y le era difícil hablar, pero estaba decidida a hacerlo, de modo que se esforzó para continuar.

— No sé qué es, si acaso la última noticia simplemente se te pega sin importar dónde estés o dónde vayas, o si te las arreglas por cuenta propia para hacerlo, vez tras vez. Pero si alguna vez estuviera celosa o sospechara de que tienes otro amor, eso es lo que el amante sería. Tú tienes otro amor, Marshall, y simplemente no sé si puedo competir con él.

Marshall sabía que jamás podría explicarlo completamente todo.

— Caty, no tienes idea de cuán enorme es todo esto.

Ella sacudió su cabeza. No quería oírlo.

— Ese no es el problema aquí. En realidad, estoy segura de que es enorme, que es extremadamente importante, que probablemente justifica la cantidad de tiempo y energía que le estás dedicando. Pero lo que yo estoy tratando de enfrentar es todo el detrimento que todo este asunto ha significado para mí misma, para Sandra, y para esta familia. Marshall, no me importan las comparaciones; pero en cualquier lugar que nos hayas colocado a Sandra y a mí en tu lista de prioridades, sea como sea, estamos sufriendo, y ese es el problema directo con el que yo estoy tratando. No me importa nada más.

— Caty. . . ¡eso es lo que ellos quieren!

— Lo están logrando — contestó ella abruptamente —. Pero ni siquiera te atrevas a echar a otro la culpa de haber fracasado en cumplir con tus promesas. Nadie más que tú es responsable por tus promesas, Marshall, y te considero responsable por las promesas que tú mismo le hiciste a tu familia.

— Caty, yo no pedí que esto asomara, yo no pedí que esto sucediera. Cuando todo se acabe. . .

— ¡Ya se acabó! — eso le dejó frío —. Y ahora no es realmente un asunto de preferencia para mí. Tengo mis limitaciones, Marshall. Sé que puedo resistir solamente hasta cierto punto. Tengo que irme.

Marshall estaba demasiado débil como para articular palabra. Ni siquiera podía pensar en alguna palabra. Todo lo que pudo hacer fue mirarla a los ojos, y dejarla que hablara, que hiciera lo que ella quería hacer.

Caty prosiguió. Tenía que dejar escapar todo antes de que fuera incapaz de hacerlo.

— Hablé con mamá esta mañana. Ella siempre nos dio su respaldo a ambos, y ella no está haciéndose a ningún lado. En realidad, y esto tal vez te interese, ella está orando por nosotros, y por ti en particular. Ella dice que hasta ha soñado contigo la otra noche; soñó que estabas en problemas y que Dios iba a enviar a sus ángeles para que te ayudaran si es que ella oraba. Ella ha tomado el asunto con mucha seriedad, y desde entonces ha estado orando.

Marshall sonrió débilmente. Apreciaba eso, pero ¿qué de bueno podía lograr eso?

Caty llegó finalmente al punto crítico.

— Me voy para estar con ella por un tiempo. Necesito tiempo para pensar; y tú necesitas tiempo para pensar también. Ambos necesitamos saber con seguridad cuáles de tus promesas realmente quieres cumplir. Necesitamos resolver esto de una vez por todas, Marshall, antes que podamos dar un paso más. En cuanto a Sandra, en este mismo momento ni siquiera sé dónde está. Si pudiera hallarla, tal vez le pediría que venga conmigo, aun cuando dudo que ella querrá dejar a Hipócrates y todas las cosas en las que se ha metido.

Ella dejó escapar un profundo suspiro, como si este nuevo dolor la estuviera haciendo sufrir.

— Todo lo que puedo decir es que tú ya no la conoces, Marshall. Yo no la conozco. Poco a poco ella se ha ido distanciando, alejándose. . . y tú nunca estuviste allí.

Caty podía seguir y seguir. Ocultó la cabeza entre las manos, y rompió a llorar.

Marshall se encontró preguntándose si acaso debía acercarse a ella, consolarla, abrazarla. ¿Lo aceptaría ella? ¿Creería ella que en verdad él se preocupaba por todo eso?

Claro que se preocupaba. Su propio corazón se rompía. Se acercó a ella, y le puso gentilmente la mano sobre su hombro.

— No te voy a dar respuestas cojas — le dijo suavemente —. Tienes toda la razón. Todo lo que has dicho es cierto; y no osaré siquiera hacer ninguna otra promesa que no pueda cumplir.

Las palabras lastimaban más mientras se obligaba a decirlas.

— En realidad, necesito pensar sobre todo eso. Necesito arreglar las cosas, y hacer una buena limpieza. ¿Por qué no sigues adelante con tu decisión? Ve y quédate con tu mamá por un tiempo, aléjate de toda esta confusión. Yo. . . yo te dejaré saber cuando todo haya terminado, cuando ya haya decidido qué cosa es realmente importante. Ni siquiera te pediré que regreses sino hasta entonces.

— Te quiero, Marshall — dijo ella entre sollozos.

— Y yo también te quiero mucho, Caty.

Ella se levantó de pronto, y se abrazó a él, dándole un beso que él recordaría por largo tiempo, un beso durante el cual ella se abrazó a él desesperadamente fuerte, con su cara bañada de lágrimas, con su cuerpo estremeciéndose por su llanto. El la abrazó con sus fuertes brazos, como si estuviera aferrándose a su propia vida, un tesoro inapreciable que tal vez nunca más volvería a tener.

Entonces ella dijo:

— Mejor me voy ya — y le dio un abrazo final.

El la sostuvo por un instante más, y luego le dijo esforzándose por tranquilizarla:

— Todo saldrá bien. Adiós.

Las maletas ya estaban empacadas. No llevaba muchas cosas. Después que la puerta del frente se cerró en silencio detrás de ella, y su pequeña camioneta salió del patio, Marshall se quedó sentado por largo rato a la mesa de la cocina. Ausentemente miraba los patrones del grano de la madera del tablero de la mesa, mientras mil recuerdos le recorrían el cerebro. Minutos tras minutos pasaron sin que se diera cuenta; el mundo seguía su marcha sin él.

Al fin el estupor cedió, y todos sus pensamientos y emociones se centraron en el nombre de ella: Caty... Y lloró y lloró.

28 Huilo se mordió el labio inferior mientras contemplaba el valle abajo, junto con sus dos docenas de guerreros. Desde sus varios puestos de observación, a mitad de las faldas de la montaña, por entre las hendiduras y entre las rocas, el cubil del Fuerte parecía un caldero en ebullición y repleto de espíritus tenebrosos, miríadas de ellos formando un enjambre, una nube viviente que se desplazaba sobre el conjunto de edificios. El sonido de su aleteo era constante, de tono macabro, que retumbaba contra las rocas. Los demonios estaban muy agitados, como un nido de avispas enfurecidas.

— Están preparándose para algo — observó un guerrero.

— Así es — dijo Huilo —; sin embargo, algo no anda bien, y me atrevería a decir que tiene que ver con ella.

Por todo el conjunto de edificios, camiones y camionetas estaban cargados hasta el tope con cuanta cosa se pudiera imaginar, desde los artículos de oficina, hasta los trofeos embalsamados de Alejandro M. Kaseph. El personal se encontraba ahora en los edificios de dormitorios, empacando sus artículos personales y barriendo los cuartos. En todas partes había excitación y expectación, y la gente se arremolinaba aquí y allá, hablando en sus propios idiomas.

En la casa grande, alejada de toda actividad, Susana Jacobson trabajaba febrilmente en su cuarto privado, consolidando una enorme caja de registros, documentos, carpetas, e impresos. Estaba tratando de eliminar todo lo que no fuera absolutamente necesario, pero casi cualquier cosa parecía ser indispensable. Incluso así, solamente una maleta, la que se encontraba sobre su gavetero, debía contenerlo todo. Hasta aquí, la carga era demasiado voluminosa como para caber en la maleta, y demasiado pesada para que Susana la cargara, incluso si cupiera.

Con algunas oraciones balbuceadas al apuro, y alguna revisión a la carrera, eliminó la mitad de las cosas. Luego tomó lo que quedaba, y empezó a arreglarlo cuidadosamente en la maleta, una carpeta aquí, unos documentos por acá, más documentos, algunas fotografías, otra carpeta, una copia hecha por un computador, una resma de fotocopias, algunos rollos de película sin revelar.

¡Pasos en el corredor! Ella cerró apresuradamente la maleta, oprimiendo la tapa de modo que pudiera echar los cerrojos, y luego arrastró la pesada carga, y la empujó apresuradamente debajo de la cama. Entonces echó todo el resto de artículos en una caja, que escondió en un anaquel detrás de algunas sábanas en un ropero pequeño.

Sin llamar, Kaseph entró en la habitación. Vestía ropas informales, debido a que él también había estado empacando y tomando parte en toda la actividad.

Ella se le acercó, y le puso los brazos encima.

— ¡Hola, hola! ¿Cómo van las cosas por tu lado?

El devolvió brevemente el abrazo, luego dejó caer los brazos y miró por todo el cuarto.

— Ya nos preguntábamos qué es lo que te había pasado — dijo —. Estamos en una reunión en el comedor, y esperábamos que estuvieras presente.

— Había algo extraño y ominoso en su tono.

— Bien, pues — dijo ella, un poco aturdida por su talante —, por supuesto que voy a asistir. No me lo perdería por nada en el mundo.

— Bien, bien — dijo él, todavía mirando por toda la habitación —. Susana, ¿puedo revisar tu maleta?

Ella se quedó mirándolo con curiosidad.

— ¿Qué?

El no iba a cambiar ni a arreglar su pregunta.

— Quiero revisar tu maleta.

— ¿Para qué?

— Tráela — dijo él en un tono con el que no se podía discutir.

Ella se dirigió al clóset, y sacó de allí una maleta grande azul, llena de ropa, y la colocó en la cama. El abrió los pestillos, y levantó la tapa, luego procedió rápidamente y sin ningún cuidado a desempacar todo, arrojando su contenido aquí y allá.

— ¡Hey! — protestó ella —. ¿Qué estás haciendo? ¡Me tomó horas meter todo eso allí!

El la vació por completo, abriendo cada bolsillo y compartimiento, vaciando y sacudiendo cada prenda de vestir. Cuando terminó, ella estaba furiosa.

— Alejandro, ¿qué significa todo esto?

El se volvió hacia ella, con una mirada hosca, y luego súbitamente esbozó una amplia sonrisa.

— Estoy seguro de que podrás empacar tu maleta aún más eficientemente la segunda vez.

Ella sabía que ni siquiera se atrevería a darle una respuesta a eso.

— Pero necesitaba revisar algo. Ves, querida Susana, has estado ausente del flujo normal de gente, y ausente de mi presencia por tiempo considerable.

El empezó a caminar lentamente alrededor del cuarto, sus ojos observando cada rincón y cada esquina.

— Y parece que hay algunos documentos e informes importantes que están faltando, cosas de naturaleza muy delicada; cosas a las cuales tú, mi querida Servidora, tenías acceso.

Le sonrió con la misma antigua sonrisa que cortaba como cuchillo.

— Por supuesto, sé que tú corazón está en verdad unido al mío a pesar de tus... resquemores y temores en estos últimos días.

Ella levantó la cabeza bien en alto y se quedó mirándolo directamente:

— Esas cosas son estrictamente la debilidad de mi humanidad, pero es algo sobre lo cual espero ganar la victoria.

— La debilidad de tu humanidad...

El se quedó pensándolo por un momento.

— Esa misma pequeña debilidad que siempre te ha intrigado, porque puede hacerte muy peligrosa.

— ¿Estás queriendo decir, entonces, que yo podría traicionarte?

El se acercó a ella, y le puso las manos sobre los hombros. Susana se imaginó cómo sus manos no tendrían que moverse mucho para cerrarse sobre su cuello.

— Es posible — dijo él —, que alguien está tratando de traicionarme, incluso ahora mismo. Lo puedo leer en el aire.

La miró muy de cerca, hundiendo sus ojos en los de ella.

— Hasta quizá lo estoy leyendo en tus propios ojos.

Ella retiró la vista, y dijo:

— Yo no te traicionaría.

El se inclinó y se acercó más, y dijo fríamente:

— Ni tampoco nadie... si supieran lo que les estaría esperando. Sería un asunto muy serio, en verdad.

Ella sintió que sus manos se apretaban sobre ella.

Un mensajero cruzó el cielo, y luego, como una flecha, zigzagueó por entre el bosque sobre Ashton, buscando a Tael.

— ¡Capitán! — llamó, pero Tael no estaba entre los otros —. ¿Dónde está el capitán?

Mohita contestó:

— Llevando a cabo otra reunión de oración en la casa de Enrique Busche. Ten cuidado de no llamar la atención.

El mensajero descendió por la colina y calladamente flotó por entre el laberinto de calles y callejones.

En la casa de Enrique, Tael permanecía cuidadosamente oculto dentro de las paredes, mientras que algunos de sus guerreros llevaban a cabo sus órdenes, trayendo gente para que viniera a orar.

Enrique y Andrés Forsythe habían convocado a una reunión especial de oración, pero no se habían imaginado que vendría tanta gente. Más y más vehículos seguían llegando, y más gente continuaba entrando: los Cóleman, Ronaldo Forsythe y su novia Cintia, el recién salvado Roberto Corsi, sus padres Daniel y Juanita, los Jones, los Cooper, los Smith, los Barton, algunos universitarios y sus amigos. Enrique sacó cuantas sillas extras pudo encontrar. La gente empezó a sentarse en el piso. El aire empezaba a tornarse pesado; se abrieron las ventanas.

Tael miró hacia el frente, y vio que un viejo vehículo acababa de llegar. Sonrió ampliamente. Este era un personaje que Enrique se iba a alegrar de ver.

Cuando el timbre sonó, varias personas gritaron:

— ¡Adelante!

Pero quienquiera que fuera no entró. Enrique se abrió paso por entre varias personas, para llegar hasta la puerta y abrirla.

Allí estaba Luis Stanley, junto con su esposa Margarita. Estaban tomados de la mano.

Stanley sonrió tímidamente, y preguntó:

— ¡Hola, pastor! ¿Es aquí donde están celebrando la reunión de oración?

Enrique volvió a creer en milagros. ¡Frente a sí tenía a un hombre a quien la iglesia había puesto bajo disciplina por adulterio, unido de nuevo con su esposa y queriendo orar con los demás!

— ¡Vaya, vaya! — dijo Enrique—. ¡Seguro que sí! ¡Adelante!

Luis y Margarita entraron en la sala ya atiborrada, donde fueron recibidos con cariño y aceptación.

En ese momento alguien más llamó a la puerta. Enrique estaba todavía de pie allí, de modo que la abrió en seguida, y vio a un anciano y a la esposa de éste esperando afuera. Nunca los había visto antes.

Pero Cecilio Cooper sabía quiénes eran; los llamó desde su asiento:

—¡Alabado sea el Señor! ¡No puedo creerlo! ¡El pastor Santiago Farrel y su esposa Diana!

Enrique miró al hermano Cooper, y luego a la pareja que tenía delante, y se quedó boquiabierto.

—¿El Reverendo Farrel?

El Reverendo Farrel, ex pastor de la iglesia de la Comunidad de Ashton le extendía la mano.

—¿El pastor Enrique Busche? — Enrique asintió, estrechándole la mano—. Hemos oído que hay una reunión de oración aquí esta noche.

Enrique, con los brazos bien abiertos, los invitó a entrar.

Entre tanto, el mensajero había llegado y encontrado a Tael.

—Capitán, Huilo envía palabra de que el tiempo que le queda a Susana es muy corto. Está a punto de ser descubierta. ¡Usted debe venir ahora mismo!

Tael dio un rápido vistazo a la cobertura de oración que había conseguido reunir. Tenía que ser suficiente para que el plan de la noche funcionara.

Enrique estaba empezando la reunión.

—El Señor nos ha puesto en el corazón que esta noche debemos orar por Ashton. Ahora bien, esta tarde nos hemos enterado de algunas cosas, y estamos seguros de que Satanás está a punto de apoderarse de esta ciudad. Necesitamos orar que Dios reprenda a los demonios que están tratando de apoderarse de la población, y necesitamos orar pidiendo victoria para el pueblo de Dios, y para los ángeles de Dios. . .

¡Bien, Bien! pensó Tael. *Tal vez sea suficiente.* Pero si lo que el mensajero había dicho era en verdad la situación en la guarida del Fuerte, tendrían que proceder con el plan, sea que la cobertura de oración fuera suficiente o no.

La nube de demonios que cubría el valle continuaba engrosando y agitándose, y desde su puesto de observación, Huilo y sus guerreros podían ver el brillo de millones de pares de ojos amarillentos.

Huilo no podía descuidarse ni un solo instante, pero con frecuencia observaba los picos de las montañas procurando ver el rayo de luz que marcaría la llegada de Tael.

—¿Dónde está Tael? — murmuró —. ¿Dónde está? Ellos lo saben. ¡Ellos lo saben!

En ese mismo momento el personal completo de Kaseph, la fuerza de trabajo detrás de la Corporación Omni, estaban reunidos en el comedor para un improvisado banquete y una reunión final juntos antes de la gran mudanza para la cual todos se habían preparado. Era una comida informal, tipo cafetería; todo era casual, y el talante era alegre. Kaseph mismo, usualmente soberbio y distanciado de sus inferiores, se mezclaba con ellos libremente, y las manos a menudo se extendían hacia él como si imploraran una bendición especial.

Susana permanecía apegada a su lado, vestida nuevamente en su acostumbrado traje negro, y algunas manos también se extendían hacia ella ocasionalmente, buscando un toque especial, una mirada que pareciera una bendición. Ella repartía todo eso libremente a sus agradecidos seguidores.

A medida que progresaba la comida, Kaseph y Susana ocuparon sus lugares en la cabecera. Ella trataba de actuar normalmente, y disfrutar de la comida, pero su maestro todavía conservaba esa sonrisita extraña, cortante y malévola. Ella se había preguntado cuánto realmente sabría él.

Hacia el final de la cena Kaseph se puso de pie, y como si hubiera sido una señal, todo el mundo en el salón se quedó en silencio.

— Así como hemos hecho en otras regiones, en otras partes de nuestro mundo que se une rápidamente, también lo haremos aquí — dijo Kaseph, y todos en la sala aplaudieron —. Como una herramienta poderosa y decisiva de la *Sociedad de la Conciencia Universal*, la Corporación Omni está a punto de establecer otra cabeza de puente para el Nuevo Orden Mundial, y el reino del Cristo de la Nueva Era. He recibido información de la gente de avanzada en Ashton que la compra de nuestra nueva sede puede ser realizada el domingo, y yo personalmente voy a adelantarme a ustedes para cerrar el trato. Después de eso, el pueblo será nuestro.

El cuarto entero prorrumpió en aplausos y vivas.

Pero entonces, con un abrupto cambio de talante, Kaseph puso una expresión torva en su mirada, a la cual todos los presentes respondieron con igual seriedad.

— Por supuesto, a través de todo este esfuerzo masivo a menudo se nos ha recalcado cuán serio es el asunto en que estamos participando, asunto al cual hemos comprometido nuestra vida y nuestra lealtad. Hemos a menudo ponderado cuán desastrosos resultados ocurrirían en aquello por lo cual hemos trabajado tan arduamente si alguno de nosotros alguna vez diera un giro equivocado y prestara oídos a la llamada persistente de la codicia, los asuntos temporales, o incluso — miró a Susana — "debilidades humanas".

De súbito el salón quedó mortalmente quieto. Todo el mundo se quedó mirando a Kaseph, mientras que éste paseaba su mirada lentamente por sobre todo el grupo.

Susana pudo sentir el terror que empezaba a surgirle desde lo más adentro, un terror que ella siempre había tratado de ocultar, de evitar, de mantener bajo control. Ella podía sentir que lo único que ella más temía estaba lentamente dándole alcance.

Kaseph continuó:

— Sólo unos pocos de ustedes sabían que en el transcurso de la transferencia de archivos de la oficina principal, descubrimos que algunas de las carpetas más comprometedoras estaban faltando. Al parecer alguien, con altos privilegios y acceso al interior, pensó que esos archivos serían de algún valor. . . de otra manera.

La gente empezó a hablar en voz baja y murmurar.

— Pero no se alarmen. Tengo un final feliz de la historia. ¡Ya hemos encontrado los archivos que faltaban!

Todos parecieron respirar aliviados, y se rieron entrecortadamente. Esto, pareció que pensaban, era otra de las bromas de Kaseph.

Kaseph hizo una señal a los guardias de seguridad que se hallaban hacia atrás del salón, y uno de ellos levantó. . . ¿qué es eso? Susana se levantó un poco de su asiento para ver.

Una caja de cartón. ¡No! ¿La caja? ¿La que había escondido en el ropero detrás de las sábanas? El guardia traía la caja hacia el frente, hacia la mesa principal.

Ella se quedó donde estaba, pero pensó que se iba a desmayar. Su cuerpo entero empezó a temblar de miedo. La sangre huyó de sus mejillas; su estómago le ardía con terrible dolor. La habían descubierto. No había escape. Era una pesadilla.

El guardia levantó la pesada caja, y la puso sobre la mesa, y Kaseph la abrió. Sí, allí estaban todos los materiales que ella tan arduamente había separado y escondido. Kaseph los levantó, y los sostuvo en alto que todos los vieran. La multitud entera se quedó boquiabierta de asombro.

Kaseph lanzó los materiales de nuevo a la caja, y dejó que el guardia se la llevara.

— Esta caja — anunció él —, fue encontrada escondida en el clóset de sábanas de la Servidora.

Todos se quedaron perplejos. Algunos se quedaron inmóviles por la sorpresa. Algunos sacudieron sus cabezas.

Susana Jacobson oraba. Oraba desesperadamente.

El mensajero estaba ya de regreso en el valle, y Huilo estaba ávido de saber las noticias.

— Sí, sí. Habla.

— El está reuniendo la cobertura de oración para la operación de esta noche. Estará aquí en cualquier momento.

— Cualquier momento puede ser demasiado tarde.

Huilo miró a los edificios abajo.

— En cualquier momento Susana puede estar muerta.

Tael observaba mientras la gente reunida oraba intensamente, según el Espíritu Santo les guiaba y les daba poder. Estaban orando específicamente porque la confusión se apoderara de las huestes demoníacas. ¡Tal vez eso sería suficiente! Se deslizó fuera de la casa, escudado por las sombras. Atravesaría rápidamente por el pueblo, y luego volaría directamente hasta el cubil del Fuerte, confiando en llegar a tiempo para salvar la vida de Susana.

Pero no bien había salido al estrecho y desigual callejón detrás de la casa, cuando sintió un agudo dolor en su pierna. Su espada salió a relucir en un instante, y un rápido movimiento descabezó al pequeño espíritu que había tratado de aferrarse a él, el cual se deshizo en una nubecilla de humo rojo sangre.

Otro espíritu se clavó en sus espaldas. Tael lo espantó. Otro más en su espalda, y otro más en su pierna, dos más tratando de cortarle la cabeza.

— ¡Es Tael! — les oyó chillar y gritar —. ¡Es el capitán Tael!

Un poco más de esta alharaca y atraerían a Rafar. Tael sabía que tenía que destruirlos a todos, o correr el riesgo de quedar al descubierto. Los demonios que se encontraban alrededor de su cabeza se alejaron a toda velocidad. Tael blandió su espada hacia arriba, y hacia atrás, cruzando su espalda, y desmembró al que se había clavado allí.

Pero parecía que se multiplicaban. Algunos eran de considerable tamaño, y todos codiciaban la recompensa que Rafar daría al que le revelara dónde se hallaba Tael.

Un fornido espíritu voló muy cerca de Tael, para darle un vistazo, y luego salió disparado hacia el cielo. Tael salió en su persecución, con una explosión de luz y poder, y lo agarró por los talones. El espíritu lanzó un alarido, y empezó a clavarle las espuelas. Tael regresó a tierra como si fuera piedra, arrastrando consigo al espíritu; las alas del demonio se agitaban desmañadamente, como una sombrilla destrozada. Una vez que estuvo bajo la cubierta de los árboles y las casas, la espada de Tael envió al espíritu al abismo.

Pero más demonios llegaban de todas direcciones. La palabra estaba corriendo.

Dos fuertes y musculosos guardias, los mismos hombres que una vez habían sido sus compañeros en vestido de gala, arrastraron y llevaron a Susana, casi sin dejarle que usara sus propios pies para caminar, a través de los predios, hasta el portal de la gran casa de piedra, adentro, arriba, por la escalera ornamentada, y luego por el corredor y hasta su propio dormitorio. Kaseph los seguía, frío, impasible, perfectamente calculador.

Los guardias arrojaron a Susana en una silla, y la mantuvieron allí aplicando su propio peso, previniendo el escape. Kaseph le dio una mirada larga, como de hielo.

—Susana —dijo—, mi querida Susana, en realidad esto no me sorprende mucho. Tales problemas ya han ocurrido antes, con muchas otras, en otros tiempos. Y cada vez tengo que lidiar con lo mismo. Como bien lo sabes, tales problemas nunca duran mucho. Nunca.

Se acercó, tan cerca que sus palabras parecían darle bofetadas como si fueran latigazos.

—Nunca confié en ti, Susana. Ya te lo dije. De modo que tenía un ojo sobre ti, y tenía otros que te vigilaban por igual, y veo que ahora has revivido tu amistad con mi. . . rival, el señor Pasto.

Lanzó una risotada.

—Tengo ojos y oídos en todas partes, querida Susana. Desde el mismo momento en que tu señor Pasto fue a *El Clarín* de Ashton, nos ocupamos de él, cada aspecto de su vida: a dónde iba, a quién veía, a quién llamaba, y cualquier cosa que decía. Y en cuanto a la apresurada llamada que le hiciste hoy. . .

Volvió a reír.

—Susana, ¿realmente piensas que no íbamos a estar escuchando cada llamada telefónica que hacías desde aquí? Sabíamos que tarde o temprano harías tu movida. Todo lo que teníamos que hacer era esperar y estar listos. Una empresa tal como la nuestra naturalmente va a tener enemigos. Entendemos eso.

Se inclinó sobre ella, frío y astuto.

—Pero puedes estar completamente segura de que no lo toleramos. No, Susana, nosotros nos ocupamos de eso, dura y contundentemente. Había pensado que un poco de susto silenciaría a Pasto, pero ahora sé, gracias a ti, que él sabe demasiado. Por lo tanto, será mejor que tú y tu señor Pasto sean arreglados.

Todo lo que ella podía hacer era temblar; no podía pensar en nada para decir. Sabía que sería inútil implorar misericordia.

—Nunca has estado en uno de nuestros rituales de sangre, ¿verdad?

Kaseph empezó a explicárselos, como si le estuviera dando una pequeña conferencia.

—Los antiguos adoradores de Isis, de Moloc, y de Astarté, no estaban lejos de estas prácticas. Ellos entendían, por lo menos que la ofrenda de una vida humana a los que llamaba dioses, parecía traer sobre ellos el favor de los dioses. Lo que ellos realizaban en ignorancia, nosotros continuamos haciéndolo ahora en iluminación. La fuerza de la vida que se entrecruza a través de nosotros y a través de nuestro universo es cíclica, sin fin, perpetuándose siempre. El nacimiento de lo nuevo no puede ocurrir sin la muerte de lo viejo.

El nacimiento de lo bueno es creado por la muerte del mal. Esto es *karma*, mi querida Susana, tu *karma*.

En otras palabras, iba a matarla.

Un guerrero le preguntó a Huilo:

— ¿Qué es eso? ¿Qué están haciendo?

Ambos afinaron el oído. La nube, todavía revolviéndose y girando lentamente cerca del fondo del valle, jadeaba y gruñía con un extraño sonido, un ruido indefinible que gradualmente iba subiendo en volumen y en timbre. Al principio sonaba como el ruido de olas lejanas; luego creció hasta convertirse en el rugido de una chusma desenfrenada. Después siguió creciendo hasta llegar a ser el espeluznante alarido de millones de sirenas.

Huilo sacó lentamente su espada, y el metal de la hoja hizo su chasquido.

— ¿Qué estás haciendo? — preguntó el guerrero.

— ¡Prepárense! — ordenó Huilo.

La orden fue trasmitida entre el grupo. *Ring, ring, ring*, dijeron las hojas a medida que cada guerrero empuñaba su espada y la desenvainaba.

— Se están riendo — dijo Huilo —. No podemos hacer otra cosa que entrar.

El guerrero estaba dispuesto, y sin embargo el pensamiento era impensable.

— ¿Entrar ? ¿Entrar. . . allí?

Los demonios eran fuertes, brutales, salvajes. . . y ahora se reían ante el olor de la muerte que se aproximaba como si fuera aromático perfume en sus narices.

Triskal y Krioni descendieron repentinamente al valle, esgrimiendo sus espadas en luminosos arcos letales que barrían a los demonios, los cuales se desintegraban por todos lados. Otros guerreros se lanzaron al cielo, como rayos de luz saliendo de un cañón, ensartando demonios en el aire, haciéndoles huir, silenciándolos.

Tael estaba en un aprieto real, deseando poder liberar todo su poder para luchar, y sin embargo necesitando contenerse, para no llamar la atención sobre sí mismo. Así no podía desintegrar a los demonios que ahora se agolpaban encima de él como si fueran abejas enfurecidas, en ataque violento, y más bien tenía que quitárselos de encima uno por uno, cortando y dando tajos con su espada.

Mohita entró en la pelea, y se acercó a Tael, esgrimiendo su espada y sacando demonios de la espalda de su capitán como si fueran murciélagos de la pared de una cueva.

— ¡Toma! ¡Toma! ¡Y otro!

Entonces, por un infinitesimal momento, Tael quedó libre de demonios. Mohita rápidamente se puso en su lugar, mientras que Tael desaparecía dentro del suelo.

Los espíritus estaban furiosamente ensarzados en la pelea, y al principio siguieron aglomerándose y circundando el área; pero entonces se dieron cuenta de que Tael de alguna manera se había escapado, y que estaban colocándose ellos mismos en las manos de los guerreros celestiales para ser destruidos sin razón alguna.

Su número rápidamente decreció, sus gritos se perdieron en la distancia, y pronto todos habían emprendido la fuga.

Algunos kilómetros fuera de Ashton, Tael salió de la tierra como una bala de rifle, como relámpago que cruza el cielo, dejando una estela de luz detrás de sí, como si fuera la cola de un cometa, con su espada desnuda delante de él. Granjas, campos, bosques, y autopistas de convirtieron en un borrón debajo de él; las nubes se convirtieron en montañas veloces que se deslizaban vertiginosamente a su paso.

Podía sentir que su fuerza iba en aumento con las oraciones de los santos; su espada empezó a brillar con poder, luminosamente. Casi sentía que lo estaba halando a través del cielo.

Más rápido, más rápido, el viento silbando, la distancia acortándose, sus alas agitándose en un aleteo vertiginoso e invisible, voló hasta el cubil del Fuerte.

Un gurú pequeño, de apariencia muy extraña, cubierto con una toga negra, un collar de muchas cuentas, y larga cabellera, salido de alguna tierra oscura y pagana entró en el cuarto de Susana, a la orden de Kaseph. Hizo una reverencia de sumisión a su señor y maestro, Kaseph.

— Prepara el altar — dijo Kaseph —. Habrá una ofrenda especial por el éxito de nuestra empresa.

El pequeño sacerdote pagano salió rápidamente. Kaseph volvió su atención nuevamente a Susana.

La miró por un instante, y luego le dio una bofetada con el revés de su mano.

— ¡Deja eso! — gritó —. ¡Deja esa oración!

La fuerza del golpe casi la saca de la silla, pero uno de los guardias la sujetó firmemente. Ella bajó la cabeza, y empezó a gemir entrecortadamente, jadeando por el terror.

Kaseph, como un conquistador, estaba frente a ella, y se jactaba de su desmadejaba apariencia y cuerpo tembloroso.

— ¡No tienes ningún Dios a quien invocar! ¡Con la cercanía de tu muerte te desmoronas, y retrocedes a los viejos mitos del contrasentido religioso!

Luego dijo, casi amablemente:

—Lo que no te das cuenta es que en realidad te estoy haciendo un favor. Tal vez en tu próxima vida tu comprensión será más profunda, una vez que te hayas librado de tus debilidades. Tu ofrenda sacrificial que nos das ahora proveerá un maravilloso *karma* para ti en las vidas futuras. Ya verás.

Luego les ordenó a los guardias:

—¡Atenla!

Ellos le agarraron las muñecas y se las pusieron a la espalda; ella oyó el sonido de un pestillo, y sintió el frío del acero de las esposas. Se oyó lanzando un alarido.

Kaseph se fue a su oficina, vacía casi por completo, excepto por unas pocas cajas y bultos que quedaban todavía. Fue directamente a un pequeño estuche cubierto de fino cuero antiguo, y se lo colocó bajo el brazo.

Luego descendió por la gran escalera hasta el piso bajo, atravesó una imponente puerta de madera, y luego bajó por otra escalera hasta el sótano más profundo de la casa. Dio vuelta en una esquina, pasó por otra puerta, y entró en un cuarto de piedra a oscuras e iluminado por velas. El extraño sacerdote ya se hallaba allí, encendiendo velas y mascullando palabras extrañas e ininteligibles que repetía constantemente. Algunos de los ayudantes de más confianza de Kaseph ya estaban presentes, esperando en silencio. Kaseph le pasó el pequeño estuche al sacerdote, quien lo colocó junto a una banca larga y rústica que se hallaba al otro extremo del cuarto. El sacerdote abrió el estuche y empezó a sacar cuchillos: los cuchillos de Kaseph, ornamentados, llenos de piedras preciosas, delicadamente forjados, afilados como navajas.

Tael podía ver ya la montaña delante. Tendría que permanecer cerca de las grietas rocosas. No debía ser visto.

Huilo y sus guerreros permanecían ocultos en las sombras, sin nada de glorificación, descendiendo paso a paso hacia los edificios, escondiéndose detrás de las rocas, grietas y hendiduras. Encima de ellos, como un trueno, la nube de espíritus malévolos, satíricos, continuaba girando. Huilo empezaba a sentir alguna cobertura de oración; de seguro que para entonces los demonios ya deberían haberlos descubiertos, pero sus ojos parecían extrañamente cegados.

Abajo, estacionada cerca del edificio principal de administración, estaba una furgoneta grande. Huilo encontró un punto desde el cual podía ver el vehículo claramente, luego ordenó a sus guerreros que se esparcieran, conservando un guerrero cerca para darle instrucciones especiales.

— ¿Ves la ventana en el piso superior de la casa de piedra? — le preguntó Huilo.

— Sí.

— Ella está allí. Cuando te dé la señal, entra y sácala.

29 En el extraño cuarto en el sótano de la casa, Alejandro M. Kaseph y su pequeña comitiva se habían sumergido en profunda meditación. Ante ellos, detrás de la banca rústica de madera, se hallaba el Hombre Fuerte, flanqueado por sus guardaespaldas y asistentes más cercano. Su arrugada cara mostraba ahora un gesto macabro, tétrico, que dejaba al desnudo sus colmillos mientras se reía con regocijo diabólico.

— Uno a uno los obstáculos están cayendo — dijo —. Sí, sí, tu ofrenda nos traerá buena suerte, y me complacerá.

— Los enormes ojos amarillentos se cerraron un poco al ordenar:

— ¡Tráiganla!

Arriba, sentada impotente entre los dos guardas, con sus pies y manos esposados, Susana Jacobson esperaba y oraba. Con todo lo que tenía dentro de su ser, clamaba al único Dios verdadero, el Dios a quién ella no conocía, pero que debía estar allí, que tenía que escucharla, y que era el único que podía ayudarla.

Tael llegó hasta las montañas y se elevó rápidamente, rebajando poco a poco la velocidad. Continuó reduciéndola hasta que casi llegó a la cumbre, y entonces, al llegar a la cima, detuvo todo movimiento y sonido, deslizándose al otro lado en silencio, invisiblemente. Notó con preocupación que la nube había crecido mucho más desde que se había alejado de allí. Podía sólo esperar que la cobertura de oración por lo menos fuera lo suficiente como para cegar a estas terribles criaturas.

Huilo había estado a la espera del capitán, y sus ojos agudos vieron que Tael descendía como un halcón silencioso hacia ellos.

— Alístate — le dijo Huilo al guerrero que tenía a su lado.

El guerrero estaba listo, con sus ojos fijos en la ventana del piso alto.

Tael volaba tan bajo que casi se resbalaba sobre la tierra. Finalmente llegó, y se detuvo junto a Huilo.

— Tenemos la cobertura — dijo.

— ¡Ahora! — ordenó Huilo al guerrero.

El guerrero medio que voló, medio que corrió, hacia la gran casa de piedra.

El sacerdote, con sus ojos casi saliéndose de sus órbitas por la expectación, se dirigió a la gran escalera, tarareando para sus aden tros.

Kaseph y su gente esperaban abajo, en un silencio pesado, Kaseph se hallaba junto a sus cuchillos.

Susana Jacobson trató de zafarse de las esposas, pero estaban bien cerradas, y le apretaban tan fuerte que le cortaban incluso sin que forcejeara. Los guardias se rieron de ella.

— Dios mío — oró —, si tú eres realmente el rey del universo, por favor, ten misericordia de esta pobre mujer que se atrevió a hacerle frente por tu causa a este terrible mal...

Y entonces, como si ya no estuviera más en el cuarto, como si estuviera despertándose de una pesadilla, el temor agonizante que le retorcía el corazón empezó a desaparecer de su mente como si fuera un pensamiento que se desvanecía, como la tormenta que se va calmando lenta y paulatinamente. Su corazón estaba en calma. El cuarto parecía extrañamente quieto. Todo lo que podía hacer era mirar a su alrededor con ojos llenos de curiosidad. ¿Qué había pasado? ¿Habría muerto ya? ¿Estaba durmiendo, o soñando?

Pero se había sentido así antes. El recuerdo de una noche en Nueva York le vino a la memoria; pensó de aquel extraño sentimiento que le daba ánimos, que había sentido mientras pasaba a gatas desesperadamente por aquella ventana. Había alguien en el cuarto. Podía sentirlo.

— ¿Estás aquí para ayudarme? — preguntó en su corazón, y la más tenue chispa de esperanza renació otra vez en alguna parte de su corazón.

Sus pies súbitamente estuvieron libres de los grilletes, y podía balancearlos debajo de la silla. Las esposas yacían en el suelo, abiertas. Sintió que algo se zafaba de alrededor de sus muñecas, y pudo sacar los brazos, libres. Las esposas hicieron su ruido al caer al piso, así como las que habían caído de sus pies.

Miró a los dos guardias, pero ellos estaban allí, simplemente mirándola, todavía sonriéndose con sorna, luego mirando hacia otro lado como si nada hubiera pasado.

Luego ella oyó un click, y miró a tiempo para ver que el pestillo de la ventana se abría, y que la enorme ventana del dormitorio se abría por sí sola. El aire frío de la noche empezó a soplar dentro de la habitación.

Sea que fuera ilusión o realidad, ella la aceptó. Saltó de la silla; los guardias no hicieron nada. Corrió hacia la ventana abierta. Luego recordó.

Todavía vigilando alerta e incrédula a los guardias, se dirigió corriendo a la cama, se agachó y recogió la maleta que Kaseph y su gente no habían hallado, incluso en un escondite tan obvio. La sintió extrañamente ligera para todos los papeles que había metido en ella, pero nada en ese momento tenía mucha lógica, de todas maneras, de modo que sencillamente aceptó que le fue fácil cargar la maleta hasta la ventana y colocarla en el antepecho afuera. Miró hacia atrás. ¡Los guardias seguían sonriendo confiadamente mirando la silla vacía!

Sintiendo como si alguien la levantara, trepó por la ventana y salió al techo. Una enredadera muy gruesa crecía en ese lado de la casa. Sería una perfecta escalera de escape.

Fuera del edificio administrativo, algunos guardias de seguridad hablaban en voz baja acerca de la caída de la Servidora, y su inminente destino, cuando oyeron de pronto pasos que corrían por el estacionamiento.

— ¡Hey, miren allí! — gritó alguien.

Los guardias se dieron la vuelta a tiempo para ver una mujer vestida de negro que se escurría hacia uno de los camiones.

— ¡Hey! ¿Qué hace?

— ¡Es la Servidora!

Corrieron detrás de ella, pero ella ya había llegado a una enorme furgoneta y trepado al asiento. El arranque gruñó, la máquina cobró vida, y con un brinco y un rechinar de ruedas el vehículo empezó a rodar.

Huilo salió de su escondite, y lanzó su grito: ¡YA-AAAAAH! mientras su pequeña tropa de veintitrés saltaba al aire como si fueran fuegos pirotécnicos, y empezaron a seguir al camión.

— ¡Cúbranse, guerreros!

El sacerdote llegó hasta el dormitorio de Susana, y su mano huesuda abrió la puerta.

— Estamos listos — declaró.

De súbito se dio cuenta de que estaba hablando con un par de dedicados guardias que estaban asegurándose con certeza de que la silla vacía no se escapara.

El sacerdote pagano formó un escándalo de primera clase; los guardias no tenían ninguna explicación.

El camión pesadamente se dirigió por la carretera sinuosa y precaria que llevaba fuera del valle y cruzaba las montañas. Cuatro ángeles se pusieron apresuradamente detrás del vehículo, y empezaron a empujarlo cuesta arriba, contribuyendo a que corriera a más de ochenta kilómetros por hora. Estaban avanzando a buen paso, pero mirando hacia atrás podían ver la legión de demonios que se aproximaba en feroz persecución, con el brillo de sus colmillos y el resplandor rojizo de sus espadas llenando el aire de la noche.

Desde arriba, Huilo observaba la nube. Se quedó donde estaba, vigilando al Hombre Fuerte. Sólo un pequeño contingente de guerreros demoniacos había sido enviado a perseguir el camión.

Cuatro de los guardias armados de Kaseph salieron en un vehículo de alto poder y con tracción en las cuatro ruedas, en intensa persecución por la montaña. Sin embargo, a pesar del poder del vehículo que llevaban, sorprendentemente no lograban reducir en nada la distancia.

— ¡Pensé que ese camión estaba completamente cargado! — dijo uno.

— Lo está — dijo el otro —. Lo cargué yo mismo.

— ¿Cuántos caballos de fuerza tiene esa cosa?

Para ahora Kaseph se había enterado de la fuga de Susana. Ordenó que otros ocho hombres armados salieran en otros dos vehículos para unirse a la persecución. Saltaron en otro jeep, y en un auto deportivo con una máquina de ocho cilindros, y salieron del estacionamiento haciendo rechinar las ruedas.

Demonios y ángeles convergieron sobre el camión, que todavía subía con dificultad la empinada cuesta a más de ochenta kilómetros por hora; sus ruedas rechinaban por la sinuosa carretera de grava. Los cuatro ángeles continuaban empujándola desde atrás, en tanto que los otros diecinueve volaban continuamente en un círculo sobre el vehículo, protegiéndolo así del ataque demoniaco. Los demonios se batían desde arriba, con sus rojas espadas centelleando al aire, y se enredaban con los guerreros angélicos en fieras peleas, las hojas brillaban, gemían, cortaban, y resonaban metálicamente al chocar unas contra otras con un estallido de chispas.

El camión remontó la cumbre, y cobró mayor velocidad. Los vehículos que venían en persecución llegaron a la cima apenas unos pocos segundos detrás. A medida que el camión aceleraba más y más, las desigualdades y curvas de la carretera se convirtieron en un golpe mortal tras otro, mientras el camión se bamboleaba, danzaba de un lado a otro, en dos o en tres ruedas, mientras descendía vertiginosamente por la empinada bajada. La carretera se enderezó un poco, luego hacía una curva abrupta, después se torcía en dirección opuesta, y luego había una bajada. El camión luchaba por mantenerse en la carretera, mientras las rocas y los rieles de seguridad pasaban como borrones a toda velocidad. Con cada curva cerrada, gemía y se inclinaba pesadamente hacia un lado, con el monumental chasis casi saliéndose de los resortes, y las ruedas rechinando en protesta.

¡Una curva muy cerrada! La parte de atrás del camión, demasiado pesada, fue a golpear el riel de protección, con un agudo chirriar de metal y una lluvia de chispas. Más abajo en la carretera, otra bajada, y los resortes golpearon hasta el tope, los ejes golpeando el chasis, gruñendo y crujiendo.

Los jeeps y el auto deportivo lo seguían de cerca, por las traicioneras curvas, experimentando la aventura de su vida al mismo tiempo. Dos de los hombres en el vehículo más cercano tenían listos sus rifles de alto poder, pero era imposible disparar con puntería. De todas maneras dispararon una andanada, sólo para asustar más a la Servidora.

El camión se acercaba a toda velocidad a una curva muy cerrada. A los lados de la vía había enormes letreros amarillos advirtiendo el peligro y urgiendo a reducir la velocidad. Los cuatro ángeles que habían estado detrás del vehículo empujándolo, ahora estaban a los lados del mismo tratando de mantenerlo dentro de la carretera. Huilo mismo descendió al instante, esgrimiendo su espada, abriéndose paso por entre los demonios que le interceptaban el camino, hasta llegar al camión. Fue apenas una fracción de segundo antes de que el vehículo llegara al riel de protección, y al profundo abismo que se abría delante, que Huilo pudo empujar violentamente un costado del camión, forzando a las ruedas de adelante a torcer abruptamente hacia la izquierda. El camión tomó la curva, y continuó rodando velozmente. Los perseguidores, en los otros vehículos, tuvieron que reducir la velocidad para no chocar directamente contra el riel de protección.

Pero los guerreros celestiales que trataban de rodear al camión se veían poco a poco en desventaja. Huilo vio como un enorme espíritu clavaba como buitre sus espolones en la espalda de un guerrero, privándole del sentido, y enviándole dando traspiés hacia el fondo del precipicio. Otra pelea tenía lugar muy arriba, y concluyó cuando se oyó un gran alarido de un guerrero que salía despedido dando volteretas sin control, con un ala hecha pedazos, y desaparecía dentro de la falda de la montaña. El chasquido de las espadas resonaba en todas partes. Un demonio desapareció dejando una nube de humo rojo. Otro ángel cayó al fondo del abismo, sosteniendo todavía su espada en la mano, pero aturdido y confuso, mientras que un demonio lo perseguía pisándole los talones.

Los guerreros infernales finalmente se abrieron paso, y llegaron hasta el camión. Uno alcanzó al guerrero que se hallaba detrás de Huilo, y lo lanzó violentamente a un lado. Huilo no tuvo ni siquiera tiempo para pensarlo, antes de que su espada se elevara instantáneamente para desviar el poderoso golpe de un espíritu tan grande y fuerte como él mismo. Huilo devolvió el golpe, sus espadas se entrecruzaron por un instante, brazo contra brazo, y luego Huilo hizo buen uso de su pie para darle un formidable puntapié al demonio y enviarlo dando volteretas hacia atrás.

El camión empezó a rodar sin control, y sus ruedas se hallaban ya al borde mismo del precipicio. Huilo empujó con todas sus fuerzas, tratando de ponerlo de nuevo encima de la carretera. El camión saltó otra vez hacia el abismo, y entonces Huilo cayó en cuenta de que debía haber una banda de demonios empujándola del otro lado. Echó un vistazo a su alrededor, y vio más colmillos y ojos amarillos que amigos. Una enorme hoja silbó al descargarse sobre su hombro, y con las justas pudo desviarla. Otra más se precipitó para darle un tajo en la mitad, y también la desvió. El camión se dirigía al barranco. Huilo trataba de detenerlo, de contener los golpes, de pedir ayuda, de darle un tajo a otro demonio, de dar un puntapié aquí, de empujar el camión, de cortar un ala, de desviar un tajo, de dirigir el camión. . .

¡Un tajo! No lo vio venir, y no tenía ni idea de quién lo había asestado, pero le hizo estremecerse. Perdió su agarre del camión, vio el fondo del barranco abrirse debajo, vio la tierra, el cielo, la tierra, el cielo. Estaba cayendo. Abrió sus alas para detener la caída, y continuó cayendo como una hoja seca. Muy arriba pudo oír un grito que helaba la sangre. Miró hacia arriba. Aquel debía ser el que le había dado el tajo, un espectro gigantesco, de ojos saltones y con piel de reptil y alas aserradas.

— ¡Aquí estoy! ¡Vamos! ¡Ataca! — le desafió Huilo, esperando que el espectro volviera a la carga.

El demonio descendió en picada, con sus fauces bien abiertas, colmillos al aire, y con la enorme hoja afilada brillando delante de él. Huilo esperó. El espectro levantó su espada, y la descargó con un furibundo golpe. Huilo estuvo de pronto como a dos metros de donde había estado, y la hoja continuó su trayectoria sin haber encontrado su objetivo, y el demonio dando un salto mortal detrás de ella. Huilo hizo girar su espada con velocidad increíble, y le cortó las alas al demonio; luego lo acabó.

La hirviente nube de humo rojo se aclaró a tiempo para que Huilo viera el camión estrellándose contra el riel de protección y cayendo al precipicio. La caída fue tan larga y prolongada que el camión parecía flotar en el aire por una eternidad antes de estrellarse con gran estrépito contra las rocas del fondo, arrugándose, doblándose, retorciéndose, dando volteretas, rebotando como si fuera de papel, o un conjunto de latas vacías, entretanto que sillas, escritorios, papeles y archivadores salían despedidos por todas partes. Algo así como treinta demonios revoloteaban por encima, o se habían posado sobre lo que quedó del riel de protección, para ver la conclusión de su obra. Después de dar vuelta sobre vuelta, y quedar reducido a un montón de hierros retorcidos, lo que fue el camión finalmente se detuvo en la base del barranco. Los tres vehículos que venían en persecución se detuvieron, y los doce guardias de seguridad que venían en ellos se bajaron sonriendo satisfechos.

Huilo se metió en una hendedura en la peña, para descansar, envainando su espada y mirando al cielo. Muy arriba en el cielo pudo distinguir breves destellos de luz que se dirigían en diferentes direcciones, cada una seguida por dos o tres estelas de hubo rojo negruzco. Sus guerreros, o lo que quedaba de ellos, se esparcían en todas direcciones. Huilo pensó que sería mejor quedarse donde estaba hasta que los cielos se aclararan. El, Tael y sus guerreros se reagruparían en Ashton a tiempo.

Rafar continuaba sentado en el viejo tronco, observando la ciudad de Ashton, como un jugador de ajedrez contempla el tablero de juego. Había disfrutado contemplando cómo las piezas y los peones se movían unos contra otros.

Cuando un demonio mensajero le trajo las noticias sobre el cubil del Hombre Fuerte y de que la Servidora, esa ramera traidora, había recibido miserable y trágico fin, y de que las huestes celestiales habían salido en fuga, Rafar se desternilló en carcajadas. ¡Había capturado la reina de su oponente!

—Y haremos lo mismo con el resto —dijo Rafar con un brillo diabólico—. El Hombre Fuerte me encargó a mí la preparación de este pueblo. Cuando llegue, lo encontrará vacío, barrido, y en orden.

Llamó a varios de sus guerreros.

—Es tiempo de limpiar el lugar. Mientras las huestes celestiales están débiles y no pueden resistirnos, debemos ocuparnos de los obstáculos que quedan. Quisiera que Hogan y Busche sean eliminados como si fueran reyes proscritos. ¡Usen a esa mujer Carmen, y cuiden de dejarlos inútiles, impotentes, como si fueran una burla! En cuanto a ese Kevin Pasto. . .

Sus ojos se cerraron en señal de desprecio.

—El nunca será digno de ser presa digna de mí mismo. Vean que alguien lo mate, de la manera que les plazca; luego infórmenme de eso.

—Los guerreros salieron en seguida para cumplir sus órdenes.

Rafar lanzó un suspiro profundo, medio burlón.

—Ah, querido capitán de las huestes, tal vez voy a ver mi batalla ganada con ninguna otra cosa que un dedo levantado, una orden casual, el veneno de mi sutileza; tu grito celestial de victoria será reemplazado por un gemido lastimero, y mi victoria será alcanzada sin siquiera tener que ver tu cara, o tu espada.

Miró hacia el pueblo, y esbozó su sonrisa más macabra, haciendo resonar sus espolones uno contra otro.

—Pero ten por seguro, Tael: ¡Nos encontraremos! No pienses que vas a esconderte detrás de tus santos orando, por cuanto tú y yo sabemos que ellos te han fallado. ¡Nos encontraremos!

Berenice sabía que iba a ser difícil, incluso peligroso, conducir sin sus anteojos, pero Marshall nunca contestó el teléfono; de modo que la reunión con Kevin Pasto quedaba totalmente a su criterio, y ciertamente valía la pena correr el riesgo. Hasta aquí, mientras corría por la carretera 27, la luz del día era suficiente como para permitirle distinguir la línea de la mitad de la carretera, y las curvas adelante, de modo que aceleró dirigiéndose al gran puente verde en el extremo norte del pueblito de Baker.

Kevin Pasto también tenía ese puente en su mente, sentado allí en la cantina Siempreverde, con una cerveza en la mano y sus ojos fijos en el reloj de la pared que anunciaba alguna marca de cigarrillos. Por alguna razón se sentía más seguro aquí que en su casa. Aquí había compañeros, conocidos, mucho ruido, la televisión mostraba un partido de fútbol, las mesas de juego estaban llenas. Sus manos todavía le temblaban, de modo que, tratando de no demostrarlo, apretaba todo el tiempo su lata de cerveza y trataba de actuar con normalidad. La puerta del frente continuaba raspando el linóleo cada vez que alguien entraba o salía.

El lugar estaba llenándose, lo cual era mejor. Mientras más gente, más alegría. Varios obreros del aserrío querían comprar cerveza y contar historias. Los que estaban jugando en la mesa cruzaban apuestas: esta noche se iba a decidir de una vez por todas una antigua rivalidad. Kevin se dio tiempo para sonreír y saludar a sus amigos, y conversar por unos momentos. Eso le ayudó a tranquilizarse.

Dos obreros entraron. Eran nuevos, se figuró; nunca los había visto antes. Pero de inmediato se acoplaron a los demás, y muy rápidamente tenía a todo el mundo absorto oyéndoles contar acerca de los lugares donde habían trabajado, cuánto tiempo, y cómo el clima había sido malo, bueno, o indiferente.

Luego se acercaron y se sentaron junto a él, en las sillas del mostrador.

— Hola — dijo uno, extendiéndole la mano —, soy Marcos Hansen.

— Kevin Pasto — respondió él, estrechándole la mano.

Marcos presentó a su amigo, Esteban Drake. Le cayeron bien, pues hablaban de madera, de béisbol, de cazar venados, y de cerveza; y las manos de Kevin dejaron de temblar. Hasta logró terminar su cerveza.

— ¿Quiere otra cerveza? — preguntó Marcos.

— Sí, está bien. Gracias.

Daniel trajo las cervezas, y la conversación siguió animada.

Un gran grito de victoria se dejó oír en el campeonato que tenía lugar en la mesa de juego. Los tres hombres se dieron la vuelta para ver al ganador y estrecharle la mano al que había perdido.

Marcos fue muy rápido. Cuando nadie veía, vació el contenido de un pequeño frasquito en la cerveza de Kevin.

La gente que había estado contemplando el juego empezó a congregarse en el mostrador. Kevin miró el reloj. Ya era tiempo de irse. Se las arregló para despedirse de sus nuevos conocidos, vaciar su cerveza, y encaminarse a la puerta. Marcos y Esteban le despidieron agitando las manos.

Kevin se subió a su vieja camioneta, y arrancó. Se figuraba que llegaría al puente temprano. Sólo el pensar en la reunión le daba escalofríos.

Marcos y Esteban no perdieron tiempo. No bien Kevin había tomado la carretera, ellos mismos montaron en su propia camioneta, siguiéndole a distancia. Esteban miró su reloj.

—No demora mucho — dijo.

—¿Y dónde lo echamos? — preguntó Marcos.

—¿Por qué no al río? De todas maneras se dirige hacia allá.

Debe haber sido la cerveza, pensaba Kevin. A lo mejor se la tomó demasiado rápido, o algo así; su estómago estaba protestando. Encima de eso, sentía necesidad de ir al baño. Y como si eso fuera poco, le estaba entrando mucho sueño. Por varios kilómetros debatió sobre lo que debía hacer, pero finalmente pensó que era mejor detenerse antes de acabar desplomándose.

Un pequeño y vetusto local de venta de hamburguesas apareció un poco más adelante. Se las arregló para salir de la carretera y detener su camioneta junto al edificio.

No notó la otra camioneta que se detuvo como a cien metros más atrás en la carretera.

—¡Excelente! —dijo Marcos furioso—. ¿Y qué piensa hacer ahora? ¿Desplomarse junto al frente de aquel restaurante?

Esteban sacudió su cabeza.

—Tal vez sólo quiere ir al excusado. Tendremos que esperar y ver qué sucede.

Pareció que Esteban tenía razón. Kevin salió dando tropezones y se dirigió hacia el excusado en la parte de atrás del edificio. Por un minuto o algo así los dos se quedaron con los ojos fijos en la puerta de aquellos servicios sanitarios. Esteban volvió a mirar su reloj. El tiempo se estaba acabando.

—Si sale y vuelve a la carretera, la poción va a hacer efecto antes de que llegue al puente.

—¡Si es que sale! — masculló Marcos —. ¿Qué tal si tenemos que arrastrarlo para sacarlo?

No. Ya salía, y parecía sentirse mejor. Mientras los dos hombres observaban, Kevin volvió a subir a su camioneta y volvió a la carretera. Le siguieron, esperando que algo ocurriera.

Ocurrió. La camioneta empezó a bambolearse de un lado a otro, primero hacia la derecha, luego hacia la izquierda.

— ¡Allá va! — dijo Esteban.

Delante estaba el puente del río Judd, una estructura de acero que se extendía por sobre el profundo abismo del río Judd. La camioneta avanzaba a toda velocidad, alocadamente, dirigiéndose peligrosamente hacia el carril izquierdo, luego retornando desmañadamente hacia el derecho, y luego entrando hasta el espaldón de la carretera.

— Está luchando por no dormirse — observó Esteban.

— Probablemente se diluyó por la mucha cerveza.

La camioneta se salió otra vez al espaldón, y las ruedas empezaron a abrir un surco en la grava floja. Las ruedas de atrás empezaron a resbalar, y a arrojar tierra y piedras hacia atrás, y el vehículo resbaló varios metros, yendo directo hacia el puente, pero el conductor ya había perdido el control y parecía que se había quedado dormido con el pie oprimiendo el acelerador. El camión rugió acelerando todavía más, luego cruzó la carretera de lado a lado, siguió derecho en la curva que había antes del puente, destrozó unos cuantos arbustos, y finalmente salió volando sobre el barranco rocoso, cayendo hacia el río.

Marcos y Esteban se detuvieron en el puente, a tiempo para ver que el vehículo caía al fondo y se hundía en el río con las ruedas para arriba.

— Otro tanto para Kaseph — dijo Esteban.

Otro conductor que venía en dirección opuesta se detuvo haciendo rechinar las ruedas, y saltó del auto. Pronto se detuvo otro vehículo. El puente se llenó de gente asustada. Marcos y Esteban se abrieron paso y empezaron a alejarse.

— ¡Llamaremos a los bomberos! — gritó Marcos por la ventana.

Se alejaron, y nunca más se les volvió a ver ni a saber de ellos.

30

Caty. Sandra. La Red. Berenice. Julia Langstrat. La Red. Omni. Kaseph. Caty. Sandra. Berenice.

Los pensamientos de Marshall giraban en todas direcciones, mientras permanecía de pie junto a la puerta de cristal de la cocina, mirando que la luz del día lentamente desaparecía del patio, del delicado color naranja del atardecer, al gris cada vez más intenso del anochecer.

Tal vez fue el tiempo más largo que jamás había pasado en un solo sitio en toda su vida, pero tal vez era allí y en ese instante donde terminaba toda la vida como la había conocido. Claro, había intentado débilmente, varias veces, negarlo, como tratando de probarse a sí mismo que estos conspiradores extraños, estos personajes cósmicos, no eran nada sino viento; pero los hechos verídicos y fríos continuaban regresando a su mente. Harmel tenía razón. Marshall estaba solo, como todos los demás. *¡Créame, Hogan. Ha ocurrido así, aunque usted no lo crea!*

Estaba acabado, así como Harmel, así como Strachan, así como Edith, como Jefferson, Gregory, los Carlucci, Waller, James, Jacobson...

Marshall se pasó la mano por la cabeza, como para detener el desfile de nombres y hechos que se agolpaban en su cerebro. Tales pensamientos empezaban a dolerle; cada uno de ellos parecía darle una bofetada en el estómago a medida que aparecía en su cerebro.

¿Cómo lo hicieron? ¿Cómo es que podían ser tan poderosos como para realmente destruir vidas a nivel personal? ¿Era acaso sólo una coincidencia? Marshall no podía dar por resuelta la cuestión. Estaba demasiado cerca de todo eso, habiendo perdido él mismo a su familia, y teniendo razón para echarle la culpa a la red, pero también a sí mismo. Hubiera sido demasiado fácil echarle la culpa a la conspiración por inmiscuirse en su familia y hacer que su esposa y su hija se pusieran en su contra, y sin duda lo habrían intentado. Pero, ¿en qué punto podía él trazar la línea entre la responsabilidad de ellos y la suya propia?

Todo lo que sabía es que su familia se había desbaratado, y que ahora él estaba acabado, igual que los demás.

¡Espera! Se oyó un ruido en la puerta. ¿Sería Caty? Se aproximó a la puerta de la cocina y miró hacia el cuarto del frente.

Quienquiera que haya sido, se agazapó detrás de una esquina tan pronto como lo vio.

— ¿Sandra? — llamó él.

Por un momento no hubo respuesta, pero luego escuchó a Sandra contestar en un tono de voz muy extraño, completamente frío:

— Sí, papá. Soy yo.

Casi echó a correr, pero hizo un esfuerzo para calmarse y caminar despacio hasta el dormitorio de ella. Se asomó a la puerta, y la vio revisando su clóset, moviéndose más bien apresuradamente y nerviosa, y mostró un definitivo disgusto por cuanto él la observaba.

— ¿Dónde está mamá? — preguntó ella.

— Bueno... — dijo él, tratando de buscar una respuesta —. Se ha ido a casa de su mamá por unos días.

— En otras palabras, lo dejó — respondió ella directamente.

Marshall fue igualmente directo.

— Sí, así es. Eso es.

La observó por un rato; ella estaba recogiendo algunas pertenencias y ropas, y echándolas en una maleta y en algunas bolsas.

— Tal parece que tú también te vas.

— Exactamente — dijo ella sin siquiera detenerse o dirigirle la mirada —. Ya me lo suponía. Sabía lo que mamá estaba pensando, y creo que ella tenía razón. Usted se lleva bien solamente con usted mismo; de modo que lo mejor que podemos hacer es dejarlo así para siempre.

— ¿Para dónde te vas?

Por primera vez Sandra levantó la vista para mirarlo, y Marshall sintió que le recorría un escalofrío por la mirada de los ojos de ella, un expresión vidriosa, extraña, maniática, que él nunca antes había visto.

— ¡Jamás se lo diré! — dijo ella, y Marshall casi ni podía creer que ella lo había dicho. No era Sandra.

— Sandra — dijo él con suavidad, suplicándole —, ¿podemos hablar? No voy a exigirte nada, ni a imponer demandas sobre ti. ¿Podemos sencillamente hablar?

Aquellos ojos extraños volvieron a mirarlo fulminantemente, y esta persona que solía ser su hija le respondió:

— ¡Váyase al infierno!

Marshall de inmediato sintió aquellas demasiado familiares sensaciones de miedo y terror. Algo había entrado en su casa.

Enrique contestó al toque de la puerta, e inmediatamente se estremeció por una impresión que sintió en su espíritu. Carmen estaba allí. Vestía nítidamente, y esta vez llevaba un vestido mucho más conservador. Su actitud era mucho más calmada; sin embargo, a Enrique le vino un mal presentimiento.

— Hola, ¿qué tal? — le dijo.

Ella sonrió con una sonrisa inocente, y dijo:

— Hola, pastor Busche.

El se hizo a un lado, y le hizo señas para que entrara. Ella entró y entonces vio a María que venía desde la cocina.

— Hola, María — le dijo.

— Hola — dijo María.

Dio un paso más y le dio a Carmen un cariñoso abrazo.

— ¿Está usted bien?

— Mucho mejor, gracias.

Miró a Enrique, y sus ojos se veían llenos de arrepentimiento.

— Pastor, realmente creo que les debo una disculpa por la manera en que me porté la vez anterior. Debe haber sido motivo de alarma para ustedes dos.

Enrique vaciló un poco, y finalmente le dijo:

— Este. . . ciertamente nos preocupa su bienestar.

María los dirigió hacia la sala, y dijo:

— ¿No quiere usted tomar asiento? ¿Le puedo ofrecer algún refresco?

— No gracias — dijo Carmen, sentándose en el sofá —. No puedo quedarme mucho rato.

Enrique se sentó en una silla opuesta al sofá orando intensamente, mientras miraba a Carmen, intrigado. Sí, ella se veía diferente, como si finalmente hubiera logrado atar todos los cabos sueltos en su vida; y, sin embargo... Enrique había visto muchas cosas en los últimos días, y tenía la impresión distintiva de que estaba viendo más de lo mismo en este mismo instante. Había algo en los ojos de la mujer...

Sandra retrocedió un poco y fijó sus ojos en Marshall, como si fuera un toro salvaje a punto de embestir.

— ¡Quítese de mi camino!

Marshall permaneció en la puerta del dormitorio, bloqueándola con su cuerpo.

— No quiero ninguna pelea, Sandra. No siempre voy a estar en tu camino. Sólo quiero que pienses por un momento, ¿te parece bien? ¿Podrías calmarte y darme una audiencia por una última vez? ¿Eh?

Ella se quedó rígida, resoplando por la nariz, con los labios apretados fuertemente, su cuerpo algo encorvado. ¡Era algo simplemente irreal!

Marshall trató de calmarla, hablándole como si le hablara a un caballo salvaje.

— Te dejaré ir a donde quieras. Es tu vida. Pero no nos separemos sin decir lo que tiene que decirse. Te quiero mucho, lo sabes.

Ella no respondió.

— En realidad, te quiero mucho. ¿Me crees eso? ¿Puedes creerlo?

— Usted... usted no sabe lo que eso significa.

— Es verdad... es cierto, creo que lo entiendo. No lo he demostrado muy bien en estos años pasados. Pero escucha, podemos arreglarlo todo. ¿Por qué dejar que todo quede así como está, cuando podemos arreglarlo y resolverlo?

Ella lo miró de nuevo, observando que él todavía estaba en la puerta, y dijo:

— Papá, todo lo que quiero ahora mismo es salir de aquí.

— En un momento, en un momento.

Marshall trataba de hablar calmadamente, con cuidado, suavemente.

— Sandra, yo no sé si puedo explicártelo con la suficiente claridad, pero, ¿recuerdas lo que dijiste hace unas semanas en cuanto a esta ciudad? ¿Cómo fue que lo dijiste? ¿Que elementos extraños se estaban apoderando del pueblo? ¿Te acuerdas?

Ella no respondió, pero parecía estar escuchando.

— No sabes cuánta razón tenías. Esa teoría realmente es cierta. Hay gente en esta ciudad, Sandra, ahora mismo, que está tratando de apoderarse de todo el pueblo, y también quieren destruir a cualquiera que se cruce en su camino. Sandra, yo soy uno de los que se les cruzó en el camino.

Sandra empezó a sacudir su cabeza, con incredulidad. Ella no estaba convencida.

— Escúchame, Sandra. ¡Tan sólo escucha! Mira. . . yo publico el periódico, y sé qué es lo que se proponen, y ellos saben que yo lo sé; y por eso están haciendo todo lo que pueden tratando de destruirme, ¡quieren quitarme la casa, el periódico, destruir a mi familia!

El la miró con ansiedad, pero no tenía idea de si todo esto estaba penetrando en el cerebro de Sandra.

— Todo lo que nos está pasando. . . ¡eso mismo es lo que quieren! ¡Ellos quieren que esta familia se destruya!

— ¡Usted está loco! — dijo ella finalmente —. ¡Usted es un maniático! ¡Fuera de mi camino!

— Sandra, por favor, escúchame. Ellos incluso te están usando a ti en contra mía. ¿Sabías que los policías están tratando de hallar cualquier cosa por la que pudieran arrestarme? Están tratando de atribuirme un homicidio, e incluso parece que me están acusando de que yo te he violado. Así es de terrible todo este asunto. Tienes que entender. . .

— Pero, ¡usted sí lo hizo! — Sandra dijo gimiendo —. ¡Usted sabe que usted lo hizo!

Marshall se quedó estupefacto. Todo lo que pudo hacer fue quedarse mirándola. Ella tenía que estar loca.

— ¿Qué yo hice, qué, Sandra?

Ella estalló en sollozos y las lágrimas afloraron a sus ojos mientras decía:

— ¡Usted me violó! ¡Usted me violó!

Carmen parecía hallar difícil llegar al punto que quería llegar.

— Yo. . . yo. . . no sé por dónde empezar. . . es muy difícil.

Enrique le dijo para tranquilizarla:

— Usted está entre amigos.

Carmen miró a María, quien se hallaba sentada en el otro extremo del sofá, y luego a Enrique, todavía sentado al otro lado del cuarto, enfrente a ella.

— Enrique, sencillamente ya no puedo vivir escondiéndolo más.

Enrique dijo:

— Entonces, ¿por qué no se lo entrega a Jesucristo? El es el médico divino. El puede quitarle todos sus temores y tristezas; créame.

Ella lo miró, y luego sacudió su cabeza en incredulidad.

323

—Enrique, no estoy aquí para juegos. Es tiempo de que digamos la verdad, y aclaremos malentendidos de una vez por todas. No estamos siendo justos con María.

Enrique no tenía ni la menor idea de lo que ella estaba diciendo, de modo que se inclinó hacia adelante, y le prestó atención.

Ella continuó:

—Bueno, creo que tendré que decirlo yo misma, y acabar con todo esto de una vez. Enrique, lo siento.

Se volvió hacia María, con sus ojos llenos de lágrimas, y le dijo:

—María, por los últimos meses... desde la primera vez que vine buscando orientación y consejo... Enrique y yo nos hemos estado viendo regularmente.

María preguntó:

—¿Y qué quiere decir con eso?

Carmen se volvió hacia Enrique, y le imploró:

—Enrique, ¿no crees que eres tú quien debería decírselo?

—¿Decirle qué? — preguntó Enrique.

Carmen miró a María, le tomó una mano, y le dijo:

—María, Enrique y yo tenemos una relación amorosa.

María la miró asombrada, pero no estupefacta. Retiró su mano de la de Carmen. Luego miró a Enrique.

—¿Qué piensas tú? — le preguntó a él.

Enrique miró otra vez intensamente a Carmen, y luego le hizo una señal a María. María se volvió directamente hacia Carmen, y Enrique se levantó de su silla. Luego ambos miraron fijamente a Carmen, y ella empezó a desviar sus ojos de los de ellos.

—¡Es verdad! — insistió ella —. Por favor, Enrique, díselo.

—Espíritu — dijo Enrique firmemente —, ¡te ordeno en el nombre de Jesucristo que te calles y que salgas de ella!

Había quince de ellos, apretujados en el cuerpo de Carmen, como si fueran gusanos o sanguijuelas, retorciéndose, chillando, un montón de brazos, piernas, espolones y cabezas. Ellos empezaron a gritar. Carmen empezó a gemir. Ellos gimieron y gritaron; Carmen hizo lo mismo, mientras que sus ojos se tornaban vidriosos y quedaban con la mirada perdida en blanco.

Fuera del cuarto, Krioni y Triskal observaban a distancia.

Triskal echaba chispas:

—¡Ordenes, órdenes, órdenes!

Krioni le recordó:

—Tael sabe lo que está haciendo.

Triskal señaló hacia la habitación, y dijo:

—Enrique está jugando con una bomba allí. ¿Ves esos demonios? ¡Lo van a hacer pedazos!

—No tenemos que intervenir — dijo Krioni —. Podemos cuidar

la vida de Enrique y de María, pero no podemos evitar que los demonios les hagan cualquier cosa que puedan hacerles...

Krioni también tenía las mismas dificultades.

Sandra estaba cada vez más histérica. Marshall sintió que en cualquier momento perdería por completo el control sobre ella.

— ¡Déjeme... déjeme salir de aquí, o usted se va a ver en serios problemas! — ella dijo casi gritando.

Marshall no pudo hacer sino quedarse en su sitio, en total desaliento y horror.

— Sandra, soy yo, Marshall Hogan, tu padre. ¡Piensa, Sandra! Tú sabes que nunca te he tocado, que jamás te he maltratado. Siempre te he querido, y siempre te he cuidado. Tú eres mi hija, mi única hija.

— ¡Usted lo hizo! — gritó ella, histérica.

— ¿Cuándo, Sandra? — exigió él —. ¿Cuándo te he tocado en forma equivocada!

— Es algo que mi mente echó al olvido por muchos años, pero la profesora Langstrat me lo hizo recordar.

— ¡Julia Langstrat!

— Ella me hipnotizó, y lo vi como si fuera ayer. Usted lo hizo, y por eso ¡lo odio!

— Nunca lo recordaste porque nunca ocurrió. ¡Piensa, Sandra!

— ¡Lo odio! ¡Lo odio! ¡Usted me lo hizo!

Natán y Armot, desde fuera de la casa, podían ver al infernal espíritu de engaño clavado en la espalda de Sandra, con sus espolones profundamente incrustados en el cráneo de ella.

Junto a ellos estaba Tael. El acababa de darles órdenes especiales.

— Capitán — dijo Armot —, no sabemos lo que esa cosa es capaz de hacer.

— Preserven sus vidas — dijo Tael —, pero Hogan debe caer. En cuanto a Sandra, cuiden que una patrulla especial la siga a la distancia. Deben ser capaces de intervenir cuando el tiempo sea apropiado.

En ese instante, siguiendo una trayectoria baja, sigilosamente, Signa llegó y aterrizó junto a ellos.

— Capitán — informó —. Kevin Pasto está muerto. Resultó.

Tael le dio a Signa una mirada extraña y comprensiva.

— Excelente — dijo.

Los quince espíritus que estaban dentro de Carmen estaban echando espuma y humo, lanzando gritos y refunfuñando. Enrique sostuvo suavemente a Carmen con una mano en la mano de ella, y su otra mano en el hombro de ella. María estaba a su lado, aferrada a él debido a su propia timidez. Carmen gemía y se retorcía, y sus ojos miraban fijamente a Enrique.

— ¡Déjanos tranquilos, hombre de oración! — gimió la voz de Carmen, y el hedor sulfuroso que brotó desde muy adentro de ella era fuerte y nauseabundo.

— Carmen, ¿quiere usted ser librada de esto? — le preguntó Enrique.

— Ella no puede oír — dijeron los espíritus —. ¡Déjanos tranquilos! ¡Ella nos pertenece!

— ¡Cállate, y sal de ella!

— ¡No! — gritó Carmen.

María estuvo casi segura de que vio una bocanada de humo amarillo que brotaba de la garganta de Carmen.

— ¡Sal en el nombre de Jesucristo! — dijo Enrique.

La bomba explotó. Enrique salió despedido hacia atrás, María se hizo a un lado de un salto. Carmen saltó encima de Enrique, arañándole, clavándole las uñas, mordiéndole, lanzando gritos. Sus dientes se cerraron como tenazas en el brazo de él. El la empujó y procuró zafarse de ella.

— ¡Demonio! ¡Déjala libre! — ordenó él.

Las quijadas se abrieron. Enrique hizo un esfuerzo con todo lo que tenía, y el cuerpo de Carmen retrocedió dando traspiés, retorciéndose y lanzando alaridos. Sus manos encontraron una silla. Instantáneamente la silla se elevó y cayó con tremendo estrépito, pero Enrique se había hecho a un lado. Se abalanzó sobre Carmen en el mismo momento en que ella agarraba otra silla. La pierna de ella salió como una catapulta y Enrique salió despedido por la habitación yendo a estrellarse contra la pared opuesta. Al instante el puño de ella estaba sobre él. El se agazapó para evitarlo. El puño golpeó la pared, abriendo un agujero en ella. El pastor estaba mirando los ojos de una bestia; podía percibir el aliento sulfuroso que salía por entre los dientes apretados de ella. Se hizo a un lado de un brinco. Afiladas uñas desgarraron su camisa. Algunas se hundieron en su carne. Podía oír a María gritando:

— ¡Ya basta, espíritu! ¡Detente en el nombre de Jesucristo!

Carmen se dobló sobre sí misma, y se tapó los oídos con las manos. Trastabilló y volvió a gritar.

— ¡Cállate, demonio, y sal de ella! — ordenó Enrique, tratando de mantenerse a prudente distancia.

— ¡No lo haré! ¡No lo haré! — gritó Carmen.

Su cuerpo se lanzó hacia la puerta de entrada, contra la cual se estrelló con toda fuerza. El panel del centro de la puerta se partió con enorme estruendo. Enrique corrió a la puerta, y la abrió; Carmen salió huyendo hacia la calle. Mientras Enrique y María veían que se alejaba, todo lo que podían hacer era confiar en que los vecinos no hubieran visto nada.

— Sandra — dijo Marshall —, no eres tú quien está hablando. Yo sé que no eres tú.

Ella no dijo nada, pero como el ataque de una serpiente de cascabel se lanzó contra él, tratando de salir. El puso sus manos en alto, tratando de protegerse la cara de los puñetazos que ella le lanzaba.

— ¡Está bien! ¡Está bien! — le dijo, haciéndose a un lado —. ¡Puedes irte! Pero, recuerda, te quiero mucho.

Ella levantó su maleta y una bolsa, y salió echa una furia. El la siguió por el corredor hacia la sala.

Dio la vuelta a la esquina. Quiso verla, pero todo lo que alcanzó a ver fugazmente fue la lámpara que se descargó sobre su cráneo. Sintió el golpe en cada partícula de su cuerpo. La lámpara fue a estrellarse en el suelo, con enorme estrépito. Ahora él estaba sobre una de sus rodillas, apoyándose en el sofá. Su mano se dirigió a su cabeza. Alzó la vista, y vio la puerta del frente todavía abierta. Estaba sangrando.

Su cabeza le daba vueltas, de modo que tuvo miedo de tratar de ponerse de pie. Las fuerzas se le habían ido, de todas maneras. ¡Rayos! Ahora había sangre regada en la alfombra. ¿Qué diría Caty?

— Marshall — se dejó oír una voz detrás de él.

Una mano se apoyó sobre su hombro. Era una mujer, ¿Caty? ¿Sandra? No. Era Berenice, mirándolo de reojo a través de ojos amoratados.

— Marshall, ¿qué pasó? ¿Está. . . está usted todavía aquí?

— Ayúdeme a limpiar este desorden — fue todo lo que pudo decir.

Ella se fue a la cocina, y trajo unas cuantas toallas de papel. Hizo una compresa y se la colocó en la cabeza. El se estremeció por el dolor.

Ella le preguntó:

— ¿Puede levantarse?

— ¡No quiero levantarme! — respondió él bruscamente.

— Está bien, está bien. Acabo de ver a Sandra que se alejaba. ¿Es esto obra de ella?

— Así es. Ella me dio con la lámpara. . .

— Debe de haber sido algo que usted dijo. Vamos. Sostenga eso.

— Ella no es ella misma; ha perdido la cabeza.

— ¿Dónde está su esposa?

— Me dejó.

Berenice se sentó en el piso, y su cara lastimada dibujó una expresión de sorpresa, desaliento y cansancio. Ninguno de los dos dijo nada por unos momentos. Se quedaron mirándose el uno al otro, como dos soldados heridos en una trinchera.

—Vaya, ¡usted está hecha un desastre! —finalmente observó Marshall.

—Por lo menos la hinchazón está disminuyendo. ¿No se me ve como si fuera un zorrillo?

—Más bien como un mapache. Pensé que se suponía que usted debería estar en casa, descansando. ¿Qué es lo que anda haciendo por aquí, al fin y al cabo?

—Acabo de regresar de Baker, y no tengo sino malas noticias de allí también.

El lo adivinó.

—¿Pasto?

—Está muerto. La camioneta que manejaba se salió de la curva en el puente sobre el río Judd, y cayó al barranco. Se suponía que debíamos vernos allí. El acababa de recibir una llamada de Susana Jacobson, y parecía que era algo realmente importante.

Marshall dejó caer su cabeza hacia atrás, y la apoyó en el sofá. Cerró los ojos.

—¡Vaya, excelente. . . sencillamente excelente!

Quería morirse.

—Me llamó esta tarde, y arreglamos dónde nos veíamos. Me imagino que o bien mi teléfono o el de él está interceptado. Ese accidente fue arreglado. Estoy segura de eso. Me escabullí de allí tan pronto como pude.

Marshall retiró la compresa de su cabeza, y miró la sangre que había absorbido. Volvió a colocarla en la herida.

—Estamos hundiéndonos, Berenice —dijo él.

Procedió a contarle lo que le había ocurrido esa tarde, su reunión con Brummel y los compañeros de éste, la pérdida de su casa, la pérdida del periódico, la pérdida de Caty, de Sandra, de todo.

—¿Sabe usted que tengo el hábito de violar a mi hija además de ser el amante de mi reportera?

—Están haciéndolo pedazos, ¿no es cierto? —dijo ella quedamente, con su garganta cerrándosele por el miedo—. ¿Qué podemos hacer?

—Podemos salir de aquí lo más rápido que podamos; ¡eso es lo que podemos hacer!

—¿Va a darse por vencido?

Marshall dejó que su cabeza se hundiera. Estaba cansado.

—Dejemos que algún otro pelee esta batalla. Ya se nos advirtió, Berenice, y nosotros no hicimos caso. Ya me agarraron. Se apoderaron de todos los informes, documentos y cualquier prueba que jamás tuvimos. Harmel se voló la tapa de los sesos. Strachan está yéndose lo más lejos posible. Ya despacharon a Pasto. Ahora mismo

328

pienso que estoy vivo a duras penas, y eso es todo lo que me queda.

—¿Qué tal en cuanto a Susana Jacobson?

Exigió un poco más de esfuerzo y voluntad obligarse a pensar sobre eso.

—Me pregunto si en verdad ella existe, y si está viva.

—Kevin dijo que ella tenía las cosas, y que estaba lista para salir del sitio donde se encontraba. Eso me suena como una huida, y si ella tiene la evidencia que necesitamos para sellar todo este asunto. . .

—Ellos ya se ocuparon de eso, Berenice, ¿recuerda? Pasto era nuestro último contacto con ella.

—¿Quiere oír una teoría?

—¡No!

—Si el teléfono de Kevin estaba interceptado, ellos sabían de lo que Pasto y Susana estaban hablando. Lo oyeron todo.

—Naturalmente, y Susana está igualmente bien muerta.

—No sabemos esto. Tal vez ella se las arregló para escaparse. Tal vez ella iba a encontrarse con Kevin en alguna parte.

—Eh. . .

Marshall escuchaba pasivamente.

—Lo me da vueltas en la cabeza es que en alguna parte debe haber una grabación de esa conversación telefónica, en las manos de alguien.

—Claro, supongo que la hay.

Marshall se sentía medio muerto, pero la otra mitad de él todavía estaba viva y pensando.

—Pero, ¿dónde podría estar? Este país es muy grande, Berenice.

—Bueno, pues. . . como ya dije, es una teoría para pensarla. Es todo lo que nos queda, en realidad.

—Lo cual no es mucho.

—Me muero de ganas por saber lo que Susana tiene que decir. . .

—Por favor, no emplee la palabra "morir".

—Está bien. Piense por un momento, Marshall. Piense en toda la gente que parece haber respondido a la supuesta línea de teléfonos interceptada. Fueron los policías de Windsor que sabían que podían encontrarlo a usted en casa de Strachan después que usted me dijo que se dirigía hacia allá. . .

—No es muy probable que ellos tengan un equipo de grabación. Están demasiado lejos.

—Entonces alguien que sí tiene el equipo apropiado debe haberles pasado la voz.

Marshall concibió una idea, y un poco de color retornó a su cara.

—Me pregunto si será Brummel.

Los ojos de Berenice chispearon.

¡Seguro! Como dije, él y los policías de Windsor siempre andan en pandilla.

— El despidió a Sara, ¿lo sabía usted? Ella ya no estaba allí hoy. La habían reemplazado.

Nuevas ideas empezaron a cobrar forma en la mente de Marshall.

— Sí, eso es. . . ella me habló por teléfono, y se refirió a Brummel en términos no muy amistosos. Ella dijo que me ayudaría si yo podía ayudarla a ella también a salirse. . . hicimos un trato. . . ¡y Brummel la despidió! El debe haber oído la conversación también.

Entonces tuvo una idea.

— ¡Sí, Sara! ¡Los famosos archivos! ¡Los archivos de la oficina de Brummel!

— ¡Ya va dando, Marshall! ¡Adelante!

— El sacó los archivos y los puso en el área de recepción, a fin de hacer espacio para no sé qué nuevo equipo de oficina. Los vi allí mismo, en su oficina, y había un alambre que salía de la pared. . . dijo que era para la cafetera. ¡Pero yo no vi ninguna cafetera!

— ¡Creo que acertó!

— ¡Era un cable de teléfono, no un cordón de ningún artefacto.

La emoción le hizo doler más la cabeza, pero de todas maneras lo repitió.

— Berenice, era un alambre de teléfono.

— Si pudiéramos verificar que hay en verdad un equipo de grabación en su oficina. . . si pudiéramos hallar algunas cintas de conversaciones telefónicas. . . bueno, eso quizás pudiera ser suficiente para acusarlo de algo, por lo menos: interceptando teléfonos ilegalmente. . .

— Asesinato.

Ese fue un pensamiento escalofriante.

— Necesitamos a Sara — añadió Marshall —. Si ella está de nuestro lado, ahora es cuando puede probarlo.

— Lo que quiera que haga, no la llame. Yo sé donde vive.

— Ayúdeme a levantarme.

— ¡Ayúdeme usted a mí!

Enrique y María todavía estaban temblando mientras que él examinaba la puerta de entrada.

El sacudió la cabeza, y lanzó un silbido de asombro.

— Ella partió la jamba de la puerta. ¡Mira esto! ¡El tope se movió como cinco centímetros!

— Bueno, pues, ¿qué tal si te cambias la camisa? — preguntó María.

Enrique recordó que la mitad de su camisa había desaparecido.

— Aquí hay otra para la caja de trapos viejos — dijo él, quitándosela.

Entonces hizo un gesto de dolor.

— ¡Ayy!

— ¡Qué te ocurre!

Se quitó la camisa Enrique y levantó su brazo para ver lo que había ocurrido. María se quedó boquiabierta. Los dientes de Carmen habían dejado una huella profunda. La piel estaba escoriada en varios lugares.

— Mejor ponemos un poco de agua oxigenada en esos lugares — dijo María dirigiéndose de prisa al gabinete de medicinas —. ¡Ven acá!

Enrique se fue al baño, llevando todavía la camisa despedazada. Sostuvo su brazo sobre el lavamanos, y María empezó a curarle la herida.

Ella estaba sorprendida.

— ¡Vaya! Enrique, te mordió en cuatro sitios diferentes. ¡Mira como te puso!

— ¡Qué cosa! Espero que esté vacunada contra la rabia.

— Sabía que esa mujer no perseguía nada bueno desde la primera vez que la vi.

El timbre sonó. Enrique y María se miraron el uno al otro. ¿Qué sería ahora?

— Mejor ve a contestar — dijo Enrique.

Ella se dirigió a la sala, mientras Enrique terminaba de limpiarse el brazo.

— ¡Enrique! — llamó María —. Creo que es mejor que vengas.

Enrique salió hacia la sala, todavía llevando en su mano la camisa hecha jirones, y luciendo en su brazo las marcas de las mordeduras.

Dos policías se hallaban parados en la puerta, uno de edad madura, muy corpulento, y el otro muy joven, como si fuera un novato. Sí, seguramente los vecinos pensaron que algo terrible estaba pasando aquí. Pensándolo bien, tenían razón.

— ¡Hola! — dijo Enrique.

— ¿Enrique Busche? — preguntó el más viejo.

— Para servirles — contestó él —. Esta es mi esposa, María. Ustedes deben de haber recibido una llamada de los vecinos, ¿verdad?

El oficial alto estaba mirando el brazo de Enrique.

— ¿Qué le pasó a su brazo?

— Este. . .

Enrique no estaba seguro de cómo debía contestar. Incluso la verdad hubiera sonado como un cuento de brujas.

No importaba. No había tiempo. El oficial joven le quitó de las manos la camisa rota, y la desplegó, sosteniéndola con sus dos ma nos. El otro tenía en su mano el resto de la camisa de Enrique, discretamente escondida tras su espalda. Ahora sacó a relucir ese pedazo, e hizo una rápida comparación de los materiales.

El más viejo hizo una señal de asentimiento con el joven, y el joven sacó un par de esposas y con toda brusquedad hizo que Enrique se diera la vuelta. María lanzó un grito de asombro:

— ¿Qué están haciendo?

El más viejo empezó su cantilena de rutina para el prisionero.

— Señor Busche, usted queda arrestado. Es mi deber advertirle de sus derechos. Tiene el derecho de permanecer en silencio, cualquier cosa que diga puede y será usada contra usted. . .

A Enrique le vino una idea, pero de todas maneras preguntó:

— Este. . . ¿les importaría decirme de qué se me acusa?

— ¡Usted debería saberlo!

— Sospechoso de violación — dijo el joven.

— ¿Qué? — exclamó María.

El joven levantó la mano indicándole que guardara silencio.

— Usted manténgase fuera de esto, señora.

— ¡Ustedes están cometiendo un error! — suplicó ella.

Los dos oficiales llevaron a Enrique hacia el frente. Todo ocurrió tan de prisa que María no supo qué hacer. Ella corrió detrás de ellos, suplicando, tratando de razonar con ellos.

— ¡Esto es una locura! ¡No puedo creerlo! — dijo ella.

El policía más joven se dirigió a ella:

— Señora, hágase a un lado o la acusaremos de obstrucción a la justicia.

— ¡Justicia! — exclamó ella —. ¿Ustedes llaman justicia a esto? Enrique, ¿qué debo hacer?

— Haz una cuantas llamadas por teléfono — contestó Enrique.

— ¡Yo voy contigo!

— Usted no puede montar en el auto patrullero, señora — dijo el más viejo.

— Haz una cuantas llamadas — repitió Enrique.

Lo metieron a empujones en el auto, y cerraron la puerta. Los dos oficiales se subieron y se alejaron, calle abajo, doblando la esquina, y perdiéndose de vista, mientras María se quedaba allí en la calle, sola, sin su esposo, así porque sí.

Tael y sus guerreros y mensajeros sabían dónde buscar y qué escuchar; de modo que oyeron los teléfonos sonando por todo el pueblo, vieron que mucha gente se levantó de sus aparatos de televisión y de su sueño, por las llamadas telefónicas. El Remanente entero estaba regando las noticias del arresto de Enrique. La oración empezó.

— Busche ha caído — dijo Tael —. Sólo queda Hogan.

Se volvió a Chimón y Mohita.

— ¿Tiene Sara las llaves?

Chimón contestó:

— Ella hizo copias de varias llaves antes de dejar su trabajo en la estación de policía.

Mohita miró al otro lado del pueblo, mientras decía:

— Deben de estar viéndose con ella en este mismo instante.

Sara, Berenice y Marshall hablaban en voz baja, muy cerca el uno del otro, en la mitad de la cocina de Sara. A excepción de la luz de la lámpara del comedor, no había otras luces encendidas en la casa. Sara estaba de pie, completamente vestida como para salir. Estaba empacando como para mudarse.

— Llevaré todo lo que pueda meter en mi auto, pero no me quedo por aquí ni un día más; especialmente después de esta noche — dijo casi en un susurro.

— ¿Cómo le va en cuanto a dinero? — preguntó Marshall.

— Tengo lo suficiente como para comprar gasolina hasta salir del estado, y después de eso, yo no sé. Brummel no me dio ningún dinero.

— ¿Simplemente le dio la patada?

— El no lo dijo, pero no me cabe duda de que él escuchó aquella conversación que tuve con usted. No sobreviví mucho después de eso.

Marshall le dio un billete de cien dólares.

— Le daría más si lo tuviera.

— Está bien. Le dije que el trato estaba hecho.

Sara le dio un juego de llaves.

— Ahora, escuchen con cuidado. Hay aquí una llave para la puerta principal, pero primero tienen que desactivar la alarma. Para eso es esta llavecita chica. La caja se encuentra en la parte de atrás, encima de las latas de basura. Tienen que abrir la cubierta, y bajar el interruptor. Esta otra llave, de cabeza redonda, es para la oficina de Brummel. No sé si el equipo tiene llave o no, pero no tengo ninguna llave para eso. Ustedes tendrán que correr el riesgo. El despachador nocturno todavía está de guardia en la estación de bomberos, de modo que no debe de haber nadie allí.

— ¿Qué piensa usted de nuestra teoría? — le preguntó Berenice.

— Sé que Brummel protege mucho su nuevo equipo allí. Desde que se lo instalaron, no se me permitió ya entrar a su oficina, y él conserva las puertas cerradas. Es el primer lugar donde yo buscaría.

— Mejor nos vamos — le dijo Marshall a Berenice.

Berenice abrazó a Sara.

Buena suerte.

333

— Buena suerte para ustedes — replicó Sara —. Salgan muy quedamente.

Ellos salieron muy sigilosamente, deslizándose entre las sombras.

Más tarde aquella noche Marshall recogió a Berenice del apartamento de ella, y se fueron juntos hacia el centro de la ciudad.

Marshall encontró un buen sitio donde ocultar su auto, apenas a unas pocas calles de la Plaza de la Corte, un lote vacío con muchos arbustos y maleza. Metió el auto hasta debajo de los arbustos, y apagó el motor. Por un momento él y Berenice se quedaron quietos, preguntándose cuál debería ser su próximo paso. Pensaban que estaban listos. Se habían puesto ropas oscuras, y habían traído linternas de mano y guantes de caucho.

— ¡Vaya! — dijo Marshall —. La última vez que hice algo como esto fue cuando éramos muchachos y nos metimos a robar maíz del vecino.

— ¿Cómo les fue?

— Nos pescaron, y vaya, ¡nos dieron una buena golpiza!

Marshall miró su reloj, iluminándolo con la linterna.

— La una y media.

Berenice claramente estaba nerviosa.

— Me pregunto si los ladrones de verdad trabajan de esta manera. Me siento como si estuviera tomando parte en alguna película de terror.

— ¿Qué tal un poco de hollín en la cara?

— Ya está suficientemente negra, gracias.

Por otros cuantos minutos se quedaron allí sentados, tratando de reunir fuerza para proseguir.

Berenice finalmente dijo:

— Bueno, pues, ¿vamos a hacerlo, o no?

— Para luego es tarde — replicó Marshall abriendo su puerta.

De puntillas avanzaron por un callejón, hasta llegar a la parte posterior de la estación de policía y edificio de la Corte. Afortunadamente, la ciudad no había logrado conseguir los fondos necesarios para instalar reflectores en el estacionamiento, de modo que la oscuridad se prestaba muy bien para ocultarlos.

Berenice no podía evitar sentirse petrificada; sólo la obstinada determinación le hacía continuar avanzando. Marshall estaba nervioso, pero por alguna razón se sentía emocionado en hacer algo tan subrepticio y sucio en contra de estos enemigos. Tan pronto como cruzaron el estacionamiento, se agazaparon en las sombras, y luego se replegaron contra la pared. Todo se veía tan sombrío que Berenice no quería salir.

Como a cinco metros más allá estaban las latas de basura, y encima de ellas, una pequeña caja gris. Marshall se llegó hasta allá, encontró la llave apropiada, y movió el interruptor. Le hizo una señal a Berenice, y ella se acercó a donde estaba él. Luego de prisa se encaminaron hacia el frente del edificio, y ahora estaban a campo abierto, de frente a la extensa área de estacionamiento entre la estación de policía y el cabildo. Marshall tenía la llave lista, y así pudieron entrar en el edificio sin dilación alguna. Marshall rápidamente cerró la puerta detrás de ellos.

Descansaron apenas un minuto, mientras prestaban atención. El lugar estaba desierto y quieto. No oyeron ni sirenas ni alarmas aullando. Marshall encontró la siguiente llave, y se dirigieron a la puerta de la oficina de Brummel. Hasta aquí Sara había dicho todo con precisión. La puerta de Brummel también se abrió. Los dos se agacharon al entrar.

Y allí estaban los archivadores que contenían el misterioso equipo, si es que en verdad estaba allí. Marshall encendió su linterna de mano, y cubrió parcialmente con su mano el haz luminoso, de modo que no se viera ni en las paredes, ni se pudiera ver por las ventanas. Luego abrió la puerta izquierda de los archivadores. Adentro encontró varios anaqueles, y gavetas. Haló el de más arriba. . .

Y allí estaba la grabadora, con una buena provisión de cinta.

— ¡Eureka! — susurró Berenice.

— Debe ser activada por la señal del teléfono. . . Se enciende automáticamente cuando llega una llamada.

Berenice encendió su linterna, y revisó el compartimiento de la parte de abajo, hacia la derecha. Allí encontró algunas carpetas y papeles.

— ¡Es como un catálogo! — dijo —. Mire: nombres, fechas, conversaciones y la cinta en la cual se hallan.

— Esa escritura parece familiar.

Ambos se quedaron asombrados al ver los nombres de la lista, y a cuántas personas estaban bajo vigilancia.

— Incluso gente de la misma red — observó Marshall. Luego señaló un nombre hacia el fin de la página —. Allí estamos nosotros.

Tenía razón. El número de teléfono de El Clarín constaba allí, y la anotación decía que la conversación había sido entre Marshall y Teodoro Harmel, grabada en la cinta 5-A.

— ¿Quién, en el mundo entero, tiene tiempo para hacer la lista de todo esto? — se preguntó Berenice.

Marshall sólo sacudió su cabeza. Luego preguntó:

— ¿Cuándo fue esa conversación entre Susana y Pasto?

Berenice pensó por un momento.

— Tendremos que revisar todo lo de hoy y de ayer. . . ¿quién sabe? Pasto no lo dijo con exactitud.

—Tal vez la llamada llegó hoy. No hay anotación de ella aquí.

—Debe de estar en la cinta que está ahora en la máquina. Esas llamadas todavía no han sido clasificadas y anotadas.

Marshall regresó la cinta, oprimió el botón para que la máquina reprodujera, encendió el parlante, y dio la vuelta a la perilla del volumen poniéndolo muy bajo.

Las conversaciones empezaron a brotar de la grabación, muchas cosas de todos los días, nada importante. La voz de Brummel estaba en muchas de ellas, hablando de asuntos de trabajo. Marshall hizo correr la cinta hacia adelante, unas pocas veces, saltando varias conversaciones. De repente reconoció una voz. Era la suya propia.

"Usted ya salió corriendo una vez, ¿recuerda?" dijo la voz de la grabación. "Mientras usted viva, Eleodoro, va a tener que vivir con esto y ellos lo sabrán. . ."

—Eleodoro Strachan y yo—le dijo a Berenice.

Daba miedo escuchar sus propias palabras saliendo de la máquina, palabras que podían decirle a la red cualquier cosa y todas las cosas.

Marshall hizo correr la cinta más adelante.

"Hombre, todo esto es una locura"—dijo una voz.

Berenice lo reconoció.

—¡Ese es él! ¡Es Kevin!

Marshall hizo regresar la cinta, y volvió a oprimir el botón de reproducción. Hubo un silencio, luego el súbito empezar de una conversación.

"Sí, ¿hola?" dijo Pasto.

"Kevin, soy Susana."

Berenice y Marshall escuchaban atentamente.

Pasto replicó: "Sí, le escucho. Vamos. ¿Qué puedo hacer?"

La voz de Susana sonaba tensa y sus palabras salían atropelladamente. "Kevin, voy a salir, de alguna manera u otra, y voy a hacerlo esta noche. ¿Puedes encontrarme en la Siempreverde mañana por la noche?"

"Sí, sí."

"Ve si puedes traer contigo a Berenice Krueger. Tengo algunos materiales que quiero mostrarle, todo lo que ella necesita saber."

"¡Rayos! Todo esto es una locura. Deberías ver mi casa. Alguien vino y destrozó todo. ¡Ten cuidado!"

"Todos estamos en grave peligro, Kevin. Kaseph se está mudando para Ashton, para apoderarse de todo. Pero no puedo hablar ahora. Encuéntrame en la Siempreverde mañana a las ocho. Trataré de llegar hasta allí de alguna manera. Sí no, ya te llamaré."

"Está bien, está bien."

"Tengo que irme. Hasta luego, y gracias."

La conversación había terminado.

— Sí — dijo Berenice —, él me llamó para decirme esto.

— No fue mucho — dijo Marshall — pero fue suficiente. Ahora la única pregunta que queda es: ¿se las arregló para escaparse?

Una llave sonó en la puerta del frente. Berenice y Marshall jamás se movieron más de prisa. Ella puso de nuevo las carpetas en sus puestos, y Marshall deslizó la máquina de nuevo hasta su sitio dentro del archivador. Luego cerraron las puertas del mueble.

La puerta del frente se abrió. Las luces del vestíbulo se encendieron.

Los dos se agazaparon detrás del enorme escritorio de Brummel. Los ojos de Berenice mostraban una sola pregunta: "¿Qué hacemos ahora?" Marshall le hizo una señal de que se estuviera quieta, y luego apretó los puños para indicarle que a lo mejor tendrían que pelear para salir de allí.

Otra llave sonó en la cerradura de la puerta de la oficina de Brummel, y se abrió. De súbito el cuarto se llenó de luz. Oyeron que alguien se acercaba a los archivadores, abría la puerta, y luego sacaba hacia afuera la gaveta de la grabadora. Marshall se figuró que la persona debía estar de espaldas a ellos. Levantó su cabeza, y se asomó para ver.

Era Carmen. Ella estaba haciendo retroceder la cinta hasta el comienzo, y preparándose para anotar las llamadas en el libro de registro.

Berenice también se asomó para ver, y los dos sintieron la misma cólera e indignación.

— ¿Alguna vez se va a dormir? — le preguntó Marshall a Carmen en voz alta.

Eso sorprendió a Berenice, haciéndole saltar un poquito. Sorprendió a Carmen y la hizo dar un gran brinco, soltar los papeles, y lanzar un grito medio apagado. Se dio la vuelta.

— ¡Qué. . ! — dijo tratando de recobrar la voz —. ¿Qué hacen aquí?

Marshall y Berenice se pusieron de pie. Por su vestidos oscuros y apariencia estropeada, parecían cualquier cosa menos una visita cordial.

— Debería preguntarle lo mismo — dijo Marshall —. ¿Tiene idea de la hora que es?

Carmen se quedó mirándolos, sin saber qué decir.

Marshall ciertamente pudo pensar varias cosas para decírselas.

— Usted es una espía, ¿verdad? Usted vino a nuestra oficina para espiar, interceptó nuestros teléfonos, y se robó todos nuestros materiales de la investigación especial.

— Yo. . . yo no sé. . .

— . . . de lo que estoy hablando. ¡Exacto! Supongo que usted hace esto todas las noches, revisar todas las conversaciones telefónicas, y anotarlas en el registro, escuchar por cualquier cosa que los grandes jefes pudieran desear saber.

—Yo no. . .

—¿Y qué ocurrió con los libros de estados financieros de *El Clarín*? Aclaremos eso primero.

Ella rompió de pronto a llorar, y dijo:

—Usted no comprende. . .

Se dirigió al área de recepción.

Marshall la seguía muy de cerca, sin permitirle que se escapara de su vista. La tomó por un brazo y le hizo dar la vuelta.

—¡Con calma, muchacha! Tenemos asuntos muy serios que tratar.

—¡Oooohhh! — gimió Carmen.

Luego se abalanzó sobre Marshall, abrazándose a él como si fuera una chiquilla asustada, llorando en el pecho de él.

—Pensé que ustedes eran ladrones. . . Me alegro de verlos. Necesito su ayuda.

—Y yo quiero respuestas — replicó Marshall, sin dejarse conmover por sus lágrimas. La sentó en la silla que había sido de Sara —. Siéntese, y guarde las lágrimas para alguna novela de la televisión.

Ella los miró a los dos, y su maquillaje ya se había corrido de sus mejillas por las lágrimas.

—¿No entienden? ¿No tienen corazón? ¡Vine aquí buscando ayuda! ¡Acabo de tener una experiencia terrible!

Parecía como que trataba de reunir la fuerza necesaria para decirlo, y entonces estalló en incontenibles sollozos:

—¡Me violaron!

Se dejó caer al suelo, llorando desconsoladamente.

Marshall miró a Berenice, y Berenice miró a Marshall.

—Sí, así es — dijo Marshall con indiferencia —. Parece que eso es muy frecuente en estos días, especialmente entre la gente a quienes los jefes suyos quieren quitar de su camino. De modo que ¿de quién se trata ahora?

Todo lo que ella hizo fue quedarse en el piso y llorar.

Berenice tenía algo que le hervía por dentro.

—¿Cómo le parece mi apariencia esta noche, Carmen? Me parece muy interesante que usted fue la única que sabía que iba a visitar a Kevin Pasto. ¿Usted le avisó al mastodonte que me dio la golpiza?

Ella seguía en el piso, llorando, sin decir ni una sola palabra.

Marshall volvió a la oficina de Brummel, y regresó con algunas de las carpetas, incluyendo las notas que Carmen había escrito esa misma noche.

—Todo esto está en su letra manuscrita, Carmen. Usted no ha sido sino una espía desde el mismo principio.

Ella seguía llorando. Marshall la tomó del brazo, y la levantó del piso.

— ¡Vamos, levántese!

Fue en el mismo instante en que él se daba cuenta de que la mano de ella dejaba libre el botón de alarma silenciosa que se hallaba en el piso cuando la puerta del frente se abrió violentamente, y oyeron una voz que gritaba:

— ¡Arriba las manos! ¡Es la policía!

Carmen ya no lloraba. A decir verdad, se estaba riendo socarronamente. Marshall levantó sus manos, y también lo hizo así Berenice. Carmen corrió a colocarse detrás de los dos policías uniformados que acababan de entrar. Sus pistolas apuntaban a los dos ladrones.

— ¿Amigos suyos? — le preguntó Marshall a Carmen.

Ella esbozó una sonrisa diabólica.

En ese instante Alfredo Brummel hizo su entrada al edificio, recién salido de la cama, vestido con su bata de cama.

— ¿Qué ocurre aquí? — preguntó, y entonces vio a Marshall —. ¿Qué. . ? ¡Ajá! ¿Qué es lo que tenemos aquí?

Entonces lanzó una risita entrecortada. Se acercó a Marshall, sacudiendo su cabeza y dejando al descubierto sus enormes dientes.

— ¡No puedo creerlo! ¡Sencillamente, no puedo creerlo!

Miró a Berenice.

— ¡Berenice Krueger! ¿Es usted misma?

Berenice no dijo nada, y Brummel se hallaba demasiado lejos como para escupirle en la cara.

— Ahora ya tenemos todo el personal completo.

Julia Langstrat, también en bata de cama, asomaba por la puerta Se acercó al lado de Brummel, y los dos se quedaron mirando con profundo orgullo a Marshall y a Berenice, como si éstos fueran trofeos.

— Lamento haberlos molestado en semejante manera — dijo Marshall.

Julia Langstrat sonrió lascivamente, y dijo:

— No me lo hubiera perdido por nada en el mundo.

Brummel continuaba sonriendo, satisfecho, mostrando sus grandes dientes, y luego les dijo a los policías:

— Léanles sus derechos, y luego pónganlos tras las rejas.

La oportunidad era demasiado buena como para dejarla pasar. Allí estaban los dos policías cumpliendo su obligación, y también estaban allí Brummel y Julia Langstrat, de pie a muy corta distancia frente a ellos. La situación era perfecta, y se había estado fraguando en la mente de Marshall por buen rato. De súbito, y con todo su peso, se lanzó al estómago de Brummel, y lanzó a Brummel y a Julia Langstrat retrocediendo sobre los dos policías.

— ¡Corre, Berenice, corre! —gritó.

Ella echó a correr. No se detuvo ni por un instante a pensar si tendría el valor o la voluntad suficiente, o si tendría la velocidad suficiente; simplemente echó a correr con todas sus fuerzas, por el largo corredor, pasó las puertas de varias oficinas, derecho hacia la puerta que estaba al final. La puerta tenía una barra. La empujó sin detenerse, la puerta se abrió, y ella salió de un brinco al aire frío de la noche.

Marshall se encontraba en medio de un manojo de brazos, piernas, manos, cuerpos y gritos, aferrándose a tantos de ellos como podía. Casi se divertía, y no hacía mucho esfuerzo por librarse y huir. Quería mantenerlos ocupados.

Un policía se recuperó lo suficiente, y salió corriendo tras Berenice, por la puerta posterior. Salió a tiempo para escuchar el sonido de los pasos de ella dirigiéndose al callejón de atrás, y hacía allá se dirigió persiguiéndola.

Ahora Berenice tenía la oportunidad de ver si estaba en buena forma física o no, a pesar de su costilla rota. Voló por el callejón, dando grandes zancadas, abriéndose paso por entre la penumbra; deseaba tener sus anteojos puestos, o por lo menos un poco más de luz. Oyó que el policía le gritaba ordenándola detenerse. En cualquier momento él podría disparar un tiro de advertencia. Ella dio un brusco viraje hacia la izquierda, y un perro empezó a ladrar. Había un espacio iluminado entre dos árboles frutales. Se dirigió hacia allá, y se encontró con una cerca. Dos latas de basura la ayudaron a trepar, haciendo suficiente ruido como para indicar al policía donde se encontraba ella.

Berenice cruzó corriendo un jardín recién arado, derribando algunas matas de frijol. Cruzó luego un patio, y regresó al callejón, derribando más latas de basura, trepando una cerca, y avanzando a toda carrera. El policía parecía que se estaba quedando rezagado un poco.

Ella empezaba a sentirse desesperadamente cansada, y sólo podía conservar la esperanza de que él también se estuviera cansando. Ella no podría seguir corriendo por mucho rato. Cada respiración la hacía estremecer de dolor en la costilla rota. Casi no podía respirar.

Dio la vuelta a una casa, y cruzó por otros patios, haciendo que un sinnúmero de perros empezaran a ladrar; luego cruzó una calle y se metió en un bosquecito. Las ramas le azotaban y la estorbaban, pero ella se abrió paso hasta que alcanzó otra cerca que bordeaba una gasolinera. Siguió corriendo junto a la cerca, encontró un botadero de basura al otro lado, avanzó un poquito más, y luego sus ojos se fijaron en un rayo de luz que se filtraba por entre las hojas e iluminaba un montón de basura que algún desconsiderado había arrojado allí. Empuñó lo primero que encontró, una vieja botella, y luego se dejó caer a tierra, tratando de no respirar muy fuerte, tratando de no llorar por el dolor.

El policía avanzaba más bien lentamente por entre los árboles, tanteando su camino en las sombras, rompiendo ramitas bajo sus pies, jadeando y resoplando. Ella se quedó acostada allí, en silencio, esperando que él se detuviera para oír. Finalmente él se detuvo, y todo quedó en silencio. Estaba escuchando. Ella lanzó la botella sobre la cerca. La botella fue a rebotar encima del botadero de basura, y cayó haciéndose mil pedazos en el pavimento más allá de la gasolinera. El policía salió del bosquecito a todo correr, y se tropezó con la cerca. La cruzó de un salto y se quedó en silencio detrás de la gasolinera.

Desde donde Berenice estaba no podía verlo, pero se quedó escuchando con mucha atención. También lo hizo él. Luego ella oyó que él se dirigía lentamente a la gasolinera, y luego se detenía. Pasó un momento, y luego él empezó a alejarse, caminando con ritmo normal. Ella lo había despistado.

Berenice se quedó allí donde estaba, tratando de calmar su corazón que parecía querer salírsele del pecho, tratando de calmar la sangre que se le agolpaba en las orejas, en la cara, tratando de calmar sus nervios y su pánico, y anhelando que el dolor disminuyera. Todo lo que quería era aspirar grandes bocanadas de aire; parecía que no estaba recibiendo suficiente.

Oh, Marshall, Marshall, ¿Qué le estarán haciendo a Marshall?

32 Marshall estaba con su cara contra el suelo, con sus bolsillos vacíos, y sus manos esposadas a la espalda. Se mostraba muy cooperador con el policía que se puso encima de él apuntándole con la pistola. Carmen, Brummel y Julia Langstrat estaban en la oficina de Brummel, revisando la cinta que Marshall y Berenice habían escuchado.

— Sí — dijo Carmen —, aquí está mi anotación del contador de la cinta. Pensé que la cinta no había avanzado mucho para tan largo tiempo de vigilancia. Las grabaciones continúan después de este sitio donde está detenida. Ellos hicieron retroceder la cinta.

Brummel salió de su oficina y se dirigió a Marshall.

— De modo que, ¿qué fue lo que usted y Berenice oyeron?

— Jazz de una gran banda, me parece — contestó Marshall.

Esa respuesta atrajo el tacón del zapato de Brummel sobre su cuello.

— ¡Auuu!

Brummel tenía otra pregunta:

—¿Quién le dio las llaves de este lugar? ¿Fue Sara?

—No me haga preguntas, y no le diré mentiras.

Brummel refunfuñó.

—Tendré que dar orden de captura contra ella también.

—No te molestes por eso —dijo Julia Langstrat desde la oficina—. Ella ya se ha ido, y es una don nadie. No traigas de regreso el problema una vez que te has librado del mismo. Simplemente concéntrate en Berenice Krueger.

Brummel le dijo al policía que estaba guardando a Marshall:

—Eduardo, ve a ver si puedes ayudar a Juan. Berenice Krueger es realmente la que necesitamos para tenerlos a todos.

Pero en ese momento Juan entraba por la puerta del final del corredor, y no traía a Berenice consigo.

—¿Y bien? —preguntó Brummel.

Juan se encogió de hombros, tímidamente.

—Ella corrió como conejo asustado, y ¡está muy oscuro allá afuera!

—¡Oh, excelente! —gruñó Brummel.

Marshall pensó que realmente era algo excelente.

La voz de Julia se dejó oír desde la oficina.

—Alfredo, ven, oye esto.

Brummel se dirigió a la oficina, y Marshall pudo oír que reproducían la conversación entre Pasto y Susana.

Julia Langstrat dijo:

—De modo que ellos oyeron esta conversación. Nosotros la supimos hoy debido al fin de Susana.

El diálogo entre Susana y Pasto llegó a su término.

—A menos que me equivoque, Berenice Krueger se dirigirá a la Cantina Siempreverde, en Baker, para encontrarse con Susana. . .

Julia Langstrat estalló en carcajadas.

—Mandaré vigilarla entonces —dijo Brummel.

—Envía un grupo también al apartamento de Berenice Krueger. Ella querrá recoger su auto.

—Buena idea.

Brummel y Julia Langstrat salieron de la oficina, y se quedaron mirando a Marshall como si fueran buitres sobre carroña.

—Marshall —dijo Brummel sonriendo con malicia—, me temo que usted está rodando hacia abajo sin poder detenerse. Tengo suficiente como para encerrarlo de por vida. Usted debería haber dejado tranquilo todo esto mientras estaba todavía a tiempo.

Marshall levantó la vista para mirar aquella cara diabólica, y dijo:

—Para repetir una frase consabida, Brummel, no se saldrá con la suya. Usted no posee el sistema judicial completo. Tarde o temprano todo este asunto va a salirse de sus manos; esto es algo más grande de lo que usted piensa que es.

Brummel se limitó a sonreír con esa sonrisa que Marshall ansiaba hacer desaparecer de un puntapié, y continuó:

— Marshall, una decisión de cualquier corte menor es todo lo que necesitamos, y estamos más que seguros de que podemos conseguirla. Veamos. Usted no es más que un mentiroso, un ratero de tercera clase, para no mencionar un violador de menores, y un posible homicida. Tenemos testigos, Marshall, ciudadanos decentes, destacados, conocidos en toda la comunidad. Veremos que se le haga el juicio más justo con todas las de ley, de modo que no le quede ningún terreno para la apelación. Le va a ir muy mal. El juez tal vez se sienta inclinado a darle una oportunidad, pero. . . no lo sé.

— ¿Quiere decir, Baker, el juez de papel?

— Entiendo que él puede ser una persona muy compasiva. . . bajo las circunstancias apropiadas.

— ¡No me lo diga! ¿Y de qué va a acusar a Berenice? ¿De prostitución? Tal vez usted podrá reunir a todas aquellas mujeres de la calle otra vez, otra vez al policía falso, y arreglar de nuevo todo el asunto.

Brummel se encogió de hombros, socarronamente.

— Todo eso depende de la evidencia que tengamos a mano, me supongo. La podemos acusar de ratería, ya lo sabe, y ustedes dos se lo ganaron por ustedes mismos.

— ¿Y qué tal en cuanto a interceptar ilegalmente los teléfonos?

Julia Langstrat respondió a eso.

— No sabemos nada de teléfonos interceptados. Nosotros no hacemos eso.

Se detuvo para ver el efecto que sus palabras hacían. Después añadió:

— Y nadie podrá encontrar nunca nada, incluso si se lo creyeran.

Luego, como si se le acabara de ocurrir, dijo:

— Ah, creo que sé lo que usted está pensando. No ponga sus esperanzas en Susana Jacobson. Hoy recibimos la triste noticia de que falleció en un terrible accidente de tráfico. La única gente que la señorita Krueger puede esperar encontrar en la Cantina Siempreverde será la policía.

Berenice se sentía a punto de desmayarse. Sentía como si tuviera astilladas todas las costillas; sus magulladuras y moretones le dolían sin misericordia. Por más de una hora no tuvo ni la fuerza ni el valor para levantarse del sitio donde se echó al suelo. Trataba de pensar lo que tendría que hacer de seguido. Cada susurro del viento era para ella un policía que se acercaba; cada ruido un nuevo horror. Miró a su reloj. Iban a ser las tres de la mañana. Pronto sería de día, y no habría manera de moverse a escondidas. Tenía que irse de allí, y lo sabía.

Lentamente batalló para ponerse de pie, luego se quedó quieta un instante, medio encorvada, debajo de las ramas de un arbusto cubierto por una enredadera, esperando que suficiente sangre circulara por su cerebro como para permitirle seguir de pie.

Dio un paso, luego otro. Cobró confianza, y empezó a caminar, tanteando el camino por entre los arbustos y las matas, tratando de defenderse de las ramas que la golpeaban a su paso.

De regreso a la calle, todo estaba quieto y oscuro. Los perros ya no ladraban. Decidió encaminarse hacia su apartamento, que quedaba como a dos kilómetros del sitio donde estaba, recorriendo el camino en rápidos cruces de un árbol a otro, o de un callejón a otro. Sólo un vehículo se cruzó en su camino, y no era un auto patrullero; de todas maneras, Berenice se ocultó detrás de un árbol hasta que el auto se alejó.

No podía distinguir entre su dolor físico y el malestar de su fatiga y desesperación emocional. Unas pocas veces se confundió y perdió su dirección, y ni siquiera podía distinguir los rótulos de las calles; fue allí cuando estuvo a punto de echarse a llorar, con la cabeza apoyada contra una cerca o una pared.

Pero entonces recordó a Marshall arrojándose en las mismas fauces de aquellos leones, para tratar de librarla a ella, y no podía fallarle. Tenía que lograrlo. Tenía que salir del pueblo, seguir libre, encontrarse con Susana, conseguir ayuda, hacer algo.

Por casi una hora, calle por calle, paso a paso, siguió su camino y finalmente se acercó al edificio donde estaba su apartamento. Cautelosamente dio un rodeo, para comprobar la situación por todos lados. Finalmente, desde detrás de un auto estacionado, ella creyó divisar los faros especiales encima de uno de los autos estacionados hacia el fin de la calle. Desde esa posición, los ocupantes de aquel auto tenían una perfecta vista de cualquier persona que tratara de entrar en el apartamento. De modo que eso quedó fuera.

Era mucho más fácil tratar de entrar por la parte posterior del edificio; había allí estrechos sitios de estacionamiento, un callejón oscuro y estrecho, y la iluminación era pobre, además de que los sitios de parqueo no podían verse desde el nivel donde estaban los policías. Era un sitio terrible para estacionar un auto, en términos de seguridad, pero era perfecto para Berenice esta noche.

Como un rayo cruzó la calle, y se alejó de la vista del patrullero, luego dio la vuelta y siguió por el callejón, manteniéndose muy apegada a la pared. Llegó hasta su auto, buscó la pequeña caja magnética que contenía la llave de emergencia, y abrió la puerta.

¡Oh, tan cerca, y tan lejos! No había manera de poner en marcha el vehículo, y escapar sin que la notaran en esta noche tan callada. Pero había varias cosas de las que podía hacer buen uso. Subió al auto tan aprisa como pudo, y luego cerró la puerta para apagar la luz. Luego abrió el cenicero del tablero de instrumentos, y recogió todas las monedas que tenía allí. Había apenas un par de dólares, pero eso tendría que bastar. En la guantera encontró sus anteojos de sol, que también estaban hechos a su medida; ahora podría ver mejor, y usarlos para ocultar sus ojos amoratados.

No había nada más qué hacer, sino alejarse de la ciudad, tal vez dormir un poco, de alguna manera, en alguna parte, y luego, de una manera u otra, ir hasta Baker, y llegar a la taberna Siempreverde a las ocho de la noche. Eso era todo, pero era suficiente. Se esforzó por pensar si había alguien que ella conocía que ellos no conocieran, cualquier amigo que pudiera dar ayuda y socorro a una fugitiva de la justicia, sin hacer ninguna pregunta.

Su lista mental de nombres era demasiado corta y demasiado dudosa. Empezó a caminar, dirigiéndose hacia la carretera 27, mientras se devanaba los sesos buscando otras ideas.

En el sótano de la Corte, sólo en una de las celdas de más adentro, Enrique yacía acostado en el catre. Finalmente había conseguido quedarse dormido.

No había sido una noche de las más agradables: lo habían desnudado, lo habían sometido a un registro, le habían tomado las huellas digitales, fotografiado, y luego lo habían arrojado en esta celda, sin ninguna frazada para calentarse. Había pedido una Biblia, pero no le permitieron tenerla. El borracho que se hallaba en la celda contigua había vomitado varias veces durante la noche, el preso de la celda al otro lado vociferaba y blasfemaba con toda clase de palabras soeces, y el que se encontraba en la siguiente resultó ser un ladrón y marxista beligerante que vociferaba ruidosamente.

Oh, bueno, había pensado, *Jesucristo murió por ellos y ellos necesitan de su amor.* Había tratado de ser amable y compartir con ellos algo del amor de Dios, pero alguien les había dicho que se le acusaba de violar mujeres, lo cual echaba un balde de agua fría sobre su testimonio.

De modo que se había acostado, identificándose con Pablo y Silas, y Pedro y Santiago, y con todo otro creyente que había caído en la cárcel aun siendo inocente. Se preguntaba si su ministerio lograría sobrevivir, ahora que su reputación había sido destrozada en semejante manera. ¿Sería capaz de continuar en este pastorado que de todas maneras no era muy estable? Brummel y sus secuaces de seguro se ensañarían con él, y se aprovecharían de esto. Por lo que sabía, ellos eran quienes habían tramado todo esto. *Oh, bueno, todo está* en *manos del Señor.* Dios sabría lo que era mejor.

Había orado por María, y por toda su congregación, y mentalmente había repetido porciones de las Escrituras que sabía de memoria, hasta que finalmente se quedó dormido.

En las primeras horas de la mañana Enrique fue despertado por pasos que procedían del pasillo, y el tintineo de las llaves del guardia. El guardia estaba abriendo la puerta. ¿Ahora Enrique tendría que compartir su celda con. . . un borracho? ¿Con un ladrón? ¿Con un violador real? Pretendió estar todavía dormido, pero entreabrió un ojo apenas para echar un vistazo. ¡Vaya! Este vagabundo era un gigantón de mirada hosca, y por el vendaje ensangrentado que le cubría la cabeza parecía que acababa de batirse en una buena reyerta. Mascullaba algo de tener que estar en la misma celda con un violador. Enrique empezó a orar al Señor pidiendo protección. Este gigante pesaba por lo menos el doble que él, y parecía violento.

El nuevo individuo se dejó caer en el otro catre, y resoplaba con ese tipo de respiración asociada con osos, dragones y monstruos.

¡Señor, por favor, líbrame!

Rafar se pavoneaba de aquí para allá en la cima de la colina que miraba al pueblo, dejando que sus alas se desplegaran un poco, lo suficiente como para dar la idea de un manto real en sus espaldas. Los mensajeros demoniacos le habían estado trayendo informes regulares de cómo marchaban los preparativos finales en el pueblo. Hasta aquí no habían habido sino buenas noticias.

— Lucio — llamó Rafar con el tono que uno usaría para llamar a un niño —, Lucio, ven para acá, ¿sí?

Lucio se adelantó con toda la dignidad que pudo reunir, tratando de dejar que sus alas se movieran imitando a las de Rafar.

— ¿Sí, Ba-al Rafar?

Rafar lo miró refocilándose con malicia, con una sonrisa satírica, y le dijo:

— Espero que hayas aprendido de esta experiencia. Como habrás visto, lo que tú no has podido hacer en años, yo lo he logrado en una sola noche.

— Tal vez — fue todo lo que Lucio se atrevió a decir.

Rafar pensó que esa respuesta era cómica:

— ¿Y no estás de acuerdo?

— Uno puede pensar, Ba-al, que tu obra fue simplemente el toque final a los años del trabajo que yo he realizado antes de tu llegada.

— Años de trabajo que casi se pierden debido a tu torpeza, ¡querrás decir! — rugió Rafar —. Lo que nos hace pensar: Habiendo ganado la ciudad para el Hombre Fuerte, ¿me atreveré a dejarla en manos de aquel que por poco la pierde anteriormente?

A Lucio no le agradó en nada eso.

—Rafar, por años esta ciudad ha sido mi principado. ¡Yo soy con todo derecho el príncipe de Ashton!

—Lo eras. Pero, Lucio, obras meritorias y de importancia no encuentro ninguna en lo que has hecho.

Lucio estaba indignado, pero se contuvo en presencia de este poder gigantesco.

—No has visto mis obras porque has preferido ignorarlas. Desde el principio mismo me has tenido mala voluntad.

Lucio había hablado demasiado. Inmediatamente sintió que el puño de Rafar se cerraba sobre su garganta, y que lo levantaba en vilo hasta colocarlo a nivel de sus propios ojos.

—Yo —dijo Rafar lentamente y despidiendo furia por los ojos—, y sólo yo soy el juez de eso.

—¡Que el Hombre Fuerte juzgue! —respondió Lucio atrevidamente—. ¿Dónde está Tael, este adversario a quien se suponía que debías eliminar, cuyos fragmentos se suponía que debías esparcir por los cielos como un pendón de victoria?

Rafar dejó que una leve sonrisa asomara a su cara, aun cuando sus ojos continuaban despidiendo fuego.

—Busche, el hombre de oración, ya está derrotado y su nombre enlodado. Hogan, el sabueso tenaz, es ahora un desecho inútil y en derrota. La traidora Servidora ha sido destruida, y su amiguito fantoche también ha sido eliminado. Todos los demás han salido huyendo.

Rafar señaló con su mano hacia la ciudad.

—Mira, Lucio. ¿Ves acaso las flameantes huestes celestiales descendiendo sobre la ciudad? ¿Ves sus espadas brillantes y pulidas? ¿Ves su guardia innumerable apostada en sus sitios?

Se burló de Lucio y de Tael al mismo tiempo.

—Este Tael, este capitán de las huestes, comanda ahora un ejército diezmado y debilitado, y tiene miedo de mostrar su cara. Vez tras vez le he desafiado a que se enfrente conmigo, que trate de detenerme, y no ha aparecido por ningún lado. Pero no te preocupes. Así como lo he dicho, así lo haré. Cuando estos otros asuntos más urgentes queden resueltos, Tael y yo nos enfrentaremos, y ya verás lo que ocurre. . . ¡Antes que te haga desaparecer a ti!

Rafar sostuvo a Lucio en alto mientras llamaba a otro demonio:

—Mensajero, lleva palabra al Hombre Fuerte, y dile que todo está listo, y que puede venir cuando quiera. Los obstáculos han sido eliminados. Rafar ha completado su tarea, y la ciudad de Ashton está lista para caer en sus manos. . .

Rafar dejó caer a Lucio mientras concluía:

—. . .como fruta madura.

Lucio se levantó de un salto y se alejó volando humillado, mientras que las filas de demonios se desternillaban en carcajadas.

33 Edith Duster había sentido cierta aprehensión en su espíritu antes de retirarse esa noche; de modo que cuando fue despertada súbitamente por dos seres luminosos en su dormitorio, no estuvo enteramente sorprendida, aun cuando estaba muda de asombro.

— ¡Gloria a Dios! — exclamó ella, con sus ojos muy abiertos, y su semblante transfigurado.

Los dos personajes tenían caras amables y llenas de compasión, pero estaban muy serios. Uno era alto y rubio, el otro de tipo juvenil y de pelo oscuro. Ambos eran de elevada estatura, llegando hasta el cielo raso, y el resplandor de sus túnicas blancas llenaba la habitación. Cada uno tenía una magnífica vaina dorada y cinto de igual material, y las empuñaduras de sus espadas eran de oro finísimo, con muchas piedras preciosas.

— Edith Duster — dijo el personaje alto, con una voz resonante y profunda —, vamos a librar una batalla por la ciudad de Ashton. La victoria descansa en las oraciones de los santos de Dios. Puesto que tú temes a Dios, ponte en oración, y llama a otros para que también se pongan a orar. Ora que el enemigo sea desalojado para siempre, y que los santos sean librados.

Luego habló el personaje de pelo oscuro.

— Tu pastor, Enrique Busche, está en la cárcel. El será librado por tus oraciones. Llama a María, su esposa. Sé un consuelo para ella.

De súbito ellos desaparecieron, y la habitación estaba otra vez a oscuras. Edith tenía la idea de que los había visto en alguna parte antes, tal vez en un sueño, tal vez como personas normales, comunes y corrientes. Y sabía la importancia de la petición que le habían hecho.

Se levantó, puso su almohada en el suelo, y se arrodilló junto a su cama. Quería echarse a reír, quería llorar, quería cantar; había un enorme peso y enorme poder en lo profundo de su corazón, apretó sus manos temblorosas encima de su cama, inclinó su cabeza, y empezó a orar. Las palabras fluían de lo más profundo de su alma, un clamor a favor del pueblo de Dios y de la justicia de Dios, un ruego por poder y victoria en el nombre de Jesús, una represión sobre las fuerzas del mal que estaban tratando de apoderarse de la vida misma, del mismo corazón de esta comunidad. Nombres y rostros se proyectaban ante los ojos de su mente, y ella intercedía por cada uno de ellos, clamando ante el trono de Dios por su seguridad y salvación. Ella oraba. Ella oraba. Ella oraba.

Desde muy arriba se podía contemplar la ciudad de Ashton, esparcida como una aldea de juguete en una frazada multicolor, una comunidad pequeña, sin ninguna pretensión, todavía dormida, pero ahora bañada por la luz grisácea y rojiza que precede al amanecer que empezaba a dejarse ver en el horizonte sobre las montañas al este. Nada se movía todavía en el pueblo. Todavía no había luces encendidas; los camiones de reparto todavía estaban en silencio.

De alguna parte de los cielos, más allá de las nubes color rosa, un solitario y apagado aleteo se dejó oír. Un guerrero angélico, raudamente volando como si fuera una gaviota, descendió en espirales cautelosamente, hasta que su figura se confundió entre las estructuras y formas de los edificios y calles de la ciudad. Luego apareció otro, y él también se dejó caer silenciosamente al pueblo, desapareciendo de alguna manera en él.

Y Edith Duster continuaba orando.

Dos más aparecieron, plegaron sus alas, dirigieron sus cabezas hacia abajo, y cayeron en picada como si fueran halcones. Luego vino otro, deslizándose por una ruta más baja, que lo llevaría hasta el extremo derecho de la ciudad. Luego cuatro más, desapareciendo igualmente en cuatro diferentes direcciones. Luego dos más, luego otros siete. . .

El teléfono despertó a María del sueño inquieto que se había apoderado de ella, sentada en el sofá de la sala.

— ¿Hola? — Sus ojos se iluminaron de inmediato —. ¡Oh Edith, cuánto me alegro de que me haya llamado! He tratado de comunicarme con usted, ni siquiera me he acostado, debo tener el número de teléfono equivocado, o tal vez los teléfonos no estaban funcionando. . .

Luego empezó a llorar, y le contó a Edith todos los acontecimientos de la noche anterior.

— Bueno, tranquilícese, y trate de descansar mientras yo llego — dijo Edith —. He estado de rodillas toda la noche y Dios está moviéndose ya; ¡seguro que lo está! ¡Sacaremos a Enrique de allí, y otros más, además!

Edith se puso su suéter y sus zapatos de lona, y salió encaminándose a la casa de María. Nunca se había sentido más joven.

Juan Cóleman se despertó temprano esa mañana, perturbado por un sueño que había tenido, al punto de no poder volver a dormirse. Patricia sabía lo que sentía; ella misma lo había sentido también.

— ¡He visto ángeles! — dijo Juan.

— ¡Yo también — dijo Patricia.

— Y. . . he visto demonios. Monstruos, Patty, cosas horripilantes. Los ángeles y los demonios estaban luchando. Era. . .

— Terrible.

— Asombrosamente impresionante. En realidad, impresionante.

Llamaron a Enrique. María contestó. Se enteraron de la historia de la noche anterior, y de inmediato se dirigieron allá.

Andrés y Jovita Forsythe no pudieron dormir en toda la noche. Al amanecer Andrés estaba de mal humor, y Jovita trataba de no cruzársele en el camino. Finalmente, mientras Andrés trataba de desayunar algo, logró por fin aclarar sus pensamientos y hablar del asunto.

— Debe de haber sido el Señor. No sé qué otra cosa podía haber sido.

— Entonces, ¿por qué estás de tan mal humor? — le preguntó su esposa tan tiernamente como pudo.

— Porque nunca antes me había sentido así — dijo Andrés, y luego su voz empezó a temblar —. Creo. . . siento como que tengo que orar, como. . . como si algo realmente tiene que ser resuelto, y que no puedo descansar hasta que sea resuelto.

— ¿Sabes una cosa? — dijo Jovita —. Sé exactamente lo que quieres decir. No sé cómo explicarlo, pero me siento como que no hemos estado solos toda la noche. Alguien ha estado con nosotros, llenándonos de esos sentimientos y deseos.

Los ojos de Andrés se abrieron grandemente.

— Sí, sí. ¡Eso es! ¡Eso es lo que siento! — le tomó de la mano con gran gozo y alivio —. Jovita, querida mía, ¡pensé que me estaba volviendo loco!

En ese instante sonó el teléfono. Era Cecilio Cooper. Había tenido un sueño muy inquietante esa noche, al igual que muchos otros. Algo se avecinaba. No podían esperar para reunirse y orar. Empezaron a orar allí mismo y en ese instante.

Del norte, del sur, del este y del oeste, de todas direcciones, y en completo silencio, los guerreros angelicales continuaban llegando a la ciudad, como si fueran copos de nieve, andando como si fueran habitantes del pueblo, moviéndose sigilosamente como si fueran guerrillas, deslizándose por entre los campos y huertos como si fueran pilotos de combate. Allí se escondían y esperaban.

Enrique se despertó como a las siete de la mañana; la pesadilla no había terminado. Todavía estaba en la celda. Su compañero de celda siguió roncando como por otra hora, hasta que el guardia les trajo el desayuno. El gigantón no dijo ni una sola palabra, pero recibió la bandeja que le pasaban por entre los barrotes. No parecía muy entusiasmado por comer la tostada quemada y los huevos fríos. Tal vez era el momento para romper el hielo.

— Buenos días — le dijo Enrique.

—Buenos días —replicó el otro con indiferencia.

—Me llamo Enrique Busche.

El gigantón empujó la bandeja por debajo de la puerta para que el guardia la recogiera. No había tocado el desayuno. Se puso de pie, mirando por entre los barrotes como un animal enjaulado. No respondió a la presentación que Enrique había hecho de sí mismo, ni tampoco le dijo su nombre. Obviamente estaba sufriendo; sus ojos estaban hundidos, deseando una esperanza, tan vacíos.

Todo lo que Enrique pudo hacer fue orar por él.

Paso a paso, tropezón tras tropezón, luego otro paso. Toda la mañana, a través de sembrados de maíz, potreros y bosques, Berenice avanzaba a duras penas, dirigiéndose lentamente hacia el norte, por una ruta sinuosa que corría paralela a la carretera 27, un poco a la izquierda. El ruido del tráfico que rugía en la carretera le ayudaba a orientarse.

Empezaba a tropezarse con sus propios pies, su cerebro empezaba a embotarse. Surco tras surco de matas de maíz quedaban atrás, como acariciándola a su paso, con ritmo constante, casi molesto. La tierra por la cual caminaba estaba recién arada y seca, y cada paso levantaba una pequeña nubecita de polvo. Se le estaba metiendo en los zapatos. Le quitaba la fuerza de cada paso.

Después de cruzar por un mar de maíz, llegó a un largo y estrecho callejón de árboles, una barrera contra el viento que había sido plantada entre dos campos de labranza. Lo tomó exactamente por el medio, e inmediatamente se encontró caminando sobre terreno cubierto de hierba. Miró su reloj: eran las 8:25 de la mañana. Tenía que descansar. Tenía que llegar a Baker, de alguna manera. . . era la única esperanza. . . sólo podía confiar en que Marshall estuviera bien. . . esperaba que no se iba a morir allí mismo. . . se quedó dormida.

Para la hora del almuerzo, Enrique y su compañero de celda tenían mejor disposición para comer. Los emparedados no sabían tan mal, que digamos, y la sopa de carne y legumbres tenía un buen sabor.

Antes de que el guardia se alejara, Enrique le preguntó:

—Dígame, ¿está usted seguro de que no me puede traer una Biblia?

—Ya se lo dije —contestó el guardia rudamente—, tengo que esperar la autorización; y mientras no la tenga, ¡de ninguna manera!

De pronto su compañero de celda estalló.

—Jaime, usted tiene un montón de Biblias de los Gedeones en la gaveta de su escritorio, y usted bien lo sabe. Tráigale una Biblia a este hombre.

El guardia le lanzó una sonrisa de burla.

— Vamos, ¡usted está al otro lado de las rejas, Hogan! Yo soy el que manda aquí ahora.

El guardia se alejó, y el hombre volvió su atención al almuerzo. Miró a Enrique, sin embargo, y acotó:

— Jaime Dunlop. Se cree mucho.

— Gracias por intentarlo, de todas maneras.

Hogan aspiró profundamente, dejó salir el aire, y dijo:

— Lamento haber sido tan rudo esta mañana. Necesitaba un poco de tiempo para recuperarme de lo que me pasó ayer. Necesitaba tiempo para verificar quién era usted, y creo que necesitaba un poco de tiempo para acostumbrarme a la idea de estar en la cárcel.

— De seguro que puedo entender eso. Nunca antes había estado en la cárcel.

Enrique trató de nuevo de presentarse. Le extendió la mano y le dijo:

— Enrique Busche, a sus órdenes.

Esta vez el otro le estrechó la mano con un firme apretón:

— Marshall Hogan, para servirle.

Entonces algo les vino a la mente de súbito. Antes de que siquiera hubiera podido dejar el apretón de manos, cada uno miró al otro, apuntó al otro, y ambos empezaron al mismo tiempo:

— Dígame, ¿no es usted. . ?

Y entonces se quedaron mirando por un instante, y ninguno dijo nada.

Los ángeles estaban observando, desde luego, y le trajeron el informe a Tael.

— Qué bien, qué bien — dijo Tael —. Ahora dejemos que ese par hablen.

— Usted es el pastor de la iglesita blanca — dijo Marshall.

— Y usted es el editor del periódico *El Clarín* — exclamó Enrique.

— Y ¿qué rayos en el mundo está usted haciendo aquí?

— No sé si usted podrá creerlo.

— ¡Muchacho, usted se quedaría sorprendido, yo estoy sorprendido, de lo que puedo creer!

Marshall bajó la voz, y se inclinó hacia Busche para decir:

— Me dijeron que usted estaba aquí por haber violado a una mujer.

— Correcto.

— Eso no suena a usted, ¿verdad?

Enrique no sabía cómo responder a tal afirmación.

— Bueno, la verdad es que no lo he hecho.

— ¿No asiste Alfredo Brummel a su iglesia?

— Así es.

¿Alguna vez usted se le cruzó en el camino?

— Este. . . pues. . . sí.

— Entonces ya lo tenemos. Por eso es que usted está aquí, y por eso es que yo estoy aquí. Cuénteme qué fue lo que pasó.

— ¿Cuándo?

— Quiero decir, ¿qué fue lo que pasó realmente? ¿Conocía usted a la muchacha que supuestamente violó?

— Bueno, es que. . .

— ¿Dónde consiguió ese hermoso mordisco en su brazo?

Enrique empezaba a tener ciertas dudas.

— Tal vez será mejor si no digo nada.

— ¿Se llamaba Carmen?

La expresión de Enrique dijo un sí más fuerte que audible.

— Y yo que pensaba que era el único que había recibido la puñalada en la espalda. Ella es una traidora por todos lados. Ella trabajaba en mi periódico, y anoche me dijo que la habían violado, y yo sabía que era pura mentira.

Enrique estaba completamente asombrado.

— ¡Esto es demasiado! ¿Cómo sabe usted todo esto?

Marshall miró a todos lados y se encogió de hombros.

— Bueno, ¿qué otra cosa se puede hacer? Enrique, tengo algo para contarle. Va a tomar unas cuantas horas. ¿Está listo?

— Si usted está listo para oír mi historia, estoy listo para oír la suya.

— ¿Hola? ¿Señorita?

Berenice se despertó de un salto. Una figura estaba inclinada sobre ella. Era una jovencita, quizá una estudiante de la escuela secundaria o un poco más, con grandes ojos castaños, pelo negro rizado y vestida como una muchacha campesina.

— ¡Oh. . . Hola!

Eso fue todo lo que Berenice pudo decir.

— ¿Está usted bien, señorita? — le preguntó la muchacha lentamente.

— Este, sí. Sólo estaba durmiendo. Espero que no habrá inconveniente. Salí a dar un paseo, sabe, y. . .

De repente recordó la cara amoratada y lastimada. *Vaya, excelente. Ahora esta muchacha va a pensar que me han asaltado o algo parecido.*

— ¿Está usted buscando sus anteojos de sol? — preguntó la joven, agachándose para recogerlos. Se los pasó a Berenice.

— Este. . . yo. . . creo que estará preguntándose qué me pasó en la cara.

La joven se limitó a sonreír con una sonrisa que desarmaba a cualquiera, y le dijo:

— Usted debería ver como me veo yo cuando acabo de levantarme.

— Supongo que estoy en su propiedad. ¿Verdad? No era mi intención...

— No. Sólo estoy de paso, así como usted. La vi a usted acostada allí, y pensé que era mejor ver qué le pasaba. ¿Puedo llevarla a alguna parte?

Berenice estaba a punto de responder con un automático no, pero entonces miró su reloj. ¡Oh, no! eran casi las cuatro de la tarde.

— Bueno, ¿por si acaso no se dirige al norte?

— Voy hacia Baker.

— Perfecto. ¿Podría llevarme hasta allá?

— No hay ningún problema... después del almuerzo.

— ¿Qué?

La muchacha se fue hasta los árboles que rodeaban el campo de maíz, y entonces Berenice notó una brillante motocicleta azul estacionada bajo el sol. La muchacha abrió un compartimiento junto al asiento, y sacó una bolsa de papel. Regresó y colocó la bolsa frente a Berenice, junto con un cartón de leche fría.

— ¿Almuerza usted a las cuatro de la tarde? — le preguntó Berenice, tratando de bromear para seguir la conversación.

— No — contestó la joven, con una risita —, pero usted ha caminado mucho, y todavía le falta mucho para llegar, y necesita comer algo.

Berenice se quedó mirando esos ojos claros y sonrientes, y luego miró la sencilla bolsita del almuerzo que tenía delante, y podía sentir que su cara se ponía roja y que sus ojos se llenaban de lágrimas.

— Coma, ahora — dijo la joven.

Berenice abrió la bolsa de papel, y encontró un emparedado de carne que era una verdadera obra de arte. La carne estaba todavía caliente, la lechuga crujiente y fresca. Debajo había un cartón de yogur de fresas, su sabor favorito, todavía frío.

Hizo un esfuerzo por mantener sus emociones bajo control, pero empezó a temblar y a llorar, y sus lágrimas le corrían por las mejillas. *¡Oh, estoy haciendo un papelazo!*, pensó. Pero todo esto era tan diferente.

— Lo siento — dijo —. Estoy... estoy simplemente asombrada por su amabilidad.

La muchacha le tocó la mano.

— Bueno, me alegró de que pude estar cerca.

— ¿Cómo se llama usted?

— Puede llamarme Betsy.

— Y yo soy... Bueno, puede llamarme María.

— Era el segundo nombre de Berenice.

— Así lo haré. Escuche. También tengo agua fría si la desea.

Entonces le invadió otra oleada de emoción.

— Usted es una persona maravillosa. ¿Qué está haciendo en este planeta?

— Ayudándole — contestó Betsy, corriendo hacia la motocicleta para buscar el agua.

Enrique estaba sentado en el borde de su catre, embelesado por la historia que Marshall le estaba relatando.

— ¿Lo dice en serio? — respondió de súbito —. ¿Alfredo Brummel está metido en la brujería? ¿Un miembro de la junta administrativa de mi iglesia?

— Llámelo como usted quiera, compañero, pero déjeme decirle, ¡es algo extraterrestre! No sé cuánto tiempo él y Julia Langstrat han sido compinches de lecho, pero suficiente de la conciencia cósmica de ella se le ha pegado a él, como para hacerlo peligroso; y quiero decir, ¡realmente peligroso!

— Y ¿quién más está en ese grupo?

— ¿Quién no lo está? Oliverio Young está allí, el juez Baker está allí, igual que la mayoría de los policías de la fuerza local. . .

— Marshall procedió a recitarle un segmento de la lista.

Enrique estaba pasmado. Esto tenía que venir del Señor. Tantas preguntas que había tenido por tanto tiempo estaban hallando respuestas.

Marshall continuó su relato por otra media hora, y luego empezó a perder su coherencia. Tenía que llegar a la parte sobre Caty y Sandra.

— Esa parte es la que más duele — dijo, y luego dirigió su mirada hacia fuera de los barrotes, en lugar de mirar a Enrique directamente a los ojos —. Es otra historia completa, y no tiene por qué escucharla. Pero la he revisado y examinado por todos lados esta mañana, Busche. Es culpa mía. Dejé que todo esto pasara.

Respiró profundamente y se secó las lágrimas que afloraban a sus ojos.

— Puedo haber perdido todo: el periódico, la casa, la. . . la batalla. Podía haberlo soportado todo, si sólo las tuviera a ellas. Pero ya las he perdido también. . .

Entonces dijo:

— Y así es como llegué hasta aquí. . .

Se detuvo abruptamente.

Enrique estaba llorando. Estaba llorando y sonriendo, levantando sus manos al Señor, sacudiendo su cabeza asombrado. A Marshall le vino la idea de que Enrique estaba teniendo alguna clase de experiencia religiosa.

— Marshall — dijo Enrique emocionado, sin poder seguir sentado —, ¡esto viene de Dios! No es accidente que hayamos caído aquí. Nuestros enemigos quisieron hacernos daño, pero Dios va a hacer que esto resulte para bien. El nos trajo aquí para que pudiéramos conocernos, de modo que los dos podamos juntar las dos cosas. Usted no ha oído todavía mi historia, que ¡adivine algo! ¡Es lo mismo! Ambos hemos estado luchando contra el mismo problema, desde dos diferentes lados.

— ¡Cuéntemelo, cuéntemelo! ¡Yo también quiero llorar!

Así Enrique empezó a contarle cómo de súbito se encontró como pastor de una iglesia que parecía que no quería tenerlo como pastor. . .

La motocicleta de Betsy volaba como el viento por la carretera 27, y Berenice se sostenía fuertemente, sentada detrás de la joven, sobre el mullido asiento de cuero, contemplando el panorama. El viaje en sí mismo era emocionante; le hacía sentirse de nuevo como una chiquilla, y el hecho de que ambas llevaran cascos protectores con visores oscuros le hacía sentirse más segura de no ser descubierta.

Pero Baker se acercaba rápidamente, y con eso, el riesgo y los peligros de la gran pregunta de si Susana Jacobson podría llegar hasta allí o no. Parte de Berenice quería quedarse en la motocicleta con esta joven dulce y amable, y simplemente seguir el camino. . . a donde quiera que fuera. Cualquier vida sería mejor que esta.

Las cosas se hicieron familiares, el rótulo del refresco, y el gran sitio de venta de leña. Estaban llegando a Baker. Betsy aflojó el acelerador, y empezó a reducir la velocidad. Finalmente se detuvo junto a la carretera, en el estacionamiento del vetusto Hotel Atardecer.

— ¿Está bien hasta aquí? — le gritó Betsy a través del visor del casco protector.

Berenice podía divisar ya la cantina Siempreverde, más adelante en la carretera.

— ¡Oh, sí! Hasta aquí está muy bien.

Descendió de la motocicleta, y batalló para librarse de la correa del casco.

— Déjeselo puesto por un rato más — dijo Betsy.

— ¿Para qué?

Los ojos de Berenice le dieron inmediatamente una buena razón, que ella debía saber: un auto de la policía de Ashton se acercaba, reduciendo la velocidad a medida que entraba en Baker. Berenice observó que ponían la señal direccional, para entrar en el estacionamiento de la taberna Siempreverde. Dos oficiales se bajaron del auto, y entraron en el establecimiento. Ella miró a Betsy. ¿Lo sabría ella?

Ella no pareció darse por enterada. Betsy le señaló a un pequeño local junto al hotel.

— Ese es el café de Rosa Allen. Parece ser un lugar horrible, pero ella hace la mejor sopa casera en el mundo entero, y la vende barato. Será un buen lugar para matar el tiempo.

Berenice se quitó el casco, y lo colocó en la motocicleta.

— Betsy — le dijo —, tengo una enorme deuda con usted. Muchas gracias. Muchísimas gracias.

— De nada.

Incluso a través del visor del caso su sonrisa brilló grandemente.

Berenice miró de nuevo al pequeño café. No, no parecía nada bonito.

— ¿La mejor sopa del mundo? ¿Será así?

Se volvió hacia Betsy, y se enderezó. Por un momento sintió como si hubiera tropezado o como si una pared hubiera desaparecido de súbito de delante de ella.

Betsy se había ido. La motocicleta se había ido.

Era como despertarse de un sueño, y necesitar unos momentos para aclararse la mente a lo que era real y lo que no lo era. Pero Berenice sabía que no podía ser un sueño. Las huellas de la motocicleta estaban todavía visibles en la grava, marcando el camino que había recorrido desde la carretera hasta el sitio exactamente frente a Berenice. Allí terminaban.

Berenice retrocedió, sorprendida y temblando. Miró hacia la carretera, y hacia el otro lado, pero sabía que no iba a ver a la joven en la motocicleta. A decir verdad, cuando transcurrieron unos pocos segundos más, Berenice sabía que se hubiera sentido desilusionada si la veía. Hubiera sido el fin de algo muy hermoso que nunca antes había sentido.

Pero tenía que salir de la vista pública, continuaba diciéndose. Se había quedado en el sitio, como si estuviera clavada allí. Tuvo que hacer un esfuerzo para despegarse del punto, y se apresuró para entrar al cafecito de Rosa Allen.

La cena les fue traída cerca de las seis. Marshall estaba listo para comer el pollo frito y las zanahorias, pero Enrique estaba en plena historia que Marshall tuvo que exhortarlo a que comiera.

— Ahora llego a la parte realmente buena — protestó Enrique, y luego preguntó —: ¿Me está siguiendo el hilo?

— Mucho de lo que dice es nuevo para mí — admitió Marshall.

— ¿Qué me dijo que era usted? ¿Presbiteriano?

— No les eche a ellos la culpa. Yo soy yo, esto es todo, y siempre pensé que esto de fantasmas y duendes aparecían solamente en el día de las brujas.

—Bien, pues; usted siempre anduvo buscando una explicación por la atracción extraña de Julia Langstrat, y cómo es que la red puede tener esa poderosa influencia sobre la gente y lo que pudo haber estado realmente atormentando a Teodoro Harmel, y especialmente quiénes pueden ser esos espíritus guías.

—En otras palabras, ¿me está pidiendo que crea en espíritu maléficos?

—¿Cree usted en Dios?

—Sí, creo que hay un Dios.

—¿Cree usted en un diablo?

Marshall tuvo que pensarlo por un momento. Notó que en algún punto había sufrido un cambio en su opinión.

—Yo. . . este. . . sí. . . creo que sí.

—Creer en ángeles y demonios es el siguiente paso. Es lo lógico.

Marshall se encogió de hombros, y levantó un muslo de pollo:

—Está bien, continúe. Déjeme oír la historia completa.

34 Berenice pasó como otra hora y media en el café de Rosa Allen, bebiendo lentamente un tazón de la famosa sopa; Betsy tenía razón: era realmente buena. Todo el tiempo tenía un ojo puesto sobre Rosa. Si esta mujer se acercaba al teléfono, Berenice tenía que salir al escape. Pero parecía que a Rosa no le era extraño ver en su café a una mujer golpeada y amoratada, de modo que nada ocurrió.

Cuando dieron las siete y media, Berenice sabía que debía tratar de llegar a la reunión de una manera u otra. Pagó a Rosa por la sopa, con las monedas que había recogido de su auto, y salió.

Parecía que el auto de policía que se había detenido en la taberna Siempreverde se había ido ya, pero la luz era tan pobre, y estaba tan lejos, que Berenice no podía estar segura. Todo lo que podía hacer es dar un paso a la vez.

Avanzó, sigilosamente, con sus ojos mirando en todas direcciones, buscando policías, trampas, vehículos sospechosos, cualquier cosa. El estacionamiento de la taberna estaba repleto, y quizá eso era típico de un sábado por la noche. Conservó puestos sus anteojos de sol, pero aparte de eso, ella era la Berenice Krueger que la policía andaba buscando. ¿Qué más podía hacer?

A medida que se acercaba a la cantina, miró a un lado y a otro buscando posible rutas de escape. Notó que había un sendero que se adentraba al bosque, pero no tenía idea de a dónde iba o cuán largo era. En todo y por todo, parecía que no habían muchos lugares a donde correr o esconderse.

La parte posterior de la taberna Siempreverde era una lugar del cual parecía que nadie jamás se ocupaba; había allí tres autos viejos, refrigeradores olvidados, cajas de cerveza medio destruidas, y por entre los montones de mesas destrozadas, despegadas, cojas, herrumbradas, y sillas rotas, habían abierto un estrecho pasadizo que conducía hasta la puerta posterior.

Esta puerta también se arrastraba sobre el piso, dejando su arco en el linóleo. El estruendo de la música a todo volumen le llegó como si fuera una andanada, e igualmente el humo de cigarrillo y el nauseabundo hedor de la cerveza. Cerró la puerta tras sí, y se halló en una caverna llena de negras siluetas. Con cautela miró por encima, por debajo, y alrededor de sus anteojos de sol, tratando de ver, sin quitarse los anteojos, dónde estaba y si había allí alguien más.

Debía haber algún sitio donde sentarse. La mayoría de las mesas estaban llenas con obreros del aserrío y las mujeres que los acompañaban. Había una silla vacía en una esquina. Se sentó allí, y se dispuso a vigilar el salón.

Desde ese punto podía ver la puerta de entrada, y la gente que entraba y salía, pero no alcanzaba a distinguir sus caras. Reconoció a Daniel detrás del bar; estaba sirviendo cerveza mientras trataba de conservar las cosas bajo control. Pudo verificar que el tablero de juegos estaba en plena actividad, y dos máquinas de juegos de video chillaban y chisporroteaban con sus sonidos electrónicos.

Eran las siete y cincuenta. Bueno, quedarse sentada aquí no iba a servir de nada; pensó que era demasiado obvio; y simplemente no podía ver. Se levantó de su silla, y trató de confundirse con la gente, quedándose cerca de las paredes.

Miró de nuevo a Daniel. El se hallaba un poco más cerca, y tal vez podía estar mirándola también, pero ella no podía decirlo. El no actuaba como si la hubiera reconocido, o no le importaba. Berenice trató de hallar un sitio sin obstrucciones desde donde podría ver a la gente en las mesas del frente. Se unió a un grupito que estaba jugando en una de las máquinas de video. La gente del frente se veían sólo como siluetas, pero ninguna parecía ser Susana.

Allí estaba de nuevo Daniel, inclinado sobre una mesa, y levantando la cortina hasta la mitad. Algunas de las personas cerca expresaron su desagrado, pero él les dio alguna explicación, y la dejó así arriba.

Ella decidió regresar a su silla y esperar. Se abrió paso hasta la mesa de juegos, luego retrocedió lentamente hasta la parte posterior del salón.

Entonces se le ocurrió un pensamiento. En alguna película había visto el truco de levantar a medias una cortina. ¿Una señal? Volvió su mirada hacia el frente, y en ese exacto momento la puerta se abrió. Dos hombres uniformados entraron a toda carrera. ¡Policía! Uno de ellos le apuntaba directamente con su pistola. Se dirigió tan aprisa como pudo hacia la salida posterior. No había nada sino oscuridad delante de ella. ¿Cómo iba a poder encontrar la puerta?

Pudo oír el grito, por encima del ruido de la gente.

— ¡Detengan a esa mujer! ¡Policía! ¡Usted! ¡Deténgase!

La gente empezaba a exclamar:

— ¿Quién? ¿Cuál mujer? ¿Esa mujer?

Otra voz, saliendo de la oscuridad, le dijo:

— Oiga, señora, creo que se lo está diciendo a usted.

Ella no regresó a mirar, pero podía oír el estruendo de las sillas que eran apartadas o volcadas. Venían detrás de ella.

Entonces vio el rótulo de luz verde que decía "salida", indicando la ubicación de la puerta de atrás. *Déjate de andar con rodeos.* Se lanzó a la carrera hacia la puerta.

La gente gritaba por todos lados, viniendo en su ayuda, queriendo ver qué es lo que ocurría. Se atravesaban en el paso a los policías, y los policías empezaron a gritar:

— ¡A un lado! ¡Por favor! ¡Háganse a un lado! ¡Deténganla!

No pudo ver ninguna perilla en la puerta. Esperando que tuviera una barra, se lanzó con todo su cuerpo contra la puerta. No, no tenía barra para abrir, pero oyó que algo se partía y la puerta se abrió de par en par.

Estaba más claro afuera que adentro. Pudo abrirse paso por entre toda la basura, y a toda carrera se lanzó por el pasadizo mientras podía oír que la puerta volvía a abrirse violentamente. Luego volvió a oír las pisadas de los hombres que corrían. ¿Podría ella perderse de vista antes de que ellos salieran de todo ese montón de basura?

Se quitó los anteojos, a tiempo para ver el sendero que se adentraba al bosque, al otro lado de la cerca.

Era sorprendente lo que una persona puede hacer cuando está asustada lo suficiente. Colocando sus manos sobre la cerca, columpió su cuerpo hacia arriba, y saltó sobre ella, yendo a caer dando volteretas sobre los arbustos y matas del otro lado. Sin siquiera detenerse a felicitarse por la hazaña, echó a correr por el sendero como si fuera un conejo asustado, agazapándose para evitar las ramas bajas que podía ver, y recibiendo el azote de las que no alcanzaba a ver.

El sendero era suave y claro, y amortiguaba sus pisadas. En el bosque estaba más oscuro, y a veces tenía que detenerse abruptamente para poder ver dónde debía poner los pies. En esos momentos afinaba su oído, tratando de oír a sus perseguidores; podía oír algunos gritos lanzados muy atrás, pero parecía que ninguno había pensado en el sendero.

Había una luz al frente. Llegó a un camino vecinal de tierra, pero vaciló en los árboles hasta mirar a ambos lados del camino, para ver si había policías, autos, o cualquier cosa. El camino estaba desierto. Salió rápidamente, tratando de decidir qué dirección seguir.

De pronto, de una intersección un poco más abajo en la carretera, asomó un auto, entrando en la carretera y viniendo en dirección de ella. ¡Tenían que haberla visto! ¡No había nada qué hacer sino seguir corriendo!

Sus pulmones absorbían aire trabajosamente, su corazón golpeteaba furiosamente y parecía que se iba a destrozar por el esfuerzo, sus piernas parecían morirse. No podía evitar llorar de angustia y terror con cada exhalación mientras corría cruzando un campo hacia un conjunto de edificios que veía a la distancia. Miró hacia atrás. Una figura venía tras de ella, corriendo velozmente en persecución. *¡No! ¡Por favor! ¡No me persigan! ¡Déjenme tranquila! ¡No puedo seguir así!*

Los edificios se acercaban. Parecía ser una vieja granja. Ya no pensaba, sólo corría. Ya no podía ver; sus ojos estaban doblemente empañados por las lágrimas. Resoplaba buscando aire, sentía la boca seca, el dolor de sus costillas le laceraba el costado. La hierba azotaba sus piernas, casi haciéndole caer en cada paso. Podía oír los pasos de su perseguidor rozando la hierba, no muy lejos detrás de ella. *Oh, Dios, ¡ayúdame!*

Al frente se alzaba un enorme edificio oscuro: un granero. Llegaría hasta allá, y trataría de esconderse. Si la hallaban, la hallaban. Ya no podía seguir corriendo más.

Tropezó, volvió a levantarse, arrastró un pie tras el otro, dobló una esquina, y encontró la enorme puerta corrediza medio abierta. Prácticamente cayó dentro del granero.

Adentro, se encontró en completa oscuridad. Ahora sus ojos ya no le servían. Avanzó a tropezones, con sus brazos delante. Sus pies se arrastraban sobre la paja. Sus brazos se tropezaban con los tableros. Un establo. Avanzó un poco más. Otro establo. Podía oír los pasos que se acercaban, daban vuelta a la esquina, y entraban en el granero. Se agazapó en uno de los establos, y trató de aquietar su respiración. Estaba a punto de desmayarse.

Los pasos se hicieron más lentos. El perseguidor se había tropezado con la misma oscuridad y trataba de avanzar también. Pero continuaba acercándose.

Berenice retrocedió más en el establo, preguntándose si pudiera haber algún sitio donde esconderse. Su mano tropezó con una manija. Se agachó. Un tridente. Lo tomó en sus manos. ¿Podría realmente usar esta cosa a sangre fría?

Los pasos avanzaron metódicamente; el perseguidor estaba revisando cada establo, avanzando en el granero. Ahora Berenice pudo distinguir un pequeño rayo de luz revisando aquí y allá.

Ella levantó el tridente, mientras la costilla rota la castigaba en protesta. *Te va costar caro haberme perseguido hasta aquí,* pensó. Ahora iba a jugar según las reglas de la selva.

Los pasos sonaban muy cerca. El pequeño haz de luz estaba fuera de la apertura del establo. Ella estaba lista. La luz le alumbró en los ojos. Hubo un pequeño grito de asombro. *¡Vamos Berenice! ¡Tira el tridente!* Sus brazos no pudieron moverse.

—¿Berenice Krueger? —preguntó una voz de mujer, calladamente.

Berenice todavía no se movió. Sostenía en alto el tridente, todavía jadeando, y el pequeño rayo de luz iluminando sus ojos amoratados abiertos a más no poder, y su cara reflejando completo terror.

Quienquiera que fuera, retrocedió abruptamente al verla, y susurró:

—¡No, Berenice! ¡No lo tire!

Eso hizo que Berenice quisiera más que nunca lanzar la herramienta que tenía en las manos. Estaba gimiendo y boqueando, tratando de lograr que sus brazos se movieran. No quería hacerlo.

—Berenice —dijo otra vez la voz—, soy Susana Jacobson. Estoy sola.

Berenice todavía no podía bajar la herramienta. Por el momento estaba fuera de lo racional, y las palabras no significaban nada.

—¿Me oye, Berenice? —dijo la voz—. Por favor, deje el tridente en el suelo. No le voy a hacer daño. No soy de la policía. Se lo prometo.

—¿Quién es usted? —finalmente preguntó Berenice, con voz temblorosa y entrecortada.

—Susana Jacobson, Berenice.

Lo dijo de nuevo, lentamente.

—Susana Jacobson, la compañera de dormitorio de su hermana Patricia. Tenemos una cita, ¿recuerda?

Fue como si Berenice se recuperara súbitamente de una alucinación o una pesadilla. El nombre se le clavó en la mente y finalmente la hizo reaccionar.

—Usted. . . —jadeó—, ¡usted está bromeando!

—No bromeo. Soy yo misma.

Susana dirigió la luz de la linternita hacia su propia cara. El pelo negro y tez clara eran inconfundibles, incluso a pesar de que las ropas negras habían sido reemplazadas con pantalones y una chaqueta azul.

Berenice bajó el tridente. Luego lo dejó caer, y lanzó un quejido, que apagó poniéndose la mano sobre la boca. De súbito se dio cuenta de que algo le dolía terriblemente. Cayó de rodillas en la paja, y puso sus brazos alrededor de sus costillas.

—¿Está usted bien? —preguntó Susana.

— Apague esa luz antes de que nos vean — fue todo lo que Berenice alcanzó a decir.

La luz se apagó. Berenice pudo sentir que las manos de Susana la tocaban.

— ¡Usted está herida! — dijo Susana.

— Yo. . . yo trato de mantener las cosas en perspectiva — dijo Berenice entre jadeos —. Todavía estoy viva; he hallado a la verdadera Susana Jacobson, no he matado a nadie, y la policía no me ha encontrado. . . ¡y tengo una costilla rota! ¡Aaayyy!

Susana la abrazó, para consolarla.

— Suave, ¡suavemente! — advirtió Berenice —. ¿De dónde ha salido usted? ¿Cómo me encontró?

— Estaba vigilando la taberna desde un sitio al otro lado de la calle, esperando ver si usted o Kevin se asomaban. Vi que la policía entraba, y que usted salía a todo correr por la parte de atrás, y al instante supe quién era usted. Cuando éramos estudiantes de la universidad, solíamos andar por aquí muchas veces, de modo que conocía el sendero que usted siguió, y sabía que desembocaba en la carretera que usted encontró. Me di la vuelta en el auto, pensando que podía alcanzarla y hacer que brincara dentro del auto, pero usted estaba demasiado adelante, y continuaba corriendo.

Berenice dejó caer la cabeza un poco. Podía sentir que le afloraba la emoción otra vez.

— Yo estaba segura de que nunca había visto un milagro, pero ahora, no lo sé.

Enrique terminó su historia y, a insistencias de Marshall, también casi había terminado su comida. Marshall empezó a hacerle preguntas, las cuales Enrique respondía de acuerdo a su conocimiento de las Escrituras.

— De modo que — Marshall preguntó y meditó al mismo tiempo —, cuando los evangelios hablan de que Jesús y sus discípulos echaban fuera espíritus inmundos, ¿eso quiere decir que realmente lo hacían?

— Eso es lo que hacían — contestó Enrique.

Marshall se reclinó contra los barrotes, y continuó pensando.

— De seguro que eso explica un montón de cosas. Pero, ¿qué le pasa a Sandra? ¿Supone usted que ella. . . que ella está. . ?

— No lo sé por seguro, pero podría ser.

— Por lo que hablamos ayer. . . esa no era ella. Ella estaba desquiciada; usted no lo creería.

Se corrigió a sí mismo.

— De nuevo; probablemente que sí.

Enrique estaba emocionado.

—Pero ¿no ve usted lo que ha pasado? Es un milagro de Dios, señor Hogan. Todo el tiempo usted ha estado investigando toda esta intriga y fraude, y preguntándose cómo es que todo esto pudiera estar ocurriendo tan calladamente, y, sobre todo, tan poderosamente, especialmente en la vida de tantos individuos. Bueno, pues, ahora ya sabe el "cómo". Y ahora que le he dicho lo que yo he encontrado, y todo lo que me ha tocado pasar, tengo mi "porqué". Todo este tiempo hemos estado enfrentando poderes demoniacos en esta ciudad, pero realmente nunca supe a ciencia cierta qué es lo que trataban de lograr. Ahora ya lo sé. Tiene que haber sido el Señor el que nos juntó.

Marshall le dirigió una sonrisa medio incrédula.

—Y ahora, ¿qué nos toca hacer, pastor? Nos tienen encerrados, no nos han permitido que nos comuniquemos con ningún familiar, ni con amigos, ni con abogados, ni con nadie. Tengo el presentimiento de que nuestros derechos constitucionales no van a servir de mucho en este asunto.

Ahora Enrique se había reclinado contra la pared fría de concreto, y pensaba.

—Sólo Dios sabe eso. Pero tengo una fuerte impresión de que El nos va a librar, y que El también tiene un plan para sacarnos de aquí.

—Si hablamos de impresiones fuertes —replicó Marshall—, tengo también mis fuertes presentimientos de que todo lo que pretenden es tenernos fuera de su camino mientras concluyen de una vez por todas lo que han empezado. Cuando salgamos va a ser interesante ver lo que queda de esta ciudad, de nuestros trabajos, de nuestras casa, de nuestras familias, y de todo lo que una vez consideramos de valor. Si es que salimos de aquí.

—Bueno, hay que tener fe. Dios lo controla todo.

—Así es; sólo que espero que la pelotita no se le haya salido de las manos.

Sentadas en las pajas del granero, en la oscuridad, Berenice trataba de explicarle todo a Susana; su cara hinchada, su costilla rota, lo que ella y Marshall habían atravesado juntos, y la muerte de Kevin Pasto.

Susana se detuvo un instante, tratando de captarlo todo, y luego dijo:

—Es la manera en que Kaseph hace las cosas. Es la manera en que la *Sociedad de la Conciencia* lo hace. Debería haberlo sabido mejor antes de enredar a Kevin en esto.

—No. . . no se eche la culpa. Todos nosotros estamos metidos en ese asunto, sea que queramos estar o no.

Susana se esforzó por no dejarse ganar por las emociones, y actuar calculadamente.

— Tiene razón... por lo menos por ahora. Algún día me sentaré y pensaré realmente sobre todo esto, y lloraré por aquel hombre.

Se levantó.

— Pero ahora hay mucho que hacer y muy poco tiempo. ¿Piensa que puede caminar?

— No, pero eso no me ha detenido hasta ahora.

— Mi auto es alquilado, y tengo demasiados materiales de extrema importancia en él como para dejarlo abandonado allí donde está. Vamos.

Sigilosamente, con cuidado, y dando pasos muy medidos, Susana y Berenice se encaminaron hacia la puerta del granero. Afuera todo estaba muy quieto.

— ¿Se arriesga a avanzar? — preguntó Susana.

— Seguro — dijo Berenice —. Vamos.

Emprendieron el regreso cruzando la explanada, hacia la carretera donde Susana había dejado el auto, usando la copa de un árbol que sobresalía a la distancia como punto direccional. Al cruzar de nuevo por el campo Berenice notó que el recorrido era mucho más corto ahora que no estaba huyendo en procura de salvar su vida.

Susana le guió hasta donde había dejado estacionado el auto. Lo había sacado de la carretera, y ocultado bajo unos árboles. Empezó a tantear sus bolsillos en busca de la llave.

— ¡Susana! — dijo una voz desde los árboles.

Las dos se quedaron paralizadas.

— ¿Susana Jacobson? — dijo la voz de nuevo.

Susana susurró emocionada:

— ¡No puedo creerlo!

Berenice replicó:

— ¡Yo tampoco puedo creerlo!

— ¿Kevin?

Unas cuantas ramas se separaron, y un hombre salió del bosque. No había equivocación en cuanto a su estatura y aquella manera desmañada de caminar.

— ¿Kevin Pasto? — tuvo que preguntar Berenice de nuevo.

— ¡Berenice Krueger! — dijo Kevin —. ¡Logró escaparse! ¡Fantástico!

Después de un corto momento de sorpresa y asombro, los abrazos vinieron espontáneamente.

— ¡Vámonos de aquí! — dijo Susana.

Los tres se apiñaron en el auto, y empezaron a poner kilómetros entre ellos y Baker.

— Tengo una habitación en un hotel en Orting, más al norte de

Windsor — dijo Susana —. Podemos ir allá.

Berenice y Kevin estuvieron de acuerdo.

Berenice dijo alegremente:

— Kevin, usted acaba de convertirme en una solemne mentirosa. Pensé que era seguro que usted había muerto.

— Estoy vivo, por ahora — dijo Kevin, no sonando demasiado seguro acerca de nada.

— ¡Pero su camioneta cayó en el río!

— Sí, lo sé. Algún tonto se la robó, y la chocó. Alguien estaba tratando de matarme.

Se dio cuenta de que lo que decía no tenía mucho sentido, de modo que empezó de nuevo.

— Yo estaba en camino para encontrarnos en el puente, como me lo habías dicho. Me detuve en la Siempreverde para una cerveza, y apuesto que alguien me hizo una pasada. . . ¿Comprenden, verdad? puso algo en mi cerveza. Quiero decir, me narcotizaron. Estaba conduciendo por la carretera, cuando empecé a sentirme muy mal, de modo que tuve que parar en el sitio de las hamburguesas de Tucker para vomitar, tomar un poco de agua, o hacer algo. Me fui al excusado y allí me quedé dormido. Debo haber dormido toda la noche. Me desperté esta mañana, y fui a buscar mi camioneta, pero había desaparecido. No supe lo que había pasado sino cuando lo leí en el periódico. Todavía deben andar buscando mi cuerpo.

— Es obvio que Kaseph y su red nos tienen marcados — dijo Susana —, pero. . . creo que alguien nos está cuidando. Kevin, algo similar me ocurrió a mí: me escapé del rancho de Kaseph a pie, y la única razón por la cual logré escabullirme fue porque todo los guardias de seguridad salieron en persecución de alguien que estaba tratando de escaparse en uno de los camiones de mudanza. Ahora, ¿quién, en sus cabales, trataría de hacer algo así, y en ese preciso momento?

Berenice añadió:

— Y yo todavía no puedo figurarme quién era Betsy.

Susana había estado formulando su teoría por varios días.

— Creo que es mejor que empecemos a pensar en Dios.

— ¿Dios?

— Y ángeles — añadió Susana.

Rápidamente contó los detalles de su huida, y concluyó:

— Escuchen. Alguien entró en ese cuarto. Yo lo sé.

Kevin replicó:

— Tal vez fue un ángel el que se robó mi camioneta.

Y Berenice recordó:

— ¿Saben una cosa? Había algo en Betsy. Me hizo llorar. Nunca me he topado con algo semejante anteriormente.

Susana le tocó la mano.

— Bueno, parece que realmente estamos topándonos con algo, de modo que lo mejor que podemos hacer es prestar atención.

El auto continuaba rodando raudamente por las carreteras secundarias, dando un pequeño rodeo hasta llegar a la población de Orting.

Como dos compañeros de armas, Marshall y Enrique empezaron a sentirse como que se habían conocido toda la vida.

— Me gusta esa clase de fe — dijo Marshall —. No me sorprende que hayan tratando tanto de sacarlo de esa iglesia.

Dejó escapar una risita.

— ¡Usted debe sentirse como en la batalla del Alamo! Usted es el único que se interpone entre el diablo y el resto de la población.

Enrique sonrió débilmente.

— No soy gran cosa, créame. Pero yo no estoy solo. Hay santos allá afuera, Marshall, gente que está orando por nosotros. Tarde o temprano algo va a ocurrir. ¡Dios no va a permitir que Satanás se apodere de este pueblo tan fácilmente!

Marshall le señaló con el dedo, y hasta lo agitó un poco:

— ¿Lo ve? Me gusta esa clase de fe. Firme y directa, colocada en la línea.

Sacudió su cabeza.

— ¡Veamos! ¿Cuánto tiempo hace que no me he topado con algo así?

Enrique midió sus palabras, pero sabía que había llegado el tiempo de decirlo.

— Bueno, Marshall, puesto que estamos hablando directamente aquí, directamente al punto, ¿qué me dice en cuanto a usted mismo? Debe haber algunas razones por las cuales Dios nos puso juntos en esta celda.

Marshall ya no se sentía a la defensiva, sino sonriendo y listo para escuchar.

— ¿Qué vamos a hacer, entonces, hablar del destino eterno de mi alma?

Enrique sonrió en respuesta.

— Eso es exactamente de lo que vamos a hablar.

Hablaron sobre el pecado, aquella tendencia agravante y destructiva que el ser humano tiene para alejarse de Dios, y escoger su propia manera de vivir, siempre para su propio daño. Eso los trajo de vuelta al tema de la familia de Marshall, y cómo tantas actitudes y acciones eran el resultado directo de aquella voluntad egoísta humana, y la rebeldía contra Dios.

Marshall sacudió su cabeza, a medida que veía las cosas en esta luz.

—Nuestra familia nunca conoció a Dios. Simplemente cumplíamos los rituales. ¡No es de sorprenderse que Sandra no la aceptaba realmente!

Entonces Enrique le habló de Jesucristo, y le mostró a Marshall que este Hombre, cuyo nombre se pronunciaba con tanta ligereza y hasta se lo usaba para sazonar palabrotas, era mucho más que un símbolo religioso o una personalidad intocable en una urna de cristal. El era el Hijo de Dios, muy real, muy personal, vivo y verdadero, y podía ser el Salvador personal de cualquiera que le pidiera serlo.

—Nunca pensé que yo estaría escuchando algo así— dijo Marshall de súbito —. Usted realmente está poniendo el dedo en la llaga, lo sabe, ¿verdad?

—Ya veo — dijo Enrique —, ¿por qué cree usted que le sucede eso? ¿De dónde procede el dolor?

Marshall aspiró profundamente, mientras se tomaba unos instantes para pensar.

—Creo que procede del hecho de saber que usted tiene la razón, lo que quiere decir que yo he estado viviendo del lado equivocado por largo, largo rato.

—Jesucristo lo ama de todas maneras. El sabe que ese es su problema, y él murió por eso.

—Sí. . . ¡es cierto!

35 El hotelito en Orting era atractivo, acogedor, tranquilo, igual que el resto del pueblecito situado en las márgenes del río Judd, al borde de un parque nacional. Era el paradero obligado de deportistas, construido y decorado con motivos de pesca, cacería y vida al aire libre.

Susana no quería ni problemas ni llamar la atención, de modo que pagó por otros dos ocupantes en la habitación por esa noche. Luego se fueron al cuarto, y bajaron las cortinas.

Todos usaron el baño, pero Berenice se detuvo en él más tiempo, volviendo a colocarse el vendaje sobre sus costillas y lavándose la cara. Se miró en el espejo, y se tocó las magulladuras, lanzando un silbidito al contemplarlas. De la manera en que se veían, lo único que podían hacer era sanar.

Mientras tanto Susana había abierto la enorme maleta encima de la cama. Cuando Berenice finalmente salió del baño, Susana tomó un librito de la maleta y se lo entregó.

—Aquí es por donde empezó todo — le dijo —. Es el diario de su hermana Patricia.

Berenice no supo qué decir. Un diamante no podía haber sido mayor tesoro. Se limitó a mirar el pequeño diario que tenía entre sus manos, el último vínculo que la unía a su hermana muerta, y batallaba por creer que realmente lo tenía entre sus manos.

— ¿Dónde. . . dónde lo encontró?

— Julia Langstrat se aseguró de que nadie jamás lo vería. Hizo que se lo robaran de la habitación de Patricia, y se lo dio a Kaseph, de quién se lo robé yo. Yo me convertí en la amante de Kaseph, ustedes ven; en su Servidora, como la llama él. Tenía acceso a él todo el tiempo, y él confiaba en mí. Me tropecé con ese diario un día en que estaba arreglando su oficina, y lo reconocí en seguida porque solía observar que Patty escribía en él casi cada noche en nuestro dormitorio. Lo saqué a escondidas, lo leí, y me hizo despertar. Yo solía pensar que Alejandro Kaseph era. . . este. . . bueno, el Mesías, la respuesta para toda la humanidad, un verdadero profeta de la hermandad y paz universal. . .

Susana hizo una mueca como si le diera náuseas.

— El me llenó la cabeza con todo ese parloteo, pero por alguna razón, muy dentro de mí, siempre tenía mis dudas. Ese librito que tiene en sus manos me dijo que diera oído a mis dudas y no a él.

Berenice hojeó el diario. Se remontaba varios años atrás, y parecía ser muy detallado.

Susana continuó:

— Tal vez usted no quiera leerlo ahora. Cuando yo leí ese diario. . . bueno, me dejó enferma por varios días.

Berenice quería saber el fin de la historia.

— Susana, ¿sabe usted cómo realmente murió mi hermana?

Susana respondió con cólera:

— Su hermana Patricia fue eliminada metódica y diabólicamente por la *Sociedad de la Conciencia Universal*, o, quizá será mejor decirlo, por las fuerzas que se esconden detrás de ella. Ella cometió el error fatal que he visto cometer a otros: llegó a saber demasiado sobre la sociedad, llegó a ser un enemigo de Alejandro Kaseph. Escuche, lo que Kaseph quiere, lo consigue; y no le importa quién o qué haya que destruir, matar y mutilar con tal de conseguirlo.

Sacudió la cabeza.

— Tuve que estar ciega para no haber notado lo que le iba a pasar a Patricia. ¡Todo se sucedía como en un libro de texto!

— ¿Y qué acerca de un hombre llamado Tomás?

Susana respondió directamente:

— Sí, fue Tomás. El fue el responsable por su muerte.

Luego añadió, más bien enigmáticamente:

— Pero él no era un hombre.

Berenice fue lenta en captar este nuevo juego con sus extrañas reglas:

— Y ahora me va a decir que tampoco era una mujer.

—Patricia estaba tomando una clase de psicología, y uno de los requisitos era que había que participar en ciertos experimentos de psicología... todo está en su diario, usted misma va a leerlo todo. Un amigo la persuadió de que se ofreciera como voluntaria para un experimento de técnicas de reposo, y fue durante aquel experimento que ella tuvo lo que ella llama una experiencia psíquica, cierta clase de vislumbre de un mundo más elevado, según lo llama. Acortaré la historia; usted lo leerá por sí misma más tarde. Ella quedó profundamente enamorada de la experiencia, y no vio ninguna conexión entre esta exploración "científica" y las prácticas "místicas" en las que yo estaba participando. Ella siguió participando de los experimentos, y finalmente se puso en contacto con lo que ella llama un ser humano altamente desarrollado, incorpóreo, de otra dimensión, un ser muy sabio e inteligente llamado Tomás.

Berenice tuvo que esforzarse por entender lo que estaba oyendo, pero sabía que tenía en sus manos todas la documentación para el relato de Susana, el diario de su hermana.

—¿Quién era realmente este Tomás? ¿Nada más que una invención de su imaginación?

—Algunas cosas usted va a tener que aceptarlas sin mayor explicación por ahora — replicó Susana, con un suspiro —. Acabamos de hablar de Dios, hemos jugado con la idea de ángeles; ahora tratemos de pensar en ángeles demoníacos, entidades espirituales maléficas. Para los científicos ateos, pueden parecer como seres extraterrestres, a menudo con sus propias naves espaciales; para los evolucionistas, son seres con un elevado grado de evolución; para el solitario, parecen ser seres queridos fallecidos mucho tiempo atrás que les hablan desde el otro lado de la tumba; los psicólogos que siguen a Jung los consideran "imágenes de arquetipo", extraídas de la conciencia colectiva de la raza humana.

—¿Qué?

—Escuche. Cualquiera que sea la descripción o definición que se adapte, cualquier forma, cualquier imagen que se requiera para ganarse la confianza de la persona, y apelar a su vanidad, esa es la forma que toma. Y le dicen al ansioso buscador lo que él o ella quieran oír, hasta que finalmente tienen a la persona completamente bajo su control.

—Como un juego de trampas, en otras palabras.

—Todo es una trampa: meditación oriental, brujería, adivinación, ciencia de la mente, sanidad psíquica, educación de santidad... y la lista sigue sin fin... todo es lo mismo, nada más que una artimaña para apoderarse de las mentes y espíritus de las personas, incluso de sus cuerpos.

Berenice rememoró paso a paso su investigación, y todo lo que decía Susana encajaba en cada lugar.

Susana continuó:

—Berenice, estamos tratando con una conspiración de seres espirituales. Lo sé. Kaseph está arrastrándose con ellos, y recibe de ellos sus órdenes. Ellos hacen su obra cochina. Si alguien se interpone en su camino, tiene incontables recursos en el mundo espiritual para eliminar el problema, cualquiera que sea la manera más conveniente para ellos.

Teodoro Harmel, pensó Berenice. *Los Carlucci. ¿Cuántos otros?*

—No es usted la primera persona que trata de decírmelo.

—Espero que seré la última persona que tenga que hacerlo.

Kevin intervino.

—Así es. Recuerdo cómo Patricia solía hablar de Tomás. Nunca me pareció que era alguien humano. Ella actuaba más como si fuera una especie de dios. Ella tenía que consultar con él incluso antes de decidir qué es lo que iba a comer en el desayuno. Yo. . . yo pensé que ella había encontrado a algún tipo.

Susana continuó hasta el fondo de la historia.

—Patricia le había entregado su voluntad a Tomás. No le tomó mucho tiempo; usualmente no lo requiere una vez que la persona realmente se somete a la influencia de un espíritu. No cabe duda que él tomó el control sobre ella, luego la aterrorizó, luego la convenció de que. . . los hindúes lo llaman *karma*; es el engaño de que su próxima vida será mejor que esta por cuanto uno se ha ganado suficientes puntos meritorios. En el caso de Patricia, una muerte por su propia mano no sería otra cosa sino escaparse del mal de este mundo bajo, y unirse con Tomás en un estado más elevado de existencia.

Susana con gentileza dio vuelta a las hojas del diario que todavía tenía Berenice en sus manos, y encontró la última anotación:

—Aquí. La última cosa que consta en el diario de Patricia es una carta de amor para Tomás. Ella planeaba unírsele pronto, y hasta menciona cómo lo iba a hacer.

Berenice sintió repulsión ante el solo pensamiento de leer tal carta, pero empezó a hacerlo en las últimas páginas del diario de su hermana. Patricia escribía siguiendo el estilo de alguien que está bajo una extraña y poderosa ilusión engañosa, pero también era claro que estaba profundamente desorientada por un terrible temor de la vida misma. Un terrible sufrimiento y angustia espiritual se habían apoderado de su alma, cambiándola de la alegre Patricia Krueger que Berenice había conocido, a una persona psicótica y aterrorizada completamente fuera de la realidad.

Berenice trató de seguir leyendo, pero empezaba a sentir viejas heridas que volvían a abrirse; las emociones que habían esperado hasta este momento de revelación final, afloraron desde sus escondites como un río que se desbordaba por un dique roto. Las palabras garabateadas y confusas de las páginas se nublaron ante su vista, detrás de una cascada de lágrimas, y su cuerpo entero empezó a estremecerse por sus sollozos. Todo lo que quería era aislarse del mundo, desentenderse de esta galante mujer, de este pobre y maltrecho obrero, echarse en la cama, y llorar. Y así lo hizo.

Enrique dormía pacíficamente en su catre en la celda. Marshall no podía dormir. Estaba sentado en la oscuridad, con su espalda apoyada contra las fríos barrotes de la celda, cabizbajo, y frotándose nerviosamente la cara con su mano.

Le habían disparado directo al corazón. Así es como se sentía. De alguna manera había perdido su armadura, su fuerza, su fachada fuerte y dura. Siempre había sido Marshall Hogan, el cazador, el sabueso, el *quítate-de-micamino*, el enemigo de cuidado, un tipo que podía valerse por sí mismo.

Un bobo, eso era lo que era, y nada sino un necio. Este Enrique Busche tenía la razón. Sencillamente mírate a ti mismo, Hogan. No te preocupes si Dios va a dejar caer la pelotita; tú ya la dejaste caer largo tiempo atrás. Lo arruinaste todo, hombre. Pensabas que tenías todo bajo control, y ahora, ¿dónde está tu familia y dónde estás tú?

Tal vez fuiste engañado por estos demonios de los cuales Busche estaba hablando, y entonces te engañaste incluso tú mismo. Vamos, Marshall, sabes bien por qué te portabas tan áspero con tu familia. Era una excusa, cantando la misma vieja canción. Y disfrutabas trabajando con tu linda reportera, ¿no es verdad? jugando con ella, lanzándole bolitas de papel, como si no fuera cierto. ¿Cuántos años tienes? ¿Dieciséis?

Marshall dejó que su propio cerebro y su corazón le dijeran la verdad, y mucho de ella era como si él lo hubiera sabido desde mucho atrás, pero nunca le hubiera prestado atención. ¿Cuánto tiempo, empezó a preguntarse, se había estado mintiendo a sí mismo?

—Caty —susurró en la oscuridad, con sus ojos llenándose de lágrimas —, ¿qué es lo que he hecho?

Una mano grande se extendió del otro lado de la celda, y movió a Enrique por el hombro.

Enrique se movió, abrió los ojos, y dijo quedamente:

—¿Qué sucede?

Marshall estaba llorando, y muy quedamente dijo:

—Pastor, yo no sirvo para nada. Necesito a Dios. Necesito a Jesucristo.

¿Cuántas veces en su vida Enrique había escuchado las mismas palabras?

— Oremos.

Después que pasaron algunos minutos, Berenice empezó a sentir que el aluvión de lágrimas iba cediendo. Se sentó, todavía gimiendo, pero tratando de retornar al asunto que tenían entre manos.

— Eso fue lo que hizo que me despertara — repitió Susana —. Pensé que estos seres eran buenos; pensé que Kaseph tenía todas las respuestas. Pero los vi en toda su verdadera forma cuando vi lo que le hicieron a mi mejor amiga, su hermana.

Kevin preguntó:

— Entonces ¿fue por eso que viniste al festival y me pediste el número de mi teléfono?

— Kaseph tenía una reunión especial en la ciudad con Julia Langstrat y otros conspiradores vitales, Oliverio Young y Alfredo Brummel. Llegué a Ashton con Kaseph, pegada a él como siempre lo hacía, pero cuando se presentó una oportunidad me escabullí. Tenía que buscar la oportunidad con la esperanza de que te encontraría en alguna parte. Tal vez fue Dios quien lo hizo, de nuevo; no fue sino un milagro que te viera en la feria. Necesitaba un amigo afuera en quien pudiera confiar; alguien oscuro.

Kevin sonrió:

— Eso me describe a la perfección.

Susana continuó:

— A Kaseph nunca le gustó sentir que no tenía total control sobre mí. Cuando me le escapé en la feria, probablemente les dijo a los otros que me había enviado adelante y que me encontrarían allí. Cuando me encontró y me llevó casi a rastras detrás de aquella ridícula caseta, les dijo que yo me había adelantado y escogido aquel sitio.

Berenice dijo:

— ¡Y allí es cuando me crucé con ustedes y le tomé la fotografía!

— Y entonces Brummel les dio unos cuantos billetes a dos prostitutas y algunas instrucciones a unos pocos de sus amigos de Windsor, y usted ya sabe el resto.

Susana fue a la maleta.

— Pero estas son las noticias realmente grandes. Kaseph está mudándose mañana. Hay una reunión especial planeada para las dos de la tarde, con los síndicos de la universidad Whitmore. La Corporación Omni, como una fachada de la *Sociedad de la Conciencia Universal*, planea comprar la universidad, y Kaseph viene para cerrar el trato.

Los ojos de Berenice se abrieron grandemente con horror.

373

— Entonces nosotros teníamos razón. ¡El se va a apoderar de la universidad!

— Es buena estrategia. Toda la ciudad de Ashton gira prácticamente alrededor de esa universidad. Una vez que la sociedad y Kaseph se hayan establecido en Whitmore, tendrán una influencia avasalladora sobre el resto del pueblo. Gente de la *Sociedad de la Conciencia Universal* llegarán como enjambres, y Ashton se convertirá en otra "Ciudad Sagrada de la Mente Universal". Ha ocurrido antes, en otras ciudades, en otros países.

Berenice dio un puñetazo sobre la cama, en frustración.

— Susana, tenemos todos los documentos de las transacciones financieras de Eugenio Baylor, evidencia que pudiera mostrar que la universidad estaba siendo defraudado. Pero no encontramos ningún sentido en todos esos papeles.

Susana extrajo de su maleta una pequeña latita.

— En verdad, lo que ustedes tienen es solamente la mitad del cuadro. Baylor no es ningún tonto; el sabía cómo cubrir el rastro de modo que el desfalco a favor de Omni no se notara. Lo que ustedes necesitan es el otro lado de las transacciones: los propios registros de Kaseph.

Ella les enseñó la latita que tenía en la mano.

— No tenía espacio para todo el material. Pero lo fotografié, sin embargo, y si pudiéramos revelar esta película. . .

— Tenemos un cuarto oscuro en *El Clarín*. Podríamos revelar allí esa película en seguida.

— Vámonos de aquí.

Así lo hicieron.

El Remanente continuaba orando. Nadie había podido oír nada o saber nada desde el arresto de Enrique. La estación de policía estaba resguardada por policías extraños que nadie en Ashton había visto antes, y ninguno de estos oficiales sabía nada acerca de las visitas que alguno de los presos pudiera recibir, o cómo se podía prestar fianza por alguno de ellos, ni tampoco permitían que nadie encuentre cómo hacerlo. Parecía como si Ashton se hubiera convertido en un estado militarizado.

El temor, la cólera y la oración se incrementó. Algo terrible estaba pasando en el pueblo, y todos lo sabían muy vívidamente, pero, ¿qué se podía hacer en una ciudad con autoridades sordas, en un condado cuyas oficinas estaban cerradas por el fin de semana?

Las líneas telefónicas continuaban zumbando, tanto en el mismo pueblo como a otras partes de la nación, a parientes y amigos, todos los cuales caían de rodillas para interceder y llamar a sus propias autoridades y legisladores.

Alfredo Brummel se mantuvo lejos de su oficina, evitando a cualquier cristiano perplejo que pretendiera dirigirle algún sermón sobre los derechos constitucionales de su pastor, o su deber para con la voluntad del pueblo como oficial elegido por la gente, o cualquier otra cosa. Permaneció en el apartamento de Julia Langstrat, dando vueltas por el cuarto, preocupado, sudando, esperando que fueran las dos de la tarde del domingo.

La abuela Duster continuaba orando, y asegurando a todo el mundo que Dios tenía todo bajo control. Les repitió de nuevo lo que los ángeles le habían dicho, y entonces muchos de ellos recordaron lo que habían soñado, oído en sus mentes mientras estaban orando, visto en alguna visión, o sentido en sus espíritus. Todos continuaban haciendo oración por la ciudad.

Y por todos lados, de todas direcciones, nuevos visitantes continuaban llegando al pueblo de Ashton, en camiones de heno, como si fueran excursionistas de verano, deslizándose por entre los sembrados de maíz y luego por los callejones menos concurridos, haciendo estruendo como si fueran un grupo de motociclistas eufóricos, en un ómnibus como si fueran estudiantes, escondidos en las maleteras o debajo de los vehículos que viajaban por la carretera 27.

Y así continuamente los resquicios, los cuartos vacíos, y otros incontables lugares por todo el pueblo cobraban vida con figuras silenciosas, quietas, con sus voluminosas manos sobre sus espadas, con sus ojos dorados en actitud de alerta, y sus oídos listos y preparados para cuando sonara una trompeta en particular.

Encima del pueblo, escondido entre los árboles, Tael todavía podía mirar al otro lado del valle, y ver a Rafar sentado sobre el viejo tronco, supervisando la actividad de sus demonios.

El capitán Tael continuaba vigilando y esperando.

En el remoto valle, una nube de demonios que crecía rápidamente giraba en un radio de tres kilómetros a la redonda del rancho, alta casi hasta las cima de las montañas alrededor. Su número era incontable, su densidad era tal que la nube oscurecía totalmente cualquier cosa que estaba a su alcance. Los espíritus danzaban y gritaban como borrachos peleando, esgrimiendo sus espadas, delirando y echando espuma, con una cólera loca brillándoles en los ojos. Miríadas de ellos se entretenían en parejas, jugando, molestándose uno al otro, probando cada uno su propia habilidad o la del otro.

En el mismo centro oscuro de la nube, en la gran casa de piedra, el Hombre Fuerte se hallaba sentado, con los ojos medio cerrados, y un gesto de rufián que profundizaba los surcos de su cara toda arrugada. En compañía de sus generales, se refocilaba por las noticias que acababa de recibir del pueblo de Ashton.

—El príncipe Rafar ha satisfecho mis deseos, ha cumplido su misión — dijo el Hombre Fuerte, y dejó al descubierto sus enorme colmillos de marfil con una sonrisa babeante —. Me va a gustar ese pueblito. En mis manos, crecerá como un árbol, y llenará toda la comarca.

Saboreó el siguiente pensamiento:

— Quizás nunca tendré que moverme de ese lugar, ¿qué piensan? ¿tendremos finalmente un hogar?

Los gigantescos y repugnantes generales rezongaron algunas afirmaciones. El Hombre Fuerte se levantó de su asiento, y los demás se pusieron instantáneamente de pie y en posición de atención.

—Nuestro señor Kaseph me ha estado llamando ya por algún tiempo. Preparen las filas. Saldremos inmediatamente.

Los generales salieron velozmente por el techo de la casa, hacia la nube, gritando sus órdenes, reuniendo a sus tropas.

El Hombre Fuerte desplegó sus alas como un manto real, luego se fue flotando como un buitre monstruoso y formidable hasta el cuarto del sótano donde Alejandro Kaseph, sentado en un cojín y con las piernas cruzadas, repetía el nombre del Hombre Fuerte vez tras vez. El Hombre Fuerte se apareció enfrente de Kaseph, y se quedó observándolo por un instante, disfrutando de la adoración y servilismo espiritual de Kaseph. Luego, con un movimiento muy sutil, el Hombre Fuerte dio un paso al frente y dejó que su corpulento ser se disolviera dentro del cuerpo de Kaseph, mientras Kaseph se retorcía grotescamente. En un momento la posesión era completa, y Alejandro Kaseph se despertó de su meditación.

— ¡La hora ha llegado! — dijo, con la mirada del Hombre Fuerte brillando en sus ojos.

36 Susana condujo el auto hasta el estacionamiento detrás de El Clarín de Ashton. Eran las cinco de la mañana, y la luz del día empezaba a dejarse ver. De alguna manera, hasta donde podían saber, no habían sido vistos por nadie de la policía. La ciudad parecía dormir, y el día prometía ser agradable y soleado.

Berenice se dirigió a un cierto lugar especial, detrás de dos estropeadas latas de basura, y halló la llave para la puerta posterior que tenían allí escondida. En un instante, los tres se hallaban dentro.

— No enciendan ninguna luz, ni hagan ningún ruido, ni se acerquen a ninguna ventana — les advirtió Berenice —. El cuarto oscuro está aquí. Entren, antes de que yo encienda la luz.

Los tres se apretujaron en el cuartito. Berenice cerró la puerta, y oprimió el interruptor.

Preparó los productos químicos, revisó nuevamente la película, alistó el tanque de revelado. Apagó la luz, todos quedaron en completa obscuridad.

— Espeluznante — dijo Kevin.

— Será sólo por pocos minutos. Vaya, no tengo la menor idea de lo que le estará ocurriendo a Marshall, pero ni siquiera me atrevo a tratar de descubrirlo.

— ¿Qué tal la máquina de contestar el teléfono? Pudiera ser que hayan algunos mensajes allí.

— Es una buena idea. Puedo verificarlo tan pronto como logre cargar la película en el tanque. Ya casi termino.

Entonces a Berenice se le ocurrió otro pensamiento.

— Me pregunto qué le habrá pasado a Sandra Hogan también. Ella le lanzó la lámpara a su padre, y salió corriendo de su casa.

— Sí, me estaba usted contando sobre eso.

— No sé a dónde habrá ido, a menos que haya decidido irse a donde vive ese individuo Hipócrates.

— ¿Con quién? — preguntó Susana abruptamente —. ¿Con quién dijo?

— Un tipo llamado Hipócrates.

— ¿Hipócrates Ormsby? — preguntó Susana.

— Parece que usted lo conoce.

— Me temo que Sandra Hogan puede estar en serio peligro. Hipócrates Ormsby aparece varias veces en el diario de su hermana. El fue quien enredó a Patricia en esos experimentos de parapsicología. El la animó a que los continuara, y él es quien con el tiempo la presentó a Tomás.

La luz del cuarto oscuro se encendió. El tanque de revelado estaba cargado, y listo, pero Berenice pudo sólo quedarse mirando a Susana, completamente pálida.

Madelina no era ningún ser rubio, hermoso y sobrehumano, de alguna dimensión más elevada. Madelina era un demonio, un monstruo satánico de piel arrugada, con espolones afilados y naturaleza engañosa y sutil. Para Madelina, Sandra Hogan había sido una presa fácil y vulnerable. Las profundas heridas que Sandra sentía en cuanto a su padre la hacían presa ideal para el confite de amor imaginario que había podido colocarle delante de su nariz, y ahora parecía que Sandra seguiría cualquier curso que Madelina le señalara diciéndole que era el apropiado para su vida, y que creería cualquier cosa que Madelina le dijera. Madelina disfrutaba cuando lograba llevar a la gente a tal punto.

Patricia Krueger, pensó, *fue todo un desafío*. Entonces, disfrazado como el atractivo y agradable Tomás, había tenido una ardua lucha para conseguir que Patricia creyera que realmente estaba allí; había tenido que recurrir a varias poderosas alucinaciones y coincidencias bien programadas, por no mencionar lo mejor de sus señales y maravillas psíquicas. No fue suficiente doblar cucharas y llaves; hasta había tenido que recurrir a varias impresionantes materializaciones. Finalmente había triunfado, sin embargo, y cumplido la tarea que le había asignado Ba-al Lucio. Patricia se había suicidado ceremonialmente, y nunca más volvería a conocer el amor de Dios de nuevo.

Pero, ¿qué de Sandra Hogan? ¿Qué haría el nuevo Ba-al, Rafar, con ella? El demonio, llamado ahora Madelina, se acercó al gran príncipe sentado sobre el viejo tronco.

— Mi señor — dijo Madelina, inclinándose hasta el suelo en señal de respeto —, ¿entiendo que ese Marshall Hogan ya está derrotado y reducido a nada,

— Lo está — dijo Rafar.

— Y ¿qué es tu deseo en cuanto a Sandra Hogan, su hija?

Rafar estuvo a punto de contestar, pero vaciló, pensando un poco más en el asunto. Al fin dijo:

— No la destruyas, no todavía. Nuestro enemigo es tan listo como lo soy yo, y quisiera tener más seguridad contra cualquier éxito que pudiera tener este Marshall Hogan. El Hombre Fuerte viene hoy. Déjala viva hasta entonces.

Rafar despachó un mensajero junto con Madelina para visitar a la profesora Langstrat.

Hipócrates se despertó muy temprano en la mañana, debido a una llamada telefónica de la profesora.

— Hipócrates — dijo Julia Langstrat —, tengo un mensaje de los maestros. Quieren seguridades extras de que Hogan no será un estorbo para el asunto de hoy. ¿Está Sandra todavía contigo?

Hipócrates se asomó fuera de su dormitorio, a la sala de su apartamento. Sandra estaba todavía en el sofá, todavía dormida.

— Todavía la tengo aquí.

— La reunión con los síndicos se llevará a cabo en el edificio administrativo, en el salón de conferencias del tercer piso. Un aula al otro lado del corredor, la número 326, ha sido reservada para nosotros y los demás psíquicos. Trae a Sandra contigo. Los maestros la quieren allí.

— Allí estaremos.

Cuando Julia Langstrat colgó el teléfono, pudo oír a Alfredo Brummel haciendo ruido en la cocina.

— Julia — dijo él —, ¿dónde tienes el café?

— ¿No crees que ya estás suficientemente nervioso? — le preguntó ella, saliendo del dormitorio y dirigiéndose a la cocina.

— Sólo estoy tratando de despertarme —rezongó él, poniendo todo tembloroso una olla sobre la estufa.

— ¡Despertarte! ¡Si ni siquiera has dormido, Alfredo!

— ¿Has dormido tú? —replicó él.

— Muy bien —dijo ella muy suavemente.

Julia Langstrat, vestida elegantemente, parecía estar lista para salir hacia la universidad. Brummel parecía un desastre, con los ojos hundidos, su cabello alborotado, y todavía en bata de cama.

El dijo:

— Me alegraré cuanto este día se haya acabado y todo esté concluido. Como jefe de policía, creo que he quebrantado cada ley que existe.

Ella le puso una mano en el hombro y le dijo, animándolo:

— Todo este nuevo mundo que está creciendo ante tus ojos será amigo tuyo, Alfredo. Nosotros somos la ley ahora. Tú has ayudado a implantar el Nuevo Orden. Esa es una obra buena, y merece una recompensa.

— Bueno. . . asegurémonos lo mejor que podamos de todo eso; eso es todo lo que puedo decir.

— Tú puedes ayudar, Alfredo. Algunos de los líderes principales estarán al otro lado del corredor, al mismo tiempo, celebrando la firma de las escrituras esta tarde. Con nuestras energías psíquicas combinadas podemos asegurarnos de que nada se interpondrá en el camino del completo éxito.

— No sé si me atrevería siquiera a hacer pública mi intervención en esto. Creo que la intrepidez de Hogan y Busche tiene agitada a mucha gente, gente de la iglesia, por añadidura. Esta acusación de violación no ha lastimado a Busche ni siquiera aproximadamente a lo que suponíamos que podría hacerlo. La mayoría de la gente está mirándome a mí, preguntándose qué es lo que yo estoy persiguiendo con todo esto.

— Tú estarás allí —dijo ella llanamente—. Oliverio estará allí también, igual que los otros. Y Sandra Hogan también estará allí.

El se dio la vuelta y la miró con horror.

— ¿Qué? ¿Por qué va a estar Sandra Hogan allí?

— Para asegurarnos.

Los ojos de Brummel se abrieron grandemente, y su voz temblaba:

— ¿Otra más? ¿Vas a matar otra más?

Los ojos de ella adquirieron una expresión de hielo.

— ¡Yo no mato a nadie? ¡Yo sólo dejo que los maestros decidan!

— ¿Y qué es lo que ellos han decidido?

— Debes hacer saber a Hogan que su hija está en nuestras manos y que será muy sabio de parte de él no interferir en nada que ocurra de aquí en adelante.

— ¿Quieres que yo se lo diga?

— ¡Señor Brummel!

Su voz era escalofriante. Se acercó a él, amenazadoramente, y él retrocedió unos pasos.

— Sucede que Marshall Hogan está en tu cárcel. Tú estás a cargo de él. Tú se lo dirás.

Con eso, ella salió por la puerta del frente, y se dirigió a la universidad.

Brummel se quedó clavado en su sitio por unos momentos, perplejo, frustrado, lleno de miedo. Sus pensamientos volaban en su mente como un banco de peces asustados. Se olvidó de por qué estaba en la cocina.

Brummel, usted ha caído redondo en la trampa. ¿Qué le hace pensar que usted no es sacrificable como cualquier otro que la sociedad considera una herramienta, un peón, un recurso? Y, digámoslo como es, Alfredo. ¡Usted es un peón! Julia lo está usando para hacer la obra sucia, y ahora ella lo está poniendo en la posición nada menos que de accesorio para un asesinato. Si yo fuera usted, empezaría a buscar al Número Uno. Este plan entero será descubierto tarde o temprano, y ¿adivine quién va a ser pescado cargando con el muerto?

Brummel continuaba pensando en eso, y sus pensamientos se aquietaron un poco. Todos empezaron a correr en la misma dirección. Esto era una locura; crasa locura. Los maestros decían esto, y los maestros decían esto otro, pero ¿qué les importaba? Ellos no tenían muñecas que pudieran ser esposadas, no tenían trabajos que perder, no tenían caras que tendrían miedo de mostrar en el pueblo alguna vez.

Brummel, ¿por qué no detiene a Julia antes que ella arruine totalmente su vida? ¿Por qué no detiene toda esta locura y por una sola vez es un genuino y real representante de la ley?

Sí, pensó Brummel. ¿Por qué no yo? Si no, todos vamos a hundirnos en este barco demente.

Lucio, el depuesto príncipe de Ashton, estaba también en la cocina junto con Alfredo Brummel, el jefe de policía, teniendo un pequeño debate con él. Este Alfredo Brummel siempre fue más bien endeble; tal vez Lucio pudiera aprovechar esta característica.

Jaime Dunlop llegó al edificio de la corte a las 7:30 de la mañana, el domingo, listo para empezar su turno de guardia. Para su sorpresa, el estacionamiento estaba lleno de gente; parejas jóvenes, matrimonios de mayor edad, ancianitas; parecía como si fuera un paseo de una iglesia. Al estacionarse, pudo ver que todo ojo se clavaba en su uniforme de policía. ¡Oh, no! ¡Ahora vienen para acá!

María Busche y Edith Duster lo reconocieron de inmediato; él fue el joven y extremadamente rudo oficial que les impidió visitar a Enrique anoche. Ahora ellas estaban a la cabeza del gentío, y aunque ninguna de estas personas hubiera tenido la menor intención de hacer nada inapropiado, no cabía duda de que tampoco se dejarían pisotear.

Jaime tenía que bajarse de su auto, sea que lo quisiera o no. Tenía que presentarse a su trabajo.

— Oficial Dunlop — dijo María, con valentía —, me parece que le oí decir anoche que usted haría los arreglos necesarios para que yo pudiera visitar a mi esposo hoy.

— Si me disculpan — dijo él, tratando de abrirse paso.

— Oficial — dijo Juan Cóleman respetuosamente —, estamos aquí para pedir que usted haga honor a la petición de esta señora para ver a su esposo.

Jaime era un oficial de policía. Representaba la ley. Tenía mucha autoridad. El único problema es que era un cobarde.

— Este. . . — dijo —. Escuchen, tienen que disolver esta reunión, o enfrentarse a la posibilidad de ser arrestados.

Abraham Sterling se adelantó. Era un abogado, amigo de un amigo de Andrés Forsythe, y había sido sacado de la cama la noche anterior, e invitado especialmente para esta ocasión.

— Esta es una reunión legal y pacífica — le recordó a Dunlop —, de acuerdo a la definición RCS 14.021.217, y la decisión dictada por la Corte Superior del Condado de Stratford en el caso de Ames contra el Condado de Stratford.

— Eso es — dijeron varios —. Así es. Escuchen lo que dice el hombre.

Jaime estaba confuso. Miró hacia la puerta de entrada de la corte. Dos oficiales del precinto de Windsor estaban de guardia allí. Jaime se dirigió hacia a ellos, preguntándose por qué permitían que esto continuara.

— ¿De qué se trata todo esto? — les preguntó entre dientes —. ¿Por qué no se deshicieron de toda esta gente?

— Jaime — dijo uno —, esta es tu ciudad y es tu juego. Nos figuramos que tú tendrías todas las respuestas, de modo que les dijimos que esperaran hasta que llegaras.

Jaime volvió a mirar todas esas caras. No, ignorando el problema no hará que desaparezca. Le preguntó al oficial:

— ¿Cuánto tiempo hace que esta gente está aquí?

— Casi desde las seis de la mañana. Deberías haber estado aquí. Estaban celebrando un culto regular de su iglesia.

— ¿Y pueden hacer eso?

— Habla con el abogado ese que tiene. Ellos tienen el derecho a hacer una demostración pacífica, en tanto y en cuanto no estorben el desarrollo normal del trabajo. Ellos se han comportado correctamente.

— ¿Y ahora qué hago?

Los dos oficiales se miraron el uno al otro, con la mirada en blanco.

Abraham Sterling estaba detrás de Jaime.

— Oficial Dunlop, usted está dentro de la ley al tener detrás de las rejas a cualquier sospechoso, hasta por setenta y dos horas sin acusación formal, pero siendo que la esposa del sospechoso tiene el derecho de ver a su esposo, estamos listos para entablar juicio ante la Corte Superior del Condado, exigiéndole que usted comparezca para explicar cuál es la causa por la cual se le ha negado a ella tal derecho.

— ¿Lo oyen? — dijeron algunos.

— Este. . . yo. . . Tengo que hablar con el jefe de policía. . .

Entre dientes maldecía a Brummel por haberlo metido en semejante lío.

— ¿Dónde está Alfredo Brummel, después de todo? Es el pastor de él mismo quien está en la cárcel — declaró Edith Duster.

— Yo. . . yo no sé nada de eso.

Juan Cóleman dijo:

— Entonces nosotros, como ciudadanos, estamos pidiéndole que lo averigüe. Y queremos hablar con el jefe Brummel. ¿Puede hacernos el favor de hacer los arreglos para eso?

— Veré. . . veré qué puedo hacer — dijo Dunlop, y se dirigió a la puerta.

— ¡Deseo ver a mi esposo! — dijo María en voz alta, adelantándose con su quijada firmemente apretada.

— Veré lo que puedo hacer — dijo Dunlop otra vez, y entró.

Edith Duster se dio la vuelta, y les dijo a los demás.

— Recuerden, hermanos, no estamos luchando contra carne o sangre, sino contra principados, contra potestades, contra los gobernadores de las tinieblas de este siglo, contra huestes espirituales de maldad en las regiones celestes.

— Ella recibió varios amenes por eso, y entonces alguien empezó a cantar. De inmediato todo el Remanente siguió el canto, cantando a voz en cuello, adorando a Dios y haciendo que su alabanza se oyera en todo el estacionamiento.

Desde el sitio donde se encontraba, Rafar podía oír la alabanza, y se burló de estos santos de Dios. *Déjenlos que giman por su pastor caído. Su canto será interrumpido tan pronto como el Hombre Fuerte y sus hordas arriben.*

Espíritus incontables seguían llegando a la ciudad de Ashton; pero no eran de la clase que Rafar deseaba. Los que llegaban lo hacían viniendo por dentro de la tierra, se filtraban por entre alguna nube ocasional, se introducían viajando invisibles debajo de los autos, camiones y autobuses. En todo escondrijo en todo el pueblo, a un guerrero se le unía otro, y pronto otro más se les unía a los dos primeros, y luego a los cuatro se les unían otros cuatro más. Ellos también podían oír el canto. Podían sentir la fortaleza que les crecía con cada nota que se cantaba. Sus espadas se revolvían con la resonancia de la adoración. Era la adoración y las oraciones de estos santos lo que los había llamado acá, en primer lugar.

El valle remoto era ahora un enorme caldero de tinta negra hirviendo, girando frenéticamente, acentuada por millares de ojos amarillentos brillando. La nube de demonios se había multiplicado tanto que llenaba el valle como si fuera un mar revuelto.

Alejandro Kaseph, poseído por el Hombre Fuerte, salió de la gran casa de piedra y se subió al auto de lujo que lo estaba esperando. Todos los documentos estaban listos para ser firmados; sus abogados se reunirían con él en el edificio administrativo de la universidad de Whitmore. Este era el día que había estado esperando, y para el cual se había preparado.

Mientras el auto de lujo que llevaba a Kaseph y al Hombre Fuerte rodaba cuesta arriba por la carretera sinuosa, el mar de demonios empezó a avanzar en la misma dirección, como el cambio de dirección de la marea. El ruido de millones de alas subió en intensidad y fuerza. Andanadas de demonios empezaron a subir por las faldas de las montañas que rodeaban el valle, saliendo por entre las cúspides de las montañas como si fueran asfalto caliente y sulfuroso.

En el cuarto oscuro de El Clarín de Ashton, Berenice y Susana estaban paradas frente a la ampliadora, mirando las imágenes que proyectaban los negativos que Berenice acababa de revelar.

— ¡Sí! — dijo Susana —. Esta es la primera página de los registros del desfalco de la universidad. Se puede notar que el nombre de la universidad no aparece en ningún lado. Sin embargo, las cantidades recibidas deben concordar exactamente con las que constan en los libros de gastos de la universidad.

— Tenemos esos documentos, o nuestro contador los tiene.

— ¿Ven aquí? Es un flujo constante de fondos. Eugenio Baylor ha estado esquilmando a la universidad, y desviando las inversiones de la institución, un poquito a la vez, a varias cuentas en otras partes, cada una de las cuales es una realmente una fachada de la Corporación Omni y la Sociedad de la Conciencia Universal.

— ¡De modo que las llamadas inversiones han ido todas a parar en los bolsillos de Kaseph!

— Y estoy segura de que son una parte substancial del dinero que planea usar Kaseph para comprar la universidad.

Berenice hizo avanzar la película. Varias fotografías de estados financieros se movieron como en un borrón.

— ¡Espere! — dijo Susana—. ¡Allí! Retroceda unos cuantos cuadros.

Berenice hizo retroceder la película.

— ¡Sí! ¡Aquí! Fotografié esto de las notas personales de Kaseph. Casi no se puede entender su escritura manuscrita, pero mire esta lista de nombres.

Berenice tenía dificultades para entender la letra manuscrita, pero ella misma había escrito esos nombres varias veces.

— Harmel. . . Jefferson. . . — leyó.

— Todavía usted no ha visto estos — dijo Susana señalando el fin de la lista.

Allí, en puño y letra de Kaseph, estaban sus nombres: Hogan, Berenice Krueger, Strachan.

— ¿Es esto algo así como una lista de ejecución? — preguntó Berenice.

— Exactamente. Y contiene centenares de nombres. Note usted la X en rojo junto a muchos de los nombres.

— ¿Esos son los que fueron eliminados?

— Comprados, expulsados, obligados a irse, tal vez asesinados, tal vez su reputación arruinada, tal vez sus finanzas arruinadas o ambas cosas.

— ¡Y yo que pensaba que nuestra lista era larga!

— Esto es nada más que la punta del témpano. Tengo otros documentos que tenemos que fotocopiar y guardar en algún lugar seguro. Todo esto podría producir un muy buen caso en contra, no sólo de Kaseph, sino también en contra de la Corporación Omni; evidencia que podría probar una larga historia de interceptar teléfonos, extorsión, desfalcos, fraudes, terrorismo, asesinatos. La creatividad de Kaseph en estas áreas no tiene límites.

— El hampón por excelencia.

— Con una mafia internacional, no lo olvide, unificada extraordinariamente por su común lealtad a la *Sociedad de la Conciencia Universal*.

En ese instante Kevin, que había estado haciendo las fotocopias de los documentos que Susana había robado, les dijo en voz medio apagada.

— ¡Shh! ¡Oigan! Hay un policía allá afuera.

Susana y Berenice se quedaron frías.

— ¿Dónde? — preguntó Berenice —. ¿Qué está haciendo?

— Está al otro lado de la calle. Es un espía, lo apuesto.

Susana y Berenice se encaminaron cautelosamente hasta la puerta del frente. Encontraron a Kevin agazapado en el umbral del cuarto de la copiadora. Ya era pleno día, y la luz entraba a raudales por las ventanas de las oficinas del frente.

Kevin señaló al viejo auto estacionado al otro lado de la calle, apenas visible por las ventanas. Un hombre vestido de civil estaba sentado al volante, sin hacer nada en particular.

— Kelsey — dijo Pasto —. Me he tropezado varias veces con él. Vestido en ropas de civil, y conduciendo un auto viejo, pero reconocería su cara a un kilómetro de distancia.

— Más acciones de Brummel, sin duda — dijo Berenice.

— Y ahora, ¿qué hacemos? — preguntó Susana.

— ¡Agáchense! — susurró Kevin.

Se agazaparon en el umbral, cuando otro hombre se acercaba a la ventana del frente, y echaba un vistazo adentro.

— Michaelson — dijo Kevin —, el compañero de Kelsey.

Michaelson movió la perilla de la puerta. Estaba con llave. Miró por la otra ventana, y luego se alejó.

— ¿Hora de otro milagro, eh? — dijo Berenice, un poco sarcástica.

Enrique se despertó temprano en la mañana y pensó que de seguro había ocurrido una gran intervención de Dios, o que estaba a punto de ascender a los cielos, o que los ángeles había venido a rescatarlo, o. . . o. . . o simplemente no lo sabía. Pero mientras yacía acostado en su catre, medio dormido, todavía en aquel estado de semiconciencia cuando uno no está seguro de lo que es real y de lo que no lo es, oyó los cantos de adoración e himnos que flotaban sobre su cabeza. Incluso oyó la voz de María cantando entre todas esas otras voces. Por un largo rato se quedó quieto, disfrutando del canto, deseando no despertarse por temor de que desapareciera.

Pero Marshall exclamó:

— ¡Qué truenos es eso!

¿El también lo ha oído? Enrique finalmente se despertó. Se levantó de un salto, y se acercó a los barrotes. El sonido entraba a través de la ventana que se hallaba al final del corredor. Marshall se le unió, y juntos se quedaron escuchando. Podía oír el nombre de Jesús, en cantos y alabanzas.

— Lo hemos logrado, Enrique — dijo Marshall —. Estamos en el cielo.

Enrique estaba llorando. ¡Si la gente que estaba afuera solamente supiera qué gran bendición era todo eso! De repente sabía que ya no estaba en la prisión, no realmente. El evangelio de Jesucristo no estaba prisionero, y él y Marshall eran los dos individuos más libres en el mundo entero.

Los dos escucharon por un rato, y entonces, sorprendiendo un poco a Marshall, Enrique también empezó a cantar. Era un canto que hablaba de Jesucristo como un guerrero victorioso, y la iglesia como su ejército. Enrique sabía bien la letra, por supuesto, y cantaba con toda su fuerza.

Un poco avergonzado, Marshall miró a todos lados. Los dos rateros que estaban en la celda contigua estaban todavía demasiado amodorrados como para protestar. El de la celda del frente se limitó a sacudir su cabeza, y regresó a leer su novela. El de la celda del otro lado lanzó una maldición, pero no muy alto.

— Vamos, Marshall — le animó Enrique —. ¡Entrele! A lo mejor con nuestros cantos logramos que nos saquen de aquí.

Marshall sonrió y sacudió su cabeza.

Entonces se abrió la puerta grande del bloque de celdas, y dejó entrar a Jaime Dunlop, con su cara roja y sus manos temblando.

— ¿Qué sucede aquí? — dijo rudamente —. ¿Saben que están causando un disturbio?

— Solamente estamos disfrutando de la música — dijo Enrique, todo sonrisas.

Dunlop sacudió su dedo delante de Enrique, y le dijo:

— Está bien. Usted deje a un lado todo ese cuento religioso, ¡ahora mismo! Eso no tiene cabida en la cárcel pública. Si quiere cantar, hágalo en su iglesia, pero no aquí.

Sí, pensó Marshall, *pienso que recuerdo las palabras suficientemente bien ahora.* Empezó a cantar lo más fuerte que podía, cantándole directamente frente a Jaime Dunlop.

Eso produjo una muy satisfactoria respuesta de parte de Dunlop. Giró sobre sus talones, y salió de allí, cerrando estrepitosamente la puerta detrás de él.

Otro canto empezó, y Marshall pensó que a lo mejor lo había oído alguna ocasión antes, quizás en la escuela dominical. "Gracias, Dios, por salvar mi alma." Cantaba a pleno pulmón, de pie junto al varón de Dios, y los dos agarrados a los barrotes de la celda.

— ¡Pablo y Silas! — exclamó Marshall de repente —. ¡Sí, ahora lo recuerdo!

Desde ese momento Marshall ya no cantaba por causa de Jaime Dunlop.

Desde el sitio donde estaba oculto, Tael podía oír la música. Su semblante estaba todavía un poco preocupado, pero asentía con su cabeza y con satisfacción.

Otro mensajero llegó con las noticias: "El Hombre Fuerte está en camino."

Otro mensajero le informó: "Tenemos cobertura de oración en treinta y dos ciudades. Hay otras catorce más que están siendo levantadas."

Tael sacó su espada. Podía sentir ya la hoja resonando con la adoración de los santos, y podía sentir el poder de la presencia de Dios. Sonrió levemente, y volvió la espada a su lugar.

—Reúnan todas las fuentes: Lemley, Strachan, Mattily, Cole y Parker. Háganlo al instante. El tiempo es de extrema importancia.

Varios guerreros desaparecieron para cumplir su misión.

37 Sandra Hogan continuaba acicalándose frente al espejo en el baño del apartamento de Hipócrates, cepillándose nerviosamente el cabello, y verificando de nuevo su maquillaje. *Espero lucir bien hoy. . . ¿qué debo decir? ¿qué debo hacer? Nunca he estado en una reunión así antes.*

Hipócrates le había dado noticias extraordinariamente buenas: la profesora Langstrat había decidido que Sandra era una excelente sujeto con excepcionales capacidades psíquicas, tan buenas que la estaban considerando como una candidata de primera clase para una iniciación especial en un cierto tipo de hermandad exclusiva de psíquicos, ¡una hermandad internacional! Sandra recordaba haber oído al paso, aquí y allá, sobre un cierto grupo de Conciencia Universal, y siempre le había parecido como que era algo muy elevado, muy secreto, hasta sagrado. Nunca soñó que se le concedería tan extraordinaria oportunidad de realmente conocer a otros psíquicos, y llegar a ser parte de su círculo de confianza. Se imaginaba ya las nuevas experiencias, y las perspectivas más elevadas que podía conseguir en compañía de gente tan dotada, todos combinando sus habilidades y energías psíquicas en la búsqueda continua de iluminación.

Madelina, ¿tienes tú algo que ver con esto? ¡Espera hasta que nos volvamos a ver! ¡Te daré un buen abrazo y muchísimas gracias!

Berenice, Susana y Kevin no podían hacer otra cosa que tratar de preservar la evidencia que Susana había conseguido con tanto riesgo. Berenice reveló e hizo impresiones de todas las fotografías que Susana había tomado, Kevin hizo fotocopias de las fotografías y del resto del material y documentos. Berenice buscó por todo el edificio, pensando en un buen lugar donde esconder todo el material. Susana revisó un mapa, y procuraba determinar diferentes rutas de escape para salir de la ciudad, diferentes maneras de escabullirse, diferentes personas a quienes pudieran llamar una vez que pudieran salir.

Entonces sonó el teléfono. Hasta entonces lo habían ignorado, y dejado que la máquina de contestar reprodujera su mensaje grabado. Pero esta vez, después del tono, se oyó una voz: "Hola, soy Arturo Coll, y acabo de terminar el trabajo en las cuentas que usted me dio. . ."

— ¡Espera! — dijo Berenice —. ¡Alzale el volumen!

Susana se arrastró a gatas hasta el escritorio de la oficina central donde estaba la máquina, y subió el volumen.

La voz de Arturo Coll seguía diciendo: "Es muy urgente que nos veamos tan pronto como sea posible."

Berenice levantó de un tirón el auricular de un teléfono en la oficina de Marshall:

— ¿Hola? ¿Señor Coll? ¡Soy Berenice!

Susana y Kevin se miraron horrorizados.

— ¿Qué está haciendo?

— ¡Los policías van a oírlo todo!

Arturo Coll dijo por el teléfono, y también por el altoparlante de la grabadora:

— ¡Usted está allí! Oí que la habían arrestado anoche. La policía no me dijo nada. No tenía ninguna idea de a dónde llamarla. . .

— Señor Coll, sólo escuche. ¿Tiene un lápiz a mano?

— Sí, ya lo tengo.

— Llame a mi tío. Se llama Gerardo Dallas; y su número es 240-9966. Dígale que usted me conoce, y que esto es una emergencia. Dígale que usted tiene materiales que debe mostrarle a Justino Parker, el fiscal del condado.

— ¿Qué? ¡Eh, no tan rápido!

Berenice repitió la información, más lentamente.

— Ahora, esta conversación probablemente está siendo escuchada por Alfredo Brummel, o algunos de sus lacayos en el Cuerpo de Policía de Ashton, de modo que quiero que usted se asegure de que si algo me pasa, esa información llegará a las manos del fiscal del condado, para que él sepa lo que está sucediendo en esta ciudad.

— ¿Debo escribir eso también?

— No. Simplemente asegúrese de ponerse en contacto con Justino Parker. Si le es posible, dígale que nos llame acá.

— Pero, Berenice, iba a decirle que es muy claro que los fondos estaban siendo desviados a otro lado, pero no dice a dónde. . .

— Tenemos los documentos que muestran a dónde iban. Tenemos todo. Dígale eso a mi tío.

— Está bien, Berenice. Entonces, ¿ustedes están realmente en problemas?

— La policía me anda buscando. Probablemente ya sabrán dónde estoy por cuanto estoy hablando con usted y nuestro teléfono está interceptado. ¡Mejor apúrese!

— Ya veo. ¡Está bien! ¡Está bien!

Arturo colgó rápidamente.

Susana y Kevin se miraron el uno al otro, y luego miraron a Berenice.

Ella los miró a su vez, y sólo pudo articular:

— Digamos que había que correr el riesgo.

Susana se encogió de hombros.

— Bueno, nosotros no tuvimos ninguna idea mejor.

El teléfono sonó de nuevo. Berenice vaciló, esperando que la máquina recitara su mensaje.

Entonces vino la voz: "Marshall, soy Alcides Lemley. Escuche. Tengo aquí en mi oficina en Nueva York, unos agentes federales alterados como si estuvieran en un avispero, y quieren hablar con usted en cuanto a su hombre Kaseph. Ellos le han estado siguiendo la pista por largo rato, y si usted puede proveerles de cualquier buena evidencia, les interesaría..."

Berenice levantó el teléfono de nuevo.

— ¿Alcides Lemley? Soy Berenice Krueger. Trabajo para Marshall Hogan. ¿Puede usted traer a esos agentes a Ashton hoy mismo?

— ¿Qué? ¿Hola? — Lemley quedó pasmado —. ¿Es usted real o es una grabación?

— Muy, muy real, y con mucha, mucha necesidad de su ayuda. Marshall está en la cárcel...

— ¿En la cárcel?

— Una acusación falsificada. Es obra de Kaseph. Kaseph va a apoderarse de la universidad Whitmore hoy día a las dos de la tarde; y por eso hizo encerrar a Marshall para sacárselo del camino. Yo soy una fugitiva y la policía me persigue. Es un cuento largo, pero a esos amigos suyos les encantará escucharla, y ya tenemos todos los documentos que prueban que cada palabra es cierta.

— ¿Cómo me dijo que se llama?

Berenice repitió otra vez su nombre, deletreándolo dos veces.

— Escuche. Este teléfono está interceptado y de seguro que están escuchando lo que conversamos, de modo que probablemente ya saben dónde estoy; así que, por favor, apúrese y venga para acá, y traiga todos los policías buenos que pueda encontrar. No queda casi ninguno en esta ciudad.

Alcides Lemley lo sabía.

— Está bien, Berenice. Haré todo lo que pueda. Y que todos aquellos pillos que han interceptado la línea de su teléfono mejor que comprendan que si las cosas no están en completo orden cuando lleguemoᶜ allí, ¡ciertamente que se van a ver en serios problemas!

—Vaya al edificio administrativo de la Universidad Whitmore, a las dos de la tarde o antes.

—Allí nos vemos.

Ahora Kevin y Susana empezaban a entenderlo un poco.

—¿Qué es lo que quiere? —preguntó Susana—. ¿Otro milagro?

El teléfono volvió a sonar. Esta vez Berenice no esperó, sino que lo levantó al instante.

Una voz dijo: "Hola, soy Norman Mattily, el fiscal general del estado, y quiero hablar con Marshall Hogan."

Susana no pudo contener un grito. Kevin dijo:

—¡Qué bien! ¡Qué bien!

Berenice hablaba con Mattily.

—Señor Mattily, soy Berenice Krueger, una reportera de *El Clarín* de Ashton. Trabajo para el señor Hogan.

—Oh... este... sí...

Mattily parecía estar conversando con alguna otra persona.

—Sí, Eleodoro Strachan está en mi oficina, y me dice que hay algún problema allí en Ashton...

—De la peor clase. Todo se completará hoy día. Hemos conseguido buena cantidad de evidencia substancial que tenemos que mostrársela. ¿Cuánto se demora para venir hasta acá?

—Bueno, yo no estaba planeando hacer eso...

—Una organización terrorista internacional va a apoderarse de la ciudad de Ashton hoy día, a las dos de la tarde.

—¿Qué?

Berenice podía oír a medias la voz de Eleodoro Strachan, posiblemente hablándole al oído a Mattily.

—Este... bueno, ¿dónde está el señor Hogan? Strachan está preocupado por su seguridad.

—Estoy muy segura de que el señor Hogan dista mucho de estar seguro. El y yo fuimos emboscados por un grupo de la mafia local anoche, mientras nos hallábamos en una investigación de rutina. Hogan se enredó en una pelea con ellos, mientras yo me escapaba. Desde entonces he estado escondiéndome, y no tengo la menor idea de lo que le ha ocurrido a él.

—¡Qué truenos! ¿Está usted..?

Strachan seguía hablando en el otro oído de Mattily.

—Bueno, necesitaré alguna evidencia en concreto, algo que pueda ser usado como evidencia legal...

—La tenemos, pero necesitamos su intervención directa e inmediata. ¿Puede venir en seguida, y traer con usted algunos policías que sean realmente policías? Es asunto de vida o muerte.

—¡Mejor que todo esto sea así como dice!

—Venga lo más rápido posible, antes de las dos. Sugiero que nos encontremos en el edificio administrativo de la universidad de Whitmore.

— Está bien — dijo Mattily, aun cuando su voz denotaba todavía algo de vacilación —. Voy a ir allá, y ver qué es lo que tiene para mostrarme.

Berenice colgó y el teléfono sonó nuevamente al instante.

— *El Clarín.*

— ¡Hola! Soy Justino Parker, fiscal del condado. ¿Quién es usted?

Berenice puso una mano sobre el micrófono y le susurró a Susana:

— ¡Sí hay un Dios!

Alfredo Brummel ya no podía soportarlo. Las cosas estaban saliéndose mucho fuera de su control, cosas que tenían mucho que ver con su propio futuro y seguridad. No podía seguir lejos de la estación de policía. Tenía que ir allá y comprobar cómo iban las cosas, evitar que las cosas se trastornaran irreversiblemente,. . . ¿Dónde están esas benditas llaves del auto?

Se subió a su auto y se dirigió a toda velocidad a la estación de policía.

El Remanente seguía cantando en el estacionamiento cuando Brummel llegó, y para cuando cayó en cuenta de quienes estaban allí y por qué estaban allí, era demasiado tarde para escabullirse. Tenía que entrar y estacionarse.

Todos se acercaron al auto, como si fuera un enjambre de mosquitos voraces.

— ¿Por dónde ha estado, jefe?

— ¿Cuándo va a salir libre el pastor Busche?

— La esposa del pastor quiere ver a su esposo.

— ¿Qué está usted haciendo con el hombre? ¡El no ha violado a nadie!

— ¡Mejor empiece a decirle adiós a su trabajo!

Procura poner el mejor pie primero, Alfredo, si tratas de salvar el resto del pellejo.

— Este. . . ¿dónde está la señora Busche?

María agitó su mano para llamarle la atención, desde los escalones del frente de la corte. El trató de dirigirse hacia donde ella estaba, y cuando la gente vio hacia dónde se dirigía, se mostraron más que dispuestos a abrir el paso.

María empezó a dispararle preguntas tan pronto como estuvo a distancia como para escucharla:

— Señor Brummel, quiero ver a mi esposo, y ¡cómo se atreve usted a permitir toda esta farsa!

Brummel nunca en su vida había visto a esta mujer, tan dulce y al parecer vulnerable, tan irritada.

Trató de pensar lo que debía decir:

— Todo esto ha sido una casa de locos. Lamento haber estado ausente. . .

— ¡Mi esposo es inocente, y usted lo sabe! — dijo ella con inusitada firmeza —. No sabemos qué es lo que usted se propone conseguir con todo esto, pero aquí estamos para asegurarnos que usted no lo consiga.

Con ese comentario, una andanada de gritos de respaldo brotaron de la multitud como si fuera un trueno.

Brummel trató de usar la intimidación:

— Ahora, escuchen, todos ustedes. Nadie está por encima de la ley, sin importar quién sea. El pastor Busche ha sido acusado de una ofensa sexual, y no tengo ninguna otra alternativa sino desempeñar mis deberes como oficial de la ley. No importa que seamos amigos, y miembros de la misma iglesia; esto es asunto de la ley. . .

— ¡Tonterías! — gritó una voz profunda cerca de Brummel.

Brummel se dio la vuelta para corregir al que gritaba, pero se puso pálido al verse frente a frente a Luis Stanley, su antiguo compañero de armas.

Luis se quedó firme en su puesto, con una mano en su cintura y la otra señalando directamente a Brummel en la cara:

— Tú has mencionado muchas veces que ibas a hacer algo así, Alfredo. Te he oído decir que todo lo que necesitabas era sólo una oportunidad propicia. Bueno, ahora digo que ya lo has hecho. ¡Te estoy acusando, Alfredo! Si alguien quiere mi testimonio en cualquier corte de justicia en contra tuya, ¡ya lo tiene!

Vivas y aplausos brotaron en todas partes.

Luego Brummel tuvo otra sorpresa enorme. Gerardo Mayer, el tesorero de la iglesia, se adelantó. saliendo de entre la muchedumbre, y él también señaló con el dedo a Brummel.

— Alfredo, simplemente disentir en cuanto a opiniones es una cosa, pero conspiración clara y crasa es otra muy distinta. Mejor piensa bien en lo que estás haciendo.

Brummel estaba entre la espada y la pared:

— Gerardo. . . Gerardo. . . tenemos que hacer lo que es mejor. . . tenemos. . .

— ¡No cuentes conmigo! — dijo Mayer —. ¡Ya he hecho demasiado por ti!

Brummel se dio la vuelta, procurando alejarse de sus dos anteriores camaradas, sólo para enfrentarse cara a cara con un Roberto Corsi, todo limpio y bien vestido.

— Hola, Jefe Brummel — dijo Roberto —. ¿Se acuerda de mí? Adivine para quién estoy trabajando ahora.

Brummel se quedó sin habla. Empezó a dirigirse hacia la puerta del departamento de policía, como si pudiera encontrar allí algún refugio de todo este desastre.

Andrés Forsythe no se le interpuso en el camino, pero caminó tan cerca de él que le obligó a detenerse.

— Señor Brummel — dijo Andrés —, hay allí una joven esposa que todavía quiere que se considere su petición.

Brummel aceleró el paso.

— Veré qué puedo hacer, ¿está bien? Déjenme ver cómo andas las cosas. Esperen un poco. Regresaré en unos momentos.

Tan pronto como pudo se abalanzó por la puerta, y la cerró detrás de sí, apenas a tiempo. La multitud lo seguía como una oleada, y se apretujó contra la puerta, dejándolo encerrado adentro.

Su nueva recepcionista estaba sentada al escritorio de recepción, con los ojos enormemente abiertos, mirando por la ventana las caras iracundas de la gente.

— ¿Debo. . . debo llamar a la policía? — preguntó.

— No — dijo Brummel —. Son solamente algunos amigos míos que vienen a verme.

Con eso desapareció dentro de su oficina y cerró la puerta.

¡Julia, Julia! ¡Esto era culpa de ella! Ya estaba hastiado de ella, ¡hastiado de todo esto!

Vio una nota en su escritorio. Samuel Turner le había dejado un mensaje diciendo que lo llamara. Marcó el número, y Samuel contestó.

— ¿Cómo van las cosas, Samuel? — preguntó Brummel.

— Nada bien, Alfredo. Escucha. He estado en el teléfono toda la mañana, y nadie quiere siquiera oír de llamar una reunión congregacional especial. No tienen ninguna intención de mandar a sacar al pastor Busche, y muy pocos dan crédito a este cuento de la violación. Veámoslo claro, Alfredo. Lo arruinaste todo.

— ¿Que yo lo arruiné todo? — explotó Brummel —. ¿Qué yo lo arruiné? ¿No fue esta tu idea también?

— ¡No digas tal cosa! — vino la respuesta de Turner, amenazadoramente —. ¡Ni siquiera te atrevas a decir tal cosa!

— De modo que tú tampoco vas a estar de mi lado ahora.

— No hay nada por lo cual estar de lado de alguien ahora, Alfredo. El plan simplemente no funcionó. Busche es un joven ejemplar, y todo el mundo lo sabe, y no lograste que esta farsa de la violación funcione.

— Samuel, ¡estamos en esto juntos! ¡Tiene que funcionar!

— No funcionó, compañero. Busche se quedará aquí; así es como yo lo veo; y yo no quiero saber nada más de todo este asunto. Tú sabes lo que tienes que hacer, pero mejor que hagas algo, o tu nombre no valdrá ni un comino para cuanto todo esto se acabe.

— ¡Excelente! ¡Muchas gracias, compañero! — Brummel colgó furioso.

Miró al reloj. Era casi el medio día. La reunión tendría lugar en dos horas.

Hogan. Todavía tenía que llevarle a Hogan el mensaje acerca de Sandra. Truenos, esta es otra de las lindas trastadas de Julia. *Por supuesto, Julia, de seguro. Ya estoy clavado con este farsa de la acusación contra Busche, y ahora quieres que se me haga constar en la historia como cómplice de cualquier cosa que estés planeando hacerle a Sandra Hogan.*

¿Y qué acerca de la Krueger? ¿A quién otro podrá haberle pasado la voz sobre todo esto? Salió disparado de su oficina y se dirigió a la oficina de despacho.

— ¿Alguna cosa sobre aquella fugitiva? — le preguntó al solitario despachador.

El despachador movió su lengua para hacer a un lado el bocado del emparedado de mantequilla de maní que tenía en la boca, y dijo:

— No, nada. Todo ha estado muy quieto.

— ¿Nada, ni siquiera en *El Clarín?*

Hay un auto extraño estacionado en la parte de atrás, pero tiene placas de fuera del estado, y todavía no han logrado identificarlas.

— ¿Todavía no las han identificado? ¡Que rastreen esas placas de inmediato! ¡Busquen en el edificio! ¡Alguien podía estar allí!

— No han visto a nadie. . .

— ¡Que busquen y rebusquen en el edificio! — explotó Brummel.

La recepcionista le llamó desde el otro lado del pasillo.

— Capitán Brummel, Berenice Krueger está en el teléfono. ¿Debo pedirle que deje el mensaje?

— ¡Noooo! — gritó él, corriendo a su oficina —. ¡Tomaré la llamada aquí!

Cerró su oficina de un portazo, y empuñó el teléfono:

— ¿Hola? — Oprimió otro de los botones —. ¿Hola?

— ¡El señor Alfredo Brummel! — dijo una voz con afectada condescendencia.

— ¡Berenice!

— Es hora de que hablemos.

— Está bien. ¿Dónde está usted?

— No sea tan tonto de capirote. Escuche. Le estoy llamando para darle un ultimátum. Ya he hablado con el fiscal general del estado, el fiscal del condado, y los agentes federales. Tengo evidencia. . . y quiero decir, en realidad documentos de mucho peso, que harán saltar su tramoya y la sacará a plena luz; y ya vienen en camino para verla.

— ¡Usted está fanfarroneando!

— Usted tiene todas las conversaciones grabadas en cinta, sin ninguna duda. Simplemente escúchelas.

Brummel sonrió levemente. Ella había dejado al descubierto el sitio dónde estaba.

— Y, ¿cuál es el ultimátum?

— Suelte a Hogan. En seguida. Y cancele su persecución contra mí. En dos horas tengo el propósito de mostrar mi cara en toda la ciudad, y no quiero ninguna molestia, ¡especialmente debido a que estaré acompañada de huéspedes muy especiales!

— Usted está en *El Clarín*, ¿verdad?

— Por supuesto que lo estoy. Y puedo ver a. . . ¿cómo se llama? Kesley, sentado allí en su cacharro, junto con su compañero Michaelson. Quiero estos tipos fuera de aquí. Si usted no lo hace, todos los verdaderos grandes del mundo van a saber de inmediato qué es lo que me ha pasado. Si lo hace, eso le ayudará a usted mismo.

— Usted está. . . ¡todavía pienso que todo es un alarde suyo!

— Haga tocar su grabadorita interceptora, Brummel. Ya verá si estoy diciendo la verdad o no. Espero para ver que su auto de espías se aleje.

Ella colgó.

Brummel corrió a sus archivadores, y abrió las puertas. Sacó la grabadora. Vaciló y quedó inmóvil por un momento. Volvió a meter la grabadora en el archivador, cerró las puertas, y salió dirigiéndose a la oficina de despacho.

El despachador estaba todavía comiendo su almuerzo. Brummel extendió su mano por encima de él, y tomó el micrófono, alzando el interruptor.

— Unidades dos y tres, Kesley, Michaelson, 10-19. Repito: 10-19. Inmediatamente.

El despachador levantó la vista muy contento.

— ¿Qué pasó? ¿Se entregó la Krueger voluntariamente?

Alfredo Brummel nunca fue bueno para responder a preguntas impertinentes. Salió volando hasta el escritorio frontal, y marcó el número de la corte.

— Póngame con Dunlop.

Dunlop tomó el auricular en el otro extremo de la línea.

— Jaime, Hogan y Busche quedan libres bajo responsabilidad propia. Déjelos salir.

Jaime le hizo otras preguntas igualmente tontas.

— Simplemente haga lo que se le ordena, y déjeme el papeleo a mí. ¡Cúmplalo en seguida!

Colgó violentamente el teléfono y desapareció dentro de su oficina. La recepcionista continuaba mirando por la venta a la multitud reunida afuera. Ellos empezaban a cantar de nuevo. Hasta sonaba bien.

Berenice, Susana y Kevin esperaban nerviosamente que ocurriera algo muy bueno o algo muy malo. O bien Brummel les seguía la jugada, o muy pronto estarían llorando y tosiendo bajo una nube de gases lacrimógenos. Entonces oyeron que un motor arrancaba al otro lado de la calle.

— ¡Hey! — exclamó Kevin.

Susana todavía se retorció un poco las manos. Berenice se limitó a observar, casi sin querer creer que algo bueno podría ocurrir tan pronto.

El viejo auto se alejó, con Kesley y Michaelson adentro.

Berenice no quiso esperar más.

— Empaquemos todo esto en la maleta, y vámonos a la corte. Marshall va a necesitar que se le ponga al día.

— ¡No tiene que decírmelo dos veces! — dijo Kevin.

— ¡Gracias, Dios! ¡Gracias, Dios! — fue todo lo que Susana pudo decir.

Alfredo Brummel oyó sólo pequeños segmentos de una de las conversaciones telefónicas, la que Berenice sostuvo con el fiscal general, Norman Mattily. Conocía la voz de Mattily, y sí, era perfectamente lógico que Eleodoro Strachan hubiera acudido a Mattily, si Strachan tenía alguna información confiable.

Brummel lanzó una maldición en voz alta. ¡Información confiable! Todo lo que Mattily tenía que hacer era hallar su preciosa grabadora allí, ¡conectada ilegalmente interceptando todos aquellos teléfonos!

La recepcionista le llamó por el intercomunicador. Estiró su mano y alzó el interruptor del aparato.

— ¿Sí? — dijo molesto.

— Julia Langstrat en la línea dos — dijo ella.

— ¡Que deje el mensaje! — dijo él, y bajó el interruptor.

El sabía por qué estaba llamándolo ella. Iba a fastidiarle, a recordarle que iba a haber una reunión en la tarde que tenía que ver con Sandra Hogan.

Abrió la otra puerta de los archivadores, y sacó varias cintas y grabaciones. ¿Dónde rayos podría esconder todo este material? ¿Podría destruirlo?

La recepcionista le llamó de nuevo.

— ¿Qué?

— Ella insiste en hablar con usted.

El levantó el teléfono, y la voz de Julia Langstrat se oyó en la línea.

— Alfredo, ¿estás ya listo para hoy?

— Sí — contestó él con impaciencia.

— Entonces ven lo más pronto que puedas. Debemos preparar las energías en los salones antes de que empiece la reunión, y quiero tener todas las cosas al unísono antes de que Hipócrates llegue con Sandra.

— ¿De modo que realmente quieres meterla en todo esto?

— Sólo como una medida de seguridad, naturalmente. Marshall Hogan ya está fuera del cuadro, pero debemos asegurarnos de que seguirá en esa manera, por lo menos hasta que nuestros esfuerzos y visiones se hayan cumplido, y la ciudad de Ashton haya dado su salto victorioso dentro de la Conciencia Universal.

Se detuvo para deleitarse por un momento en tal pensamiento, y luego le preguntó más bien despreocupadamente:

— ¿Y no has oído nada de nuestra ratera fugitiva?

Antes de saber siquiera por qué lo hacía, él mintió:

— No, nada todavía. Ella no anda por aquí.

— Ciertamente. Estoy segura que la encontraremos a tiempo, y después de hoy ella no tendrá ni la menor esperanza.

El no respondió nada. De súbito lo distrajo un pensamiento que se abalanzó sobre él como si fuera una ola de seis metros: *Alfredo, ella te creyó. ¡Ella en realidad no lo sabe!*

— Vendrás en seguida, ¿verdad, Alfredo? — le preguntó y se lo ordenó a la vez.

Ella no sabe lo que ha estado ocurriendo, fue todo lo que Brummel pudo pensar. *¡Ella es vulnerable! ¡Yo sé algo que ella no sabe!*

— Iré en seguida — dijo él, mecánicamente.

— Te veo pronto — dijo ella con seguridad autoritaria, y colgó.

¡Ella no lo sabe! ¡Ella piensa que todo anda muy bien, y que no habrá ningún problema! ¡Ella piensa que podrá salirse con la suya!

Brummel dio rienda suelta a sus pensamientos, considerando todas las posibilidades, su recientemente adquirido conocimiento exclusivo, y el extraño sentido de poder que eso le daba a él. Sí, probablemente todo ya estaba perdido, y probablemente él caería. . . pero tenía el poder para hacer caer también a esa mujer, a esa bruja, ¡junto con él!

De repente ya no sintió ningún deseo de destruir las cintas y las grabaciones. Que las autoridades las encuentren. ¡Que lo encuentre todo! Tal vez él mismo podría mostrárselo.

En cuanto al Plan, si Kaseph y su sociedad lo saben todo, y si son tan invencibles, ¿por qué decirles nada? ¡Que lo encuentren por sí mismos!

— ¿No sería lindo ver a tu querida Julia angus .ª 'ª aunque f era una sola vez? — le preguntó Lucio.

— Va a ser lindo ver a Julia angustiarse una vez — dijo Brummel.

38 Enrique y Marshall salieron por la puerta del sótano del edificio de la corte, y se encontraron solos. Sus amigos estaban todavía congregados frente a la puerta del departamento de policía, cantando, hablando, orando, haciendo la demostración.

— ¡Alabado sea el Señor! — fue todo lo que Enrique pudo decir.

— ¡Oh! ¡Lo creo! ¡Lo creo! — respondió Marshall.

Fue Juan Cóleman el que los alcanzó a ver primero, y lanzó una expresión de alegría y asombro. Los otros volvieron sus cabezas y se quedaron asombrados y extáticos. Se acercaron a Enrique y Marshall corriendo como si fueran pollitos acercándose al comedero.

Pero todos le abrieron paso a María, e inclusive le daban cariñosos empujoncitos mientras ella venía corriendo. ¡El Señor era tan bueno! Allí estaba la querida esposa de Enrique, llorando, abrazándolo, besándolo y diciéndole quedito que lo quería mucho, casi sin poder creer que todo esto estaba realmente ocurriendo. Nunca antes se habían sentido tan separados físicamente.

— ¿Estás bien? — persistía ella en preguntarle.

— Estoy bien, estoy muy bien — contestaba él.

— Es un milagro — dijeron los otros —. El Señor ha contestado nuestras oraciones. El los sacó de la prisión así como sacó a Pedro.

Marshall comprendía por qué virtualmente se desentendieron de él. Este era el momento de Enrique.

Pero, ¿qué es lo que ocurría más allá? Por entre las cabezas, hombros y cuerpos, Marshall notó a Alfredo Brummel que se escabullía por la puerta del frente y se subía a toda prisa a su auto. Se alejó a toda velocidad. El malvado. *Si yo fuera él, también me escabulliría.*

Allí venía. . . ¡No! ¡No, no puede ser! Marshall empezó a abrirse paso por entre el gentío, estirando el cuello tratando de comprobar si los pasajeros que venían en el auto que estaba llegando eran quienes parecían ser. ¡Sí! Era Berenice que le estaba haciendo señas con la mano. Y allí estaba Pasto, ¡vivo! La otra muchacha, la que estaba manejando. . . ¡no, no puede ser! ¡Pero, tenía que ser! ¡Susana Jacobson, que ha regresado de entre los muertos, nada menos!

Marshall se abrió paso por entre los admiradores de Enrique, y se dirigió con paso firme y rápido hasta donde Susana acababa de estacionar su auto. *¡Qué cosas! ¡Cuando esta gente ora, Dios oye!*

Berenice se bajó a toda prisa del auto y se lanzó a abrazarlo.

— Marshall, ¿está usted bien? — dijo ella, casi llorando.

— ¿Está usted bien? — le preguntó él a su vez.

Una voz detrás de ellos dijo:

— Señora Hogan, ardía en deseos de conocerla.

Era Enrique. Marshall miró al varón de Dios, de pie allí, todo sonrisas, con su diminuta esposa a su lado, y el pueblo de Dios detrás, y sintió que los brazos que lo abrazaban aflojaban el abrazo.

Berenice bajó los brazos y se apartó un poco.

— Enrique — dijo Marshall con cierto tono en su voz que Berenice nunca antes había escuchado en labios de él —, ella no es mi esposa. Ella es Berenice Krueger, mi reportera.

Entonces Marshall miró a Berenice, y dijo con gran cariño y respeto:

— ¡Y muy buena reportera, para el caso!

Berenice supo de inmediato que algo le había ocurrido a Marshall. No le tomó de sorpresa; algo le había ocurrido a ella también, y podía ver en el semblante de Marshall, y detectar en su voz el mismo quebrantamiento interno que ella había sentido. Algo le decía que este joven que estaba al lado de Marshall tenía algo que ver con todo esto.

— ¿Y quién es este caballero, compañero de prisión? — preguntó ella.

— Berenice, quiero presentarle al Reverendo Enrique Busche, pastor de la Iglesia de la Comunidad de Ashton; un amigo que acabo de conocer, y que ya es uno de los mejores que tengo.

Ella le estrechó la mano, tratando de contener todos sus pensamientos y sus emociones. El tiempo se estaba acabando.

— Marshall, escuche con mucha atención. Tenemos apenas un minuto para enseñarle el contenido de todo un curso.

Enrique pidió disculpas y regresó a su emocionada congregación.

Cuando Berenice presentó a Susana a Marshall, él pensó que estaba estrechando la mano a nada menos que un milagro.

— Oí que la habían matado, y a Kevin también.

— Ardo en ganas de contarle toda mi historia — dijo Susana agradablemente —, pero ahora mismo el tiempo es demasiado corto, y hay mucho que usted tiene que saber.

Susana abrió la cajuela del auto, y le mostró a Marshall el contenido de su maleta toda estropeada. Marshall disfrutaba cada instante. Todo estaba allí, todo lo que él pensaba que había perdido para siempre en manos de Carmen y los malvados, esa "sociedad".

— Kaseph va a venir a Ashton hoy para cerrar el trato con la junta de síndicos de la universidad Whitmore. A las dos de la tarde firmarán los papeles, y así la universidad calladamente pasará a manos de la Corporación Omni.

— En otras palabras, la sociedad — dijo Marshall.

— Por supuesto. Es una movida clave. Cuando la universidad caiga, toda la ciudad caerá juntamente con ella.

Berenice le contó a grandes rasgos las noticias en cuanto a Mattily,

Parker y Lemley, mencionando a la vez que Arturo Coll había logrado desenmarañar los libros de contabilidad de Baylor.

— ¿Cuándo es que vienen ellos? — preguntó Marshall.

— Si todo va bien, a tiempo para la reunión de la junta. Le dije que nos encontraríamos allí.

— Pienso que voy a invitarme yo mismo para ir a esa reunión. Sé que todos los asistentes van a quedar encantados de verme.

Susana lo tocó el brazo, y le dijo:

— Pero usted tiene que saber que ellos han estado trabajando con su hija Sandra.

— ¡Como si no lo supiera!

— Bien puede ser que ellos la tengan bajo su influencia ahora mismo; es el estilo de Kaseph; créame. Si usted intenta hacer alguna cosa en contra de él, puede ponerla a ella en peligro.

Berenice le contó a Marshall en cuanto a su hermana Patricia, su diario, el misterioso amigo llamado Tomás, y el astuto abogado del diablo Hipócrates Ormsby.

Marshall se quedó mirándolas por un instante, y luego dijo:

— Enrique, ¡aquí es donde usted y su gente entran en la escena!

Un domingo de verano, por la tarde, es para Ashton usualmente uno de los días más felices y tranquilos de toda la semana; los dependientes en las tiendas abiertas disfrutan de un ritmo apacible en sus negocios; otras tiendas cierran sus puertas; las mamás, los papás y los hijos andan buscando algo interesante para hacer o lugares atractivos para ir a ver. Mucha gente dormita en sillas en su jardín, las calles están mucho más quietas que de costumbre, y usualmente las familias están reunidas.

Pero este particular domingo soleado de verano no parecía ser normal para nadie: un granjero tenía una vaca con una rara hinchazón, mientras que otro tenía un tractor cuyo magneto se había quemado, y nadie parecía tener un repuesto a la mano; y aun cuando ninguno de ellos era responsable por los problemas del otro, sin embargo ambos se enredaron en una áspera discusión sobre los problemas. Los dependientes parecían tener problemas al contar el dinero, y empezaban a sostener agrias discusiones con los clientes cuyo dinero trataban de contar. Todo propietario de cualquier negocio parecía no querer otra cosa sino abandonarlo todo, porque parecía que sin que importara qué clase de negocio era el suyo, todo parecía destinado al fracaso tarde o temprano. Muchas esposas estaban muy nerviosas y querían ir a alguna parte, pero no sabían a dónde; sus esposos harían que los muchachos se fueran en sus vehículos, y entonces las esposas ya no querían ir a ningún lado, luego los muchachos empezaban a pelear allí en los autos, luego los padres empezaban a pelear entre ellos, y entonces las familias no se iban a ningún lado mientras las camionetas y autos seguían estacionados allí frente a las respectivas casas, con los gritos saliendo por las ventanas y las bocinas sonando en desconcierto. Las sillas del jardín rompían el asiento de los pantalones de sus propietarios, o desaparecían como por encanto; las calles se habían llenado de choferes frenéticos, que manejaban como locos sin dirigirse a ninguna parte en particular; los perros, aquellos vigilantes perros de Ashton, ladraban y gruñían y gemían lastimeramente, esta vez con su pelaje erizado, y sus colas levantadas y mirando hacia el oriente.

¿Mirando hacia el oriente? Muchos lo estaban haciendo así. Aquí uno de los administradores de la universidad, más allá un cartero, más allá una familia de tejedores, y más allá un vendedor de seguros. Por todo el pueblo, cierta gente que sabía de un cierto destino y una cierta vibración espiritual conocida, estaba en silencio, como si estuviera en adoración, con los rostros mirando hacia el oriente.

No había pequeña agitación alrededor del enorme tronco viejo. Rafar se levantó de la rama en que había estado sentado, su trono de poder, y se puso de pie sobre una colina, mirando con torva mirada a la ciudad de Ashton, mientras que sus hordas de espíritus diabólicos se reunían a su alrededor. Sus musculosos brazos se levantaron, sus enormes alas negras se abrieron a sus espaldas como si fueran un manto de realeza, y sus joyas brillaron y refulgieron al sol.

El también dirigió su mirada al este.

Se quedó esperando hasta que pudo verlo. Entonces aspiró por entre sus colmillos, como si se hubiera quedado asombrado de súbito; pero no era sorpresa para él. Era la excitación más grande, una emoción demoniaca que muy rara vez sentía, una especie de fruta preciosa y madura que puede ser saboreada solamente después de mucho trabajo y preparación.

Su mano peluda y negra se cerró sobre la empuñadura dorada de su espada, y él la sacó de su vaina, haciéndola sonar y esgrimiéndola y blandiéndola con su brillo rojo sangre. Sus subalternos inmediatos prorrumpieron en gritos de asombro y vivas, mientras que Rafar sostenía en alto su espada, bañando la siniestra concurrencia con su luz roja siniestra. Las enorme alas de súbito desaparecieron, agitándose velozmente, como una ráfaga de viento y con una explosión de poder que le hicieron remontarse muy alto, saliendo del valle, y llevándolo hasta sobre la pequeña ciudad, muy alto en el aire, donde podía ser visto desde cualquier parte del pueblo y de cualquier escondrijo que pudiera haber cerca.

Subió todavía más, y luego descendió, con su espada todavía en su mano. Volvió su cabeza hacia un lado, y luego hacia el otro, con su cuerpo girando lentamente, y sus ojos vigilando a todos lados con suspicacia.

—¡Capitán de las huestes de los cielos! —gritó, y el eco de su voz tronante rebotó en todo el valle como si fuera un trueno—. ¡Capitán Tael, escúchame!

Tael podía oír a Rafar perfectamente. Sabía que Rafar estaba a punto de pronunciar su discurso, y sabía lo que el jefe militar demoniaco iba a decir. Tael también estaba vigilando el horizonte hacia el este, mientras se hallaba escondido en el bosque, con sus guerreros principales a su alrededor.

Rafar continuaba mirando a todos lados, tratando de ver alguna señal de su adversario.

—Yo, que todavía no he visto tu cara en esta, nuestra aventura, te dejo ver la mía. ¡Contémplala! ¡Y ustedes también, guerreros! ¡Porque hoy estoy dejando grabado para siempre en sus memorias la cara de quien los va a hacer desaparecer!

Tael, Huilo, Triskal, Krioni, Mohita, Chimón, Natán, Armot y Signa, todos estaban juntos, reunidos para este momento, reunidos para escuchar este discurso tan largamente esperado.

Rafar continuó:

—¡Hoy estoy poniendo el nombre de Rafar, príncipe de Babilonia, para siempre en la memoria de ustedes, como el nombre del valiente e invencible!

Rafar dio unas cuantas vueltas más, buscando cualquier señal de su archienemigo.

—Tael, capitán de las huestes de los cielos, ¿te atreverás a mostrar la cara? ¡Pienso que no! ¿Te atreverás a atacarme? ¡Pienso que no! ¿Te atreverás tú y tu escuadroncito de bandoleros a interponerse en el camino de los poderes del aire?

Rafar lanzó una risotada burlona.

—¡Creo que no!

Se detuvo para ver el efecto, y dejó que asomara en su cara un gesto de mofa:

—Te voy a conceder, querido capitán Tael, que te retires, que te pongas a buen recaudo de la angustia que mi mano tiene reservada para ti. Te concedo, para ti y tus guerreros, la ocasión de retirarse, por cuanto ahora mismo te digo que ¡la decisión de la batalla ya está tomada!

Rafar señaló con su espada hacia el horizonte al este, y siguió:

—Mira hacia el este, capitán. ¡Allí está escrito muy claramente el resultado!

Tael y sus jefes estaban ya observando el horizonte hacia el este, con su atención fija y sin moverse, incluso cuando un joven mensajero llegó volando con las noticias:

— ¡Hogan y Busche están libres! Ellos. . .

Se detuvo a media frase. Sus ojos siguieron la dirección hacia la que todos estaban mirando, y vio lo que les había captado la atención.

— ¡Oh, no! — dijo casi en su susurro —. ¡No, no!

Al principio la nube había sido nada más que un distante punto negro, asomándose sobre el horizonte; bien podía ser una nubecita de lluvia, la columna de humo de una chimenea de fábrica, o una montaña muy distante cuya sombra aparecía de repente reflejada en el horizonte. Pero luego, a medida que se acercaba, sus límites se ensanchaban como la punta de una lanza que se estuviera acercando lentamente, llenando cada vez más y más el horizonte como un manto negro, como marea creciente de oscuridad que cubría poco a poco el cielo. Al principio, un ligero vistazo podía verla toda; en apenas pocos minutos, el ojo tenía que ir de lado a lado, del un extremo del horizonte hasta el otro.

— No, desde Babilonia — dijo Huilo a Tael, quedamente.

— Allí estuvieron — dijo Tael —, todos y cada uno de ellos, y ahora han regresado. Mira las filas del frente, múltiples filas por encima, por debajo y por adentro.

— Sí — dijo Huilo, observando —. Todavía el mismo estilo de asalto.

Una nueva voz se dejó oír:

— Bueno, hasta aquí, Tael, tu plan está funcionando muy bien. Ya han salido de su escondrijo, y vienen en cantidades incontables.

Era el General. Lo estaban esperando.

Tael contestó:

— Y confío en que estén planeando una desbandada.

— Por lo menos tu viejo rival lo cree así, por la manera en que se jacta.

Tael sonrió y dijo:

— Mi general, Rafar se jacta con razón o sin ella.

— ¿Dónde está el Hombre Fuerte?

— Por la forma de la nube, diría que la precede por unos pocos kilómetros.

— ¿Ha poseído a Kaseph?

— Esa sería mi conclusión, señor.

El General miró atentamente a la nube que se acercaba, ahora completamente negra como si fuera tinta, y extendiéndose como una sombrilla por todo el cielo. El retumbar del aleteo empezaba a dejarse oír.

— ¿Cómo estamos nosotros? — preguntó el General.

Tael contestó:

— Preparados.

Entonces, mientras que el sonido del aleteo se hacía más y más fuerte, y la sombra de la nube empezaba a cubrir los campos de las afueras de Ashton, un matiz rojizo empezó a expandirse por la nube, como si hubiera empezado a arder desde adentro.

— Han sacado sus espadas — dijo Huilo.

¿Por qué tengo tanto miedo? se preguntó Sandra.

Allí estaba ella, tomada de la mano de Hipócrates, subiendo por la escalera del frente del edificio administrativo de la universidad, a punto de conocer a algunas personas que debían ser las claves reales de su destino, su peldaño a la realización espiritual propia y verdadera, a una conciencia más elevada, tal vez a la realización propia, y sin embargo. . . todo el razonamiento no podía quitarle el miedo que la fastidiaba desde lo más profundo de su ser. Algo no andaba bien. Tal vez era nada más que el nerviosismo normal que todo el mundo debe sentir antes de una boda u otro acontecimiento de mucha significación, o quizás eran los últimos vestigios de su viejo yo, la herencia cristiana que había descartado y que todavía trataba de aprisionarla, arrastrándola de vuelta como si fuera una cadena. Lo que quiera que fuera, trató de ignorarlo, de vencerlo con la razón, incluso utilizando técnicas de relajamiento que había aprendido en la universidad en las clases de yoga.

— Vamos, Sandra. . . respira profundamente. . . concéntrate, concéntrate. . . realínea tus energías.

— Eso. Eso es mejor. No quiero que Hipócrates o la profesora Langstrat o alguna otra persona piense que no estoy lista para ser iniciada.

Todo el recorrido del elevador hablaron y charlaron, o trataron de reírse, y Hipócrates se rió solo, y para cuando llegaron al tercer piso, a la puerta numerada con el 326, ella pensaba que estaba lista.

Hipócrates abrió la puerta y le dijo:

— Te va a encantar esto.

Así entraron.

Ella no los vio. Para Sandra, esto era nada más que el salón de profesores, una habitación acogedora, con alfombra mullida, sofás tapizados en cuero, y sólidas mesas para café.

Pero la habitación estaba ocupada, atiborrada y horripilante, y los ojillos amarillentos brillaron y la contemplaron de todos lados, de cada esquina, rincón, silla y pared. Estaban esperándola.

Uno de ellos dijo como con asma:

— ¡Hola, pequeña!

Sandra le extendió la mano a Oliverio Young.

— Pastor Young, ¡qué agradable sorpresa! — exclamó ella.

Otro dejó escapar una risita sarcástica y burlona, y dijo:

— Me alegro de que pudiste venir.

Sandra le dio un abrazo a la profesora Langstrat.

Miró a su alrededor y reconoció a muchos de los profesores de la universidad, e incluso a algunos comerciantes y otros obreros de la ciudad. Allí, en la esquina, estaba el nuevo propietario de lo que había sido el supermercado de José. Estas treinta personas parecían ser una mezcla de lo mejorcito de Ashton.

Los espíritus estaban listos y a la espera. Engaño la exhibió como un trofeo. Madelina estaba allí, sonriendo malévolamente, y detrás de ese demonio, otro cómplice, con varias pesadas cadenas enrolladas sobre sus huesudas manos.

En la nube, la miríadas de demonios estaban exaltadas, salvajes, ebrias de la expectación de la victoria, de la matanza, del poder y gloria sin precedente. Debajo, la ciudad de Ashton les parecía un juguete, una pequeña aldea en campo tan vasto. Capa sobre capa de demonios aleteaban constantemente avanzando, y miríadas de ojos amarillos observaban lascivamente su presa. La ciudad estaba quieta y desprevenida. Ba-al Rafar había hecho bien su trabajo.

Una serie de gritos agrios brotó de las filas del frente de la nube: los generales llamaban al orden. De inmediato los demonios comandantes en los costados de la nube trasmitieron las órdenes a los enjambres que tenían detrás, y a medida que los comandantes salían de la nube y volaban descendiendo, seguidos por escuadrones incontables, los bordes de la nube empezaron a estrecharse y a dirigirse hacia tierra.

En el enorme salón de conferencias, sobriamente amueblado, los síndicos empezaban a reunirse. Eugenio Baylor estaba allí con un montón de documentos e informes, fumando un cigarro y sintiéndose alegre. René Brandon parecía un poco sombrío, pero con suficiente ánimo como para sostener la conversación. Dolores Pinckston se sentía muy mal, y todo lo que quería era que todo se acabara lo más rápido posible. Los cuatro abogados de Kaseph, tipos muy profesionales y sagaces como linces, entraron mostrando una enorme sonrisa afectada. Adán Jarred entró, y parecía estar más preocupado por irse a pescar después de terminada la reunión antes que por los asuntos que iban a tratar. De vez y cuando, alguien miraba a su reloj, o al enorme reloj de lujo que estaba en la pared. Pronto serían las dos de la tarde. Algunos se sentían un poco nerviosos.

Los espíritus malos que habían entrado en el salón con ellos también se sentían nerviosos: se daban cuenta de que pronto estarían en presencia del mismo Hombre Fuerte. Esta iba a ser la primera vez que podían verlo en persona.

El enorme automóvil de lujo de Alejandro M. Kaseph, conducido por el chofer, pasó por los límites de la ciudad, y se dirigió hacia la universidad. Kaseph estaba sentado como un monarca en el asiento de atrás, llevando su maletín sobre sus rodillas y contemplando lujuriosamente por los cristales opacos de las ventanas a la hermosa ciudad que atravesaban. Hacía planes, concebía cambios, decidiendo qué es lo que conservaría, y qué es lo que eliminaría.

Lo mismo hacía el Hombre Fuerte, dentro de él. El Hombre Fuerte lanzó una gran carcajada, y Kaseph se rió igualmente. El Hombre Fuerte no podía recordar haber estado nunca tan satisfecho y orgulloso.

Los costados de la nube empezaban a descender, mientras que la nube misma continuaba avanzando. Tael y su compañía continuaban vigilando desde sus escondites.

— Están cerrando el perímetro — dijo Huilo.

— Sí — dijo Tael fascinado —. Como de costumbre, intentan abarcar todo el pueblo antes de descender realmente sobre él.

Mientras observaban, los bordes de la nube cayeron como si fueran cortinas que gradualmente envolvieron al pueblo; los demonios se dejaban caer en su lugar como si fueran ladrillos en una pared. Cada espada estaba al aire, cada ojo estaba alerta.

— ¿Hogan y Busche? — le preguntó Tael a un mensajero.

— Están dirigiéndose al lugar, junto con el Remanente — contestó el mensajero.

El lujoso automóvil de Kaseph se aproximaba a la universidad, y Kaseph podía ver ya los sobrios edificios de ladrillo rojo que se asomaban por entre los robles. Miró su reloj. Llegaría a tiempo.

Mientras el automóvil cruzaba una intersección, un auto patrullero sin marcas entró a la misma calle, y empezó a seguirlos. Su conductor era Alfredo Brummel, el jefe de policía. Parecía hosco y nervioso. Sabía a quién estaba siguiendo.

Cuando los dos vehículos acababan de cruzar otra intersección, la luz del semáforo cambió, y una larga hilera de autos entraron en la misma calle detrás de ellos. El primero que venía detrás era un auto grande color café.

— ¡Bien, bien? — dijo Marshall.

El, Enrique, Berenice, Susana y Kevin, todos, notaban los dos autos que estaban siguiendo.

— ¿Reconociste a Kaseph — le preguntó Susana a Berenice.

— Sí, el mismo gordinflón en persona.

Marshall no pudo evitar el preguntarse.

— ¿Y qué sucede aquí? Parece que van a tener la reunión de todas maneras.

Berenice dijo:

— Tal vez Brummel no me creyó, después de todo.

— El le creyó cada palabra. Hizo todo lo que usted le dijo que hiciera.

— Entonces ¿por qué Kaseph no ha cancelado todo este asunto? Está yendo derecho hacia allá.

— O bien Kaseph piensa que es intocable, o bien Brummel no le ha dicho nada.

Enrique miró hacia atrás.

— Parece que todos lograron pasar la luz.

Los otros miraron hacia atrás también. Sí, allí estaba Andrés, conduciendo su automóvil repleto de pasajeros, y luego venía la camioneta de Cecilio Cooper, asimismo repleta en la cabina y en el cajón. Lo mismo lo estaban cada uno de los autos que venían detrás, y mucho más atrás venía el pastor anterior, Santiago Farrel, conduciendo una furgoneta gigante, llevando a María, a la abuela Duster y otros más.

Marshall miró hacia adelante, y luego hacia atrás, y entonces dijo:

— Esta va a ser una reunión muy interesante.

 A una señal de Julia Langstrat, todos los psíquicos, junto con Hipócrates y Sandra, sonrieron y se acomodaron en las sillas y sofás, arreglados en círculo en el salón.

— Este es un día muy significativo — dijo Lansgtrat efusivamente.

— ¡Así es! — dijo Young.

Los otros estuvieron de acuerdo. Sandra devolvió la sonrisa. Le había impresionado la reverencia que todos parecían demostrar por esta gran mujer, esta gran pionera.

Julia Langstrat se puso en posición de meditación en su silla a la cabeza del grupo. Otros más, que tuvieron el deseo, y tenían la flexibilidad para hacerlo, la imitaron. Sandra se limitó a quedarse donde estaba, sentada en el sofá y apoyando su cabeza en el respaldo.

— Nuestro propósito en esta ocasión es combinar nuestras energías psíquicas para asegurarnos del éxito de los sucesos de este día. Nuestra meta, largamente esperada, pronto estará realizada: primero la universidad Whitmore, y luego toda la ciudad de Ashton, van a convertirse en parte del Nuevo Orden Mundial.

Todo el mundo en la habitación empezó a aplaudir. Sandra también aplaudió, aun cuando realmente ni siquiera sabía de qué estaba hablando Julia Langstrat. Le pareció algo que ya había oído, sin embargo. ¿Fue su propio padre quien le había dicho algo acerca de alguna gente que quería apoderarse del pueblo? ¡Oh, no! ¡El no podría estar refiriéndose a lo mismo!

— Tengo un nuevo Maestro Ascendido que quiero presentarles — dijo Julia Langstrat, y todas las caras en el salón brillaron por la emoción y la expectación —. El ha vivido mucho, y ha viajado por todas partes, y ha adquirido la sabiduría de edades sin fin. Ha venido a Ashton para supervisar este proyecto.

— Le damos la bienvenida — dijo Young —. ¿Cómo se llama?

— Se llama Rafar. Ha sido príncipe por mucho tiempo, y una vez reinaba en Babilonia. Ha vivido muchas vidas, y ahora regresa para darnos el beneficio de su sabiduría.

Julia Langstrat cerró sus ojos y aspiró profundamente.

— Llamémoslo, y él nos hablará.

Sandra sintió náusea en la boca de su estómago. Sintió un escalofrío. El sentido espeluznante que sentía en sus brazos era algo muy real. Pero ella controló estos sentimientos, cerró sus ojos, y empezó a escuchar con atención el sonido de la voz de Julia Langstrat.

Los otros también se relajaron y entraron en trance. Por unos momentos el salón quedó en silencio, excepto por el sonido de la respiración profunda que los presentes hacían al aspirar o exhalar el aire.

Entonces el nombre brotó de los labios de Julia Langstrat:

— Rafar. . .

Todos hicieron eco:

— Rafar. . .

Julia volvió a pronunciar el nombre, y continuó llamándolo; mientras que los demás se esforzaban por concentrar sus pensamientos en ese nombre repitiéndolo suavemente.

Rafar se había posado sobre un árbol, contemplando alegremente mientras la nube se esparcía cubriendo el pueblo. Al sonido del llamado, sus ojos se juntaron con una expresión diabólica, y su boca se abrió lentamente en una mueca de sorna que dejaba al descubierto sus colmillos.

— Las piezas están cayendo en su puesto — dijo.

Luego se dirigió a un asistente:

— ¿Alguna noticia del príncipe Lucio?

El asistente se sintió contento de poder informarle:

— El príncipe Lucio dice que ha revisado todos los frentes, y que no ha hallado ningún rastro de problemas o resistencia.

Rafar llamó la atención de diez demonios con un agitar de su ala, y ellos se congregaron a su lado al instante.

— Vamos — les dijo —, acabemos esto de una vez.

Las alas de Rafar se agitaron, y se lanzó al aire, con sus diez secuaces siguiéndolo como si fuera una guardia de honor real. Muy arriba la nube se extendía por el cielo como un manto opresivo, que bloqueaba la luz, con su sombra de tinieblas y oscuridad espiritual y mal cayendo sobre la ciudad. Mientras Rafar volaba sobre Ashton en un amplio arco, podía alzar la vista y contemplar las miríadas de ojos amarillentos y espadas rojizas agitándose saludándolo. El también agitó su espada, y ellos lanzaron un grito de júbilo, con sus incontables espadas apuntando hacia abajo como si fueran un interminable campo de trigo ardiente invertido y agitado por el viento. El aire olía a azufre.

Más hacia adelante, y hacia abajo, se hallaba la universidad Whitmore, el fruto más maduro de todos. Rafar redujo su aleteo y empezó a descender hacia el edificio administrativo.

Mientras descendía, vio el enorme automóvil que llevaba al Hombre Fuerte llegar a la entrada circular, y detenerse frente a la puerta del edificio. La vista le llenó de excitación. La hora había llegado: este era el momento. El y sus demonios desaparecieron atravesando el techo de los edificios, cuando el Hombre Fuerte y su comitiva de seres humanos salían del auto. . . y apenas unos instantes demasiado pronto como para ver el río de automóviles que venían no muy detrás del que lo trajo, todos buscando un lugar donde estacionarse, aquí, allá, donde sea.

Alfredo Brummel saltó de su auto a toda prisa. Se detuvo por un instante, reuniendo valor, y luego se dirigió a la puerta principal de entrada al edificio, con paso tieso y nervioso.

Marshall estacionó su vehículo, y los cinco salieron de éste. Por todos lados pudieron oír el ruido de las puertas que se cerraban, mientras el Remanente hallaba sitio para estacionarse, y empezaban a congregarse.

— Brummel no parece estar muy contento — observó Marshall.

Los otros cuatro miraron apenas a tiempo para ver que Brummel desaparecía por la puerta principal.

— Tal vez va a prevenir a Kaseph — dijo Berenice.

— ¿Y dónde están nuestros poderosos amigos? — preguntó Marshall.

— No se preocupe. . . por lo menos, no mucho. Dijeron que van a estar aquí.

Susana dijo:

— Estoy segura de que la reunión está celebrándose en el salón de conferencias del tercer piso. Allí es donde suele reunirse la junta de síndicos.

— ¿Y dónde puedo hallar a Sandra? — preguntó Marshall.

Susana sólo pudo sacudir su cabeza.

— Eso no lo sé

Se dirigieron apresuradamente hacia el edificio, y de todas direcciones el Remanente convergió a las gradas de la entrada.

Lucio podía sentir la tensión en el aire, como si fuera una enorme liga de caucho estirada a su límite y a punto de romperse. Al descender calladamente desde el cielo, y posarse sobre el edificio Ames, al frente de la placita del edificio administrativo, podía ver la nube que todavía iba cerrando su perímetro, esparciéndose como una pesada cortina por todo el pueblo. La atmósfera se puso muy pesada y opresiva con la presencia de tantos espíritus malignos.

De súbito oyó detrás un frenético aleteo y se dio la vuelta para ver a un pequeño demonio centinela, una criatura horripilante, un entremetido, tratando de hablar con él.

—Príncipe Lucio, ¡la gente se está reuniendo allá abajo! ¡No son de los nuestros! ¡Son los santos de Dios! —gritaba agitadamente el espectro.

Lucio se irritó.

—¡Yo también tengo ojos, insecto! No les pongas atención.

—Pero, ¿qué tal si empiezan a orar?

Lucio agarró al diablito por un ala, y este dio varias vueltas lastimeras en el extremo del brazo de Lucio.

—¡Silencio!

—Rafar debe saberlo.

—¡Silencio, he dicho!

El espectro pareció calmarse, y Lucio lo trajo hasta el borde del techo para darle una breve lección.

—¿Y qué si empiezan a orar? —le dijo en tono paternal—. ¿Les ha ayudado hasta este punto? ¿Ha estorbado un ápice siquiera nuestro progreso? ¿Ha visto ya el poder y fuerza de Ba-al Rafar, verdad?

Lucio no pudo evitar el sarcasmo en su tono cuando añadió:

—Sabes que Rafar es todopoderoso, invencible, y que no necesita nuestra ayuda.

El demonio escuchaba con ojos bien abiertos.

—¡No molestemos al gran Ba-al Rafar con nuestras preocupaciones insignificantes! ¡El puede manejar toda esta magna empresa. . . él solo!

Tael seguía quieto y vigilante. Huilo estaba cada vez más inquieto, dando grandes pasos, observando la ciudad de un extremo a otro.

—Pronto el perímetro quedará completamente cerrado —dijo—. Habrán circundado toda la ciudad, y no habrá escape.

—¿Escape? —dijo Tael, levantando sus cejas.

—Una consideración puramente táctica —replicó Huilo encogiéndose de hombros.

— El momento se avecina muy rápidamente — dijo Tael, mirando hacia la universidad —. En pocos momentos, todos los participantes estarán en su lugar.

Los demonios que se hallaban en el salón de conferencias podían sentir que él llegaba, y se prepararon. El vello de sus brazos, cuellos y espalda, se erizó. Una espesa nube negra de demonios venía por el corredor. Rápidamente cada uno se revisó a sí mismo, asegurándose de que nada estaba fuera de lugar, de que su apariencia era impecable.

La puerta se abrió. Todos quedaron clavados en su sitio, en respeto y rindiendo honor.

Y allí estaba, el Hombre Fuerte, nada más y nada menos que la más horrible pesadilla.

— Buenos días a todos — dijo.

— Buenos días, señor — respondieron los síndicos y abogados, mientras que Alejandro Kaseph entraba en el salón y empezaba a estrechar sus manos.

Alfredo Brummel no tenía ningún deseo de verse con Alejandro Kaseph. Incluso esperó para usar otro ascensor. Cuando la puerta del ascensor se abrió en el tercer piso, se asomó para ver si no había moros en la costa, antes de salir del elevador. Sólo después que oyó que la pesada puerta del salón de conferencias se cerraba, salió al corredor, encaminándose calladamente hacia el salón 326.

Por un momento se detuvo frente a la puerta, escuchando con atención. Adentro todo estaba muy callado. La sesión debía estar en progreso. Dio la vuelta muy lentamente a la perilla, y abrió la puerta, apenas una rendija, para poder ver lo que pasaba adentro. Sí, allí estaba Julia en meditación, con sus ojos cerrados. Ella era la única que preocupaba a Brummel, y por ahora ella no estaba mirando.

Entró en silencio en el cuarto, y encontró una silla vacía a medio círculo de donde estaba Julia Langstrat. Miró a su alrededor, evaluando la situación. Sí, estaban llamando un cierto espíritu guía. Nunca antes había oído este nombre en particular. Este ser debía ser algún nuevo personaje llamado especialmente para el proyecto de hoy.

Oh, no. Allí estaba Sandra Hogan, también meditando. Ella también estaba invocando el mismo nombre. Bueno, Brummel, ¿qué haces ahora?

Afuera, el Remanente estaba listo para recibir órdenes. Enrique y Marshall les dieron una breve descripción de la situación presente y luego Enrique concluyó:

—Realmente no sabemos qué vamos a encontrar allí adentro, pero sabemos que tenemos que seguir adelante, por lo menos hasta que veamos si podemos localizar a Sandra. No queda la menor duda de que esta es una batalla espiritual, de modo que ustedes ya saben qué hacer.

Todos lo sabían, y estaban listos.

Enrique continuó:

—Andrés, quisiera que usted, y Edith y María se hagan cargo de la situación aquí afuera, y guíen la oración y la adoración. Yo voy a entrar con el señor Hogan y los demás.

Marshall le dijo a Berenice:

—Quédese aquí afuera, y tenga el ojo listo para ver a nuestros visitantes. Los demás entraremos y veremos si podemos localizar el salón donde se está celebrando la reunión.

Marshall, Enrique, Kevin y Susana entraron al edificio. Berenice se dirigió a un sitio vacío de las escaleras, y se sentó para vigilar y esperar. No podía evitar contemplar al Remanente. Había en ellos algo que sentía muy familiar, y muy... muy... bueno, muy maravilloso.

Rafar y sus diez seguidores habían estado en el salón por largo rato ya, simplemente oyendo y observando. Finalmente Rafar se puso detrás de Julia Langstrat y le clavó sus espolones muy profundo en el cráneo. Ella se retorció y se atragantó por un momento, y luego, lentamente, de manera horripilante, su semblante adquirió las expresiones inequívocas del mismo príncipe de Babilonia.

—¡En verdaaaaaaaaddd! —gritó Rafar, por medio de la voz profunda y gutural que brotó de la garganta de Julia.

Todo el mundo en la habitación se estremeció. Varios ojos se abrieron un ápice, y luego se abrieron enormemente al ver la apariencia de Julia Lansgtrat, con sus ojos saltándose de las órbitas, sus dientes descubiertos, y su espalda encorvaba como si fuera un león agazapado. Brummel no pudo hacer otra cosa que encogerse, y desear que la silla lo tragara antes de que esa cosa lo descubriera. Pero era a Sandra a quien estaba mirando, que echaba espuma por la boca.

—¡En verdaaaaaad! —gritó la voz nuevamente—. ¿Han venido para ver cumplida su visión? ¡Que así sea?

La criatura sentada en la silla apuntó con su dedo encorvado a Sandra.

—¿Y quién es esta recién llegada, esta buscadora de la sabiduría oculta?

—S. . . Sandra Hogan —respondió ella, con sus ojos todavía cerrados Tenía miedo de abrirlos

— Entiendo que has recorrido ya por varios senderos con tu instructora, Madelina.

— Sí, Rafar, así lo he hecho.

— Desciende dentro de ti misma, Sandra Hogan, y Madelina te encontrará allí. Esperaremos.

Sandra tuvo apenas una fracción de segundo para preguntarse si alguna vez podría relajarse hasta llegar a un estado alterado. Entonces un espíritu viscoso, de apariencia macabra, detrás de ella, puso sus huesudas manos sobre la cabeza de ella, y ella cayó en trance inmediatamente. Sus ojos se voltearon hacia arriba, se retorció en su silla, y sintió como si el cuerpo se le disolviera, junto con sus pensamientos racionales y los temores que la fastidiaban. Todas las sensaciones externas empezaron a desvanecerse, y se hallaba flotando en una nada pura y extática. Oyó una voz, un voz muy familiar.

— Sandra — llamó la voz.

— Madelina — contestó ella —. ¡Aquí vengo!

Madelina apareció bien adentro de un túnel sin fin, flotando hacia adelante, con sus brazos extendidos. Sandra avanzó hacia el túnel, para encontrarse con ella. Ahora ya podía distinguir claramente a Madelina, con sus ojos brillantes, su sonrisa como una caricia de la luz del sol. Sus manos se encontraron, y se aferraron fuertemente la una con la otra.

— ¡Bienvenida! — dijo Madelina.

Alfredo Brummel observaba todo lo que ocurría. Podía ver la expresión extática y extraviada en la cara de Sandra. ¡Se iban a apoderar de ella! Todo lo que pudo hacer él fue quedarse sentado, estremecerse y temblar y sudar.

Lucio flotó en silencio a través del techo del edificio administrativo, y se posó en el tercer piso, plegando sus alas a su espalda. Podía oír a Rafar alardeando y jactándose en el salón de profesores; podía oír al Hombre Fuerte diciendo los preliminares en el salón de conferencias. Hasta aquí no había ni temores ni sospechas.

Oyó que la puerta del ascensor se abría al fondo del corredor, y luego pasos de varias personas. Sí, este debía ser Hogan el sabueso, y Busche, el hombre de oración, y la única persona a quien el Hombre Fuerte menos quisiera ver con vida: la Servidora.

De repente hubo un aleteo frenético y un grito sofocado. Un demonio se abalanzó frenético por el corredor, acercándosele, con sus alas agitándose furiosamente, y una expresión de puro terror en su cara.

— ¡Príncipe Lucio! — chilló —. ¡Traición! ¡Se nos ha traicionado! ¡Hogan y Busche están libres! ¡La Servidora está viva! ¡Pasto está vivo!

— ¡Silencio! — previno Lucio.

Pero el demonio continuó gritando.

— ¡Los santos se han juntado y están orando! Hay que prevenir a Ba-al...

Los chillidos del demonio concluyeron abruptamente en un grito ahogado, y con sus ojos llenos de pavor y preguntas, se vio frente a frente a Lucio. Empezó a temblar. Se agarró de Lucio en un esfuerzo por permanecer de pie. Lucio sacó su espada del vientre del demonio, y le dio otro tajo feroz que le cortó el cuerpo que se desmadejaba. El demonio se desintegró, disolviéndose en una nube de humo rojizo.

Afuera, en los escalones del frente, mientras los paseantes los observaban sin entender lo que ocurría, el Remanente estaba en oración.

Sandra podía ver otros seres hermosos que emergían desde el túnel detrás de Madelina.

— ¿Quiénes son estos? — preguntó.

— Nuevos amigos — dijo Madelina —. Nuevos espíritus guías que te llevarán más alto y más alto.

Alejandro Kaseph empezó a intercambiar importantes documentos y contratos con los síndicos y los abogados. Discutían y trataban los pequeños detalles que había que resolver. La mayoría de puntos eran menores. No se requeriría de mucho tiempo.

La nube finalmente formó una cobertura completa sobre la ciudad de Ashton. Tael y su compañía se encontraron atrapados bajo una cubierta espesa e impenetrable de demonios. Las tinieblas espirituales se tornaron más negras y opresivas. Era difícil hasta respirar. El continuo aleteo parecía permearlo todo.

De súbito Huilo susurró:

— ¡Están bajando!

Todos miraron hacia arriba, y pudieron ver el cielo raso de demonios, esa frazada negra, con resplandor rojo sangre y salpicada de amarillo, que empezaba a descender sobre la ciudad, más cerca y más cerca. Pronto Ashton quedaría sepultada.

Varios autos acababan de tomar la calle de la universidad. El primero llevaba al fiscal del condado, Justino Parker, en el segundo iban Eleodoro Strachan y el fiscal general del estado, Norman Mattily; el tercero llevaba a Alcides Lemley y tres agentes federales. Al pasar ellos una intersección, un cuarto automóvil se les unió detrás. Este vehículo llevaba a aquel honrado contador, Arturo Coll, con una considerable pila de papeles en el asiento de atrás.

Tael tenía ahora una trompeta dorada en su mano, empuñándola fuertemente, con cada músculo y cada tendón en tensión.

— ¡Prepárense! — ordenó.

40 Marshall, Enrique, Susana y Kevin caminaban calladamente por el corredor, con el oído atento a cualquier sonido y comprobando los números de las puertas. Susana les hizo una señal, apuntando hacia el salón de conferencias, y se detuvieron afuera. Susana reconoció la voz de Kaseph. Les indicó asintiendo con la cabeza.

Marshall puso su mano en la perilla de la cerradura. Les hizo una señal de que esperaran. Luego abrió la puerta y entró. Kaseph estaba sentado en la cabecera de la enorme mesa de conferencias, y los síndicos y los cuatro abogados estaban sentados alrededor. Los demonios que se hallaban en el cuarto de inmediato sacaron sus espadas y retrocedieron contra las paredes. No sólo este era el periodista que menos se esperaba, sino que venía acompañado de dos guerreros celestiales de apariencia impresionante y temible: un formidable árabe y un africano de mirada feroz; ¡ambos evidentemente más que listos para pelear!

El Hombre Fuerte supo que esto significaba problemas, pero. . . no mucho. Miró a los intrusos en forma desafiante, incluso hasta sonriendo un poco, y dijo:

— ¿Y quién es usted?

— Mi nombre es Marshall Hogan — le dijo Marshall a Kaseph —. Soy el editor de *El Clarín* de Ashton, es decir, tan pronto como demuestre a la gente apropiada que todavía soy el propietario legítimo del mismo. Pero entiendo que usted y yo tenemos mucho que ver el uno con el otro, y pienso que es tiempo de que nos conozcamos.

A Eugenio Baylor no le gustó nada el cariz que tomaban las cosas, ni a ninguno de los otros tampoco. Todos enmudecieron, y algunos parecían ser ratones asustados que no sabían a dónde correr. Todos sabían dónde se suponía que debía estar Hogan, pero ahora, de súbito, de sorpresa, estaba en el peor lugar donde pudiera estar: ¡Aquí!

Los ojos del Hombre Fuerte se quedaron mirándolo con mirada de hielo, y los demonios que le asistían cobraron fuerzas al pensar que el Hombre Fuerte era invencible y diabólicamente astuto. ¡El sabría qué hacer!

— ¿Cómo llegó usted hasta aquí? — preguntó Kaseph por todos.

— ¡Usé el ascensor! — replicó Marshall al instante —. Pero ahora, tengo una pregunta para usted. Quiero a mi hija, y la quiero sin daño alguno. Hagamos un trato, Kaseph. ¿Dónde está ella?

Kaseph y el Hombre Fuerte lanzaron una carcajada burlona.

— ¿Hacer un trato, dice usted? Usted, un simple hombre, ¿quiere hacer un trato conmigo?

Kaseph dio un ligero vistazo a su grupo de abogados y añadió:

— Hogan, usted no tiene idea de la clase de poder contra la cual se está enfrentando.

Los demonios se rieron con sorna. *Sí, Hogan, ¡no se puede jugar con el Hombre Fuerte!*

Natán y Armot no se reían.

— ¡Oh, no! — exclamó Marshall —. Allí es donde usted se equivoca. ¡Yo sé con qué clase de poderes estoy enfrentándome! He recibido una buena cantidad de excelentes lecciones en todo este asunto, y algunas buenas enseñanzas de parte de mi amigo aquí presente.

Marshall abrió la puerta y Enrique entró. . . y Krioni y Triskal, esta vez con ninguna orden de paz.

El Hombre Fuerte se puso de pie de un salto, con sus quijadas abriéndose ampliamente en sorpresa. Los demonios de la habitación empezaron a temblar, y trataron de ocultarse detrás de sus espadas.

— ¡Tranquilo, cálmese! — dijo un abogado —. ¡Ellos no son nadie!

Pero el Hombre Fuerte pudo sentir la presencia del Señor Dios que entraba en el cuarto junto con este hombre. El demonio monarca sabía quién era:

— ¡Busche! ¡El hombre de oración!

Y Enrique sabía ahora a quien tenía delante. El Espíritu estaba exclamando fuertemente dentro del corazón de Enrique, y esa cara. . .

— El Hombre Fuerte, supongo — dijo Enrique.

Sandra le preguntó de nuevo a Madelina:

— Madelina, ¿a dónde vamos? ¿Por qué te cuelgas de mí de esa manera?

Madelina no contestó, sino que continuó arrastrando a Sandra más adentro y más abajo del túnel. Los amigos de Madelina rodeaban a Sandra, y no parecían tener ninguna gentileza para con ella. Todos la empujaban, la agarraban por todos lados, la forzaban a avanzar. Sus garras eran afiladas.

Las personas sentadas alrededor de la mesa de conferencias quedaron perplejas y azoradas. De súbito se encontraron en la presencia de una criatura horripilante; jamás habían visto una expresión semejante en la cara de Kaseph, y nunca lo habían oído hablar con una voz tan diabólica. Kaseph se levantó de su silla, con su aliento resoplando por entre sus dientes, sus ojos abultados, su espalda encorvada, sus puños crispados.

— ¡No podrás derrotarme, hombre de oración! — exclamó el Hombre Fuerte.

Los demonios a su alrededor se aferraron con desesperación a esas palabras.

— ¡Tú no tienes ningún poder! ¡Yo ya te he derrotado!

Marshall y Enrique se quedaron en su sitio, sin siquiera pestañear. Ya se las habían visto antes con demonios. Esto no era nada nuevo ni sorprendente.

Los abogados de Kaseph no supieron qué decir.

Marshall abrió otra vez la puerta. Con su frente en alto, y con plena determinación en su semblante, Susana Jacobson, la Servidora, entró al salón, seguida de un furibundo Kevin Pasto, y otros cuatro gigantescos guerreros detrás de ellos. El salón estaba resultando estrecho, y tenso.

— ¡Hola, Alejandro! — dijo Susana.

Los ojos de Kaseph se llenaron de asombro y de miedo, pero todavía se las arregló para decir entre jadeos:

— ¿Quién es usted? No la conozco. Jamás la había visto antes.

— No diga nada, Alejandro — aconsejó un abogado.

Enrique avanzó un paso. Era el tiempo de la lucha.

— Hombre Fuerte — dijo Enrique con voz firme y serena —, en el nombre de Jesucristo, te reprendo. ¡Te reprendo y te ato!

Madelina no quería soltarla. Sus manos se apretaban como si fueran tenazas de acero mientras arrastraba a Sandra. El túnel estaba tornándose oscuro y frío.

— ¡Madelina! — gimió Sandra —. Madelina, ¿Qué estás haciendo? ¡Por favor, suéltame!

Madelina mantenía su cara fija hacia adelante, y ni siquiera regresaba a mirar a Sandra. Todo lo que Sandra podía ver era la cabellera rubia, larga, flotando. Las manos de Madelina eran frías y duras. Estaban lastimándole las muñecas, y clavándose allí.

Sandra gritó en desesperación:

— ¡Madelina! ¡Madelina! ¡Por favor, detente!

De repente los otros espíritus se apiñaron junto a ella. También se aferraban a ella, y sus arpas de acero se clavaban dolorosamente.

— Por favor, ¿no me oyes? ¡Diles que me dejen libre, que me suelten!

Madelina finalmente se dio la vuelta. Su pellejo era como cuero negro y arrugado. Sus ojos eran enormes globos amarillos. Sus quijadas eran como de león, y la saliva y la espuma le chorreaba por los colmillos. Una voz gutural y espantosa brotaba de su garganta.

Sandra lanzó un grito. De alguna parte de estas tinieblas, de este túnel, de esta nada, de este estado alterado, de este abismo de muerte y engaño, lanzó un grito desde lo más profundo de su alma torturada y agonizante.

Tael saltó de la tierra. Hubo una explosión de alas y luz. La tierra se alejó y la ciudad se convirtió en un mapa distante mientras que se elevaba sobre la ciudad de Ashton como un cometa, atravesando las tinieblas espirituales como si fuera una flecha flameante, iluminando todo el valle como un prolongado relámpago. Se elevó, hizo un círculo; sus alas eran apenas un borrón luminoso.

La trompeta fue a sus labios, y el llamado salió como un oleaje que sacudió los mismos cielos. Hizo su eco por todo el valle, y regresó de nuevo, y de nuevo y de nuevo. Con cada oleada que barría la tierra, ensordecía a los demonios y los enviaba dando tumbos por entre las calles y callejones, y resonaba en cada oído con descargas tras descargas de notas, creciendo en volumen y en duración, y el aire pesado y quieto se estremeció por el sonido. Tael soplaba y soplaba mientras se elevaba muy por encima de la ciudad, con sus alas centelleando, y sus vestiduras brillando.

El momento había llegado.

El Hombre Fuerte se quedó súbitamente en silencio. Sus enormes ojazos se revolvían en sus cuencas.

— ¿Qué fue eso? — dijo entre dientes.

Los demonios que lo rodeaban estaban temblando y esperando que él diera las respuestas; pero él no tenía ninguna.

Los ocho guerreros celestiales sacaron sus espadas. Esa era respuesta suficiente.

Rafar gritó por medio de Julia Langstrat:

— ¡Yo soy quien hablo aquí! ¡Que nada distraiga su atención!

Los demonios que se hallaban allí trataban de poner atención de nuevo, así como lo procuraban los psíquicos que controlaban.

Por una fracción de segundo, el agarre de Madelina se debilitó un ápice. Pero solo por un momento.

Sin embargo, todos sabían que habían oído algo.

Los guerreros diabólicos de la nube descendían continuamente sobre la ciudad; pero ahora sus ojos quedaron deslumbrados por la súbita aparición de un solitario ángel que trazaba brillantes estelas de luz en el cielo que se extendía por debajo de donde ellos estaban. ¿Y para qué era esta horriblemente fuerte trompeta? ¿No estaban ya derrotadas las huestes celestiales? ¿Se atreverían todavía a pensar que podrían defender esta ciudad?

Repentinamente diminutos destellos de luz empezaron a aparecer por toda la ciudad, destellos que no se disipaban, sino que se hacían cada vez más y más brillantes. Se congregaban, y se agrandaban, creciendo en número y en densidad. La ciudad estaba en fuego; desaparecía bajo miríadas de lucecitas, tan numerosas como la arena del mar. ¡Era algo enceguecedor!

Los espeluznantes alaridos empezaron en el centro de la nube, y se extendieron casi instantáneamente hacia afuera y por toda la nube de demonios:

— ¡Las huestes de los cielos!

Estruendosos gritos empezaron el momento en que Tael se posó sobre su colina y levantó su espada por sobre su cabeza.

— ¡Por los santos de Dios y por el Cordero!

Tael lanzó el grito, Huilo lanzó el grito, miríadas de guerreros celestiales lanzaron el grito, y el paisaje entero, de un extremo del valle hasta el otro, la ciudad entera, e incluso las colinas y bosques de los alrededores de Ashton erupcionó en brillantes estrellas.

De los edificios, de las calles, callejones, lagos, estanques, vehículos, cuartos, clósets, rincones, esquinas, árboles, y cualquier otro escondite imaginable, estrellas luminosas salían disparadas al aire.

¡Las huestes de los cielos!

Sandra estaba dando tumbos, batallando. Aquella cosa llamada Madelina le sostenía ambos brazos; mientras que otros espíritus sostenían sus piernas, su cuello, su cuerpo. La mordían. De alguna parte, la voz burlona del Maestro Ascendido Rafar, dijo:

— ¡Llévatela, Madelina! ¡Ya la tenemos! ¡No podemos fallar ahora!

Sandra trató de salir del trance, salirse de este estado alterado, salirse de esta pesadilla, pero no podía recordar cómo. Oyó el chasquido de cadenas metálicas. *¡No! ¡NOOOOOOO. . !*

— ¡No puedes vencerme! — gritó el Hombre Fuerte.

Sus demonios lo miraron esperanzados, o más bien, deseaban ansiosamente que eso fuera verdad.

— ¡Cállate, y sal de él! — ordenó Enrique.

Sus palabras arrojaron a los demonios contra las paredes y golpearon al Hombre Fuerte como si le hubieran dado un gancho con la izquierda.

Kaseph masculló blasfemias y dijo toda clase de obscenidades contra el joven ministro. Los síndicos que estaban alrededor de la mesa no podían ni articular palabra; algunos se agazaparon debajo de la mesa. Los abogados estaban tratando de calmar a Kaseph.

— ¡Quiero a mi hija! — dijo Marshall —. ¿Dónde está ella?

— Todo está terminado — dijo Susana —. ¡Les he entregado todos los documentos necesarios! ¡Los agentes federales vienen a arrestarte, y voy a decirles todo lo que sé!

Desde más atrás de los tres Kevin gritó:

— Kaseph, usted se cree muy duro. ¡Salgamos afuera y arreglemos esto de hombre a hombre!

La nube de demonios que descendía y la bola de fuego de ángeles que ascendía empezaban a chocar sobre los cielos de Ashton. Truenos empezaron a estremecer el cielo en respuesta al terrible choque de las fuerzas espirituales. Las espadas brillaban, y un clamor de gritos y alaridos se dejó oír por todos los cielos. Los guerreros celestiales hacían su agosto entre las filas de demonios como si esgrimieran guadañas invisibles. Los demonios empezaban a caer desde el cielo como si fueran meteoritos, girando sin sentido, deshaciéndose en humo, disolviéndose.

Tael, Huilo y el General se dirigieron velozmente hacia la universidad, con las espadas listas. La ciudad se deslizaba como en un borrón debajo de ellos. Un poderoso regimiento de las huestes angélicas se había abierto paso por entre la ofensiva de demonios, y empezaba a acordonar la universidad. Pronto habría una cubierta angélica sobre la universidad, por debajo de la cubierta diabólica que cubría el pueblo. La ruptura de la fuerza del enemigo debía empezar aquí.

— ¡Casi han logrado controlar al Hombre Fuerte! — gritó Huilo por sobre el rugido del viento y de sus alas.

— ¡Busquen a Sandra! — ordenó Tael —. ¡No hay tiempo qué perder!

— ¡Yo me hago cargo del Hombre Fuerte! — dijo el General.

— Y Rafar pronto verá cumplirse su deseo — dijo Tael.

Se separaron como en abanico, disparados con una nueva descarga de energía, y empezaron a abrirse paso por entre los demonios que todavía trataban de bloquear su entrada a la universidad. Los guerreros demoniacos cayeron sobre ellos como una avalancha, pero Huilo era bueno para estas cosas. Tael y el General pudieron oír su regocijada risa por encima de los secos sonidos de su espada atravesando demonio tras demonio.

Tael estaba muy ocupado él mismo, siendo una presa demasiado valiosa para el demonio suficientemente afortunado que pudiera hacerlo desaparecer. Los más horribles guerreros se abalanzaban sobre él, y no caían tan fácilmente. Se deslizó hacia un lado por el aire, destruyó a un espíritu con su espada, se lanzó en un torbellino invisible y partió al siguiente demonio por la mitad de un solo tajo. Dos más se abalanzaron sobre él; él se lanzó hacia ellos, atravesó de lado a lado al primero, le agarró de la punta de un ala y le hizo dar vueltas cerradas, llevándolo por detrás del otro, asestándole un golpe de espada como si fuera una bala. Los dos demonios se desvanecieron en una nube de humo rojizo. Tael se abrió paso por entre otros grupos de demonios, luego descendió y zigzagueó hacia la universidad, cortando demonios a su paso. Podía oír a Huilo todavía rugiendo y riéndose, en algún punto hacia su izquierda.

El salón de conferencias estaba perdiendo rápidamente su atmósfera tranquila.

Dolores Pinckston estaba aturdida.

— ¡Lo sabía! ¡Lo sabía! ¡Sabía que estábamos hundiéndonos demasiado!

— ¡Hogan! — dijo Eugenio Baylor echando chispas —. Usted está alardeando. Usted no tiene nada.

— ¡Lo tengo todo, y usted lo sabe!

Kaseph empezaba a parecer muy enfermo.

— ¡Fuera! ¡Fuera de aquí! ¡Lo mataré si no se larga afuera!

¿Era este el real Kaseph que Marshall había estado rastreando todo el tiempo? ¿Era éste el despiadado hampón que controlaba tan vasto imperio internacional? ¿Estaba realmente asustado este Kaseph?

— ¡Usted está hundido, Kaseph! — dijo Marshall.

— ¡Estás derrotado, Hombre Fuerte? — dijo Enrique.

El Hombre Fuerte empezó a temblar. Los demonios que se hallaban allí corrieron a agazaparse.

—Entonces, hagamos el trato — ofreció Marshall de nuevo —. ¿Dónde está mi hija?

Brummel estaba a punto de sufrir un ataque cardiaco, y realmente deseaba que le sobreviniera uno. ¡Era horrible! Los otros estaban sentados alrededor, escuchando embelesados a esta bestia que hablaba por medio de Julia Langstrat, y en realidad disfrutando de lo que le estaba ocurriendo a Sandra. Ella temblaba como una hoja, y se sacudía en su silla, gimiendo, lamentándose, gritando, lanzando alaridos, luchando con algún invisible asaltante.

— ¡Déjenme! — gritaba—. ¡Déjenme!

Sus ojos estaban desmesuradamente abiertos, pero ella veía indescriptibles horrores de otro mundo. Jadeaba buscando aire, pálida de terror.

¡Ella va a morir, Brummel! ¡La van a matar!

La voluminosa criatura, de ojos saltones, sentada en la silla de Julia rugía con una voz que hizo a Brummel sentir un escalofrío.

— ¡Estás perdida, Sandra Hogan! ¡Ya estás en nuestro poder! Nos perteneces, y nosotros somos la única realidad para ti ahora.

— ¡Por favor, Dios — gritó ella —. ¡Sácame de aquí, por favor!

— ¡Júntate a nosotros! ¡Tu madre se ha marchado, tu padre ya está muerto! ¡Ya no existe! ¡Ya no pienses en él! ¡Nos perteneces!

Sandra se revolvió con dificultad en su silla, como si hubiera recibido un disparo. Su cara de pronto se ensombreció con desesperación.

Brummel ya no pudo soportarlo. Antes de que tuviera tiempo siquiera de darse cuenta de lo que hacía, saltó de su silla, y corrió hasta la muchacha. La sacudió con suavidad, y trataba de hablarle.

— ¡Sandra! — suplicó —. ¡Sandra, no les escuches! ¡Todo es una mentira! ¿Me oyes?

Sandra no podía oírle.

Pero Rafar sí podía. Julia Langstrat saltó de su silla y le gritó a Brummel en la misma voz ronca, diabólica y macabra:

— ¡Cállate, y hazte a un lado! ¡Ella me pertenece!

Brummel la ignoró.

— Sandra, no escuches a este monstruo mentiroso. Yo soy Alfredo Brummel. Tu padre está bien.

La ira de Rafar subió a tal punto que el cuerpo de Julia Langstrat por poco estalla por la intensidad.

— ¡Hogan está vencido! ¡Está en la cárcel!

Brummel miró directamente en los inyectados ojos de Julia y de Rafar, y gritó:

— ¡Marshall Hogan está libre! ¡Enrique Busche está libre! ¡Yo mismo los puse en libertad! ¡Están libres, y vienen acá para destruirte!

Rafar se quedó perplejo por un instante. Simplemente no podía creer los arrestos de este enano débil, este títere insignificante que nunca antes había actuado en manera tan intrépida. Pero entonces Rafar oyó una risita ahogada y llena de sorna que brotaba de detrás de Brummel, y entonces vio una cara familiar riéndose con sarcasmo.

¡Lucio!

Tael y Huilo se posaron sobre el edificio administrativo, pero Tael de pronto se detuvo en seco.

— ¡Espera! ¿Que es eso?

Lucio sacó su espada y dijo:

— ¡No eres tan poderoso como crees, Rafar! ¡Tu plan ha fracasado, y yo soy ahora el único príncipe de Ashton!

La espada de Rafar salió de su vaina con un rugido.

— ¿Te atreves a oponerte a mí?

La espada de Rafar cortó el aire con un silbido, pero Lucio detuvo la hoja con su propia espada; la fuerza del golpe por poco le hace caer.

Los demonios que estaban en la habitación estaban perplejos y confusos. Dejaron libres a las personas en las cuales estaban. ¿Qué era esto?

Kaseph estaba indignado con sus abogados, y hasta les lanzó varios puñetazos.

—¡Cállense! ¡Ustedes no van a decirme a mí lo que tengo que hacer! ¡Este es mi mundo! ¡Yo mando aquí! ¡Yo digo lo que es y lo que no es! ¡Esta gente es una recua de tontos y mentirosos!

Susana se dirigió directamente a Kaseph.

—Tú, Alejandro Kaseph, eres el responsable por el asesinato de Patricia Krueger y el intento de asesinato de mí misma y del señor Pasto, aquí presente. Tengo las muchas listas que te ayudé a escribir, listas de personas que terminaron asesinadas por órdenes tuyas.

—¡Asesinato! —exclamó un síndico—. Señor Kaseph, ¿es eso cierto?

—¡No responda nada! —le dijo un abogado.

—¡No! —gritó Kaseph en voz espeluznante.

Otros de los agentes se quedaron mirando el uno al otro. Conocían bastante bien a Kaseph ahora. No le creyeron.

—¿Qué dice a eso, Kaseph? —dijo Marshall ásperamente.

El Hombre Fuerte quería con todo su macabro corazón perforar a este osado sabueso, y destrozarlo; y lo hubiera hecho, con guardias o sin ellos... si no fuera por aquel hombre de oración que se interponía en su paso.

Julia Langstrat se abalanzó como un león contra Brummel, mientras que muchos de los psíquicos, habiendo perdido a sus espíritus guías, despertaban de sus trances para darse cuenta de lo que estaba ocurriendo.

—¡Te haré desaparecer por esta traición! —rezongó entre dientes.

—¿Qué es esto? —preguntó Oliverio Young—. ¿Se han vuelto locos ustedes dos?

Brummel se quedó en su sitio, y señaló con un dedo a Julia.

—Ya no me vas a mandar. Este plan no tendrá éxito ni será para gloria tuya. ¡No lo permitiré!

—¡Cállate, pedazo de tonto! —ordenó Julia.

—¡No! —gritó Brummel, impulsado por el enfurecido y enloquecido Lucio—. Este plan está condenado al fracaso. Ha fracasado, como yo sabía que iba a ocurrir.

—¡Y tú está acabado, Rafar! —gritó Lucio, agachándose para es-

quivar los golpes letales de la espada de Rafar —. ¿No oyes la batalla que ruge allá afuera? ¡Las huestes de los cielos están en todas partes!
— ¡Traición! — masculló Rafar —. ¡Pagarás caro por tu traición!
— ¡Traición! — exclamaron algunos de los demonios.
— ¡No! ¡Lucio está diciendo la verdad! — replicaron otros.

Sandra se esforzaba por mirar en aquellos ojos amarillentos y diabólicos, y suplicar:
— ¿Qué... qué es lo que te ha ocurrido, Madelina? ¿Por qué has cambiado?
Madelina lanzó una carcajada, y respondió:
— No creas todo lo que ves. ¿Qué es el mal? Nada, sino una ilusión. ¿Qué es el dolor? Nada, sino una ilusión. ¿Qué es el miedo? Nada, sino una ilusión.
— Pero, ¡me mentiste! ¡Me has engañado!
— Nunca he sido otro que lo que soy. Eres tú misma la que te engañaste.
— ¿Qué vas a hacer?
— Te voy a poner en libertad.
Mientras que Madelina le decía estas palabras, Sandra dejó caer pesadamente los brazos como si pesaran tanto que casi se cae al suelo.
¡Cadenas! Eslabón tras eslabón de cadenas relucientes y muy pesadas colgaban alrededor de sus muñecas y de sus brazos. Manos retorcidas la golpeaban con esas cadenas. Los eslabones helados le golpeaban y lastimaban las piernas, su cuerpo, su cuello. Ya no podía luchar contra ellas. Trató de gritar, pero su aliento se había acabado.
— ¡Ahora ya estás libre! — dijo alegremente Madelina.

Brummel empezó a hablar por sí mismo.
— Las autoridades... el fiscal general del estado... Justino Parker... ¡los agentes federales! ¡Ellos ya lo saben todo!
— ¿Qué? — exclamaron algunos de los psíquicos, saltando de sus asientos.
Empezaron a hacer preguntas. Se llenaron de pánico.
Young trataba de mantener el orden, pero no lograba conseguirlo.

Rafar aflojó el grillete que había clavado en Julia Langstrat, para poder enfrentarse mejor con este traidor arribista.

Julia Langstrat salió bruscamente de su trance, y pudo sentir que la energía psíquica del salón estaba derrumbándose.
— ¡Vuelvan a sus asientos! ¡Todo el mundo! — gritó ella —. ¡No hemos logrado alcanzar el propósito para el cual nos reunimos hoy!

Cerró sus ojos nuevamente, y volvió a invocar:

— ¡Rafar, por favor, regresa! ¡Pon orden en este salón!

Pero Rafar estaba muy atareado. Lucio era más pequeño, pero muy ágil y con enorme determinación. Las dos espadas centelleaban en la habitación como si fueran fuegos artificiales, ardiendo, resonando, chocando. Lucio revoloteaba alrededor de la cabeza de Rafar, lanzando golpes, blandiendo su espada, y dando tajos. El cuarto estaba lleno de las alas de Rafar y su jadeante aliento, y su enorme espada trazaba círculo tras círculo en el aire, dejando tras sí continuas estelas de color rojo sangre.

— ¡Traidor! — gritó Rafar —. ¡Te haré pedazos!

Julia Langstrat avanzó hacia Brummel con ojos salvajes.

— ¡Traidor! ¡Te voy a hacer pedazos!

— ¡No! — alcanzó a mascullar Brummel, con ojos desorbitados, mientras que su mano se dirigía a su costado —. ¡No esta vez! ¡Nunca más!

Young les gritó a ambos:

— ¡Deténganse! ¡No saben lo que están haciendo!

Los demonios que estaban en el cuarto se habían dividido en dos bandos.

— ¡El príncipe Lucio dice la verdad! — dijo uno —. Rafar nos ha llevado a la destrucción.

— ¡No, es Lucio quien es nuestro enemigo, tonto!

— ¡Ustedes serán los tontos! ¡Lo que es nosotros, tenemos que ponernos a buen recaudo!

Más espadas salieron de sus vainas.

Rafar sabía que estaba perdiendo el control.

— ¡Tontos! — rugió —. ¡Este es un truco del enemigo! ¡Está tratando de dividirnos!

Fue apenas un breve instante en que los ojos de Rafar miraron a sus demonios discutiendo y no a la espada de Lucio.

Fue apenas un breve momento de terror el que empujó a Brummel más allá del límite. Sacó su pistola de reglamento y la apuntó a la desorbitada Julia Langstrat.

Lucio blandió su espada por el aire, y la deslizó justo debajo de la aserrada hoja de la de Rafar. La punta se hundió profundamente en la piel de Rafar, abriéndole en el costado una fenomenal abertura que sangraba a borbotones.

Julia Langstrat hizo apenas un leve movimiento y la bala se hundió en su pecho con un golpe seco.

En la sala de conferencias todo el mundo oyó el disparo. Marshall estuvo al instante en el corredor.

41 Berenice se puso de pie de un salto, en el sitio donde estaba, en los escalones de la entrada. Era Eleodoro Stracahn con Norman Mattily y Justino Parker, y el otro debía de ser Alcides Lemley; y los tres individuos en esos elegantes trajes debían ser los agentes del FBI. Oh, y también allí estaba Arturo Coll con un montón de papeles bajo el brazo.

Ella se acercó corriendo a ellos, con sus ojos bien abiertos y llenos de entusiasmo.

— ¡Hola! ¡Lo lograron!

Norman Mattily abrió grandemente sus ojos:

— ¿Qué ocurrió? ¿Están ustedes bien?

Berenice había pagado un alto costo por todos esos moretones y heridas; ahora iba a usarlas.

— ¡No, no! ¡Me asaltaron! ¡Por favor, entren de prisa! ¡Algo terrible está ocurriendo allá adentro!

Los personajes importantes entraron al edificio, con la resolución en sus ojos y las pistolas en sus manos.

Tael había visto suficiente. Dio a gritos la orden a Huilo.

— ¡Ve adentro!

Se lanzó vertiginosamente hacia arriba, para llamar al resto de las tropas.

Humo y brea negra brotaban del costado de Rafar, pero su cólera ciertamente significaba un inaudito castigo para el rebelde Lucio. La luz de un millar de ángeles iluminó la ventana. Entrarían a la habitación en cualquier instante, pero eso era todo el tiempo que Rafar necesitaba. Esgrimió su formidable espada en feroces círculos sobre su cabeza. La iba bajando golpe tras golpe sobre Lucio, mientras que la pequeña espada del demonio desafiante paraba cada golpe con un resonante ruido y una lluvia de chispas.

El ruido del aleteo de los ángeles de afuera seguía creciendo, y creciendo. Los pisos y las paredes temblaban por el sonido.

Rafar dejó escapar un tremendo rugido, y dio un fenomenal golpe hacia abajo con su espada. Lucio atajó el golpe, pero cedió por la fuerza del mismo. La hoja volvió al aire en un círculo plano, y pescó a Lucio por debajo del brazo. El brazo salió despedido al espacio, dando volteretas, mientras que Lucio lanzaba un alarido de dolor. La hoja volvió a caer, atravesó la cabeza, los hombros y el cuerpo de Lucio. El aire se llenó con humo rojo hirviente.

Lucio había sido terminado.

— ¡Mata a la muchacha! — gritó Rafar a Madelina.

Madelina sacó un horripilante cuchillo retorcido. Lo colocó con suavidad en la mano de Sandra.

— ¡Estas cadenas son cadenas de vida; son una prisión del mal, de la mente mentirosa, de la ilusión! ¡Libera tu propio yo! ¡Unete a mí!

Hipócrates tenía un cuchillo listo. Lo colocó en la mano de Sandra, quien todavía estaba en trance.

Rafar trastabilló atravesando una pared en el momento en que millones de soles explotaban dentro del cuarto con un ensordecedor tronar de alas y los gritos de guerra de los guerreros celestiales.

Muchos demonios trataron de huir, pero fueron desintegrados instantáneamente por las espadas flameantes. La habitación entera era una confusión fenomenal, brillante, tremenda. El rugido del aleteo ahogaba todo otro sonido, excepto los alaridos de los espíritus que caían.

Kaseph saltó de su silla, y cayó sobre la mesa. Los síndicos y los abogados trataron de alejarse de él, y se replegaron contra las paredes. Algunos se dirigieron a la puerta opuesta del salón.

Enrique, Susana y Kevin observaban desde una distancia prudencial. Sabían lo que estaba pasando.

La cara de Kaseph parecía presa de la muerte, y su boca permanecía muy abierta mientras que los alaridos más macabros brotaban de su garganta.

El Hombre Fuerte estaba frente a frente al General. Sus demonios habían desaparecido, arrastrados por una oleada incontenible de ángeles que todavía atravesaban la habitación como si fueran una avalancha. La espada del General se movía más rápido de lo que el jactancioso Hombre Fuerte podía siquiera imaginarse. El Hombre Fuerte luchaba procurando defenderse, gritando, cortando, blandiendo su espada. El General sencillamente continuaba acorralándolo.

Marshall estaba en el corredor, escuchando por cualquier ruido. Pensó que había oído una conmoción más abajo en el corredor.

Sandra tenía todavía en su mano el cuchillo, pero ahora Madelina vacilaba y miraba desesperadamente a su alrededor. Las cadenas todavía estaban sobre Sandra, sosteniéndola fuertemente, como una crisálida de acero.

Huilo podía ver la cadenas envolviéndola apretadamente, la esclavitud horrible que el demonio había usado para esclavizarla.

— ¡No más! — gritó.

Levantó su espada y la hizo descender, dejando tras sí una estela de luz. La hoja pasó por todas las vueltas de aquellas cadenas, con una serie de pequeñas explosiones. Las cadenas cayeron como serpientes que se retorcían, y dejaron libre a Sandra.

Huilo alargó su brazo y agarró a Madelina por el cuello. La hizo retroceder, le hizo dar volteretas, y la atravesó con su espada, convirtiéndola en partículas que se desvanecían.

Sandra se sintió dando vueltas, luego elevándose como si fuera un proyectil dentro del pozo de un ascensor. Sus oídos empezaron a registrar los sonidos. Podía sentir de nuevo el dolor físico. Sus ojos captaron la luz. Abrió sus ojos. Un cuchillo cayó de sus manos.

El cuarto era un caos. La gente gritaba, corría de aquí para allá, tratando de calmarse mutuamente, luchando, discutiendo, arguyendo, tratando de escaparse de la habitación; algunos hombres estaban tratando de tirar al suelo a Alfredo Brummel. Hubo un estallido de humo azul, y el fuerte olor de pólvora.

La profesora Langstrat yacía en el piso, y varias personas estaban inclinadas sobre ella. ¡Había sangre!

Alguien la agarró de nuevo. ¡No, no otra vez! Sandra alzó la vista, y vio a Hipócrates que le sostenía un brazo. Estaba tratando de consolarla, tratando de retenerla en la silla.

¡El monstruo! ¡El engañador! ¡El mentiroso!

— ¡Déjame! — le gritó, pero él no la soltó.

Ella le dio un puñetazo en la cara, se soltó de él; saltó sobre sus pies y se lanzó a la carrera a la puerta, tropezando con varias personas y pisando sobre otras. El empezó a seguirla, llamándola por su nombre.

Ella empujó violentamente la puerta y salió al corredor. De alguna parte de más allá en el corredor oyó una voz familiar, gritando su nombre. Ella gritó otra vez y corrió en dirección a la voz.

Hipócrates salió corriendo detrás de Sandra. Tenía que detener a esta mujer antes de que todo control se perdiera.

¡Qué! Frente a él, llenando todo el corredor con alas de fuego, estaba el ser más formidable que jamás había visto, teniendo su espada dirigida directamente a su corazón. Hipócrates frenó en seco, y sus zapatos resbalaron en el piso.

Marshall Hogan apareció de pronto, corriendo a través de aquel ser. Un enorme puño se estrelló contra la quijada de Hipócrates, y el asunto quedó completamente resuelto.

—Vamos, Sandra — dijo Marshall —, usaremos las escaleras.

Rafar, en algún lugar de aquel edificio que temblaba y que estaba ya sitiado, sabía que tenía que salir. Trató de agitar sus alas. Sólo alcanzó a hacerlas vibrar. Tenía que recuperar sus fuerzas. No podía ser derrotado en presencia de sus subalternos; ¡no iba a permitir que lo lanzaran al abismo!

Cayó sobre una de sus rodillas, sosteniéndose con una mano el costado abierto, y dejando que su cólera e ira crecieran en su interior. ¡Tael! ¡Todo esto era obra de Tael! ¡No, astuto capitán, no vas a ganar la victoria de esta manera!

Sus ojillos amarillos ardieron con nuevo fuego. Trató otra vez. Esta vez sus alas de levantaron por sí mismas, y empezaron a aletear rápidamente. Rafar empuñó su espada, y levantó la vista hacia arriba. Las alas se agitaron más rápido, y empezaron a elevarlo por el edificio, más aprisa, más rápido, hasta que atravesó el techo y salió al aire libre... y se encontró frente a frente con el mismo capitán de quien se había burlado y a quien había desafiado vez tras vez.

A su alrededor la batalla rugía; demonios, y con ellos la gran victoria de Rafar, caían desde el cielo como lluvia humeante y quemante. Pero por un breve instante de sorpresa y mutuo horror, Tael y Rafar se quedaron inmóviles.

¡Se habían encontrado al fin! Cada uno no pudo evitar estremecerse por los recuerdos que tenía del otro. Ninguno recordaba al otro con una apariencia tan feroz.

Y ninguno de los dos podía estar seguro de ganar esta lid.

Rafar se deslizó hacia un lado, y Tael se preparó para recibir el golpe... ¡pero Rafar estaba huyendo! Salió como un disparo hacia el cielo, como un pájaro herido, dejando tras sí un rastro de brea y vapor.

Tael salió detrás de él, con sus alas agitándose vertiginosamente, abriéndose paso a través de los demonios que caían y los ángeles que atacaban, con la vista fija hacia adelante, mirando más allá de la furiosa confusión de la batalla que rugía y tronaba por todas partes. ¡Allá! Alcanzó a divisar al guerrero, descendiendo hacia la ciudad. Sería muy difícil encontrarlo en ese laberinto de edificios, casa, calles y callejones. Tael aceleró su vuelo, y aminoró la distancia. Rafar debe de haberle visto acercarse por detrás; el príncipe demoniaco salió disparado hacia adelante, como una ráfaga, y luego viró súbitamente hacia abajo y se dirigió hacia un edificio de oficinas.

Tael lo vio desaparecer por el techo del edificio, y se lanzó detrás de él. La brea negra del techo se acercaba vertiginosamente, creciendo desde el tamaño de una estampilla hasta más de lo que el ojo podía abarcar. Tael se lanzó directamente a través de ese techo.

Techo, cuarto, piso, cuarto, y luego hacia arriba, hacia abajo, por un corredor, a través de una pared, hacia arriba de nuevo, retrocediendo, siguiendo aquel humo, atravesando una oficina, siguiendo una pared, pasando a través de un piso, de prisa, con las paredes pasando ante sus ojos como si fueran vagones de un tren a toda velocidad.

Un proyectil negro, seguido de un flameante cometa, rugía por un corredor, hacia abajo varios pisos, de nuevo hacia atrás, por una oficina, y sobre los escritorios, hacia arriba por los paneles del cielo raso, hacia arriba otra vez, a través del techo y de nuevo al cielo abierto.

Rafar volaba a toda velocidad, fugazmente, zigzagueando por entre los demonios que caían, retrocediendo otra vez, agazapándose por entre los callejones, pero Tael lo seguía pisándole los talones, y trazando perfectamente cada vuelta.

¿Cuánto tiempo más podría este demonio herido seguir con esto?

La otra puerta del salón de conferencias se abrió de súbito, y el cuerpo de Alejandro Kaseph cayó rodando al piso del corredor. Se retorcía y gritaba desaforadamente.

El General blandió su espada contra el Hombre Fuerte vez tras vez, debilitándolo, cortándole más y más, con más frecuencia, mientras que el Hombre Fuerte continuaba perdiendo su poder.

— ¡No me derrotarás! — seguía alardeando el Hombre Fuerte.

Kaseph hacía lo mismo, pero la jactancia era vacía e inútil. El Hombre Fuerte estaba echando vapor rojo y brea a borbotones, como un cedazo estropeado y roto. Sus ojos estaban llenos de maldad y odio, y su enorme espada todavía cortaba a todos lados, pero las oraciones... La oraciones podían sentirse por todos lados, y el General no iba a ser derrotado.

Berenice y su grupo se reunieron en el vestíbulo en el piso bajo, y ella estaba tratando de encontrar por dónde debía empezar a contarlo todo, cuando Marshall y Sandra aparecieron de repente por la puerta de las escaleras.

— ¡Suban rápido por las escaleras! — gritó Marshall, mientras sostenía a su hija que lloraba y gemía —. Alguien ha disparado contra alguien.

Los agentes federales que estaban con Lemley entraron de inmediato en acción.

— ¡Llamen a la policía! ¡Acordonaremos el edificio!

Berenice exclamó:

— ¡Yo vi algunos policías allá afuera!

La policía había venido puramente como respuesta a una llamada sobre todos estos fanáticos religiosos que se habían congregado en el plantel universitario. Estaban tratando de disolver el grupo cuando Norman Mattily y un agente federal salieron corriendo, se identificaron, y les ordenaron que cerraran el edificio. Los hombres de Brummel no eran tontos. Obedecieron.

Rafar avanzaba como una flecha y daba vueltas vertiginosas por todo el cielo, todavía dejando una estela clara de humo rojo que brotaba de su herida. Con semejante rastro era fácil seguirlo, y Tael continuaba persiguiéndolo incansablemente. Rafar se dirigió a una bodega muy grande que se hallaba unas cuantas calles más abajo.

Atravesó la pared exterior, a la altura del tercer piso, y Tael entró en el edificio pocos instantes después. Este piso estaba abierto, y no había ningún lugar donde esconderse; Rafar descendió de inmediato a un piso más abajo, y Tael siguió el rastro de humo. Los pisos de concreto gris aparecieron.

Tael salió en el primer piso, y podía ver el rastro de humo rojizo que daba vuelta y atravesaba como tirabuzón una pared distante. Se lanzó hacia ella. La pared lo dejó pasar.

¡Empalado!

¡El filo ardiente le abría un costado! Dio una voltereta, y otra, por el impacto, y su espada salió volando de sus manos. Cayó al piso dando tumbos, doblándose por el dolor.

Allí estaba Rafar, encorvado y herido, con su espalda contra la pared que Tael acababa de pasar. Le había estado esperando emboscado. La punta de su espada horrible todavía estaba enredada en una parte de la túnica de Tael.

¡No había tiempo para pensar! ¡No había tiempo para sentir dolor! Tael se lanzó hacia su espada caída.

La espada de Rafar cayó con una lluvia de chispas. Tael rodó y se hizo a un lado trabajosamente. La enorme espada roja cortó otra vez el aire, y el aguzado filo zumbó por encima de la cabeza de Tael. Tael plegó sus alas, y saltó varios pasos hacia un lado.

Esa horrible espada cortó otra vez el aire, dejando tras sí una brillante estela rojiza. Los ojos de Rafar se tornaron de amarillos a rojos, y su boca dejó escapar una espuma putrefacta.

Las enormes alas se agitaron, y Rafar se abalanzó sobre Tael como un gato que ataca. Su poderoso brazo levantó la espada, listo para asestar otro golpe.

Tael se lanzó hacia adelante, agazapándose por debajo del brazo alzado de Rafar, y yendo a dar con su cabeza en el pecho de Rafar. El azufre salió de aquellos pulmones como una explosión fenomenal, mientras Tael giraba alrededor del cuerpo de Rafar, fuera del alcance de la punta de aquella hoja roja que hendía el aire.

Esto era todo lo que Tael necesitaba: ahora estaba entre Rafar y su espada caída. Se agachó, la empuñó, y se dio la vuelta. La hoja del infierno cayó sobre la espada de Tael con un relámpago de fuego. Se enfrentaron cara a cara, con sus espadas listas. Rafar mostraba una mueca de satisfacción.

— Y ahora, capitán de las huestes, estamos solos otra vez, y hasta en iguales condiciones. Yo estoy herido, y tú también lo estás. ¿Nos atacaremos mutuamente por otros veintitrés días? ¿Terminaremos esto mucho antes que eso, eh?

Tael no dijo nada. Esa era la manera de Rafar; palabras cortantes eran parte de su estrategia.

Las espadas se estrellaron de nuevo, y otra vez. Una cubierta de tinieblas empezaba a llenar la habitación: la maldad de Rafar, deslizándose subrepticiamente, creciente.

— ¿Es la luz la que se está apagando? — se burló Rafar —. ¡Tal vez es tu fuerza la que estamos viendo que se desvanece!

Santos de Dios, ¿dónde están sus oraciones?

¡Otro tajo! El hombro de Tael. Devolvió el tajo y cortó a Rafar debajo de las costillas. El aire estaba llenándose de tinieblas, con vapor rojo y humo.

Varios golpes más de las hojas ardientes. . . costados que se abrían. . . ropajes que se rasgaban, más oscuridad.

¡Santos! ¡Oren! ¡OREN!

Cuando la policía llegó al tercer piso, pensaron que Kaseph había sido la víctima del disparo. Se enteraron de una cosa completamente diferente cuando esa fiera salvaje los arrojó lejos como si fueran plumas.

— ¡No podrán vencerme! — vociferaba.

El General dio otro tajo al Hombre Fuerte, y éste lanzó otro grito. Las espadas se estrellaron y rugieron y brillaron con fuego.

— ¡No podrás derrotarme!

La policía apuntó sus armas. ¿Qué es lo que ese loco iba a hacer? Enrique gritó:

— ¡No! ¡Cálmense! ¡No es él!

Ellos no entendieron lo que Enrique decía.

Enrique se adelantó, e hizo otro intento.

— Hombre Fuerte, sé que puedes oírme. Ya estás vencido. La sangre derramada de Jesucristo te ha vencido. ¡Cállate, sal de él, y aléjate de esta región!

¡Ahora la policía apuntaba sus armas a Enrique!

Pero el Hombre Fuerte no pudo resistir más la reprensión de este hombre de oración. Se estremeció. Dejó caer su espada. El General dio otro gran tajo con su hoja, y el Hombre Fuerte desapareció.

Kaseph cayó al piso y quedó como si estuviera muerto. Los abogados y síndicos gritaban desde el salón de conferencias.

— ¡No disparen!

Salieron con las manos en alto aun cuando nadie les había ordenado hacerlo. La policía todavía no sabía a quién arrestar.

— ¡Aquí! — gritó alguien desde el salón de profesores.

La policía corrió hasta allí, y encontró el desecho en que había quedado convertido Brummel, y el cadáver de Julia Langstrat.

42 La espada de Rafar le cortó una punta de un ala a Tael. Tael seguía esquivando y agachándose, saltando y blandiendo su espada, y le abrió heridas a Rafar en un hombro y en un muslo. El aire estaba lleno del hedor del azufre; las tinieblas de maldad eran espesas como humo.

— ¡El Señor te reprenda! — gritó Tael.

¡Clank! ¡Rip!

— ¿Dónde está el Señor? — se mofó Rafar —. ¡No lo veo!

¡Zas!

Tael lanzó un alarido de dolor. Su mano izquierda colgaba inútil.

— ¡Señor Dios! — dijo Tael —. ¡Su nombre es Rafar! ¡Díselo a ellos!

El Remanente no estaba orando mucho ahora; en su lugar se habían dedicado a contemplar toda la conmoción y a la policía que entraba y salía del edificio administrativo.

— ¡Vaya! — dijo Juan Cóleman —. ¡El Señor realmente está contestando nuestras oraciones!

— ¡Alabado sea el Señor! — replicó Andrés —. ¡Eso nos muestra. . ! ¡Edith! ¡Edith! ¿Qué ocurre?

Edith Duster había caído de rodillas. Estaba pálida. Los santos se reunieron a su alrededor.

— ¿Debemos llamar una ambulancia? — preguntó alguien.

— ¡No, no! — dijo Edith —. Yo conozco este sentimiento. Ya lo he sentido antes. ¡El Señor está tratando de decirme algo!

— ¿Qué? — preguntó Andrés —. ¿De qué se trata?

— Dejen de hablar y déjenme orar, y entonces podré decírselo.

Edith empezó a llorar.

— Todavía hay un espíritu maligno allí — gimió ella —. Está haciendo grandes estragos. Se llama. . . Rufino. . Rafael. . .

Roberto Corsi exclamó:

— ¡Rafar!

Edith se quedó mirándolo con los ojos bien abiertos.

— ¡Sí, sí! ¡Ese es el nombre que el Señor me está diciendo!

— Rafar — siguió diciendo Roberto —. ¡Ese es el gran jefe!

Tael no pudo sino limitarse a retroceder ante la feroz arremetida del demonio príncipe, sosteniendo todavía su espada con su mano buena para defenderse. Rafar continuaba atacando y lanzando tajos a diestra y siniestra, y las chispas saltaban cada vez que sus hojas se encontraban. El brazo de Tael descendía cada vez más con cada golpe.

Tael hizo acopio de aliento como para decir otra vez:

— ¡El Señor... te reprenda!

Edith Duster ya se había puesto de pie, y estaba lista para gritar hacia los cielos:

— ¡Rafar, príncipe del mal, en el nombre del Señor Jesucristo te reprendo!

La espada de Rafar silbó por encima de la cabeza de Tael. No llegó a su blanco.

— ¡Te reprendemos! — exclamó el Remanente.

Los grandes ojos amarillos parpadearon.

— ¡Te echamos fuera! — dijo Andrés.

Hubo una bocanada de azufre, y Rafar se dobló hacia adelante. Tael se puso de pie de un salto.

— ¡Te reprendemos, Rafar! — gritó Edith otra vez.

Rafar lanzó un horrendo grito. La hoja de la espada de Tael le había abierto enorme herida.

La hoja roja volvió a asestar otro golpe contra Tael, pero la espada del ángel cantaba con redoblaba resonancia. Cortaba el aire en arcos de fuego. Con su mano buena Tael continuaba lanzando tajos, cortando, haciendo retroceder a Rafar. Los ojos de fuego estaban cerrándose, la espuma le salía por la boca y caía por sobre el pecho, el aliento amarillento se había convertido en rojo sangre.

Luego, con un formidable golpe, lleno de furia y cólera, la enorme hoja roja se precipitó silbando por el aire. Tael cayó dando tumbos hacia atrás, como un juguete que se arroja lejos. Cayó aturdido al suelo, su cabeza le daba vueltas, su cuerpo se estremecía por el agudo dolor. No podía moverse. Su fuerza se había desvanecido.

¿Dónde estaba Rafar? ¿Dónde estaba esa hoja? Tael trató de volver su cabeza. Se esforzó para ver. ¿Era ese su enemigo? ¿Era ese Rafar?

Por entre el vapor y la oscuridad pudo ver la figura de Rafar oscilando como un árbol en el viento. El demonio no se movió. no

atacó. En cuanto a la espada, la enorme manaza toda
empuñada, pero la hoja colgaba a un lado, con su punta
el suelo. La respiración era entrecortada y muy lenta.
despedían nubes rojas. Aquellos ojos, esos ojos llenos de
llaban como si fueran rubíes.

Las quijadas temblaron, babeando espuma, y las palabras
guturalmente por entre el alquitrán y el azufre.

— ¡Pero. . . para. . . tus. . . santos que oran! ¡Pero para tus sa

La enorme bestia cayó hacia adelante. Dejó escapar un
suspiro y rodó por el piso en medio de una nube roja.

Luego todo quedó quieto.

Tael casi no podía respirar. No podía moverse. Todo lo que
ver era el vapor rojo que se extendía por sobre el piso como si
una niebla tenue, y las tinieblas rodeando aquel voluminoso cue

Pero. . . sí. En alguna parte había santos orando. Podía sent
Estaba sanando.

¿Qué fue eso? De algún lado brotaba una música dulce, que ve
hasta él. Era calmante. Adoración. El nombre de Jesucristo.

Levantó su cabeza del suelo, y dejó que sus ojos exploraran el fr
cuarto de concreto. Rafar, el poderoso, el jactancioso príncipe d
Babilonia había desaparecido. Nada más quedaba, a no ser una nube
de tinieblas que se iba encogiendo cada momento. Por encima de la
nube de tinieblas la luz empezaba a dejarse ver, casi como si fuera
la aurora.

Todavía podía oír la música. Retumbaba por las esferas celestes,
limpiándolas, quitando la oscuridad con la luz santa de Dios.

Y su corazón fue el primero que le dijo: Has triunfado. . . por los
santos de Dios y por el Cordero.

¡Ganaste!

La luz crecía más y más, haciéndose más y más brillante, llenando
la habitación, y las tinieblas continuaban desvaneciéndose y encogiéndose. Ahora Tael podía ver la luz que entraba por las ventanas.
¿Luz del sol? ¡Sí!

¿Las huestes celestiales? ¡Sí!

Tael se puso trabajosamente de pie, y esperó hasta recuperar un
poco más de fuerza. Esta llegó. Dio un paso hacia adelante. Su paso
se estabilizó y se hizo firme. Luego, como un sábana de seda que se
despliega entre diamantes, desplegó sus alas, pliegue tras pliegue,
centímetro por centímetro. Se abrieron ampliamente, y las dejó abiertas para que se fortalecieran de nuevo.

Aspiró profundamente, tomó con ambas manos la empuñadura de
su espada, la sostuvo frente a él y dejó que las alas lo elevaran. Ya
esⸯaba en el aire, ascendiendo hacia el cielo fresco y lleno de luz

ite, y no viendo tinieblas, no había

iz de las huestes celestiales, mientras
tremo al otro. El aire estaba tan fresco,

egresó a la universidad a tiempo para ver
itentes de los autos de policía, de las am-
culos oficiales estacionados en todas partes.
? ¿Dónde estará ese bravo Huilo?
— se oyó el grito.
cia el edificio Ames, donde su fornido amigo lo
irazo que casi le tritura hasta los huesos.
¿ue la batalla ya ha terminado? — preguntó Huilo.
— preguntó Tael.
ededor para asegurarse. A la distancia podía ver los
entos de la nube que se esparcían por todas direcciones,
el empuje de las fuerzas celestiales. El cielo brillaba con
azul. Allá abajo el Remanente fiel continuaba cantando
. Parecía que la policía estaba empeñada en alguna clase
za final.

nan Mattily, Justino Parker y Alcides Lemley estaban alre-
de Berenice y de su nueva amiga.

Bien, escuchen todos — dijo Berenice —. Quiero que conozcan
isana Jacobson. ¡Ella tiene muchas cosas que mostrarles!

Norman Mattily le tomó a Susana por una mano, y le dijo:

— Usted es una mujer muy valerosa.

Susana pudo solamente señalar a Berenice, a través de las lágrimas
de alivio, y decir:

— Señor Mattily, mire aquí. Usted está contemplando el valor per-
sonificado.

Berenice miró la camilla que era sacada del edificio por dos ca-
milleros. Julia Langstrat estaba cubierta totalmente por una sábana
blanca. Detrás de la camilla venía Alfredo Brummel, esposado y
escoltado por dos de sus propios agentes.

Detrás de Brummel venía el personaje número uno: Alejandro M.
Kaseph. Susana se quedó mirándolo larga y duramente, pero él nunca
levantó su vista. Se subió al auto de policía junto con los agentes
federales, sin decir ni una sola palabra.

Enrique y María estaban abrazándose y llorando porque todo había
terminado. . . y sin embargo, era sólo el comienzo. ¡Miren a todos
estos santos entusiasmados! ¡Aleluya! ¡Qué cosas podía Dios hacer
con un grupo así como ellos!

Marshall abrazaba a Sandra como nunca antes lo había hecho.

Ambos habían perdido la cuenta de cuántas veces se
mutuamente que lo lamentaban. Todo lo que querían
nerse al día en cuanto a un cariño que por mucho tiem
hecho falta.

Y entonces. . . *¿qué era esto, alguna clase de cuento*
¡Olvídate de las dudas y preguntas, Hogan, esa es Caty que
Su semblante se veía luminoso, y ¡vaya! ¡qué bien se le v

Los tres se abrazaron juntos, y las lágrimas caían sobr
mundo.

— Marshall — dijo Caty aturdida y entre lágrimas —, n
seguir lejos de ti. ¡Oí que te habían arrestado!

— ¡Oh! — exclamó Marshall dándole un cariñoso apretón —
cosas que Dios tiene que hacer para llamarme la atención!

Caty se apretujó contra él, y le dijo:

— ¡Vaya! ¡Eso suena prometedor!

— Espera a que te lo cuente.

Caty miró a su alrededor, y a la gente y a toda la actividad.

— ¿Es este el fin de. . . tu gran proyecto?

El sonrió, abrazando todavía a sus dos muchachas favoritas, y di

— Así es. ¡Puedes apostar que lo es!

El General tocó a Tael en el hombro. Tael miró y vio la gra
trompeta dorada en la mano del General.

— Bien, capitán — dijo el ángel de cabellera de plata —, ¿qué tal
hacer los honores? ¡Suena la victoria!

Tael tomó la trompeta en su mano y halló que casi no podía ver
por el súbito aluvión de lágrimas. Miró otra vez hacia abajo, a aquellos santos que oraban y a ese pastorcito de oración.

— Ellos. . . ellos nunca sabrán lo que han conseguido — dijo.

Luego aspiró profundamente para recobrar su compostura, y se
volvió a su antiguo compañero de armas.

— Huilo, ¿qué tal si lo haces tú?

Empujó la trompeta hacia el ángel.

Huilo se mostró renuente.

— Capitán Tael, usted siempre es el que toca la victoria.

Tael sonrió, le dio a Huilo la trompeta, y se sentó allí mismo en
el techo.

— Querido amigo. . . sencillamente estoy muy cansado.

Huilo lo pensó por un instante, luego empezó a reírse a carcajadas,
después le dio una palmada a Tael en la espalda y se elevó velozmente por los aires.

La señal de victoria resonó fuerte y clara, y Huilo incluso hizo un
giro en tirabuzón para dar mayor efecto.

— ¡Le encanta hacer eso! — dijo Tael.

El General se rió.

había dicho
ahora es po-
o les había

de hadas.
se acerca!
a!

todo el

podía

¡Las

nacida nueva iglesia; Marshall
o, lista para hacer las paces; Susana
un buen rato como testigos de parte
o que Marshall le permitiría cubrir la

exhausta y adolorida, y de alguna manera
ejos de esta alegre muchedumbre. Estaba
lado profesional, consciente del público,
el resto de ella, la Berenice real, no podía
misma vieja carga de profunda tristeza que
ate compañera por tanto tiempo.

menos a Patricia. Tal vez fue el misterio de su
ión de hallar respuestas que mantuvo a Patricia
orazón por tanto tiempo. Ahora no quedaba nada
a dar el paso final que nunca había sido capaz de
ós.

o:

este extraño anhelo en lo profundo de su corazón, algo
ıca había sentido antes de encontrarse con esta extraña
Betsy; ¿había realmente sido tocada por Dios de alguna
ii lo había sido, ¿qué debía hacer ella en cuanto a eso?
ó a caminar. Los cielos brillaban de nuevo, el aire estaba
ı universidad estaba en silencio. Tal vez una caminata por
ıderos de ladrillo rojo le ayudarían a calmarse y a pensar, le
arían a encontrar sentido en todo lo que estaba ocurriendo a su
dedor y dentro de sí misma.

Se detuvo debajo de un enorme roble, pensó en Patricia, pensó en
ı propia vida y en lo que haría con ella, y luego rompió a llorar.
Pensó que quizá debería orar:

— Querido Dios — susurró, pero no pudo pensar en nada más que
decir.

Tael y el General estaban evaluando la situación allá abajo
— Diría que todo esto ha dejado la ciudad en una enorme confusión
— dijo el General.

Tael asintió.

— La universidad no va a ser la misma por un largo tiempo, con
todo eso de la investigación por parte de las autoridades; para no
mencionar todo el dinero que tiene que ser buscado y recuperado.

— ¿Tenemos, entonces, un buen contingente para volver a poner
en orden la ciudad?

— Se están reuniendo ahora mismo. Mientras tanto, Krioni y Tris
kal seguirán con Busche; Natán y Armot seguirán con Hogan. La
familia de Hogan va a tener una buena iglesia. . .

438

Tael de pronto notó una figura alicaída de pie al otro l
predios.

— ¡Un momento!

Llamó la atención de un cierto ángel en particular.

— ¡Allí está ella! ¡No dejes que se te escape!

Berenice finalmente pensó en una pequeña frase para orar.

— Querido Dios, no sé qué hacer.

Enrique Busche. Recordó el nombre sin saber por qué. Miró ha
atrás, al edificio administrativo. El pastor y su gente todavía estab
allí.

*Sabes, dijo una voz en su corazón, no estaría mal hablar con ese
pastor.*

Ella miró al pastor Busche, y luego a todas aquellas personas que
parecían ser tan felices y estar tan en paz.

*Tú has estado clamando a Dios. Tal vez ese predicador puede
presentarlos el uno al otro, de una vez por todas.*

De seguro que hizo algo por Marshall, pensó Berenice.

*Hay algo allí que necesitas tú, muchacha, y si yo fuera tú, me
preocuparía por hallarlo.*

El General estaba deseoso de partir.

— Se nos necesita en Brasil. El despertamiento espiritual está marchando muy bien, pero el enemigo está fraguando un plan para detenerlo. Te va a gustar esa clase de desafío.

Tael se puso de pie nuevamente y sacó su espada. En ese instante
Huilo regresó con la trompeta. Tael le dijo:

— Brasil.

Huilo se rió con entusiasmo, y sacó también su espada.

— Espera — dijo Tael mirando hacia abajo.

Era Berenice, tímidamente abriéndose paso hacia el joven pastor
y su nuevo rebaño. Por la mirada de tranquila rendición en los ojos
de ella, Tael podía ver que ella estaba lista. Pronto los ángeles estarían
regocijándose.

Agitó su mano en señal de aprobación al pequeño angelito que se
hallaba sentado en una rama baja del gran roble, y el ángel devolvió
la sonrisa, con sus ojos brillando. Su túnica blanca y sus zapatillas
doradas le caían mucho mejor que sus overoles y una motocicleta.

El General preguntó, complacido:

— ¿Podemos irnos ya?

Tael estaba mirando a Enrique cuando dijo:

— Un momento nada más. Quiero oírlo una vez más.

Mientras observaban, Berenice se abrió paso hasta Enrique y María.
Empezó a llorar y les decía algo con todo su corazón. Enrique y María
la escuchaban, igual que otros que se hallaban cerca. Mientras es-

...ron a sonreír. La abrazaron, le hablaron de
...empezaron a llorar. Finalmente, mientras
...nice quedaba rodeada de brazos cari-
...oras:

...a gran sonrisa.
...ijo.
...o de brillantes alas y tres estelas fulgurantes de
...reros se elevaron vertiginosamente hacia los cielos,
...al sur, haciéndose cada vez más y más pequeños, hasta
...mente desaparecieron, dejando al ahora pacífico pueblo de
...en manos muy capaces.